21世纪英美学界
海明威研究

陈思宇◎著

图书在版编目（CIP）数据

21世纪英美学界海明威研究 / 陈思宇著. — 成都：四川大学出版社，2023.7
（文明互鉴：中国与世界 / 曹顺庆主编）
ISBN 978-7-5690-6467-4

Ⅰ．①2… Ⅱ．①陈… Ⅲ．①海明威（Hemingway, Ernest 1899-1961）－文学研究 Ⅳ．① I712.065

中国国家版本馆CIP数据核字（2023）第222327号

书　　名：	21世纪英美学界海明威研究
	21 Shiji Yingmei Xuejie Haimingwei Yanjiu
著　　者：	陈思宇
丛 书 名：	文明互鉴：中国与世界
总 主 编：	曹顺庆

出 版 人：侯宏虹
总 策 划：张宏辉
丛书策划：张宏辉　欧风偃
选题策划：张宏辉　罗永平
责任编辑：罗永平
责任校对：吴近宇　陈　蓉　毛张琳
装帧设计：墨创文化
责任印制：王　炜

出版发行：四川大学出版社有限责任公司
　　　　　地址：成都市一环路南一段24号（610065）
　　　　　电话：（028）85408311（发行部）、85400276（总编室）
　　　　　电子邮箱：scupress@vip.163.com
　　　　　网址：https://press.scu.edu.cn
印前制作：四川胜翔数码印务设计有限公司
印刷装订：四川五洲彩印有限责任公司

成品尺寸：170 mm×240 mm
印　　张：24.75
插　　页：1
字　　数：460千字
版　　次：2023年11月 第1版
印　　次：2023年11月 第1次印刷
定　　价：88.00元

本社图书如有印装质量问题，请联系发行部调换

版权所有 ◆ 侵权必究

扫码获取数字资源

四川大学出版社
微信公众号

目 录

绪 论 …………………………………………………………………（001）

第一章 国内研究较少涉及的海明威作品 …………………………（027）
  第一节 长篇小说《乞力马扎罗山下》……………………………（028）
    一、出版与编辑研究 ………………………………………………（029）
    二、内容研究 ………………………………………………………（034）
    三、多元批评视角 …………………………………………………（041）
    四、质疑与批判 ……………………………………………………（050）
  第二节 短篇小说六篇 ………………………………………………（054）
    一、《在士麦那码头上》……………………………………………（054）
    二、《艾略特夫妇》…………………………………………………（063）
    三、《大转变》………………………………………………………（067）
    四、《今天是星期五》………………………………………………（072）
    五、《先生们，祝你们快乐》………………………………………（076）
    六、《你总是的，碰到件事就要想起点什么》……………………（082）
  本章小结 ………………………………………………………………（086）

第二章 国内未译介的海明威传记 …………………………………（088）
  第一节 历史性传记 …………………………………………………（089）
    一、一般传记 ………………………………………………………（089）
    二、亲友型传记 ……………………………………………………（092）
  第二节 专题性传记 …………………………………………………（093）
    一、时间专题 ………………………………………………………（094）
    二、空间专题 ………………………………………………………（095）
    三、战争、友情与爱情等专题 ……………………………………（103）

四、其他新颖专题……………………………………………………(107)
　第三节　研究性传记…………………………………………………(110)
　　一、《海明威批评指南：有关生平与创作的文学参考》…………(112)
　　二、《海明威：文学生涯》……………………………………………(113)
　　三、《海明威新传》……………………………………………………(115)
　　四、《海明威传》………………………………………………………(117)
　本章小结…………………………………………………………………(118)

第三章　国内未译介的海明威研究成果概述……………………………(121)
　第一节　研究专著……………………………………………………(121)
　　一、总体研究…………………………………………………………(122)
　　二、作品研究…………………………………………………………(125)
　　三、艺术风格新探……………………………………………………(139)
　第二节　学位论文……………………………………………………(147)
　　一、创伤研究…………………………………………………………(148)
　　二、叙事研究…………………………………………………………(155)
　　三、电影、音乐研究…………………………………………………(160)
　第三节　期刊论文……………………………………………………(169)
　　一、多元批评视角……………………………………………………(170)
　　二、剧作研究…………………………………………………………(181)
　　三、战争、运动主题研究……………………………………………(190)
　本章小结…………………………………………………………………(198)

第四章　数字人文与文化地理学视域下的海明威研究…………………(201)
　第一节　数字人文……………………………………………………(201)
　　一、海明威作品的"远距离阅读"……………………………………(202)
　　二、海明威数字地图…………………………………………………(212)
　　三、海明威数字档案…………………………………………………(217)
　第二节　文化地理学…………………………………………………(219)
　　一、萌芽：文化地理学视域下的研究尝试…………………………(219)
　　二、发展：全面深入的海明威地理诗学研究………………………(221)
　　三、延伸：以文化地理学重构作品的空间地图……………………(226)
　本章小结…………………………………………………………………(229)

第五章　女性主义批评、生态批评与种族研究视域下的海明威研究 (231)

第一节　女性主义批评 (231)
一、《了却一段情》：生态女性主义解读 (235)
二、《丧钟为谁而鸣》：致敬"西班牙新女性" (240)
三、《伊甸园》：凯瑟琳女权主义的觉醒 (245)

第二节　生态批评 (249)
一、动物书写 (251)
二、田园主义 (259)
三、生态伦理观 (263)

第三节　种族研究 (266)
一、关于印第安人 (268)
二、关于非洲人 (274)
三、关于犹太人 (277)

本章小结 (281)

第六章　比较文学视域下的海明威研究 (283)

第一节　影响研究：海明威文学的溯源与传承 (283)
一、海明威风格与日本的溯源与影响 (284)
二、海明威与英国作家 (289)
三、海明威与法国作家 (292)
四、海明威与俄国作家 (297)

第二节　平行研究：作为世界作家的海明威 (299)
一、海明威与格雷厄姆·格林 (300)
二、海明威与弗吉尼亚·伍尔芙 (305)
三、海明威与列夫·托尔斯泰 (308)
四、海明威与德里克·沃尔科特 (310)

第三节　变异学研究：开辟海明威研究的新领域 (313)
一、海明威作品在德语和西班牙语翻译中的变异 (314)
二、海明威作品中的西班牙形象 (320)
三、海明威风格的俄国化 (324)

本章小结 (326)

第七章　21世纪英美学界与国内学界海明威研究之比较……………（329）
　第一节　21世纪英美学界海明威研究态势……………………（329）
　　一、传统批评持续发力…………………………………………（329）
　　二、跨学科研究推陈出新………………………………………（331）
　　三、后现代批评理论牵引………………………………………（336）
　第二节　21世纪国内学界海明威研究态势……………………（338）
　　一、跟进西方研究………………………………………………（338）
　　二、发出中国声音………………………………………………（339）
　第三节　启示与展望……………………………………………（343）
　　一、对国内学界海明威研究的启示……………………………（343）
　　二、海明威研究未来展望………………………………………（354）
　本章小结……………………………………………………………（359）

结　语………………………………………………………………（362）

参考文献……………………………………………………………（368）

后　记………………………………………………………………（389）

绪　论

一、研究缘起与目的

欧内斯特·米勒·海明威（Ernest Miller Hemingway，1899—1961）是20世纪美国文学史上的重要作家之一，其创立的"冰山原则"写作风格开创了美国小说的一代新风，对美国文学乃至世界文坛产生了深远影响。我国海明威研究专家董衡巽教授在评价现代美国作家时指出："就影响方面来说，海明威是影响最大的一个。"[①]

海明威其人其作一直是中西方文学批评关注的中心。从作品来看，海明威作品数量大、体裁多、题材广，写作风格独树一帜，吸引纷繁的文学批评理论运用其中，不断对其进行解构与重构；同时，海明威作品在世界范围内广为流传，热度经久不衰，对世界文学产生了深远的影响，这赋予了其作品跨文化的意义。从生平来看，海明威一生游历世界多个国家与地区，其文学思想厚植于多重文化背景，1941年的访华之旅又加深了海明威与中国的联系，使得其人其作的研究成为中西方文学批评的重要交叉点。因此，海明威复杂的文化背景、经典的文学作品及其广泛的文化传播，决定了有关其人其作的研究具有重要学术价值。

在英美学界，海明威研究始于20世纪20年代初，距今已有百年历史，其间热潮不断、生机不减，取得了丰硕的研究成果，展现出蓬勃的生命力。在中国，海明威研究在20世纪经历了"双驼峰"[②]式的发展历程，显示出较大的发展潜力。

[①] 董衡巽：《海明威浅论》，《文学评论》1962年第6期，第48页。
[②] 邱平壤：《"双驼峰"态势：海明威在中国的接受》，《外国文学评论》1989年第2期，第69页。

21世纪以来，英美学界的海明威研究已有新进展，研究成果数量大、内容新，而大量一手材料、创新方法与前沿观点国内均尚未译介，遑论深入研究。相较之下，同时期的国内海明威研究步伐有所放缓，与英美学界的研究存在一定差距。因此，对21世纪英美学界海明威研究进行系统全面的研究显得十分必要。对中国海明威研究而言，通过系统梳理、去芜存菁，挖掘国内未译介的英美学界研究成果，深入探讨其研究方法与观点，既可凸显国内海明威研究特色，也可在比较中找到差距，为国内海明威研究提供参考与借鉴。对世界海明威研究而言，呈现研究路径与全貌，分析研究态势与发展，特别是通过中西比较，在比较中对话，在对话中互识、互鉴与互补，可以为世界海明威研究指明未来方向与道路。

本书聚焦于21世纪英美学界海明威研究中我国未译介的成果，通过梳理大量一手文献，分门别类、去芜存菁，遴选代表作品逐个解读，以求呈现研究全貌；通过归纳总结、深入分析，对创新方法与前沿观点加以重点评述，以求突出研究特点；通过比较21世纪英美学界与我国国内海明威研究，旨在启发国内海明威研究新思路，并通过中西比较、对话与互鉴，以期促进世界海明威研究创新发展。

二、研究界定

本书的研究对象为21世纪英美学界海明威研究成果，具体包括海明威传记、海明威研究专著、学位论文与期刊论文等。在此需要说明的是，本书仅关注上述成果中国内未译介的材料，探讨国内研究涉及较少的方法与观点。

（一）关于时间上的界定

将本书的研究时间限定于"21世纪"，主要出于以下两点考虑。第一，我国著名海明威研究专家杨仁敬教授于2014年出版的《海明威学术史研究》，已系统引介21世纪以前国外海明威研究情况，但关于21世纪以来国外海明威研究的介绍仅一页，简略罗列11部专著。继此著之后，国内学界再无此类系统梳理国外海明威研究的新论著，而同时期的英美学界海明威研究成果丰硕，亟待系统梳理研究。第二，相较于20世纪，21世纪的海明威研究更具新时代特色。在全球化语境中，生态批评、女性主义、多元文化主义、后殖民主义等研究领域备受关注；在数字时代，数字人文新范式应运而生；在跨学科文学研究趋势下，海明威研究与文化地理学、医学、音乐、电影等学科的交流与互动十分频繁。新时代的英美学界海明威研究取得了新的进展，亟待深入分析探讨。

因此，本书将研究时间限定于"21世纪"，一则避免重复研究，二则将研究视角聚焦于当下，重在探讨时代之"新"，关注国内尚未译介的材料，探讨国内研究涉及较少的方法与观点。正如美国著名海明威研究学者苏珊娜·德尔·吉佐（Suzanne del Gizzo）与柯克·科纳特（Kirk Curnutt）在其著《海明威研究新成果》（*The New Hemingway Studies*，2020）中所强调的："探讨在新千年历史背景中如何让海明威保持'当代性'。"[1]

（二）关于"英美学界"的界定

本书所谓"英美学界"是指在英国与美国发表或出版的有关海明威的研究成果，包括用英文创作的或用其他语言创作后被翻译成英文的作品，而不论作者国籍。

将本书的研究范围划定在英美学界而非更为广阔的西方世界，主要出于以下四点考虑。第一，从源头上看，主要的一手资料来源于美国。1980年美国波士顿肯尼迪总统图书馆中"海明威收藏馆"的公开，引发了20世纪八九十年代的海明威研究热潮。2011年，美国启动了"海明威书信计划"，该项目是对海明威共约六千封书信进行全面的学术编辑，其中约85%的信件从未公开过。该项目拟于2043年完成，剑桥大学出版社预计出版十七卷，如此丰富的文献资料，定将掀起新一轮海明威研究高潮。第二，从研究体量上看，英美学界贡献了主要的研究成果。重要的研究专著主要由美国肯特州立大学出版社、美国路易斯安那州立大学出版社、美国阿拉巴马大学出版社、英国剑桥大学出版社、英国牛津大学出版社、英国剑桥学者出版社（Cambridge Scholars Publishing）等出版，单篇学术论文主要发表在《海明威评论》（*The Hemingway Review*）、《北达科他季刊》（*North Dakota Quarterly*）、《二十世纪文学》（*Twentieth Century Literature*）与《比较文学和文化》（*Comparative Literature and Culture*）等期刊上。第三，从先进性看，英美学界代表了海明威研究前沿。近些年，诸如数字人文、文化地理学、医学、音乐研究等跨学科领域的新尝试，女性主义、生态批评、种族研究等后现代批评的新突破，均出自英美学界。第四，从包容性看，英美学界包含了其他国家的重要研究成果。大部分非英美国籍的学者对海明威在中国、巴黎、西班牙、意大利、非洲、古巴等地的重要研究，多以英文著述，或翻译成英文在英美学界

---

[1] Suzanne del Gizzo, Kirk Curnutt, eds. *The New Hemingway Studies*. Cambridge: Cambridge University Press, 2020, p.7.

发表。因此，本书将研究范围划定在英美学界，意在抓住源头、抓住重点、抓住前沿，确保本研究的权威性与先进性。

三、学术价值与创新

本书的创新性主要体现在以下几个方面：

第一，收集并梳理了 2000—2020 年在英美学界发表或出版的海明威研究成果，这些成果大多未被国内译介。本书通过系统梳理、重点解读，基本呈现了 21 世纪英美学界海明威研究全貌。

第二，重点关注了七部国内海明威研究较少涉及的作品，引介了数字人文与文化地理学两种创新方法，挖掘了关于女性主义、生态批评、种族研究等领域的前沿观点。

第三，首次对 21 世纪英美学界与国内海明威研究进行了比较。一方面，肯定国内研究的贡献，比如《海明威在中国》、比较文学变异学理论的运用、海明威"冰山原则"与我国传统美学思想之比较、海明威与我国作家之比较等；另一方面，通过对比分析，为国内海明威研究提出三点启示，结合权威专家观点，对未来海明威研究做出三点展望。

第四，首次在比较文学学科理论体系下，从影响研究、平行研究、变异学研究三方面对 21 世纪英美学界海明威研究成果进行分类评述，首次发现变异学在海明威研究中的应用案例，展望了变异学理论应用于海明威研究的新路径。

四、国内外研究现状

本部分对 21 世纪英美学界与国内海明威研究已有研究成果，按照海明威传记、研究专著、学位论文、期刊论文四种文献类型，分而述之，并简要对比分析文献特点。

（一）21 世纪英美学界海明威研究现状

21 世纪英美学界海明威研究的成果丰硕、数量繁多、种类多样。据初步统计，截至 2020 年 12 月，已出版海明威传记作品 119 部、海明威研究专著 128 部，发表博士学位论文 68 篇、硕士学位论文 167 篇、期刊论文 756 篇。

1. 海明威传记

21 世纪以来，随着海明威生平资料的进一步挖掘，学术研究的进一步拓展,英美学界有关海明威的新传记层出不穷。据初步统计,仅 20 年间(2000—2020),英美学界的海明威传记专著共 119 部,数量庞大、内容丰富、形式多样。需要说明的是,由于 21 世纪英美学界海明威传记的专著类成果丰硕,且大多由权威的海明威研究学者撰写而成,在篇幅、内容与研究深度上具有代表性与权威性,具有学术探讨价值,因此,本书仅针对专著类海明威传记展开。其他散见于部分网络资源、期刊论文与学位论文中的有关海明威生平研究的成果,在此不做具体论述。

经梳理总结,笔者将 21 世纪英美学界海明威传记作品主要概括为以下四个类别:

(1) 历史性传记。这类传记通常属于传统传记书写,遵循纪实性原则记叙海明威的一生,重在讲述海明威的生平史实。比如,布鲁斯特·钱柏林(Brewster Chamberlin)的《海明威日志:生平与时代年表》(*The Hemingway Log: A Chronology of His Life and Times*,2015)是迄今为止有关海明威生平经历时间涵盖最广、记录最全面翔实的作品[①]。其他传记还有迈克尔·雷诺兹(Michael Reynolds)的《欧内斯特·海明威》(*Ernest Hemingway*,2000)、吉姆·怀廷(Jim Whiting)的《欧内斯特·海明威》(*Ernest Hemingway*,2006)、凯特·里格斯(Kate Riggs)的《欧内斯特·海明威》(*Ernest Hemingway*,2009)、苏尼尔·库马尔·萨卡尔(Sunil Kumar Sarker)的《欧内斯特·海明威指南》(*A Companion to Ernest Hemingway*,2019)、杰米·庞弗里(Jamie Pumfrey)的《海明威传》(*Biographic: Hemingway*,2019)等。

(2) 专题性传记。这类传记不以海明威的一生为研究对象,而是聚焦于海明威一生中某个重要地点、某段重要时期、某重要事件以及他的战争经历、爱情与友情等不同专题,以此为研究对象,展开深入探究。其中,以特定地区为专题展开的海明威生平研究最多。据初步统计,相关传记近 30 部,占总数约四分之一,分别著述了海明威在古巴、法国、西班牙、意大利、英国、非洲、中国、比米尼岛、墨西哥湾,以及美国的奥克帕克、密歇根、基韦斯特、黄石国家公园等国家与地区的个人经历。其中多个国家和地区是首次纳入海明威生平研究中,提供了有价值的新信息。如阿什莉·奥利芬特(Ashley Oliphant)

[①] Brewster Chamberlin. *The Hemingway Log: A Chronology of His Life and Times*. Lawrence: University Press of Kansas, 2015, p. 1.

的《海明威与比米尼岛》(*Hemingway and Bimini*, 2017), 是目前唯一一部有关 1935 年至 1937 年海明威在巴哈马比米尼岛生活经历的专著[①]。马克·奥特(Mark P. Ott)的《大转变: 海明威与墨西哥湾流, 一部基于背景的传记》(*A Sea of Change: Ernest Hemingway and the Gulf Stream, A Contextual Biography*, 2008)是第一部考察海明威与墨西哥湾流之间的复杂关系的作品[②]。克里斯·沃伦(Chris Warren)的《海明威在黄石山区》(*Ernest Hemingway in the Yellowstone High Country*, 2019)是第一部记录海明威在美国黄石山区的生活经历与文学创作的传记[③]。此外, 关于时间专题的传记有史蒂夫·保罗(Steve Paul)的《18 岁的海明威: 开启美国传奇的关键一年》(*Hemingway at Eighteen: The Pivotal Year That Launched an American Legend*, 2017)是目前唯一一部详细记述 1917 年海明威 18 岁这关键一年的个人经历[④]。史蒂夫·保罗等人的《战争与写作: 海明威早年生活与创作的新视角》(*War + Ink: New Perspectives on Ernest Hemingway's Early Life and Writings*, 2014)聚焦于海明威 18 岁至 30 岁(1917—1929 年)复杂的人生经历以及他在这一时期所取得的非凡成就[⑤]。关于战争专题的传记有理查德·F. 安德森(Richard F. Anderson)的《海明威与第一次世界大战》(*Ernest Hemingway and World War Ⅰ*, 2015)、史蒂文·弗洛尔奇克(Steven Florczyk)的《海明威、红十字会与第一次世界大战》(*Hemingway, the Red Cross, and the Great War*, 2014)、琳达·瓦格纳-马丁(Linda Wagner-Martin)的《海明威的战争: 公共战役与私人战役》(*Hemingway's Wars: Public and Private Battles*)等。关于友情专题的传记有约翰·科哈西(John Cohassey)的《海明威与庞德: 不可思议的关系》(*Hemingway and Pound: A Most Unlikely Relationship*, 2014)、莱尔·拉森(Lyle Larsen)的

[①] Ashley Oliphant. *Hemingway and Bimini: The Birth of Sport Fishing at "The End of the World"*. Sarasota: Pineapple Press, 2017, p. 4.

[②] Mark P. Ott. *A Sea of Change: Ernest Hemingway and the Gulf Stream, A Contextual Biography*. Kent: The Kent State University Press, 2008, p. 19.

[③] Chris Warren. *Ernest Hemingway in the Yellowstone High Country*. Helena: Riverbend Publishing, 2019, p. 1.

[④] Steve Paul. *Hemingway at Eighteen: The Pivotal Year That Launched an American Legend*. Chicago: Chicago Review Press, 2017, p. 2.

[⑤] Steve Paul, et al., eds. *War + Ink: New Perspectives on Ernest Hemingway's Early Life and Writings*. Kent: The Kent State University Press, 2014, p. Ⅺ.

《斯坦因与海明威：动荡的友谊》(Stein and Hemingway: The Story of a Turbulent Friendship，2011)、约瑟夫·弗鲁西奥尼（Joseph Fruscione）的《福克纳与海明威：一部文学竞赛的传记》(Faulkner and Hemingway: Biography of a Literary Rivalry，2012) 等。关于爱情专题的传记有露丝·霍金斯（Ruth A. Hawkins）的《难以置信的快乐与最终的悲伤：海明威与菲佛的婚姻》(Unbelievable Happiness and Final Sorrow: The Hemingway-Pfeiffer Marriage，2012)、安德里亚·迪·罗宾兰特（Andrea di Robilant）的《威尼斯之秋：海明威与他最后的缪斯女神》(Autumn in Venice: Ernest Hemingway and His Last Muse，2018)、斯科特·唐纳森的《巴黎丈夫：海明威与哈德莉之间的真实关系》(The Paris Husband: How It Really Was Between Ernest and Hadley Hemingway，2018) 等。此外，还有诸多新颖另类的专题性传记，以海明威的宠物、枪支、他与出版商之间的故事等作为专题加以著述。

（3）研究性传记。这类传记将海明威的生平经历与文学创作相结合，考察二者之间的内在关联，试图勾勒海明威生平轶事对其文学创作的影响与作用。比如，琳达·瓦格纳－马丁的《海明威：文学生涯》(Ernest Hemingway: A Literary Life，2007) 记载了海明威从伊利诺伊州奥克帕克到爱达荷州凯彻姆的生活史，并结合作品分析了他各个人生阶段的经历对其文学创作产生的影响[①]。查尔斯·奥利弗（Charles M. Oliver）的《海明威批评指南：有关生平与创作的文学参考》(Critical Companion to Ernest Hemingway: A Literary Reference to His Life and Work，2007) 是一本海明威生平与作品的百科全书，包含了海明威生平、所有作品与相关批评，以及与海明威有关的重要人物、时间与地点等[②]。其他还有詹姆斯·哈钦森（James M. Hutchisson）的《海明威新传》(Ernest Hemingway: A New Life，2016)、玛丽·迪尔伯恩（Mary V. Dearborn）的《海明威传》(Ernest Hemingway: A Biography，2017) 等。

（4）文学性传记。这类传记在叙述手法和作传方式上有所不同，史料性减弱而文学虚构性增强。传记中所含有的虚构成分虽然建立在基本史实之上，但

---

① Linda Wagner-Martin. *Ernest Hemingway: A Literary Life*. Basingstoke：Palgrave Macmillan，2007，p. Ⅸ.

② Charles M. Oliver. *Critical Companion to Ernest Hemingway: A Literary Reference to His Life and Work*. New York：Facts on File，2007，p. Ⅶ.

在历史大框架下蕴含了传记作者自己的文学想象与创作。比如，保拉·麦克莱恩（Paula McLain）的《我是海明威的巴黎妻子》（*The Paris Wife*，2012）与《爱与毁灭》（*Love and Ruin*，2018）、内奥米·伍德（Naomi Wood）的《海明威夫人》（*Mrs. Hemingway*，2014）等。

2. 研究专著

据初步统计，21世纪英美学界的海明威研究专著共128部，主要包括以下几类：

（1）总体研究。这类研究专著具有整体性与全面性，或从历时角度对海明威学术史进行梳理总结，或从共时角度对海明威研究的不同侧面加以补充与完善。比如，劳伦斯·马泽诺（Laurence Mazzeno）的《批评家与海明威（1924—2014）：塑造美国文学偶像》（*The Critics and Hemingway, 1924 – 2014:Shaping an American Literary Icon*，2015）一书，采用历时结构，将1924年至2014年以每十年为时间节点，共分为十章，介绍了期间最具价值的研究成果[①]。黛布拉·莫德尔莫格（Debra Moddelmog）和苏珊娜·德尔·吉佐（Suzanne del Gizzo）合编的《语境中的海明威》（*Ernest Hemingway in Context*，2013）一书，共收录了44位学者的文章，视角全面、内容丰富，是对海明威学术研究的综合考察，起到了补充与完善的作用[②]。其他相关专著还有琳达·瓦格纳－马丁（Linda Wagner-Martin）的《海明威：文学批评八十年》（*Hemingway:Eight Decades of Criticism*，2009）、彼得·海斯（Peter Hays）的《海明威批评五十年》（*Fifty Years of Hemingway Criticism*，2014）等。

（2）作品研究。这类研究专著聚焦于海明威某一部作品，对其展开深入细致的考察，或总结梳理某部作品的批评接受史，或运用多元批评视角对作品加以深入探究。比如，彼得·海斯的《海明威〈太阳照常升起〉的批评接受史》（*The Critical Reception of Hemingway's "The Sun Also Rises"*，2011）一书，涵盖了自20世纪20年代至2009年有关《太阳照常升起》的大量研究成果，较为全面地呈现了有关该小说近九十年的研究情况。基思·纽林（Keith

---

[①] Laurence W. Mazzeno. *The Critics and Hemingway, 1924 – 2014:Shaping an American Literary Icon*. Rochester: Camden House, 2015, p. 9.

[②] Debra A. Moddelmog, Suzanne del Gizzo, eds. *Ernest Hemingway in Context*. New York: Cambridge University Press, 2013, p. XXIII.

Newlin) 的《批判性见解：〈太阳照常升起〉》(Critical Insights: "The Sun Also Rises", 2010) 共收录了 19 篇论文，透过对《太阳照常升起》的全面解读，探究"海明威艺术成就的本质"[①]。其他专著还有罗伯特·路易斯 (Robert W. Lewis) 与迈克尔·金姆·鲁斯 (Michael Kim Roos) 合著的《解读海明威〈永别了，武器〉：术语汇编与评论》(Reading Hemingway's "A Farewell to Arms":Glossary and Commentary, 2019)、哈罗德·布鲁姆 (Harold Bloom) 的《布鲁姆指南：海明威〈永别了，武器〉》(Bloom's Guides:Ernest Hemingway's "A Farewell to Arms", 2010)、德瑞尔·布莱冯斯基 (Dedria Bryfonski) 的《海明威〈老人与海〉中的死亡》(Death in Ernest Hemingway's "The Old Man and the Sea", 2014) 等。其中值得注意的是，《伊甸园》、《在我们的时代里》(1924 年巴黎版)、《没有女人的男人们》、《死在午后》等作品在 21 世纪出现了首部研究专著，提供了深入全面的解读，极具学术价值。比如，苏珊娜·德尔·吉佐与弗雷德里克·斯沃博达 (Frederic Svoboda) 合编的《海明威〈伊甸园〉：文学批评二十五年》(Hemingway's "The Garden of Eden":Twenty-Five Years of Criticism, 2012) 一书，首次梳理总结了《伊甸园》自 1986 年出版至 2012 年 25 年间的研究趋势与特点，涵盖了迄今为止有关该小说最重要的研究成果[②]。米尔顿·科恩 (Milton A. Cohen) 的《海明威的实验室：巴黎版〈在我们的时代里〉》(Hemingway's Laboratory: The Paris "In Our Time", 2005) 是第一部对 1924 年在法国巴黎出版的《在我们的时代里》进行专门研究的著作，对于考察海明威早期的写作风格具有重要意义[③]。约瑟夫·弗罗拉 (Joseph M. Flora) 的《解读海明威〈没有女人的男人们〉：术语汇编与评论》(Reading Hemingway's "Men Without Women":Glossary and Commentary) 一书，首次对海明威第二部短篇小说集《没有女人的男人们》(1927 年) 展开专门研究，对书名的深层含义、故事情节、人物刻画以及故事之间的相关性等方面加

---

① Keith Newlin, ed. Critical Insights: "The Sun Also Rises". Pasadena: Salem Press, 2010, p. Ⅶ.
② Suzanne del Gizzo, Frederic J. Svoboda, eds. Hemingway's "The Garden of Eden":Twenty-Five Years of Criticism. Kent: The Kent State University Press, 2012, p. ⅩⅥ.
③ Milton A. Cohen. Hemingway's Laboratory: The Paris "in our time". Tuscaloosa: University of Alabama Press, 2005, p. ⅩⅢ.

以具体探讨①。米里亚姆·曼德尔（Miriam Mandel）的《海明威〈死在午后〉指南》(*A Companion to Hemingway's "Death in the Afternoon"*，2004）是第一部专论海明威非虚构作品的研究著作，具有开创性意义②。

（3）艺术风格研究。这类研究专著着眼于考察海明威独特的写作风格与美学思想，不断为理解海明威艺术风格提供新见解与新解读。比如，罗伯特·保罗·兰姆（Robert Paul Lamb）的《艺术的重要性：海明威、写作技巧与现代短篇小说的创作》(*Art Matters: Hemingway, Craft, and the Creation of the Modern Short Story*，2010）细致考察了海明威短篇小说的写作技巧及其艺术性，其目的是"通过关注海明威美学来证明海明威在经典中的中心地位"③。其他专著还有大卫·怀亚特（David Wyatt）的《海明威、风格与情感艺术》(*Hemingway, Style, and the Art of Emotion*，2015）与《海明威短篇故事：作家与读者的写作技巧学习》(*The Hemingway Short Story: A Study in Craft for Writers and Readers*，2013）、唐纳德·布沙尔（Donald Bouchard）的《海明威：远非简单》(*Hemingway: So Far From Simple*，2010）等。

（4）跨学科研究。这类研究专著将海明威研究与数字人文、文化地理学、环境文学、电影学、教育学等相结合，引入新方法，具有创新性与时代前沿性。比如，劳拉·戈弗雷（Laura Godfrey）编著的《数字时代的海明威：对教学、阅读和理解的思考》(*Hemingway in the Digital Age: Reflections on Teaching, Reading, and Understanding*，2019）一书，首次展示了美国学界将数字人文应用于海明威研究中的丰硕成果④。劳拉·戈弗雷的《海明威的地理：亲密感、物质性与记忆》(*Hemingway's Geographies: Intimacy, Materiality, and Memory*，2016）聚焦于海明威作品中的地理书写，认为地点是海明威艺术的核心，"海明威作品中的景观不仅给故事和人物提供深度与

---

① Joseph M. Flora. *Reading Hemingway's "Men Without Women": Glossary and Commentary*. Kent: The Kent State University Press, 2008, p. XI.

② Miriam B. Mandel, ed. *A Companion to Hemingway's "Death in the Afternoon"*. Rochester: Camden House, 2004, p. 1.

③ Robert Paul Lamb. *Art Matters: Hemingway, Craft, and the Creation of the Modern Short Story*. Baton Rouge: Louisiana State University Press, 2010, p. 1.

④ Laura Godfrey. *Hemingway in the Digital Age: Reflections on Teaching, Reading, and Understanding*. Kent: The Kent State University Press, 2019, p. X.

背景，这些景观本身也具有美学、生态与文化意义"[1]。其他专著还有凯文·迈尔（Kevin Maier）的《海明威与自然世界教学》（*Teaching Hemingway and the Natural World*，2018）、坎迪斯·乌苏拉·格里索姆（Candace Ursula Grissom）的《菲茨杰拉德与海明威：电影改编的批评研究（1924—2013）》（*Fitzgerald and Hemingway on Film: A Critical Study of the Adaptations, 1924－2013*，2014）等。

（5）比较研究。这类研究专著重在考察海明威与美国其他作家作品之间的比较，探究海明威与美国其他作家之间的影响。比如罗纳德·伯曼（Ronald Berman）的《菲茨杰拉德、海明威与20世纪20年代》（*Fitzgerald, Hemingway, and the Twenties*，2001）、克里斯托弗·里格（Christopher Rieger）与安德鲁·莱特（Andrew Leiter）的《福克纳与海明威》（*Faulkner and Hemingway*，2018）、劳伦斯·布罗尔（Lawrence R. Broer）的《冯内古特与海明威：战时作家》（*Vonnegut and Hemingway: Writers at War*，2011）、约翰·S. 巴克（John S. Bak）的《美国同性恋：海明威、威廉姆斯与酷儿男子气概》（*Homo Americanus: Ernest Hemingway, Tennessee Williams, and Queer Masculinities*，2010）等。

3. 学位论文

据初步统计，21世纪英美学界有关海明威研究的博士学位论文共计68篇、硕士学位论文共计167篇。本书重点对博士学位论文展开论述。

博士学位论文主要包括以下几类：

（1）专题研究。这类博士学位论文聚焦于创伤、叙事等专题，或做出理论创新，并将之运用于海明威研究中，或拓展至之前未加以探讨的海明威作品上。比如，美国南佛罗里达大学凯瑟琳·K. 罗宾逊（Kathleen K. Robinson）的《创伤明证：海明威在〈过河入林〉中的叙事发展》（*Testimony of Trauma: Ernest Hemingway's Narrative Progression in "Across the River and into the Trees"*，2010）提出了"叙事微积分"[2] 新概念，并用以分析《过河入林》的叙事结构。美国北卡罗来纳大学教堂山分校莎

---

[1] Laura Godfrey. *Hemingway's Geographies: Intimacy, Materiality, and Memory*. London：Palgrave Macmillan，2016，p. 27.

[2] Kathleen K. Robinson. *Testimony of Trauma: Ernest Hemingway's Narrative Progression in "Across the River and into the Trees"*. Florida：University of South Florida，Ph. D dissertation，2010，p. 131.

拉·伍德·安德森（Sarah Wood Anderson）的《解读创伤与疯狂：海明威、希尔达·杜利特尔与菲茨杰拉德》(*Readings of Trauma and Madness in Hemingway, H. D., and Fitzgerald*, 2010) 基于创伤研究的理论框架，提出"家庭创伤"①，并将之运用于解读《伊甸园》中的凯瑟琳。其他博士学位论文还有美国南佛罗里达大学格奥尔基·V. 马诺洛夫（Gueorgui V. Manolov）的《海明威短篇小说的叙事话语要素》(*Elements of Narrative Discourse in Selected Short Stories of Ernest Hemingway*, 2007)、雷蒙德·迈克尔·文斯（Raymond Michael Vince）的《战争、英雄主义与叙事：海明威、托尔金与勒卡雷——现代世界的故事讲述者》(*War, Heroism and Narrative: Hemingway, Tolkien, and le Carre, Storytellers to the Modern World*, 2005) 等。

(2) 跨学科研究。这类博士学位论文将海明威研究与电影研究、音乐研究相结合，其中与音乐研究的结合饶有新意。比如，美国波士顿大学迈克尔·西维尔（Michael Civille）的《声望的幻觉：海明威、好莱坞与美国自我形象的塑造（1923—1958）》(*Illusions of Prestige: Hemingway, Hollywood, and the Branding of an American Self-Image, 1923-1958*, 2013)，其最大亮点是将文学研究、电影研究、电影改编研究、社会历史研究、文化研究等融于一体②，考察了海明威文学作品以及海明威作品的电影改编，探究了海明威个人形象与美国文化、美国国家形象塑造之间的关联。美国南达科他大学贾尼斯·豪斯曼（Janis Marie Hebert Hausmann）的《学科的交汇：海明威早期小说的音乐结构》(*A Meeting of the Disciplines: Musical Structures in Ernest Hemingway's Early Fiction*, 2003) 从音乐-文学研究（musico-literary studies）新视角，围绕《在我们的时代里》与《太阳照常升起》展开音乐分析，探究海明威文本中音乐与语言之间的内部联系③。美国乔治亚大学尼科尔·约瑟芬·卡玛斯特拉（Nicole Josephine Camastra）的《怀旧情怀：薇

---

① Sarah Wood Anderson. *Readings of Trauma and Madness in Hemingway, H. D., and Fitzgerald*. North Carolina: The University of North Carolina at Chapel Hill, Ph. D dissertation, 2010, p. 8.

② Michael Civille. *Illusions of Prestige: Hemingway, Hollywood, and the Branding of an American Self-Image, 1923-1958*. Boston: Boston University, Ph. D dissertation, 2013, p. 5.

③ Janis Marie Hebert Hausmann. *A Meeting of the Disciplines: Musical Structures in Ernest Hemingway's Early Fiction*. South Dakota: University of South Dakota, Ph. D dissertation, 2003, p. Ⅵ.

拉·凯瑟、海明威、菲茨杰拉德作品中的浪漫主义音乐》(*Nostalgic Sensibilities: Romantic Music in Selected Works of Willa Cather, Ernest Hemingway, and F. Scott Fitzgerald*, 2012)深入考察了音乐对《先生们，祝你们快乐》与《向瑞士致敬》在内容与形式上的影响①。

(3) 比较研究。这类博士学位论文将海明威与美国其他作家作品进行比较研究，探究海明威与美国作家之间的影响。比如美国乔治华盛顿大学约瑟夫·安东尼·弗鲁肖内(Joseph Anthony Fruscione)的《现代辩证法：福克纳、海明威与影响焦虑(1920—1962)》(*Modernist Dialectic: William Faulkner, Ernest Hemingway, and the Anxieties of Influence, 1920－1962*, 2005)、美国南佛罗里达大学杰米·桑德斯(J'aime Sanders)的《存在主义艺术：菲茨杰拉德、海明威、梅勒与美国存在主义传统》(*The Art of Existentialism: F. Scott Fitzgerald, Ernest Hemingway, Norman Mailer and the American Existential Tradition*, 2007)、美国北卡罗来纳大学教堂山分校希瑟·蕾妮·罗斯(Heather Renee Ross)的《海明威与奥布莱恩战争文学中的寻爱与女性身份》(*The Search for Love and Feminine Identity in the War Literature of Ernest Hemingway and Time O'Brien*, 2011)等。

4. 期刊论文

据初步统计，21世纪英美学界海明威研究的期刊论文共计756篇，主要包括以下几个类别：

(1) 多元批评视角下的作品研究。这类期刊论文运用女性主义、生态批评、种族研究等各式各样的文学批评理论，对海明威作品加以解读。比如，运用女性主义的有：洛里·沃特金斯·富尔顿(Lorie Watkins Fulton)的《解读杰克的叙述：勃莱特·阿施利与〈太阳照常升起〉》("Reading Around Jake's Narration: Brett Ashley and *The Sun Also Rises*", 2004)反对批评界长期以来对勃莱特的批判与指责，建议读者跳出杰克视角对勃莱特加以重新审视②；同样地，威廉·阿代尔(William Adair)的《〈太阳照常升起〉：母亲勃莱特》("*The Sun Also Rises*: Mother Brett", 2010)也提出反驳，认为勃莱

---

① Nicole Josephine Camastra. *Nostalgic Sensibilities: Romantic Music in Selected Works of Willa Cather, Ernest Hemingway, and F. Scott Fitzgerald*. Georgia: University of Georgia, Ph.D dissertation, 2012, p.3.

② Lorie Watkins Fulton. "Reading Around Jake's Narration: Brett Ashley and *The Sun Also Rises*", *The Hemingway Review*, Vol. 24, No. 1, 2004, p.64.

特并非"破坏性荡妇",而是一位坚强的母亲形象[①]。不同的是,彼得·海斯(Peter Hays)在《〈太阳照常升起〉中的帝国形象勃莱特》("Imperial Brett in *The Sun Also Rises*",2010)一文中指出,对小说主题加以重释,可以发现勃莱特体现的是一种统治力量或帝国力量[②]。运用生态批评的有:凯文·迈尔(Kevin Maier)的《海明威的狩猎:生态反思》("Hemingway's Hunting: An Ecological Reconsideration",2006)、瑞恩·赫迪格尔(Ryan Hediger)的《海明威〈老人与海〉〈非洲的青山〉与〈乞力马扎罗山下〉中的狩猎、钓鱼与伦理约束》("Hunting, Fishing, and the Cramp of Ethics in Ernest Hemingway's *The Old Man and the Sea*, *Green Hills of Africa*, and *Under Kilimanjaro*",2008)以及《与动物共生:伦敦与海明威的共生系统与意义生态学》("Becoming with Animals: Sympoiesis and the Ecology of Meaning in London and Hemingway",2016)、菅井大地(Daichi Sugai)的《田园作为商品:布劳提根对海明威钓鳟鱼之重述》("Pastoral as Commodity: Brautigan's Reinscription of Hemingway's Trout Fishing",2017)、大卫·萨沃拉(David Savola)的《"邪恶之书":对〈太阳照常升起〉的田园批评》("'A Very Sinister Book': *The Sun Also Rises* as Critique of Pastoral",2006)等。运用种族研究的有:约瑟普·阿门戈-卡雷拉(Josep Armengol-Carrera)的《海明威的种族观:再论〈非洲的青山〉和〈乞力马扎罗山下〉中的男子气概与白人性》("Race-ing Hemingway: Revisions of Masculinity and/as Whiteness in Ernest Hemingway's *Green Hills of Africa* and *Under Kilimanjaro*",2011)、杰里米·凯耶(Jeremy Kaye)的《犹太男子气概的"牢骚":重释海明威的反犹主义、重构罗伯特·科恩》("The 'Whine' of Jewish Manhood: Re-reading Hemingway's Anti-Semitism, Reimagining Robert Cohn",2006)等。

(2)剧作研究。这类期刊论文针对海明威唯一一部剧作《第五纵队》,或聚焦于体裁、写作技巧与主旨,或探讨与其他作品的关联,或结合舞台剧研究、比较翻译研究等对其加以考察。比如,吉恩·华盛顿(Gene Washington)的《海明威、〈第五纵队〉与"死角"》("Hemingway, *The*

[①] William Adair. "The Sun Also Rises: Mother Brett", *Journal of Narrative Theory*, Vol. 40, No. 2, 2010, p. 190.

[②] Peter L. Hays. "Imperial Brett in *The Sun Also Rises*", *ANQ:A Quarterly Journal of Short Articles, Notes and Reviews*, Vol. 23, No. 4, 2010, p. 241.

Fifth Column, and the 'Dead Angle'", 2009)探究了海明威对剧本这一体裁的认识及其写作技巧的掌握,并从内容上剖析了《第五纵队》与《丧钟为谁而鸣》之间的联系[①]。米尔顿·马里亚诺·阿泽维多(Milton Mariano Azevedo)的《翻译策略:〈第五纵队〉的法语、意大利语、葡萄牙语与西班牙语译本》("Translation Strategies: *The Fifth Column* in French, Italian, Portuguese, and Spanish", 2007)从比较翻译研究(comparative translation studies)角度探究了《第五纵队》在法语、意大利语、葡萄牙语、西班牙语译本中翻译策略的运用,揭示了译文与海明威原著之间的关系[②]。斯蒂芬尼·奥弗曼－蔡(Stefani Overman-Tsai)的《门与门之间的空间:海明威〈第五纵队〉突破战争与性别二元对立性的界限》("The Space Between the Doors: Breaking through the Boundaries of War and Gender Binaries in Hemingway's *The Fifth Column*", 2019)对《第五纵队》的主旨要义加以重释,并结合舞台剧研究考察了《第五纵队》舞台剧演出失败的原因,提出相关建议[③]。

(3)专题研究。这类期刊论文聚焦于战争、运动等专题,对海明威其人其作加以细致考察。比如,战争专题研究有:威廉·阿代尔(William Adair)的《〈太阳照常升起〉:战争的回忆》("*The Sun Also Rises*: A Memory of War", 2001)聚焦于小说中的战争叙事,探讨无处不在的战争影射[④]。其他论文还有吉姆·巴隆(Jim Barloon)的《短篇小说:海明威〈在我们的时代里〉中的战争缩影》("Very Short Stories: The Miniaturization of War in Hemingway's *In Our Time*", 2005)、杰夫·摩根(Jeff Morgan)的《海明威与古巴革命:〈丧钟为谁而鸣〉对马埃斯特拉山的影响》("Hemingway and the Cuban Revolution: *For Whom the Bell Tolls* in the Sierra Maestra", 2016)等。运动专题研究有:阿戈里·克鲁皮(Agori Kroupi)的《海明威作品中钓鱼和斗牛的宗教意蕴》("The Religious Implications of Fishing and

---

① Gene Washington. "Hemingway, *The Fifth Column*, and the 'Dead Angle'", *The Hemingway Review*, Vol. 28, No. 2, 2009, p. 127.

② Milton Mariano Azevedo. "Translation Strategies: *The Fifth Column* in French, Italian, Portuguese, and Spanish", *The Hemingway Review*, Vol. 27, No. 1, 2007, p. 108.

③ Stefani Overman-Tsai. "The Space Between the Doors: Breaking through the Boundaries of War and Gender Binaries in Hemingway's *The Fifth Column*", *The Hemingway Review*, Vol. 38, No. 2, 2019, p. 60.

④ William Adair. "*The Sun Also Rises*: A Memory of War", *Twentieth Century Literature*, Vol. 47, No. 1, 2001, p. 85.

Bullfighting in Hemingway's Work",2008)重点考察海明威作品中有关钓鱼与斗牛的描写,探究其中所隐喻的宗教救赎问题[①]。其他论文还有艾米莉·霍夫曼(Emily C. Hoffman)的《传统与斗牛士:海明威〈世界之都〉中斗牛士失去的遗产》("Tradition and the Individual Bullfighter: The Lost Legacy of the Matador in Hemingway's 'The Capital of the World'",2004)、蒂里·奥兹瓦尔德(Thierry Ozwald)的《在运动与悲剧之间:海明威对斗牛的热情》("Between Sport and Tragedy: Hemingway's Passion for Bullfighting",2019)等。

(4)跨学科研究。这类期刊论文将海明威研究与医学、音乐、电影等相结合,提出研究新视角。比如,与医学研究相结合的有:克里斯托弗·马丁(Christopher Martin)的《海明威:对其自杀的心理解剖》("Ernest Hemingway: A Psychological Autopsy of a Suicide",2006)从精神病学角度(a psychiatric view)对海明威加以剖析,指出他晚年表现出精神病症状[②]。其他论文侧重于探讨海明威作品中的疾病书写,比如亨利·塞登(Henry M. Seiden)与马克·塞登(Mark Seiden)的《海明威有关第一次世界大战的短篇小说:创伤后应激障碍、作为证人的作家与主体间共同体的创造》("Ernest Hemingway's World War I Short Stories: PTSD, the Writer as Witness, and the Creation of Intersubjective Community",2013)、查尔斯·诺兰(Charles Nolan)的《"有点疯狂":海明威笔下三位女性人物的精神病诊断》("'A Little Crazy': Psychiatric Diagnoses of Three Hemingway Women Characters",2009)、鲁斯·波特(Russ Pottle)的《海明威与〈美国医学协会杂志〉:〈印第安人营地〉中的坏疽病、休克与自杀》("Hemingway and *The Journal of the American Medical Association*: Gangrene, Shock, and Suicide in 'Indian Camp'",2015)与《哈里坏疽病的最佳来源:医学文献与〈乞力马扎罗的雪〉》("A Better Source for Harry's Gangrene: Medical Literature and 'The Snows of Kilimanjaro'",2020)等。与音乐研究相结合的有:尼科尔·约瑟芬·卡玛斯特拉的《海明威的现代赞美诗:〈先生们,祝你们快乐〉中音乐与宗教背景溯源》("Hemingway's Modern Hymn: Music

---

① Agori Kroupi. "The Religious Implications of Fishing and Bullfighting in Hemingway's Work", *The Hemingway Review*, Vol. 28, No. 1, 2008, p. 107.

② Christopher D. Martin. "Ernest Hemingway: A Psychological Autopsy of a Suicide", *Psychiatry*, Vol. 69, No. 4, 2006, p. 351.

and the Church as Background Sources for 'God Rest You Merry, Gentlemen'",2008)等。与电影研究相结合的有：玛蒂娜·马斯坦德雷（Martina Mastandrea）的《"不要写让意大利审查员烦恼的东西"：帕索里尼与拍摄于20世纪50年代意大利的〈永别了，武器〉》（" 'Don't Write Anything that Will Bother the Italian Censor'：Pasolini and the Filming of *A Farewell to Arms* in 1950's Italy",2020)、菲利普·布斯（Philip Booth）的《海明威的〈杀手〉与英雄宿命论：从文本到大荧幕（三次）》["Hemingway's *'The Killers'* and Heroic Fatalism：From Page to Screen (Thrice)",2007]、杰米·巴洛尔（Jamie Barlowe）的《"它被重写了"：〈永别了，武器〉的电影改编》(" 'They Have Rewritten It All'：Film Adaptations of *A Farewell to Arms*",2011)等。

（5）比较文学研究。这类期刊论文将海明威其人其作与日本、英国、法国、俄国等多国作家作品展开跨国、跨文化、跨语言的比较研究，取得了丰硕的研究成果。比如，展开影响研究的有：乔治·蒙泰罗（George Monteiro）的《海明威作品中豪斯曼（和莎士比亚）的痕迹》["Traces of A. E. Houseman (and Shakespeare) in Hemingway",2008]重点追溯了英国诗人豪斯曼的两部诗集对海明威的影响[1]。达纳·德拉古诺伊（Dana Dragunoiu）的《海明威的〈太阳照常升起〉受惠于司汤达的〈阿尔芒斯〉》("Hemingway's Debt to Stendhal's *Armance* in *The Sun Also Rises*",2000)考察了司汤达对海明威、《阿尔芒斯》对《太阳照常升起》的创作影响[2]。马克·奇里诺（Mark Cirino）的《打败屠格涅夫先生：〈托普曼的处决〉与海明威美学见证》("Beating Mr. Turgenev：'The Execution of Tropmann' and Hemingway's Aesthetic of Witness",2010)首次探究了屠格涅夫的《托普曼的处决》对海明威创作的影响[3]。展开平行研究的有：约翰娜·丘奇（Johanna Church）的《伍尔芙与海明威作品对第一次世界大战炮弹休克症的文学呈现》("Literary Representations of Shell Shock as a Result of World War I in the Works of

---

[1] George Monteiro. "Traces of A. E. Houseman (and Shakespeare) in Hemingway", *The Hemingway Review*, Vol. 28, No. 1, 2008, p. 123.

[2] Dana Dragunoiu. "Hemingway's Debt to Stendhal's *Armance* in *The Sun Also Rises*", *Modern Fiction Studies*, Vol. 46, No. 4, 2000, p. 869.

[3] Mark Cirino. "Beating Mr. Turgenev：'The Execution of Tropmann' and Hemingway's Aesthetic of Witness", *The Hemingway Review*, Vol. 30, No. 1, 2010, p. 31.

Virginia Woolf and Ernest Hemingway",2016）对两位作家在作品中有关战后士兵精神创伤的描写加以比较[1]。艾米莉·威特曼（Emily Wittman）的《一连串的磨难：格林〈没有地图的旅行〉与海明威〈非洲的青山〉中的怀旧与苦难的浪漫》（"A Circuit of Ordeals: Nostalgia and the Romance of Hardship in Graham Greene's *Journey Without Maps* and Ernest Hemingway's *Green Hills of Africa*",2011）聚焦于以 20 世纪 30 年代的非洲为背景创作的两部作品，探讨二者在形式、内容和情节上的相同之处[2]。其他论文还有休·麦克莱恩（Hugh McLean）的《海明威与托尔斯泰：一场拳击式邂逅》（"Hemingway and Tolstoy: A Pugilistic Encounter",2008）、爱德华·艾克（Edward Ako）的《海明威、沃尔科特、海上老人》（"Ernest Hemingway, Derek Walcott, and Old Men of the Sea",2008）等。展开变异学研究的有：克里斯托弗·迪克（Christopher Dick）的《改变弗雷德里克·亨利的战争叙事：〈永别了，武器〉与翻译润色》（"Transforming Frederic Henry's War Narrative: *In Einem Andern Land* and Translational Embellishment",2012）深入探究《永别了，武器》的德语译本，指出德语翻译在海明威写作手法上存在缺损，造成小说主人公的形象发生了变化[3]。加布里埃尔·罗德里格斯－帕佐斯（Gabriel Rodríguez-Pazos）的《并非如此真实，并非如此简单：〈太阳照常升起〉的西班牙语译本》（"Not So True, Not So Simple: The Spanish Translations of *The Sun Also Rises*",2004）重点考察《太阳照常升起》四个西班牙语译本与海明威原著之间的差异，并分析总结了其原因[4]。亚历山大·布拉克（Alexander Burak）的《从海明威作品翻译看俄国生活与文学"美国化"》（"The 'Americanization' of Russian Life and Literature through Translations of Hemingway's Works",2013）聚焦于海明

---

[1] Johanna Church. "Literary Representations of Shell Shock as a Result of World War I in the Works of Virginia Woolf and Ernest Hemingway", *Peace & Change*, Vol. 41, No. 1, 2016, p. 61.

[2] Emily O. Wittman. "A Circuit of Ordeals: Nostalgia and the Romance of Hardship in Graham Greene's *Journey Without Maps* and Ernest Hemingway's *Green Hills of Africa*", *Prose Studies*, Vol. 33, No. 1, 2011, p. 44.

[3] Christopher Dick. "Transforming Frederic Henry's War Narrative: *In Einem Andern Land* and Translational Embellishment", *The Hemingway Review*, Vol. 31, No. 2, 2012, p. 48.

[4] Gabriel Rodríguez-Pazos. "Not So True, Not So Simple: The Spanish Translations of *The Sun Also Rises*", *The Hemingway Review*, Vol. 23, No. 2, 2004, p. 48.

威作品的俄语翻译以及在俄国的接受①。

（二）21世纪国内海明威研究现状

据初步统计，截至2020年12月，21世纪国内海明威研究成果有：已出版海明威传记作品43部、海明威研究专著29部，发表博士学位论文11篇、硕士学位论文310篇、期刊论文3595篇。

1. 海明威传记

在海明威传记方面，国内研究成果主要包括传记撰写与创作、对国外传记的译介两个方面。

其中，在传记撰写与创作方面，21世纪以来国内已出版海明威传记作品共43部，主要分为三类：

（1）历史性传记，共36部，是国内最主要的撰写类型，多以《海明威传》或《海明威》命名。比如，董衡巽的《海明威传》（2006）、杨恒达的《海明威》（2001）、何茂荣的《海明威》（2011）、姚嘉为的《海明威》（2019）、史荣新的《海明威传》（2006）、李瑞红与孟晓媛的《海明威》（2014）、华夏书的《海明威》（2002）、任宪宝的《海明威》（2001）、吴晓奎的《海明威传》（2001）以及刘雅文的《海明威》（2000）等。

（2）专题性传记，共2部。杨仁敬的《海明威在中国》（增订本，2006）是首部有关1941年海明威访华之旅的著作。作者通过收集国内外有关海明威访华的一手资料，系统讲述了海明威访华的目的、行程、收获和意义，并将海明威访华时的照片、书信手迹等附于书中②。陈荣彬的《危险的友谊：超译费兹杰罗 & 海明威》（2015）则聚焦于讲述海明威与菲茨杰拉德之间的友情。

（3）研究性传记，共5部，将海明威生平与文学创作相结合，并加以评述。比如，吴然的《"硬汉"海明威：作品与人生的演绎》（2005）记叙了海明威的一生，重点评述了他的写作风格、文学作品、对其创作产生重要影响的人等诸多方面，其中不乏真知灼见。该书将海明威的创作与人生经历互为比照，海明威作品中彰显的精神与个人传奇交相辉映③。侯晓艳的《海明威：作家中的明星》（2013）将海明威传记与文学、心理学、传播学、商业营销学等相结

---

① Alexander Burak. "The 'Americanization' of Russian Life and Literature through Translations of Hemingway's Works", *Translation and Interpreting Studies*, Vol. 8, No. 1, 2013, p. 60.
② 杨仁敬编著：《海明威在中国》（增订本），厦门：厦门大学出版社，2006年，第3页。
③ 吴然：《"硬汉"海明威：作品与人生的演绎》，北京：昆仑出版社，2005年，第8页。

合，既讲述了海明威生平，也对海明威的成名和巨大影响力加以考察①。其他相关传记还有杨照的《对决人生：解读海明威》（2013）、蒋卫杰等的《打不垮的硬汉：海明威评传》（2001）、金苏的《海明威评传》（2018）。

在对国外传记的译介方面，21 世纪以来国内共翻译出版了 14 部国外海明威传记②，其中历史性传记 8 部、文学性传记 5 部、专题性传记 1 部，暂无研究性传记。

2. 研究专著

据初步统计，21 世纪以来国内已出版海明威研究专著共 29 部，主要包括以下几类：

（1）引介国外研究成果的专著，主要包括杨仁敬的三部专著《海明威：美国文学批评八十年》（2012）、《海明威学术史研究》（2014）与《海明威研究文集》（2014）。其中，《海明威：美国文学批评八十年》聚焦于美国学界的海明威研究情况，以每十年的时间为经线，以作品为纬线，重点评介了 20 世纪 20 年代至 20 世纪末各种文学批评流派对海明威的不同解读③。《海明威学术史研究》系统梳理了 20 世纪 20 年代至 21 世纪初国外海明威研究史略，重点评介了海明威研究在美国的情况，并概述了英国、法国、瑞典、挪威、荷兰、苏联

---

① 侯晓艳：《海明威：作家中的明星》，北京：人民出版社，2013 年，第 1 页。
② 21 世纪英美学界的海明威传记作品目前已有中译本的具体情况如下：海明威的私人助理瓦莱丽·海明威的《与公牛一同奔跑：我生命中的海明威》中译本先后于 2006 年和 2010 年由新星出版社出版，海明威的侄女希拉里·海明威与摄影记者卡伦娜·布伦南的《海明威在古巴》中译本已于 2008 年由宁夏出版社出版，海明威的孙子约翰·海明威的《海明威家的厄运：一部家族回忆录》中译本先后于 2009 年由台北天培文化有限公司出版和 2016 年由上海三联书店出版，海明威的好友 A. E. 霍奇纳的《海明威的十个关键词》中译本已于 2012 年由台北麦田出版社出版，美国保拉·麦克莱恩的文学性传记《我是海明威的巴黎妻子》中译本已于 2013 年由北京联合出版公司出版，美国学者柯克·科纳特的《在咖啡馆遇见海明威》中译本已于 2013 年由黑龙江教育出版社出版，美国中情局博物馆历史学家尼古拉斯·雷诺兹的《作家、水手、士兵、间谍：欧内斯特·海明威的秘密历险记，1935—1961》中译本已于 2018 年由社会科学文献出版社出版，美国罗伯特·惠勒的《海明威的巴黎：语词和影像中的作家之城》中译本已于 2018 年由中信出版集团出版，美国学者弗娜·卡莱的《八分之七的冰山：海明威传》中译本已于 2019 年由中央编译出版社出版，A. E. 霍奇纳的《恋爱中的海明威》中译本已于 2019 年由上海社会科学院出版社出版，海明威的孙女玛瑞儿·海明威与鲍里斯·维多夫斯基合著的《生活，在别处 海明威影像集》中译本已于 2019 年由译林出版社出版，美国文化史学家莱斯利·布卢姆的《整个巴黎属于我》中译本已于 2019 年由中信出版集团出版，美国丹·西蒙斯的文学性传记《海明威与骗子工厂》中译本已于 2020 年由上海文艺出版社出版，美国迈克尔·卡塔基斯的《作家海明威的生活剪贴簿：来自肯尼迪总统图书馆的权威收藏》中译本已于 2020 年由江苏凤凰文艺出版社出版。
③ 杨仁敬：《海明威：美国文学批评八十年》，上海：上海外语教育出版社，2012 年，第 2 页。

和俄罗斯、中国以及日本等多国的研究情况[①]。《海明威研究文集》是一本跨语种、跨专业的译文集,选译了美国、英国、法国、苏联和日本等国学者及作家对海明威其人其作的评论[②]。

(2) 专题研究的专著。覃承华的《海明威:在批评中与时间同在》(2015)一书,以海明威其人其作为主线,将作品研究与作家研究二者兼顾[③],共设短篇小说、《老人与海》、海明威其人、海明威风格以及海明威与余华之比较五个专题,分五章展开具体研究。

(3) 作品研究的专著。孙玉林的《海明威短篇小说系列研究》(2017)选取了15篇海明威短篇小说[④],按照作品特点划分系列,分别加以考察。该书既概述了中美学界在海明威短篇小说方面的研究情况,也从五个具体系列展开研究,并专门探讨了海明威的"冰山原则"。杨大亮等学者的《冰山的优美:海明威作品研究》(2007) 主要包括三部分,一是聚焦于《老人与海》,对作品与人物加以解读;二是着眼于《丧钟为谁而鸣》,探讨该作品的时空艺术;三是重点围绕海明威文艺思想展开比较研究[⑤]。其他专著还有张宜波与刘秀丽的《海明威短篇小说赏析》(2014)、刘象愚与李娟的《战争与人:走进海明威的〈永别了,武器〉》(2007)、老范行军的《与海明威一起出海:〈老人与海〉笔记》(2016)、关英俊的《海明威与〈丧钟为谁而鸣〉》(2001) 等。

(4) 运用西方文学批评理论的专著。戴桂玉的《后现代语境下海明威的生态观和性属观》(2009) 主要从生态主义批评与后现代女性主义批评等角度,对海明威的自然观、狩猎观、生态观和性属观加以解读,指出海明威是一个具有生态意识和双性视角的作家[⑥]。邓天中的《亢龙有悔的老年:利用空间理论对海明威笔下的老年角色之分析》(2011) 一书,运用空间理论,对《太阳照常升起》《永别了,武器》《桥边的老人》《丧钟为谁而鸣》《一个干净明亮的地方》和《老人与海》中的六个老年人物形象加以剖析,探究海明威笔下的老年人物所蕴含的特殊文化隐喻与文本隐喻,考察海明威的写作深度、人物、主题

[①] 杨仁敬:《海明威学术史研究》,南京:译林出版社,2014年,第2页。
[②] 杨仁敬主编:《海明威研究文集》,南京:译林出版社,2014年,第1页。
[③] 覃承华:《海明威:在批评中与时间同在》,桂林:广西师范大学出版社,2015年,第3页。
[④] 孙玉林:《海明威短篇小说系列研究》,杭州:浙江大学出版社,2017年,第5页。
[⑤] 杨大亮、邵玲、袁健兰:《冰山的优美:海明威作品研究》,北京:国防工业出版社,2007年,第V页。
[⑥] 戴桂玉:《后现代语境下海明威的生态观和性属观》,北京:中国社会科学出版社,2009年,第2—3页。

以及对生命的理解①。周峰的《海明威之"渔"与男性气概》(2020)既从社会学层面探讨了男性气概的性别研究问题,也从文化人类学角度挖掘了西方"渔"行为所承载的文化记忆,还从性属研究入手以现实生活中的海明威现象与文学作品中的海明威现象为例,论证"渔"行为的西方文化内涵对于美国男性气概研究的重要意义②。其他专著还有张薇的《海明威小说的叙事艺术》(2005)主要运用叙事学研究,李树欣的《异国形象:海明威小说中的现代文化寓言》(2009)着眼于社会历史批评,杜家利与于屏方的《迷失与折返:海明威文本"花园路径现象"研究》(2008)基于西方语义理论,贾国栋的《海明威经典作品中的〈圣经〉文体风格:〈马太福音〉与〈老人与海〉比较研究》(2016)聚焦于西方文学文体分析理论,于冬云的《海明威与现代性的悖论》(2019)重点考察海明威在美国现代化进程中的现代性问题等。

3. 学位论文

据初步统计,21世纪国内有关海明威研究的博士学位论文共11篇、硕士学位论文共310篇。

有关海明威研究的博士学位论文共11篇,分别是:戴桂玉的《海明威小说中的妇女及其社会性别角色》(上海外国语大学,2000)、张薇的《海明威小说的叙事艺术》(苏州大学,2003)、于冬云的《厄内斯特·海明威与现代性的悖论》(北京师范大学,2005)、李树欣的《海明威作品中的异国形象研究》(南开大学,2007)、余健明的《海明威风格汉译研究:以〈老人与海〉为例》(上海外国语大学,2009)、邓天中的《空间视域下的海明威老年角色》(上海外国语大学,2010)、周峰的《"渔"行为与海明威》(华东师范大学,2011)、王俭的《基于语料库的海明威小说评论研究》(上海外国语大学,2012)、赵社娜的《海明威在中国的译介和建构》(中国社会科学院,2014)、贾国栋的《海明威小说创作中的〈圣经新约〉文体风格——钦定本〈马太福音〉和〈老人与海〉比较研究》(中国人民大学,2014),以及龚紫斌的《海明威小说中的"原始主义"研究》(华中科技大学,2019)。

在硕士学位论文方面,以海明威为选题的硕士学位论文共310篇。在数量

---

① 邓天中:《亢龙有悔的老年:利用空间理论对海明威笔下的老年角色之分析》,北京:中国社会科学出版社,2011年,第18页。

② 周峰:《海明威之"渔"与男性气概》,北京:中国社会科学出版社,2020年,第234—235页。

上，2007年至2013年是海明威研究的成果高产时期，于2008年达到顶峰，全年有34篇硕士学位论文。在研究对象上，中长篇小说研究重点集中于《老人与海》（105篇），其次是《永别了，武器》（39篇）、《太阳照常升起》（29篇）、《丧钟为谁而鸣》（6篇）等。短篇小说研究主要集中于代表作，比如短篇小说集《在我们的时代里》（6篇），以及短篇小说《乞力马扎罗的雪》（4篇）、《白象似的群山》（5篇）、《雨中的猫》（3篇）、《弗朗西斯·麦康伯短促的幸福生活》（2篇）等。在研究主题上，主要探讨海明威的准则英雄、女性形象、硬汉形象、悲剧意识、死亡意识、文体风格、以海明威为代表的"迷惘的一代"等。在研究方法与视角上，主要运用生态批评、女性主义、创伤理论、翻译研究、比较研究等。

4. 期刊论文

据初步统计，21世纪国内有关海明威研究的期刊论文约3595篇。在数量上，2007年至2012年是海明威研究的成果多产时期，其中2012年相关论文数量最多。

在研究对象上，主要集中于海明威代表作品。在中长篇小说方面，研究最多的是《老人与海》（706篇），其次是《太阳照常升起》（73篇）、《丧钟为谁而鸣》（共52篇）、《伊甸园》（14篇）、《永别了，武器》（4篇）等。在短篇小说方面，研究重点依次是《白象似的群山》（160篇）、《雨中的猫》（97篇）、《乞力马扎罗的雪》（83篇）、《一个干净明亮的地方》（76篇）、《一天的等待》（43篇）、《杀人者》（37篇）、《大双心河》（28篇）、《弗朗西斯·麦康伯短促的幸福生活》（23篇）、《印第安人营地》（15篇）、《在异乡》（15篇）等。在非虚构作品方面，主要有《非洲的青山》（14篇）、《死在午后》（4篇）、《流动的盛宴》（2篇）等。

在研究主题上，重点关注硬汉形象、准则英雄、女性形象、死亡意识、写作风格、叙事艺术、冰山原则、虚无思想、悲剧意识、象征意义、"迷惘的一代"等。在研究方法与视角上，主要聚焦于生态批评、女性主义批评、翻译研究、创伤理论、比较研究等，同时对种族研究、宗教研究、比较文学研究、精神分析、新历史主义、存在主义、陌生化理论、空间理论、原型批评、符号学理论等也有所涉及。比如，运用生态批评的有：陈茂林的《海明威的自然观初探——〈老人与海〉的生态批评》（2003）、聂珍钊的《〈老人与海〉与丛林法则》（2009）、戴桂玉的《生态批评视角下的〈老人与海〉》（2007）等。运用女性主义批评的有：戴桂玉的《海明威："有女人的男人"》（2001）、黄青的《海明威的双性视角——女权主义批评视角下对海明威的女性解读》(2011)、史靖文与石虹的《从女性主义的角度分析〈永别了,武器〉中凯瑟琳的形象》(2011)。运用种族研究的有:于冬云的《"准则英雄"与"他者"——海明威的早期创作与美国现代化进程中的种族政治》(2009)、李树欣的《双重写作中的异域幻象——解读〈乞力马扎罗的雪〉中的非洲形象》(2007)等。

综上,从国内海明威研究现状来看,以董衡巽、杨仁敬等为代表的一大批专家学者外引前沿理论、内扩特色研究,取得了丰硕的研究成果,为世界海明威研究的发展贡献了中国智慧。但通过上述文献对比,不难发现以下两点问题:

在成果引介方面,目前国内大多关注 21 世纪以前国外海明威研究情况,仅有 2 部专著、1 部译文集和 1 篇期刊论文。而关于 21 世纪英美学界海明威研究成果,国内仅翻译出版了 14 部海明威传记,其余暂无译介。值得一提的是,杨仁敬教授的《海明威学术史研究》对 21 世纪以前国外海明威研究进行了系统全面的梳理,自出版以来受到国内学者高度重视,被频繁参考与引用,这也从侧面印证了引介国外海明威研究的现实价值。自此之后,尚未出现全面系统梳理 21 世纪英美学界海明威研究的相关著述。

在研究侧重点方面,对比 21 世纪国内海明威研究成果,英美学界具有三个特点:一是涉及的海明威作品更广泛,既有 2005 年才出版的长篇小说《乞力马扎罗山下》,也有此前被学界忽视的部分作品;二是研究方法更多样,既有基于作品和作家生平的传统研究,也有从女性主义、生态批评、种族研究、跨学科研究等多元视角展开的后现代批评;三是成果观点更新颖,对海明威作品中的女性形象、生态伦理观和种族观等进行了全新的阐释。

因此,无论是出于引介成果、补充材料,还是出于学习英美学界前沿的研究方法与观点,都有必要对 21 世纪英美学界海明威研究成果进行系统梳理。

五、研究方法与思路

本书主要采用了以下研究方法:

第一,文献研究法。本书研究的基础是 21 世纪英美学界海明威研究的一手文献资料,因此,首先是对大量一手资料进行搜集与整理,其次,基于翔实的文献资料,通过文本细读与归纳分析,展开具体评述。

第二,跨学科研究法。本书尤其关注 21 世纪英美学界海明威研究走出文学批评一隅,而广泛探究与其他学科的相互渗透与相互影响,其中涉及数字人文、文化地理学、医学、电影研究、音乐研究、舞台剧研究、文化研究、社会历史学、比较翻译研究、哲学等不同学科领域,从而实现了学科间的交叉与融合,在更广阔的视野中进行海明威研究。

第三,比较研究法。本书采用"比较"的研究方法,有两层含义。一是通过比较带来启发。在海量的英文文献中,通过国内外研究情况的对比,梳理总结国内未译介的材料,探讨国内研究较少涉及的方法与观点,遴选出最具代表性、权威性的研究成果,以期为国内研究带来启发。二是通过比较彰显不同。本书研究的目的并非简单地将彼有我无的新内容做横向移植,而是在一场中西研究的对话与交流中体现海明威研究的中国特色,肯定中国贡献,并通过互识、互鉴与互补,促进世界海明威研究的进一步发展。

本书研究思路如下:

首先,全面梳理21世纪英美学界海明威研究成果。通过对比国内外一手文献,笔者发现,21世纪英美学界海明威研究呈现出研究对象更广泛、研究方法更多样、成果观点更新颖三个特点。为呈现研究全貌,本书从一手文献出发,分门别类、去芜存菁,遴选代表作品逐个解读;为突出研究重点,本书提取材料中国内研究涉及较少的方法与观点,归纳总结、独立成章。

具体来说,本书共设七章。从文献综述中可知,21世纪英美学界研究涉及的海明威作品更广泛,为突出这一特点,第一章重点探讨国内研究较少涉及的七部海明威作品。海明威传记极具材料价值,是其他研究的基础和重要参考,为凸显这一价值,第二章概述国内未译介的海明威传记。第三章着眼于国内未译介的海明威研究成果,主要包括除传记外,21世纪英美学界已出版或发表的研究专著、学位论文与期刊论文。它们或为总体研究,聚焦于海明威学术史,补充新信息;或为专题研究,聚焦于某部作品或某一研究视角,获得新发现。本章遴选其中的代表作品进行逐一评述。第四章探讨国内尚未涉及的研究方法。21世纪英美学界在数字人文、文化地理学两个领域持续用力,将其发展为有创新、成体系的热点方法,在英美学界海明威研究中的应用卓有成效,本章将对其进行深入解读。第五章聚焦于国内较少涉及的前沿观点。21世纪英美学界不断发展女性主义批评、生态批评与种族研究的相关理论方法,并将之运用于海明威研究实践,尝试在"老话题"中挖掘"新观点",本章重点考察上述理论研究的发展以及新观点的产生。第六章关注比较文学视域下的海明威研究。21世纪以来,我国比较文学学科发展势头迅捷,其方法论的价值与意义获得了学界的高度认可,是国内文学研究的重要阵地,而目前国内尚未从该领域对海明威研究进行整体全面的观照，本章将应用比较文学学科理论框架对海明威研究进行系统探讨。在前六章的基础上，第七章区分英美学界与国内学界海明威研究，分别归纳总结其研究态势，针对国内海明威研究提出几点启示，并展望海明威研究未来发展。

第一章　国内研究较少涉及的海明威作品

海明威一生创作了 10 部长篇小说、1 部中篇小说、100 多篇短篇小说、4 部非虚构作品、90 首诗、1 部剧作和 371 篇新闻作品[①]。据初步统计，国内中长篇小说的研究主要集中于《老人与海》《太阳照常升起》《永别了，武器》《丧钟为谁而鸣》；短篇小说的研究主要集中于《白象似的群山》《雨中的猫》《弗朗西斯·麦康伯短促的幸福生活》《乞力马扎罗的雪》《大双心河》；非虚构作品的研究主要针对《非洲的青山》；对诗歌、剧本、新闻报道等体裁的作品仅零星涉及（具体统计数据请参见绪论部分）。总体而言，国内研究成果丰硕、研究方法多样，但研究对象相对集中。

据统计发现，目前国内研究对海明威以下七部作品涉及较少：长篇小说《乞力马扎罗山下》，6 篇短篇小说《在士麦那码头上》《艾略特夫妇》《大转变》《今天是星期五》《先生们，祝你们快乐》《你总是的，碰到件事就要想起点什么》。

相较之下，英美学界对上述作品已展开大量研究，形成了更为完整全面的海明威作品研究成果。针对上述 7 部国内研究涉及较少的作品，英美学界采用了诸多富有新意的研究方法与视角，既有对作品的创作背景、人物塑造、主旨要义、写作手法的细致考察，也有结合海明威生平研究的剖析与解读；既有从文化研究、性别研究、种族研究、生态批评等多元批评视角的探究，也有结合进化心理学、社会学等跨学科的研究；既有与海明威其他作品之间的内部比较，也有外延到与其他作家作品的比较。

因此，本章聚焦于国内研究较少涉及的 7 部海明威作品，归纳总结英美学界的研究成果，分析其研究特征与方法，以期为国内海明威研究带来新启示，

[①] Charles M. Oliver. *Critical Companion to Ernest Hemingway: A Literary Reference to His Life and Work*. New York: Facts on File, 2007, p. Ⅶ.

拓展出研究新领域。

第一节　长篇小说《乞力马扎罗山下》

2005年9月15日，海明威的遗作《乞力马扎罗山下》由罗伯特·路易斯（Robert W. Lewis）和罗伯特·弗莱明（Robert E. Fleming）共同编辑，由美国肯特州立大学出版社出版。2012年6月，该作品的中译本首次由陈四百等人翻译完成，由河南文艺出版社出版。

《乞力马扎罗山下》源于海明威生前所写但并未出版的最后一份手稿。手稿创作于1954年至1956年，长达850页，以海明威的第二次非洲游猎之旅为背景。1953年8月27日，海明威与第四任妻子玛丽到达非洲肯尼亚蒙巴萨岛，开启游猎之旅，直到1954年3月10日离开。小说的故事情节主要围绕两个狩猎故事和两个爱情故事展开。两个狩猎故事分别讲述的是玛丽捕杀一头狮子、海明威捕杀一只豹子，而两个爱情故事分别有关海明威与妻子玛丽、海明威与未婚妻黛巴。

值得指出的是，海明威并未给这份最后的手稿正式命名，只是称之为"非洲之书"（"the African book"）。海明威在信件中表示这份手稿是他留给自己后人的一份"人寿保险"[①]，寄存于古巴保险箱里。海明威逝世后，关于如何出版这份手稿产生了分歧，因而出现了节略版和完整版两个版本。1999年，美国斯克里布纳出版社（Scribner's）出版了节略版，命名为《曙光示真》（True at First Light）。2005年出版的《乞力马扎罗山下》则是完整版。而海明威这份"非洲之书"的原始手稿目前收藏于美国波士顿肯尼迪总统图书馆。

2005年，《乞力马扎罗山下》一经问世，在英美学界便引发了广泛关注。次年，有关海明威研究颇有影响力的学术期刊《海明威评论》（The Hemingway Review）在第25卷第2期推出了"乞力马扎罗山下"专刊，共发表12篇关于该作品的研究论文，均来自海明威研究领域的专家学者，比如《乞力马扎罗山下》的两位主编路易斯与弗莱明、海明威协会前主席H. R. 斯通巴克（H. R. Stoneback）等。此外，在《北达科他季刊》（North Dakota Quarterly）、《文学与环境的跨学科研究》（Interdisciplinary Studies

---

① （美）海明威：《乞力马扎罗山下》，陈四百等译，郑州：河南文艺出版社，2012年，第3页。

in Literature and Environment）等期刊中也有关于该作品的研究论文。与此同时，在艾米·斯特朗（Amy L. Strong）、米里亚姆·曼德尔（Miriam B. Mandel）、劳伦斯·布罗尔（Lawrence R. Broer）、马克·达德利（Marc K. Dudley）以及马克·奇里诺（Mark Cirino）与马克·奥特（Mark P. Ott）等学者的专著中也有专门章节对其进行研究①。

《乞力马扎罗山下》在英美学界海明威研究中的重要性可见一斑，其研究主要包含以下几方面：一是探讨该作品在出版前艰辛坎坷的编辑过程；二是针对创作背景、作品中的文化冲突、人物形象的塑造以及多元文化的呈现等方面的内容研究；三是从文化研究、性别研究、种族研究、生态批评等多元批评视角对其加以深入解读；四是质疑与批判，指出海明威在作品中对非洲语言的错误使用、对非洲文化的错误理解等。

一、出版与编辑研究

《乞力马扎罗山下》的出版历经了坎坷的过程，相关参与人员与研究学者详尽介绍了该作品的出版纷争、编辑过程中诸多考量与得失，以及完整版《乞力马扎罗山下》与节略版《曙光示真》之比较。

（一）《乞力马扎罗山下》的出版纷争

海明威协会前主席罗伯特·路易斯是《乞力马扎罗山下》的编辑之一。他在《〈乞力马扎罗山下〉的出版》（"The Making of *Under Kilimanjaro*", 2006）一文中讲述了相关背景，具体介绍了编辑和出版该作品所遇到的版本争议问题、版权纠纷问题等各方面的困难，以及最终的解决方案。

海明威的最后一部手稿长达850页，他并没有给这部作品确切的书名，只是非正式地称之为"非洲之书"。关于如何出版的问题，存在不少争议。海明威的合作出版社斯克里布纳与海明威基金会表示希望能够出版一个完整版本，而海明威的儿子帕特里克（Patrick）则要求出版一个商业版。

---

① 具体是：艾米·斯特朗（Amy L. Strong）的《海明威小说中的种族与身份》（*Race and Identity in Hemingway's Fiction*，2008）、米里亚姆·曼德尔（Miriam B. Mandel）的《海明威与非洲》（*Hemingway and Africa*，2011）、劳伦斯·布罗尔（Lawrence R. Broer）的《冯内古特与海明威：战时作家》（*Vonnegut and Hemingway: Writers at War*，2011）、马克·达德利（Marc K. Dudley）的《海明威、种族与艺术：血统与种族界限》（*Hemingway, Race, and Art: Bloodlines and the Color Line*，2012）、马克·奇里诺（Mark Cirino）与马克·奥特（Mark P. Ott）合编的《海明威与记忆的地理》（*Ernest Hemingway and the Geography of Memory*，2010）等。

在纷争中，路易斯坚持这部手稿应以完整形式出版，他认为应当"尽可能仔细地以完整的形式传达和呈现出海明威最后一部长篇作品"[1]。以节略版形式出版该部手稿也许在商业上是更可行的，但这种做法未免鲁莽冒失。路易斯指出，"我们不反对海明威的后人及其长期合作出版商斯克里布纳走一条不同的、更加商业化的道路。我们或许很想知道海明威自己会坚持什么或者想要什么。海明威在信中表示，他希望编辑能在细节上帮助他，但不要大量修订或改变他的作品"[2]。

经过多年谈判，海明威的后人和海明威协会最终达成一致，由海明威基金会与斯克里布纳出版社共同出版一个商业版，在至少一年后，由海明威协会与大学出版社共同出版一个完整版。于是，1999 年，由海明威儿子帕特里克编辑，由斯克里布纳出版社出版的《曙光示真》问世。2005 年，由海明威协会时任主席琳达·瓦格纳－马丁（Linda Wagner-Martin）召集，由海明威研究学者路易斯与弗莱明共同编辑，肯特州立大学出版社出版了完整版《乞力马扎罗山下》。

琳达·米勒在《概述从"非洲之书"到〈乞力马扎罗山下〉》（"From the 'African Book' to *Under Kilimanjaro*: An Introduction"，2006）一文中，讲述了自己亲历这部手稿如何从《非洲之书》到《乞力马扎罗山下》的出版全过程。当时的学者们通常称之为《非洲日记》（"African journal"），但米勒在读完手稿后颇感意外，她表示这"并非我所预料的'日记'那般随意，相反，它叙事连贯、结构统一、主题一致，还有持续一致的声音（讽刺的、低调陈述的）以及精心刻画的人物"[3]。米勒认为，《乞力马扎罗山下》这部"非洲之书"完整版的编辑出版，定将引发学术热点，去探讨该作品本身及其对海明威创作与他所处时代的文学、传记与文化的重要意义[4]。

（二）海明威的自我编辑与后期编辑研究

路易斯与弗莱明在《乞力马扎罗山下》前言中明确指出："我们相信这本

---

[1] Robert W. Lewis. "The Making of *Under Kilimanjaro*", *The Hemingway Review*, Vol. 25, No. 2, 2006, p. 88.

[2] Robert W. Lewis. "The Making of *Under Kilimanjaro*", *The Hemingway Review*, Vol. 25, No. 2, 2006, p. 89.

[3] Linda Patterson Miller. "From the 'African Book' to *Under Kilimanjaro*: An Introduction", *The Hemingway Review*, Vol. 25, No. 2, 2006, p. 79.

[4] Linda Patterson Miller. "From the 'African Book' to *Under Kilimanjaro*: An Introduction", *The Hemingway Review*, Vol. 25, No. 2, 2006, p. 80.

第一章
国内研究较少涉及的海明威作品

书完全值得出版，完全可以忠于原著，不用改编、炒作或对原文进行没有根据的改动。"[1] 两位编辑的编辑原则是，用尽可能少的干扰元素来进行编辑，以呈现一个完整的海明威手稿的阅读文本。

弗莱明在《编辑过程》（"The Editing Process"，2006）一文中讲述了在《乞力马扎罗山下》编辑过程中所发掘的海明威本人对自己作品的修订方式。弗莱明引用了海明威接受《巴黎评论》（Paris Review）采访中的一段话，以强调他对自己作品进行编辑所持有的严谨态度："海明威说，他在开始新内容的写作之前会重写前一天的内容，然后再修订三次；当整篇手稿完成，将其做成一份整洁的打印稿后，校对时再修订一次。"[2] 在编辑们拿到这部"非洲之书"手稿时，海明威已完成上述两种修订。在打印稿上，修订内容包括对观点的扩展、对措辞的准确化以及对风格的微调等。在手稿上，第34章中间部分到最后一章，有海明威的亲笔修订。总之，在20世纪中期，海明威在写作过程中，边创作边进行自我编辑，并且同时使用打印稿和手稿两种方式，为之后的编辑工作留下了许多可以探究的方面。

此外，弗莱明还强调了此次编辑工作对他本人的重要意义。他表示，在编辑过程中，能够"观察著名的海明威风格如何随着作家的创作而发生演变，这是一件极具启发性意义的事情"[3]。无论是打印稿上的修正、手工添加和修改，还是手稿中的问题，对于编辑弗莱明来说都是以一种前所未有的方式接触到海明威的创作过程。"编辑这份手稿的乐趣之一，是通过作家（海明威）的故事来了解他的问题，并观察他如何解决这些问题。这一过程让我们对海明威的写作技巧以及对自己作品的编辑技巧充满了敬佩。"[4]

此外，肯特州立大学出版社副主任、《乞力马扎罗山下》组稿编辑乔安娜·希尔德布兰德·克雷格（Joanna Hildebrand Craig）撰写了《与海明威共舞》（"Dancing with Hemingway"，2006）一文，介绍她参与该作品的编辑过程。克雷格表示，在与路易斯和弗莱明两位编辑共同合作的过程中，她意识到自己所充当的角色和承担的责任："既要把海明威未发表的作品呈现出比原始

---

[1] （美）海明威：《乞力马扎罗山下》，陈四百等译，郑州：河南文艺出版社，2012年，第4页。
[2] Robert E. Fleming. "The Editing Process", The Hemingway Review, Vol. 25, No. 2, 2006, p. 91.
[3] Robert E. Fleming. "The Editing Process", The Hemingway Review, Vol. 25, No. 2, 2006, p. 91.
[4] Robert E. Fleming. "The Editing Process", The Hemingway Review, Vol. 25, No. 2, 2006, p. 93.

打印稿更多的东西，同时又不能超越文本编辑的界限。"① 她讲述了编辑们在编辑出版这个文本的过程中所遇到的问题以及共同商议后的解决方案。第一，决定不把1953年至1954年海明威游猎之旅的照片放入出版作品中，其目的是不想让读者分心，也不想让人觉得这是一部纪录片。第二，在手稿中海明威使用了不少非洲当地语言的词汇，决定不以斜体的方式在书中呈现出来，因为这些词汇和短语在故事中的地点描写、人物刻画和对话中必不可少，同时是一种异国风情的体现。第三，让编辑们感到最难以做决定的是这本书的书名和体裁。克雷格并没有对书名做出更多解释，但在体裁方面曾考虑过将这部作品归为"小说""回忆录""虚构回忆录"和"自传体小说"。若将其界定为"小说"，无疑增强对媒体、书商和买家的吸引力，但学者们不会同意。若界定为"回忆录"，则显得不诚实。若界定为"虚构回忆录"，则显得古怪。最终认为界定为"自传体小说"较为合适，因为这是作品的真实再现，同时具有一定的市场吸引力②。总的来说，克雷格肯定了路易斯和弗莱明两位编辑的辛勤付出，在反复阅读、编辑、讨论和妥协的编辑过程中，他们严谨专业、耐心细致和考虑周全。她坚信《乞力马扎罗山下》的出版有助于进一步将海明威文学遗产发扬光大。

同样对两位编辑的工作以及编辑效果表示肯定的还有琳达·米勒。她表示，他们的编辑"使阅读这部杰出作品的读者体验到重温熟悉事物和发现新事物的混合乐趣"③。米勒还特别指出，20世纪八九十年代，海明威手稿资料的大量公开促使了海明威学术研究成果的激增，传记和评论性书籍层出不穷，专门讨论海明威生平与作品的国内、国际会议也达到顶峰。而《乞力马扎罗山下》的出版将会"挑战过往的旧有假设，加速未来几十年对海明威生平与艺术的重新探索"④。

米里亚姆·曼德尔也对该作品的编辑效果表示肯定，"能够看到海明威第二部非洲作品的完整文本确实是一件非常美妙的事情，非常感谢编辑罗伯特·

---

① Joanna Hildebrand Craig. "Dancing with Hemingway", *The Hemingway Review*, Vol. 25, No. 2, 2006, p. 84.

② Joanna Hildebrand Craig. "Dancing with Hemingway", *The Hemingway Review*, Vol. 25, No. 2, 2006, p. 84.

③ Linda Patterson Miller. "From the 'African Book' to *Under Kilimanjaro*: An Introduction", *The Hemingway Review*, Vol. 25, No. 2, 2006, p. 80.

④ Linda Patterson Miller. "From the 'African Book' to *Under Kilimanjaro*: An Introduction", *The Hemingway Review*, Vol. 25, No. 2, 2006, p. 81.

路易斯和罗伯特·弗莱明为我们呈现了这本书","《乞力马扎罗山下》是一个相当成熟的文本。也许它不是一部完美的作品,但它已足够成熟,不仅可以出版,还可以用于学术研究,可以解答疑惑,这是海明威逝世后出版的其他不完整的作品无法做到的"。① 但与此同时,曼德尔也清楚认识到,尽管《乞力马扎罗山下》是手稿"非洲之书"的完整版,但它"经历了删减、修订、重组和编辑干预之后",并非完全等同于"非洲之书"原稿。这对于文本批评家来说,尤为重要,应回归到海明威原始手稿之中加以研究②。

肯恩·潘达(Ken Panda)对《乞力马扎罗山下》的出版背景做出了澄清和解释。第一,出版手稿的决定曾遭受批判和非议。第二,对于路易斯和弗莱明两位编辑来说,首先要确定的是这部作品的目标读者是普通大众还是学者,这一选择将决定出版什么样的版本。此外,潘达评价了《乞力马扎罗山下》的优缺点。其最明显的缺点在于:一是叙述稍显冗长,一些没有明显意义的场景被反复描写,一些日常活动被一再重复;二是狩猎场景的描写缺乏戏剧性;三是人物之间的整体互动并未产生明显冲突,未能创造出真正的戏剧感③。

(三)《乞力马扎罗山下》与《曙光示真》:完整版与节略版之比较

海明威协会前主席 H. R. 斯通巴克(H. R. Stoneback)评价认为,《乞力马扎罗山下》(完整版)比《曙光示真》(节略版)更值得阅读,其原因有三:一是美学原因,前者更能展现海明威的写作风格、语言运用及人物刻画;二是主题原因,前者更完整地呈现了重要主题,比如"新宗教"在作品中引发了大量叙述;三是学术原因,前者更能满足学者评估事物真实性的需要④。

值得注意的是,斯通巴克尤其指出了两个版本之间存在"文本差异"⑤。

---

① Miriam B. Mandel. "Ethics and 'Night Thoughts': 'Truer than the Truth'", *The Hemingway Review*, Vol. 25, No. 2, 2006, p. 96.

② Miriam B. Mandel. "Ethics and 'Night Thoughts': 'Truer than the Truth'", *The Hemingway Review*, Vol. 25, No. 2, 2006, p. 95.

③ Ken Panda. "*Under Kilimanjaro*: The Multicultural Hemingway", *The Hemingway Review*, Vol. 25, No. 2, 2006, p. 130.

④ H. R. Stoneback. "*Under Kilimanjaro*—Truthiness at Late Light: Or, Would Oprah Kick Hemingway out of her Book Club", *The Hemingway Review*, Vol. 25, No. 2, 2006, p. 123.

⑤ H. R. Stoneback. "*Under Kilimanjaro*—Truthiness at Late Light: Or, Would Oprah Kick Hemingway out of her Book Club", *The Hemingway Review*, Vol. 25, No. 2, 2006, p. 124.

比如，《乞力马扎罗山下》的第一页描写了一位名叫黑帝的游猎队老总管："他的信仰不容置疑，但我从不知道，在一种特定的宗教仪式里，有多少是利欲驱动，又有多少是真正信仰。我不知道的事太多了，与日俱增。"① 但这个开头段在《曙光示真》中并未出现。除了老总管这个人物，该段落还刻画了叙述者海明威的人物特征，他作为一个局外人渴望去了解和观察，亲自去认识当地的人与动物，去参与特殊的仪式，并努力争取成为部落的一员，他渴望在那里试图找出"有多少是真正的信仰"。然而，这一关键段落以及其他许多段落，都在节略版《曙光示真》中消失了。这意味着海明威试图在作品中表达的某些重要主题、重要思想在节略版中有所缺失。

二、内容研究

有关《乞力马扎罗山下》的内容研究，英美学界主要探讨了其创作背景、作品中的文化冲突、人物形象的塑造以及多元文化的呈现等内容。

（一）《乞力马扎罗山下》的创作背景

劳伦斯·马丁（Lawrence H. Martin）的《肯雅塔时代的游猎之旅》（"Safari in the Age of Kenyatta"，2006）是目前唯一一篇对《乞力马扎罗山下》的时代背景和历史背景展开具体论述的文章。

1953年4月，当海明威正准备离开欧洲前往非洲进行游猎之旅时，乔莫·肯雅塔（Jomo Kenyatta）这位后来的肯尼亚共和国第一任总统，正在一个英国殖民法庭受审，他被指控煽动了1952年的"茅茅运动"②，最终判处7年徒刑。而事实上，茅茅运动是欧洲殖民和大量征地的必然结果。从1895年开始的英属东非保护国就是典型例证。由于殖民原因，代议制政府严重偏向白人。1948年，超过100万基库尤人被限制在2000平方英里的"土著保留地"上，那里气候恶劣、土壤贫瘠，而3万白人拥有1.2万平方英里的多产农田。早期通过公民不服从计划或东非工会大会的抵制等温和手段来抵抗殖民统治的尝试被证明是无效的。1951年，肯尼亚非洲联盟开始鼓动民族独立，暴力事件接踵而至。起初只是游击恐怖主义一类个别事件，逐渐愈发广泛。1953年初，在拉里大屠杀中，茅茅党屠杀的人数开始增加。次年初，英国军队深入开展反游击战，捕获基库尤人，并将数以千计的基库尤人关进战俘集中营。这两

---

① （美）海明威：《乞力马扎罗山下》，陈四百等译，郑州：河南文艺出版社，2012年，第4页。
② "茅茅运动"（Mau-Mau）：20世纪50年代肯尼亚人民反对英国殖民者的武装斗争运动。

年间，超过11000名茅茅党人被杀，而士兵和警察死亡人数不到100，近1000名叛军被合法处决。

正是在这样的历史背景下，在几乎同一时期，海明威与妻子玛丽开启了他们的游猎之旅。他们于1953年8月27日到达蒙巴萨岛，1954年3月10日离开。显然，在作为《乞力马扎罗山下》背景地的肯尼亚，海明威和妻子很难避免这场反殖民主义的动乱，因此该作品也不可避免会提及茅茅运动。但是，马丁发现，海明威的处理方式是，他既没有完全忽视茅茅运动，也没有过分强调，只是偶尔将其作为对话中的一个短暂话题，而非作为主要情节或叙事主题，并且他对这场运动的意义只字未提[1]。

（二）《乞力马扎罗山下》中的文化冲突

耶利米·基通达（Jeremiah M. Kitunda）在《评价海明威的非洲之书》（"Ernest Hemingway's African Book：An Appraisal"，2006）一文中，通过分析玛丽猎杀黑鬃狮这一主要叙述情节以及海明威与黛巴的相处细节，细致探究了《乞力马扎罗山下》所刻画的西方与非洲的文化差异与文化冲突。

玛丽猎杀一头黑鬃狮是作品的中心内容之一。在一个只有男人才会有此类壮举的时代，身为女性的玛丽实属罕见的猎手。在瓦卡姆巴族和马赛族这两个著名狩猎民族的土地上，让玛丽去对付丛林之王，这在某种程度上是对当地男性的一种冒犯，因为"狩猎狮子是未婚年轻男性的领域"[2]。在作品中，一位马赛族首领抱怨说他花了很长时间才把这头大狮子赶走，对此，叙述者回答道：

> 我们都知道玛丽这些天来跟着我们捕猎有多辛苦……马赛族人受其害已经很久了。它不停地到处跑，而且也不像一般狮子那样，会回去找自己杀死的猎物……马赛族的人擅长嘲讽，牲畜对他们不仅意味着财富，还是某种更为重要的东西。公告员曾跟我说过，有一个首领曾对我颇有微词，因为我曾有两次机会杀死那头狮子，却没杀，反而等着一个女人去做。我便传话给那个首领说，他部落里的年轻人不是女人，却整

---

[1] Lawrence H. Martin. "Safari in the Age of Kenyatta", *The Hemingway Review*, Vol. 25, No. 2, 2006, p. 103.

[2] Jeremiah M. Kitunda. "Ernest Hemingway's African Book：An Appraisal", *The Hemingway Review*, Vol. 25, No. 2, 2006, p. 110.

天在罗依托其托克镇喝酒，要不是这样，他也没必要请求我去帮他打狮子了。①

在基通达看来，这段话揭示出西方与非洲之间的文化冲突：

> 在殖民时期，当地人在任何情况下猎杀狮子都是违法的。在一场男子气概的非洲竞赛中，海明威却让一名女性去猎杀狮子，尽管赢得了胜利，但在乞力马扎罗山区当地人眼中，他是个懦夫，因为他一直在等待野兽从栅栏里出来，到开阔的平原上来。而马赛族人却更勇于直接把狮子从藏身之处拉出来。如果狮子冲出来，那就更好了；如果它跑了，那么马赛族人就追着它跑，以展现出真正的英雄主义。这与海明威的狩猎方式完全相反，对他们来说，海明威的狩猎方式是极度的懦弱。②

为进一步强调该观点，基通达还从非洲读者的角度来分析。他指出，玛丽的英雄气概并不符合非洲当地人的看法。海明威让妻子玛丽像男人一样拿着武器去猎杀危险的动物，在当地人看来，这对女性来说是不必要的冒险。"她的狩猎行为不会被视为一种英雄主义行为，而是丈夫放弃面对危险和保护妻子的责任。"③

另一个体现文化冲突的例子是作品中关于海明威与未婚妻黛巴相处细节的描写。其中有一次，海明威在寡妇在场的情况下与黛巴接吻和调情：

> "还好吗，寡妇？"我问。她摇了摇头。
> "Jambo tu（你好。）"我对黛巴说。我也吻了一下她的头顶。她笑了起来。我抬起手，放在她的脸和脖子上，她既不动，也不激动，这是一种独特的可爱模样。她往我胸口上撞了两下，我又吻了一下她的头。寡妇走

---

① （美）海明威：《乞力马扎罗山下》，陈四百等译，郑州：河南文艺出版社，2012年，第65—66页。

② Jeremiah M. Kitunda. "Ernest Hemingway's African Book：An Appraisal"，*The Hemingway Review*，Vol. 25，No. 2，2006，pp. 110－111.

③ Jeremiah M. Kitunda. "Ernest Hemingway's African Book：An Appraisal"，*The Hemingway Review*，Vol. 25，No. 2，2006，p. 111.

开了。①

基通达指出，这种行为在瓦卡姆巴人看来是对他们习俗的亵渎。海明威的这一行为实际上引发的是极端的文化分歧。"在西方与非洲之间的文化象征差异的背景下，当众接吻表达的是海明威对黛巴的欣赏，但对于黛巴的亲戚们来说，却是赤裸裸的滥交和蔑视。"②

基通达总结认为，"在《乞力马扎罗山下》中，海明威将西方价值观投射到非洲社会，并将非洲价值观融入他的西方世界观。其结果是对经验的重新评估，建立起评价文化规范的新标准与新原则"③。

（三）《乞力马扎罗山下》人物形象的塑造

苏珊娜·德尔·吉佐（Suzanne del Gizzo）在《"在黑暗中发光的作者"：在〈乞力马扎罗山下〉中海明威的名望与文学遗产》（"'Glow-in-the-Dark Authors'：Hemingway's Celebrity and Legacy in *Under Kilimanjaro*"，2010）一文中，探讨了海明威的公众形象、作品中塑造的人物形象与海明威个人形象三者之间的关联与矛盾。

1. 海明威商业化的公众形象

吉佐指出，"尽管海明威批判商业化对其公众形象造成的影响，但他也意识到自己在各种杂志上的露面和代言成为商业化的帮凶，尤其是在狩猎商业化方面"④。

1954年1月，海明威在《观察杂志》（*Look Magazine*）上发表了一篇题为《游猎之旅》（"Safari"）的文章，全文共16页，其中15页几乎全是照片，而海明威实际只写了一页的内容。这些照片来源于海明威第二次非洲游猎之旅。当时，肯尼亚政府和商业官员为了重振因"茅茅运动"而受重创的旅游业，不仅热烈欢迎海明威回到非洲，还专门为海明威游猎队开放了一个野生动

---

① （美）海明威：《乞力马扎罗山下》，陈四百等译，郑州：河南文艺出版社，2012年，第110页。

② Jeremiah M. Kitunda. "Ernest Hemingway's African Book：An Appraisal", *The Hemingway Review*, Vol. 25, No. 2, 2006, p. 108.

③ Jeremiah M. Kitunda. "Ernest Hemingway's African Book：An Appraisal", *The Hemingway Review*, Vol. 25, No. 2, 2006, p. 113.

④ Suzanne del Gizzo. "'Glow-in-the-Dark Authors'：Hemingway's Celebrity and Legacy in *Under Kilimanjaro*", *The Hemingway Review*, Vol. 29, No. 2, 2010, p. 19.

物保护区。而这篇文章就是一次商业冒险,他甚至还同意了杂志社摄影师随行。海明威不断利用其世界旅行家和伟大作家的声誉,向读者担保前往肯尼亚旅游是安全的,尽管当地暴力事件仍时有发生。吉佐认为,这篇文章反映了"海明威为了个人利益不惜利用非洲形象和个人形象",也表明"他对自己名人身份的公开承认"和"他对名人形象的自觉,以及利用这一形象的意愿",说明"他开始以一种自我意识的、深思熟虑的方式去塑造'海明威'公众形象"。①

此外,文章中的部分照片也反映了海明威屈从于他既定形象的事实。例如,有一张是海明威和一只狩猎战利品豹子的合照。事实上,海明威并没有捕杀这只豹子。他在此次游猎中并不打算亲自狩猎,但他允许拍摄这张照片,因为它符合"海明威在非洲"的形象,因为这是《观察杂志》和肯尼亚狩猎部门想要向公众展示的海明威形象。有关这张照片的描写再次出现在《乞力马扎罗山下》中,海明威提及这次屈从于商业化的代价:"我多么希望它没杀那么多山羊,这样我就不用签什么得干掉它的协议,也不用给什么国家杂志拍照了。"② 对此,吉佐表示"是挫败感与遗憾使他再次记录下自己的行为如何被自己的形象支配,但更重要的是,海明威和豹子在该作品中均被描绘成商业化巨大力量的受害者"③。

2. 作品中塑造的人物形象

在20世纪上半叶,现代科技推动大众媒体蓬勃发展,催生了不少享誉世界的名人。在盛名之下,许多名人发现自己的新身份常常会让人迷失自我,丧失个人认同感。海明威也同样面临这一问题,即如何恢复一个"真实的自我",或至少是一个与公众形象截然不同的自我。吉佐指出,在《乞力马扎罗山下》中,海明威对自己的公众形象采取了一种更为批判的态度,并努力从自己的公众形象中恢复自我意识。他"试图挑战读者,脱离自己的人物设定,为重新确立自己的作家身份创造一些空间,从而确保他严肃艺术家的形象"④。具体来

---

① Suzanne del Gizzo. "'Glow-in-the-Dark Authors':Hemingway's Celebrity and Legacy in *Under Kilimanjaro*", *The Hemingway Review*, Vol. 29, No. 2, 2010, p. 21.

② (美)海明威:《乞力马扎罗山下》,陈四百等译,郑州:河南文艺出版社,2012年,第520页。

③ Suzanne del Gizzo. "'Glow-in-the-Dark Authors':Hemingway's Celebrity and Legacy in *Under Kilimanjaro*", *The Hemingway Review*, Vol. 29, No. 2, 2010, p. 21.

④ Suzanne del Gizzo. "'Glow-in-the-Dark Authors':Hemingway's Celebrity and Legacy in *Under Kilimanjaro*", *The Hemingway Review*, Vol. 29, No. 2, 2010, p. 22.

第一章
国内研究较少涉及的海明威作品

说,为了打破读者对他的固有认知,海明威在作品中呈现了两个截然不同的形象。

一方面是众人熟悉的海明威。他帮助玛丽捕杀狮子,并承担起作为荣誉狩猎区长的责任,保护当地村庄免受掠夺性动物的侵害,主动照顾病人、解决争端,采取措施保护营地与卡吉亚多区不受茅茅叛军的侵害等。所有这些形象都符合"读者所期待的海明威式的人物形象"[1]。

另一方面是读者陌生的海明威。他以意想不到的方式去融入新环境,决心成为瓦卡姆巴族的一员,于是他剃头,将衬衫和狩猎背心染成与马赛人一样的颜色,想要完全成为当地人。他开辟新生活,与瓦卡姆巴族女孩黛巴发展亲密关系,而对方并不知道他的作家身份,甚至根本不知道有作家这种人。在这种生活中,他的公众身份不为人知。正如作品中写道,"长期以来我对瓦卡姆巴人有认同感,现在既然已经越过我们之间最后一个严重的障碍,这种认同感已经几乎要完全重合了"[2]。在吉佐看来,这种对成为瓦卡姆巴族人的坚持,表明"海明威想做一个彻底的尝试,远离看似不可协商的身份标记"[3]。

3. 海明威公众形象与个人意识之矛盾

吉佐指出,"海明威试图突破自己的商业化形象,进入'真正的'自我意识,还表现在他对在身体上进行仪式化的刻痕和穿孔的强烈兴趣"。尤其是在第二次非洲之旅后,"海明威痴迷于拥有一些能显示他瓦卡姆巴身份的外在的、可见的标记"。[4] 在《乞力马扎罗山下》中,海明威提及穿耳洞是瓦卡姆巴族文化中的重要习俗。他渴望通过穿耳洞来表明自己对瓦卡姆巴族的忠诚、对黛巴的承诺。在吉佐看来,海明威把穿耳洞想象成为他在非洲经历的一个标记,就像他身上的其他伤疤一样,见证了他生命中的变革性时刻。同时这也表明他觉得自己必须在某种程度上"实现自我所有权"[5]。但这一举动遭到妻子玛丽

---

[1] Suzanne del Gizzo. "'Glow-in-the-Dark Authors': Hemingway's Celebrity and Legacy in *Under Kilimanjaro*", *The Hemingway Review*, Vol. 29, No. 2, 2010, p. 22.

[2] (美)海明威:《乞力马扎罗山下》,陈四百等译,郑州:河南文艺出版社,2012年,第201页。

[3] Suzanne del Gizzo. "'Glow-in-the-Dark Authors': Hemingway's Celebrity and Legacy in *Under Kilimanjaro*", *The Hemingway Review*, Vol. 29, No. 2, 2010, p. 23.

[4] Suzanne del Gizzo. "'Glow-in-the-Dark Authors': Hemingway's Celebrity and Legacy in *Under Kilimanjaro*", *The Hemingway Review*, Vol. 29, No. 2, 2010, p. 24.

[5] Suzanne del Gizzo. "'Glow-in-the-Dark Authors': Hemingway's Celebrity and Legacy in *Under Kilimanjaro*", *The Hemingway Review*, Vol. 29, No. 2, 2010, p. 24.

的强烈反对,她认为海明威作为成功作家的声誉建立在他男性化的举止以及商业化的名人形象上,破坏它则会毁掉海明威的文学声誉。由此,海明威再次发现他的公众形象支配着自我意识。吉佐指出,海明威渴望穿耳洞,这是他自我意识的挣扎,也可以解读为对商业化的强烈抵制,但他仍然顾忌损害"海明威"的公众形象,这种个人意识与公众形象的矛盾在此体现得淋漓尽致[1]。

(四)《乞力马扎罗山下》多元文化的呈现

肯恩·潘达(Ken Panda)在《〈乞力马扎罗山下〉:多元文化的海明威》("*Under Kilimanjaro*: The Multicultural Hemingway",2006)一文中,将《乞力马扎罗山下》置于多元文化的语境中加以考察,认为该作品将"开启海明威研究中一个全新领域"[2]。

《乞力马扎罗山下》作为"目前已知的最后一部海明威'原创'手稿",它的出版"不仅标志着海明威文学史上的一个终点,也标志着海明威学术研究的一个起点,它将为(海明威)研究开辟出新领域"[3]。在潘达看来,《乞力马扎罗山下》不是一部传统意义上关于游猎或狩猎射击的作品。海明威以一个博物学家和完美观察者的眼光来观察非洲的风景和野生动物,并将其准确无误地描绘出来。在作品中,"读者不仅可以沉浸于一场游猎之旅的故事中,还可以领略20世纪50年代非洲的异域文化与风景"[4]。

然而,综观前几十年的海明威研究,潘达发现海明威并未被视为一名多元文化作家加以详细探讨[5]。事实上,他周游世界,曾在四个国家生活,以六个国家为背景进行创作,每部作品均体现了他对这些国家的崇敬之情与敏锐观察。《乞力马扎罗山下》也不例外。作品中,他的游猎队由非洲当地人组成,他对当地人的文化与宗教表现出尊重,故事对话中频繁出现斯瓦希里语、瓦卡姆巴语和马赛语的无缝融合,他对当地语言的学习与使用均展现出他努力让自

---

[1] Suzanne del Gizzo. "'Glow-in-the-Dark Authors': Hemingway's Celebrity and Legacy in *Under Kilimanjaro*", *The Hemingway Review*, Vol. 29, No. 2, 2010, p. 25.

[2] Ken Panda. "*Under Kilimanjaro*: The Multicultural Hemingway", *The Hemingway Review*, Vol. 25, No. 2, 2006, p. 130.

[3] Ken Panda. "*Under Kilimanjaro*: The Multicultural Hemingway", *The Hemingway Review*, Vol. 25, No. 2, 2006, p. 128.

[4] Ken Panda. "*Under Kilimanjaro*: The Multicultural Hemingway", *The Hemingway Review*, Vol. 25, No. 2, 2006, p. 129.

[5] Ken Panda. "*Under Kilimanjaro*: The Multicultural Hemingway", *The Hemingway Review*, Vol. 25, No. 2, 2006, p. 130.

己融入这段经历中。非洲的风景、民族和文化对海明威后期的生活影响深远。据此,潘达指出,《乞力马扎罗山下》"为我们提供了一个机会,就海明威的多元文化主义展开新的对话"[①]。

三、多元批评视角

英美学界从文化研究、性别研究、种族研究、生态批评等领域对《乞力马扎罗山下》加以解读与剖析,拓展了研究新视角。

(一)《乞力马扎罗山下》之文化研究

苏珊娜·德尔·吉佐(Suzanne del Gizzo)在《"在黑暗中发光的作者":〈乞力马扎罗山下〉中海明威的名望与文学遗产》(" 'Glow-in-the-Dark Authors': Hemingway's Celebrity and Legacy in *Under Kilimanjaro*",2010)一文中,结合20世纪中期的美国文化,探讨了海明威对商业文化的批判,并审视了其对作家身份、个人身份以及文学市场所产生的影响。

吉佐在文中提出以下疑问:在这样一个商业文化世界里,什么才是有价值的写作?艺术是由什么构成的?作为时代偶像的作家海明威如何才能找到一种超越人物形象的有意义的写作方式?[②] 基于此,吉佐主要围绕东非商业化、作家名人化等问题展开研究。

1. 东非商业化

吉佐指出,在《乞力马扎罗山下》一开始,海明威就被东非发生的变化震撼到。虽然他对其中一些变化感到欣慰,比如前来游猎的游客和为他们工作的当地人之间关系更加平等了,但他大力批判他所看到的日益商业化的东非,主要体现在对游猎行业的过度依赖。在作品中,海明威表达了他对过去那个更为纯粹、更加真实的非洲的怀念。其中最为明显的是他将游猎业评价为"狩猎诈骗"(safari swindle)。吉佐认为这反映的是"商业化的悖论,抓住了对非洲生态进行动态开发与生态保护之间令人不安的相互依存关系"[③]。

在作品中,海明威写道:

---

① Ken Panda. "*Under Kilimanjaro*: The Multicultural Hemingway", *The Hemingway Review*, Vol. 25, No. 2, 2006, pp. 130—131.
② Suzanne del Gizzo. " 'Glow-in-the-Dark Authors': Hemingway's Celebrity and Legacy in *Under Kilimanjaro*", *The Hemingway Review*, Vol. 29, No. 2, 2010, pp. 25—26.
③ Suzanne del Gizzo. " 'Glow-in-the-Dark Authors': Hemingway's Celebrity and Legacy in *Under Kilimanjaro*", *The Hemingway Review*, Vol. 29, No. 2, 2010, p. 12.

  所有杰出的白人猎手都十分热爱这个比赛,但也十分痛恨杀戮。但他们通常思考的是如何使这个比赛一直持续下去,以便他们能够找到下一个诈骗对象。他们并不想通过开枪吓到任何人,他们甚至想要拥有一个小村落,这样他们就可以把主顾和他的妻子,或者其他成对的主顾们带进那里,使得整个过程看起来不太具有伤害性,没有开枪扫射,而是采取传统的做法,这样一来他们就能以最快的速度完成一次工作,并且给他们的主顾一个最好的交代。①

  在吉佐看来,"海明威已然认识到实现生态平衡的方法在某种程度上是靠不住的、是妥协的"②。游猎业开始维护生态景观,并非纯粹出于生态保护的目的,而是为了满足顾客的需求,从而使游猎业长久持续下去。也就是说,白人职业猎手只有保持这片土地的原始状态,以满足人们对非洲原始生态的想象,才能长久地吸引客户。对海明威来说,这样的现实"是虚假的,是商业制造出的错觉"③。

  作品中另一个典型例子是有关正在罗依托其托克镇新建的康拉德·希尔顿连锁酒店,海明威批判道:

  每个房间里都会供应冷热水,白人向导们全都戴着豹子皮的帽子。放在床边代替了《圣经》的是有作者签名并印在通用纸张上的《黑心猎人》和《毛毛喋血记》,作者的画像画在他们暗色夹克衫的背后,在黑暗中发出亮光。④

  吉佐指出,海明威在游猎体验中看重的是回归一种简单、清苦的生活,远离现代社会的纷扰,因此他痛斥希尔顿连锁酒店所追求的那种休闲与舒适,因

---

① (美)海明威:《乞力马扎罗山下》,陈四百等译,郑州:河南文艺出版社,2012年,第413页。
② Suzanne del Gizzo. "'Glow-in-the-Dark Authors': Hemingway's Celebrity and Legacy in *Under Kilimanjaro*", *The Hemingway Review*, Vol. 29, No. 2, 2010, p. 12.
③ Suzanne del Gizzo. "'Glow-in-the-Dark Authors': Hemingway's Celebrity and Legacy in *Under Kilimanjaro*", *The Hemingway Review*, Vol. 29, No. 2, 2010, p. 12.
④ (美)海明威:《乞力马扎罗山下》,陈四百等译,郑州:河南文艺出版社,2012年,第492页。

第一章
国内研究较少涉及的海明威作品

为这种休闲与舒适阻碍了非洲体验的真实性①。此外，让所有白人向导们戴着豹子皮的帽子，也是为了刻意满足游客对非洲的先入之见。

2. 作家名人化

在《乞力马扎罗山下》中，海明威特别描写了在希尔顿连锁酒店的床头柜上放着"有作者签名并印在通用纸张上的《黑心猎人》和《毛毛喋血记》，作者的画像画在他们暗色夹克衫的背后，在黑暗中发出亮光"②。在吉佐看来，这是因为海明威认识到"游猎业的发展与某种文化有着千丝万缕的联系，这种文化更看重作家的营销和名气，而非写作本身"③。具体来说，作家的画像在黑暗中发光，强调的是作家，而不是他们的作品。这些书的设计是为了凸显作家的个人肖像，而非其文学成就。

在这段描写中，吉佐还特别分析了海明威提及《黑心猎人》和《毛毛喋血记》两本书的用意。《黑心猎人》与《毛毛喋血记》都是20世纪50年代将非洲作为好莱坞电影背景而大受欢迎的例子，而好莱坞在美国文化中就是名人和商业化的同义词，因此，海明威故意将作家的营销与好莱坞联系起来④。吉佐指出，"海明威对这两本书的选用与他对希尔顿连锁酒店的描写结合在一起，表明非洲游猎之旅已然成为一个满足游客预先期望的地方，不再是一个能拥有真实体验、能感受到挑战、能跨越舒适区的地方。海明威将这个预先包装好的游猎之旅与一个重视作家形象而非作家作品的商业世界联系起来"⑤。

此外，在《乞力马扎罗山下》中，海明威还通过提及路易斯·布鲁姆菲尔德（Louis Bromfield）来反映当时文坛上"风格胜于实质内容"的现象⑥。在作品中，当被问及布鲁姆菲尔德是谁，海明威回答道"他是一个作家，在美国的俄亥俄经营着一座非常出名的农场。因为他的这座农场非常著名，牛津大学

---

① Suzanne del Gizzo. "'Glow-in-the-Dark Authors': Hemingway's Celebrity and Legacy in *Under Kilimanjaro*", *The Hemingway Review*, Vol. 29, No. 2, 2010, p. 13.
② （美）海明威：《乞力马扎罗山下》，陈四百等译，郑州：河南文艺出版社，2012年，第492页。
③ Suzanne del Gizzo. "'Glow-in-the-Dark Authors:' Hemingway's Celebrity and Legacy in *Under Kilimanjaro*", *The Hemingway Review*, Vol. 29, No. 2, 2010, p. 14.
④ Suzanne del Gizzo. "'Glow-in-the-Dark Authors:' Hemingway's Celebrity and Legacy in *Under Kilimanjaro*", *The Hemingway Review*, Vol. 29, No. 2, 2010, p. 14.
⑤ Suzanne del Gizzo. "'Glow-in-the-Dark Authors:' Hemingway's Celebrity and Legacy in *Under Kilimanjaro*", *The Hemingway Review*, Vol. 29, No. 2, 2010, pp. 14-15.
⑥ Suzanne del Gizzo. "'Glow-in-the-Dark Authors': Hemingway's Celebrity and Legacy in *Under Kilimanjaro*", *The Hemingway Review*, Vol. 29, No. 2, 2010, p. 15.

还让他写了一篇介绍"①。布鲁姆菲尔德是海明威同时代的人，两人相识于20世纪20年代。他在早期的写作和旅行中取得了一些成功，于1939年定居在马拉巴尔农场，但他后来的名声几乎是与农场和农场的知名访客有关。根据海明威的说法，虽然布鲁姆菲尔德是作家，但他并不是因自己的作品而为人所知，而是因这个农场的噱头而出名。这是名人效应战胜艺术成就本身的一个典型例子。

吉佐指出，作品中在黑暗中发光的作家画像、好莱坞电影对东非的刻画、罗依托其托克镇的希尔顿连锁酒店，以及有关路易斯·布鲁姆菲尔德的介绍，这些都是"猖獗的商业化侵蚀个人界限、艺术完整性和文化异质性的表现"②，海明威通过它们影射了现实。

事实上，在第二次非洲游猎之旅之前，海明威就已意识到自己可能过于关注名气而忽视了写作，自己的文学声誉是脆弱的。自1940年起，海明威创作的作品断断续续、零星出现，但当时美国文化十分重视名人效应和个人魅力，因此身为名人的海明威出现在各种杂志上、各类文章报道里，甚至为泛美航空公司和派克笔代言。这种无处不在的媒体宣传，加之他在艺术上的沉默，威胁到了他的文学声誉和文学遗产。《乞力马扎罗山下》表明，海明威已然意识到自己的尴尬处境，并努力为此寻找出路。由此，吉佐认为"虽然《乞力马扎罗山下》表面上是一部关于海明威第二次非洲游猎之旅的作品，但它也隐晦地反映出对文学市场的商业化现象与需求的思考。……在《乞力马扎罗山下》中，他（海明威）对非洲景观过度商业化的批判、对旅行体验的批判与他对自我形象商业化的批判紧密相连"③。

（二）《乞力马扎罗山下》之性别研究与种族研究

2011年，约瑟普·M. 阿门戈－卡雷拉（Josep M. Armengol-Carrera）在《海明威的种族观：再论〈非洲的青山〉和〈乞力马扎罗山下〉中男子气概与白人性》（"Race-ing Hemingway: Revisions of Masculinity and/as Whiteness in Ernest Hemingway's *Green Hills of Africa* and *Under Kilimanjaro*"）一文中，主

---

① （美）海明威：《乞力马扎罗山下》，陈四百等译，郑州：河南文艺出版社，2012年，第378页。

② Suzanne del Gizzo. "'Glow-in-the-Dark Authors': Hemingway's Celebrity and Legacy in *Under Kilimanjaro*", *The Hemingway Review*, Vol. 29, No. 2, 2010, p. 15.

③ Suzanne del Gizzo. "'Glow-in-the-Dark Authors': Hemingway's Celebrity and Legacy in *Under Kilimanjaro*", *The Hemingway Review*, Vol. 29, No. 2, 2010, p. 9.

要针对《非洲的青山》和《乞力马扎罗山下》两部关于非洲背景的作品，基于有关男子气概（masculinity）和白人性（whiteness）最新研究成果，聚焦两部作品中的性别描写与种族描写，探讨了海明威在性别观和种族观上所产生的变化。

阿门戈首先通过对已有海明威研究中有关性别研究与种族研究的成果进行梳理总结，发现目前尚无研究将海明威关于种族与性别的描写联系起来。因此，阿门戈试图超越已有的主流批评观点，将性别研究与种族研究相结合，以扩展和重新审视海明威。阿门戈的研究主要从白人男子气概（white masculinity）、白人女性的刻画、黑人角色与黑人女性的描写这四部分加以展开。

第一，有关狩猎的描写体现了海明威白人男子气概的转变。狩猎作为《非洲的青山》和《乞力马扎罗山下》的主要故事情节，展现了海明威截然不同的狩猎态度。具体来说，在《非洲的青山》中，狩猎主要是海明威与同伴卡尔之间的竞赛。但在《乞力马扎罗山下》中，两人不再是竞争对手，海明威摒弃了他长期以来将战利品视为体现男子气概的观点，不再为了战利品而捕杀猎物。作为肯尼亚狩猎部门的荣誉狩猎区长，他狩猎的主要对象是掠夺性动物、食肉动物和害兽，他更关注非洲野生动物的保护，狩猎的目的是"为了猎物本身"[1]。相比于狩猎，他更倾向于去观赏野生动物。当妻子玛丽执着于要捕杀一头狮子时，尽管海明威支持并帮助她，但他强调要遵循一定的道德准则进行狩猎，并要求玛丽在杀生时要"想尽办法不让动物感到痛苦"[2]。阿门戈指出，在20世纪50年代，海明威的男权主义思想发生了变化，这反映在他对狩猎的重新定义上。"狩猎不再用来证明他作为白人男性的优越性，他也不再需要'他者'来肯定自己。"[3]

第二，有关白人女性的描写体现了海明威对性别理想的转变。在《非洲的青山》中，P. O. M.[4] 这一人物角色是基于海明威第二任妻子波琳·菲佛所

---

[1]（美）海明威：《乞力马扎罗山下》，陈四百等译，郑州：河南文艺出版社，2012年，第204页。

[2]（美）海明威：《乞力马扎罗山下》，陈四百等译，郑州：河南文艺出版社，2012年，第199页。

[3] Josep M. Armengol-Carrera. "Race-ing Hemingway: Revisions of Masculinity and/as Whiteness in Ernest Hemingway's *Green Hills of Africa* and *Under Kilimanjaro*", *The Hemingway Review*, Vol. 31, No. 1, 2011, p. 53.

[4] P. O. M. 是 Poor Old Mama 的首字母缩写，意为"可怜的老妈妈"，是大家对海明威第二任妻子波琳·菲佛的爱称。

塑造的，主要被描绘成一个远离狩猎、被动等待的女性。而《乞力马扎罗山下》中的玛丽，则基于海明威的第四任妻子，被描写成一个果断勇敢的女人。她敢于直言指责丈夫是个骗子，夸大自己的英雄主义。此外，P. O. M. 总是在营地等着丈夫打猎回来，而玛丽却被描写成一个熟练的猎人，不喜欢被人照顾，"我总是被照顾着，好像我从来就是那么无助，一不小心就会丢失或受伤"[1]。正如海明威在《乞力马扎罗山下》中写道："女性往往更勇敢，而且更忠诚。"[2] 阿门戈认为，在该部作品中，女性扮演了"更为核心和自信的角色"[3]。

第三，有关黑人角色的描写体现了海明威对种族差异的转变。在《非洲的青山》中，非洲人物基本上没有名字，也毫无代表性。但《乞力马扎罗山下》中的非洲人物不仅被命名，还被详细描述。在《非洲的青山》中，有关黑人的描写是泛泛而谈的，且带有贬义，嘲笑当地人的野蛮外表，将黑人角色描写为愚蠢的、丑陋的、有体臭的，等等。但《乞力马扎罗山下》中的非洲人物是个性化的，且大多是正面的。比如，作品开篇就用了较长篇幅描写黑帝，一位年长的游猎队老总管。海明威不仅强调黑帝的英俊，还强调他在狩猎生活方面的知识渊博，称之为"单纯、机警、技艺非凡"[4] 的人。黑帝的儿子穆秀卡被描写为拥有"完美得如同雕刻般的脸"[5]，睿智、敏锐、眼里充满爱和善意，海明威甚至评价道："我也知道自己是不太可能成为他这样的善人了。"[6] 恩谷伊被海明威描写为自己的兄弟，他还对恩谷伊的黑皮肤和非洲血统公开表达羡慕。恰罗被描绘成一名虔诚的伊斯兰教徒，为人和蔼可亲、彬彬有礼。

---

[1] （美）海明威：《乞力马扎罗山下》，陈四百等译，郑州：河南文艺出版社，2012 年，第 156 页。

[2] （美）海明威：《乞力马扎罗山下》，陈四百等译，郑州：河南文艺出版社，2012 年，第 148 页。

[3] Josep M. Armengol-Carrera. "Race-ing Hemingway: Revisions of Masculinity and/as Whiteness in Ernest Hemingway's *Green Hills of Africa* and *Under Kilimanjaro*", *The Hemingway Review*, Vol. 31, No. 1, 2011, p. 53.

[4] （美）海明威：《乞力马扎罗山下》，陈四百等译，郑州：河南文艺出版社，2012 年，第 4 页。

[5] （美）海明威：《乞力马扎罗山下》，陈四百等译，郑州：河南文艺出版社，2012 年，第 517 页。

[6] （美）海明威：《乞力马扎罗山下》，陈四百等译，郑州：河南文艺出版社，2012 年，第 233 页。

第一章
国内研究较少涉及的海明威作品

第四，有关黑人女性的描写体现了海明威全新的认识①。阿门戈尤其强调这一点。在《非洲的青山》中，黑人女性被描绘成丑陋的人，就连她们的装饰品也被形容成怪异和野蛮的象征。但在《乞力马扎罗山下》中，海明威赞美当地妇女是"有着可爱的、褐色肤色的女人们，她们穿着带串珠领子的浅色上衣，戴着美丽的手镯"②。

阿门戈还指出，海明威在后期已然认识到"黑人女性的独特性与个性化，超越了其作为恋物癖对象的刻板印象"③。具体来说，在《非洲的青山》中，海明威有关黑人女性的评论均是笼统的、毫无个人色彩的。但在《乞力马扎罗山下》中，他将黑人女性视为独立的个体，而不再仅仅是恋物癖对象，尤其是他将黑人女性黛巴作为自己的未婚妻，这在海明威作品中是第一次描写一个白人男性和一个黑人女性之间的爱情故事④。海明威对黛巴的兴趣和关爱贯穿全书。他将最好的动物脖颈肉作为礼物送给黛巴，和朋友一起带她出游狩猎，搭车带她去城里买圣诞礼物，他们分享自己的语言，将西班牙语和斯瓦希里语奇怪地融合在一起。尽管他们之间有着强烈的相互吸引，但海明威对黛巴始终表现出尊重，并没有把她作为性对象，而是视为一个独立的个体，尊重她关于女性和婚姻的思想，重视她的部落传统。

阿门戈认为，在海明威作品中，性别和种族不仅处于中心地位，而且是相互关联、相互依存的，尤其是在这两部作品中，体现了性别与种族二者之间"持续的相互作用"⑤。在《非洲的青山》中，海明威将男子气概等同于白人，认为白人男子气概与女性、黑人男性是截然相反的。但在《乞力马扎罗山下》

---

① Josep M. Armengol-Carrera. "Race-ing Hemingway: Revisions of Masculinity and/as Whiteness in Ernest Hemingway's *Green Hills of Africa* and *Under Kilimanjaro*", *The Hemingway Review*, Vol. 31, No. 1, 2011, p. 56.

② (美) 海明威：《乞力马扎罗山下》，陈四百等译，郑州：河南文艺出版社，2012年，第374页。

③ Josep M. Armengol-Carrera. "Race-ing Hemingway: Revisions of Masculinity and/as Whiteness in Ernest Hemingway's *Green Hills of Africa* and *Under Kilimanjaro*", *The Hemingway Review*, Vol. 31, No. 1, 2011, p. 56.

④ Josep M. Armengol-Carrera. "Race-ing Hemingway: Revisions of Masculinity and/as Whiteness in Ernest Hemingway's *Green Hills of Africa* and *Under Kilimanjaro*", *The Hemingway Review*, Vol. 31, No. 1, 2011, p. 56.

⑤ Josep M. Armengol-Carrera. "Race-ing Hemingway: Revisions of Masculinity and/as Whiteness in Ernest Hemingway's *Green Hills of Africa* and *Under Kilimanjaro*", *The Hemingway Review*, Vol. 31, No. 1, 2011, p. 44.

中，海明威对白人男子气概、女性以及黑人提出了完全不同的观点[1]。女性角色和黑人角色，过去被海明威用于突显他自己的性别优势和种族优势，最终也都恢复他们自己的人物个性与话语权，这充分体现了海明威在有关女性和黑人问题方面的进步观点[2]。

通过对比两部作品，阿门戈指出，海明威对性别和种族差异的描述比人们普遍认为的更加复杂、模糊和矛盾。如果说以《非洲的青山》为代表的海明威早期作品中，女性和非洲人被视为"他者"，那么以《乞力马扎罗山下》为代表的后期作品，则表明了他对这两个群体态度的转变。这一转变不仅体现了"海明威对传统的性别理想和种族理想的重新定义"，还体现了"海明威对性别的重新定义与对种族的重新定义是如何密不可分的"。他的作品"不仅展现了男性至上与白人至上之间的联系，更重要的是，还展现了性别平等与种族平等之间的联系"[3]。

（三）《乞力马扎罗山下》之生态批评

英美学界学者们纷纷从《乞力马扎罗山下》对海明威的生态观、狩猎观、大地伦理观与生态旅游观等加以重新审视，带来了生态批评的新成果。比如，吉尔·波希（Gil K. Boese）的《〈乞力马扎罗山下〉：另一个海明威》("Under Kilimanjaro: The Other Hemingway"，2006)、凯文·迈尔（Kevin Maier）的《海明威的狩猎：生态反思》("Hemingway's Hunting: An Ecological Reconsideration"，2006)与《海明威的生态旅游：〈乞力马扎罗山下〉与旅游伦理》("Hemingway's Ecotourism: *Under Kilimanjaro* and the Ethics of Travel"，2011)、瑞恩·赫迪格尔（Ryan Hediger）的《海明威〈老人与海〉〈非洲的青山〉与〈乞力马扎罗山下〉中的狩猎、钓鱼与伦理约束》("Hunting, Fishing, and the Cramp of Ethics in Ernest Hemingway's *The Old Man and the Sea*, *Green Hills of Africa*, and *Under Kilimanjaro*",

---

[1] Josep M. Armengol-Carrera. "Race-ing Hemingway: Revisions of Masculinity and/as Whiteness in Ernest Hemingway's *Green Hills of Africa* and *Under Kilimanjaro*", *The Hemingway Review*, Vol. 31, No. 1, 2011, p. 50.

[2] Josep M. Armengol-Carrera. "Race-ing Hemingway: Revisions of Masculinity and/as Whiteness in Ernest Hemingway's *Green Hills of Africa* and *Under Kilimanjaro*", *The Hemingway Review*, Vol. 31, No. 1, 2011, p. 45.

[3] Josep M. Armengol-Carrera. "Race-ing Hemingway: Revisions of Masculinity and/as Whiteness in Ernest Hemingway's *Green Hills of Africa* and *Under Kilimanjaro*", *The Hemingway Review*, Vol. 31, No. 1, 2011, p. 45.

2008)等。

其中,吉尔·波希的《〈乞力马扎罗山下〉:另一个海明威》是第一篇从自然生态视角对《乞力马扎罗山下》展开研究的论文。波希认为,该作品"不是一部经过仔细打磨润色、大量编辑的文学杰作,而是一份书面记录,记载了一位狩猎区长的个人经历以及其中的活动、思考、各种变化、对话与感想"[①],展示了海明威对自然、生态、可持续发展的重视。具体来说,作品详细描述了营地生活,以及他对工作人员、对当地人、对自然栖息地的感受。比如,海明威描写了大量自然环境,如平原、草地、大山、沼泽、林地、熔岩流等,描写了各种动植物,如老鹰、珍珠鸡、欧洲鹳、原野中新生的花朵等,甚至还时刻关注当地情况,记录降雨变化等。在波希看来,在《乞力马扎罗山下》中,海明威"让大地伦理(land ethic)得以展现"[②]。作品中的这些描写其实是"一项严肃研究。在这个层次上的观察和分析,是一个博物学家或生态学研究者为了解自己的研究地点所必须做的"[③]。这足以说明海明威正在"从白人猎人向'博物学家'转变"[④]。

同样,身为狩猎区长,海明威认真对待自己所担任的"保护者"角色。在狩猎问题上,他不再像以前一样为了战利品而狩猎,他的任务是猎杀狮子、豹子这类害兽:"我们要狩猎的那只豹子对耕地的人来说是个大麻烦,它已经杀了十七只山羊。我是为了游猎部门去猎杀它……因为它被人们归类为有害动物。"[⑤] 尽管他狩猎,但他也做研究,保护动物,他试图去平衡人与自然之间的影响。

此外,《乞力马扎罗山下》展现了海明威对融入当地的渴望。波希指出,该作品的一大特色是海明威对瓦卡姆巴语和斯瓦希里语等多种语言的混杂使

[①] Gil K. Boese. "*Under Kilimanjaro*: The Other Hemingway", *The Hemingway Review*, Vol. 25, No. 2, 2006, p. 115.

[②] Gil K. Boese. "*Under Kilimanjaro*: The Other Hemingway", *The Hemingway Review*, Vol. 25, No. 2, 2006, p. 118.

[③] Gil K. Boese. "*Under Kilimanjaro*: The Other Hemingway", *The Hemingway Review*, Vol. 25, No. 2, 2006, p. 115.

[④] Gil K. Boese. "*Under Kilimanjaro*: The Other Hemingway", *The Hemingway Review*, Vol. 25, No. 2, 2006, p. 117.

[⑤] (美)海明威:《乞力马扎罗山下》,陈四百等译,郑州:河南文艺出版社,2012年,第516页。

用。他想通过创造一种多种语言的混杂语来融入当地，避免自己沦为局外人①。他这是在试图用自己的方式融入瓦卡姆巴族社会中去。

波希强调，如文章标题"另一个海明威"所示，海明威借此作品以表达另一个"既是博物学家，又是环保主义者"的自己②。

四、质疑与批判

2006年，耶利米·基通达（Jeremiah M. Kitunda）在《北达科他季刊》上发表《海明威对瓦卡姆巴文化和语言的探索：关于〈乞力马扎罗山下〉时间背景和地理背景的说明》（"Ernest Hemingway's Safari into Kamba Culture and Language: A Note on the Temporal and Geographical Setting of *Under Kilimanjaro*"）一文，指出海明威在作品中对非洲语言的错误使用、对非洲文化的错误理解，并对故事内容的可信度提出质疑。

在基通达看来，《乞力马扎罗山下》不仅仅是一部回忆录，它记录了20世纪中期肯尼亚动荡不安的历史，是关于肯尼亚的历史、政治、生态和社会关系等各个方面的重要记载，涉及性别、种族、年龄、民族和意识形态等多个问题。但是，海明威是否提供了一个可信的故事来呈现20世纪50年代乞力马扎罗山周围的一切，这值得进一步探究③。通过研究，基通达发现作品中大量的语言错误和文化理解错误。她表示"尽管提出这些更正可能并不会吸引读者，但有助于他们了解文字的真正含义，从而更好地理解《乞力马扎罗山下》"④。

（一）语言使用错误

在海明威对非洲语言的使用方面，基通达主要讨论了以下几个方面的错误。

第一，词汇运用不当。基通达指出，《乞力马扎罗山下》所遵循的一套正

---

① Gil K. Boese. "*Under Kilimanjaro*: The Other Hemingway", *The Hemingway Review*, Vol. 25, No. 2, 2006, p. 117.

② Gil K. Boese. "*Under Kilimanjaro*: The Other Hemingway", *The Hemingway Review*, Vol. 25, No. 2, 2006, p. 114.

③ Jeremiah Kitunda. "Ernest Hemingway's Safari into Kamba Culture and Language: A Note on the Temporal and Geographical Setting of *Under Kilimanjaro*", *North Dakota Quarterly*, Vol. 73, No. 1-2, 2006, p. 157.

④ Jeremiah Kitunda. "Ernest Hemingway's Safari into Kamba Culture and Language: A Note on the Temporal and Geographical Setting of *Under Kilimanjaro*", *North Dakota Quarterly*, Vol. 73, No. 1-2, 2006, pp. 169-170.

字法系统（orthography），"在非洲学术界看来是过时的"①。自20世纪60年代以来，非洲学术界已减少使用"Wakamba"来表示瓦卡姆巴族。在目前的非洲研究中，更倾向于使用"Kamba society"或"Kamba ethnic group"等术语，而不是带有攻击性的殖民主义的"Kamba tribe"或过时的前缀/wa/。现在更常用术语"Kamba"或"Akamba"来表示"人们"的复数形式或所有格形式。"一个人"是"Mūkamba"，而不是"Mkumba"；"许多人"是"Kamba"而不是"Wakamba"。②

另一个例子则说明了海明威对所选用的词汇的理解不够准确。作品中有位人物叫"Ndiwa"（英文译为"Widow"，中文译为"寡妇"）。基通达指出，瓦卡姆巴族人通常不会用"Ndiwa"来表示失去丈夫的女人，这是不礼貌的，而海明威在作品中选用这个词，显然是对这个词的文化内涵缺乏理解③。

又如，海明威在作品中提及在斯瓦希里语和瓦卡姆巴语中没有"对不起"这个词。基通达指出，这显然与事实不符。在东非语言中，有许多"对不起"的表达方式。比如，在斯瓦希里语中，"Samahani"经常用于对话中，表示"对不起"或"我非常抱歉"。"Pole"源于瓦卡姆巴语，也在斯瓦希里语里表示"对不起"。据此，基通达对于海明威在《乞力马扎罗山下》中给出如此论断表示非常不解④。

第二，词汇拼写错误。比如，作品中海明威的未婚妻"Debba"（中译本为"黛巴"），基通达认为这可能是"Ndemba"的错误拼写。在瓦卡姆巴语中，字母d前面必须有字母n，字母b前面也必须有字母m。因此，如果这是一个瓦卡姆巴人名，那它应该是Ndembwa、Ndemba、Nthembwa或Thembwa，意思是"一个奉献的或神圣的人"。而其中，Nthembwa中的/nth/或Ndemba中的/nd/和

---

① Jeremiah Kitunda. "Ernest Hemingway's Safari into Kamba Culture and Language: A Note on the Temporal and Geographical Setting of *Under Kilimanjaro*", *North Dakota Quarterly*, Vol. 73, No. 1-2, 2006, p. 157.

② Jeremiah Kitunda. "Ernest Hemingway's Safari into Kamba Culture and Language: A Note on the Temporal and Geographical Setting of *Under Kilimanjaro*", *North Dakota Quarterly*, Vol. 73, No. 1-2, 2006, p. 157.

③ Jeremiah Kitunda. "Ernest Hemingway's Safari into Kamba Culture and Language: A Note on the Temporal and Geographical Setting of *Under Kilimanjaro*", *North Dakota Quarterly*, Vol. 73, No. 1-2, 2006, p. 162.

④ Jeremiah Kitunda. "Ernest Hemingway's Safari into Kamba Culture and Language: A Note on the Temporal and Geographical Setting of *Under Kilimanjaro*", *North Dakota Quarterly*, Vol. 73, No. 1-2, 2006, p. 169.

Debba 中的/d/的发音更为接近①。

第三，对斯瓦希里语和瓦卡姆巴语这两种语言的错误混杂使用。比如，"*Hapana simba kubwa sana……N'anyake*"这一句话混合使用了斯瓦希里语和瓦卡姆巴语。基通达指出其正确表达应写成："*Sio simba kubwa sana*（it was not a very big lion）*…na nyake*（it was with its mother）."② （笔者自译："这头狮子不太大……它与它母亲在一起"）基通达分析，从正确的写法来看，这句话并不像海明威在下文中所说的是开了一个玩笑③。

（二）文化理解错误

在海明威对非洲当地文化的理解方面，基通达主要讨论了以下几个方面的错误。

第一，小孩对大人的问候方式不正确。在叙述中，寡妇的儿子不断用自己的头撞击海明威的腹部，将其作为一种问候的方式。"在那里，寡妇和她的小男孩，还有黛巴正在等我……小男孩跑了出来，一头撞在我的肚子上，我吻了吻他的头顶。"④ 基通达指出这种问候方式是典型的马赛族人的方式，而不是瓦卡姆巴族的方式。马赛族人的孩子通常不会和大人握手，而是用头撞击大人的腹部，从而让大人摸自己的头，作为一种问候的方式，但这绝不是瓦卡姆巴族人的做法。瓦卡姆巴族的传统是握手，这早在殖民时期之前就已存在了⑤。基通达还强调，"诸如此类的基本的问候方式是衡量海明威对非洲文化了解程度的标准之一。他应该首先学会的是如何问候，也应该很容易就能分辨出马赛

---

① Jeremiah Kitunda. "Ernest Hemingway's Safari into Kamba Culture and Language：A Note on the Temporal and Geographical Setting of *Under Kilimanjaro*"，*North Dakota Quarterly*，Vol. 73，No. 1—2，2006，p. 170.

② Jeremiah Kitunda. "Ernest Hemingway's Safari into Kamba Culture and Language：A Note on the Temporal and Geographical Setting of *Under Kilimanjaro*"，*North Dakota Quarterly*，Vol. 73，No. 1—2，2006，p. 170.

③ Jeremiah Kitunda. "Ernest Hemingway's Safari into Kamba Culture and Language：A Note on the Temporal and Geographical Setting of *Under Kilimanjaro*"，*North Dakota Quarterly*，Vol. 73，No. 1—2，2006，p. 170.

④ （美）海明威：《乞力马扎罗山下》，陈四百等译，郑州：河南文艺出版社，2012年，第109页。

⑤ Jeremiah Kitunda. "Ernest Hemingway's Safari into Kamba Culture and Language：A Note on the Temporal and Geographical Setting of *Under Kilimanjaro*"，*North Dakota Quarterly*，Vol. 73，No. 1—2，2006，pp. 162—163.

族和瓦卡姆巴族问候方式的不同"①。

第二，通过研究海明威所生活的营地的历史背景和地理环境，基通达发现作品中存在一些文化混杂问题。比如，海明威并不清楚马赛族和瓦卡姆巴族在军事文化上的区别。作品中提到瓦卡姆巴族人使用长矛狩猎，但事实是该族从未使用过长矛，他们的主要武器是剑、斧头、弓和箭等②。

第三，海明威对待女性的态度，与瓦卡姆巴族人并不相同。基通达认为，"他对待玛丽的态度是带有嘲讽的，把她作为取笑的对象，这与瓦卡姆巴族人对待女性的态度并不一致"③。据《乞力马扎罗山下》所呈现出来的海明威与玛丽之间的夫妻关系，按照瓦卡姆巴族的标准来看，海明威并不是一名合格的丈夫。但在作品中，海明威反复表明自己想要成为一名真正的瓦卡姆巴族人。对此，基通达表示，如果他想要真正融入瓦卡姆巴社会，那么他应该知道族人憎恶嘲弄女性的人，他对待玛丽的态度必然会受到族人的谴责④。

第四，海明威对瓦卡姆巴社会中不同年龄层之间的权力关系存在误解。比如，恩古力是海明威游猎队的见习厨子，一天早上海明威叫他拿点食物过来，玛丽问他为什么要早餐时不说"请"（please），海明威回答道"我是长辈，不能请求小孩的"⑤（I'm a mzee [elder]. I don't say please to an anake）。基通达指出，事实上，瓦卡姆巴族的长者对晚辈十分有礼貌，他们经常向晚辈说"对不起"，以此来教导他们为人要有礼貌⑥。

上述两方面的研究表明，尽管海明威十分喜欢瓦卡姆巴族，也认真学习非

---

① Jeremiah Kitunda. "Ernest Hemingway's Safari into Kamba Culture and Language：A Note on the Temporal and Geographical Setting of *Under Kilimanjaro*"，*North Dakota Quarterly*，Vol. 73，No. 1-2，2006，pp. 162-163.

② Jeremiah Kitunda. "Ernest Hemingway's Safari into Kamba Culture and Language：A Note on the Temporal and Geographical Setting of *Under Kilimanjaro*"，*North Dakota Quarterly*，Vol. 73，No. 1-2，2006，pp. 162-163.

③ Jeremiah Kitunda. "Ernest Hemingway's Safari into Kamba Culture and Language：A Note on the Temporal and Geographical Setting of *Under Kilimanjaro*"，*North Dakota Quarterly*，Vol. 73，No. 1-2，2006，p. 167.

④ Jeremiah Kitunda. "Ernest Hemingway's Safari into Kamba Culture and Language：A Note on the Temporal and Geographical Setting of *Under Kilimanjaro*"，*North Dakota Quarterly*，Vol. 73，No. 1-2，2006，p. 168.

⑤ （美）海明威：《乞力马扎罗山下》，陈四百等译，郑州：河南文艺出版社，2012年，第16页。

⑥ Jeremiah Kitunda. "Ernest Hemingway's Safari into Kamba Culture and Language：A Note on the Temporal and Geographical Setting of *Under Kilimanjaro*"，*North Dakota Quarterly*，Vol. 73，No. 1-2，2006，p. 169.

洲语言,但他并未能正确地掌握,对非洲文化风俗的认识也很肤浅。基于此,基通达提出严厉批判:

> 海明威并没有正确地掌握瓦卡姆巴语和斯瓦希里语。尽管他能和营地里多种语言的人对话,但他通过公告员作为翻译与耕地村的人交谈,这证明他既不会用斯瓦希里语,也不会用瓦卡姆巴语来表达。他把这两种语言翻译成英语不仅不可靠,还表明他对这两种语言的掌握很差。鉴于他的斯瓦希里语和瓦卡姆巴语语法在整个文本中通篇是错误的,我们只希望他能比在作品中所写出来的更好地理解了这两种语言,更多地了解乞力马扎罗山区民族的生活方式。①

这些批评或许会影响读者的阅读体验,但作为严谨的学术研究,它有助于我们客观地看待《乞力马扎罗山下》,更为辩证地理解海明威笔下的非洲文化、语言和风俗。

第二节 短篇小说六篇

一、《在士麦那码头上》

《在士麦那码头上》("On the Quai at Smyrna")首次发表于1930年,由美国斯克里布纳尔出版社再版于短篇小说集《在我们的时代里》(In Our Time)中,《在士麦那码头上》被作为引言置于全书之首。

《在士麦那码头上》由七个具体故事情节连接而成。虽然是一篇战争小说,但只有第五个情节直接描写战争,而其他六个情节均不涉及战争本身,这造就了作品的独特之处。

早在20世纪80年代,彼得·史密斯(Peter Smith)便提出质疑:"《在士麦那码头上》在海明威第一部主要作品中居于十分重要的位置,但它缺乏关注

---

① Jeremiah Kitunda. "Ernest Hemingway's Safari into Kamba Culture and Language: A Note on the Temporal and Geographical Setting of *Under Kilimanjaro*", *North Dakota Quarterly*, Vol. 73, No. 1–2, 2006, p. 171.

和批评,这一点尤其令人困惑。"① 21世纪以前,彼得·史密斯、杰弗里·迈耶斯(Jeffrey Meyers)与路易斯·莱特(Louis Leiter)等学者从故事背景、小说中的暴力元素、小说人物的心理与情绪分析等方面对《在士麦那码头上》展开了细致探究②。

21世纪以来,英美学界对《在士麦那码头上》的故事背景进一步溯源,分析了故事中海明威写作手法的运用以及写作风格的呈现,考察了《在士麦那码头上》与海明威其他作品的比较,以及与同一创作背景的其他作家作品的比较等。

(一)故事背景的溯源

彼得·勒库拉斯(Peter Lecouras)在《海明威在君士坦丁堡》("Hemingway in Constantinople",2001)一文中重点探讨了《在士麦那码头上》的故事背景,还原其历史大环境。

据勒库拉斯梳理,该小说创作源于1920年至1922年的希腊-土耳其战争。在那场恐怖事件中,土耳其人烧毁了士麦那城,杀害了12.5万名希腊人。幸存下来的希腊人在士麦那码头上寻求逃生,而彼时英国军舰就在那里徘徊。"士麦那事件"的高潮是希腊人在码头边上恳求英国军舰让他们登船③。在战争期间,海明威为了给《多伦多星报》(*Toronto Star*)报道有关希腊-土耳其战争的情况,于1922年9月30日抵达君士坦丁堡,根据自己的所见所闻完成了新闻报道。勒库拉斯原文引用了海明威所写的部分新闻报道,一方面佐证了《在士麦那码头上》的故事背景取材的真实性,另一方面指出这些新闻报道为该小说的写作风格提供了铺垫④。

同样地,马修·斯图尔特(Matthew Stewart)在其文《一件令人愉快的

---

① Peter Smith. "Hemingway's 'On the Quai at Smyrna' and the Universe of *In Our Time*", *Studies in Short Fiction*, Vol. 24, No. 2, 1987, p. 159.

② 相关研究论文有:彼得·史密斯的《海明威〈在士麦那码头上〉和〈在我们这个时代里〉的论域》("Hemingway's 'On the Quai at Smyrna' and the Universe of *In Our Time*", 1987)、杰弗里·迈耶斯的《海明威的第二场战争:1920—1922年希腊-土耳其冲突》("Hemingway's Second War: The Greco-Turkish Conflict, 1920—1922", 1984)、路易斯·莱特的《海明威〈在士麦那码头上〉中的神经投射》("Neural Projections in Hemingway's 'On the Quai at Smyrna'", 1968)等。

③ Peter Lecouras. "Hemingway in Constantinople", *The Midwest Quarterly*, Vol. 43, No. 1, 2001, pp. 30-31.

④ Peter Lecouras. "Hemingway in Constantinople", *The Midwest Quarterly*, Vol. 43, No. 1, 2001, p. 29.

事情：〈在士麦那码头上〉的历史背景》（"It Was All a Pleasant Business：The Historical Context of 'On the Quai at Smyrna'"，2003）中，翔实地阐述了希腊-土耳其战争的全过程。通过还原历史事件，他将该小说中的主要人物带入其中加以考察分析，以探究小说中故事发生的原因、人物的情感变化以及更深层次的小说主题。

据斯图尔特推断，小说中的叙述者英国军官是在亲历了所有事件之后，讲述了他的故事[1]。身为一名被派往该地区的高级军官，大约在三年前英国政府军舰帮助希腊军队占领士麦那的时候，他很可能也在场。他了解英国政府的行为，见证了英国政治误判的后果。作为所有事件的目击者，这位英国军官因挫败与道德困惑而感到极度内疚。他所效忠的英国政府决定置希腊与希腊人民于不顾，于是下令要求他不采取任何行动。在小说中，"你还记得他们命令我们进港不准再开走吗？"[2] 这个问题揭露了他原本是去参与救援的，但后来被下令禁止继续救援，这一转变带给他极大的挫败感。英国军官被明令禁止行动，不援救任何人，却又不得已被迫留下来目睹一切的发生。如斯图尔特所强调的，"解开这个故事的外交背景和军事背景，并对叙述者所目睹的那些恐怖事件加以详尽阐述，有助于阐明整个故事的基调，剖析叙述者独特讲话方式背后的原因"，更为重要的是，"了解构成这个故事背景的苦难的恶劣性与残酷性，能使读者形成一个更好的'全貌'"。[3]

（二）写作风格："冰山原则"、讽刺与象征

马修·斯图尔特、彼得·勒库拉斯、杰弗里·迈耶斯（Jeffrey Meyers）、亚当·隆（Adam Long）与大卫·罗塞尔（David Roessel）等学者均撰文分析了海明威在《在士麦那码头上》中所运用的讽刺、象征、省略等写作手法。

1. 海明威的"冰山原则"

海明威的"冰山原则"在《在士麦那码头上》中的运用，突出体现在其故事背景的省略。海明威将希腊-土耳其战争这一历史背景省去，在作品中只字未提，留下了诸多疑惑与争论。

---

[1] Matthew Stewart. "It Was All a Pleasant Business：The Historical Context of 'On the Quai at Smyrna'", *The Hemingway Review*，Vol. 23，No. 1，2003，p. 68.

[2] （美）海明威：《海明威短篇小说全集（上）》，陈良廷、蔡慧等译，上海：上海译文出版社，2019年，第94页。

[3] Matthew Stewart. "It Was All a Pleasant Business：The Historical Context of 'On the Quai at Smyrna'", *The Hemingway Review*，Vol. 23，No. 1，2003，p. 68.

美国著名海明威学者迈耶斯于 1984 年对此发表了自己的看法，他认为这是海明威写作策略的一部分，他"有意抹去希腊-土耳其战争的所有政治背景，只是客观地报道眼前的事件，以达到焦点般的聚焦度与强度——使其起到聚光灯而非舞台的作用"①。对此观点，斯图尔特一方面表示赞同，认为冰山原则的确展现了海明威本人的美学意图。但另一方面，他认为迈耶斯的观点并不全面，"既没有完全揭露外交欺诈，也没有展现出士麦那溃败所造成的恐怖程度。他（迈耶斯）也没有说明海明威小说中的叙述者既知道当时的情况，同时也了解这一背景事件。这段较为完整的历史构成了一个黑暗背景，没有它，聚光灯将不会起到聚光的作用"②。

为什么海明威要在小说中省略如此重要的故事背景？勒库拉斯在文中给出了自己的见解。这场灾难性事件的发生是由于英国、法国和意大利等西方权力掮客，为了自己的政治经济利益，没有站出来调停希腊与土耳其之间数百年的敌意，也没有拯救士麦那码头上饱受战争之苦的无辜平民。正如小说中描写的那般，英国军官无所事事地站在离海岸不远的地方，目睹所有悲惨事件的发生。勒库拉斯认为，海明威采用一种"去历史化"的方式，或许是因为"他认为提供这样的历史背景可能会意味着他在向读者揭发英美等国"③。换言之，海明威的省略是为了避免将矛头直指时事政治，避免引发尖锐的政治解读。

对此，勒库拉斯做出进一步解释：

> 海明威从一个安全的距离去观察希腊人和土耳其人。作为他者，他们是被边缘化的人，而海明威可以在他们身上实践自己的艺术。海明威与他的现代主义美学，使他从一个永恒的角度，甚至是一个不带文化色彩的角度，去描写希腊人的苦难。④

在勒库拉斯看来，海明威"冰山原则"写作风格使他"忽略了历史背景，

---

① Jeffrey Meyers. "Hemingway's Second War: The Greco-Turkish Conflict, 1920-1922", *Modern Fiction Studies*, Vol. 30, No. 1, 1984, p. 26.

② Matthew Stewart. "It Was All a Pleasant Business: The Historical Context of 'On the Quai at Smyrna'", *The Hemingway Review*, Vol. 23, No. 1, 2003, p. 59.

③ Peter Lecouras. "Hemingway in Constantinople", *The Midwest Quarterly*, Vol. 43, No. 1, 2001, p. 37.

④ Peter Lecouras. "Hemingway in Constantinople", *The Midwest Quarterly*, Vol. 43, No. 1, 2001, pp. 39-40.

转而考虑美学因素"①。但是，省略希腊-土耳其战争这一历史背景，难免让读者对理解故事主旨产生困惑。如斯图尔特所言，"了解构成这个故事背景的苦难的恶劣性与残酷性，能使读者形成一个更好的'全貌'"②。因此，此处"冰山原则"的应用是否恰当一直是争论的焦点，但反过来看，或许正是海明威这一尝试，赋予了整个故事悬念与话题。

2. 讽刺手法

在《在士麦那码头上》中，有关海明威讽刺手法的讨论主要集中在故事结尾最后一句话上："这简直是妙事一桩。哎呀，真是绝妙绝妙。"③（英文原文："It was all a pleasant business. My word yes a most pleasant business."）

斯图尔特与亚当·隆均认为，海明威通过叙述者英国军官，在该小说中运用了高超的讽刺手法。对于讽刺的理解，有斯图尔特的"自我保护论"，也有亚当·隆的"政府批判论"。在斯图尔特看来，英国军官只能目睹难民们经历着一切恐惧与残暴，却无法拯救他们，为了不让自己崩溃，他只能选择躲在情绪和讽刺之下，用讽刺作为一种"自我情感保护"④。他借讽刺逃避自己的良知，逃避自己所看到的一切。面对故事开头所描写的午夜叫嚷声，英国军官表示："我不知道她们干嘛偏在那个时刻叫嚷。我们停在港口，她们都在码头上，到了半夜，她们就叫嚷了起来。"⑤ 但事实上，他非常清楚是为什么。因为他亲耳听到过那些在码头上的希腊妇女和孩子恐怖且绝望的哀号，目睹过她们是如何被烧死、被强暴、被残忍杀害的。但他无能为力，他只能假装不知道，用逃避来掩盖一切。因此，在故事结尾处，英国军官只能讥讽地评价着在码头上所发生的一切，将他所目睹的最恐怖、最血腥、最残暴的一切用"美好的"（pleasant）、"绝妙的"（a most pleasant）来形容。在斯图尔特看来，英国军官所目睹的、经历的一切超出了其承受范围，因此他必须要讲出这个故事，但

---

① Peter Lecouras. "Hemingway in Constantinople", *The Midwest Quarterly*, Vol. 43, No. 1, 2001, p. 39.

② Matthew Stewart. "It Was All a Pleasant Business：The Historical Context of 'On the Quai at Smyrna'", *The Hemingway Review*, Vol. 23, No. 1, 2003, p. 68.

③ （美）海明威：《海明威短篇小说全集（上）》，陈良廷、蔡慧等译，上海：上海译文出版社，2019年，第94页。

④ Matthew Stewart. "It Was All a Pleasant Business：The Historical Context of 'On the Quai at Smyrna'", *The Hemingway Review*, Vol. 23, No. 1, 2003, p. 60.

⑤ （美）海明威：《海明威短篇小说全集（上）》，陈良廷、蔡慧等译，上海：上海译文出版社，2019年，第93页。

他既不能直接承认他所感受到的恐怖程度，也不能详细讲述整个经历。因此，在他的叙述中，恐怖的事件变成了"妙事一桩"[1]。

亚当·隆则将焦点集中到叙述者的英国军官身份上，认为这一叙述视角的选择突显了英国人在士麦那灾难中所扮演的角色，暗指正是英国人引发了这场悲剧。英国的救援船只已停在港口，准备好去援救难民，但随后又被下令禁止救援。显然，这位英国军官不应该为这个决定受责，他自己也因此而深受创伤。但事实的确是英国导致了这场创伤，他们通过政治阴谋制造了这场危机，后来又因在该地区的政治经济利益而拒绝介入缓解危机。在故事最后，英国军官用"绝妙"(pleasant)来形容他所目睹的一切，运用反面表达以起到讽刺的作用。基于此，亚当·隆认为，海明威通过在小说中加入英国人这一叙述声音，实则是"批判英国政府的做法，同时，对每一位经历战争创伤的士兵表示同情"[2]。

3. 象征手法

在《在士麦那码头上》中，有关海明威象征手法的探究主要集中在故事结尾的一段描写上：

> 希腊人也真是够厉害的家伙。他们撤退时，驮载牲口都没法带走，所以他们干脆就打断牲口的前腿，把它们全抛进浅水里。所有断了前腿的骡子都给推进浅水里了。这简直是妙事一桩。哎呀，真是绝妙绝妙。[3]

在故事结尾，希腊人将他们无法带走的驮畜打断前腿并扔进浅水里，场面极度残忍，令人震惊。当海明威描写完人类的苦难后，他将最后一个画面转向描写动物的痛苦。在亚当·隆看来，从本质上讲，那些因战争而被遗弃的难民，正如那些因为已毫无用处而被无辜残害的驮畜。难民们被迫沦落到像驮畜骡子一样的程度：土耳其迫使他们离开自己的家园，盟军撤回了会给予他们帮助的承诺，保加利亚边境对他们关闭，他们的命运一片渺茫。当他们的"前

---

[1] Matthew Stewart. "It Was All a Pleasant Business：The Historical Context of 'On the Quai at Smyrna'", *The Hemingway Review*, Vol. 23, No. 1, 2003, p. 61.

[2] Adam Long. "Ernest Hemingway in Turkey：From the Quai at Smyrna to *A Farewell to Arms*", *The Hemingway Review*, Vol. 38, No. 2, 2019, p. 86.

[3] （美）海明威：《海明威短篇小说全集（上）》，陈良廷、蔡慧等译，上海：上海译文出版社，2019年，第94页。

腿"被自己的政府"打断"之后，他们就像驮畜一样被扔到"浅水"里。因此，亚当·隆认为，小说中"驮畜的痛苦正是难民的痛苦""停泊船只的水域，本应是救援和安全的象征，却堆满了动物尸体"①，而事实上，在这个港口的水域中，堆满的正是无数被淹死，或因想要上船而被土耳其士兵开枪打死的人的尸体。

大卫·罗塞尔则更深层次地探究了对《在士麦那码头上》象征的理解。罗塞尔指出："对海明威来说，士麦那，并不是一次'希腊'事件，而是'我们'所处时代的世界象征。"② 海明威笔下的士麦那，揭露在码头上发生的一切暴力、残酷与疯狂，而他似乎把这场希腊战败看作第一次世界大战最为典型的场景。这就解释了为什么他并未目睹士麦那灾难，却在短篇小说集《在我们的时代里》一开始就将希腊-土耳其战争置于如此突出的地位。在海明威关于希腊-土耳其战争的作品中，几乎每个人都是受害者，在色雷斯被希腊军队无辜杀害的土耳其运货司机，在士麦那码头被土耳其人屠杀的希腊人，被希腊人肢解并扔进海湾的牲口，等等。在海明威的叙述中没有重要的军事行动，有的只是无止尽的暴力。而对于海明威这一代人来说，士麦那灾难是"拙劣文明"的有力象征，仅仅是简单提及地名"士麦那"或这场灾难，就会让人联想起暴力与疯狂③。

（三）战争创伤的延续：从《在士麦那码头上》到《永别了，武器》

亚当·隆在《海明威在土耳其：从士麦那码头到〈永别了，武器〉》（"Ernest Hemingway in Turkey: From the Quai at Smyrna to *A Farewell to Arms*"，2019）一文中，探究了《在士麦那码头上》在短篇小说集《在我们的时代里》中的重要作用，考察了它与《永别了，武器》之间的关联，并阐述了土耳其对海明威创作的影响。

文章提出了一个值得关注的问题：当被要求为 1930 年再版的《在我们的时代里》提供一个引言的时候，为什么海明威会选择那场他自己并未亲身经历

---

① Adam Long. "Ernest Hemingway in Turkey: From the Quai at Smyrna to *A Farewell to Arms*", *The Hemingway Review*, Vol. 38, No. 2, 2019, p. 80.
② David Roessel. "On the Quai at Smyrna", *In Bryon's Shadow: Modern Greece in the English and American Imagination*. New York: Oxford University Press, 2002, p. 217.
③ David Roessel. "On the Quai at Smyrna", *In Bryon's Shadow: Modern Greece in the English and American Imagination*. New York: Oxford University Press, 2002, p. 219.

第一章
国内研究较少涉及的海明威作品

的士麦那冲突？对此，亚当·隆认为"《在士麦那码头上》的逻辑架构是建立在 1925 年版《在我们的时代里》主题之上的，具体描述了战争带来的创伤性影响"[①]。1925 年版《在我们的时代里》包含三个主题："艰难的妊娠、人类悲剧转向动物、身体和情感创伤"[②]，它们都与战争创伤的描写有关。1929 年的《永别了，武器》继续对战争创伤主题加以拓展。而后，海明威通过对士麦那的描写，进一步强化这一写作主题，并最终在《在士麦那码头上》中得以融汇升华。因此，亚当·隆认为，海明威将《在士麦那码头上》作为短篇小说集的引言"为《在我们的时代里》提供了坚实的基础"[③]，不仅进一步强调了该部小说集中已有的重要主题，还重点突出了造成创伤的原因以及那些饱受创伤的人们。

此外，亚当·隆还重点探讨了土耳其对海明威创作生涯的影响。他表示，虽然批评界已普遍认为土耳其对海明威小说创作起到了重要作用，但对其影响的程度尚未达成共识[④]。通过比对迈耶斯、勒库拉斯以及海米特（Himmet Umunç）等学者的观点，亚当·隆认为虽然学界看法不一，但不可否认的是，海明威利用他在土耳其的经历塑造了自己的作家形象，同时土耳其也帮助他形成了特定的政治意识。然而，亚当·隆并没有将这种政治意识描述为海明威对希腊-土耳其战争本身的认识，他认为海明威在 1925 年至 1930 年的作品中不断回归战争创伤主题，表明海明威在土耳其遭遇的创伤场景一直伴随着他。海明威将艰难的妊娠、灾难性撤退等主题，从最初的土耳其人转移到其他西方人物角色身上，从《永别了，武器》中有关土耳其的描写延续到《在士麦那码头上》描写的其他国家。通过追踪这些主题的发展可知，1922 年海明威在土耳其的经历，对其早期写作的影响巨大，远超之前研究中所论述的。土耳其在海明威 20 世纪 20 年代的作品中反复出现，最终在 1930 年的《在士麦那码头上》

[①] Adam Long. "Ernest Hemingway in Turkey: From the Quai at Smyrna to *A Farewell to Arms*", *The Hemingway Review*, Vol. 38, No. 2, 2019, p. 79.

[②] Adam Long. "Ernest Hemingway in Turkey: From the Quai at Smyrna to *A Farewell to Arms*", *The Hemingway Review*, Vol. 38, No. 2, 2019, p. 79.

[③] Adam Long. "Ernest Hemingway in Turkey: From the Quai at Smyrna to *A Farewell to Arms*", *The Hemingway Review*, Vol. 38, No. 2, 2019, p. 84.

[④] Adam Long. "Ernest Hemingway in Turkey: From the Quai at Smyrna to *A Farewell to Arms*", *The Hemingway Review*, Vol. 38, No. 2, 2019, p. 75.

中达到高潮①。

（四）"士麦那灾难"（the Smyrna Disaster）：海明威与其他作家之比较

2002 年，大卫·罗塞尔（David Roessel）特意选用这篇短篇小说名作为自己文章的标题名《在士麦那码头上》（"On the Quai at Smyrna"）。罗塞尔不仅探讨了海明威的《在士麦那码头上》，还列举了约翰·多斯·帕索斯、菲利普·吉布斯及詹姆斯·威廉·布朗等数十位作家以士麦那灾难为背景创作的作品②，分析作品之间的影响，总结其异同，并突显了海明威作品的独特之处。

一方面，由于创作背景相同，罗塞尔分析了这些文学作品之间的交集。比如，爱德华·韦提莫（Edward Whittmore）受到海明威的影响，认为士麦那灾难开启了一个新时代，因此他在《耶路撒冷五重奏，西奈织锦》（*Jerusalem Quintet, Sinai Tapestry*, 1977）中写道："士麦那作为第一幕，是一切的序曲。"罗塞尔认为这句话诠释了为什么海明威将《在士麦那码头上》作为 1930 年版《在我们的时代里》的引言，因为它是"一切的序曲"③。又如，T. S. 艾略特创作的《荒原》（*The Waste Land*），其中一个重要主题是东欧衰落，而海明威所描写的士麦那正是战后混乱的象征，二者在主题上存在相似性。此外，在埃兹拉·庞德的《诗章》第二十三章中（*Canto* XXIII）也与海明威的《在士麦那码头上》有契合之处，比如有关"战争""岸边的尖叫声""混乱的场面"等元素的描写。

据罗塞尔介绍，在海明威创作《在士麦那码头上》之前，庞德已完成了《诗章》中这一部分的内容。由于 1923 年初海明威从君士坦丁堡回去后不久，就与庞德一起徒步旅行，所以无法确定是谁影响了谁。但庞德与艾略特等人的

---

① Adam Long. "Ernest Hemingway in Turkey: From the Quai at Smyrna to *A Farewell to Arms*", *The Hemingway Review*, Vol. 38, No. 2, 2019, p. 84.

② 文章探讨了以士麦那灾难为背景创作的作品，比如，约翰·多斯·帕索斯（John Dos Passos）的《最好时光》（*The Best Times*, 1966）、菲利普·吉布斯（Philip Gibbs）的《当代小说集》（*Little Novels of Nowadays*, 1924）、詹姆斯·威廉·布朗（James William Brown）的《血之舞》（*Blood Dance*, 1993）、约翰·阿什（John Ash）的《拜占庭之旅》（*A Byzantine Journey*, 1995）、亨利·米勒（Henry Miller）的《马洛西的大石像》（*The Colossus of Maroussi*, 1941）、爱德华·韦提莫（Edward Whittmore）的《耶路撒冷五重奏，西奈织锦》（*Jerusalem Quintet, Sinai Tapestry*, 1977）以及安东尼·吉布斯（Anthony Gibbs）的《进入希腊》（*Enter the Greek*, 1926）等。

③ David Roessel. "On the Quai at Smyrna", *In Bryon's Shadow: Modern Greece in the English and American Imagination*. New York: Oxford University Press, 2002, p. 215.

作品充分说明了在海明威以此为背景创作之前,"士麦那"就已被其他作家用于文学创作中。罗塞尔指出,以海明威与帕索斯等为代表的许多现代派作家,把现代希腊人的命运作为战后世界状态的转喻。他们将有关1922年希腊战败的内容写入现代主义作品之中,不仅记录了士麦那的悲惨命运以及希腊领土诉求的失败,还将这些历史事件进一步升华,称之为战后"意义的终结(end of meaning)"[①]。

另一方面,罗塞尔发现,即便是基于相同的故事背景,不同作家所运用的写作风格不尽相同。通过对比克莱尔·谢里丹(Clare Sheridan)的《西方与东方》(*West and East*)、菲利普·吉布斯(Philip Gibbs)的《当代小说集》(*Little Novels of Nowadays*)与海明威的《在士麦那码头上》三部作品,罗塞尔总结认为,"谢里丹和吉布斯在其作品中是尽可能多的描述与呈现,以强调和突出他们所目睹的惨绝人寰的场面,但缺乏辛辣的讽刺。不同的是,海明威的作品不仅语言简洁,还掺杂着对时代的讽刺。正是海明威与众不同的创作风格,使士麦那与小亚细亚灾难成为文学作品中的一个重要部分"[②]。

通过对比以士麦那灾难为背景的作品,罗塞尔强调了这场事件在历史上的深远影响以及在文学史上的重要地位。罗塞尔指出,"士麦那灾难是希腊独立战争之后,现代希腊历史上第一个在英语文学中占有一席之地的事件,而正是海明威的《在士麦那码头上》使其经典化"[③]。而今,在英语语境中,"士麦那灾难"(the Smyrna Disaster)一词不仅仅指一个历史事件,还代表着一种写作风格和一种特定的战后视角。

二、《艾略特夫妇》

《艾略特夫妇》("Mr. and Mrs. Elliot")创作于1924年至1925年间,于1925年被收入短篇小说集《在我们的时代里》出版。

21世纪以前,英美学界有关该短篇小说的研究主要分为两类:一类是以传记研究为主的批评家,着眼于寻找小说中所讽刺的虚构人物在现实中对应的

---

① David Roessel. "On the Quai at Smyrna", *In Bryon's Shadow: Modern Greece in the English and American Imagination*. New York: Oxford University Press, 2002, p. 221.

② David Roessel. "On the Quai at Smyrna", *In Bryon's Shadow: Modern Greece in the English and American Imagination*. New York: Oxford University Press, 2002, p. 223.

③ David Roessel. "On the Quai at Smyrna", *In Bryon's Shadow: Modern Greece in the English and American Imagination*. New York: Oxford University Press, 2002, p. 212.

原型；另一类是以文本为主的批评家，重点考察海明威在性身份问题、美国侨民的行为与作家使命等主题上的立场。21 世纪以来，英美学界重点探究了《艾略特夫妇》中女主人公科妮莉亚的性身份问题，并结合盖尔·鲁宾（Gayle Rubin）理论，探讨了艾略特夫妇的性行为。

（一）对科妮莉亚的性研究

马修·斯图尔特在《艾略特母亲为何哭泣？有关〈艾略特夫妇〉中科妮莉亚的性研究》（"Why Does Mother Elliot Cry? Cornelia's Sexuality in 'Mr. and Mrs. Elliot'"，2004）一文中，以《艾略特夫妇》女主人公科妮莉亚为研究重点，考察了科妮莉亚的性身份问题。

斯图尔特首先总结了有关该问题的已有研究成果。比如，马乔里·佩洛夫（Marjorie Perloff）运用互文性研究，将《艾略特夫妇》与格特鲁德·斯坦因的《弗尔小姐和斯基恩小姐》（*Miss Furr and Miss Skeene*）进行比较，最终确定了科妮莉亚的女同性恋身份。同样地，南希·考姆利（Nancy Comley）和罗伯特·斯科尔斯（Robert Scholes）在合著的《海明威的性别观：重读海明威文本》（*Hemingway's Genders: Rereading the Hemingway Text*，1994）中也认同科妮莉亚自始至终都是女同性恋者这一观点。

然而，斯图尔特却认为科妮莉亚"是一个相当模棱两可的角色，尤其是在其性身份问题和性史方面"[1]。他指出，如何理解科妮莉亚的性身份问题，一是取决于读者对文本直接理解还是解读讽刺意味，二是取决于读者是否接受科妮莉亚同性恋这一观点。基于此，斯图尔特给出了一些合理性推断。

推断一：科妮莉亚是一个双性恋，而非严格意义上的女同性恋。其论断依据如下。第一，当休伯特告诉妻子，自己是为了她而守身如玉的时候，"科妮莉亚便称他为'亲爱的小宝贝'，还把他搂得格外紧。科妮莉亚也是纯洁的。'再亲亲我，就像这样，'她说"[2]。斯图尔特认为，这段话充分表明休伯特激发起了她的性兴奋，是作为反对"科妮莉亚是一个明显的女同性恋"这一说法的最有力论据之一[3]。第二，"有时他俩亲吻了好久之后，科妮莉亚要他再说

---

[1] Matthew Stewart. "Why Does Mother Elliot Cry? Cornelia's Sexuality in 'Mr. and Mrs. Elliot'"，*The Hemingway Review*，Vol. 24，No. 1，2004，p. 84.

[2] （美）海明威：《海明威短篇小说全集（上）》，陈良廷、蔡慧等译，上海：上海译文出版社，2019 年，第 166 页。

[3] Matthew Stewart. "Why Does Mother Elliot Cry? Cornelia's Sexuality in 'Mr. and Mrs. Elliot'"，*The Hemingway Review*，Vol. 24，No. 1，2004，pp. 85–86.

一遍：他是为了她而守身如玉的。这一讲总是使她又来了劲"①。斯图尔特指出，这句话说明科妮莉亚是实实在在有异性恋倾向的，可作为反驳她是一个"明显且纯粹的"女同性恋的论据②。第三，故事中描写艾略特夫妇的新婚之夜，当因为休伯特无法行事时，两人都感到非常失望。这也是对科妮莉亚异性恋欲望最直接、最无可辩驳的体现③。

推断二：关于科妮莉亚与休伯特结婚的目的，斯图尔特分析了两种情况。其一，若科妮莉亚是同性恋，那么她结婚是为了得到体面的掩护。她选择与性能力弱且缺乏经验，恪守规矩且一本正经的休伯特结婚，一旦度过新婚之夜，登上去欧洲的船，钱与海外之旅得到保障，科妮莉亚就可以不与新婚丈夫发生性行为，并尽早让她的前女友进入新家庭。其二，若科妮莉亚是双性恋，那么她曾试图通过与休伯特恋爱相处去真切感受异性恋。"他俩待在后面的小间里随着留声机播放的音乐跳舞，她曾抬眼凝视着他，于是他吻了她。"④ 斯图尔特认为，她选择温柔、纯洁的休伯特，也许是希望通过与他结婚，试图克服自己的同性恋倾向⑤。

总之，斯图尔特认为《艾略特夫妇》是一个难以捉摸、模棱两可的故事，可从不同角度推断出许多合理的结论，因此"关于科妮莉亚的性身份以及作者（海明威）对她的看法，无法从《艾略特夫妇》中得出一个简单的、最终的结论"⑥。

（二）对艾略特夫妇性行为好与坏之探究

谷本千雅子（Chikako Tanimoto）在《〈艾略特夫妇〉中的同性恋行为》（"Queering Sexual Practices in 'Mr. and Mrs. Eliot'"，2012）一文中，以盖尔·鲁宾（Gayle Rubin）的"关于性的思考"（"Thinking Sex"）为理论框

---

① （美）海明威：《海明威短篇小说全集（上）》，陈良廷、蔡慧等译，上海：上海译文出版社，2019 年，第 166 页。

② Matthew Stewart. "Why Does Mother Elliot Cry? Cornelia's Sexuality in 'Mr. and Mrs. Elliot'", *The Hemingway Review*, Vol. 24, No. 1, 2004, p. 86.

③ Matthew Stewart. "Why Does Mother Elliot Cry? Cornelia's Sexuality in 'Mr. and Mrs. Elliot'", *The Hemingway Review*, Vol. 24, No. 1, 2004, p. 87.

④ （美）海明威：《海明威短篇小说全集（上）》，陈良廷、蔡慧等译，上海：上海译文出版社，2019 年，第 166 页。

⑤ Matthew Stewart. "Why Does Mother Elliot Cry? Cornelia's Sexuality in 'Mr. and Mrs. Elliot'", *The Hemingway Review*, Vol. 24, No. 1, 2004, p. 85.

⑥ Matthew Stewart. "Why Does Mother Elliot Cry? Cornelia's Sexuality in 'Mr. and Mrs. Elliot'", *The Hemingway Review*, Vol. 24, No. 1, 2004, p. 88.

架,探讨了艾略特夫妇性行为之好与坏。

谷本千雅子指出,根据鲁宾的观点,"性"价值是一个二元结构,即好与不好,将圈子内享有特权的人与圈子外地位低级的人对立起来,而"性"价值通常是从异性恋的角度构建的①。鲁宾理论具体如下:

> "良好的""正常的""自然的"性行为最好应该是异性恋的、合法婚姻的、一夫一妻制的、生殖的和非商业的。它应该是成对的、关系密切的、在同一代人之间的,并且发生在家里的。它不应该涉及色情、恋物癖、任何类型的性玩具,或男女以外的角色。任何违反这些规则的性行为都是"不良的""不正常的""非自然的"。不良的性行为可能是同性恋的、未婚的、滥交的、非生殖的或商业性的。②

谷本千雅子基于鲁宾关于"良好的性行为(good sex)"和"不良的性行为(bad sex)"二元价值观,对艾略特夫妇的性行为加以探究。小说多次描写了两人努力尝试怀孕的细节:"艾略特夫妇力求生一个孩子。只要艾略特太太受得住,他俩便经常努力尝试。结婚后他们在波士顿试过,现在漂洋过海时在船上也不放松""在船上试图怀上孩子是有可能的,但科妮莉亚不能经常尝试,尽管孩子正是他们求之不得的""他们在瑟堡上了岸,然后去巴黎。他俩在巴黎也试图怀上孩子""在离开第戎前,他俩几次三番试着怀上孩子""在一间灼热的大卧室里,他和太太躺在一张硬邦邦的大床上,竭力想有个孩子"。③在英文原著中,海明威用"tried"一词来表示"努力尝试",共重复了7次。

根据鲁宾的理论,谷本千雅子认为,这个故事确实提及艾略特夫妇强烈的生育愿望,换言之,艾略特夫妇所表现出来的是"良好的性行为"④。但随着故事展开,这对夫妇的性怪癖越来越明显。休伯特在婚前一直保持童身,过着洁身自好的生活,并对自己的另一半也有同样的期待。直到他娶了科妮莉亚,

---

① Chikako Tanimoto. "Queering Sexual Practices in 'Mr. and Mrs. Eliot'", *The Hemingway Review*, Vol. 32, No. 1, 2012, p. 88.

② Chikako Tanimoto. "Queering Sexual Practices in 'Mr. and Mrs. Eliot'", *The Hemingway Review*, Vol. 32, No. 1, 2012, pp. 88–89.

③ (美)海明威:《海明威短篇小说全集(上)》,陈良廷、蔡慧等译,上海:上海译文出版社,2019年,第165—168页。

④ Chikako Tanimoto. "Queering Sexual Practices in 'Mr. and Mrs. Eliot'", *The Hemingway Review*, Vol. 32, No. 1, 2012, p. 91.

却在新婚之夜发现自己性无能。而另一方面，科妮莉亚也是"纯洁的"，但故事最终揭示她有一个女友，并且极有可能在与休伯特结婚之前已和女友发生过性行为。最后，科妮莉亚把在波士顿的女友邀请到法国来，于是便成了休伯特"独自住在另一间房中"，而科妮莉亚和女友"同睡在那只中世纪的大床上"，"晚上，三人坐在花园里一株法国梧桐下，一起吃饭，热乎乎的晚风吹来，艾略特呷着白葡萄酒，他太太和女朋友谈着天，各自得其所哉"。① 最终变成了一个有关女同性恋和三人恋的故事。

谷本千雅子指出，故事一直强调艾略特夫妇在"努力尝试"，但这种"良好的性行为"不能产生好的结果，即生育后代，那么按照鲁宾的理论，这就是一种"不良的性行为"。这个讽刺不仅表明"良好的性行为"和"不良的性行为"并不像人们通常所认为的那样容易被一分为二，反而甚至是可以相互转换的。因此，谷本千雅子认为海明威的这篇小说是对"现代性行为（modern sexuality）"的阐释②。

三、《大转变》

《大转变》（"The Sea Change"）最初于1931年12月在《本地区》（*This Quarter*）上发表，1933年被收入短篇小说集《胜利者一无所获》（*Winner Take Nothing*）中出版。

有关《大转变》创作的背景来源，海明威本人给出了前后矛盾的说法，导致学术界对该问题的探究延续至今。1933年，海明威在写给麦克斯韦·珀金斯（Maxwell Perkins）的信中讲到，《大转变》与其他几部小说都是"完全虚构的"③。但1952年，海明威在写给埃德蒙德·威尔逊（Edmund Wilson）的信中提到，《大转变》的创作归功于1922年他与格特鲁德·斯坦因的一次谈话④。1959年，海明威在《短篇小说的艺术》（"The Art of the Short Story"）中对《大转变》的来源再次给出了不同解释，他提及自己与第二任妻子波琳去

---

① （美）海明威：《海明威短篇小说全集（上）》，陈良廷、蔡慧等译，上海：上海译文出版社，2019年，第168页。
② Chikako Tanimoto. "Queering Sexual Practices in 'Mr. and Mrs. Eliot'", *The Hemingway Review*, Vol. 32, No. 1, 2012, p. 97.
③ Ernest Hemingway. *Ernest Hemingway Selected Letters 1917—1961*, edited by Carlos Baker. New York: Scribner, 1981, p. 400.
④ Ernest Hemingway. *Ernest Hemingway Selected Letters 1917—1961*, edited by Carlos Baker. New York: Scribner, 1981, p. 795.

欧洲海滩游玩的一次经历,海明威在酒吧里遇到一对夫妇,是他们激发了他创作《大转变》的灵感[1]。

21世纪以前,英美学界对《大转变》的评论褒贬不一。艾伦·威彻利(H. Alan Wycherley)、科伯勒(J. F. Kobler)、沃伦·班尼特(Warren Bennett)与罗伯特·弗莱明等学者主要围绕"性"主题,考察了男主人公菲尔是否接受女孩的同性恋身份、菲尔自己的性身份问题等,并运用男子气概来解读菲尔,探究菲尔的作家身份在故事中的隐喻意义等[2]。

21世纪以来,英美学界尝试以跨学科研究,结合进化心理学与社会学来解读《大转变》,探讨了《大转变》的写作风格,并从实证性角度对《大转变》与海明威个人情感经历之间的关系展开探源研究。

(一)《大转变》的心理学与社会学分析

查尔斯·诺兰(Charles J. Nolan)在《海明威的〈大转变〉:文本细读与进化心理学能揭示什么》("Hemingway's 'The Sea Change': What Close Reading and Evolutionary Psychology Reveal",2001)一文中,从跨学科研究角度,结合心理学与社会学理论,分析小说男主人公菲尔在遭到爱人背叛后的嫉妒心理,剖析海明威对人性的深刻理解。

嫉妒是《大转变》的重要主题。诺兰首先阐释了心理学家与社会学家有关嫉妒这一问题的理论主要是围绕性背叛与情感背叛,具体有:大卫·巴斯(David Buss)团队的人类进化理论,哈里斯(Harris)和克里斯坦菲尔德(Christenfeld)有关引发男女嫉妒的原因的差异研究,胡布卡(Hupka)和班克(Bank)的文化价值理论等[3]。基于上述理论,诺兰对菲尔的嫉妒心理进行分析。

---

[1] Ernest Hemingway. "The Art of the Short Story", *Paris Review*, issue 79, 1981, https://www.theparisreview.org/letters-essays/3267/the-art-of-the-short-story-ernest-hemingway. Accessed Jan. 6, 2021.

[2] 相关研究论文有:艾伦·威彻利的《海明威〈大转变〉》("Hemingway's 'The Sea Change'", 1969)、科伯勒的《海明威〈大转变〉:对同性恋的同情论》("Hemingway's 'The Sea Change': A Sympathetic View of Homosexuality", 1970)、沃伦·班尼特的《"有失礼貌":海明威〈大转变〉的性身份》("'That's Not Very Polite': Sexual Identity in Hemingway's 'The Sea Change'", 1989)与罗伯特·弗莱明的《〈大转变〉中的性变态与作家》("Perversion and the Writer in 'The Sea Change'", 1986)等。

[3] Charles J. Nolan. "Hemingway's 'The Sea Change': What Close Reading and Evolutionary Psychology Reveal", *The Hemingway Review*, Vol. 21, No. 1, 2001, pp. 59-60.

第一章
国内研究较少涉及的海明威作品

在故事中,当菲尔得知爱人的背叛后,说"我要杀了她""我一定要。我对天发誓一定要"。①诺兰从社会生物学与心理学角度分析认为,菲尔对爱人的性背叛做出如此强烈的反应是应该的,这是生物进化的本能,爱人的背叛引发了菲尔与生俱来的焦虑与反抗②。另一方面,从哈里斯和克里斯坦菲尔德的理论来看,在男人眼中,女人只有在坠入爱河时才会发生身体上的性行为,爱人的性背叛意味着她的情感背叛③。因此,菲尔将性背叛与情感背叛等同起来,产生了暴怒。

诺兰通过社会学与心理学的种种分析,反观海明威的描写,不禁感叹"海明威与这些心理学家、社会学家一样,是人类情感和人类行为的专家,完美地捕捉了菲尔的感受,并将其写下,而这些是社会科学家后来才试图阐释的东西"④。因此,诺兰夸赞《大转变》是"对性的多样化的早期探索,是一部值得有巨大声誉的小型杰作"⑤。

(二)《大转变》的写作风格

在写作风格方面,查尔斯·诺兰分析了海明威在《大转变》中所运用的省略、重复、停顿及讽刺。

第一,省略。在正式出版版本中,海明威删除了草稿中原有的有关酒保和这对情侣的背景,直接以争吵开头。诺兰指出,省略是为了"更尖锐地聚焦于眼前的问题"⑥。海明威看到了以对话作为开头的张力,可以立即把读者置于争吵的中心,吸引读者的注意力。此外,海明威还删除了在草稿中有关男主人公菲尔的外貌描写。据诺兰分析,在文本中只保留女孩的外貌描写,是为了以

---

① (美)海明威:《海明威短篇小说全集(上)》,陈良廷、蔡慧等译,上海:上海译文出版社,2019年,第389页。
② Charles J. Nolan. "Hemingway's 'The Sea Change': What Close Reading and Evolutionary Psychology Reveal", *The Hemingway Review*, Vol. 21, No. 1, 2001, p. 61.
③ Charles J. Nolan. "Hemingway's 'The Sea Change': What Close Reading and Evolutionary Psychology Reveal", *The Hemingway Review*, Vol. 21, No. 1, 2001, p. 61.
④ Charles J. Nolan. "Hemingway's 'The Sea Change': What Close Reading and Evolutionary Psychology Reveal", *The Hemingway Review*, Vol. 21, No. 1, 2001, p. 61.
⑤ Charles J. Nolan. "Hemingway's 'The Sea Change': What Close Reading and Evolutionary Psychology Reveal", *The Hemingway Review*, Vol. 21, No. 1, 2001, p. 64.
⑥ Charles J. Nolan. "Hemingway's 'The Sea Change': What Close Reading and Evolutionary Psychology Reveal", *The Hemingway Review*, Vol. 21, No. 1, 2001, p. 54.

女孩的外貌来突显出她对菲尔的性吸引力，进而增加菲尔之后的痛苦感①。

第二，重复。有关女孩外貌和身体各个部分的细节描写，贯穿于整个故事中。比如，"姑娘穿一套粗花呢服装，一身金棕色的皮肤光滑柔嫩，脑门上一头金发剪得短短的，长得很美。男人瞧着她""她有一双好细嫩的手，男人瞧着她的手。这双手长得纤细，晒黑了，很美""他瞧着她的手，可是他没用自己的手去碰它""他正瞧着她，瞧着她嘴巴翕动的样子，瞧着她颧骨的线条，瞧着她的眼睛，瞧着她脑门上头发长的样子，瞧着她耳朵的轮廓，瞧着她的脖子"②。在故事的不同地方反复插入有关女孩外貌的描写，并且反复提及菲尔"瞧着她"。在诺兰看来，重复是为了"突出人物塑造的各个方面"③。一方面，强调女孩的魅力和美丽，暗示这个女孩对菲尔有极强的吸引力，他的眼神中透露出一种性评价；另一方面，强调女孩的吸引力，以及菲尔对她身体的格外关注，更突显出菲尔知道真相后随之而来的痛苦④。

第三，停顿。在这对男女争吵的过程中，插入了有关酒保的描写、酒保与其他顾客的对话描写。诺兰认为，故事中的停顿，是"通过提供对比来控制故事的发展和结构"⑤。海明威在故事中使用了长时间和短时间的几次停顿，其目的是让读者知道除这对男女外还有更大的世界，人们都有自己的关注焦点，这为剧情的激烈程度提供一个对比。同时，停顿也能表明菲尔逐渐接受了他与爱人之间关系的改变⑥。

第四，讽刺。当女孩离开菲尔之后，菲尔看着镜子，反复对酒保说"我变了个人啦"，故事以酒保的话作为结尾："你气色很好，先生……你夏天一定过得很愉快。"⑦ 诺兰强调，这里的讽刺尤其有效，讽刺是为了"突显出菲尔的

---

① Charles J. Nolan. "Hemingway's 'The Sea Change': What Close Reading and Evolutionary Psychology Reveal", *The Hemingway Review*, Vol. 21, No. 1, 2001, p. 55.
② （美）海明威：《海明威短篇小说全集（上）》，陈良廷、蔡慧等译，上海：上海译文出版社，2019年，第389—392页。
③ Charles J. Nolan. "Hemingway's 'The Sea Change': What Close Reading and Evolutionary Psychology Reveal", *The Hemingway Review*, Vol. 21, No. 1, 2001, p. 54.
④ Charles J. Nolan. "Hemingway's 'The Sea Change': What Close Reading and Evolutionary Psychology Reveal", *The Hemingway Review*, Vol. 21, No. 1, 2001, pp. 55—56.
⑤ Charles J. Nolan. "Hemingway's 'The Sea Change': What Close Reading and Evolutionary Psychology Reveal", *The Hemingway Review*, Vol. 21, No. 1, 2001, p. 54.
⑥ Charles J. Nolan. "Hemingway's 'The Sea Change': What Close Reading and Evolutionary Psychology Reveal", *The Hemingway Review*, Vol. 21, No. 1, 2001, p. 58.
⑦ （美）海明威：《海明威短篇小说全集（上）》，陈良廷、蔡慧等译，上海：上海译文出版社，2019年，第412—413页。

痛苦"①。基于整个故事中菲尔所经历的一切，海明威以讽刺作为结尾，以"愉快"强烈反衬菲尔的痛苦。

(三) 实证性溯源研究

2014年，凯瑟琳·卡洛韦 (Catherine Calloway) 撰写了《〈大转变〉、克拉拉·邓恩与海明威－菲佛之间的关系》("'The Sea Change,' Clara Dunn, and the Hemingway-Pfeiffer Connection") 一文，从实证性角度对《大转变》与海明威个人生活及其情感经历之间的关系展开探源研究。

卡洛韦主要参考了美国阿肯色州海明威－菲佛博物馆与教育中心 (Hemingway-Pfeiffer Museum and Educational Center in Arkansas) 档案室里保存的信件，以及露丝·霍金斯 (Ruth Hawkins) 撰写的传记《难以置信的快乐与最终的悲伤：海明威与菲佛的婚姻》(*Unbelievable Happiness and Final Sorrow: The Hemingway-Pfeiffer Marriage*, 2012)，聚焦于探讨海明威情感经历中与菲佛两姐妹，即波琳·菲佛 (Pauline Pfeiffer) 和弗吉尼亚·菲佛 (Virginia Pfeiffer)，以及与克拉拉·邓恩 (Clara Dunn) 之间的关系。

根据海明威－菲佛博物馆与教育中心的信件资料可知，邓恩是波琳在密苏里大学时期的朋友、前室友和旅行伙伴。两人之间的书信往来写于1922年10月27日至1927年5月24日之间。卡洛韦通过大量引用两人信件原文，引证了波琳对邓恩的感情是带有同性恋色彩的。同时，信件也表明波琳和妹妹弗吉尼亚与邓恩三人之间的关系后来对海明威构成了威胁。据霍金斯的传记记载，海明威曾同时被弗吉尼亚和波琳两姐妹吸引，起初他更喜欢弗吉尼亚，但最终弗吉尼亚选择离开巴黎前往纽约找邓恩，自此两人关系结束，这对海明威造成了极大打击。

海明威在《短篇小说的艺术》("The Art of the Short Story") 中曾提到"在故事《大转变》中，我将一切都省略了……我对这个故事太了解了……所以我把它省略了。但一切都在那里，虽然不可见，但却真实地存在"②。在卡洛韦看来，海明威对这个故事"太了解了"，也许正是因为他所深爱的女人存

---

① Charles J. Nolan. "Hemingway's 'The Sea Change': What Close Reading and Evolutionary Psychology Reveal", *The Hemingway Review*, Vol. 21, No. 1, 2001, p. 54.

② Ernest Hemingway. "The Art of the Short Story", *Paris Review*, issue 79, 1981, https://www.theparisreview.org/letters-essays/3267/the-art-of-the-short-story-ernest-hemingway. Accessed Jan. 6, 2021.

在同性暧昧关系，而这也是同性关系在《大转变》中被轻描淡写的原因。卡洛韦认为，"《大转变》中女同性恋的角色灵感很可能来自（菲佛）姐妹俩中的一个或两个"①。

海明威甚至在《非洲的青山》中清楚表达了他对克拉拉·邓恩的怨恨。当 P. O. M 这一人物（即波琳的小说化人物角色）提到她曾"和克拉拉·邓恩一起"去都柏林时，小说叙述者说："我讨厌克拉拉·邓恩。"② 在卡洛韦看来，海明威对邓恩的怨恨，不仅仅是因为她对菲佛两姐妹造成了不良影响，更重要的是她"对欧内斯特·海明威及其男子气概构成了极大威胁"③。卡洛韦通过对海明威个人情感经历的分析，总结认为海明威所经历的这段特殊的女同性恋关系直接影响了他的个人生活以及《大转变》的创作④。

四、《今天是星期五》

《今天是星期五》（"Today is Friday"）创作于 1926 年 5 月 16 日，1927 年被收录在短篇小说集《没有女人的男人们》（*Men Without Women*）中出版。尽管海明威把它作为故事（a story）归入短篇小说集中，但根据作品形式来看，《今天是星期五》是一部独幕剧。

有关《今天是星期五》的评论大多是简短且负面的。美国著名海明威传记作家卡洛斯·贝克（Carlos Baker）曾公开表示他不喜欢这个作品，认为它应被置于海明威经典中尽可能不起眼的位置⑤。1989 年，苏珊·毕格尔（Susan F. Beegel）主编的《被忽视的海明威短篇小说：新视角》（*Hemingway's Neglected Short Fiction：New Perspectives*）总共收录了 25 篇文章，探讨了三十多篇鲜为论及的海明威短篇小说。毕格尔指出该书的出版"标志着对海明威（几乎）所有短篇小说兴趣的复兴"⑥。但遗憾的是，该专著中并未涉及有关

---

① Catherine Calloway. "'The Sea Change,' Clara Dunn, and the Hemingway – Pfeiffer Connection", *Arkansas Review：A Journal of Delta Studies*，Vol. 45，No. 2，2014，p. 81.
② （美）海明威：《非洲的青山》，张建平译，上海：上海译文出版社，2019 年，第 170 页。
③ Catherine Calloway. "'The Sea Change,' Clara Dunn, and the Hemingway – Pfeiffer Connection", *Arkansas Review：A Journal of Delta Studies*，Vol. 45，No. 2，2014，p. 85.
④ Catherine Calloway. "'The Sea Change,' Clara Dunn, and the Hemingway – Pfeiffer Connection", *Arkansas Review：A Journal of Delta Studies*，Vol. 45，No. 2，2014，p. 81.
⑤ Carlos Baker. *Hemingway：The Writer as Artist*. 4th edition. Princeton：Princeton University Press，1972，p. XIV.
⑥ Susan F. Beegel. *Hemingway's Neglected Short Fiction：New Perspectives*. Tuscaloosa：The University of Alabama Press，1992，p. XI.

《今天是星期五》的研究。

21世纪以前有关该作品研究得最为详尽、最具代表性的当属约瑟夫·弗罗拉（Joseph M. Flora）的文章《〈今天是星期五〉与〈没有女人的男人们〉的模式》（"'Today is Friday' and the Pattern of *Men without Women*",1993），从主题、体裁、人物塑造等方面对《今天是星期五》展开探讨，并将它与短篇小说集《没有女人的男人们》中的其他作品加以关联性分析。

21世纪以来，英美学界深入探究了《今天是星期五》的体裁，考察了海明威选用这一独特体裁的原因、特点及其达到的效果，并结合生平研究，将文学作品《今天是星期五》与梅尔·吉布森（Mel Gibson）执导的电影《耶稣受难记》进行比较研究。

（一）独特的剧本体裁

克里斯托弗·迪克（Christopher Dick）在《海明威〈今天是星期五〉中的戏剧隐喻》（"Drama as Metaphor in Ernest Hemingway's 'Today is Friday'", 2011）一文中，将作品体裁作为研究对象，重点探究了海明威运用剧本这一体裁来创作《今天是星期五》的原因、特点以及达到的效果。

文章开篇便指出，把《今天是星期五》当作一个故事（story）来研究十分不妥，这曲解了海明威把该作品写成剧本的意图[1]。迪克分析了海明威选用剧本体裁的三个原因。第一，该作品的主题是关于耶稣受难记，这一主题有着丰富的戏剧历史，其中最具代表性的是"基督受难剧"（passion play）。《今天是星期五》描写的是三名罗马士兵在参与了受难日礼拜后在酒吧里的对话，士兵们的对话将耶稣受难过程处理成一场戏剧，如同基督受难剧一样，是对这一主题的再创造[2]。第二，通过戏剧达到更好的隐喻效果[3]。文本中，士兵们把耶稣受难比作一场拳击赛来讨论。士兵甲重复地说"他（耶稣）今天在那儿竟好好的"[4]，这使得耶稣听起来像一名职业拳击手，一场场地打比赛，如同戏剧一幕幕地表演。迪克表示，通过戏剧的方式，隐喻更容易被理解。第三，通

---

[1] Christopher Dick. "Drama as Metaphor in Ernest Hemingway's 'Today is Friday'", *The Explicator*, Vol. 69, No. 4, 2011, p. 198.

[2] Christopher Dick. "Drama as Metaphor in Ernest Hemingway's 'Today is Friday'", *The Explicator*, Vol. 69, No. 4, 2011, p. 199.

[3] Christopher Dick. "Drama as Metaphor in Ernest Hemingway's 'Today is Friday'", *The Explicator*, Vol. 69, No. 4, 2011, p. 199.

[4] （美）海明威：《海明威短篇小说全集（上）》，陈良廷、蔡慧等译，上海：上海译文出版社，2019年，第365-367页。

过戏剧突出士兵们脆弱的心理①。迪克指出，在关于战争时期的士兵描写中，海明威大量依赖戏剧语言来描述现实生活中的事件，这是一种应对战争中未知恐惧的方法②。《今天是星期五》中的士兵们用戏剧语言来理解他们刚刚经历的荒谬暴力，他们把耶稣受难描述为戏剧是一种应对技巧，突出了士兵们脆弱敏感的心理状态。

该作品的戏剧特征除了表现在作品结构上，还体现在戏剧语言的运用上③。比如，当士兵乙问为什么耶稣不从十字架上下来的时候，士兵甲说"That's not his *play*"（"那不是他的剧本"）④。几行之后，士兵甲说"I was surprised how he *acted*"（"我惊讶于他竟这么表演"）。士兵丙说"The *part* I don't like is the nailing them on"（"我不喜欢的部分是把他们钉上去"）。当士兵甲在讨论耶稣被钉死在十字架上的行为时，他问酒贩乔治"Didn't you *follow* it, George?"〔"你没（看）明白吗，乔治？"〕在后半场，海明威再次使用戏剧语言，当士兵甲提及耶稣受刑后门徒们的行为时，他说"Oh, they *faded out*"（"他们已经退幕"）。

经迪克的研究，海明威选用戏剧结构和戏剧语言来创作《今天是星期五》，不仅以戏剧的方式突出了文本，也达到了更好的隐喻效果，有助于读者更好地理解这部作品。

（二）《今天是星期五》与电影《耶稣受难记》之比较

2007年，丽莎·泰勒（Lisa Tyler）撰写了《"他今天在那儿竟好好的"：在海明威〈今天是星期五〉与梅尔·吉布森〈耶稣受难记〉中恢复了男子气概的基督》（"'He was Pretty Good in there Today'：Reviving the Macho Christ in Ernest Hemingway's 'Today is Friday' and Mel Gibson's *The Passion of the Christ*"）。泰勒结合生平研究，对海明威的文学作品《今天是星期五》与梅尔·吉布森于2004年执导的电影《耶稣受难记》进行了比较研究。

---

① Christopher Dick. "Drama as Metaphor in Ernest Hemingway's 'Today is Friday'", *The Explicator*, Vol. 69, No. 4, 2011, p. 200.

② Christopher Dick. "Drama as Metaphor in Ernest Hemingway's 'Today is Friday'", *The Explicator*, Vol. 69, No. 4, 2011, pp. 200–201.

③ Christopher Dick. "Drama as Metaphor in Ernest Hemingway's 'Today is Friday'", *The Explicator*, Vol. 69, No. 4, 2011, p. 199.

④ 未注明出处者均为笔者自译。

首先，泰勒将海明威与吉布森二人置于"强身派基督教"①（Muscular Christianity）的社会文化与宗教传统中，结合生平研究，从两人的家庭背景与成长经历追溯了他们均受到这一传统的影响。强身派基督教的特点是推崇体育运动，倡导教会中男子彰显其男子气概，主张体育运动不仅锻炼体格，也能培养基督徒的精神品格。

反映在两人的作品中，他们"在描绘耶稣受难时均以运动为主题"，体现了将宗教与运动相结合的观点②。在《今天是星期五》中，士兵们把耶稣受难事件当作一场职业拳击赛在讨论。士兵甲先后重复说了六遍"他今天在那儿竟好好的"③，这使得基督听起来像一名特别强硬的职业拳击手。同样地，电影《耶稣受难记》也被影评家比作一场实力不对等的拳击比赛。泰勒指出，吉布森本人承认，他希望通过《耶稣受难记》向大众展示一个不同于好莱坞常见版本的、更具男子气概的基督④。

其次，基于生平研究，泰勒指出，海明威与吉布森在年轻时都经历了严重的抑郁症，甚至自杀倾向。海明威终生酗酒，在晚年被诊断患有躁狂抑郁症。结合海明威传记作家卡洛斯·贝克以及海明威个人书信来看，海明威在创作《今天是星期五》两个月以前已有自杀倾向。吉布森同样酗酒成瘾，他极易情绪波动，在参演《致命武器》《哈姆雷特》等多部电影的拍摄过程中都表现出精神不稳定。值得庆幸的是，海明威与吉布森从强身派基督教中汲取了信仰，将"信仰与运动相结合来治愈抑郁症"⑤。

---

① 强身派基督教起源于19世纪中期的英国，兴盛于19世纪末至20世纪20年代。强身派基督教通过其所创立的基督教青年会（Young Men's Christian Association）在美国流行起来。海明威童年时代崇拜的英雄西奥多·罗斯福（Theodore Roosevelt）正是强身派基督教在美国的拥护者之一。强身派基督教在美国的全盛时期，通过基督教青年会发起了促进男性与宗教发展运动，开展有组织的户外运动和大众体育运动会，倡导青年人积极参与体育运动。

② Lisa Tyler. "'He was Pretty Good in there Today': Reviving the Macho Christ in Ernest Hemingway's 'Today is Friday' and Mel Gibson's *The Passion of the Christ*", *Journal of Men, Masculinities and Spirituality*, Vol. 1, No. 2, 2007, p. 158.

③（美）海明威：《海明威短篇小说全集（上）》，陈良廷、蔡慧等译，上海：上海译文出版社，2019年，第365—367页。

④ Lisa Tyler. "'He was Pretty Good in there Today': Reviving the Macho Christ in Ernest Hemingway's 'Today is Friday' and Mel Gibson's *The Passion of the Christ*", *Journal of Men, Masculinities and Spirituality*, Vol. 1, No. 2, 2007, p. 157.

⑤ Lisa Tyler. "'He was Pretty Good in there Today': Reviving the Macho Christ in Ernest Hemingway's 'Today is Friday' and Mel Gibson's *The Passion of the Christ*", *Journal of Men, Masculinities and Spirituality*, Vol. 1, No. 2, 2007, p. 162.

反映在两人的作品中，海明威和吉布森均"用耶稣受难来比喻抑郁症所带来的巨大身心痛苦"①。在《今天是星期五》中，士兵乙说："他干嘛不从十字架上走下来呢？"士兵甲回答道："他不想从十字架上下来呗，他不是这种人。"② 电影《耶稣受难记》的相关评论也指出，吉布森从视觉上不断提醒观众，耶稣因极度绝望而遭受的精神折磨远超肉体上的痛苦。从这一点来看，泰勒认为，电影中的耶稣，与海明威和吉布森一样，是一个与自杀做斗争的人，他不顾自己的肉体痛苦，反而因肉体痛苦而获得了精神上的胜利③。

通过上述比较，泰勒探讨了两部作品的创作背景，列举了二者的相似之处，还从创作主题上进一步升华，认为两部作品是向耶稣受难的致敬：

《今天是星期五》与《耶稣受难记》都是有关感恩的作品，有关摆脱精神痛苦从而获得精神慰藉。海明威和吉布森试图把他们所信仰的耶稣基督自愿遭受苦难、拒绝自杀、充满希望的榜样精神，传递给更多的人，尤其是那些精力充沛、体格健壮、身体健康的年轻抑郁症患者。④

泰勒的比较研究，借《耶稣受难记》挖掘《今天是星期五》的宗教内涵，赋予了该作新的意义，也折射出海明威对于摆脱精神折磨的渴望和对耶稣受难精神的推崇。

五、《先生们，祝你们快乐》

《先生们，祝你们快乐》（"God Rest You Merry, Gentlemen"）被收入短篇小说集《胜利者一无所获》中于1933年出版。21世纪以前，彼得·海斯（Peter Hays）、朱利安·史密斯（Julian Smith）、乔治·蒙泰罗（George

---

① Lisa Tyler. "'He was Pretty Good in there Today': Reviving the Macho Christ in Ernest Hemingway's 'Today is Friday' and Mel Gibson's *The Passion of the Christ*", *Journal of Men, Masculinities and Spirituality*, Vol. 1, No. 2, 2007, p. 164.

② （美）海明威：《海明威短篇小说全集（上）》，陈良廷、蔡慧等译，上海：上海译文出版社，2019年，第365页。

③ Lisa Tyler. "'He was Pretty Good in there Today': Reviving the Macho Christ in Ernest Hemingway's 'Today is Friday' and Mel Gibson's *The Passion of the Christ*", *Journal of Men, Masculinities and Spirituality*, Vol. 1, No. 2, 2007, p. 166.

④ Lisa Tyler. "'He was Pretty Good in there Today': Reviving the Macho Christ in Ernest Hemingway's 'Today is Friday' and Mel Gibson's *The Passion of the Christ*", *Journal of Men, Masculinities and Spirituality*, Vol. 1, No. 2, 2007, p. 166.

Monteiro)、盖里·哈林顿（Gary Harrington）与罗伯特·兰姆（Robert Lamb）等学者运用互文性研究、符号学理论，探究了故事中海明威对基督教和医学界的态度等[1]。

21世纪以来，英美学界深入剖析了《先生们，祝你们快乐》中所蕴含的种族观，重新审视了海明威的反犹主义，并结合跨学科研究，通过挖掘音乐和宗教背景来阐释故事主旨。此外，还考察了该作品几个不同版本之间的差异并剖析其内在原因。

（一）海明威反犹主义的重新审视

霍斯特·赫尔曼·克鲁塞（Horst Hermann Kruse）在《〈先生们，祝你们快乐〉对〈新约〉与〈威尼斯商人〉的引用：重新审视海明威的反犹主义》（"Allusions to *The Merchant of Venice* and *The New Testament* in 'God Rest You Merry, Gentlemen'：Hemingway's Anti-Semitism Reconsidered"，2006）一文中，对《先生们，祝你们快乐》的主旨内涵与人物形象加以剖析，进而重新审视海明威的反犹主义观。

在《先生们，祝你们快乐》中，关于费希尔与威尔科克斯两位医生的人物刻画，克鲁塞分析指出，费希尔对待病人平易近人，表现出人道与善良，看起来是一名基督教徒。相较之下，威尔科克斯在行医时必须依赖于他随身携带的医生指南，并拒绝与提出做阉割手术的男孩讨论有关性方面的问题，他看起来更像是天主教徒或者清教徒。直到威尔科克斯在故事中说道"我们的救世主？你不是个犹太教徒吗？"[2] 才一语点破两人的真实身份。事实上，威尔科克斯是基督教徒，而费希尔是犹太教徒。海明威在人物刻画与真实身份的矛盾中蕴含了深刻的故事内涵。这在故事的另一处描写中进一步凸显。沃尔夫兄弟酒馆在圣诞节这天免费供应火鸡晚餐，除了犹太教徒费希尔，其他人都去参加了。但在平常日子里，他们对待别人却是残忍贪婪的，这体现了"当代基督教徒的

---

[1] 相关研究论文有：彼得·海斯的《海明威与渔王》（"Hemingway and the Fisher King"，1966）、朱利安·史密斯的《海明威与被忽略的内容》（"Hemingway and the Thing Left Out"，1970）、乔治·蒙泰罗的《海明威的圣诞颂歌》（"Hemingway's Christmas Carol"，1972）、盖里·哈林顿的《海明威〈先生们，祝你们快乐〉》（"Hemingway's 'God Rest You Merry, Gentlemen'"，1993）与罗伯特·兰姆的《海明威对反犹主义的批判：〈先生们，祝你们快乐〉中的符号学困惑》（"Hemingway's Critique of Anti-Semitism：Semiotic Confusion in 'God Rest You Merry, Gentlemen'"，1996）等。

[2] （美）海明威：《海明威短篇小说全集（上）》，陈良廷等译，上海：上海译文出版社，2019年，第387页。

腐败行为，善行和慈爱之心都是为特殊场合准备的"①。

克鲁塞还将《先生们，祝你们快乐》与莎士比亚戏剧《威尼斯商人》进行了互文性研究。其中最为明显的是，费希尔医生向叙述者霍勒斯问道："What news along the rialto?"（"市场上有什么新闻没有？"②）这句话正是《威尼斯商人》中的台词。在戏剧的第一幕第三场（Act 1 Scene 3）中，夏洛克讲道："What news on the Rialto?"③ 不同的是，莎士比亚笔下的犹太人，贪婪刻薄、冷酷无情、复仇心极重。但在《先生们，祝你们快乐》中，费希尔从未给予自己犹太人身份"应有的重视"，反而是基督教徒威尔科克斯有着犹太人一般的精明、迂腐和报复心。他在行医时必须小心翼翼地参考医生指南，坚守特定节日（"圣诞节"）的特殊性，近乎迂腐地维护宗教信条。但他对受难病人毫无怜悯，粗暴地命令把病人撵出去，违背了基督教义。此外，费希尔还提及当威尔科克斯发现了他的弱点时"他（威尔科克斯）就趁机大大利用了"④，再次展现了威尔科克斯的刻薄无情。据此，克鲁塞认为"海明威对莎士比亚戏剧的核心母题进行了怪诞改编"⑤。在《先生们，祝你们快乐》中，基督教徒威尔科克斯医生对标的正是《威尼斯商人》中的犹太人夏洛克。海明威的故事与莎士比亚的戏剧不同，仁慈的品质全都体现在犹太人身上⑥。

克鲁塞指出，海明威通过对费希尔医生人性的刻画，突显出这位犹太医生作为整篇小说道德中心的作用，"使犹太医生费希尔成为一个卓越的人物，从一个开明的他者的角度，去批判当代的宗教态度"，借以体现他为弥补自己之

---

① Horst Hermann Kruse. "Allusions to *The Merchant of Venice* and *The New Testament* in 'God Rest You Merry, Gentlemen': Hemingway's Anti-Semitism Reconsidered", *The Hemingway Review*, Vol. 25，No. 2，2006，p. 66.

② （美）海明威：《海明威短篇小说全集（上）》，陈良廷等译，上海：上海译文出版社，2019年，第384页。

③ （英）莎士比亚：《威尼斯商人》，张文庭注释，北京：商务印书馆，1989年，第28页。

④ （美）海明威：《海明威短篇小说全集（上）》，陈良廷等译，上海：上海译文出版社，2019年，第388页。

⑤ Horst Hermann Kruse. "Allusions to *The Merchant of Venice* and *The New Testament* in 'God Rest You Merry, Gentlemen': Hemingway's Anti-Semitism Reconsidered", *The Hemingway Review*, Vol. 25，No. 2，2006，p. 67.

⑥ Horst Hermann Kruse. "Allusions to *The Merchant of Venice* and *The New Testament* in 'God Rest You Merry, Gentlemen': Hemingway's Anti-Semitism Reconsidered", *The Hemingway Review*, Vol. 25，No. 2，2006，p. 68.

前反犹主义所做的努力①。

《先生们，祝你们快乐》是考察海明威关于犹太人种族观的重要作品，克鲁塞的研究增进了我们对这一问题的认识。将《威尼斯商人》中的夏洛克与《先生们，祝你们快乐》中的费希尔加以对比，体现了海明威笔下犹太人的高尚道德。将费希尔与海明威其他作品中的犹太人物形象进一步对比与联系，则能更全面地体现海明威关于犹太人种族观的认知历程。

（二）音乐－宗教背景的挖掘

2008年，尼科尔·卡玛斯特拉（Nicole Camastra）在《海明威的现代赞美诗：〈先生们，祝你们快乐〉中音乐与宗教背景溯源》（"Hemingway's Modern Hymn: Music and the Church as Background Sources for 'God Rest You Merry, Gentlemen'"）一文中，从宗教音乐及其背景对故事主旨加以重释。

《先生们，祝你们快乐》主要围绕一个16岁男孩因无法抑制自己的"欲望"而去医院做阉割手术展开。卡玛斯特拉具体从以下两个方面探讨了该故事与音乐尤其是宗教音乐之间的关系。

其一，故事中渴望被阉割的男孩与音乐历史上的"阉伶歌手"（castrati）②之间有着千丝万缕的联系。卡玛斯特拉回溯了海明威家族史，阐明海明威的高曾祖父、海明威的母亲等家人对音乐的热爱以及在音乐领域的造诣与成就。据卡玛斯特拉分析，海明威对意大利文化和歌剧十分熟悉，对阉伶歌手鲜为人知的历史传统有所了解。阉伶歌手指的是嗓音洪亮清澈的男童，他们在青春期前接受阉割手术以改变发育后的声音，从而拥有超越常人的非凡嗓音，音域具有女声的高度，而气息则有男声的强度，兼有女子般纯净、轻柔、精巧的声音和男子深厚的能量。在4世纪末5世纪初，阉伶歌手在拜占庭帝国的音乐与宗教中不可或缺，尤其在拜占庭教堂的唱诗班中具有重要地位，对教会音乐产生了巨大影响。

在《先生们，祝你们快乐》中，男孩因自己的"欲望"，为自己违背纯洁、违背"救世主"而感到罪恶，因此他想要去医院做阉割手术。当被两位医生拒

---

① Horst Hermann Kruse. "Allusions to *The Merchant of Venice* and *The New Testament* in 'God Rest You Merry, Gentlemen': Hemingway's Anti-Semitism Reconsidered", *The Hemingway Review*, Vol. 25, No. 2, 2006, p. 72.

② Castrati，又称 eunuchs，*evirati* 或 *musici*，中文译为"阉伶""阉伶歌手"或"阉人歌唱家"，17—18世纪风靡欧洲，是欧洲一种独特的艺人。

绝后，他回家用一把剃刀进行了自残。男孩对尊严与纯洁的渴望体现的是真正的宗教情感。卡玛斯特拉认为，《先生们，祝你们快乐》是一个"将艺术、虔诚、自残和同情糅合在一起的奇怪故事，既有赖于海明威对音乐的博学，也有赖于他意识到自己的祖传成就与教会音乐紧密相连，尤其是与教会音乐中的阉伶歌手有关"[1]。

其二，《先生们，祝你们快乐》的故事名援引自同名圣诞颂歌。颂歌最后一句倡导人与人之间要和谐，用真爱去拥抱他人，这既是教会音乐的核心功能之一，也是该故事的核心。故事名从音乐上蕴含了基督教的教义精髓，但内容却讽刺了信仰脆弱的现代人。当费希尔医生试图说服男孩不要做阉割手术的时候，基督教徒威尔科克斯医生却说出"去你的""把他撵出去"这类粗鲁言语，直接导致劝导失败。威尔科克斯在医生指南中未找到应对这一特殊的紧急情况的方法，导致男孩因失血过多而死，男孩临死前抱怨道："唉，我请求过你给我做这手术。我请求过你多少回给我做手术了。"[2] 威尔科克斯医生却只回答说"而且，在圣诞节"[3]。"圣诞节"这一天对基督徒威尔科克斯来说是不方便做手术的，但费希尔医生却认为"这个节日的意义并不重要"[4]，他更关心的是男孩的痛苦。在故事中，威尔科克斯是基督徒，但他缺乏同情心，与基督教服务大众的重要原则相矛盾。而费希尔虽是犹太人，却是真正意义的基督徒。在卡玛斯特拉看来，"正如拜占庭教堂的赞美诗以人类'情感'的普遍性为中心，海明威的故事重在强调兄弟情谊而非自私的情感。两位医生的不同之处凸显了现代社会兄弟情谊的缺乏与自私倾向"[5]。

通过对该小说的音乐－宗教背景的论述，卡玛斯特拉认为"《先生们，祝你们快乐》是一首深刻而复杂的散文赞美诗，歌颂的是在现代世界中为争取信

---

[1] Nicole J. Camastra. "Hemingway's Modern Hymn: Music and the Church as Background Sources for 'God Rest You Merry, Gentlemen'", *The Hemingway Review*, Vol. 28, No. 1, 2008, p. 53.

[2] （美）海明威：《海明威短篇小说全集（上）》，陈良廷等译，上海：上海译文出版社，2019 年，第 387 页。

[3] （美）海明威：《海明威短篇小说全集（上）》，陈良廷等译，上海：上海译文出版社，2019 年，第 387 页。

[4] （美）海明威：《海明威短篇小说全集（上）》，陈良廷等译，上海：上海译文出版社，2019 年，第 387 页。

[5] Nicole J. Camastra. "Hemingway's Modern Hymn: Music and the Church as Background Sources for 'God Rest You Merry, Gentlemen'", *The Hemingway Review*, Vol. 28, No. 1, 2008, p. 62.

仰所必须经历的失败"①。了解与该小说相关的音乐及其所代表的宗教背景，有助于读者更好地理解男孩做出的匪夷所思的行为，更深入地体会"用爱拥抱他人"的宗教意蕴，更深刻地认识对现代人宗教信仰脆弱的讽刺。

（三）版本差异研究：海明威改动的意义

香农·惠特洛克·列维兹克（Shannon Whitlock Levitzke）在《"那时节差距跟如今大不相同"：海明威〈先生们，祝你们快乐〉中的变化》（"In Those Days the Distances Were All Very Different"：Alienation in Ernest Hemingway's God Rest You Merry, Gentlemen）一文中，结合翔实的资料，对比了该故事出版的版本与未公开的第一、二版手稿之间的区别，发现了大量删改之处。通过解析海明威撰写该故事的创作历程，列维兹克试图挖掘删改背后隐藏的深层次内容，尤其是试图解答一直以来存在于批评界的疑惑：为什么该故事首段会提及君士坦丁堡？为什么海明威会把堪萨斯城与君士坦丁堡加以比较？

第二稿在关于堪萨斯城的描写中，有"wonderful place" "a wonderful building" "the finest in America" "the warmest place and the best"等诸多美好的、赞美的褒义词，但这些描述在出版的版本中均被删掉了。保留在小说中的是"dirt blew off the hills" "snowing" "early dark"等寒冷与黑暗的描写。列维兹克指出，在早期手稿中，堪萨斯城是一个生机勃勃、人际交往密切、美丽且富有人性的城市。但经删改后，堪萨斯城被呈现为一个寒冷贫瘠又阴郁的地方②。

又如，手稿中还提及一个新建的联合车站（the new Union Station），它被描写为全美国最好的建筑，由大理石装潢，里面有各式各样的商铺，商户们热情主动，提供各类商品和服务。但在出版的版本中，海明威将其完全删掉，只用了"buildings…of the town"来简而代之。在列维兹克看来，这些改动具有重要意义。第一，男孩悲剧性的自残行为发生在堪萨斯城，因此将这里描绘成一个不受欢迎、毫无乐趣的地方十分有必要，以体现男孩的行为与整个大环

---

① Nicole J. Camastra. "Hemingway's Modern Hymn：Music and the Church as Background Sources for 'God Rest You Merry, Gentlemen'", *The Hemingway Review*, Vol. 28, No. 1, 2008, p. 63.

② Shannon Whitlock Levitzke. " 'In Those Days the Distances Were All Very Different'：Alienation in Ernest Hemingway's 'God Rest You Merry, Gentlemen'", *The Hemingway Review*, Vol. 30, No. 1, 2010, p. 21.

境的相容性。第二，这些改动扩大了故事范围。海明威删除了那些可能会标志着这座城市特殊身份的机构和建筑名，从而使堪萨斯城"更具普遍性和代表性，使其代表和体现整个美国的城市生活"。总之，这些改写的总体趋势是"使堪萨斯城更具普遍性，而不是更具体，从而使'堪萨斯城跟君士坦丁堡一模一样'这句话更加可信"①。

另一处重要的删改是手稿中有关佩拉宫（Pera Palace）和加拉塔大桥（Galata Bridge）的描写。在初稿中，君士坦丁堡简短地出现在故事引言段中。在第二版手稿中，海明威提及佩拉宫和加拉塔大桥这两个纪念君士坦丁堡悠久历史和丰富文化的著名地标。但在出版的故事中，它们均被删除。只有在每一版中都出现的关于干燥的、尘土飞扬的山丘的描写被保留下来，用以表明堪萨斯城与君士坦丁堡之间的关系。列维兹克分析，这是因为海明威知道读者通过异国情调的描写，很容易把君士坦丁堡和堪萨斯城联系起来。在早期手稿中，海明威称堪萨斯城是一个"奇特而美妙的地方"，由于这一描写可能会过于暗示君士坦丁堡风景如画的异域风情，故而将其删掉。取而代之的是"尘土飞扬的山丘"把两个地方关联起来，平淡地建立起对比关系。列维兹克认为，"关于贫瘠地形的描写实则营造情感氛围，这不仅仅是将堪萨斯城和君士坦丁堡两个相距遥远的城市联系在一起，还暗示了现代城市的荒芜贫瘠是《先生们，祝你们快乐》悲剧的根源"，"山丘的荒芜贫瘠折射出的是人物的情感荒凉与凄凉"②。

六、《你总是的，碰到件事就要想起点什么》

《你总是的，碰到件事就要想起点什么》（"I Guess Everything Reminds You of Something"）在海明威生前未出版，其妻玛丽在这篇小说手稿上写着"不予出版"，随后交给了美国波士顿肯尼迪总统图书馆。在海明威与玛丽去世后，该小说最终在海明威三个儿子的许可下被收录于《海明威短篇小说全集》（*Complete Short Stories of Ernest Hemingway*，1987）中出版。

---

① Shannon Whitlock Levitzke. "'In Those Days the Distances Were All Very Different': Alienation in Ernest Hemingway's 'God Rest You Merry, Gentlemen'", *The Hemingway Review*, Vol. 30, No. 1, 2010, pp. 21-22.

② Shannon Whitlock Levitzke. "'In Those Days the Distances Were All Very Different': Alienation in Ernest Hemingway's 'God Rest You Merry, Gentlemen'", *The Hemingway Review*, Vol. 30, No. 1, 2010, pp. 23-24.

第一章
国内研究较少涉及的海明威作品

21世纪以前,约瑟夫·弗洛拉与杰弗里·迈耶斯等学者根据海明威儿子格雷戈里的回忆录,仅对故事背景做了简略分析。21世纪以来,英美学界结合海明威生平研究,细致考察了故事中的人物描写、故事情节及父子关系的呈现等,从而剖析其故事主旨。

2007年,罗伯特·克拉克(Robert C. Clark)撰写了《爸爸与射击手:海明威〈你总是的,碰到件事就要想起点什么〉的传记类比》("Papa y El Tirador: Biographical Parallels in Hemingway's 'I Guess Everything Reminds You of Something'")。克拉克从海明威生平研究角度,结合海明威的儿子格雷戈里、儿媳瓦莱丽、孙子约翰等家族成员撰写的多部回忆录,以及A. E. 霍奇纳、卡洛斯·贝克和杰弗里·迈耶斯三位所写的海明威传记,对故事中的人物描写、故事情节及父子关系等加以剖析。

由于该故事的叙述顺序是非线性的,因此克拉克将故事分为四部分加以探究。故事的第一部分,儿子斯蒂维写的短篇小说在学校比赛中获了奖,作为职业作家的父亲对其表示肯定和鼓励,认为儿子有写作天赋,给他推荐了《当年在远方》一书,并试图帮助儿子在写作方面进一步提高。克拉克根据格雷戈里的《爸爸:一部私人回忆录》(*Papa: A Personal Memoir*, 1976)分析,该部分中的斯蒂维与海明威的儿子格雷戈里在生平上有相似之处。格雷戈里从小立志要成为一名职业作家,并一直为之努力。海明威为儿子对写作有兴趣感到非常高兴,并给了儿子一份阅读书单。格雷戈里在1947—1948学年参加写作竞赛获得了"历史类"第一名。除了写作比赛的细节,小说还描写了父亲为帮助儿子提高写作能力,让儿子通过多观察来获取写作灵感,提议带儿子去看斗鸡。格雷戈里也在回忆录中记录了小时候一次难忘的斗鸡经历。克拉克指出,在故事第一部分中,虽然父子俩的互动表面上看起来是很理想的,但儿子的拒绝、紧张的对话似乎隐约地表明了他们之间所隐藏的不和[①]。

故事的第二部分主要讲述的是斯蒂维在一次大型国际射击比赛中的表现。在比赛中,斯蒂维迅速而完美地完成了射击,对于职业选手的赞美,男孩仅以谢谢作为简单回应,但因最后一枪太慢而向父亲道歉。斯蒂维还给了父亲一个提醒,第二号笼子因没有上油,开笼的声音较大,所以一听到开笼声就要立刻把枪口转过去。而当父亲上场时,二号笼已上过油了,导致父亲并没有听到开

[①] Robert C. Clark. "Papa y El Tirador: Biographical Parallels in Hemingway's 'I Guess Everything Reminds You of Something'", *The Hemingway Review*, Vol. 27, No. 1, 2007, p. 94.

笼声。克拉克指出,这段父子间的简短互动是整个故事的缩影。面对职业选手的赞扬,男孩十分平静,他唯一在乎的是父亲的赞许,但当他发现自己的提醒并未帮到父亲时,他感到非常懊恼:"呀,爸爸,我真抱歉……他们上过油了呢。都怪我多嘴了。"① 故事似乎在暗示,尽管男孩试图努力成为最好的,想要取悦和打动父亲,但他最终还是让父亲失望了②。有关这一部分的描写,克拉克追溯到海明威本人对射击比赛的热爱。在1942年,格雷戈里参加了在哈瓦那举办的一次大型射击比赛。与小说中的斯维蒂一样,格雷戈里那年也正好10岁。海明威喜欢教射击,而格雷戈里学得最认真,并且赢得了一些小比赛,因此海明威对儿子的射击才充满了信心。

在故事的第三部分,在射击大赛后的那天晚上,父子俩在一起闲聊,斯维蒂说道"我真不明白,怎么有人会连鸽子也打不中"。父亲被儿子的傲慢激怒,告诉他"这话可千万不能对人家说啊"。男孩却继续重复"打不中是说什么也不应该的""不过我弄不懂,真要是个够格的射手怎么会连只鸽子也打不中",并称自己是因为射中的鸽子掉在界外而最终输掉比赛。父亲对儿子始终不明白自己为什么失败而感到沮丧,于是简短地对儿子说"可这样你还是失败了"。③克拉克根据格雷戈里的回忆录推断,海明威察觉到格雷戈里的性格里缺乏谦逊,并以此为灵感创作了上述内容④。

故事结尾部分,斯蒂维承诺他的第二篇小说一旦完稿,马上给父亲看,但他最终并未做到。直到七年后,父亲才发现第一篇获奖小说是剽窃的:"把书一翻,果然有这一篇,一字未动,连题目都一样。那是一位爱尔兰作家的一部短篇小说集,所收都是极优秀的作品。孩子竟是一字不改地抄袭,连题目都照抄了。"⑤ 此时,父亲不仅清楚地意识到了在射击比赛后他对儿子的失望,还明白了为什么当初他提出帮助儿子进行写作练习的建议被拒绝。紧接着,故事

---

① (美)海明威:《海明威短篇小说全集(上)》,陈良廷等译,上海:上海译文出版社,2019年,第346页。

② Robert C. Clark. "Papa y El Tirador: Biographical Parallels in Hemingway's 'I Guess Everything Reminds You of Something'", *The Hemingway Review*, Vol. 27, No. 1, 2007, p. 97.

③ (美)海明威:《海明威短篇小说全集(下)》,陈良廷等译,上海:上海译文出版社,2019年,第346—347页。

④ Robert C. Clark. "Papa y El Tirador: Biographical Parallels in Hemingway's 'I Guess Everything Reminds You of Something'", *The Hemingway Review*, Vol. 27, No. 1, 2007, p. 99.

⑤ (美)海明威:《海明威短篇小说全集(下)》,陈良廷等译,上海:上海译文出版社,2019年,第348页。

描写了父亲的心理活动"这七年中的后五年,孩子简直把一切坏事、蠢事都干绝了"。最终父亲得出的结论是"如今他明白了,这孩子从来就不是个好孩子。回想往事,他总有这样的感觉。悲哀啊,原来射击是毫无意义的"。根据格雷戈里的回忆录,克拉克发现,格雷戈里曾经的一篇获奖小说实际上是剽窃了屠格涅夫的作品,而屠格涅夫是海明威最喜欢的作家之一。因此,小说中父亲最终对儿子的结论正是"海明威对格雷戈里在射击与写作两件事情上的直接否定"①。

据瓦莱丽的《与公牛一同奔跑:我生命中的海明威》(*Running with the Bulls:My Years with the Hemingways*,2004)记载,导致格雷戈里与海明威父子关系决裂的事情,主要是1951年格雷戈里因在女厕所穿异性服装(cross-dressing)而被捕。瓦莱丽在书中记叙了格雷戈里的怨恨,认为他的父亲、母亲和玛丽更关心的是事情曝光后给家族带来的尴尬,而不是为他寻求治疗方法。约翰在《海明威家的厄运:一部家族回忆录》(*Strange Tribe:A Family Memoir*,2007)中也同样提及,在格雷戈里被捕前至少8年,海明威可能就已经知道儿子有异装癖,但他在意的是这件事情可能会成为丑闻。在小说中,当斯蒂维说他并不是存心想粗鲁无礼时,父亲对斯蒂维的回答是"没什么……可对别人你这话千万不能说啊",克拉克认为这间接佐证了海明威优先考虑维护自身形象这一说法②。

海明威害怕批评家和传记作家批判他是同性恋,而儿子格雷戈里的问题极有可能成为对他不利的证据。因此,尽管写《你总是的,碰到件事就要想起点什么》具有一定的风险,却能给海明威带来精神和情感上的放松。从某种程度来看,写这篇作品是一种情感治疗手段,具有治愈作用③。约翰在回忆录中曾提及,格雷戈里对于父亲又爱又恨,而《你总是的,碰到件事就要想起点什么》表明海明威对儿子格雷戈里也是同感。克拉克认为,在理解了海明威家族史的背景后,会发现这篇小说将"爱、愤怒与遗憾"复杂地融入其中④,讲述

---

① Robert C. Clark. "Papa y El Tirador: Biographical Parallels in Hemingway's 'I Guess Everything Reminds You of Something'", *The Hemingway Review*, Vol. 27, No. 1, 2007, p. 101.
② Robert C. Clark. "Papa y El Tirador: Biographical Parallels in Hemingway's 'I Guess Everything Reminds You of Something'", *The Hemingway Review*, Vol. 27, No. 1, 2007, p. 102.
③ Robert C. Clark. "Papa y El Tirador: Biographical Parallels in Hemingway's 'I Guess Everything Reminds You of Something'", *The Hemingway Review*, Vol. 27, No. 1, 2007, p. 105.
④ Robert C. Clark. "Papa y El Tirador: Biographical Parallels in Hemingway's 'I Guess Everything Reminds You of Something'", *The Hemingway Review*, Vol. 27, No. 1, 2007, p. 103.

了一位悲伤的父亲试图理解一段失败的父子关系的故事。

经研究，克拉克总结认为，该小说是"一个以传记为基础的故事，表达了格雷戈里和欧内斯特之间父子关系崩溃的复杂情感"①。值得注意的是，海明威的大多数作品描写的是让儿子失望的父亲，而这篇小说讲述的是一个让父亲失望的儿子，海明威借此影射自己的儿子格雷戈里。

本章小结

自1923年海明威作品首次问世以来，英美学界一直致力于对海明威作品的解构与重释，在不断尝试新方法、开辟新视角的同时，也着重于挖掘与补充被忽略的海明威作品。相较之下，国内学界对海明威作品的研究更集中于关注度高、名气大的代表作品，从而导致部分作品至今鲜有论及。因此，本章致力于弥补这一问题，从国内研究较少涉及的海明威作品入手——具体包括长篇小说《乞力马扎罗山下》与六篇短篇小说《在士麦那码头上》《艾略特夫妇》《大转变》《今天是星期五》《先生们，祝你们快乐》《你总是的，碰到件事就要想起点什么》——分析总结英美学界围绕各作品的研究重点与特点。

总体而言，21世纪英美学界有关《乞力马扎罗山下》的研究重点主要包括以下四个方面。一是有关该作品的出版与编辑的系列问题，其中涉及该作品的出版纷争、海明威的自我编辑过程以及路易斯与弗莱明两位他者编辑的得与失、完整版《乞力马扎罗山下》与节略版《曙光示真》之比较等。二是有关内容研究，比如该作品的创作背景、作品中展现的西方文化与非洲文化之间的差异与冲突、人物形象的塑造、多元文化的呈现等。三是运用多元批评视角，比如文化研究、性别研究、种族研究、生态批评等对其加以剖析。四是对作品提出质疑和批判，指出海明威在该作品中对非洲语言的错误使用以及对非洲文化的错误理解。

有关《在士麦那码头上》的研究重点主要包括：一是故事背景的历史溯源，二是故事中讽刺、象征、省略等写作手法的运用以及写作风格的呈现，三是将该故事与短篇小说集《在我们的时代里》中其他作品加以比较，并将该作

---

① Robert C. Clark. "Papa y El Tirador: Biographical Parallels in Hemingway's 'I Guess Everything Reminds You of Something'", *The Hemingway Review*, Vol. 27, No. 1, 2007, p. 90.

品与同一创作背景的其他数十位作家作品展开比较,分析这些作品之间的影响,总结其异同,并突显海明威文学创作的独特之处。

有关《艾略特夫妇》的研究重点是女主人公的性身份问题,并结合盖尔·鲁宾理论探讨艾略特夫妇的性行为。

有关《大转变》的研究重点主要包括:一是跨学科研究,结合进化心理学与社会学理论对男主人公菲尔的嫉妒心理加以剖析,二是故事中省略、重复、停顿与讽刺等写作手法的运用,三是从实证性角度对《大转变》与海明威个人情感经历之间的关系展开探源研究。

有关《今天是星期五》的研究重点主要包括:一是有关该作品的体裁问题,分析阐明海明威选用剧本这一独特体裁的原因、特点及其达到的效果;二是将该作品与梅尔·吉布森的电影《耶稣受难记》进行跨界比较研究,并结合生平研究,指出海明威与吉布森之间的相同之处。

有关《先生们,祝你们快乐》的研究重点主要包括:一是作品中所蕴含的海明威的种族观,重新审视了海明威的反犹主义,二是从音乐与宗教视角对故事背景与主旨进行挖掘,三是将该作品的几个不同版本进行比较,剖析版本之间差异的内在原因。

有关《你总是的,碰到件事就要想起点什么》的研究主要结合海明威生平研究,考察了故事中的人物描写、故事情节及父子关系的呈现等与海明威及其儿子之间的相同之处,从而剖析故事的主旨要义。

总之,英美学界对上述七部海明威作品的研究启示我们,既要重视"宝玉",也不能遗忘每一块"璞玉"。这七部作品经过研究的精心挖掘与打磨之后,定能显现其深厚、独特的文学价值,重新锚定在海明威经典中的位置。

第二章　国内未译介的海明威传记

从20世纪20年代至今，英美学界的海明威研究除了集中在其作品上，还对其生平、思想及其写作生涯的发展历程进行了大量研究，出版了不少海明威传记作品。第一部海明威传记诞生于20世纪50年代的美国，自此海明威传记作品如雨后春笋、层出不穷，受到世界范围内的学者和读者的广泛青睐，既为世界读者了解海明威的生平轶事提供有用信息，也为严肃的海明威学术研究提供有价值的一手资料。这些传记对于学术界的海明威研究，尤其是海明威作品研究，具有重要的参考价值。

21世纪以来，随着学术研究的进一步拓展，海明威生平资料的进一步挖掘，英美学界的传记作者从不同角度、不同侧面来解读和描写传主海明威，不断涌现出新的有影响力的传记作品。据初步统计，仅二十年间（2000—2020），英美学界的海明威传记专著共119部。传记数量庞大、内容丰富、形式多样，主要包括以下四类：一是讲述海明威生平史实的历史性传记；二是从重要的时间节点、空间地域、战争、友情、爱情等不同角度切入进行深入探究的专题性传记；三是将海明威生平与文学创作相结合的研究性传记；四是具有虚构性特点的文学性传记。国内目前共翻译出版了14部，其中历史性传记8部（包括亲友型传记6部、一般传记2部）、文学性传记5部、专题性传记1部，暂无研究性传记翻译出版。由此可见，专题性传记与研究性传记的译介相对较为缺乏，而这两类传记对于海明威研究具有重要的学术价值。

基于此现状，本章聚焦于105部国内尚未译介的海明威传记作品，分历史性传记、专题性传记和研究性传记三类对其进行分析总结，并遴选代表作品加以详细论述。

第一节 历史性传记

历史性传记主要包括一般传记和亲友型传记两类。一般传记是对传主海明威生平事迹的真实记录与讲述，看重史实的记述。而亲友型传记，通常是亲友所写的回忆性作品，聚焦海明威本人或在与海明威相处过程中发生的或共同经历的一些事件。因此，二者的共同特点是纪实性强，具有史料价值。在国内，在海明威传记的撰写方面，一般传记最多，而对国外海明威传记的译介最多的当属亲友型传记。由此可见，国内对于这两类传记的关注度最高。这两类传记在 21 世纪英美学界不断有新作涌现，提供了具有价值的新史料和新信息。

一、一般传记

在历史性传记中，一般传记占比最多，但目前国内已译介的仅 2 部[①]。除此之外，21 世纪英美学界的学者不断探索、深入挖掘有关海明威的新资料，结合未出版的资料、未公开的采访、丢失的手稿、信件等，通过实地考察，走访海明威生前居住过、游历过的地方，亲自采访当地相关人士、采访海明威的亲友等，结合多种方式，为更加丰富全面的海明威生平研究提供了不少有价值的新史料。例如，迈克尔·雷诺兹（Michael Reynolds）的《欧内斯特·海明威》（*Ernest Hemingway*，2000）、吉姆·怀廷（Jim Whiting）的《欧内斯特·海明威》（*Ernest Hemingway*，2006）、凯特·里格斯（Kate Riggs）的《欧内斯特·海明威》（*Ernest Hemingway*，2009）、苏尼尔·库马尔·萨卡尔（Sunil Kumar Sarker）的《欧内斯特·海明威指南》（*A Companion to Ernest Hemingway*，2019）、杰米·庞弗里（Jamie Pumfrey）的《海明威传》（*Biographic: Hemingway*，2019）等。

（一）全面的海明威年谱

美国作家、历史学家布鲁斯特·钱柏林（Brewster Chamberlin）的《海

[①] 国内已有中译本 2 部，具体是：2019 年中央编译出版社出版了美国弗娜·卡莱（Verna Kale）的《八分之七的冰山：海明威传》中译本（周琳琳译）、2020 年江苏凤凰文艺出版社出版了美国迈克尔·卡塔基斯（Michael Katakis）的《作家海明威的生活剪贴簿：来自肯尼迪总统图书馆的权威收藏》中译本（王茗一译）。

明威日志：生平与时代年表》（*The Hemingway Log: A Chronology of His Life and Times*，2015）是迄今为止有关海明威生平经历、文学创作与文化背景最为全面详细的年谱。

《海明威日志：生平与时代年表》具有以下三个特点。其一，它是时间涵盖范围最广、划分最细致的海明威生平记录。记载开始于海明威出生前（1899年）近半个世纪的时间里与海明威有关的人和事。从1835年马克·吐温出生开始记述，是因为海明威曾公开表示马克·吐温的《哈克贝利·费恩历险记》是"所有现代美国文学的开端"。记载一直持续到2013年，海明威去世（1961年）后近半个世纪，这是因为剑桥大学出版社于2013年出版了"海明威书信计划"中的《海明威书信集》第二卷。在横跨178年的岁月长河中，钱柏林既详细讲述了海明威的生平经历，记录了与他有关的重要人物、事件和地点，也介绍了海明威去世后一直持续的海明威批评研究及其广受欢迎的文学遗产，构建起了一个完整的海明威文化环境。值得一提的是，该书采取逐日详列的方式，记录对海明威有影响的事件及其日期。例如，每年诺贝尔文学奖、普利策奖的获奖者，出版的诗歌、小说与戏剧等文学作品，世界上发生的重大事件，美国的重大变化等等与海明威之间的关系。通过详细清晰的记录，该书勾勒了一个以海明威为中心的文学创作、出版、旅行、家庭以及人际关系的时代全景图。

其二，从形式上来看，该书是一部海明威年谱，是一本真正的海明威生活日志，按时间顺序记录有用的背景信息。这一形式提供了一个有关海明威生平的完整指南，使读者易查询、易阅读。正如钱柏林所言，该书包含了其他传记中所没有的细节，尤其便于海明威研究学者参考与查阅，这也是作者选择这一形式的初衷，旨在该书能成为"海明威研究者的资源"[1]。

其三，该书指出并勘正了已有海明威传记中的部分错误。钱柏林指出，"没有一部海明威传记或那些认识他的人所写的回忆录是完全值得信赖的"[2]。在已有传记中，不仅有一些相互矛盾的内容，还存在大量的事实错误，甚至还有一些关于海明威的谬言。因此，钱柏林试图通过此书来"纠正这些有关海明

---

[1] Brewster Chamberlin. *The Hemingway Log: A Chronology of His Life and Times*. Lawrence：University Press of Kansas，2015，p. 1.

[2] Brewster Chamberlin. *The Hemingway Log: A Chronology of His Life and Times*. Lawrence：University Press of Kansas，2015，p. 2.

威的传说、谬见和谎言"①。比如，迈克尔·雷诺兹著名的海明威传记五卷本，堪称 21 世纪以前海明威传记中的权威之作。但钱柏林在其著中指出，雷诺兹的五卷本中的部分陈述显然是虚构的，并没有考虑到一些明显的事实，并不具有权威性。

《海明威日志：生平与时代年表》一经出版，广受认可。海明威协会的两任主席斯科特·唐纳森（Scott Donaldson）与 H. R. 斯通巴克（H. R. Stoneback）均对此书给予高度评价。总之，该书时间跨度长、涵盖范围广、内容全面，介绍了与之有关的文化历史背景，在纠错的同时还补充了前人的空白，是海明威学术研究的宝贵资源。同时，该书对目前正在开展的"海明威书信计划"来说是一个非常有用的辅助资料，有助于充实海明威生平的文化和历史背景。

（二）鲜为人知的趣闻轶事

2008 年，大卫·纳弗（David Nuffer）出版了《我最好的朋友：从认识海明威的人那里了解他》（*The Best Friend I Ever Had:Revelations about Ernest Hemingway from Those Who Knew Him*）。作者纳弗亲自走访了 165 个与海明威有关的地方，如加拿大、古巴、欧洲及美国等地，在海明威曾居住过、旅游过、工作过的地方，寻找并采访那些认识和了解海明威的人。与其他传记最大的不同是，纳弗所选择的受访者并非我们通常在这类作品中看到的文学巨匠、出版商、电影演员等，而是采访了一些在其他传记中被忽略的人，比如和海明威一起工作、打猎、钓鱼、社交的普通人。通过这些采访内容，我们得以窥见海明威生平中鲜为人知的部分。如纳弗所言，其目的是基于目前已知的海明威信息，从那些在不同程度上对海明威有所了解的人那里获得更多启示，进而补充一些不为人知的趣闻轶事和观察②，以进一步揭示这位传奇人物的复杂性。此外，该书还提供了新信息，比如 1960 年至 1961 年海明威在梅奥诊所（Mayo Clinic）接受电击治疗后，他的医生写给他的未公开信件以及一些未公开过的照片。

---

① Brewster Chamberlin. *The Hemingway Log: A Chronology of His Life and Times*. Lawrence：University Press of Kansas，2015，p. 2.

② David Nuffer. *The Best Friend I Ever Had:Revelations about Ernest Hemingway from Those Who Knew Him*. Bloomington：Xlibris Corporation，2008，p. 11.

二、亲友型传记

亲友型传记由海明威亲友所著，主要是关于海明威其人其事的回忆性记述。在海明威传记的创作中，海明威的亲属和朋友是重要的参与者。21 世纪以前的亲友型传记[①]为 20 世纪的学者和读者了解海明威其人其事提供了极具价值的一手资料，在英美学界被广泛参考。21 世纪以来，海明威的亲友在这一方面持续做出贡献，撰写了新作品。目前，国内已译介的国外海明威传记中，这一类当属最多（有 6 本）。除已有中译本外，还有海明威的侄女希拉里·海明威（Hilary Hemingway）与丈夫杰弗里·林赛（Jeffry Lindsay）合著的《与海明威一起狩猎》（*Hunting with Hemingway*，2000）、海明威的曾孙女克里斯汀·海明威·杰恩斯（Cristen Hemingway Jaynes）的《欧内斯特之路：海明威一生中的国际旅行》（*Ernest's Way: An International Journey Through Hemingway's Life*，2019）以及海明威古巴故居的管家、海明威已过世的好友之女撰写的海明威往事等。

（一）海明威在瞭望山庄的日子：来自管家的回忆

除了以往为人所熟知的海明威亲友撰写的回忆录，很少有人会关注到其他对海明威同样很熟悉的人。勒内·维拉里尔（René Villarreal）就是其中之一。在海明威生命的最后 21 年，除了他的妻子，维拉里尔是最了解他的人。1939 年，海明威搬到在古巴哈瓦那的瞭望山庄（Finca Vigía）居住。1940 年，维拉里尔开始帮忙为其打理山庄杂务。1946 年，17 岁的维拉里尔被海明威选为管家，在接下来的 15 年里，负责管理瞭望山庄的具体事务，照顾海明威和妻子玛丽。海明威去世后，遗孀玛丽把山庄赠予古巴人民，古巴前领导人菲德尔·卡斯特罗（Fidel Castro）让维拉里尔留下来管理遗产，把它改建成海明威博物馆。

[①] 21 世纪以前的亲友型传记，例如：莱斯特·海明威（Leicester Hemingway）的《我的哥哥海明威》（*My Brother, Ernest Hemingway*，1962）、马塞琳·海明威（Marcelline Hemingway）的《海明威：一个家庭的肖像》（*At the Hemingways: A Family Portrait*，1962）、马德莱娜·海明威·米勒（Madeline Hemingway Miller）的《欧尼：海明威妹妹的回忆》（*Ernie: Hemingway's Sister "Sunny" Remembers*，1975）、玛丽·海明威（Mary Hemingway）的《追溯往事》（*How It Was*，1976）、格雷戈里·海明威（Gregory Hemingway）的《爸爸：一部私人回忆录》（*Papa: A Personal Memoir*，1976）、杰克·海明威（Jack Hemingway）的《机灵渔夫倒霉记》（*Misadventures of a Fly Fisherman: My Life with and without Papa*，1986）、A. E. 霍奇纳（A. E. Hotchner）的《爸爸海明威》（*Papa Hemingway*，1966），等等。

勒内·维拉里尔与儿子劳尔·维拉里尔（Raúl Villarreal）于 2009 年合作出版了《海明威的古巴之子：来自管家的回忆》（*Hemingway's Cuban Son: Reflections on the Writer by His Longtime Majordomo*）一书，讲述了海明威在瞭望山庄的生活，提供了许多新信息。比如，勒内·维拉里尔见证并记录了在海明威离开古巴期间和在他去世后，古巴前领导人菲德尔·卡斯特罗曾两次到访瞭望山庄的经过，以及海明威与艾德里安娜·伊凡赛奇（Adriana Ivancich）之间的秘密恋情等。这些信息进一步补充和完善了海明威的古巴经历。

（二）海明威与玛吉：来自海明威好友之女的回忆与澄清

海明威好友玛吉（Marge）的女儿乔治亚娜·梅因（Georgianna Main）于 2010 年出版了《玛吉与海明威之间的点滴》（*Pip-Pip to Hemingway in Something from Marge*）。玛吉，全名为露西·马乔里·邦普（Lucy Marjorie Bump），与海明威相识于 1915 年夏天的密歇根霍顿湾。16 岁的海明威邀请玛吉一起钓鱼，自此两人结下了深厚的友谊。在海明威经典的尼克·亚当斯系列故事中，《了却一段情》和《三天大风》均以玛吉为原型塑造了故事人物。

1987 年玛吉去世之前，她向女儿梅因回忆了自己与海明威的这段友情故事。梅因通过收集整理有关母亲与海明威往来的信件和照片，以及母亲对这段友情的回忆，按照时间顺序记录，展现了海明威与玛吉在现实生活中的友谊，阐释了海明威以玛吉为原型创作的文学作品。该书主要有两点贡献：一是提供了关于海明威早期在密歇根生活的一手资料；二是澄清了已有的海明威传记中关于玛吉的误解和猜想。海明威协会前主席 H. R. 斯通巴克为该书作序，评价此书"既是一份来自家庭成员令人信服的独特证词，也是基于只有作者才可获取的海明威档案文献和历史资料而完成的传记作品"[①]。

第二节　专题性传记

专题性传记一般围绕某个特定主题展开深入研究，内容更加聚焦。目前，国内学者撰写的此类海明威传记共 2 部。相较之下，21 世纪英美学界的海明

[①] Georgianna Main. *Pip-Pip to Hemingway in Something from Marge*. Bloomington：iUniverse, 2010, p. XIV.

威生平研究采用更具针对性、深入性的研究角度,从局部切入,聚焦于海明威一生中某个重要的时间节点,海明威一生曾到访过的国家和重要地区,以及他的战争经历、友情、爱情等重要主题。据初步统计,21世纪英美学界有关海明威的专题性传记多达60部,占传记总数近一半,其中1部在国内已有译介[①]。

基于此,本节从时间专题,空间专题,战争、友情与爱情等专题,以及其他新颖专题进行分类讨论。

一、时间专题

一般传记通常是按照时间顺序讲述海明威的一生。21世纪以来,英美学界的传记作者更聚焦于探索海明威一生中的某一重要时期,从而更加深入地挖掘其生平史料。

(一)决定性的1917年:海明威的18岁

2017年,史蒂夫·保罗(Steve Paul)出版了《18岁的海明威:开启美国传奇的关键一年》(*Hemingway at Eighteen: The Pivotal Year That Launched an American Legend*)。保罗在《堪萨斯城星报》(*Kansas City Star*)担任记者与编辑长达40年。他通过近20年的研究,广泛收集整理资料,撰写完成了该部传记。

这是目前唯一一部传记,详细记述了海明威18岁(1917年)的个人经历,这对于海明威来说是极为关键的一年。一方面,保罗补充和完善了海明威18岁这一年的经历,记述了他从高中毕业生到去《堪萨斯城星报》当记者,再到第一次世界大战期间前往意大利红十字会当志愿者的这一转变过程,讲述了他在《堪萨斯城星报》六个月见习记者的经历对他之后成为作家在写作上产生的影响,同时还介绍了西奥多·布若班克(Theodore Brumback)等在海明威18岁这一年对他十分重要的人。另一方面,保罗提供了有价值的新材料。传记中不仅收录了有关《堪萨斯城星报》的文章、访谈、查尔斯·芬顿(Charles Fenton)及其他传记作家的信件等,附录还包含了三篇新发现的文章,被证实是海明威在《堪萨斯城星报》当记者期间创作的,为探索海明威早期的写作风格和主题提供了有用参考。

---

① 希拉里·海明威与卡伦娜·布伦南撰写的《海明威在古巴》,其中译本已于2008年由宁夏出版社出版。

第二章
国内未译介的海明威传记

（二）海明威的早年生活与创作：1917—1929 年

2014 年，肯特州立大学出版社出版了由史蒂夫·保罗、盖尔·辛克莱（Gail Sinclair）和史蒂文·特劳特（Steven Trout）合编的《战争与写作：海明威早年生活与创作的新视角》（*War ＋ Ink: New Perspectives on Ernest Hemingway's Early Life and Writings*）。该书主要记述了海明威 18 岁至 30 岁（1917—1929）所经历的记者工作、战时服役、婚姻、与父母之间的矛盾冲突、流亡、艺术斗争以及他在这一时期所取得的非凡成就。正如编者所言，"对于海明威来说，战争与写作从一开始就是交织在一起的"[1]。因此，该书将传记研究与文学批评相结合，综合使用了历史学研究、传记研究、精神分析以及文本研究等方法。该书的主要贡献有四点：一是重新构建了海明威在堪萨斯城的成长经历；二是完善了海明威 1918 年在意大利的历险经历，为 20 世纪 20 年代创作的作品提供了历史背景；三是深刻反思了海明威小说以及战争文学是否与事实相符的问题；四是重新审视了海明威早年生活中的主题、事件和地点对其写作生涯后期的影响[2]。

二、空间专题

从传主活动地点及场所来看，海明威一生游历过许多国家和地区。在欧洲，海明威曾到过法国、西班牙、意大利、英国。在美洲，除了故乡美国，他曾到过加拿大、古巴、比米尼岛、墨西哥湾。在非洲，他曾到过肯尼亚、坦桑尼亚和乌干达。在亚洲，他曾于 1941 年到过中国。海明威一直被公认为有强烈的"地方意识"，他以不同的国家和地区为背景创作了许多传世佳作，因而被称为"世界公民"。

海明威在世界各国各地真实经历了什么，这些地方对于他的人生来说意味着什么，给他的文学创作带来了哪些灵感，等等，诸如此类的问题一直引导着学者不断探索。相较于 20 世纪的传记仅勾勒或概述海明威到访过的主要地方，21 世纪英美学界的诸多新传记更着眼于局部性区域，重点探索海明威在某个地区的生活经历，其中多个国家和地区是首次纳入海明威生平研究，提供了更

---

[1] Steve Paul et al., eds. *War ＋ Ink: New Perspectives on Ernest Hemingway's Early Life and Writings*. Kent: The Kent State University Press, 2014, p. XI.

[2] Steve Paul et al., eds. *War ＋ Ink: New Perspectives on Ernest Hemingway's Early Life and Writings*. Kent: The Kent State University Press, 2014, p. X.

多有价值的新信息。据初步统计，相关传记作品近 30 部，占总数的近四分之一。其中，有关海明威在古巴的生平研究共 9 部，是近年的研究热点之一。此外还有海明威在法国、西班牙、意大利、英国、非洲、中国、比米尼岛、墨西哥湾，以及美国的奥克帕克、密歇根、基韦斯特、黄石国家公园等国家与地区的生平研究著作。

（一）海明威的欧洲岁月

有关海明威在意大利的传记有 1 部，即理查德·欧文（Richard Owen）的《海明威在意大利》（*Hemingway in Italy*，2017）。此外，瑞娜·桑德森（Rena Sanderson）编著的《海明威的意大利：新视角》（*Hemingway's Italy: New Perspectives*，2006）、马克·奇里诺（Mark Cirino）与马克·奥特（Mark Ott）合编的《海明威与意大利：21 世纪新视角》（*Hemingway and Italy: Twenty-First Century Perspectives*，2017）主要聚焦于文学批评，但也有专章介绍海明威在意大利的生活经历。

理查德·欧文在《海明威在意大利》一书中，讲述了海明威的意大利情缘，探讨了意大利对海明威文学创作的重要作用。该书的价值主要有三。

第一，记述了有关海明威在意大利的生平史实。书中涵盖了海明威从 1918 年在意大利参战受伤到 1954 年他最后一次到访意大利的全过程，记载了他多次前往意大利的西西里岛（Sicily）、热那亚（Genoa）、拉帕洛（Rapallo）、科尔蒂纳（Cortina）和威尼斯（Venice）等地，以及他在意大利遇到的对他产生重要影响的人。

第二，该书强调了意大利尤其是威尼斯对海明威文学创作的重要影响。欧文指出，"威尼斯和威尼托（Veneto）一直对作家（海明威）有着致命的吸引力"[①]。因此，该书重点分析了海明威在意大利的经历和一些重要的人给他的文学创作带来的影响。例如，书中指出，第一次世界大战期间海明威在意大利的经历，为他创作《永别了，武器》奠定了基础。而他在意大利相识相爱的初恋艾格尼丝·冯·柯洛斯基（Agnes von Kurowsky）则是《永别了，武器》中凯瑟琳·巴克莱的人物原型。1923 年，他与第一任妻子哈德莉前往庞德夫妇在意大利拉帕洛的家中拜访。欧文根据这段经历推断哈德莉是海明威短篇故事《雨中的猫》中女主人公的原型。1927 年，海明威与朋友盖伊·希科克

[①] Richard Owen. *Hemingway in Italy*. London：Haus Publishing，2017，p. 122.

第二章
国内未译介的海明威传记

（Guy Hickok）一同在意大利旅游的经历，激发了他创作《祖国对你说什么》。第二次世界大战结束后，海明威再次到访意大利。1948 年，他与第四任妻子玛丽再次到访意大利。在这次旅行中，他邂逅了年轻的威尼斯女孩艾德里安娜·伊凡赛奇，激发了他创作《过河入林》的灵感。据传记记载，1961 年 7 月 2 日，在海明威结束生命的前一天晚上，他和玛丽"准备上床睡觉时，唱了一首贡多拉船夫之歌"[①]。由此可见，威尼斯对海明威来说是如此重要，直至其生命的最后。

第三，该书介绍了在意大利与海明威有关的重要地点的现况。比如，在米兰的红十字会医院的旧址、纪念海明威和第一次世界大战的博物馆、海明威纪念碑等，在威尼斯的被称为"海明威的威尼斯之家"的格瑞提皇宫酒店（Gritti Palace Hotel）以及他常去的哈里酒吧（Harry's Bar）等。

有关海明威在西班牙的传记有 1 部。托尼·卡斯特罗（Tony Castro）的《寻找海明威》（*Looking for Hemingway: Spain, the Bullfights, and a Final Rite of Passage*，2016）一书是关于 1959 年至 1960 年海明威最后一次到访西班牙的经历，记载了海明威身体和精神上的衰退。书中详细描述了海明威对斗牛和斗牛士的痴迷，他在写作上的困难，他与富有的美国侨民比尔夫妇之间的友谊，以及他与第四任妻子玛丽日益恶化的婚姻。在海明威为理智和生存而挣扎的那段关键时间里，比尔成为他的亲密朋友和斗牛旅伴。卡斯特罗讲述了两人之间的友谊，并对海明威生命中最后的一段时光进行了罕见的细致考察。

1944 年，海明威曾在英国生活过，但这段经历鲜有提及。第一部有关海明威作为战地记者在英国生活的传记是迪克·怀斯（Dick Wise）的《海明威在战时英国》（*Ernest Hemingway in Wartime England*，2017）。怀斯通过查阅美国和英国国家档案馆中未公开的文件资料，采访退伍军人，并结合一位曾指挥过海明威所在登陆艇的军官所写的日记中未公开的内容，在书中讲述了1944 年诺曼底登陆过程中英美两军尤其是英国皇家空军的行动，揭示了在此过程中海明威的个人经历，并附有海明威在战时英国生活经历的具体年谱。

有关海明威在法国的传记有 5 部，分别是：温斯顿·康拉德（Winston Conrad）的《海明威的法国：迷惘的一代》（*Hemingway's France: Images of the Lost Generation*，2000）、哈里·罗伯特·斯通巴克（Harry Robert

---

[①] Richard Owen. *Hemingway in Italy*. London：Haus Publishing，2017，p. 164.

Stoneback)的《海明威的巴黎：我们的巴黎》(Hemingway's Paris: Our Paris, 2010)、林恩·帕廷（Lynn D. Partin）的《步行盛宴：徒步探索海明威的巴黎》(A Walkable Feast: Exploring Hemingway's Paris on Foot, 2013)、保罗·布罗迪（Paul Brody）的《海明威在巴黎：海明威在巴黎成长期的传记》(Hemingway in Paris: A Biography of Ernest Hemingway's Formative Paris Years, 2014)、罗伯特·伯吉斯（Robert F. Burgess）的《海明威的巴黎与潘普洛纳，过去与现在：一部个人回忆录》(Hemingway's Paris & Pamplona, Then and Now: A Personal Memoir, 2000)。这些作品全面探索了海明威的法国生活，有待译介与深入研究。

（二）海明威的美洲往事

古巴，被海明威视为第二故乡。据统计，海明威一生中有三分之一的时间是在古巴度过的，比他在世界上其他任何地方居住的时间都要长。21世纪以来，英美学界有关海明威在古巴的研究成果尤为突出，其研究数量明显增多，共9部[①]，尤其是近6年（2014年至2020年）已出版6部。这说明近年来英美学界对古巴相关的海明威研究日益关注，也确实反映出在古巴的海明威博物馆中挖掘到有价值的新材料，同时突显了古巴当下有关海明威研究的新重点和新领域。2019年，安德鲁·费尔德曼（Andrew Feldman）撰写出版了《海明威在古巴革命时期不为人知的故事》(Ernesto, The Untold Story of Hemingway in Revolutionary Cuba)。费尔德曼是第一位获准在海明威的古巴故居进行居住研究的北美学者。他利用在古巴哈瓦那的海明威博物馆和研究中心中获得的新资料，结合美国波士顿肯尼迪总统图书馆中的档案记载，以及传

---

① 21世纪英美学界有关海明威在古巴的传记，具体有：戴夫·谢弗（Dave Schaefer）的《航行到海明威的古巴》(Sailing to Hemingway's Cuba, 2000)、马克·伯勒尔（Mark Burrell）的《水位线与海明威：古巴人、美国人与网球场上的船》(Water Line, Ernest Hemingway: Cubans, Yanquis, and the Ship on the Tennis Court, 2001)、希拉里·海明威（Hilary Hemingway）与卡伦娜·布伦南（Carlene Brennen）合著的《海明威在古巴》(Hemingway in Cuba, 2003)、拉里·格莱姆斯（Larry E. Grimes）与比克福德·西尔威斯特（Bickford Sylvester）的《海明威、古巴与古巴作品》(Hemingway, Cuba, and the Cuban Works, 2014)、丹尼斯·诺布尔（Dennis L. Noble）的《海明威的古巴：寻找对他产生影响的地方与人》(Hemingway's Cuba: Finding the Places and People that Influenced the Writer, 2016)、沃克·埃文斯（Walker Evans）的《海明威、哈瓦那与1933年》(Ernest Hemingway, Havana, 1933, 2016)、吉恩·皮萨萨莱（Gene Pisasale）的《海明威、古巴与蓝色大河》(Hemingway, Cuba and the Great Blue River, 2018)、罗伯特·惠勒（Robert Wheeler）的《海明威的哈瓦那：在古巴生活的写照》(Hemingway's Havana: A Reflection of the Writer's Life in Cuba, 2018)等。

记、回忆录、历史、书信等其他资源，全面介绍了海明威在古巴的生活，讲述了自称为古巴公民的海明威对科希马尔渔民的敬重，海明威与古巴情人莱奥波尔迪娜·罗德里格斯（Leopoldina Rodriguez）之间的恋情，以及古巴作家在文学创作上对他产生的巨大影响。本书重点阐述了科希马尔渔民对他创作《老人与海》的文学启发，他与古巴前领导人菲德尔·卡斯特罗等名流的友谊，以及他对美国帝国主义野心的谴责、对古巴革命的支持等。费尔德曼的研究将海明威与《有钱人和没钱人》《老人与海》《岛在湾流中》等作品置于古巴当地复杂多变的政治、社会和文化背景之中，为解读海明威提供了一个全新视角。

美国海明威研究学者阿什莉·奥利芬特（Ashley Oliphant）的《海明威与比米尼岛》（Hemingway and Bimini，2017）是目前唯一一部有关1935年至1937年海明威在巴哈马比米尼岛生活经历的专著，记述了海明威在比米尼岛上的垂钓运动，以及他对国际钓鱼运动协会（IGFA）的创立所做的贡献。同时，书中还展现了海明威鲜为人知幽默的一面、他先进的环保主义观点以及他在捕鱼领域对女性同伴的平等思想等，展现了一个丰富的海明威形象。本书指出，海明威在比米尼岛的经历激发了他创作《岛在湾流中》。

马克·奥特（Mark P. Ott）的《大转变：海明威与墨西哥湾流，一部基于背景的传记》（A Sea of Change: Ernest Hemingway and the Gulf Stream, A Contextual Biography，2008）是第一部传记，细致考察了海明威与墨西哥湾流之间的复杂关系以及它如何改变了海明威的文学创作。奥特充分利用了未公开的海明威钓鱼日志、海明威书信以及相关报刊文章，按时间顺序编排这部传记，讲述了海明威在墨西哥湾流的生活经历。通过比较分析海明威在20世纪30年代创作的《有钱人和没钱人》与50年代创作的《老人与海》，奥特认为这段经历对其文学创作产生了两方面的影响：一是为他的小说和非虚构作品提供了重要素材[1]；二是海明威对墨西哥湾流生活的关注和科学研究，使得他在哲学观点和写作风格上发生了转变，促使他的写作理论和实践从20世纪20年代的巴黎艺术风格转向了50年代的新现实主义[2]。

有关海明威在故乡美国的传记共7部。首先，关于海明威的出生地伊利诺伊州的奥克帕克，罗伯特·埃德（Robert K. Elder）、亚伦·维奇（Aaron

---

[1] Mark P. Ott. A Sea of Change: Ernest Hemingway and the Gulf Stream, A Contextual Biography. Kent: The Kent State University Press, 2008, p.19.

[2] Mark P. Ott. A Sea of Change: Ernest Hemingway and the Gulf Stream, A Contextual Biography. Kent: The Kent State University Press, 2008, p.109.

Vetch）与马克·奇里诺（Mark Cirino）共同编撰的《隐藏的海明威：奥克帕克海明威档案馆》（*Hidden Hemingway: Inside the Ernest Hemingway Archives of Oak Park*，2016）展示了在奥克帕克的海明威基金会收藏的杰出作品，具体包含300多张藏品的彩图，其中大部分从未公开过，包括海明威与初恋艾格尼丝·冯·柯洛斯基的信件、高中作业、青少年日记、他最早写的几篇文章，以及出现在他高中年鉴里的《班级预言》（"Class Prophecy"）等。书中还收录了海明威在梅奥诊所接受电击治疗时写的最后一封信。该书通过这些文件资料、照片和收藏品勾勒了海明威的生活轨迹，不仅有益于读者加深对海明威的了解，也切实证明了海明威研究基金会、海明威档案馆以及奥克帕克当地对海明威研究的重要性。

关于青少年时期的海明威在北密歇根的岁月，美国中央密歇根大学的教授、密歇根州海明威协会主席迈克尔·费德施皮尔（Michael R. Federspiel）的《绘制海明威的密歇根》（*Picturing Hemingway's Michigan*，2010）一书共收录了250多张图片，其中大部分是首次公开。章节中穿插了海明威家族收藏的家庭照片，还包括密歇根当地的历史图像，以及海明威信件、日记和故事节选。该书主要分为三部分。第一部分讲述了1900年至1920年间北密歇根的历史背景。第二部分展现了海明威家族在密歇根的生活，尤其是青年海明威在瓦隆湖划船和钓鱼，在树林里打猎和露营等。第三部分追溯了该地区与海明威作品之间的诸多联系。费德施皮尔重点探讨了北密歇根和海明威文学创作之间的联系，研究了海明威以该地区为背景创作的尼克·亚当斯短篇故事，揭示了他早期创作的《永别了，武器》《乞力马扎罗的雪》直至后期创作的《流动的盛宴》《曙光示真》等诸多作品中所蕴含的密歇根元素，以此强调海明威在密歇根的岁月是他人生经历之源，开启了他非凡的作家生涯，并在其作品中反复出现[①]。

关于20世纪30年代海明威定居于佛罗里达州基韦斯特的日子，柯克·科纳特（Kirk Curnutt）和盖尔·辛克莱（Gail Sinclair）合编的《基韦斯特与海明威之重新考察》（*Key West Hemingway: A Reassessment*，2009）一书将传记研究和文学批评相结合，重新考察了海明威在基韦斯特的生活与创作。传统观点认为，海明威在基韦斯特的日子是他创作效率最低的时期之一，许多人对他在那段时

[①] Michael R. Federspiel. *Picturing Hemingway's Michigan*. Detroit：Wayne State University Press，2010，p. 193.

期创作的作品不屑一顾。正如编者所言,基韦斯特从未被视为"海明威研究的重要地点"①。因此,该书通过阐释基韦斯特给海明威的生活和创作带来的复杂性,以及海明威的出现给基韦斯特带来的多样性,试图改变传统认知。具体来说,书中重点探讨了海明威在佛罗里达创作的、被普遍忽视的短篇小说和随笔,如《暴风劫》《那片陌生的天地》以及他在1933年至1936年期间为杂志《时尚先生》(*Esquire*)写的作品。此外,由于《有钱人和没钱人》是以基韦斯特为背景创作的唯一一部作品,因此该书将其置于20世纪30年代基韦斯特的历史背景中加以剖析,以更加全面深入地理解主人公哈里·摩根。

有关海明威在黄石山区(Yellowstone High Country)度过的时光一直缺乏深入研究,也鲜有学者探究这段经历对其写作的重要性。2018年,克里斯·沃伦(Chris Warren)在法国巴黎的海明威协会(the Hemingway Society in Paris)上发表了一篇论文,探讨了海明威以库克城为背景创作的最后一篇短篇小说《人情世故》。2019年,其著《海明威在黄石山区》(*Ernest Hemingway in the Yellowstone High Country*)出版,记述了自1928年夏天以后的数十年里海明威每一次到访黄石山区的细节,追溯了他在该地区与第二任妻子波琳、好友比尔·霍恩(Bill Horne)、约翰·多斯·帕索斯(John Dos Passos)等人的生活经历。

《海明威在黄石山区》重点探讨了在海明威的创作意识中该地区的影响是如何持续存在的。一方面阐释海明威在此地的生活经历激发了他创作《怀俄明葡萄酒》《赌徒、修女和收音机》《人情世故》等作品。具体来说,《怀俄明葡萄酒》的创作灵感来源于海明威在怀俄明州谢里登县相遇并一起用餐的一群贩卖私酒的当地人。《赌徒、修女和收音机》是海明威在一次遭遇车祸后被送往蒙大拿州比林斯城的一家医院接受医治,在六周的住院时间里创作完成的作品。海明威生前发表的最后一篇短篇小说《人情世故》,故事背景的原型是黄石公园里的一个简陋酒吧。另一方面,通过探究海明威中期创作的《非洲的青山》与后期创作的《曙光示真》等作品,阐述了他与该地区之间的持久联系。

(三)海明威的非洲探险

有关海明威在非洲的传记有2部。克里斯托弗·翁达杰(Christopher Ondaatje)的《海明威在非洲:最后的游猎之旅》(*Hemingway in Africa:*

---

① Kirk Curnutt, Gail D. Sinclair, eds. *Key West Hemingway: A Reassessment*. Gainesville: University Press of Florida, 2009, p. 4.

The Last Safari，2003）是第一部有关海明威的非洲经历的专题传记。翁达杰亲自前往肯尼亚、坦桑尼亚和乌干达这些海明威曾到过的地方。通过追寻海明威的足迹，亲身体验他到过的地方、看过的风景，将实地考察与文献资料相结合，探究海明威对非洲奇特而深刻的感情[1]。

米里亚姆·曼德尔（Miriam B. Mandel）的《海明威与非洲》（*Hemingway and Africa*，2011）集传记与文学批评于一体，将传记研究与历史学、神学、文学批评等相结合，对海明威的非洲叙事进行阐释。该书的主要价值有三：一是记述了有关海明威在非洲生活和旅行的史实；二是结合海明威以非洲为背景创作的文学作品，探讨他在宗教、种族、性别、跨文化影响、反帝国主义等方面的观点，强调海明威在非洲的两次游猎之旅使其写作风格发生了改变；三是为海明威在非洲的进一步研究提供了丰富的资料，该书附录包含了海明威在非洲的年谱，与非洲有关的文学作品，1990 年至 2010 年学界对海明威有关非洲文学作品的研究成果，海明威阅读过的关于自然历史、非洲和游猎等书籍的参考书目。

（四）海明威的亚洲之旅

1941 年，海明威和第三任妻子玛莎·盖尔霍恩从美国出发前往中国，经香港到访了重庆、成都等地，进行了为期 3 个月的中国之旅。彼特·莫雷拉（Peter Moreira）的《海明威在中国前线》（*Hemingway on the China Front*，2006）是国外第一部专门记述海明威中国之旅的传记。作者莫雷拉曾在香港当过四年驻外记者，精通亚洲历史和文化。他历经十年走访各地、广泛搜罗资料，结合丰富的文献，详尽记述了海明威旅途的细节，挖掘了海明威生命中一段重要的经历，这是之前的国外传记作家未曾涉及的领域。

该书内容主要包含三个方面：一是记述了海明威在旅途中的所见所闻以及海明威与新婚妻子玛莎之间的蜜月故事；二是阐述了当时的历史背景，比如第二次世界大战初期罗斯福政府的对华政策、中国共产党的发展历史以及国共两党的关系等，深入分析了当时中国的经济形势、政治环境和内部军事关系；三是第一次探究了海明威中国之旅的动机。该书从历史角度来审视海明威的中国之旅，分析罗斯福政府委派海明威到中国深入了解内部政治环境。

值得注意的是，我国著名的海明威研究专家杨仁敬教授的《海明威在中

---

[1] Christopher Ondaatje. *Hemingway in Africa: The Last Safari*. Woodstock：The Overlook Press，2003，pp. 19—20.

国》(增订本)于同年出版,被视为有关海明威中国之旅的权威之作。其初版早在1990年便已出版,其中有两章和前言被译成英文刊于美国《北达科他季刊》(*North Dakota Quarterly*) 2003年第3期,受到美国学术界广泛关注。彼特·莫雷拉在《海明威在中国前线》中多次引用了上述译文。

三、战争、友情与爱情等专题

(一) 海明威的战争经历

海明威一生中经历了许多战争,并以战争为主题创作了不少享誉世界的文学经典。因此,传记作者深入挖掘海明威的战争经历及其对他文学创作的影响,相关传记共9部[①]。这些传记主要讲述了海明威在第一次世界大战、西班牙内战、第二次世界大战等一系列战役中的亲身经历,探讨了这些经历对他文学创作产生的影响,评价了他创作的战争题材的作品。此外,还有传记侧重于记述海明威与约翰·多斯·帕索斯、何塞·罗伯斯(José Robles)等人在参战过程中结下的深厚友谊[②]。

其中,2017年,曾担任两届海明威协会主席、现任《海明威评论》编委会成员琳达·瓦格纳-马丁(Linda Wagner-Martin)出版了《海明威的战争:公共战役与私人战役》(*Hemingway's Wars: Public and Private Battles*)。21世纪以来,瓦格纳-马丁已撰写了6部海明威研究专著,其中两部为海明威传记。该传记通过战争这一视角来探索海明威的成年生活及其文学作品。

从1918年海明威在第一次世界大战中受伤到1961年自杀,他的一生经历了许多战争,遭受了一系列身体上、精神上、情感上的创伤,战争在海明威的身体、思想、精神和艺术创作上都留下了不可磨灭的印记。该传记既对海明威

[①] 21世纪英美学界有关海明威战争经历的传记,例如,理查德·F. 安德森(Richard F. Anderson)的《海明威与第一次世界大战》(*Ernest Hemingway and World War I*, 2015)、史蒂文·弗洛尔奇克(Steven Florczyk)的《海明威、红十字会与第一次世界大战》(*Hemingway, the Red Cross, and the Great War*, 2014)、亚历克斯·弗农(Alex Vernon)的《海明威的第二次战役:见证西班牙内战》(*Hemingway's Second War: Bearing Witness to the Spanish Civil War*, 2009)、特里·莫特(Terry Mort)的《海明威侦察:追击德国潜艇》(*The Hemingway Patrols: Ernest Hemingway and His Hunt for U-Boats*, 2009)和《战争中的海明威:作为二战记者的冒险经历》(*Hemingway at War: Ernest Hemingway's Adventures as a World War II Correspondent*, 2016)等。

[②] 比如,詹姆斯·麦格拉斯·莫里斯(James McGrath Morris)的《救护车司机:海明威、帕索斯与战争中的友谊》(*The Ambulance Drivers: Hemingway, Dos Passos, and a Friendship Made and Lost in War*, 2017)、斯蒂芬·科赫(Stephen Koch)的《突破点:海明威、帕索斯与何塞·罗伯斯的谋杀》(*The Breaking Point: Hemingway, Dos Passos, and the Murder of José Robles*, 2005)等。

生活中的关键事件进行了详尽且富有洞察力的叙述，也揭示了海明威写作手法的精髓，讨论了海明威的写作主题、风格实验和叙述技巧。瓦格纳－马丁认为，战争在海明威作品中占据中心地位，海明威一生中经历的各种战役正是其作品魅力经久不衰的原因①。这对海明威的生平、思想与创作的复杂性提供了一个全新的理解。

该传记共包括十章，重点有三方面。第一，描述了20世纪的主要战役与海明威生平、创作中的重要文学成就之间的交集，揭示了第一次世界大战、西班牙内战和第二次世界大战等战役给他造成的身心创伤。海明威不仅作为红十字会志愿者和战地记者亲身参与其中，目睹了战争屠杀的残暴，还通过阅读对"战争"加以研究。书中指出，"海明威从18岁起，便认为自己的主要研究领域是国际战争科学"②。

第二，如书名所示，除了第一次世界大战此类"公共战役"外，传记还记述了海明威在生活中经历的"私人战役"。海明威曾因车祸和空难而遭受严重的身体损伤，也曾在摔跤、拳击及其他运动中受伤。除此之外，海明威还受到过严重的情感创伤。他曾收到来自初恋艾格尼丝·冯·柯洛斯基的分手信，一年后又被母亲逐出家门，这层来自情感上的伤害对海明威影响巨大，以致他久久未能恢复。随后，创伤的概念还拓展至海明威因离婚、名人效应等不得不承受的压力与痛苦。这些创伤对海明威的生活和创作产生了巨大影响。

第三，传记重点讨论了海明威对这些战争事件的艺术反应。在写作主题上，海明威如同一位描写战争的指挥官。在《太阳照常升起》中，他在很大程度上掩盖了战争。在《永别了，武器》中，他使战争故事让位于爱情故事。在《丧钟为谁而鸣》中，爱情故事又从属于史诗般的战争故事。在《过河入林》中，战争成为主角③。就连《老人与海》这部大多数读者不认为是"战争"小说的作品，传记中也讨论了它所包含的战争元素④。在写作技巧上，传记反复强调海明威对读者的重视。阅读《在我们的时代里》中的短篇故事，能够让读

---

① Linda Wagner-Martin. *Hemingway's Wars: Public and Private Battles*. Columbia：University of Missouri Press，2017，p. 13.

② Linda Wagner-Martin. *Hemingway's Wars: Public and Private Battles*. Columbia：University of Missouri Press，2017，p. 7.

③ Linda Wagner-Martin. *Hemingway's Wars: Public and Private Battles*. Columbia：University of Missouri Press，2017，pp. 163—164.

④ Linda Wagner-Martin. *Hemingway's Wars: Public and Private Battles*. Columbia：University of Missouri Press，2017，p. 173.

者将自己的意识投入作家最深层次的思想和艺术创作中，这部作品"为大多数现代主义者羡慕的作者与读者之间的理想关系提供了一个参考范例"[1]。在《太阳照常升起》中，海明威"通过不同层次的叙述，不断推动读者意识的形成"。任何人在读这部作品时都会有一种似曾相识的失望感和悲伤感，就像那些在作品中经历过斗牛的人物一样[2]。《永别了，武器》的生命力则在于"它将伤害、不幸和悲痛呈现得如此生动，以至于弗雷德里克·亨利所处的危险境地让读者感同身受，仿佛置身其中"[3]。此外，传记还设专章探讨了《过河入林》这部广受争议的小说的复杂性。在《过河入林》出版两年后，海明威出版了他的诺贝尔奖获奖作品《老人与海》。虽然这两部作品看似不同，且收获了截然相反的市场反应，但该书尝试通过比较二者来更好地理解这两部作品。书中指出，"《过河入林》与《老人与海》在（读者）接受上的差异，对海明威来说是毫无意义的：这两部作品都是关于变老过程中的困窘和内心创伤"[4]。

（二）海明威的友情

海明威一生交友无数，与文人墨客的结识对其文学启蒙产生了重要影响、与保罗·塞尚（Paul Cézanne）等艺术家往来密切，对其独特写作风格的形成起到了推波助澜的作用。海明威与友人之间的交往、与文学对手之间的竞争留下了许多传奇故事。因此，部分传记作者重点探究海明威与舍伍德·安德森（Sherwood Anderson）、格特鲁德·斯坦因（Gertrude Stein）、埃兹拉·庞德（Ezra Pound）、约翰·多斯·帕索斯、斯科特·菲茨杰拉德、威廉·福克纳（William Faulkner）、加里·库珀（Gary Cooper）及查尔斯·斯威尼（Charles Sweeny）等人的交往生平以及相互影响，相关传记共7部[5]。

---

[1] Linda Wagner-Martin. *Hemingway's Wars: Public and Private Battles*. Columbia：University of Missouri Press，2017，p. 42.

[2] Linda Wagner-Martin. *Hemingway's Wars: Public and Private Battles*. Columbia：University of Missouri Press，2017，p. 64.

[3] Linda Wagner-Martin. *Hemingway's Wars: Public and Private Battles*. Columbia：University of Missouri Press，2017，p. 90.

[4] Linda Wagner-Martin. *Hemingway's Wars: Public and Private Battles*. Columbia：University of Missouri Press，2017，p. 175.

[5] 比如，约翰·科哈西（John Cohassey）的《海明威与庞德：不可思议的关系》(*Hemingway and Pound: A Most Unlikely Relationship*，2014)、莱尔·拉森（Lyle Larsen）的《斯坦因与海明威：动荡的友谊》(*Stein and Hemingway: The Story of a Turbulent Friendship*，2011)、拉里·莫里斯（Larry E. Morris）的《欧内斯特·海明威与加里·库珀在爱达荷：永恒的友谊》(*Ernest Hemingway & Gary Cooper in Idaho: An Enduring Friendship*，2017) 等。

其中，最广为熟知的便是海明威与菲茨杰拉德之间的友谊。2009 年，美国著名传记作家、海明威研究学者斯科特·唐纳森撰写了《菲茨杰拉德与海明威：作品与岁月》(Fitzgerald & Hemingway: Works and Days) 一书，长达 520 页的专著是对两位美国作家的总结性传记。该书既是传记，也是文学批评。唐纳森追溯了两位作家的创作才能，以及他们作品之间惊人的相似之处，探讨了名人文化对两位作家的影响。该书主要聚焦于两位作家的四部作品，即《了不起的盖茨比》《夜色温柔》《太阳照常升起》和《永别了，武器》。

2012 年，约瑟夫·弗鲁西奥尼 (Joseph Fruscione) 的《福克纳与海明威：一部文学竞赛的传记》(Faulkner and Hemingway: Biography of a Literary Rivalry) 是迄今为止对海明威和福克纳之间的艺术关系做出的最全面的描述。该书以每十年为一个节点，对 20 世纪 20 年代至 50 年代两位作家之间的竞争进行梳理，考察了他们之间长达 30 年复杂而富有争议的关系。该书主要有两大亮点。第一，运用互文性研究，将两位作家的作品进行比较，比如将《永别了，武器》与《喧哗与骚动》(The Sound and the Fury) 进行对比，将《丧钟为谁而鸣》与《不败者》(The Unvanquished) 加以比较等。基于两人的作品以及公开的档案资料，该书考察了两位作家的心理影响、互文参考和性别表现。书中指出，海明威与福克纳并不只是简单的对手关系，他们之间的竞争是层次丰富的、微妙的，既有高人一等的优越感，也有彼此尊重，既有批评，也有赞扬。在两位一较高低的同时，他们对彼此作品的细读催生了一个有共鸣、有争论的文学联结[1]。他们在相互竞争中，成就了彼此的作品和艺术。第二，该书在研究福克纳和海明威在职业生涯中各种交集的基础上，进一步探讨了这种文学联结对美国现代主义的形成与发展产生的影响。

（三）海明威的爱情

海明威一生中有过四段婚姻，多段露水情缘。他的情感经历一直备受关注，相关传记有 7 部。比如，露丝·霍金斯 (Ruth A. Hawkins) 的《难以置信的快乐与最终的悲伤：海明威与菲佛的婚姻》(Unbelievable Happiness and Final Sorrow: The Hemingway-Pfeiffer Marriage, 2012) 是一部有关海明威与第二任妻子波琳·菲佛之间的婚姻的详细传记，记述了自 1925 年他们在巴黎初次见面直到海明威去世的情感经历。

---

[1] Joseph Fruscione. *Faulkner and Hemingway: Biography of a Literary Rivalry*. Columbus：Ohio State University Press，2012，p. 2.

安德里亚·迪·罗宾兰特（Andrea Di Robilant）的《威尼斯之秋：海明威与他最后的缪斯女神》（*Autumn in Venice: Ernest Hemingway and His Last Muse*，2018）是一部有关海明威最后十年的详细传记，记录了时值49岁的海明威对威尼斯的热爱和对19岁威尼斯女孩艾德里安娜·伊凡赛奇的迷恋。该书还讨论了海明威对写作的执着，以及伊凡赛奇给他带来的文学灵感，激发了他创作《过河入林》。

在海明威最辉煌的文学时期，他与第一任妻子哈德莉·理查森（Hadley Richardson）的关系对他影响最大。斯科特·唐纳森的《巴黎丈夫：海明威与哈德莉之间的真实关系》（*The Paris Husband: How It Really Was Between Ernest and Hadley Hemingway*，2018）记述了海明威与哈德莉之间的婚姻故事，讲述了这对夫妇自1920年在芝加哥初次相遇、相爱、结婚、早年在巴黎的生活至离婚的全过程。在追溯两人关系的过程中，传记重点探讨了1922年9月3日哈德莉将海明威的手稿丢失这一重大事件。此外，传记还揭露了这段关系对海明威本人及其文学创作的持久影响。

四、其他新颖专题

21世纪英美学界的传记作家还别出心裁，有别于大众所关注的焦点，另辟蹊径探讨海明威其人其事，撰写了另类新颖的海明威传记。比如，莫里斯·布斯克（Morris Buske）的《重新审视海明威的教育》（*Hemingway's Education, A Re-Examination*，2007）着眼于对海明威的中学教育进行全面考察。西尔维奥·卡拉比（Silvio Calabi）、史蒂夫·赫斯利（Steve Helsley）和罗杰·桑格（Roger Sanger）合著的《海明威的枪支》（*Hemingway's Guns*，2010）对海明威一生中拥有的枪支做了全面详细的介绍，同时涉及了海明威作品的相关内容节选，极大扩展了读者对海明威的霰弹猎枪、来复枪和手枪的了解。枪支、狩猎和射击在海明威的生活和创作中占有重要地位，该著填补了海明威传记中这一主题的空白。罗伯特·特罗格登（Robert Trogdon）的《糟糕的喧闹：海明威、斯克里布纳出版社与文学事业》（*The Lousy Racket: Hemingway, Scribners, and the Business of Literature*，2007）记述了海明威与美国出版商查尔斯·斯克里布纳父子出版公司以及他的三位编辑麦克斯威尔·珀金斯（Maxwell Perkins）、华莱士·迈耶（Wallace Meyer）和查尔斯·斯克里布纳三世（Charles Scribner Ⅲ）之间的工作关系和趣闻轶事。除此之外，还有传记首次探究了宠物在海明威生命中的重要作用，首次对海明威进行法医精神病学检查等。

（一）铁汉柔情：海明威的另一面

2006 年，卡伦娜·布伦南（Carlene Brennen）在《海明威的猫：插图传记》（*Hemingway's Cats: An Illustrated Biography*）一书中，按时间顺序分为三十二章，每章配有大量罕见的黑白照片，展示了海明威不同时期的生活和对他很重要的动物，突出了动物在海明威情感和性格的发展过程中起到的重要作用。布伦南指出，她在研究海明威的过程中"发现了一个只有家人和密友才知道的更善良、更温和的男人，与他自己在小说和现实生活中塑造的大男子主义形象大不相同"[1]。布伦南认为，动物的存在为海明威动荡不安的世界增添了欢乐与秩序，海明威在孤独和压力的时候寻求猫的安慰，并将这些动物写入《流动的盛宴》《岛在湾流中》《伊甸园》《曙光示真》等多部作品中。

该书的最大亮点在于展现了海明威性格中柔和的一面，呈现了一个更富有同情心、更感性的海明威形象，这不同于他一贯展现出的大男子气概形象，也不同于他在作品中刻画出的充满阳刚之气的猎人、渔夫、斗牛士等形象。海明威的侄女希拉里为本书作序，对布伦南的研究给予肯定。布伦南不仅探究了海明威与动物之间的关系，还将这一关系延伸至海明威对大自然的兴趣[2]。

（二）海明威的第一次法医精神病学检查

2017 年，安德鲁·法拉（Andrew Farah）撰写出版的《海明威的大脑》（*Hemingway's Brain*）是一部创新传记，是对海明威进行的第一次法医精神病学检查（forensic psychiatric examination）。在以往的海明威传记中，作者们仅依赖于最初的诊断结果或采用精神分析对海明威的精神状态进行自行推测。但是，该传记首次由专业医生介入，采用精神病学专业知识进行分析。法拉是一名神经精神病学家（neuropsychiatrist），也是美国精神病学协会的杰出成员。他耗时 17 年研究海明威的生平和病史，通过对海明威传记、书信、亲友回忆录甚至海明威的 FBI 档案进行全面深入的考察，结合有关脑震荡和创伤性脑损伤的持久影响的最新见解，给出了有关海明威疾病的新结论。

法拉对海明威的诊断是：他的精神衰退源自痴呆症（dementia），伴有复

---

[1] Carlene Fredricka Brennen. *Hemingway's Cats: An Illustrated Biography*. Sarasota: Pineapple Press, 2006, p. XIII.

[2] Carlene Fredricka Brennen. *Hemingway's Cats: An Illustrated Biography*. Sarasota: Pineapple Press, 2006, p. XI.

发性抑郁症与继发性精神病①。这种混合病症主要由三个因素促成：一是慢性创伤性脑病变（chronic traumatic encephalopathy），海明威一生中至少遭遇了9次严重脑震荡；二是酗酒，长期酗酒造成的大脑损伤会导致痴呆症；三是高血压和糖尿病，二者均会对大脑造成血管损伤或导致血管性痴呆（vascular dementia）。书中指出，"通过简单梳理海明威的基础病史，便可罗列出所有可能会导致痴呆症的致病因素：反复遭受严重的头部损伤与脑震荡、酗酒、高血压以及糖尿病前期"②。

　　法拉进一步指出，有关海明威双向情感障碍的诊断是错误的，海明威并不是一个躁狂抑郁症患者，酗酒和自恋也并非导致他自杀的主要原因。海明威的死不是由于医疗管理不善，而是由于医生的误诊，造成了自杀的惨剧。具体来说，海明威的医生将他诊断为带有妄想症的严重抑郁症，却忽视了潜在的器质性脑损伤（organic brain damage）以及由此导致的痴呆症。因此，医生下令对海明威进行电休克治疗（electroconvulsive therapy），俗称"休克治疗"（shock treatment），在六个月的时间里共进行了25次电休克治疗。据法拉分析，该治疗方法对精神病性抑郁症（psychotic depression）的治疗是极为有效的，但对于像海明威这样患有由酗酒、脑震荡创伤和血管损伤引起的痴呆症患者来说是禁忌③。最终，电休克治疗并没有治愈海明威的抑郁症，也没有缓解他的妄想症，反而加剧了他大脑中记忆的混乱。电休克治疗这个过程本身就是一种生物压力（biological stress），海明威的大脑无法应对，这种压力反而加速了他的痴呆症进一步恶化，以致他在梅奥诊所住院治疗结束回家两天后就自杀了。法拉在书中引用了海明威对自己医学治疗的看法："大脑与记忆是我的资本。破坏我的大脑，抹去我的记忆，让我一无所有，这有什么意义？治疗得很好，但我们失去了病人。"④

　　该书从专业医生角度，通过探究遗传影响、创伤性脑损伤、神经压力和心

---

① Andrew Farah. *Hemingway's Brain*. Columbia：University of South Carolina Press，2017，p.159.

② Andrew Farah. *Hemingway's Brain*. Columbia：University of South Carolina Press，2017，p.55.

③ Andrew Farah. *Hemingway's Brain*. Columbia：University of South Carolina Press，2017，pp.101-102.

④ Andrew Farah. *Hemingway's Brain*. Columbia：University of South Carolina Press，2017，p.111.

理压力，为海明威提供了一份完整准确的精神病学诊断[1]，这将引发我们重新思考海明威的生平，帮助我们更加深入地理解海明威后期创作的文学作品。

第三节 研究性传记

研究性传记是将海明威的生平经历与文学创作相结合的一种传记类型，旨在揭示二者之间的内在关联。在结合史料讲述海明威生平轶事的同时，英美学界的传记作家注重评论某个重要时间节点、事件、经历、人物以及地点对海明威文学创作的影响。与一般传记相比，这类传记的故事性较弱，评论性更强，以传主海明威的文学创作为主要对象，将海明威的生平经历穿插于作品评析当中，以阐明海明威的真实生活、心理状态、思想轨迹以及创作背景等。因此，这类传记具有较强的学术研究性，倾向于海明威作品批评，作传动机有别于单纯的纪念或回忆类传记。

21世纪英美学界已出版有关海明威的研究性传记占总数近三分之一。国内目前少有中译本。在21世纪英美学界，有杰弗里·迈耶斯、琳达·瓦格纳-马丁、斯科特·唐纳森和迈克尔·雷诺兹等资深学者，他们既是美国海明威研究的著名学者，也是海明威传记作家。早在21世纪以前，他们已致力于海明威研究，出版了大量有关海明威生平著作，成果丰硕[2]。21世纪以来，这四位权威学者仍不懈努力，研究撰写出新传记，对于海明威学术研究具有十分重要的价值。比如，杰弗里·迈耶斯的《海明威：从生平到艺术》(*Hemingway: Life into Art*, 2000)、迈克尔·雷诺兹的《海明威：从三十年代到最后的岁月》(*Hemingway: The 1930s through the Final Years*, 2012)以及琳达·瓦格纳-马丁的《海明威：文学生涯》(*Ernest Hemingway: A Literary Life*, 2007)等。

---

[1] Andrew Farah. *Hemingway's Brain*. Columbia：University of South Carolina Press，2017，p. 1.

[2] 例如，斯科特·唐纳森的《意志的力量：海明威的生平和艺术》(*By Force of Will: The Life and Art of Ernest Hemingway*, 1977)、杰弗里·迈耶斯的《海明威传记》(*Hemingway: A Biography*, 1985)，以及迈克尔·雷诺兹撰写的海明威传记五卷本：《青年海明威》(*The Young Hemingway*, 1986)、《海明威：巴黎岁月》(*Hemingway: The Paris Years*, 1989)、《海明威：重回美国》(*Hemingway: The American Homecoming*, 1992)、《海明威：在三十年代》(*Hemingway: The 1930s*, 1997)、《海明威：最后的岁月》(*Hemingway: The Final Years*, 1999)等。

与此同时，21世纪英美学界还出现了诸多新晋学者投身于海明威传记的研究。比如，查尔斯·奥利弗（Charles M. Oliver）的《海明威批评指南：有关生平与创作的文学参考》（*Critical Companion to Ernest Hemingway: A Literary Reference to His Life and Work*，2007）、詹姆斯·哈钦森（James M. Hutchisson）的《海明威新传》（*Ernest Hemingway: A New Life*，2016）、玛丽·迪尔伯恩（Mary V. Dearborn）的《海明威传》（*Ernest Hemingway: A Biography*，2017）等。其中，美国肯特州立大学英语系主任罗伯特·特罗格登（Robert Trogdon）的《欧内斯特·海明威：文学参考》（*Ernest Hemingway: A Literary Reference*，2002）按时间顺序编撰，涵盖了自1899年至1999年一百年间与海明威生平、作品及学术研究相关的内容。全书共七章，对应海明威生平的重要时期。在每个时期里，首先是以年谱形式客观记述海明威的个人经历，再由特罗格登对其加以文字描述与分析评论。该传记还首次展现了许多罕见的照片。又如，美国小说家、海明威迷克兰西·西格尔（Clancy Sigal）撰写的《海明威依然活着！》（*Hemingway Lives*！，2013），既讲述了海明威与四任妻子和情人之间的关系，也在诸多方面为海明威辩护，对其作品给出褒奖性评价，尤其是赞誉海明威的写作风格，认为他"把美国文学创作带领到了一个前所未有的高度"，评论其简洁凝练的写作风格既解放了语言，又比以前的作家表达出更多情感[1]。此外，理查德·布拉德福德（Richard Bradford）的《不在场的人：海明威的一生》（*The Man Who Wasn't There: A Life of Ernest Hemingway*，2019）是一部修正主义传记（revisionist biography）。布拉德福德通过对海明威信件加以细致分析，批判了海明威作家公众形象背后的自恋和自大，探讨了海明威作品中的古怪之处与其性格中的古怪特点有着密切联系。布拉德福德指出，海明威的小说是"有悖常理的自传体（perversely autobiographical）"[2]，混杂着谎言和自我欺骗。

除此之外，21世纪英美学界还著述了全面的海明威百科全书，将海明威的家庭关系、海明威与女性的关系和作品研究相结合展开细致探究，并饶有新意地将海明威置于女性、地域与创作这三个重要元素中加以考察。

---

[1] Clancy Sigal. *Hemingway Lives*！（*Why Reading Ernest Hemingway Matters Today*）. New York: OR Books, 2013, pp. XI–XII.

[2] Richard Bradford. *The Man Who Wasn't There: A Life of Ernest Hemingway*. New York: I. B. Tauris & Co. Ltd, 2019, p. 2.

一、《海明威批评指南：有关生平与创作的文学参考》

2007年，查尔斯·奥利弗（Charles M. Oliver）撰写出版了《海明威批评指南：有关生平与创作的文学参考》（*Critical Companion to Ernest Hemingway: A Literary Reference to His Life and Work*）。该书共640页，是对1999年出版的《海明威指南》（*Ernest Hemingway A to Z*）的全面修订、扩充和重新编排。

《海明威批评指南：有关生平与创作的文学参考》是一本海明威生平与作品的百科全书，共包括四个部分。

第一部分记述了海明威生平，考察了海明威的写作风格以及他在流行文化中的地位。书中指出，海明威创立的写作风格是每一位英语小说家所羡慕的，20世纪近半数的美国作家争相模仿，这是他最重要的文学遗产[1]。在奥利弗看来，这一风格在于通过向读者提供小说主人公经历的细节，让读者能够身临其境，感同身受，从而与主人公产生共鸣。这一特点在海明威小说与非虚构作品中均得以体现。事实上，海明威小说中的许多故事直接来自其真实经历，而许多真实经历又在他的非虚构作品中被虚构、夸张[2]。奥利弗的观点与美国权威的海明威传记作家迈克尔·雷诺兹不谋而合。雷诺兹也认为，"对于海明威来说，并没有非虚构作品；只是作品虚构的程度不同而已"[3]。

第二部分按照字母顺序对海明威的作品进行逐一介绍，其中包括10部长篇小说、100多篇短篇故事、1部剧本、4部非虚构作品、371篇新闻报道与90首诗歌。该部分还设置了一个"批评评论"专栏，收录了与每个作品相关的批评研究，其中有五十多篇是最新评论，分析作品并总结当下的批评重点。此外，该部分还列出了可供进一步阅读的参考书目以及相关作品的影视改编信息。

第三部分重点介绍与海明威有关的重要人物、事件与地点。该部分的内容全面细致，除了已被广为熟知的与海明威有关的人物、地点与事件，还介绍了

---

[1] Charles M. Oliver. *Critical Companion to Ernest Hemingway: A Literary Reference to His Life and Work*. New York：Facts on File, 2007, p. 21.

[2] Charles M. Oliver. *Critical Companion to Ernest Hemingway: A Literary Reference to His Life and Work*. New York：Facts on File, 2007, pp. 21—22.

[3] Charles M. Oliver. *Critical Companion to Ernest Hemingway: A Literary Reference to His Life and Work*. New York：Facts on File, 2007, p. 22.

诸多新信息。比如，法国阿维尼翁（Avignon）是《美国太太的金丝雀》的故事背景之一，意大利奥斯塔（Aosta）是《革命党人》主人公在徒步前往瑞士途中经过的地方，等等[1]。这些新补充的信息对于全面认识海明威其人其作非常重要。

第四部分为附录，展示了海明威家庭族谱、海明威年谱，详尽列出了海明威不同体裁的作品，以及海明威作品在电影电视、舞台戏剧、电台广播节目等各领域的改编。同时，还提供了可供进一步阅读的参考书目，其中包括海明威传记研究、海明威批评等。这对于海明威研究学者来说是宝贵的参考资料。

该书的最大亮点是作者奥利弗拒绝发表主观评论，只客观记述海明威生平与创作。关于海明威作品中塑造的虚构人物在现实生活中的人物原型，书中并未提及，也没有把海明威的生平事迹与作品中的虚构事件相关联。这是因为奥利弗坚持认为"和大多数优秀的小说家一样，海明威的创作基于个人经历，并将其完全转化为自己的艺术；（但是）对读者来说，试图猜测与'现实'的相似之处，是在贬低一部作品的艺术价值"[2]。因此，将事实与虚构区分开来是这本书的撰写原则。在整本书的结构上，将海明威创作的作品与海明威相关的人物、地点和主题分别设置为第二部分和第三部分，如此分开叙述，同样也体现了奥利弗遵循这一原则。

二、《海明威：文学生涯》

美国海明威研究权威专家琳达·瓦格纳－马丁在《海明威：文学生涯》（*Ernest Hemingway: A Literary Life*，2007）一书中，细致勾勒了海明威从伊利诺伊州奥克帕克到爱达荷州凯彻姆的生活史，追踪了海明威作为职业作家的发展历程。瓦格纳－马丁聚焦于在海明威一生中对他产生重要影响的家庭关系，以及对他产生重要影响的人，主要包括其父母、四任妻子，以及艾格尼丝·冯·柯洛斯基、艾德里安娜·伊凡赛奇、简·梅森和瓦莱丽·丹比－史密斯等几位女友。本书结合海明威作品分析，阐释了这些重要人物如何帮助塑造了海明威的生活与创作。

《海明威：文学生涯》的主要价值有以下三方面。

---

[1] Charles M. Oliver. *Critical Companion to Ernest Hemingway: A Literary Reference to His Life and Work*. New York: Facts on File, 2007, pp. 428–429.

[2] Charles M. Oliver. *Critical Companion to Ernest Hemingway: A Literary Reference to His Life and Work*. New York: Facts on File, 2007, p. Ⅷ.

第一，重点探讨海明威与女性之间的关系。瓦格纳－马丁参考了伯尼斯·科特（Bernice Kert）的专著《海明威的女人们》（*The Hemingway Women*，1998），并结合精神分析来阐明自己的观点。瓦格纳－马丁强调，海明威在与母亲、四任妻子和几位女友的关系中发展起来了一种"自我的流动性"[1]，也就是说，他对于不同的女性有不同的情感需求。具体来说，在他与前两任妻子的婚姻中，海明威主要获取情感和经济上的依赖；在与第三、第四任妻子的婚姻中，他从伴侣那里获得慰藉，缓解日益增长的焦虑；而从两位女友（艾德里安娜·伊凡赛奇和瓦莱丽·丹比·史密斯）那里，他更多的是获得文学创作的灵感。通过分析海明威与这些女性之间的关系，瓦格纳－马丁认为他对浪漫爱情的需求与他对写作的需求不相上下[2]。

在1919年3月，海明威收到来自艾格尼丝的分手信。不久后，他在第一次世界大战中受伤回到美国，处于长期失业、生活漫无目的的状态。在1920年7月，他又收到母亲格蕾丝的逐客令，要求他离开温德米尔的密歇根小屋，直到他停止"闲荡作乐"[3]。海明威先后被深爱的初恋和自己的母亲拒绝，这两件事影响了他后来与女性之间的关系，坚定了他对写作的追求。根据著名精神病学家欧文·亚隆（Irvin D. Yalom）和玛丽莲·亚隆（Marilyn Yalom）的分析，"海明威从未从他早期被拒绝的经历中恢复过来，首先是被艾格尼丝拒绝，紧接着是一年后被母亲'逐出家门'。由于海明威认为自己不被所爱之人接受，因此他开始利用自己对艺术的掌握来将自己塑造成一个理想化的形象。他永远不能接受批评，永远缺乏安全感，永远无法爱别人或被爱"[4]。

第二，许多传记指出海明威的母亲是导致他一生都缺乏安全感的主要原因，因此多数批评家倾向于把海明威早期的小说解读为他对母亲的控诉。但是，瓦格纳－马丁通过考察海明威的青年时期和家庭生活，在该部传记中强调，海明威在奥克帕克的痛苦生活中，他的父亲扮演了与母亲同样的角色，并通过《医生夫妇》《士兵之家》与《我老爹》等作品阐明每个故事中也有对他

---

[1] Linda Wagner-Martin. *Ernest Hemingway: A Literary Life*. Basingstoke：Palgrave Macmillan，2007，p. IX.

[2] Linda Wagner-Martin. *Ernest Hemingway: A Literary Life*. Basingstoke：Palgrave Macmillan，2007，p. 173.

[3] Linda Wagner-Martin. *Ernest Hemingway: A Literary Life*. Basingstoke：Palgrave Macmillan，2007，p. 18.

[4] Linda Wagner-Martin. *Ernest Hemingway: A Literary Life*. Basingstoke：Palgrave Macmillan，2007，p. 45.

父亲的控诉。

第三，该传记揭示了海明威各个人生阶段的经历是如何对他文学创作产生影响的，尤其是把海明威早期短篇小说与其个人经历联系起来。比如，传记第四章指出，短篇故事集《在我们的时代里》反映了海明威对母亲和父亲形象的矛盾心理。第六章讲述了海明威与波琳·菲佛产生私情，随后与第一任妻子哈德莉·理查逊离婚的经历。通过对比海明威的感情经历和在此期间的作品《太阳照常升起》，瓦格纳－马丁指出，《太阳照常升起》刻画出杰克·巴恩斯，一个面对自己心爱的女人而性无能的男人，实则是海明威试图通过性无能来表达另外一种挫败感，这种挫败感"不是因为杰克的阴茎在战争中受伤而无法性交，而是因为欧内斯特（和波琳）不能为了满足自己的激情而伤害哈德莉"①。第七章记载了海明威的第二部短篇故事集《没有女人的男人们》主要写于海明威与哈德莉分手后、与波琳结婚前。瓦格纳－马丁认为这部作品反映了海明威在这一时期的心态变化："正如这个短篇小说集的书名一样，女性在男性的思维中占的比例极低，如果她们妨碍了自己的生活，那么这种影响就是负面的。"②

三、《海明威新传》

2016年，美国南卡罗来纳军事学院英语教授詹姆斯·M. 哈钦森（James M. Hutchisson）撰写的《海明威新传》（*Ernest Hemingway: A New Life*）一书记述了海明威的生活与艺术创作的演变。哈钦森的研究涵盖了海明威从奥克帕克到凯彻姆各个阶段的生活与创作，尤其特别的是，将海明威的生活和艺术置于女性、地域及复杂病史这三者之中加以考察。

《海明威新传》之"新"具体体现在三个方面。

一是结构之新。哈钦森认为，海明威的"每一部重要小说都是在海明威的意识中开始孕育，在与某位女性的一段关系中开花结果的"③，而他与女性的关系又不可避免地受到地域的限制。因此，他着眼于探讨海明威的创作"是如

---

① Linda Wagner-Martin. *Ernest Hemingway: A Literary Life*. Basingstoke: Palgrave Macmillan, 2007, pp. 63-64.
② Linda Wagner-Martin. *Ernest Hemingway: A Literary Life*. Basingstoke: Palgrave Macmillan, 2007, p. 73.
③ James M. Hutchisson. *Ernest Hemingway: A New Life*. Philadelphia: Pennsylvania State University Press, 2016, p. 3.

何受到女性和地域影响的"①。基于此，在结构上，全书章节主要围绕海明威创作的重要作品、海明威的四任妻子和几位女友，以及几个重要地点展开。比如，第二章主要讲述了海明威在意大利的际遇，尤其是他与初恋艾格尼丝·冯·柯洛斯基相识相恋的过程。书中指出，"海明威一生从未忘记艾格尼丝"②。他把对艾格尼丝的回忆保留在了小说里，以满足自己的愿望。同时，为了缓解自己的情伤，他通过创作来使艾格尼丝停留在自己的想象中。在《丧钟为谁而鸣》《过河入林》等多部作品中，可以看到一个突出的主题，即一位成熟年长的男人痴迷于一个天真烂漫的年轻女孩③。第三章考察了海明威在第一次世界大战中负伤后回到美国密歇根的日子，以及他在芝加哥与第一任妻子哈德莉的相遇与结婚。第六章记述了在1925年的巴黎，波琳出现在了海明威的生命中，1927年成为海明威的第二任妻子，随后他们移居基韦斯特生活。书中指出"通常海明威在'换'女人的时候，无论是妻子还是情人，都需要换一个环境"④。在基韦斯特，海明威创作了《永别了，武器》，故事中部分地融入了波琳的经历，比如凯瑟琳的难产情节。第八章讲述了海明威与简·梅森之间长达四年的婚外情，以及第一次非洲之旅激发了他创作《弗朗西斯·麦康伯短促的幸福生活》《非洲的青山》等以非洲为背景的作品。第十一章详细记述了海明威与第三任妻子玛莎的中国之行，海明威在第二次世界大战期间前往中国与古巴哈瓦那的经历以及他撰写的相关报道。第十二章主要记载海明威结束了与玛莎的婚姻，迎娶了第四任妻子玛丽。但与此同时，海明威在意大利邂逅并迷恋上的19岁女孩艾德里安娜，激发了他创作《过河入林》。

二是立场不同。大多数作者撰写的海明威传记都从一个批评极端转向另一个极端，要么带有对海明威的蔑视，要么对海明威只采用精神分析，要么把海明威完全置于同性恋的研究背景之下，因此，或将其塑造为悲剧形象，或将其褒奖为英雄形象。但哈钦森指出，这导致的结果是忽视了"在海明威的生活和创作中，他是如何通过写作来发现或塑造不同身份的，他是如何利用写作来调

---

① James M. Hutchisson. *Ernest Hemingway: A New Life*. Philadelphia：Pennsylvania State University Press，2016，p. 3.

② James M. Hutchisson. *Ernest Hemingway: A New Life*. Philadelphia：Pennsylvania State University Press，2016，p. 34.

③ James M. Hutchisson. *Ernest Hemingway: A New Life*. Philadelphia：Pennsylvania State University Press，2016，p. 34.

④ James M. Hutchisson. *Ernest Hemingway: A New Life*. Philadelphia：Pennsylvania State University Press，2016，p. 88.

和自己内心矛盾元素的"①。因此,哈钦森尝试在该传记中做出公正的评价。

三是得出新结论。哈钦森重点关注海明威的健康状况,探究健康状况对他的性格、情绪、行为与写作的影响,得出了海明威自杀的最主要原因。通过考察海明威的家族病史、他本人复杂的医学档案,以及他一生中不断遭遇的事故、受伤和疾病等,哈钦森认为海明威在情绪、性格和公众行为上的波动与药物和治疗方法有关。同时,海明威写作的主题和关注点,以及他写作能力的高低,也与他复杂的病史密切相关。哈钦森指出,"在海明威生命的大部分时间里,他服用的药物产生药性冲突,最终导致了灾难性的后果","正是在这种情况下,而不是因为他被名声击倒或被名人魅力所腐蚀,导致他在生命的最后阶段走上自杀之路"。②

四、《海明威传》

美国传记作家玛丽·迪尔伯恩（Mary V. Dearborn）撰写的《海明威传》(*Ernest Hemingway: A Biography*, 2017)是一部长达752页的传记,全面客观地描述了海明威从奥克帕克到凯彻姆的生平经历和文学成就,考察了海明威写作艺术的发展。该传记被海明威协会前主席斯科特·唐纳森评价为是"自卡洛斯·贝克于1969年出版的权威传记《海明威：生平故事》以来,最全面、最权威的海明威传记单卷本"③。

《海明威传》的一大特色是迪尔伯恩结合自己对性别问题的敏感性,重点关注了在海明威的家庭生活中和写作生涯中对他产生重要影响的关系,阐明这些关系如何帮助他塑造文学作品。该传记提出了一些与其他传记不同的观点。比如,关于海明威的多段情史,迪尔伯恩认为海明威并没有婚外情,对于简·梅森、艾德里安娜·伊凡赛奇等在他生命中的女性,海明威更倾向于把她们理想化,把她们视为自己文学创作的灵感来源。对海明威来说,她们是缪斯,而非情人。

此外,有关海明威的病史分析,该传记也给出了不同结论。美国著名的海

---

① James M. Hutchisson. *Ernest Hemingway: A New Life*. Philadelphia: Pennsylvania State University Press, 2016, p. 2.

② James M. Hutchisson. *Ernest Hemingway: A New Life*. Philadelphia: Pennsylvania State University Press, 2016, pp. 3—4.

③ Scott Donaldson. "*Ernest Hemingway: A Biography* by Mary V. Dearborn (review)", *The Hemingway Review*, Vol. 37, No. 1, 2017, p. 114.

明威传记作家卡洛斯·贝克指出，海明威是在 1954 年 1 月遭遇了两次飞机坠毁事故之后开始逐渐衰弱的。但是，迪尔伯恩将海明威的精神衰弱追溯到在此十年前的另一起事故，即 1944 年 5 月海明威在伦敦遭遇的一场车祸，此次事故让他头部缝了 57 针，伴有严重的脑震荡。自此，海明威所遭受的创伤性脑损伤，对他的精神和心理健康造成了灾难性的长期影响。

本章小结

综上所述，21 世纪英美学界的海明威传记作品不断推陈出新，海明威生平研究取得了新进展，具体体现为一个趋势和六个主要特点。

一个趋势，即从全面性转向局部性，从一般传记转向专题性传记。20 世纪的海明威传记大多是对海明威一生进行全面呈现。而 21 世纪以来的传记专题性更强，从全面性研究走向局部性研究，侧重于海明威一生中的某段重要时期、某个重要事件、某个访地、某段感情或与某位友人的交往经历等，从局部加以深入探究。据初步统计，21 世纪以来的专题性传记多达 60 部，占总数近一半。专题性研究使得重点更加聚焦，研究更为深入，有助于挖掘更具价值的研究成果。

六个主要特点分别是：

第一，研究领域更为丰富。21 世纪以来的研究首次探究了海明威在中国、英国、比米尼岛、墨西哥湾、美国黄石山区等国家和地区的个人经历，揭露了许多鲜为人知的海明威生平轶事，重新评估了部分被忽视的海明威作品，以及这些地区和经历对海明威其人其作产生的重要影响。

第二，研究方法更趋多元。21 世纪以来，研究方法从传统意义上的传记书写拓展到将生平研究与神经精神病学研究、历史学研究、文化史研究、性别研究等结合。比如，安德鲁·法拉将神经精神病学研究与生平研究相结合，是一次跨学科的大胆尝试。法拉基于对海明威生平和病史的综合研究，结合有关脑震荡和创伤性脑损伤的持久影响的最新见解，科学地得出了有关海明威疾病与自杀原因的新结论。

第三，研究视角更为新颖。21 世纪英美学界从海明威的病史、宠物、中学教育以及枪支收藏等不同视角加以深入探究，呈现了他鲜为人知的另一面。比如，卡伦娜·布伦南重点记述了在海明威一生中的不同时期对他很重要的动物，突显了海明威性格中柔和的一面，展现了一个更富有同情心、更感性的海明威，这与他为公众所熟知的酷爱狩猎、斗牛，罹患躁郁症、爱酗酒的大男子主义形象截然不同。

第四，研究资料有新发现。21世纪以来，英美学界的海明威研究学者除了对文献史料进行搜集查阅，大多采用实地考察、亲自采访等方法，走访古巴、非洲、欧洲、美国等全世界与海明威有关的国家和地区，采访认识海明威的相关人物和当地研究学者，在当地发掘了许多有价值的新材料。比如，费尔德曼是第一位获准在海明威的古巴故居进行居住研究的北美学者，他运用在古巴哈瓦那的海明威博物馆和研究中心获得的一手文献，介绍了海明威在古巴的生活与创作。值得注意的是，有关海明威在古巴的生平研究是21世纪以来的研究新重点，已有传记共9部，其中近6年（2014—2020）共出版了6部，足以说明近年来英美学界对这一领域的关注，也确实反映出在古巴的海明威博物馆中挖掘到有价值的新材料，展现了古巴当下有关海明威研究的重点和新领域，海明威研究在古巴的地位与发展方向，古巴海明威博物馆的日常运行管理和发展，以及目前古巴正在进行的海明威研究。比如，海明威文学作品与非洲-古巴工艺作品之间的关系研究，有关海明威对非洲-古巴宗教和文化的兴趣的研究，有关瞭望山庄中海明威藏书的研究，有关海明威九千册私人藏书中旁注的研究，有关海明威"皮拉尔号"渔船的航海日志的研究等，以及对古巴海明威博物馆中的文献资料和有价值的藏品进行修复的工作安排等。

第五，传记作者身份的多元化。21世纪以来，英美学界的海明威传记作者除了常见的海明威研究学者、传记作家与海明威亲友，还有博物馆历史学家、专业医生（神经精神病学家）、海明威古巴故居的管家、海明威好友玛吉的女儿等。传记作者身份的多元化，有助于透过不同作者的立场，展现海明威的不同侧面。

第六，更多面向一般读者的作品。在21世纪英美学界的海明威传记中，出现了不少面向大众读者和青少年读者的传记作品。这类传记以更为通俗易懂的方式记述海明威生平，加以简短的理论和批评，更易引发读者兴趣。尤其是对探索海明威复杂世界正处于起步阶段的年轻读者或学生来说，这类传记是宝贵资源。此外，文学性传记增多。这类传记能够吸引大众读者，满足大众的好奇心理。传记小说在叙述手法和作传方式上有所不同，史料性削弱而文学虚构性增强。传记小说中的虚构成分虽然是建立在基本史实之上，但在历史大框架下，还有传记作者自己的文学想象与创作。有关海明威的传记小说颇受欢迎。

比如，保拉·麦克莱恩（Paula McLain）的《我是海明威的巴黎妻子》（*The Paris Wife*，2012）被《纽约时报》（*New York Times*）列为畅销书，荣获"Goodreads Choice Awards"的"最佳历史小说奖"，被《芝加哥论坛报》（*Chicago Tribune*）、《多伦多太阳报》（*The Toronto Sun*）和"美国国家公共电台"（National Public Radio）等多家杂志和媒体评选为"年度最佳书籍之一"。2018年，保拉·麦克莱恩再次撰写了《爱与毁灭》（*Love and Ruin*），被《华盛顿邮报》（*The Washington Post*）、杂志《返璞归真》（*Real Simple*）以及"纽约公共图书馆"（New York Public Library）等评选为"年度最佳书籍之一"。内奥米·伍德（Naomi Wood）的《海明威夫人》（*Mrs. Hemingway*，2014）也广受好评。

总之，21世纪英美学界海明威生平研究不断发掘新材料、运用新方法、拓展新领域，更深入地钻研、更多元地分析、更完整地还原了海明威全貌。

第三章 国内未译介的海明威研究成果概述

本章着眼于国内未译介的英美学界海明威研究成果，主要包括除传记外，21世纪英美学界已出版或发表的研究专著、学位论文与期刊论文。在研究专著方面，总体研究呈现出系统性与全面性，作品研究更具针对性与深入性，并对海明威写作风格进行了新的探索。在学位论文方面，重点就创伤研究、叙事研究和电影、音乐研究进行了深入探讨。在期刊论文方面，运用多元批评理论，围绕剧作研究以及战争、运动主题研究等展开了诸多尝试。本章根据上述特点，去芜存菁，遴选代表作品进行逐一评述。

第一节 研究专著

据初步统计，20年间（2000—2020）英美学界的海明威研究专著共128部。相较于国内研究，21世纪英美学界的海明威研究专著所体现出来的新意大致可归纳为以下几个方面。第一，总体研究，呈现了1924年至2020年海明威研究全貌。第二，作品研究，聚焦于海明威某部具体作品，展开有针对性的深入的专门研究。其中，21世纪出现了有关《伊甸园》《没有女人的男人们》《在我们的时代里》（1924年巴黎版）及《死在午后》等作品的第一部研究专著。第三，海明威艺术风格新探。从叙述聚焦、重复与并置、开头与结尾、对话艺术等多方面对海明威艺术风格与美学原则提出了新见解和新解读。

如此丰硕的研究成果，目前国内均暂无中译本，其中仅一部专著有国内学者撰文加以评介①。基于此现状,下面梳理总结国内尚未译介的海明威研究专著,分析其研究方法与特点,旨在引介海明威研究专著的最新成果。本节从总体研究、作品研究与艺术风格新探三个方面进行分析总结,并遴选代表作品加以详细论述。

一、总体研究

(一) 历时研究:回溯与总结

美国阿尔弗尼亚大学名誉校长劳伦斯·马泽诺(Laurence Mazzeno)在《批评家与海明威(1924—2014):塑造美国文学偶像》(*The Critics and Hemingway, 1924-2014:Shaping an American Literary Icon*, 2015) 一书中涵盖了 90 年的海明威相关研究成果。马泽诺称自己并不是"海明威研究学者"中的一员,他以"局外人的视角"更为客观公正地呈现海明威批评中的不同观点,介绍海明威研究的发展历程②。换言之,他所写的是一部关于海明威的接受史。

该书采用历时结构,将 1924 年至 2014 年以每十年为一个时间节点划分,共十章(其中 20 世纪 80 年代分为两章),介绍了在此期间最有价值的研究成果。按照时间顺序突显了两点好处:一是将与海明威有关的每一个批评放置于它所处的时代背景中,可以展现出后来的批评家如何回应早期批评家的评论,从而形成一种批评家、学者之间持续的公开对话;二是有助于追溯海明威批评潮流的发展,随着新的批评方法不断出现,学者们也不断发掘被忽视的海明威作品的价值,并持续更正早期批评家的谬误与误解③。

文化研究是当前文学研究者的兴趣所在,因此,该书的重点不仅仅是将海

---

① 唐伟胜的《地理诗学的批评实践:评〈海明威的地理:亲密感、物质性与记忆〉》于 2018 年在《英美文学研究论丛》上发表。唐伟胜对劳拉·格鲁伯·戈弗雷(Laura Gruber Godfrey)于 2016 年出版的《海明威的地理:亲密感、物质性与记忆》(*Hemingway's Geographies: Intimacy, Materiality, and Memory*)进行了评述,介绍了该专著的核心理论"地理批评"及其理论背景,并对专著进行了逐章探讨和解读,既概述了其主要内容,也评价了其价值与意义。

② Laurence W. Mazzeno. *The Critics and Hemingway, 1924-2014:Shaping an American Literary Icon*. Rochester:Camden House, 2015, p. 9.

③ Laurence W. Mazzeno. *The Critics and Hemingway, 1924-2014:Shaping an American Literary Icon*. Rochester:Camden House, 2015, p. 9.

明威作为一个作家来研究，更重要的是将海明威作为一种文化现象来研究[①]。也就是说，对海明威及其作品能够在近一个世纪的时间里一直保有生命力进行更为广泛的研究，并引导读者在更广泛的文化背景下去理解海明威的文学地位。近一个世纪以来，文学和文化价值发生了深刻变化。该书不仅展示了海明威作品的延续性，还重点突显了海明威批评的发展历程。比如，20世纪70年代，女性主义批评开始运用于海明威研究中。80年代，女性主义批评持续深入。90年代，性别研究与种族研究占据主要地位。21世纪以来愈发多元化，既对海明威准则英雄、写作风格等传统研究领域持续深入探索，也有文化研究、马克思主义文学批评、生态批评等新方法的运用。

此外，该书补充了部分被忽视的研究成果。比如，瓦莱丽·若伊（Valerie Rohy）在《不可能的女人：女同性恋形象与美国文学》（*Impossible Women: Lesbian Figures and American Literature*，2000）中，以《太阳照常升起》为出发点，探讨海明威对女同性恋的复杂态度[②]。凯特·麦克洛克林（Kate McLoughlin）在《战争书写：从〈伊利亚特〉到伊拉克战争的文学呈现》（*Authoring War: The Literary Representation of War from the Iliad to Iraq*，2011）中对海明威短篇故事《在士麦那码头上》的空白、沉默与其他回避修辞进行了深入解读，强调这些修辞对于传递出故事主题"战争的残暴与无意义"具有重要意义[③]。

（二）共时研究：海明威批评的补充与完善

美国内华达大学里诺分校人文学院院长、英语教授黛布拉·莫德尔莫格（Debra Moddelmog）和苏珊娜·德尔·吉佐在共同编写的《语境中的海明威》（*Ernest Hemingway in Context*，2013）一书中，共收录了44位学者的文章，对海明威学术研究进行综合考察。该书的重点在于探讨"语境"（context），因为"海明威不仅仅反映了主流的文化趋势和艺术趋势，他也创造了它们"[④]。海明威是时代文化与艺术的代表，他从所处的文化语境中汲取灵感，创作了诸

[①] Laurence W. Mazzeno. *The Critics and Hemingway, 1924－2014: Shaping an American Literary Icon*. Rochester: Camden House, 2015, p.8.

[②] Laurence W. Mazzeno. *The Critics and Hemingway, 1924－2014: Shaping an American Literary Icon*. Rochester: Camden House, 2015, p.203.

[③] Laurence W. Mazzeno. *The Critics and Hemingway, 1924－2014: Shaping an American Literary Icon*. Rochester: Camden House, 2015, p.221.

[④] Debra A. Moddelmog, Suzanne del Gizzo, eds. *Ernest Hemingway in Context*. New York: Cambridge University Press, 2013, p. XXIII.

多文学作品；同时相应地，他又塑造了20世纪的文化语境。

本书分为六个部分，共44章。其中，第五部分共22章，占全书的一半，是该书最重要的部分，着眼于扩展海明威的文化背景。既设有专章从动物研究、环境研究、男子气概等视角重新审视海明威，也提出对斗牛、狩猎、捕鱼等海明威的爱好的新研究思路，每个主题各成一章，考察了海明威对待它们的态度是如何发展与变化的。

该书的特点有三：一是重点探讨了有关"种族和民族"这一问题。该主题采用五个独立章节，详细介绍了海明威与非裔美国人、非洲人、印第安人、古巴人和犹太人之间的关系。尤其是《非洲人》和《古巴人》这两章，对于理解海明威生活中被误解的部分以及未被充分加以探讨的部分非常重要。有关海明威种族观的研究是直到近些年学界才开始关注的领域，该书在这一领域做出了重要贡献。

二是补充了在之前的海明威研究中未能充分加以考察的语境。比如，在第9章《杂志》中，海明威被定位为"首先是一位杂志作者"[1]。流行杂志对海明威风格的形成有着不可否认的影响。"如果说海明威从舍伍德·安德森和俄国作家那里学到了现实主义，从斯坦因那里学到了写作风格，从庞德和其他现代派作家那里学到了描写幻灭，那么他从流行杂志中学到了适销性。"[2] 多数批评通常将海明威与《跨大西洋评论》（*the transatlantic review*）和《小评论》（*The Little Review*）这类杂志联系起来，但该书也展示了海明威与流行杂志之间的紧密联系。此外，把第9章与第29章关于海明威与斯克里布纳出版商之间的关系研究相结合，能更好地理解作为职业作家的海明威的精明之处。

三是将海明威置于全新语境中加以探究。比如，第19章《音乐》指出"音乐与海明威的写作风格、作品和生活之间具有关联性，从直接影响到时代思潮的不可言说性"[3]。书中具体探讨了音乐的韵律是如何在海明威作品中得以展现的，他的职业生涯与美国作曲家阿隆·科普兰（Aaron Copland）的相似性，以及海明威对西班牙作曲家马努埃尔·德·法雅（Manuel de Falla）的

---

[1] Debra A. Moddelmog, Suzanne del Gizzo, eds. *Ernest Hemingway in Context*. New York：Cambridge University Press, 2013, p. 95.

[2] Debra A. Moddelmog, Suzanne del Gizzo, eds. *Ernest Hemingway in Context*. New York：Cambridge University Press, 2013, p. 91.

[3] Debra A. Moddelmog, Suzanne del Gizzo, eds. *Ernest Hemingway in Context*. New York：Cambridge University Press, 2013, p. 193.

兴趣体现了他对西班牙的怀念等。在有关音乐章节的"拓展阅读"中，附有海明威收藏的歌曲原声带和作曲家作品，对学术研究有广泛的应用价值。

二、作品研究

除总体研究外，21世纪英美学界针对海明威具体作品展开研究的专著共36部。其中，中长篇小说的研究专著有25部，短篇小说的研究专著有6部，非虚构作品的研究专著有5部。相较之下，国内针对海明威的具体作品以专著形式展开系统深入研究的较少。英美学界在这方面的研究成果，从广度上涉及海明威绝大多数作品，从深度上对具体作品进行了全面系统的研究，既考察了某部作品数十年的批评接受史，也探究了多元批评视角对作品的深入解读与剖析。

（一）中长篇小说研究

海明威共创作了十部长篇小说、一部中篇小说《老人与海》。在国内学界，针对海明威具体作品的研究专著共3部[①]。相较之下，21世纪英美学界的相关专著共计25部。其中，针对《太阳照常升起》的研究专著共9部，如彼得·海斯的《海明威〈太阳照常升起〉的批评接受史》（*The Critical Reception of Hemingway's "The Sun Also Rises"*，2011）、哈罗德·布鲁姆（Harold Bloom）的《布鲁姆指南：海明威〈太阳照常升起〉》（*Bloom's Guides: Ernest Hemingway's "The Sun Also Rises"*，2007）等。针对《永别了，武器》的研究专著共8部，如罗伯特·路易斯（Robert W. Lewis）与迈克尔·金姆·鲁斯（Michael Kim Roos）合著的《解读海明威〈永别了，武器〉：术语汇编与评论》（*Reading Hemingway's "A Farewell to Arms": Glossary and Commentary*，2019）等。针对《老人与海》的研究专著共5部，如比克福德·西尔威斯特（Bickford Sylvester）、拉里·格莱姆斯（Larry Grimes）与彼得·海斯合著的《解读海明威〈老人与海〉：术语汇编与评论》（*Reading Hemingway's "The Old Man and the Sea": Glossary and Commentary*，2018）、德瑞尔·布莱冯斯基（Dedria Bryfonski）的《海明威〈老人与海〉中的死亡》（*Death in Ernest Hemingway's "The Old Man and the Sea"*，2014）

[①] 国内针对海明威具体作品的研究专著，分别是：贾国栋的《海明威经典作品中的〈圣经〉文体风格：〈马太福音〉与〈老人与海〉比较研究》（2016），刘象愚、李娟的《战争与人：走进海明威的〈永别了，武器〉》（2007）与老范行军的《与海明威一起出海：〈老人与海〉笔记》（2016）。

等。另有专著研究《丧钟为谁而鸣》《有钱人与没钱人》《过河入林》与《伊甸园》等作品。

这些著作针对海明威的具体作品，既全面地呈现了数十年相关研究情况，又结合海明威生平、历史背景等还原作品的故事背景，还将考察学界对作品中充满争议的、被广为忽视的、尚未解决的问题，以进一步补充与完善当代海明威研究。

1.《太阳照常升起》

美国北卡罗来纳大学威尔明顿分校的英语教授基思·纽林（Keith Newlin）的《批判性见解：〈太阳照常升起〉》（*Critical Insights: "The Sun Also Rises"*，2010）是一部有关《太阳照常升起》的论文集，主要包括四部分。第一部分对小说的创作起源、创作过程以及修订过程做了简要说明，提供了海明威生平简介，以及一篇发表在《巴黎评论》（*The Paris Review*）上有关该小说的评论文章。第二部分是为本书专门撰写的4篇论文，概述了该小说的批评历史，重点阐释了与小说相关的社会背景和热点问题（如性别关系）。其中，马修·博尔顿（Mathew J. Bolton）探讨了海明威如何将他在巴黎的经历故事化，在《太阳照常升起》中如何将海外侨居生活进行虚构再现。詹妮弗·巴纳赫（Jennifer Banach）探讨了该小说对男子气概和女性气质的重新定义，并指出雌雄同体（androgyny）是"现代象征"[1]。洛里·沃特金斯·富尔顿（Lorie Watkins Fulton）则侧重于探讨海明威与威廉·福克纳之间的艺术竞争，指出两位作家的漫长竞争可以从《太阳照常升起》中的巴恩斯与科恩之间的竞争预见到[2]。劳伦斯·马泽诺梳理了有关该小说的批评研究的发展历程与变化趋势。第三部分由重印的论文组成，这些文章不仅本身极具启发性，也反映了多年来有关该小说的批评轨迹。比如，卡洛斯·贝克作为海明威的第一位传记作家，凭借他对海明威生平的了解，阐释了小说的创作背景和重要主题。德尔伯特·怀德乐（Delbert E. Wylder）则更为细致地考察了小说中每位主人公所体现出来的反英雄主义（antiheroism）的本质。第四部分是相关资料，包括海明威生平年谱、海明威作品以及参考文献等。

---

[1] Keith Newlin, ed. *Critical Insights: "The Sun Also Rises"*. Pasadena: Salem Press, 2010, p. 38.

[2] Keith Newlin, ed. *Critical Insights: "The Sun Also Rises"*. Pasadena: Salem Press, 2010, p. 50.

第三章
国内未译介的海明威研究成果概述

彼得·海斯《海明威〈太阳照常升起〉的批评接受史》(*The Critical Reception of Hemingway's "The Sun Also Rises"*, 2011)一书中涵盖了自20世纪20年代至2009年有关《太阳照常升起》的大量研究成果,较为全面地呈现了近九十年的研究情况。该书共六章,按照时间顺序,梳理有关该小说的研究趋势与特点,围绕精神分析、性取向问题、小说的影响、种族-民族建构等多方面问题展开讨论。其中,前两章弥补了当代海明威批评中被忽视的内容。一是将海明威与马克斯韦尔·盖斯马尔(Maxwell Geismar)、德尔莫尔·施瓦兹(Delmore Schwartz)等其他美国作家,以及与其他第二次世界大战前作家进行比较与关联;二是提供了有价值的评论及其他相关作品,为了解《太阳照常升起》最初的批评接受提供了重要背景。

2.《永别了,武器》

美国著名文学理论家、批评家、文学教授哈罗德·布鲁姆的《布鲁姆指南:海明威〈永别了,武器〉》(*Bloom's Guides: Ernest Hemingway's "A Farewell to Arms"*, 2010)主要分为两部分,第一部分概述海明威生平,以及《永别了,武器》的创作背景、主要人物与故事梗概。第二部分从不同批评视角出发,运用精神分析、种族研究等不同方法,探讨小说中有关战争描写的戏剧性、小说中的反法西斯元素等。其中,卡洛斯·贝克将《永别了,武器》视为海明威版的《罗密欧与朱丽叶》。他认为《永别了,武器》在海明威创作的悲剧作品中占据重要地位,弗雷德里克和凯瑟琳之间的故事就是海明威版的"罗密欧与朱丽叶"。二者最为明显的相似之处是弗雷德里克和凯瑟琳,和原型罗密欧与朱丽叶一样,都是命途多舛的恋人[1]。理查德·范提那(Richard Fantina)聚焦于小说女主人公凯瑟琳的解读,认为海明威在该小说中颠覆了传统老套的性别描写。具体来说,无所畏惧地直面死亡的能力是海明威最看重的男性特征之一,"勇气"也是海明威笔下"准则英雄"所具备的重要特质。但在《永别了,武器》中,海明威将这些特质赋予了凯瑟琳,而男主人公弗雷德里克选择逃避、表现出无助。从小说中的人物刻画可以看出,海明威是在有意识地颠覆传统价值观[2]。

---

[1] Harold Bloom, ed. *Bloom's Guides: Ernest Hemingway's "A Farewell to Arms"*. New York: Infobase Publishing, 2010, p. 69.

[2] Harold Bloom, ed. *Bloom's Guides: Ernest Hemingway's "A Farewell to Arms"*. New York: Infobase Publishing, 2010, pp. 87—88.

3.《老人与海》

2008年，哈罗德·布鲁姆编撰出版了《布鲁姆的现代批评阐释：海明威〈老人与海〉》(*Bloom's Modern Critical Interpretations: Ernest Hemingway's "The Old Man and the Sea"*) 一书，共收录12篇文章，从叙事研究、心理分析、存在主义、女性主义等多视角对《老人与海》加以剖析。其中，大卫·蒂姆斯（David Timms）从文体上将《老人与海》与威廉·福克纳的《熊》（"The Bear"）进行比较分析，认为两部作品都属于中篇小说（novella），但从故事中人物数量的设置、心理活动的描写、故事主题的复杂多样性等方面看，前者更胜一筹，并将《老人与海》评价为中篇小说这一文体的标准典范[1]。埃里克·瓦格纳（Eric Waggoner）运用道家思想（Taoist）对《老人与海》进行解读。瓦格纳结合有关《道德经》和《易经》的分析，将《老人与海》从海明威式的准则英雄，从成功与失败、上帝与人性、自然与人性等二元对立中解放出来，认为《老人与海》与《道德经》在关于自然世界的阐释方面有着惊人的相似之处，而小说主人公圣地亚哥被描绘成一个精神上的旅行者，如同"道"一样，他希望自己一直保持在正确的道路上[2]。

4.《伊甸园》

第一部有关《伊甸园》的研究专著《海明威〈伊甸园〉：文学批评25年》(*Hemingway's "The Garden of Eden": Twenty-Five Years of Criticism*) 出版于2012年，由苏珊娜·德尔·吉佐与美国密歇根大学弗林特分校英语教授弗雷德里克·斯沃博达（Frederic Svoboda）共同编撰而成。该书收录了最具代表性的文章和评论，涵盖了迄今为止有关《伊甸园》最重要的研究成果，梳理总结了《伊甸园》自1986年出版至2012年25年间的研究趋势与特点，并指出未来研究方向。

该书包括五个部分。第一部分主要是《伊甸园》的编辑汤姆·詹克斯（Tom Jenks）阐述自己对该小说的编辑过程，他从长达20余万字的海明威手稿中编辑整理出了一个7万字的版本。第二部分重点围绕该小说出版版本与手稿之间的对比，分析其差异，评述其编辑效果。其中，罗伯特·弗莱明

---

[1] Harold Bloom, ed. *Bloom's Modern Critical Interpretations: Ernest Hemingway's "The Old Man and the Sea"*. New York: Infobase Publishing, 2008, p. 92.

[2] Harold Bloom, ed. *Bloom's Modern Critical Interpretations: Ernest Hemingway's "The Old Man and the Sea"*. New York: Infobase Publishing, 2008, p. 126.

(Robert E. Fleming)对詹克斯的编辑工作予以肯定与褒奖。不同的是，K. J. 彼得斯（K. J. Peters）则对詹克斯的编辑效果提出批判，指责他不仅删除了有关谢尔登和默里的情节，还删除了宗教主题的内容，这使得出版的版本"只是手稿的部分拼凑"[①]。第三部分聚焦于小说的叙述结构，探讨了小说中重要的叙述问题。比如，罗伯特·琼斯（Robert B. Jones）从模仿与元小说两个方面对《伊甸园》展开研究，认为从模仿层面来看，小说中的主人公与海明威的准则英雄是一致的；在元小说层面，戴维与妻子的蜜月故事，事实上就是我们所阅读的《伊甸园》[②]。比阿特丽斯·佩纳斯-伊巴涅斯（Beatriz Penas-Ibáñez）指出，《伊甸园》的现代主义风格是在后现代主义文本中发展起来的，"小说通过对思辨的巧妙运用，使现实和自我均发生了改变，小说用无数的镜像代替现实，让虚构的游戏超越了生活本身"[③]。第四部分从性研究、性别研究、种族研究等方面对《伊甸园》加以考察。其中，马克·斯皮尔卡（Mark Spilka）对小说主人公戴维及其生命中的女性人物加以剖析，这些人物对头发、皮肤、服饰、性别和女同性恋的迷恋，正反映了海明威的雌雄同体特性，而正是这些使海明威成为一个有创造力的作家[④]。第五部分着眼于《伊甸园》与菲茨杰拉德之间的关联，尤其是与菲茨杰拉德的《夜色温柔》（*Tender Is the Night*）之间的关联性。其中，南希·科姆利（Nancy Comley）指出《伊甸园》是对"菲茨杰拉德《夜色温柔》的重写"[⑤]。

（二）短篇小说研究

海明威共出版了7部短篇小说集，共计100多篇短篇小说。在国内，有关海明威短篇小说的研究专著主要是遴选代表作品加以分析，比如孙玉林的《海明威短篇小说系列研究》（2017）仅选取了15篇短篇小说。有关海明威短篇小说较为全面完整的研究专著，国内目前较为缺乏，也少有对某部短篇小说集的

[①] Suzanne del Gizzo, Frederic J. Svoboda, eds. *Hemingway's "The Garden of Eden": Twenty-Five Years of Criticism*. Kent: The Kent University Press, 2012, p. 55.

[②] Suzanne del Gizzo, Frederic J. Svoboda, eds. *Hemingway's "The Garden of Eden": Twenty-Five Years of Criticism*. Kent: The Kent University Press, 2012, p. 88.

[③] Suzanne del Gizzo, Frederic J. Svoboda, eds. *Hemingway's "The Garden of Eden": Twenty-Five Years of Criticism*. Kent: The Kent University Press, 2012, p. 138.

[④] Suzanne del Gizzo, Frederic J. Svoboda, eds. *Hemingway's "The Garden of Eden": Twenty-Five Years of Criticism*. Kent: The Kent University Press, 2012, p. 156.

[⑤] Suzanne del Gizzo, Frederic J. Svoboda, eds. *Hemingway's "The Garden of Eden": Twenty-Five Years of Criticism*. Kent: The Kent University Press, 2012, p. 359.

专门研究。

相较之下，21世纪英美学界既有对海明威短篇小说的综合批评，比如乔治·蒙泰罗（George Monteiro）的《海明威短篇故事：批判性赏析》（The Hemingway Short Story: A Critical Appreciation，2017）与弗雷德里克·斯沃博达的《海明威短篇故事：对教学、阅读与理解的思考》（Hemingway's Short Stories: Reflections on Teaching, Reading, and Understanding，2019），也有针对海明威某部短篇小说集（《在我们的时代里》《没有女人的男人们》《乞力马扎罗的雪》等）展开专门研究的著作，这使得对于海明威短篇故事的研究不再是一篇篇单独的、分离的，而是在一个更为整体、统一的背景下加以解读。

1. 短篇小说集《在我们的时代里》

海明威首部短篇小说集《在我们的时代里》有两个版本。1924年，法国巴黎三山出版社（Three Mountains Press）首次出版，书名采用英文首字母小写 in our time。一年后，经过部分修订和调整，该作品由美国纽约博尼和利夫莱特出版社（Boni & Liveright）重新出版，书名为 In Our Time，采用首字母大写以区别于巴黎版。美国版的《在我们的时代里》使该部短篇小说集名声大噪，当今更为流行且使用得更多的仍是美国版。由于美国版的盛行和广为使用，巴黎版逐渐被遗忘，鲜有论及。这一点在国内研究中较少被注意到。

2005年，米尔顿·科恩（Milton A. Cohen）撰写的《海明威的实验室：巴黎版〈在我们的时代里〉》（Hemingway's Laboratory: The Paris "in our time"）是第一部对巴黎版本进行专门研究的著作。科恩在序言中指出，"我希望该研究能够改变人们对《在我们的时代里》（in our time）在海明威经典中的看法；它并不是海明威成熟的写作风格，而是巩固其风格的试验"[1]。

《海明威的实验室：巴黎版〈在我们的时代里〉》主要分为三部分。第一部分涵盖海明威生平，将海明威早期经历中与其写作风格形成相关的重要时刻联系起来，并将之与《在我们的时代里》的文学背景进行对比。一方面，该部分考察了海明威在创作《在我们的时代里》之前的"多种方向"，即他的艺术身份到底是什么，是记者、诗人、讽刺作家还是小说家。以此为中心，探讨了格特鲁德·斯坦因与庞德等人对海明威的影响，认为是他们对海明威艺术身份的

---

[1] Milton A. Cohen. Hemingway's Laboratory: The Paris "in our time". Tuscaloosa: University of Alabama Press, 2005, pp. XIII – XIV.

塑造和早期选择产生了重要影响。这部作品正是海明威的个人经历、友人的影响以及他精心巧妙的写作风格实验的综合结果。另一方面，该部分介绍了每个故事的创作过程。正如书名所示，《在我们的时代里》关注的是当时的主要事件，即"战争、犯罪、平民的苦难、政治处决、斗牛"等①。在当时，没人会把当代暴力研究作为自己的专长，但海明威充分利用自己的新闻学徒生涯，结合自己的爱好，将其作为自己的主攻领域②。

第二部分重点讨论作品的叙述方式、叙述声音和句子结构。在叙述方式上，《在我们的时代里》中的故事被分为不同的叙述类别，如准新闻叙事（quasi-journalistic narratives）、戏仿（parodies）等。在句子结构上，具体分析了海明威在故事中对简单句、陈述句，复合句等句式的使用，科恩评价道："该作品中对句子的实验并非出自一位精妙的文体家，而是出自一位努力成为文体家的勤勉工匠之手。"③ 总的来说，海明威风格是"简练的，而非简单的"④。

第三部分对《在我们的时代里》的每个故事进行逐一分析，探究相关的历史背景、主题、故事内容、写作风格，并将出版的版本与未公开的海明威手稿进行比较分析。从主题上，《在我们的时代里》共十八章，主要由暴力行为和对这些行为的反应串联起来。其中一部分是海明威的亲身经历，比如，第三章有关希腊平民逃离土耳其的故事。海明威作为记者为《多伦多星报》报道了这一事件。该书将海明威写的新闻报道中的内容与该短篇故事加以对比，展示了海明威为创作这个故事如何对原始材料进行压缩与修改。第十章有关一段苦涩的爱情故事，是海明威自传式的故事，将他与初恋艾格尼丝·冯·柯洛斯基之间的故事虚构化。而另一部分则来源于海明威的观察，基于报纸上的新闻报道和朋友的描述等。比如，第六章描写了六名希腊内阁部长被处决的故事，来源于海明威在报纸上阅读的相关报道。在该故事中，海明威采用意象派手法，以超然的叙述声音、简单的句子描写，使故事达到非同一般的戏剧效果。

---

① Milton A. Cohen. *Hemingway's Laboratory: The Paris "in our time"*. Tuscaloosa：University of Alabama Press，2005，p. 37.

② Milton A. Cohen. *Hemingway's Laboratory: The Paris "in our time"*. Tuscaloosa：University of Alabama Press，2005，p. 77.

③ Milton A. Cohen. *Hemingway's Laboratory: The Paris "in our time"*. Tuscaloosa：University of Alabama Press，2005，p. 124.

④ Milton A. Cohen. *Hemingway's Laboratory: The Paris "in our time"*. Tuscaloosa：University of Alabama Press，2005，p. 99.

《海明威的实验室：巴黎版〈在我们的时代里〉》的主要价值有四。第一，详细介绍了海明威创作该部作品的社会背景和文学背景，有助于加深对这部处于海明威风格形成时期的作品的理解。第二，对海明威写作风格的试验进行了细致分析，展现了他如何孜孜不倦地尝试各种风格，最终在作品中形成了条理清晰、简洁凝练的独有风格，也展示了他如何将青年时期的写作风格，无论是先锋派的还是通俗流行的，最终融合成一种二者兼具的独特风格。科恩尤其强调《在我们的时代里》在海明威所有作品中起到的重要作用。他指出，《在我们的时代里》中的作品是实验品，是海明威在庞德和斯坦因的影响下创作的尝试，其中的海明威风格"并没有完全融合……但其风格的组成部分在这部作品中清晰可见"[1]。第三，通过对这些罕见的文本加以重释，提出了对1924年巴黎版重印的必要性。第四，书中有关写作技巧的深入分析以及海明威写作技巧的发展历程，对于当代作家来说具有重要的参考价值。

如前文已提及，相较之下，1925年美国出版的《在我们的时代里》是目前更为流行、更广泛使用的版本，学界研究也主要关注此版本。2001年，马修·斯图尔特（Matthew Stewart）撰写出版了《海明威〈在我们的时代里〉的现代主义与传统》（*Modernism and Tradition in Ernest Hemingway's "In Our Time"*）。该书共六章。第一章讲述了海明威生平经历中与该部小说集有关的内容，主要包括海明威与父母之间的关系，他的战争经历，第一次世界大战及其对当时年轻人的影响。第二章阐述了作品的现代主义文学背景，其中重点涉及格特鲁德·斯坦因、庞德和T. S. 艾略特等人对海明威的影响，尤其是对海明威创立"冰山原则"产生的影响。本章指出全书的核心观点：《在我们的时代里》是"海明威所有作品中最具试验性的作品"，是"海明威在巴黎文学学徒生涯的高潮，是他在人生中某一段时期专注于文学创作的产物，而当时的文学背景具有明显现代主义倾向"[2]。第三章围绕整部短篇小说集的统一性，探讨了小说集中各个故事之间的连贯性与不连贯性。第四章结合生平研究与文本分析，运用新批评与结构主义等方法，对小说集中的故事进行逐一解读。作者按照主题将所有故事进行分组，比如"战争之前：青年尼克·亚当斯""有关战争与爱情的故事""爱情、婚姻与无子：四个故事"等，既考察每

---

[1] Milton A. Cohen. *Hemingway's Laboratory: The Paris "in our time"*. Tuscaloosa: University of Alabama Press, 2005, p. 214.

[2] Matthew Stewart. *Modernism and Tradition in Ernest Hemingway's "In Our Time"*. Rochester: Camden House, 2001, p. 12.

个故事的形式、主题、写作手法，又分析与其他组的故事之间的关联，以及与插章（interchapters）①之间的关系。第五章专门讨论小说集中的插章。书中指出，插章虽然简短，但它们为这些故事提供背景，定下基调，让读者得以感受到作品中的海明威"时代"②。第六章探究了该部小说集的形式和主题在海明威后来创作的作品中是如何得以进一步发展的。比如，多个故事的主人公尼克·亚当斯的刻画一直延续到长篇小说《永别了，武器》中。

2. 短篇小说集《没有女人的男人们》

《没有女人的男人们》（*Men Without Women*）是海明威的第二部短篇小说集，于1927年由美国斯克里布纳出版社出版。2008年，有关该作品的第一部研究专著《解读海明威〈没有女人的男人们〉：术语汇编与评论》（*Reading Hemingway's "Men Without Women":Glossary and Commentary*）由美国北卡罗来纳大学教授、海明威协会前主席约瑟夫·弗罗拉（Joseph Flora）撰写完成。

这是一本全面的批评指南，其特点有四。第一，在介绍故事梗概的基础上，系统剖析故事中家庭、性别、男子气概等主题，并对男子气概进行了重点解读，以阐释书名《没有女人的男人们》的由来。第二，结合海明威生平研究，考察了他在外国的旅居生活、战争经历、运动爱好以及婚姻情况等，试图阐释历史背景，挖掘故事中的相关影射与隐含意义③。比如，海明威生平经历中对故事情节和人物刻画产生影响的内容。在《白象似的群山》中，吉格与男主人公之间的复杂关系，极有可能反映了海明威与理查森·哈德莉的第一段婚姻对他产生的影响。第三，将该作品与海明威的其他作品相关联。比如，主要人物尼克·亚当斯，从《在我们的时代里》中的孩童成长为《没有女人的男人们》中的青少年，一直发展到《胜利者一无所获》（*Winner Take Nothing*，1933）中更年长的人物。

---

① 插章（interchapters），即1924年巴黎版 *in our time* 中的"速写"（vignettes）。"速写"是指海明威未写好的故事，每篇速写抓住一瞬间的感触记下来，篇幅近1页长。详见：杨仁敬《海明威：美国文学批评八十年》，上海：上海外语教育出版社，2012年，第184页。

② Matthew Stewart. *Modernism and Tradition in Ernest Hemingway's "In Our Time"*. Rochester: Camden House, 2001, p. 93.

③ Joseph M. Flora. *Reading Hemingway's "Men Without Women":Glossary and Commentary*. Kent: The Kent State University Press, 2008, p. Ⅺ.

（三）非虚构作品研究

海明威共创作了 4 部非虚构作品。国内目前没有以专著的形式对其展开研究，相较之下，21 世纪英美学界针对非虚构作品的研究专著共 5 部，分别对《死在午后》《流动的盛宴》与《危险的夏天》展开了研究，具体包括：米里亚姆·曼德尔（Miriam Mandel）的三部专著《海明威〈死在午后〉指南》（*A Companion to Hemingway's "Death in the Afternoon"*，2004）、《海明威〈死在午后〉：完整注释》（*Hemingway's "Death in the Afternoon":The Complete Annotations*，2002）与《海明威〈危险的夏天〉：完整注释》（*Hemingway's "The Dangerous Summer":The Complete Annotations*，2008），艾伦·约瑟夫（Allen Josephs）的《超越〈死在午后〉：对斗牛悲剧的沉思》（*Beyond "Death in the Afternoon":A Meditation on Tragedy in the Corrida*，2013）以及格里·布伦纳（Gerry Brenner）的《海明威〈流动的盛宴〉综合指南：从注释到阐释》（*A Comprehensive Companion to Hemingway's "A Moveable Feast":Annotation to Interpretation*，2000）。上述专著为了解海明威非虚构作品的创作背景、写作风格、主旨要义等提供了指引。

其中，《海明威〈死在午后〉指南》（2004）是第一部专论海明威非虚构作品的研究著作，具有开创性意义[1]，由美国著名海明威研究学者米里亚姆·曼德尔编撰而成。曼德尔在序言中开篇便引用了美国著名的海明威传记作家迈克尔·雷诺兹的话："在海明威经典中，其非虚构作品仍然是最被忽视的部分。"[2]

该书共收录了 12 篇文章，包含四个部分。第一部分主要探讨《死在午后》的创作过程、创作背景及其文学影响等。罗伯特·特罗格登基于档案资料和海明威与珀金斯（Perkins）的书信往来，追溯了该作品从创作到出版的各个阶段，重点关注在书稿校样中的修订变化、批评界对该作品的接受情况，以及作品销量等。研究指出，海明威对《死在午后》改动最大的是最后两章。在初版的结尾中，他将内容完全从斗牛与西班牙，转移到写作技巧与他对作家职业的看法上。海明威在这部分强调了作家、艺术家与商业作家之间的区别。他认为

---

[1] Miriam B. Mandel, ed. *A Companion to Hemingway's "Death in the Afternoon"*. Rochester: Camden House, 2004, p. 1.

[2] Miriam B. Mandel, ed. *A Companion to Hemingway's "Death in the Afternoon"*. Rochester: Camden House, 2004, p. 1.

作家与艺术家一样具有创造力,他们创造艺术,而不是单纯地描述。一旦作家因经济压力而改变作品的部分内容时,他就不再是艺术家,而是商业作家。《死在午后》初版的结尾体现了海明威的美学原则,表达了他的个人愿景:"不只是去迎合公众的愿望,而是要开创文学潮流。"①

琳达·瓦格纳－马丁聚焦于探讨格特鲁德·斯坦因这一人物在《死在午后》中的存在。斯坦因的名字在作品开篇就已提到,但在后文中再未提及。据瓦格纳分析,海明威在后文中提及的"老太太"(Old Lady)指代的正是斯坦因。在《死在午后》中,斯坦因被描绘成一个嘲笑的对象,她的外貌、行为、理解能力和近乎迟钝的行动都遭到嘲讽,对她的性暗讽也贯穿于文本中:"她对年轻斗牛士的身体比对他们精湛的斗牛技艺更感兴趣。"②

米里亚姆·曼德尔的文献述评(bibliographical essay)提供了两个带注释的参考书目:一是在《死在午后》出版前关于西班牙与斗牛的大量英文书籍,二是在1932年前海明威阅读过的有关西班牙与斗牛的大量西班牙语书籍和英文书籍。曼德尔强调,读者应将重点从"前景"转向"背景",即更加关注海明威创作《死在午后》背后所阅读的大量文献③,是这些阅读书籍与资料成就了这部作品。《死在午后》不仅是有关斗牛主题的最佳作品,还能帮助我们加深对海明威艺术、写作技巧和风格、文学理论、创作过程、与其他作家之间的关系等多方面的了解。

第二部分主要运用多元批评视角对《死在午后》加以解读。彼得·梅森特(Peter Messent)基于文化翻译理论,探究《死在午后》中的斗牛和西班牙是否是真实的客观呈现。梅森特否认了其真实性,认为海明威"既是阐释者又是译者"④。海明威如同人类学家,向他的美国读者阐释一个前现代社会及其仪式;同时,他也扮演译者的角色,将一种文化翻译给另一种文化。但他不是作为西班牙人身份进行创作的,他面向的是美国读者,展现的西班牙是一种主观翻译,而非客观描写。梅森特认为这是"文化翻译过程的独特之处"。海明威

---

① Miriam B. Mandel, ed. *A Companion to Hemingway's "Death in the Afternoon"*. Rochester: Camden House, 2004, p. 30.

② Miriam B. Mandel, ed. *A Companion to Hemingway's "Death in the Afternoon"*. Rochester: Camden House, 2004, pp. 61–62.

③ Miriam B. Mandel, ed. *A Companion to Hemingway's "Death in the Afternoon"*. Rochester: Camden House, 2004, p. 81.

④ Miriam B. Mandel, ed. *A Companion to Hemingway's "Death in the Afternoon"*. Rochester: Camden House, 2004, p. 124.

给读者呈现了一个理想化的西班牙，这是他描绘出来的外国文化。他把自认为有吸引力的那部分西班牙文化"翻译"给美国读者，从而与美国彼时空洞的现代性形成对立[①]。

比阿特丽斯·佩纳斯－伊巴涅斯对《死在午后》进行意象解读。她指出，海明威运用斗牛这一代表西班牙文化的意象，影射的是社会政治制度、人性和性别的冲突等问题。基于此，佩纳斯将《死在午后》定义为"一部超级冰山文本"（a super iceberg-text）。在文本中，"斗牛是冰山顶端可见的部分，占据文本核心空间，前十九章对其加以详尽论述。西班牙这个国家是支撑它的支点，在第二十章短暂地出现于水面上。西班牙历史与制度，蕴含于斗牛这项运动的意义之中，一直隐藏在水面下。而美国与美国文坛则完全淹没于西班牙与斗牛的历史、社会和哲学复杂性之下，它们无声又无形，却承载着冰山绝大部分重量"[②]。

安东尼·布兰德（Anthony Brand）侧重于研究与《死在午后》相关的照片。在《死在午后》开篇，海明威就将斗牛与照片联系起来。布兰德指出，从1925年至1932年，海明威对照片产生了强烈兴趣。他为创作该作品搜集了约400张照片，这是因为"他认识到摄影术的最新发展将使他能够比以前更生动地表现他的斗牛主题"[③]。然而，在作品出版的实际情况中，照片的选用经历了很大波折，从近400张照片删减至100张，最终保留了81张；从原本60名斗牛士删减至45名，最终保留26名。在整个过程中，海明威与出版社编辑据理力争，在给编辑的书信中明确指出"有近一百多张照片是必要的，它们使这部作品完整"[④]。除了关心照片数量，他还十分重视在排版过程中照片的排列方式。布兰德认为，海明威对《死在午后》中照片的重视，展现了他在创作这部不同寻常的新作品时所采用的方法与原则。他为作品选择的大多数照片都是同一个摄影视角，即与视线齐平的直接拍摄，而不是从下面、上面或远处拍摄。同时，照片大多是近距离拍摄的，更凸显了海明威对"直接性"的坚持，

---

① Miriam B. Mandel, ed. *A Companion to Hemingway's "Death in the Afternoon"*. Rochester: Camden House, 2004, pp.136-137.

② Miriam B. Mandel, ed. *A Companion to Hemingway's "Death in the Afternoon"*. Rochester: Camden House, 2004, p.157.

③ Miriam B. Mandel, ed. *A Companion to Hemingway's "Death in the Afternoon"*. Rochester: Camden House, 2004, p.166.

④ Miriam B. Mandel, ed. *A Companion to Hemingway's "Death in the Afternoon"*. Rochester: Camden House, 2004, p.166.

他试图让读者"去看",去关注斗牛的具体细节①。布兰德强调,"海明威清楚地知道,照片是对《死在午后》有价值的补充,是一种高级视觉艺术"②。

南希·布瑞登迪克(Nancy Bredendick)着眼于研究《死在午后》的"附加文本"(paratext),即书名、书皮、卷首插画、献词、目录、刊后语及书目注释等。了解附加文本的内涵,有助于从整体上更为全面地理解作品,同时增强读者的阅读审美体验。以书名为例,书名是"一部作品最重要的附加文本之一"③。在《死在午后》书名的选择上,为什么海明威不用"guide"(指南)或"manual"(手册)作为书名,这两个词都是符合文本内容的有效选择。为什么要选择一个让人产生恐惧、敬畏的书名,而不选用一个能吸引对专业知识和信息感兴趣的读者的书名?布瑞登迪克认为,海明威选用这一书名能形象地唤起主题,又有诗意的暗示,伴随着视觉意象,提醒读者主题的本质④,从而拓宽了读者的期待视野。"manual"这类词汇会把读者的阅读范围缩小到仅仅是技术层面或信息层面。布瑞登迪克进一步拓展了海明威选择该书名隐含的微妙之处,认为《死在午后》使读者将本书"视为一件包含斗牛手册的艺术作品",或者说,它是"一本斗牛手册,而海明威有意地在其中投射出不同层次的'文学性'"⑤。

第三部分主要探讨海明威的作家身份与艺术。希拉里·贾斯蒂斯(Hilary K. Justice)讨论了有关作家身份的理论问题。在《死在午后》中,海明威通过谈论写作的问题,以及一位作家与老太太之间的对话,展现了他对作家身份、对艺术创作机制、对艺术家与公众之间的关系等问题的态度。贾斯蒂斯指出,"在海明威的逻辑中,'writer'和'author'是紧密相关的,但二者并非同义"⑥。前者是独立的艺术家,创作自己的作品,而后者是公众人物,扮演

---

① Miriam B. Mandel, ed. *A Companion to Hemingway's "Death in the Afternoon"*. Rochester: Camden House, 2004, p. 168.
② Miriam B. Mandel, ed. *A Companion to Hemingway's "Death in the Afternoon"*. Rochester: Camden House, 2004, p. 190.
③ Miriam B. Mandel, ed. *A Companion to Hemingway's "Death in the Afternoon"*. Rochester: Camden House, 2004, p. 208.
④ Miriam B. Mandel, ed. *A Companion to Hemingway's "Death in the Afternoon"*. Rochester: Camden House, 2004, p. 208.
⑤ Miriam B. Mandel, ed. *A Companion to Hemingway's "Death in the Afternoon"*. Rochester: Camden House, 2004, p. 210.
⑥ Miriam B. Mandel, ed. *A Companion to Hemingway's "Death in the Afternoon"*. Rochester: Camden House, 2004, p. 237.

职业角色，是需要与公众尤其是与批评家互动而更为妥协的一类人。

艾米·冯德拉克（Amy Vondrak）聚焦于海明威的写作艺术，考察了绘画与电影这两种现代主义艺术手法在《死在午后》中的运用。冯德拉克指出，海明威将绘画中的立体派拼贴画（cubist collage）与电影蒙太奇（filmic montage）相结合，形成"文学蒙太奇"（literary montage），即"将不同文学风格并置"①。在《死在午后》中，他融合了从自传到新闻报道，从旅行游记到历史传记等各种体裁。蒙太奇并不等于混乱，海明威对蒙太奇的运用是连贯而清楚的，使作品在混乱中有秩序，从而"以艺术的形式重新描绘暴力的死亡"②。

第四部分重点探究该作品对后来以斗牛为主题的英语作家们的影响。基尼斯·金纳蒙（Keneth Kinnamon）称"所有描写斗牛主题的英语作家，都受到海明威的影响"③。比如，美国作家诺曼·梅勒（Norman Mailer）是海明威与斗牛的终生崇拜者，他做事不受约束，十分大男子主义，这似乎是他对榜样海明威的滑稽模仿。在创作上，梅勒也极力模仿海明威。在《鹿苑》（*The Deer Park*，1955）等作品中，梅勒沿袭了海明威的风格与主题，但对斗牛的探索并未达到海明威的高度。又如，巴纳比·康拉德（Barnaby Conrad）是"用英语创作斗牛主题最多产的作家"④。他在美国严肃文学中并不太出名，但在用英语创作的斗牛书写中占有举足轻重的地位。康拉德同样受到海明威的启蒙，从海明威的作品中爱上了西班牙，而《死在午后》更是影响、改变、塑造了他的一生⑤。康拉德倾尽毕生心力创作了多部以斗牛为主题的作品，收获了文学成就。总之，《死在午后》对后代英语作家创作斗牛主题的作品产生了深远影响，起到了典范作用，是重要的文学遗产。

---

① Miriam B. Mandel, ed. *A Companion to Hemingway's "Death in the Afternoon"*. Rochester：Camden House，2004，p. 262.

② Miriam B. Mandel, ed. *A Companion to Hemingway's "Death in the Afternoon"*. Rochester：Camden House，2004，p. 263.

③ Miriam B. Mandel, ed. *A Companion to Hemingway's "Death in the Afternoon"*. Rochester：Camden House，2004，p. 291.

④ Miriam B. Mandel, ed. *A Companion to Hemingway's "Death in the Afternoon"*. Rochester：Camden House，2004，p. 286.

⑤ Miriam B. Mandel, ed. *A Companion to Hemingway's "Death in the Afternoon"*. Rochester：Camden House，2004，p. 299.

三、艺术风格新探

1954年，海明威获得诺贝尔文学奖，其获奖词为"因为他精通于叙事艺术，突出地表现在其近著《老人与海》之中；同时也因为他对当代文体风格之影响"。可见，对海明威独特的艺术风格展开研究具有重要的学术价值。但国内有关海明威艺术风格的研究专著仅一部，即张薇的《海明威小说的叙事艺术》(2005)。

21世纪英美学界在这方面的专著共7部，主要有安德鲁·威尔逊（Andrew Wilson）的《像海明威一样写作：从大师那里学到的写作课程》(Write Like Hemingway: Writing Lessons You Can Learn from the Master, 2009)、唐纳德·布沙尔（Donald Bouchard）的《海明威：远非简单》(Hemingway: So Far From Simple, 2010)、罗伯特·保罗·兰姆（Robert Paul Lamb）的两部专著《海明威短篇故事：作家与读者的写作技巧学习》(The Hemingway Short Story: A Study in Craft for Writers and Readers, 2013)与《艺术的重要性：海明威、写作技巧与现代短篇小说的创作》(Art Matters: Hemingway, Craft, and the Creation of the Modern Short Story, 2010)、大卫·怀亚特（David Wyatt）的《海明威、风格与情感艺术》(Hemingway, Style, and the Art of Emotion, 2015) 等。这些作品不仅深入探讨了海明威的美学思想、写作技巧与叙事风格等，还结合海明威生平追溯了他独特艺术风格形成的过程，解释了"冰山原则"的内涵与外延，探究了对其写作风格的形成产生过重要影响的人及其他艺术形式，为进一步理解海明威艺术风格提供了新见解。

（一）演变中的海明威风格：从"省略艺术"到"包含艺术"

美国马里兰大学英语教授大卫·怀亚特在《海明威、风格与情感艺术》(2015) 一书中，深入探讨了海明威不断变化的写作风格，剖析了读者对海明威作品的情感反应。

该书重点关注已出版的海明威作品中内容的删减与增加，并从被忽视的文献资料中获得新见解。怀亚特在书中提出两个核心观点。第一，海明威写作风格并非一成不变，而是经历了从早期"省略艺术"（art of omission）到后期

"包含艺术"（art of inclusion）的转变与发展①。怀亚特认为，"对'冰山原则'的过度推崇，掩盖了这一转变，助长了对海明威早期风格特征的过度关注"②，故而导致人们忽视了海明威写作风格转变这一事实。事实上，在早期创作阶段，海明威拒绝在作品中表达情感，不流露主观思想与感情。如海明威所言，他的省略理论实则是为了让读者产生更多的感受。而海明威后期的写作风格重在包含与表达。以《伊甸园》为例，作家戴维写了一个完整的猎象故事，从第十八章一直到二十四章，海明威将这个猎象故事的全文分段穿插于这部长篇小说中。怀亚特指出，猎象故事的叙述展现了海明威后期风格的表现力，他更倾向于把事物融入作品中，而不是把它们省略掉，具有很强的包容性③。

第二，读者对海明威笔下人物的情感反应构成了"海明威情结"（Hemingway-complex），具体包含四种：焦虑（anxiety）、难堪（embarrassment）、懊悔（remorse）与宽恕（forgiveness）④。其中，前三种情感反应是连续的，先后对应海明威写作生涯的早期、中期与后期。比如，读者会为《永别了，武器》中凯瑟琳接下来会遭遇什么而感到焦虑，会为《弗朗西斯·麦康伯短促的幸福生活》中弗朗西斯的行为而感到难堪，会为《伊甸园》中戴维所做的事感到懊悔。而第四种"宽恕"属于特例，主要体现在《丧钟为谁而鸣》这部作品中。

（二）海明威艺术风格之新术语、新定义与新解读

美国普渡大学英语教授罗伯特·保罗·兰姆在《艺术的重要性：海明威、写作技巧与现代短篇小说的创作》（2010）一书中，聚焦于海明威美学，细致考察了海明威短篇小说的写作技巧及其艺术性，并在海明威研究基础上为短篇小说研究制定了一个批评术语词汇库，为短篇小说研究的进一步发展提供了宝贵的参考价值。如兰姆所言，本书目的有四：第一，深入分析海明威短篇小说的写作技巧，以弥补海明威学术研究与文学批评中过度关注文化研究、主题研究和传记研究的失衡情况；第二，提供一套分析工具，以用于更广泛的短篇小

---

① David Wyatt. *Hemingway, Style, and the Art of Emotion*. Cambridge：Cambridge University Press，2015，p. 3.

② David Wyatt. *Hemingway, Style, and the Art of Emotion*. Cambridge：Cambridge University Press，2015，p. 3.

③ David Wyatt. *Hemingway, Style, and the Art of Emotion*. Cambridge：Cambridge University Press，2015，p. 218.

④ David Wyatt. *Hemingway, Style, and the Art of Emotion*. Cambridge：Cambridge University Press，2015，pp. 2—3.

说研究之中；第三，将海明威作品置于现代短篇小说的发展之中；第四，重新确立短篇小说在文学研究中的地位①。其终极目的是"通过关注海明威美学来证明海明威在经典中的中心地位"②。

1. 海明威的"叙述聚焦"

兰姆重点探究了海明威运用"叙述聚焦"（focalization）的艺术。根据本书分类，小说中的叙述聚焦具体包括三种类型：零聚焦叙述（nonfocalized narratives）（或称为零聚焦，zero focalization）、内聚焦（internal focalization）与外聚焦（external focalization）。其中，内聚焦又分为三种亚类型：固定式内聚焦（fixed internal focalization）、不定式内聚焦（variable internal focalization）与多重内聚焦（multiple internal focalization）③。据兰姆总结，海明威在小说中不使用零聚焦。这是因为海明威的美学原则是试图从小说中消除"作者的痕迹"，故而擅于使用"客观对应物"④、印象主义、对话等写作技巧⑤。零聚焦与海明威美学相违背，而外聚焦最符合海明威美学。海明威从早期为《堪萨斯城星报》与《多伦多星报》撰写的新闻报道开始，已大量使用外聚焦⑥。

本书历时梳理了1922年至1939年海明威创作的短篇小说，共53篇，详尽剖析了海明威在这些短篇小说中运用的各式各样的叙述聚焦技巧，其中23篇小说运用的是第一人称叙述，属于固定式内聚焦；28篇运用的是第三人称叙述，部分是固定式内聚焦，部分是不定式内聚焦；有2篇运用的是外聚焦。比如，在《乞力马扎罗的雪》与《丧钟为谁而鸣》中，海明威主要运用的是第三人称固定式内聚焦；在《雨中的猫》与《了却一段情》中，运用的是不定式

---

① Robert Paul Lamb. *Art Matters: Hemingway, Craft, and the Creation of the Modern Short Story*. Baton Rouge：Louisiana State University Press, 2010, pp. XI–XIII.

② Robert Paul Lamb. *Art Matters: Hemingway, Craft, and the Creation of the Modern Short Story*. Baton Rouge：Louisiana State University Press, 2010, p. 1.

③ Robert Paul Lamb. *Art Matters: Hemingway, Craft, and the Creation of the Modern Short Story*. Baton Rouge：Louisiana State University Press, 2010, pp. 79–80.

④ "客观对应物"（objective correlative）是 T. S. 艾略特在《哈姆雷特及其问题》（1919）一文提出的，后被视为象征主义的重要概念。艾略特认为"在艺术形式中表达作者情感的唯一途径是寻找'客观对应物'"。详见 T. S. Eliot. "Hamlet and His Problems", *The Sacred Wood: Essays on Poetry and Criticism*. London：Methuen, 1920, pp. 87–94.

⑤ Robert Paul Lamb. *Art Matters: Hemingway, Craft, and the Creation of the Modern Short Story*. Baton Rouge：Louisiana State University Press, 2010, p. 80.

⑥ Robert Paul Lamb. *Art Matters: Hemingway, Craft, and the Creation of the Modern Short Story*. Baton Rouge：Louisiana State University Press, 2010, p. 81.

内聚焦；在《杀手》与《美国太太的金丝雀》中，运用的是外聚焦等。此外，书中还探讨了主要第一人称聚焦（first-person main focalization）、次要第一人称聚焦（peripheral first-person focalization），并提出新术语"Conradian split"（康拉德式叙述聚焦）。兰姆指出，这三类虽然较难加以辨别，但对短篇小说的叙述聚焦技巧的理解与思考十分有用①。这些与印象主义一起，共同构成了海明威艺术的重要元素。

2. 海明威的"重复"与"并置"

兰姆分析总结了格特鲁德·斯坦因美学思想的五要素，并强调她对海明威的影响。其中，斯坦因的"重复理论"（theory of repetition）对海明威影响最大。书中指出，海明威从斯坦因那里学到的一点是"通过在不同语境中重复一个单词，可以突出不同的外延或内涵，并改变该单词的意思"。兰姆将其称为"变异的重复"（repetition with variation），即"在不同语境中会产生变异"②，这种重复手法大量应用于海明威非对话作品。

"并置"（juxtaposition）是海明威短篇小说艺术的另一个重要技巧。海明威对并置的运用"受到庞德的意象派、塞尚的绘画艺术以及斯坦因的'持续现在时'（continuous present）写作技巧的影响，而并置手法又与海明威所运用的印象主义、简洁、外聚焦、客观叙述等写作技巧完美契合"③。海明威将重复与并置很好地结合在一起，"对意象的重复创造了一个空间形式，在这个空间中，多种多样的并置出现在整个段落里，因此，它们在段落中的排列方式暗示了作者的观点，这是海明威现代主义的一个重要方面"④。

3. 海明威作品的开头与结尾

兰姆总结了海明威在短篇小说的开头与结尾上采用的各种各样的写作策略。具体来说，在故事开头上，海明威使用了四种不同的写作策略：其一，"开门见山，下文无阐述"（in medias res without subsequent exposition），这

---

① Robert Paul Lamb. *Art Matters: Hemingway, Craft, and the Creation of the Modern Short Story*. Baton Rouge：Louisiana State University Press，2010，p. 105.

② Robert Paul Lamb. *Art Matters: Hemingway, Craft, and the Creation of the Modern Short Story*. Baton Rouge：Louisiana State University Press，2010，p. 121.

③ Robert Paul Lamb. *Art Matters: Hemingway, Craft, and the Creation of the Modern Short Story*. Baton Rouge：Louisiana State University Press，2010，p. 127.

④ Robert Paul Lamb. *Art Matters: Hemingway, Craft, and the Creation of the Modern Short Story*. Baton Rouge：Louisiana State University Press，2010，p. 128.

一方式在当今常见,但在海明威的时代是有些非传统的,比如《世上的光》与《杀手》等;其二,"开门见山,下文有阐述"(in medias res with exposition displaced to later in the text),比如《五万元》与《赌徒、修女和收音机》等;其三,"传统式开头"(traditional opening),即做出必要阐述,故事由此展开,比如《医生夫妇》与《军人之家》等;其四,"基调式开头"(tonal opening),该术语由兰姆首次提出,这种开头往往"奠定故事的基调,体现叙事的主题"①,故事由此有机地展开,比如《雨中的猫》与《了却一段情》等,兰姆认为这是海明威小说中最有趣、最创新的开头方式。

在故事结尾上,海明威运用了以下四种写作策略。其一,"开放式结尾"(open ending),在海明威小说中出现过,比如《雨中的猫》与《没有被斗败的人》,但并不常见。其二,"全封闭式结尾"(rounded closed ending),该术语由兰姆首次提出,指的是"叙事序列已经完成,所有必要的情节活动均已讲完,悬念也已得到解决"②。这种结尾方式是海明威小说中最常见的,比如《弗朗西斯·麦康伯短促的幸福生活》与《拳击家》等。其三,"悬念式封闭结尾"(seeded closed ending),该术语由兰姆首次提出,指的是"尽管叙事序列已经完成,但仍有一些线索融合成更多的内容:文本之外的一段时间、一个自然元素、一个持续的过程。这往往会使故事稍微超出正式结尾"③,比如《在密歇根州北部》《杀手》与《白象似的群山》等。其四,"漂浮式"结尾(float-off),该术语由兰姆首次提出,指的是"在这种结尾中,无论故事情节是否完整,作者都会让读者在时间上暂时越过结尾,进入未来某个不确定的时间点(或回到过去,如菲茨杰拉德的《了不起的盖茨比》),或者在空间上越过结尾,进入一个更大的空间环境之中"④,比如《一个干净明亮的地方》与《赌徒、修女和收音机》等。

在书中,兰姆还提出了一个新术语"分隔区"(disjunctive bump),指的

---

① Robert Paul Lamb. *Art Matters: Hemingway, Craft, and the Creation of the Modern Short Story*. Baton Rouge: Louisiana State University Press, 2010, pp. 139—140.
② Robert Paul Lamb. *Art Matters: Hemingway, Craft, and the Creation of the Modern Short Story*. Baton Rouge: Louisiana State University Press, 2010, pp. 145—146.
③ Robert Paul Lamb. *Art Matters: Hemingway, Craft, and the Creation of the Modern Short Story*. Baton Rouge: Louisiana State University Press, 2010, p. 147.
④ Robert Paul Lamb. *Art Matters: Hemingway, Craft, and the Creation of the Modern Short Story*. Baton Rouge: Louisiana State University Press, 2010, p. 149.

是"限定一个故事空间的必要标志"①。从不同程度上看，海明威的故事结尾所采用的四种写作策略都在增强或弱化故事结尾中的分隔区，其中开放式结尾最能增强分隔区的效果，"全封闭式结尾"使分隔区处于正常效果，"悬念式封闭结尾"略微弱化分隔区，而"漂浮式"结尾则最弱化分隔区的效果②。

4. 海明威的对话艺术

兰姆指出"海明威对小说艺术最具原创性和影响力的贡献在于他为对话开创了一个全新方式"③。尽管批评界已对海明威独特的对话手法进行了广泛评论，但兰姆认为，关于海明威在对话艺术方面的成就仍处于探索的初步阶段。

在梳理对话理论的历史过程中，兰姆发现两个特点。其一，在海明威之前，对话在文学创作中的作用是补充与说明，仅仅是对其他表达方式所提供的内容加以说明。然而，海明威让对话发挥更大的作用，赋予它推进情节发展和塑造人物的核心作用④。其二，在海明威之前，美国文坛在对话手法的运用方面最具才华的作家是亨利·詹姆斯与伊迪丝·华顿。他们作品中的对话是通过聪明的、有洞察力的、有教养的人物来加以呈现的。直到海明威的出现，丰富复杂的对话才发生在那些不聪明的、没有接受过高等教育的、没有洞察力的普通人物身上⑤。海明威让读者不断听到其他阶层人物的声音，如服务员、调酒师、罪犯、妓女、士兵与拳击手等。因此，海明威最重要的成就之一是"他通过将白话话语转化为高雅艺术，极大地推动了小说创作和小说阅读的大众化"⑥。

对于海明威在对话艺术方面的成就，兰姆总结为三点："用最少的语言表

---

① Robert Paul Lamb. *Art Matters:Hemingway，Craft，and the Creation of the Modern Short Story*. Baton Rouge：Louisiana State University Press，2010，p. 144.

② Robert Paul Lamb. *Art Matters:Hemingway，Craft，and the Creation of the Modern Short Story*. Baton Rouge：Louisiana State University Press，2010，pp. 152－153.

③ Robert Paul Lamb. *Art Matters:Hemingway，Craft，and the Creation of the Modern Short Story*. Baton Rouge：Louisiana State University Press，2010，p. 169.

④ Robert Paul Lamb. *Art Matters:Hemingway，Craft，and the Creation of the Modern Short Story*. Baton Rouge：Louisiana State University Press，2010，p. 171.

⑤ Robert Paul Lamb. *Art Matters:Hemingway，Craft，and the Creation of the Modern Short Story*. Baton Rouge：Louisiana State University Press，2010，p. 176.

⑥ Robert Paul Lamb. *Art Matters:Hemingway，Craft，and the Creation of the Modern Short Story*. Baton Rouge：Louisiana State University Press，2010，p. 227.

达最多的意义、将平庸提升为艺术、模糊了戏剧与小说之间的区别。"[1] 为了实现这些目标，海明威试图在小说中把"作者的痕迹"消除，将对话艺术与间接、并置、讽刺、省略、重复、客观对应物、指称歧义等其他写作技巧相融合[2]。通过这种方式，海明威使对话除了能展现人物的有意识表达，还能够表现出故事中各种人物极为复杂的无意识表达。

此外，该书所论及的其他重要方面还包括：

（1）将海明威置于19世纪文学传统中加以考察，可以发现，海明威小说从形式上来说是现实主义小说，而其中又蕴含了丰富的自然主义哲学[3]。（2）"客观叙述"（dispassionate presentation）是海明威在短篇小说中运用的写作技巧之一，这种风格在莫泊桑和契诃夫时代就已确立。莫泊桑与契诃夫都自称为"客观的作家"，他们在叙述中严谨地保持客观[4]。（3）与"客观叙述"相关的一个问题是"作者观点"（authorial judgment）。海明威在小说中采用的是间接表达作者观点的方法（indirect authorial judgment），比如通过结构或词汇的选用等从小说的形式上加以体现。（4）"对印象主义的坚持"是海明威风格的关键[5]。兰姆重新定义了"表现主义"（expressionism）与"印象主义"（impressionism）两个术语。前者侧重于"描写感觉，关注主观反应"，而后者关注"外部世界、客观信息"[6]。在美国现代派文学作家中，薇拉·凯瑟是表现主义的典型代表，而海明威是印象主义的典型实践者。海明威的印象主义受到塞尚的影响，而菲茨杰拉德的印象主义又受到海明威的影响。（5）海明威的印象主义与 T. S. 艾略特的"客观对应物"（objective correlative）这一概念之间存在关联。"客观对应物"是艾略特于1919年在《哈姆雷特及其问题》一文中提出的，后被视为象征主义的重要概念。艾略特认为"在艺术形式中表

---

[1] Robert Paul Lamb. *Art Matters: Hemingway, Craft, and the Creation of the Modern Short Story*. Baton Rouge：Louisiana State University Press，2010，p. 177.

[2] Robert Paul Lamb. *Art Matters: Hemingway, Craft, and the Creation of the Modern Short Story*. Baton Rouge：Louisiana State University Press，2010，p. 177.

[3] 参见 Robert Paul Lamb. *Art Matters: Hemingway, Craft, and the Creation of the Modern Short Story*. Baton Rouge：Louisiana State University Press，2010，pp. 17—18.

[4] 参见 Robert Paul Lamb. *Art Matters: Hemingway, Craft, and the Creation of the Modern Short Story*. Baton Rouge：Louisiana State University Press，2010，p. 24.

[5] 参见 Robert Paul Lamb. *Art Matters: Hemingway, Craft, and the Creation of the Modern Short Story*. Baton Rouge：Louisiana State University Press，2010，pp. 102—103.

[6] 参见 Robert Paul Lamb. *Art Matters: Hemingway, Craft, and the Creation of the Modern Short Story*. Baton Rouge：Louisiana State University Press，2010，p. 52.

达作者情感的唯一途径是寻找'客观对应物'"①。同样地，海明威拒绝在作品中直接的情感表达，他在《死在午后》中阐述的写作理论与艾略特一致。"通过描写外部现象来唤起被省略的情感，是海明威小说技巧中最核心的元素。"②书中指出，包括艾略特在内的其他作家，都无法像海明威一样，把对客观事物的印象主义描写融入美学原则中③。（6）海明威短篇小说"简短性"（shortness）三要素，具体是简洁（concision）、暗示（suggestiveness）和省略（omission）。海明威对于这些技巧的掌握得益于他的新闻写作背景和庞德的写作指导。这些技巧的意义在于使读者在构建故事的过程中发挥更大的作用。（7）詹姆斯·乔伊斯的写作艺术对海明威产生了重要影响，但乔伊斯的"顿悟"（epiphany）并没有在海明威写作美学中得到运用。其中一个原因是海明威的宗教特质。比如，《一个干净明亮的地方》故事结尾的"反顿悟"（anti-epiphany）阐明了海明威的"存在主义信条"，"海明威热爱这个世界的一切，但没有证据表明他相信有一个伴随而来的精神世界的存在"。④除此之外，本书还探讨了海明威在故事情节、人物塑造、背景、主题等方面的写作技巧与特征。

总之，兰姆的《艺术的重要性：海明威、写作技巧与现代短篇小说的创作》是一部全面总结、深入分析海明威短篇小说艺术特征的力作。无论是对海明威写作风格研究，还是对短篇小说研究，都极具参考价值。其一，对海明威在现代短篇小说发展过程中所处的地位以及他在现代短篇小说发展过程中所起的作用进行了历史性和批判性考察。将海明威与他的前辈作家、同代作家和后代作家联系起来，深入探究了19世纪艺术前辈的理论和实践为海明威的艺术成就打下的坚实基础，阐述了海明威同时代作家和文学继承者对海明威作品的反应。在此过程中，该书细致解读了海明威短篇小说的艺术特征，阐明了使海明威短篇小说大获成功的写作技巧，强调了海明威对短篇小说做出的巨大贡献。尤其是在当今文学批评界，文化研究与社会学研究在很大程度上取代了美

---

① 参见 Robert Paul Lamb. *Art Matters: Hemingway, Craft, and the Creation of the Modern Short Story*. Baton Rouge：Louisiana State University Press, 2010, p.70.
② 参见 Robert Paul Lamb. *Art Matters: Hemingway, Craft, and the Creation of the Modern Short Story*. Baton Rouge：Louisiana State University Press, 2010, p.71.
③ 参见 Robert Paul Lamb. *Art Matters: Hemingway, Craft, and the Creation of the Modern Short Story*. Baton Rouge：Louisiana State University Press, 2010, p.77.
④ 参见 Robert Paul Lamb. *Art Matters: Hemingway, Craft, and the Creation of the Modern Short Story*. Baton Rouge：Louisiana State University Press, 2010, p.166.

学研究，对海明威美学的重新解读与思考有助于恢复海明威的批评声誉。

其二，该书提出了可用于分析海明威作品的一系列新术语，为短篇小说研究建立了一个扩充的批评术语词汇库。该书对部分已有术语进行了重新定义，比如 expressionism（表现主义）和 impressionism（印象主义）。此外，该书还提出了诸多新的概念术语，比如 tonal openings（基调式开头）、Conradian split（康拉德式叙述聚焦）、disjunctive bump（分隔区）、rounded closed endings（全封闭式结尾）、seeded closed endings（悬念式封闭结尾）、float-offs（漂浮式结尾）、recapitulation with variation（变异的重复）等。书中对这些概念术语逐一进行了解释，用以进一步挖掘海明威短篇小说中未受到文学批评关注的领域。这个批评术语词汇库既促进了短篇小说术语的发展，也有助于将来的文类研究以及对其他作家作品的研究。

第二节　学位论文

据初步统计，20 年间（2000—2020）英美学界有关海明威研究的博士学位论文共计 68 篇，硕士学位论文共计 167 篇。总体而言，21 世纪英美学界海明威研究的学位论文较之于国内研究所体现出的新意大致可归纳为以下几方面。第一，创伤研究。一是将创伤理论运用于考察《伊甸园》与《过河入林》等之前未从该角度加以探究过的作品；二是大胆尝试理论创新，对传统"创伤理论"提出质疑与挑战；三是从性别角度探究海明威对男性人物与女性人物精神失常的不同书写。第二，叙事研究。一是梳理海明威的叙事发展进程；二是重新审视《过河入林》的叙事结构，提出"叙事微积分"这一新的叙事结构。第三，跨学科研究。一是结合电影研究，既对海明威的文学作品及其电影改编作品进行深入解读，又结合文化研究、社会历史研究等不同领域，对海明威个人形象的塑造、美国国家形象的塑造以及好莱坞在其中所起到的作用提出深刻见解；二是结合音乐研究，从音乐这一全新视角探究海明威作品中的音乐元素、音乐对海明威文学创作的影响，以及海明威在文学作品中对音乐的灵活运用。

本节重点关注 21 世纪英美学界海明威研究学位论文，旨在梳理总结国内尚未译介或尚未涉及的相关研究，分析其研究方法与特点，以引介海明威研究学位论文的最新成果。下面从创伤研究、叙事研究与电影、音乐研究三方面对其进行分析总结，并遴选代表作品加以详细论述。

一、创伤研究

创伤书写是海明威研究中一个绕不开的话题。1952年，美国著名海明威传记作家菲利普·杨在《海明威传》（*Ernest Hemingway*）中指出海明威作品的创伤主题，自此，有关海明威的创伤叙事一直被不断重构。

21世纪英美学界的学位论文围绕创伤这一专题展开研究取得了新进展。例如，美国南佛罗里达大学凯瑟琳·K. 罗宾逊（Kathleen K. Robinson）的博士论文《创伤明证：海明威在〈过河入林〉中的叙事发展》（*Testimony of Trauma: Ernest Hemingway's Narrative Progression in "Across the River and into the Trees"*，2010）探究了海明威如何将战争创伤记忆的影响融入《过河入林》的叙事结构中，强调了创伤经历对海明威的影响主要反映在叙事结构的演变与发展上。又如，美国得克萨斯大学达拉斯分校瓦埃勒·萨拉姆（Wael Juma Hafeez Salam）的博士论文《创伤理论在一战后文学中的应用：海明威、劳伦斯·斯托林斯、哈里·克罗斯比》（*The Application of Trauma Theory to the Post-World War I Writing of Ernest Hemingway, Laurence Stallings and Harry Crosby*，2016）以"创伤理论"（Trauma Theory）作为理论框架，系统厘清"创伤理论"发展脉络，聚焦于海明威在小说和非虚构作品中的创伤书写，细致探究了海明威对士兵创伤的描写。

饶有新意的是美国北卡罗来纳大学教堂山分校莎拉·伍德·安德森（Sarah Wood Anderson）的博士论文《解读创伤与疯狂：海明威、希尔达·杜利特尔与菲茨杰拉德》（*Readings of Trauma and Madness in Hemingway, H. D. , and Fitzgerald*，2010），一方面，对《过河入林》男主人公坎特韦尔的创伤书写加以重释；另一方面，对"创伤理论"进行理论创新，并将其运用于考察《伊甸园》，在此之前该作品从未有过从创伤理论这一视角展开的研究。

（一）诉说与沉默：创伤文学的核心要素

安德森在追溯了创伤研究的发展历程、创伤理论的兴起与演变之后，总结认为，创伤患者在诉说与沉默之间的自我斗争是创伤文学的核心要素①。换言之，小说人物想要讲述出创伤的欲望与克制住这种讲述的冲动，二者之间的冲突是创伤书写的关键。创伤士兵这类人物形象经常出现在文学作品中，他们常常带着对战争经历的记忆，却又不得不选择沉默。

以《过河入林》的男主人公坎特韦尔为例，故事情节主要关于参加了两次世界大战、饱受战争创伤的美国退伍士兵坎特韦尔，向情人雷娜塔回忆自己的参战经历。坎特韦尔既需要将自己战争创伤的记忆讲述出来，又希望保持沉默。对坎特韦尔来说，诉说的需求与沉默的愿望，二者同样强烈。这部小说在很多地方都体现了这两种力量之间的斗争②。

那么，坎特韦尔对于自己的战争创伤经历是如何讲述的，有何特征？而坎特韦尔抗拒讲述创伤经历，选择沉默的原因又是什么？安德森对此加以考察。

据安德森总结，创伤理论家们已发现了一种矛盾的治疗方法，即敦促受害者记住他们的创伤时刻。心理治疗师也指出，不同程度的健忘症是对创伤的一种常见防御。在《过河入林》中，雷娜塔使用"谈话疗法"（talk therapy），不断鼓励坎特韦尔向她讲述关于战争的事情，希望借以帮助他摆脱痛苦的战争记忆。比如，"要是你能说给我听，那比什么都好。我们俩就可以分担了"③；"难道你不明白，为了排除内心的苦闷，你该把事情都讲给我听？"④ 雷娜塔的敦促是为了唤起坎特韦尔被压抑的记忆，迫使他重新体验战争和伤痛。但坎特韦尔对此的反应是找各种借口加以婉拒，比如会让人"听得腻味"或"厌烦"，或"没人能为别人分担这种行当"。基于此，安德森认为，这种"谈话疗法"的过程并没有帮助坎特韦尔摆脱创伤向前看，反而把他拉回到战争经历中去⑤，因此，雷娜塔的这个方法并不能帮助他成功治愈创伤，只会进一步加剧士兵创伤的永久性影响。

---

① Sarah Wood Anderson. *Readings of Trauma and Madness in Hemingway*, *H. D.*, *and Fitzgerald*. North Carolina：The University of North Carolina at Chapel Hill, Ph.D dissertation, 2010, p. 3.

② Sarah Wood Anderson. *Readings of Trauma and Madness in Hemingway*, *H. D.*, *and Fitzgerald*. North Carolina：The University of North Carolina at Chapel Hill, Ph.D dissertation, 2010, p. 4.

③ （美）海明威：《过河入林》，王蕾译，上海：上海译文出版社，2019年，第202页。

④ （美）海明威：《过河入林》，王蕾译，上海：上海译文出版社，2019年，第210页。

⑤ Sarah Wood Anderson. *Readings of Trauma and Madness in Hemingway*, *H. D.*, *and Fitzgerald*. North Carolina：The University of North Carolina at Chapel Hill, Ph.D dissertation, 2010, p. 32.

坎特韦尔对战争记忆的讲述并不是完全的真实还原,只是截取了其中部分内容。他在向雷娜塔讲述有关战争经历的过程时,不得不删掉某些内容,尤其是关于战争暴力的部分,他没有诚实地叙述,从这一点上,安德森认为,这也揭露了雷娜塔帮助他治愈创伤计划的根本缺陷①。

那么,为什么坎特韦尔抗拒讲述创伤经历?安德森总结了三点原因:

原因一,因为雷娜塔。一方面,坎特韦尔不得不省略有关战争过程中最暴力的细节,以免她对战争的残暴有过多了解。对于天真单纯的雷娜塔来说,那些痛苦的过往经历是过于残暴的,会使她受到伤害。因此,坎特韦尔说道:"我会讲给你听","但我不想让你难受。"②另一方面,虽然是雷娜塔主动要求坎特韦尔讲述战争经历,但她多次提到不要讲得"太残忍"或"粗鲁"。比如:"你能跟我说些逸闻趣事吗?别再提那些事了,我听了心里很难受。"③再如:"我只是在给你说这些事的过程。我可以在叙述中穿插些事例,让你听起来觉得有点趣味,觉得真像那么回事。"(坎特韦尔说)"那就请加上些吧。"(雷娜塔说)④由此可见,她反复要求的是一个有关战争回忆的温和版本,而非真实版本,这贯穿于整部小说。

原因二,在坎特韦尔看来,对于一个毫无战争经验的人来说,那些有关战争的创伤记忆是无法理解的。比如,"我只讲最重要最突出的事情。打仗的一些细节你不懂,只有很少一部分人懂。也许隆美尔能懂。……我真希望能和他谈论一些事情"⑤。坎特韦尔在战争经历中的战术或情感,都是雷娜塔无法理解的。

原因三,坎特韦尔不想利用战争。他对雷娜塔说:"我不知道该给你讲什么……有关打仗的每件事,在没打过仗的人听来,总会觉得没意思。除非编些骗人的故事。"⑥坎特韦尔严厉批评那些凭借自己几天战斗经历而写书的人。他认为真正了解战争的人是无法将其用文字描述出来写成书的,而那些根本没打过仗的人,却靠写书发横财。

---

① Sarah Wood Anderson. *Readings of Trauma and Madness in Hemingway*, *H. D.*, *and Fitzgerald*. North Carolina: The University of North Carolina at Chapel Hill, Ph. D dissertation, 2010, p. 34.
② (美)海明威:《过河入林》,王蕾译,上海:上海译文出版社,2019年,第210页。
③ (美)海明威:《过河入林》,王蕾译,上海:上海译文出版社,2019年,第123页。
④ (美)海明威:《过河入林》,王蕾译,上海:上海译文出版社,2019年,第118页。
⑤ (美)海明威:《过河入林》,王蕾译,上海:上海译文出版社,2019年,第202页。
⑥ (美)海明威:《过河入林》,王蕾译,上海:上海译文出版社,2019年,第124页。

对坎特韦尔来说，回忆是无法通过讲述来让别人理解的。他既无法把战争记忆全部讲述出来，也不指望别人理解。因此，沉默守则（code of silence）是最佳选择，它意味着只有战友才真正了解战争[1]。坎特韦尔说道："真正的战士从不提他们死了以后会是什么样子……可是死在吊桥上的那个连呢？他们遭遇到了什么，职业军人？他们死了，他说。可我却游手好闲，喋喋不休。"[2]坎特韦尔用自己的所作所为来定义"真正的战士"。他是一个不会向局外人讲述战友阵亡的人，而真正的战士都遵守这一准则。

那么，坎特韦尔又是如何做到如实讲述战争记忆的呢？他采用了两种方式。一是在雷娜塔睡着的时候，坎特韦尔会面对熟睡的雷娜塔"默默无声地"讲述："想起这些事我怎么能不难过呢？想难过就难过吧。把这些告诉姑娘，但是别出声，那样不会使她伤心，因为她正睡得香甜……平静地睡吧，我真正的爱，等你醒来时这些都过去了。我要跟你讲些笑话，避开打仗这种可恶职业的细节问题。"[3]安德森指出，坎特韦尔经常用"告诉"但又"不出声"这样一种方式来讲述真实残酷的情况，这其实是一种内心的自我告解。二是当雷娜塔不在的时候，坎特韦尔会对着她的画像诚实讲述。安德森指出，画像对坎特韦尔来说是一种重要的妥协[4]，他可以自由地与画像交谈，但无法自由地与雷娜塔交谈。

安德森通过创伤患者坎特韦尔在小说中的复杂历程，分析了他在战争创伤经历的诉说与沉默之间的自我斗争。是该大声讲述出来，还是沉默？是该如实讲述，还是选择性讲述？这其中的冲突、斗争及其背后的原因，无一不在体现坎特韦尔的创伤经历。

（二）理论创新："家庭创伤"的提出

安德森的研究创新之处还在于她对创伤研究做出理论创新。安德森以创伤研究（trauma studies）为理论框架，并在此基础上受到劳拉·布朗（Laura Brown）与朱迪思·赫尔曼（Judith Herman）的影响，对"创伤定义的排他

---

[1] Sarah Wood Anderson. *Readings of Trauma and Madness in Hemingway, H. D., and Fitzgerald*. North Carolina: The University of North Carolina at Chapel Hill, Ph.D dissertation, 2010, p.41.

[2] （美）海明威：《过河入林》，王蕾译，上海：上海译文出版社，2019年，第224页。

[3] （美）海明威：《过河入林》，王蕾译，上海：上海译文出版社，2019年，第219—220页。

[4] Sarah Wood Anderson. *Readings of Trauma and Madness in Hemingway, H. D., and Fitzgerald*. North Carolina: The University of North Carolina at Chapel Hill, Ph.D dissertation, 2010, p.35.

性和以男性为中心的措辞"提出挑战。根据美国精神病学会（American Psychiatric Association）的定义，创伤是指"一个人经历了一件超出人类经验范围的事情"①。对此，安德森使用布朗的观点进行反驳：

  布朗对这一定义提出质疑，所谓"人类经验"指的是"主导阶级的人们生活中正常的、常见的范围；白人、年轻人、体格健全的人、受过良好教育的人、中产阶级、基督教徒。因此，创伤是破坏了这些特定的人的生活，而不是其他人。战争与种族灭绝，是男人的领域，属于男性主导的文化，是公认的创伤"。然而，创伤也可能会发生在某些人身上，在特定的生活条件下，从看似对其他人无害的情况中产生。我们必须对创伤的定义持怀疑态度，这些定义试图将经验局限于那些被认为是"正常"的情况。②

  在此基础上，安德森提出"家庭创伤"（domestic trauma）这一概念，指的是"发生在家庭内部的创伤，与战争造成的、男性创伤的典型表现形成对比"③。安德森将"家庭创伤"这一类创伤研究的对象聚焦于《伊甸园》的凯瑟琳。她指出，《伊甸园》中也有饱受创伤的人物，但没有研究从创伤理论这一视角对该作品加以考察。虽然凯瑟琳并没有遭遇明显的身体创伤，但她的精神状况日渐恶化，最终精神失常。

  在《伊甸园》中，凯瑟琳是成功作家戴维的妻子，拥有完美的婚姻，富足的生活，在正常的文化观念看来她什么都不缺。但安德森分析认为，她真正缺乏的是专业的、创造性的表达，这迫使她把目光转向自己，用自己身体上的转变与性取向上的转变来挑战她在生活中处于受限的地位。因此，安德森将凯瑟

---

  ① Sarah Wood Anderson. *Readings of Trauma and Madness in Hemingway, H. D., and Fitzgerald*. North Carolina：The University of North Carolina at Chapel Hill, Ph. D dissertation, 2010，p. 8.

  ② Sarah Wood Anderson. *Readings of Trauma and Madness in Hemingway, H. D., and Fitzgerald*. North Carolina：The University of North Carolina at Chapel Hill, Ph. D dissertation, 2010，p. 8.

  ③ Sarah Wood Anderson. *Readings of Trauma and Madness in Hemingway, H. D., and Fitzgerald*. North Carolina：The University of North Carolina at Chapel Hill, Ph. D dissertation, 2010，p. 8.

琳的情况定义为"家庭创伤"这一范畴①。

安德森认为，导致凯瑟琳最终精神失常的原因是"她作为一名成功艺术家的妻子所遭受的父权创伤"（patriarchal trauma）②，具体体现在两个方面。其一，性方面的权利。凯瑟琳对丈夫戴维提出要求互换性爱角色，由她扮演男性，占据主导地位，丈夫扮演女性，并把丈夫叫作"凯瑟琳"。随后，她又在婚姻中引入第三者玛丽塔。安德森指出，凯瑟琳性取向的改变不仅是为了满足自己的欲望，也是她想要在婚姻中实现的改变。正如凯瑟琳在小说中讲道："我正合乎你的要求，不过我也合乎我自己的要求，这可并不是说不是为了我们双方的好。"③ 其二，更重要的是，对艺术创造性的追求。丈夫戴维是一位成功作家，可以自由创作出自己想写的东西。而凯瑟琳是一名家庭主妇，她渴望艺术表达，但她既不会绘画，也不会写作，她对艺术创造性的追求受限于个人能力，于是只好转而寻求在自己身体外貌上、种族上、性取向上的改变，这便是她的艺术。她打破了社会和婚姻中关于女性应当如何行为举止、着装、做爱、做妻子和做女人的规则。在安德森看来，凯瑟琳做出的一系列自我转变，是她艺术创造的一部分。她的艺术创造性需要得到认可，丈夫戴维无疑是她寻求认可的最佳对象，却遭到了丈夫的拒绝。

对此，安德森分析认为，凯瑟琳不是自己的主人，她在经济、情感和职业上全都依赖于家庭和丈夫，她无法掌控自己的生活和思想，无法塑造自己的命运。尤其是当戴维不赞成她的雌雄同体（sexual androgyny）时，她再次受到创伤。她的艺术创造需要被认可却再次遭到戴维的反对，这进一步动摇了她对自我身份认同的根基，逐渐陷入愈加破坏性的境地。基于此，安德森指出，她的精神失常，其源头就是"家庭创伤"④。

---

① Sarah Wood Anderson. *Readings of Trauma and Madness in Hemingway, H. D., and Fitzgerald*. North Carolina：The University of North Carolina at Chapel Hill, Ph.D dissertation, 2010, p. 9.

② Sarah Wood Anderson. *Readings of Trauma and Madness in Hemingway, H. D., and Fitzgerald*. North Carolina：The University of North Carolina at Chapel Hill, Ph.D dissertation, 2010, p. 16.

③（美）海明威：《伊甸园》，吴劳译，上海：上海译文出版社，2011年，第29页。

④ Sarah Wood Anderson. *Readings of Trauma and Madness in Hemingway, H. D., and Fitzgerald*. North Carolina：The University of North Carolina at Chapel Hill, Ph.D dissertation, 2010, p. 16.

（三）精神失常：男性角色与女性角色的差异呈现

安德森强调，精神失常（madness）是创伤书写中一个显著而普遍的标志，是创伤的具体表现，但在有关发疯的描写上，性别差异会带来人物刻画上的不同[①]。从性别这一视角来审视有关精神失常的描写，将《过河入林》的坎特韦尔与《伊甸园》的凯瑟琳加以对比分析，安德森发现，海明威在作品中有关男性发疯与女性发疯的描写极为不同。

与海明威笔下的其他男性角色相比，他对坎特韦尔的描写有所不同。坎特韦尔是"男性疯子的典型"[②]。他比《太阳照常升起》中的杰克·巴恩斯受伤更严重，比《丧钟为谁而鸣》中的罗伯特·乔丹的军衔更高，比《永别了，武器》中的弗雷德里克·亨利更浪漫，比其他人物更痛苦，更接近疯狂。坎特韦尔严守军令，带领部队直面死亡，此时心中的内疚和痛苦使他饱受精神创伤，他无法为自己的罪责开脱，精神创伤不断恶化，从而导致短暂的爆发。坎特韦尔的精神失常是"暂时的、不频发的，但同样是可怕的"[③]。

有关海明威对男性精神失常的描写，安德森将其特点总结如下：

> 海明威笔下的疯男人是这样的：在不知不觉中精神失常，一旦爆发便是残忍的、粗暴的。男性的精神错乱隐藏在神智健全背后。比如，上校（坎特韦尔）只是短暂失控，在悲伤或痛苦的伪装下，他的精神不稳定是极其轻微的，几乎不被察觉。[④]

坎特韦尔的精神失常被轻描淡写到几乎无法察觉的程度。与之相比，在《伊甸园》中，凯瑟琳的精神失常却是被放大的：她从一个符合社会常规、过

[①] Sarah Wood Anderson. *Readings of Trauma and Madness in Hemingway*, *H. D.*, *and Fitzgerald*. North Carolina: The University of North Carolina at Chapel Hill, Ph. D dissertation, 2010, p. 4.

[②] Sarah Wood Anderson. *Readings of Trauma and Madness in Hemingway*, *H. D.*, *and Fitzgerald*. North Carolina: The University of North Carolina at Chapel Hill, Ph. D dissertation, 2010, p. 81.

[③] Sarah Wood Anderson. *Readings of Trauma and Madness in Hemingway*, *H. D.*, *and Fitzgerald*. North Carolina: The University of North Carolina at Chapel Hill, Ph. D dissertation, 2010, p. 82.

[④] Sarah Wood Anderson. *Readings of Trauma and Madness in Hemingway*, *H. D.*, *and Fitzgerald*. North Carolina: The University of North Carolina at Chapel Hill, Ph. D dissertation, 2010, p. 101.

着正常生活的完美妻子变成了一个完全无法辨认的人。这主要体现于她在性取向和种族身份两方面的自我转变。她剪男式短发；穿长裤和男式衬衣；把皮肤刻意晒黑，直到成为"全世界最黑的白种姑娘"。此外，她经历着性别身份的危机，要求与丈夫戴维在性行为上互换角色，坚持让戴维扮演女孩并叫他"凯瑟琳"，还在他们的婚姻关系中引入第三者玛丽塔，并怂恿丈夫与玛丽塔发生性行为。最终，当丈夫与玛丽塔相爱并在一起后，凯瑟琳把丈夫的写作手稿全部烧掉。凯瑟琳时常发出无法控制的笑声、做出幼稚的举动、提出反常的性行为要求、烧毁丈夫的珍贵手稿，等等。由此可见，她的精神失常是"狂躁的、压抑的、非理性的、可怜的、吵闹的"[1]。基于此，有关海明威对女性精神失常的描写，安德森将其特点总结为："海明威笔下的疯女人，一旦她疯了，是无法控制的、无能为力的。"[2]

通过对比《过河入林》的坎特韦尔与《伊甸园》的凯瑟琳，安德森发现，海明威根据性别对精神失常的描写是不同的，男性是克制的，而女性是歇斯底里的。简言之，精神失常的男性与正常的、神志清醒的男性毫无区别，而发疯的女性则是一个极端，她们是不正常的、具有破坏性的、极为危险的[3]。

二、叙事研究

21世纪英美学界的学位论文在叙事研究方面取得了新进展。比如，美国南佛罗里达大学有3篇博士论文均聚焦于探讨海明威的叙事研究。格奥尔基·V. 马诺洛夫（Gueorgui V. Manolov）的博士论文《海明威短篇小说的叙事话语要素》（*Elements of Narrative Discourse in Selected Short Stories of Ernest Hemingway*, 2007）运用热奈特（Gérard Genette）叙事话语分析方法，考察了海明威短篇小说的双重叙事。雷蒙德·迈克尔·文斯（Raymond Michael Vince）的博士论文《战争、英雄主义与叙事：海明威、托尔金与勒

---

[1] Sarah Wood Anderson. *Readings of Trauma and Madness in Hemingway, H. D., and Fitzgerald*. North Carolina：The University of North Carolina at Chapel Hill, Ph.D dissertation, 2010, p. 103.

[2] Sarah Wood Anderson. *Readings of Trauma and Madness in Hemingway, H. D., and Fitzgerald*. North Carolina：The University of North Carolina at Chapel Hill, Ph.D dissertation, 2010, p. 112.

[3] Sarah Wood Anderson. *Readings of Trauma and Madness in Hemingway, H. D., and Fitzgerald*. North Carolina：The University of North Carolina at Chapel Hill, Ph.D dissertation, 2010, p. 80.

卡雷——现代世界的故事讲述者》(War, Heroism and Narrative: Hemingway, Tolkien, and le Carre, Storytellers to the Modern World, 2005)以英雄叙事为核心，探究《在我们的时代里》《太阳照常升起》与《永别了，武器》等多部作品，展现了海明威在对战争与英雄主义的不同反应中发展出各种不同而复杂的叙事。

饶有创新的是，凯瑟琳·K. 罗宾逊（Kathleen K. Robinson）的博士论文《创伤明证：海明威在〈过河入林〉中的叙事发展》(Testimony of Trauma:Ernest Hemingway's Narrative Progression in "Across the River and into the Trees", 2010)聚焦于长篇小说《过河入林》的叙事结构分析，有力地反驳了以往对《过河入林》叙事的批判，既为我们理解《过河入林》提供了新的叙事结构，也为研究海明威写作的形式和内容提供了新思路。

值得注意的是，《过河入林》在国内学界关注度一直较低，相关研究论文仅3篇。这其中的一个主要原因是该小说在英美学界的好评度不高。《过河入林》自1950年出版后广受批评，批评家认为该作品"缺乏创造力、语言乏味，并在文体和主题上进行自我模仿"[1]。因此，《过河入林》被认为是海明威最糟的作品，通常不被列为海明威经典的范畴。

但罗宾逊对此提出反驳。她认为，以卡洛斯·贝克等为代表的诸多当代批评家，其批判主要关注于该小说的自传性。他们的出发点仅仅是把《过河入林》作为海明威个人经历的反映，从而忽略了该文本中海明威的叙事创作[2]。基于此现状，罗宾逊的《创伤明证：海明威在〈过河入林〉中的叙事发展》聚焦于这部饱受争议的长篇小说，探讨海明威小说的叙事结构与创伤书写，展现了海明威将战争创伤记忆的影响融入小说的叙事结构中，强调了小说中创伤的交叠是如何反映海明威叙事发展中的关键时刻。

（一）"叙事微积分"：海明威的叙事发展

据罗宾逊分析，在叙事结构上，《过河入林》体现了海明威对"叙事微积分"（narrative calculus）的运用。"Calculus"一词源自海明威在1956年接受

---

[1] 参见 Kathleen K. Robinson. Testimony of Trauma: Ernest Hemingway's Narrative Progression in "Across the River and into the Trees". Florida：University of South Florida, Ph. D dissertation, 2010, p. 108.

[2] 参见 Kathleen K. Robinson. Testimony of Trauma: Ernest Hemingway's Narrative Progression in "Across the River and into the Trees". Florida：University of South Florida, Ph. D dissertation, 2010, pp. 123-125.

哈维·布赖特（Harvey Breit）访谈中提及《过河入林》的叙事结构："在写作上，我已经经历了算术、平面几何和代数的阶段，现在我处于微积分的阶段。"[①] 对此，罗宾逊给出进一步解释：算术是指"海明威故事中的主体与客体"，即海明威在故事中对人物与事件的描写。平面几何是指"由故事所唤起的形状与感觉"，即故事唤起读者对客观事物外在的认知与主观感受。代数是指"其故事主题中明显的等式与结果"，即故事主旨、内涵、寓意对读者产生启示。而微积分则是指"海明威试图在叙事结构中捕捉变化、空间和时间等细微元素，从而拼凑出一个完整叙事"[②]。

海明威访谈中的这句话表明了他始终关注自己的写作，尤其是叙事结构的演变与发展。具体来说，海明威的写作生涯最早开始于对经历的客观描写，而后发展到外部世界的意象，也就是他所经历的算术和平面几何阶段。随着写作的进步，他的叙事逐渐集中于对内心世界的主观探索，即与他个人经历有关的代数阶段。而在《过河入林》中，海明威处于一种由主观性和客观性、外在和内在的多重维度构成的叙事领域，即对经历的空间和时间的变化的微积分阶段。因此，海明威的叙事结构逐渐从客观描写的"算术、平面几何"阶段发展到侧重于对内心世界探索的"代数"阶段，而《过河入林》则进一步发展到多维度叙事的"微积分"阶段。

罗宾逊指出，算术、平面几何与代数出现在海明威早期作品中。虽然这些元素在其后期作品中仍占据重要地位，但随着海明威叙事风格的演变与发展，以变化、时间与空间为核心的微积分，成为海明威试图运用的新的叙事方法。

（二）"叙事微积分"在《过河入林》中的应用

海明威将"叙事微积分"这一叙事结构运用于《过河入林》中，具体体现在回忆所发挥的作用上。海明威通过使用坎特韦尔的一幕幕回忆，从一定距离在时间和空间上捕捉战争创伤。

第一，在小说的时间结构上，《过河入林》的叙述时间与坎特韦尔创伤回忆的时间产生交叠。小说第一章讲述的是战时美国陆军上校坎特韦尔，战后成

---

① 参见 Kathleen K. Robinson. *Testimony of Trauma: Ernest Hemingway's Narrative Progression in "Across the River and into the Trees"*. Florida：University of South Florida，Ph.D dissertation，2010，p.131.

② 参见 Kathleen K. Robinson. *Testimony of Trauma: Ernest Hemingway's Narrative Progression in "Across the River and into the Trees"*. Florida：University of South Florida，Ph.D dissertation，2010，p.182.

为一名狩猎者前往威尼斯狩猎野鸭。第二章一开始，时间叙事突然发生改变。坎特韦尔从打猎野鸭的叙事中转而进入回忆"前天"（"动身来威尼斯打猎的前一天"）去医院做体检。与军医之间的对话：

"我们相识很久了，上校。或许看上去很久了，"军医对他说。
"确实很久了，"上校说。①

"你的头部受过几次伤？"军医问他。
"这你清楚，"上校对他说，"在我201号病例档案里有。"②

从回忆的两人对话中，可以看出坎特韦尔身体确实遭受了严重创伤，比如"为了作身体检查，他服用了足够的甘露六硝酯"，军医告诫他"别让火星溅到你身上，因为你的身体里全是硝化甘油"，同时还讨论了坎特韦尔的心电图、十多次脑震荡等情况③。

为什么坎特韦尔的第一个回忆是自己在医院体检，与军医的对话？罗宾逊强调，这种安排体现了坎特韦尔对自己身体创伤的记忆犹新，甚至在他精神上也留下了难以愈合的创伤④。

第三章一开始，他开始回忆"昨天"一路上的所见所闻、所思所想。在第三章结尾，坎特韦尔回忆起"几个星期前"，他经过福萨尔塔时，曾沿着低洼的道路去河岸寻找自己"当年"受伤的地方，最终他找到了，确信"此地正是三十年前他受重伤的地方"⑤。紧接着，"现在我要竖一个纪念碑"，于是他用一把索林根折刀就地在泥土上竖了一个纪念碑。

在这些描写中，时间再次出现乱序，将"现在""几个星期前"与"三十年前"并置，并将"现在竖纪念碑"的行为与回忆过去交叠，这是将客观描述当下的行为与主观回忆过去创伤并置。对此，罗宾逊认为，在《过河入林》中，坎特韦尔回忆的时间与叙事时间的交叠与并置，传递出小说叙事结构上的

---

① （美）海明威：《过河入林》，王蕾译，上海：上海译文出版社，2019年，第7页。
② （美）海明威：《过河入林》，王蕾译，上海：上海译文出版社，2019年，第8页。
③ （美）海明威：《过河入林》，王蕾译，上海：上海译文出版社，2019年，第7—8页。
④ Kathleen K. Robinson. *Testimony of Trauma: Ernest Hemingway's Narrative Progression in "Across the River and into the Trees"*. Florida：University of South Florida, Ph. D dissertation, 2010, p. 150.
⑤ （美）海明威：《过河入林》，王蕾译，上海：上海译文出版社，2019年，第16页。

一种张力，这正是战争创伤的影响①。

第二，小说的叙事视角也在不断发生变化。例如，在第三章中，有一段描写展现了记忆和景色之间的联系：

> 他自己全身放松地坐在前排座位上，看着窗外这片从青年时代起就很熟悉的地方。这地方看上去全变了，他想。或许是因为时间相隔久了的缘故。人长了岁数，一切都好像变小了许多。不过道路倒是比以前好了，也没什么灰尘。当年我在这条路上乘的是军用卡车。我们也常常步行。那时候我最渴望的是部队原地休息时，头上有一片遮阳的树荫，农家的院落里有一口水井。还要有水渠，他想，我确实渴望有许多水渠。②

在这段描写中，叙事视角不断在第一人称视角与第三人称视角之间切换。这与海明威惯用的第三人称视角不同。海明威通过采用自由间接引语的方式，实现了叙事视角的转变。在罗宾逊看来，从心理语言学角度来看，这一转变抓住了一种自我分裂的困境，这种困境在叙事结构中体现出来并投射到主人公坎特韦尔的叙事中③。

坎特韦尔的时间线实际上是一个个具体的事件，它们相互交叠，从而构建起整段的、连续的回忆。这种通过一幕幕记忆拼凑而成的叙事结构打破了传统的顺叙、倒叙、插叙等叙述顺序，而这种创伤记忆交叠的叙事方法正好体现了坎特韦尔的创伤。对此，罗宾逊指出，创伤是一个变量，使小说的叙事结构发生变化，从而改变叙事中对空间和时间的理解④。

总之，针对《过河入林》的批评现状，罗宾逊提出了两个核心论点。第一，这部小说体现了海明威运用"叙事微积分"这一新的叙事结构。在之前创

---

① Kathleen K. Robinson. *Testimony of Trauma: Ernest Hemingway's Narrative Progression in "Across the River and into the Trees"*. Florida：University of South Florida, Ph. D dissertation, 2010, p. 138.

② （美）海明威：《过河入林》，王蕾译，上海：上海译文出版社，2019 年，第 11 页。

③ Kathleen K. Robinson. *Testimony of Trauma: Ernest Hemingway's Narrative Progression in "Across the River and into the Trees"*. Florida：University of South Florida, Ph. D dissertation, 2010, p. 158.

④ Kathleen K. Robinson. *Testimony of Trauma: Ernest Hemingway's Narrative Progression in "Across the River and into the Trees"*. Florida：University of South Florida, Ph. D dissertation, 2010, pp. 182－183.

作的叙事结构基础上有所发展，这是海明威在《过河入林》中做出的新尝试。第二，这部小说体现了海明威如何将战争创伤的影响融入小说的叙事结构中。因此，在阅读《过河入林》时，不应仅仅将其解读为一部海明威的自传，而应从作品中探究海明威对战争创伤经历的反思，应更关注他对创伤经历的叙事创作；不应仅停留于寻找海明威创作经历的证据，而应侧重于寻找创伤对小说叙事结构的影响[①]。

三、电影、音乐研究

21世纪以来，英美学界有关海明威研究的学位论文，已从传统文学批评进入跨学科研究范畴，结合电影研究、音乐研究与文化研究等不同领域，拓展出海明威研究的新思路。

（一）海明威与电影研究

海明威作品作为文学经典，受到电影界的重点关注，部分作品被改编成电影，成就了影视传奇。21世纪英美学界的学位论文，既有考察海明威作品的电影改编，也有将海明威的文学作品与电影界的电影作品进行跨界比较研究，以探究不同艺术形式之间的共同性。比如，美国佛罗里达州立大学乔纳森·奥斯塔德（Jonathan Austad）的博士论文《海明威与希区柯克：审美现代性的考察》(Hemingway and Hitchcock: An Examination of the Aesthetic Modernity, 2008)通过对文学作品和电影作品进行跨界比较研究，探究海明威和希区柯克两位不同艺术形式的大师在寻找现代性的过程中共同的艺术主题和技巧，详细阐述传统理想如何与当代经验发生冲突，从而创造出退化、颓废和堕落等氛围。又如，美国中田纳西州立大学坎迪斯·乌苏拉·格里森（Candace Ursula Grissom）的博士论文《拍摄迷惘的一代：菲茨杰拉德、海明威与电影改编艺术》(Filming the Lost Generation: F. Scott Fitzgerald, Ernest Hemingway, and the Art of Cinematic Adaptation, 2012)从电影研究的角度，首先对电影改编理论作出理论创新，提出一个系统的电影改编批评新方法："六问法"（a six-question approach）；其次，对海明威作品的所有电影改编作品（自1932年至2008年）进行了全面细致的考察。

[①] Kathleen K. Robinson. *Testimony of Trauma: Ernest Hemingway's Narrative Progression in "Across the River and into the Trees"*. Florida：University of South Florida, Ph. D dissertation, 2010, p. 125.

饶有新意的是，美国波士顿大学迈克尔·西维尔（Michael Civille）的博士论文《声望的幻觉：海明威、好莱坞与美国自我形象的塑造：1923—1958》（*Illusions of Prestige: Hemingway, Hollywood, and the Branding of an American Self-Image, 1923 –1958*, 2013），将文学批评与电影研究相结合，考察了海明威文学作品以及海明威作品的电影改编，探究了海明威个人形象与美国文化、美国国家形象塑造之间的关联。西维尔的研究主要分为海明威文学作品研究与电影改编研究两部分。

1. 文学作品研究：海明威个人形象与美国文化、美国国家形象塑造之间的关联

海明威无疑是20世纪名人文化的典型代表。他通过狩猎、钓鱼和在战区活动的一系列照片不断提升个人形象，形成了广为人知的"海明威风格"（Hemingwayesque），即冒险、高调张扬、男子气概及其独一无二的"重压下的优雅"（grace under pressure）[1]。针对海明威的个人形象，西维尔通过追溯他作为公众人物的成长历程，发现了一个有趣关联：在美国崛起成为全球霸主的同时，海明威的声望也在不断提高[2]。因此，海明威个人形象与美国文化、美国国家形象塑造之间有着密不可分的联系。

（1）20年代初的海明威：塑造美国新偶像。

将《我老爹》置于20世纪20年代初的文化背景下加以审视，西维尔认为，尽管《我老爹》是海明威在国外创作的，但它可以被解读为"对20世纪20年代美国几种文化倾向的自觉反映，尤其是对现代消费文化中新偶像的关注"[3]。比如，小说中涉及的腐败、对职业运动员的崇拜等，反映了20年代美国文化潮流。海明威在《我老爹》中塑造的主人公既是勇敢的传统英雄，也是现代物质主义和消费主义的虚假偶像。他敏锐地捕捉到美国社会的偶像崇拜风潮，不仅在作品中塑造新偶像，还精心设计了自己的公众形象，使自己成为彼时的美国偶像。

---

[1] Michael Civille. *Illusions of Prestige: Hemingway, Hollywood, and the Branding of an American Self-Image, 1923 –1958*. Boston：Boston University, Ph. D dissertation, 2013, p. 3.

[2] Michael Civille. *Illusions of Prestige: Hemingway, Hollywood, and the Branding of an American Self-Image, 1923 –1958*. Boston：Boston University, Ph. D dissertation, 2013, p. 3

[3] Michael Civille. *Illusions of Prestige: Hemingway, Hollywood, and the Branding of an American Self-Image, 1923 –1958*. Boston：Boston University, Ph. D dissertation, 2013, p. 31.

(2) 20 年代的海明威：模棱两可的侨居者形象。

以海明威为代表的侨居巴黎的美国人，充分利用自己的外国人身份（foreignness），在海外探索自己的美国性（Americanness），进而从他们所处的异域欧洲为美国文化提供另一种解读。在西维尔看来，海明威作品与个人形象呈现出"二元性"：一方面，他赞美异域风情，通过描写巴黎生活、意大利阿尔卑斯山或西班牙斗牛的细节，展示他对与美国截然不同的异国文化的兴趣；另一方面，他与侨居海外的美国人关系密切，这使他得以与祖国保持联系，不至于与祖国完全分离[①]。

这种二元性体现在"迷惘的一代"经典之作《太阳照常升起》与《永别了，武器》上。从移居国外（expatriation）与美国性的关系这一角度来审视这两部小说，西维尔发现，海明威通过将小说人物交替置于圈内人与圈外人两种社会身份中，体现他们侨民身份和美国人身份的不确定性：当他们是圈内人的时候，他们履行侨民公约，反对美国主义的文化渗透，主动融入异国文化；当他们是圈外人时，他们则变成了美籍侨民，参与美国的文化入侵[②]。

(3) 30 年代的海明威：思想家与实干家。

《乞力马扎罗的雪》与《有钱人和没钱人》这两部作品创作于 30 年代中期，西维尔将它们置于经济大萧条的背景下加以审视，认为海明威通过作品发展了自己的公众形象："既是内省的思想家，又是强硬的实干家。"[③] 具体来说，《乞力马扎罗的雪》的主人公哈里是一位作家，他染上坏疽病而卧床不起，整个故事几乎没有任何明显的肢体动作描写。海明威以主人公的自怜和怀旧的回忆为主线，重点从思考与内心独白展开叙述。不同的是，《有钱人和没钱人》中的主人公哈里·摩根代表的是大萧条时期的美国工人阶级，他们为一日三餐发愁，无暇计划未来的革命，也没有时间回忆过去。他只是行动者，缺乏知识分子自省、自我探索的品质。

30 年代的知识分子代表思想家，而工人阶级代表实干家，这两类社会群体都只具备了理想英雄的一半特质。而海明威试图在其作品与生活中将二者合

[①] Michael Civille. *Illusions of Prestige: Hemingway, Hollywood, and the Branding of an American Self-Image, 1923—1958*. Boston：Boston University, Ph. D dissertation, 2013, p. 91.

[②] Michael Civille. *Illusions of Prestige: Hemingway, Hollywood, and the Branding of an American Self-Image, 1923—1958*. Boston：Boston University, Ph. D dissertation, 2013, p. 106.

[③] Michael Civille. *Illusions of Prestige: Hemingway, Hollywood, and the Branding of an American Self-Image, 1923—1958*. Boston：Boston University, Ph. D dissertation, 2013, p. 150.

二为一。在这十年中，海明威更看重如何最大化利用大众传媒，于是除了出版自传体作品，他还为流行杂志供稿、写舞台剧、为纪录片《西班牙大地》（1937）写解说词甚至亲自配音等，试图将理想英雄在他个人形象中合二为一，以进一步稳固与扩大他的公众形象。

（4）40年代至50年代的海明威：最佳虚构人物的成功塑造。

海明威从1941年到1949年没有出版过一部新的小说，他开始从高雅艺术家转变为大众文化偶像。虽然小说产量有所下降，但海明威作为一名战地记者、一名在流行杂志上令人钦佩的名人，其公众地位始终得以维持。到50年代初，经过二十多年的精心构思，海明威塑造出了他的最佳虚构人物——他自己，并将之成功呈现到渴望名人的社会大众面前。

2. 电影改编研究：海明威作品的电影改编与大众文化、国家形象的跨学科研究

西维尔指出，从电影改编中可以看到，海明威的个人形象和美国的国家形象是如何通过好莱坞这一复杂的媒介发生转变的①。好莱坞是名人文化的缩影，20世纪50年代海明威的名人地位达到顶峰，好莱坞将海明威六部作品②拍摄成电影，进一步巩固了海明威的名人地位，标志着海明威从先锋艺术家到流行偶像的转变，同时也揭示了战后美国对声望的诠释在不断变化。好莱坞作为美国国家形象的主要制造者也逐渐发展成熟。

（1）爸爸海明威：海明威笔下主人公的本土化。

1950年，好莱坞将短篇小说《我老爹》改编拍摄成电影《心灵深处》（*Under My Skin*）。这部战后黑色电影（film noir）刻画了一个在战争中受伤、战后被疏远的主人公。西维尔认为，好莱坞首先选择拍摄这部电影，表明了在20世纪50年代初期，人们对男性家庭生活的接受程度有所提高，也说明了社会对性别混乱的普遍关注。从电影的改编可以发现，男子气概的文化定义在50年代发生了改变。海明威笔下的孤独英雄已逐渐过时，男子气概已从强调白手起家的个人主义转变为养家糊口的丈夫和陪伴家人的父亲形象。

在这一时期，海明威本人也通过将自己标榜为"爸爸"（Papa），从战时

---

① Michael Civille. *Illusions of Prestige: Hemingway, Hollywood, and the Branding of an American Self-Image, 1923–1958*. Boston：Boston University, Ph. D. dissertation, 2013, p. 21.

② 20世纪50年代好莱坞共改编并拍摄了海明威六部作品，分别是：《心灵深处》（*Under My Skin*）(1950)、《突破点》（*The Breaking Point*）(1950)、《乞力马扎罗的雪》(1952)、《太阳照常升起》(1957)、《永别了，武器》(1957)、《老人与海》(1958)。

英雄主义的形象转变到和平时期全新的男子气概形象，重塑公众形象以适应更广泛的社会趋势，进而有效地弥补了战后他有所下降的艺术声望。

(2) 国内声望与国际声望：《突破点》与《乞力马扎罗的雪》。

1950 年的《突破点》(The Breaking Point) 是长篇小说《有钱人和没钱人》的第二次电影改编。电影刻画了渔民的生存挣扎，反映了战后美国种族意识、阶级意识等问题，呼吁社会变革，有很强的进步意义。然而，《突破点》却成为好莱坞历史上问题电影的一个著名例子。对此，西维尔分析认为，它在商业上的失败可以被解读为"20 世纪 50 年代初期迅速变化的政治气候的迹象，社会焦虑与反共思潮将人们的注意力从改革进步转向更加保守主义"[1]。

这种政治意识形态延伸至 1952 年的电影《乞力马扎罗的雪》，其改编自海明威同名短篇小说。在西维尔看来，电影充分利用海明威塑造的作家形象和冒险家形象，刻画了一个中产阶级美国人在欧洲和非洲等海外地点的活动经历，大肆描写传统社会等级，以重申美国的全球霸权主义。它在票房上的成功表明"美国的全球优越感对中产阶级观众很有吸引力，让他们感到很'安心'"[2]。

(3) 从高雅艺术到通俗文化。

战后，好莱坞将一大批海明威文学作品搬上银幕，其中包含《太阳照常升起》与《永别了，武器》这两部现代主义文学巅峰之作。电影这种形式提供了一种更普遍、更通俗的情感表达，完全符合新兴中产阶级的胃口，最终形成了商品化、大众化的文化传播。对此，西维尔认为，此时的海明威不再是高雅艺术的代表，他"成为通俗文化的偶像，特别是他早期的简约风格，很容易被寻求简化形式的中产阶级读者接受"[3]。

综上不难看出，将海明威文学作品、个人形象及其作品的电影改编置于更广泛的历史变迁中，足以展现艺术家海明威、大众文化以及美国在这 35 年的时间里是如何融合在一起的。如西维尔所言，"研究结果表明，海明威的创作轨迹、生活及其职业生涯，都不可避免地与美国的社会趋势、政治变化和全球

---

[1] Michael Civille. *Illusions of Prestige: Hemingway, Hollywood, and the Branding of an American Self-Image, 1923–1958*. Boston：Boston University, Ph. D dissertation, 2013, p. 23.

[2] Michael Civille. *Illusions of Prestige: Hemingway, Hollywood, and the Branding of an American Self-Image, 1923–1958*. Boston：Boston University, Ph. D dissertation, 2013, p. 24.

[3] Michael Civille. *Illusions of Prestige: Hemingway, Hollywood, and the Branding of an American Self-Image, 1923–1958*. Boston：Boston University, Ph. D dissertation, 2013, p. 24.

运动相关联"[①]。海明威其人与电影行业反映了美国国家形象的塑造,而这些被人为制造出来的形象又蕴含了艺术、文化和政治因素之间复杂的作用。

西维尔的跨学科研究以一种更全面、更多维的方式,考察了海明威的文学作品以及电影改编作品。同时,结合文化研究、社会历史研究等不同领域,不仅对海明威文学作品及其电影改编给出了深刻洞见,还对海明威个人形象的塑造、美国国家形象的塑造以及好莱坞在其中起到的作用提出了新见解。

西维尔研究的亮点在于将文学研究、电影研究、电影改编研究、文化研究等跨学科研究融于一体。他没有囿于传统的电影改编研究,局限于探讨电影与原著之间的美学差异,从而得出"谁优于谁"的简单结论,而是将海明威的文学作品及其电影改编作品置于美国社会历史的发展趋势与潮流中,置于海明威作家名气与流行文化的发展相对应的交叉点上,不仅探究了文学与电影之间的不同之处,更阐释了时代对文学与电影作品的影响,它们是打开认识某个特定历史时刻的重要索引。西维尔强调,跨学科研究方法足以表明,尽管海明威学术研究已走过数十年的历史,但海明威至今仍然是"文学研究、电影研究、(电影)改编研究、社会历史研究、流行文化研究以及美国文化研究的重要资源"[②]。

(二)海明威与音乐研究

将海明威研究与音乐研究相结合,目前在国内学界涉及较少,在 21 世纪英美学界的学位论文中颇显创新。例如,美国南达科他大学贾尼斯·豪斯曼(Janis Marie Hebert Hausmann)的博士论文《学科的交汇:海明威早期小说的音乐结构》(*A Meeting of the Disciplines: Musical Structures in Ernest Hemingway's Early Fiction*,2003),从音乐-文学研究(musico-literary studies)新视角,围绕《在我们的时代里》与《太阳照常升起》展开音乐分析,探究海明威文本中音乐与语言之间的内部联系。

饶有新意的是美国佐治亚大学尼科尔·约瑟芬·卡玛斯特拉(Nicole Josephine Camastra)的博士论文《怀旧情怀:薇拉·凯瑟、海明威、菲茨杰拉德作品中的浪漫主义音乐》(*Nostalgic Sensibilities: Romantic Music in*

[①] Michael Civille. *Illusions of Prestige: Hemingway, Hollywood, and the Branding of an American Self-Image, 1923–1958*. Boston: Boston University, Ph. D dissertation, 2013, p. 17.

[②] Michael Civille. *Illusions of Prestige: Hemingway, Hollywood, and the Branding of an American Self-Image, 1923–1958*. Boston: Boston University, Ph. D dissertation, 2013, p. 5.

Selected Works of Willa Cather, Ernest Hemingway, and F. Scott Fitzgerald，2012），从音乐这一新颖视角，深入考察了音乐对《先生们，祝你们快乐》与《向瑞士致敬》在内容与形式上的影响。

值得注意的是，《先生们，祝你们快乐》与《向瑞士致敬》这两篇短篇小说在国内学界关注较少。国内有关《向瑞士致敬》的研究论文仅 2 篇，而《先生们，祝你们快乐》则鲜有论及。

卡玛斯特拉于 2008 年发表单篇论文《海明威的现代赞美诗：〈先生们，祝你们快乐〉中音乐和宗教背景溯源》（"Hemingway's Modern Hymn: Music and the Church as Background Sources for 'God Rest You Merry, Gentlemen'"），具体阐述了意大利阉伶歌手的历史传统对《先生们，祝你们快乐》的故事主题、内容以及独特的叙事视角产生的影响。笔者已将其纳入本书第一章加以论述，故在此不做具体展开。

卡玛斯特拉首先结合海明威生平研究，讲述了他与音乐的不解之缘。海明威自童年起，就在歌剧演唱家母亲格蕾丝的影响下，接触到各式各样的乐器与音乐。1920 年，海明威与第一任妻子哈德莉相遇并结婚，哈德莉再次唤起他对音乐的兴趣，带领他接触到更多不同类型的音乐。据海明威生平研究可知，他对贝多芬、勋伯格、拉赫玛尼诺夫、柯普兰、德彪西、李斯特、斯特拉文斯基、约翰内斯·勃拉姆斯、巴赫、莫扎特等诸多音乐家都非常熟悉。

关于短篇小说《向瑞士致敬》，其最显著的特点在于故事结构。海明威把整部作品分为三部：第一部《惠勒先生在蒙特勒掠影》、第二部《约翰逊先生在沃韦谈离婚》、第三部《一个会员的儿子在特里太特》。许多批评家对此结构在短篇小说中的运用表示不解，认为这个"正式的实验"是"毫无必要的"。[1] 但卡玛斯特拉对该作品的手稿加以研究，发现海明威在手稿中认真地反复调整与修订，"他对于细节的掌控显示了他所期待的效果"[2]。可以看出，这部作品令人费解的奇怪结构正是海明威精心雕琢的。那么，海明威为什么这么做？

卡玛斯特拉对《向瑞士致敬》的结构加以剖析，认为故事结构的三部式

---

[1] Nicole Josephine Camastra. *Nostalgic Sensibilities: Romantic Music in Selected Works of Willa Cather, Ernest Hemingway, and F. Scott Fitzgerald*. Georgia：University of Georgia, Ph. D dissertation，2012，p. 180.

[2] Nicole Josephine Camastra. *Nostalgic Sensibilities: Romantic Music in Selected Works of Willa Cather, Ernest Hemingway, and F. Scott Fitzgerald*. Georgia：University of Georgia, Ph. D dissertation，2012，pp. 182–183.

"相似却又不尽相同,海明威的这一'新形式',与变奏曲(variations)的作曲相一致"①。巧合的是,变奏曲在海明威创作《向瑞士致敬》的时代十分流行。

在小说结构上,《向瑞士致敬》三部式中每一部的开头段都体现了变奏曲的三个技巧特征。一是"装饰变奏曲"(ornamentation)中的"变化与重复"(change and repetition)。小说背景是原始素材,如标题所示,是故事的中心特征。在小说中,三部的背景设置是相似的,如:车站咖啡馆里又暖和又亮堂、桌上摆着一篮篮有光纸包装的椒盐脆饼、店堂尽头是一个酒柜、窗外正在下雪。但三部的背景又不尽相同,海明威在三部的背景描写中既有重复也有变化。比如,第一部中"墙上有一只雕花的木钟,店堂尽头是一个酒柜"②。同样的描写在第二部发生了变化:"墙上有只钟,店堂尽头是个镀锌的酒柜。"③在"酒柜"前加了修饰"镀锌的",将有关钟的修饰"雕花的"与木制这一材质删去。在第三部中"墙上有只钟,店堂尽头有个酒柜"④,又将"雕花的"与"镀锌的"一并删去,其余保持不变。卡玛斯特拉指出,《向瑞士致敬》三部的首段以同一背景为基础,各部之间在重复的基础上又稍做变化,这一写法符合"装饰变奏曲"(ornamentation)中的"变化与重复"(change and repetition)⑤。

二是变奏曲中乐曲速度的变化(tempo alteration)。海明威刻意对介词和连词做了改动,比如,将第一部中的"baskets *of* pretzels",在第二部和第三部中改为"baskets *with* pretzels"。卡玛斯特拉对此分析认为,"转换介词和连词的作用不仅仅是为了装饰(ornamentation),还有助于识别出变奏曲的另一个技巧:乐曲速度的变化(tempo alteration)。添加或删除单音节词会改变

---

① Nicole Josephine Camastra. *Nostalgic Sensibilities: Romantic Music in Selected Works of Willa Cather, Ernest Hemingway, and F. Scott Fitzgerald*. Georgia:University of Georgia, Ph.D dissertation, 2012, pp.180-181.

② (美)海明威:《海明威短篇小说全集(上)》,陈良廷、蔡慧等译,上海:上海译文出版社,2019年,第415页。

③ (美)海明威:《海明威短篇小说全集(上)》,陈良廷、蔡慧等译,上海:上海译文出版社,2019年,第418页。

④ (美)海明威:《海明威短篇小说全集(上)》,陈良廷、蔡慧等译,上海:上海译文出版社,2019年,第424页。

⑤ Nicole Josephine Camastra. *Nostalgic Sensibilities: Romantic Music in Selected Works of Willa Cather, Ernest Hemingway, and F. Scott Fitzgerald*. Georgia:University of Georgia, Ph.D. dissertation, 2012, p.182.

每一段的节奏和速度"①。

三是变奏曲中的"扩展"（augmentation）。"扩展"是变奏曲与赋格曲作曲的重要特征之一，要求每一段都比前一段更长。这在《向瑞士致敬》三部的首段中通过增添信息的方式得以展现。比如，相较于第一部开头段提及"墙上有只钟"，第二部与第三部都分别新增了有关"钟下的桌边"的描写，第二部新增了"车站的两个服务员坐在钟下的桌边，正喝着新酿的酒"，而第三部又新增了"有个老头儿坐在钟下的桌边喝咖啡"。这样做是为了在第一部的原始背景的基础上进一步扩展第二部与第三部的背景。而在第三部中再次扩展，加入了女招待、老头儿等其他人物，尤其加入了主人公哈里斯先生，这展现了背景的进一步发展。卡玛斯特拉指出，如果将小说的三段大声朗读出来，就像是海明威创作的主题变奏曲②。

此外，《向瑞士致敬》的标题也从结构上体现了与变奏曲之间的联系。在音乐上，曲目名称一直是作曲家向另一位艺术家表达敬意或纪念最重要的方式之一。德国浪漫主义作曲家约翰内斯·勃拉姆斯（Johannes Brahms）创作的变奏曲也是如此。其代表作《海顿主题变奏曲》（*Variations on a Theme by Haydn*）是勃拉姆斯根据海顿（Joseph Haydn）的一首管乐嬉游曲中的主题而作，勃拉姆斯用此曲来表达他对海顿的敬意。卡玛斯特拉指出，"如同勃拉姆斯颂扬那些赋予他灵感的人一样，海明威在《向瑞士致敬》中，从个人角度与作家角度，展现了对他与瑞士之间交集的一种纪念"③。从个人角度来说，瑞士代表了海明威与第一任妻子哈德莉那段幸福婚姻的纪念。据海明威生平研究可知，海明威的音乐兴趣深受哈德莉的影响，尤其是在哈德莉的影响下，海明威对勃拉姆斯产生了浓厚的兴趣。此外，海明威与哈德莉共同热爱冬季运动，热爱去瑞士滑雪。因此，小说中可以看到与海明威生活相似的部分。音乐与瑞士之间的联系，通过哈德莉与滑雪，为该小说提供了素材。从作家角度来

---

① Nicole Josephine Camastra. *Nostalgic Sensibilities: Romantic Music in Selected Works of Willa Cather, Ernest Hemingway, and F. Scott Fitzgerald*. Georgia：University of Georgia, Ph.D. dissertation, 2012, p.183.

② Nicole Josephine Camastra. *Nostalgic Sensibilities: Romantic Music in Selected Works of Willa Cather, Ernest Hemingway, and F. Scott Fitzgerald*. Georgia：University of Georgia, Ph.D. dissertation, 2012, p.183.

③ Nicole Josephine Camastra. *Nostalgic Sensibilities: Romantic Music in Selected Works of Willa Cather, Ernest Hemingway, and F. Scott Fitzgerald*. Georgia：University of Georgia, Ph.D. dissertation, 2012, p.194.

说，瑞士是激发他形成"重压下的优雅"（grace under pressure）这一理念的地方①。

经研究，卡玛斯特拉指出，"《先生们，祝你们快乐》在内容上的反常与《向瑞士致敬》在结构上的反常，也许正是源于另一种表达方式……海明威在这两个故事中融入了更深刻、更细致的音乐风格，强化了故事的主题"②。

1950年，海明威曾直言他在《永别了，武器》的首段中，按照巴赫在音乐中使用复调的方式，有意识地反复使用"and"一词③。1958年，海明威接受乔治·普林顿的访谈，被问及对他有影响的文学前辈时，海明威提及了巴赫与莫扎特，并公开表达："我认为一个作家还可以向作曲家学习，学习和声和复调的效果很明显。"④尽管海明威早在20世纪50年代就已公开坦言音乐对其文学创作的影响，但相关研究至今并不多见。如今，卡玛斯特拉在《先生们，祝你们快乐》与《向瑞士致敬》两部作品中深入探究海明威作品中的音乐元素，既让我们更深刻地理解《先生们，祝你们快乐》的主题，也展现了《向瑞士致敬》独具一格的结构，为我们理解海明威其人其作提供了一个全新视角。

第三节 期刊论文

21世纪以来，英美学界有关海明威研究的期刊论文层出不穷、数量庞大。据初步统计，20年间（2000—2020）相关论文共计756篇。其中，研究重点主要有战争、运动、创伤等主题研究，电影、音乐、绘画与医学等跨学科研究，以及写作风格研究、生平研究、翻译研究、生态批评、女性主义批评、种族研究、宗教研究等。

总体而言，21世纪英美学界海明威研究的期刊论文较之于国内研究所体

---

① Nicole Josephine Camastra. *Nostalgic Sensibilities:Romantic Music in Selected Works of Willa Cather，Ernest Hemingway，and F. Scott Fitzgerald*. Georgia：University of Georgia, Ph. D. dissertation, 2012，p. 194.

② Nicole Josephine Camastra. *Nostalgic Sensibilities:Romantic Music in Selected Works of Willa Cather，Ernest Hemingway，and F. Scott Fitzgerald*. Georgia：University of Georgia, Ph. D. dissertation, 2012，p. 206.

③ Lilian Ross. *Portrait of Hemingway*, rev. ed. New York：Modern Library, 1999, p. 50.

④ （美）海明威：《海明威：最后的访谈》，沈悠译，北京：中信出版集团，2019年，第19页。

现出的新意大致可归纳为以下几个方面。第一，多元批评视角。运用各种各样的批评理论与方法，如女性主义批评、生态批评、种族研究、叔本华美学思想、实用主义理论、语言学研究、电影与音乐研究等。第二，剧作研究。一是对《第五纵队》的体裁与主旨要义展开细致探究；二是分析比较《第五纵队》与《丧钟为谁而鸣》在体裁与内容上的异同与关联；三是结合舞台剧研究、比较翻译研究等跨学科研究对《第五纵队》加以考察。第三，主题研究。一是结合生平研究与历史学研究，对战争主题在海明威作品中的影射加以考察；二是从宗教视角，对运动主题在海明威作品中的宗教意蕴加以深入剖析。

本节重点关注 21 世纪英美学界海明威研究期刊论文，旨在梳理总结国内尚未译介或尚未涉及的相关研究，分析其研究方法与特点，以引介海明威研究期刊论文的最新成果。由于期刊论文数量繁多，研究视角广泛，因此下面选取研究数量上最多的、研究成果最为新颖的研究对象，分别从多元批评视角、剧作研究与战争、运动主题研究三个方面对其进行分析总结，并遴选代表作品加以详细论述。

一、多元批评视角

21 世纪英美学界的期刊论文在海明威作品研究方面不断深入探索，采用多元的研究方法，尝试新颖的研究视角。据初步统计，从数量上看，21 世纪英美学界针对海明威作品展开研究的期刊论文中，涉及数量最多的作品依次是《太阳照常升起》《永别了，武器》《丧钟为谁而鸣》与《老人与海》等。从研究方法与视角上，21 世纪英美学界既考察了《太阳照常升起》中的叔本华美学思想，又运用女性主义批评对勃莱特进行不同解读；既对《永别了，武器》与其电影改编展开跨学科研究，又运用实用主义理论对其加以剖析；既阐释了《丧钟为谁而鸣》的普遍价值，又基于语言学研究探讨了该小说加泰罗尼亚语、法语、意大利语、葡萄牙语及西班牙语五种语言的译本；既首次探究了《老人与海》中的侨居老人形象，也首次考察了《老人与海》中蕴含的战争主题，等等。

（一）有关《太阳照常升起》的研究

与国内学界不同，在英美学界，单篇论文研究得最多的是《太阳照常升起》。其中，饶有新意的研究视角当属古特尔·施米格尔（Günther Schmigalle）在《"人们如何下地狱"：〈太阳照常升起〉中的悲观主义、悲剧以及与叔本华的类同之处》（"'How People Go to Hell': Pessimism, Tragedy, and Affinity to

Schopenhauer in *The Sun Also Rises*",2005)一文中,运用叔本华美学思想来阐释《太阳照常升起》与悲观主义和悲剧体裁之间的关系。

施米格尔认为《太阳照常升起》体现了悲观主义哲学传统,具体体现在小说卷首的两句引语、主人公杰克的创伤、杰克的哲学思想以及血腥的斗牛运动等多个方面。在此基础上,施米格尔将《太阳照常升起》归为一部悲剧,并从三个方面分析了它符合悲剧这一文学体裁的特征。一是主人公之间互相施加的痛苦,无需特别邪恶的人物角色,也不需要特殊的意外事件,而是在普通常见的场景中去展现。二是该小说的主题与悲剧的主题相同,都是关于罪行与惩罚、内疚与弥补、罪过与救赎。三是性爱是痛苦和内疚的根源。杰克的嫉妒和痛苦是他爱上勃莱特的惩罚,而勃莱特的多情与放荡使她对杰克怀有深深的内疚感。两位主人公疯狂地渴望对方,却因杰克的性无能创伤而终究无法达成爱情的圆满。这揭示了一个极其悲观的事实,即"性爱使一种永恒死亡的存在得以延续,因此,根据基督教观点,性爱等同于原罪"[①]。施米格尔指出"这部小说继承了悲观主义哲学的传统,强调所有人类行为都是短暂的、无关紧要的,强调人类的欲望是所有痛苦的根源。它也延续了现实主义小说的叙事悲剧,而现实主义小说又延续和补充了叔本华的'环境悲剧'(tragedy of circumstances)[②],即人与人之间的关系本身就是无尽苦难的根源"[③]。

除此之外,在有关《太阳照常升起》的研究中,最多的是运用女性主义批评对勃莱特这一女性人物进行重新解读。比如,洛里·沃特金斯·富尔顿(Lorie Watkins Fulton)在《解读杰克的叙述:勃莱特·阿施利与〈太阳照常升起〉》("Reading Around Jake's Narration: Brett Ashley and *The Sun Also*

[①] Günther Schmigalle. "'How People Go to Hell': Pessimism, Tragedy, and Affinity to Schopenhauer in *The Sun Also Rises*", *The Hemingway Review*, Vol. 25, No. 1, 2005, p. 18.

[②] 叔本华根据造成不幸的原因将悲剧分为三种。第一种"tragedy of character",由故事中穷凶极恶的坏人造成的悲剧;第二种"tragedy of destiny",由"盲目的命运",即一次偶然事件或巨大的谬误而造成的悲剧;第三种"tragedy of circumstances",由剧中人不同的地位、相互关系造成的悲剧。这种悲剧"无需可怕的错误或闻所未闻的意外事故,也不用恶毒到极限的人物;而只需要在道德上平平常常的人们,把他们安排在经常发生的情况下,使他们处于相互对立的地位,他们为这种地位所迫明明知道,明明看到却互为对方制造灾祸,同时还不能说单是那一方面不对"。也就是说,具有普通品德的人物,在普通的环境中,彼此处于对立的地位,他们会因各自所处的地位而明知故犯地相互制造祸端,而他们当中没有一方是完全错误的。叔本华认为第三种悲剧是最高级的。详见:(德)叔本华:《作为意志和表象的世界》,石冲白译,北京:商务印书馆,1982年,第352—353页。

[③] Günther Schmigalle. "'How People Go to Hell': Pessimism, Tragedy, and Affinity to Schopenhauer in *The Sun Also Rises*", *The Hemingway Review*, Vol. 25, No. 1, 2005, p. 19.

Rises",2004)一文中,反对批评界对勃莱特的各种批判与指责,认为对勃莱特的批判与误读源于读者总是从杰克的视角去看待勃莱特。富尔顿指出,从杰克视角的局限中解放出来,我们可以看到海明威将这两个人物终生都紧密联系在一起。勃莱特与杰克一样,"学习如何在一个规则已经不可逆转地发生了改变的世界里生活"[1]。相较于将两人之间的关系理解为爱而不得的爱情,理解为一种更长久的关系更为合适:"两人的情义帮助他们生存下来,并有助于他们疗愈。这种互惠互利的关系比小说中的任何浪漫关系都更加重要和持久。"[2]

威廉·阿代尔(William Adair)的《〈太阳照常升起〉:母亲勃莱特》("*The Sun Also Rises*: Mother Brett",2010)也同样反对批评界把勃莱特批判为"破坏性的荡妇"(destructive bitch)一说。阿代尔将勃莱特解读为一位母亲。他认为勃莱特是一个坚强的女人,在她周围都是"男孩"或者说在很多方面像男孩一样的男人,她对待他们就像母亲对待孩子一样[3]。尤其是杰克与勃莱特之间的关系,阿代尔从恋母情结的角度展开分析,认为杰克对勃莱特的爱暗示了一种对母爱的潜意识渴望,以抵御成年生活的痛苦和困惑。勃莱特能够使遭遇了战争创伤的杰克回到孩童般的状态,因此他对勃莱特的爱不是一个成年男子的爱,而是一个孩子的爱。

不同的是,彼得·海斯(Peter Hays)在《〈太阳照常升起〉中的帝国形象勃莱特》("Imperial Brett in *The Sun Also Rises*",2010)一文中将小说主题解读为摆脱殖民统治的自由,因此他认为勃莱特体现的是一种统治力量或帝国力量,她通过性权力支配一个又一个男性,在自己的帝国里建立起一个又一个新封地。从罗伯特、米比波普勒斯伯爵、迈克、杰克到罗梅罗,勃莱特像殖民者一样征服他们。在任何一段关系中,她必须占据支配性地位,男人们为她的性行为所左右,这就是帝国的力量[4]。

彼得·海斯在《海明威的〈太阳照常升起〉与詹姆斯的〈使节〉》("Hemingway's *The Sun Also Rises* and James's *The Ambassadors*",2001)

---

[1] Lorie Watkins Fulton. "Reading Around Jake's Narration: Brett Ashley and *The Sun Also Rises*", *The Hemingway Review*, Vol. 24, No. 1, 2004, p. 64.

[2] Lorie Watkins Fulton. "Reading Around Jake's Narration: Brett Ashley and *The Sun Also Rises*", *The Hemingway Review*, Vol. 24, No. 1, 2004, p. 77.

[3] William Adair. "*The Sun Also Rises*: Mother Brett", *Journal of Narrative Theory*, Vol. 40, No. 2, 2010, p. 190.

[4] Peter L. Hays. "Imperial Brett in *The Sun Also Rises*", *ANQ: A Quarterly Journal of Short Articles, Notes and Reviews*, Vol. 23, No. 4, 2010, p. 241.

一文中，将《太阳照常升起》与亨利·詹姆斯的《使节》（1903）进行比较研究，从第一人称叙述者、有关冒险经历的内容、相同短语的使用、主人公的形象刻画以及文本结构等多方面分析了这两部相隔23年创作的作品之间的异同。

丹尼尔·崔伯（Daniel Traber）在《〈太阳照常升起〉中的白人性与被拒绝的他者》（"Whiteness and the Rejected Other in *The Sun Also Rises*"，2000）一文中，从种族研究的角度，重点关注白人性研究，探讨杰克对犹太人和同性恋者的态度。

（二）有关《永别了，武器》的研究

在有关《永别了，武器》的研究中，饶有新意的是玛蒂娜·马斯坦德雷（Martina Mastandrea）在《"不要写会让意大利审查员烦恼的东西"：帕索里尼与拍摄于20世纪50年代意大利的〈永别了，武器〉》（"'Don't Write Anything that Will Bother the Italian Censor'：Pasolini and the Filming of *A Farewell to Arms* in 1950's Italy"，2020）一文中，运用跨学科研究，探讨《永别了，武器》的电影改编与文学原著之间的差异，以及产生差异背后的深层原因。

小说《永别了，武器》于1929年出版，次年被改编成电影剧本，1932年被首次拍摄成电影。1957年，由大卫·塞尔兹尼克（David O. Selznick）担任制片人，由维多（Vidor）导演再次将小说拍摄成电影。马斯坦德雷重点围绕1957年的电影版，主要探讨了两个方面。一是关于当时意大利对电影的严厉审查制度。1957年拍摄的电影《永别了，武器》，其电影剧本被批判为了吸引观众而改变了海明威原著。对此，马斯坦德雷指出，导致电影剧本改动的重要原因是不得不迎合意大利政府的要求[①]。20世纪50年代，为了能在意大利进行电影拍摄，本土和外国电影制片团队都必须遵守意大利审查机构的要求。而海明威在小说中描写意大利军队在卡波雷托战役中屈辱撤退，给意大利当局带来了诸多困扰。因此，当时执政的意大利保守派要求制作团队删除对意大利形象和国际关系不利的情节描写。

二是关于1957年电影版剧本顾问帕索里尼（Pasolini）对小说的改编。通过综合分析帕索里尼个人的成长经历和创作经历，结合社会历史背景，马斯坦

---

① Martina Mastandrea. "'Don't Write Anything that Will Bother the Italian Censor'：Pasolini and the Filming of *A Farewell to Arms* in 1950's Italy", *The Hemingway Review*, Vol. 39, No. 2, 2020, p. 6.

德雷考察了他对海明威创作思想的理解，对原著人物刻画的洞见，尤其是对帕西尼（Passini）、艾莫（Aymo）、博内罗（Bonello）三位意大利救护车队司机的人物解读。遗憾的是，帕索里尼后来被一位意大利政府信任的剧本顾问取代了，他对剧本的改编最终未被采用。

马斯坦德雷通过揭露 1957 年电影版《永别了，武器》的拍摄过程，分析电影剧本为了迎合意大利政府的要求而进行的有违原著的改写，剖析其背后深层的政治原因、复杂的历史背景和时代背景，揭示了 20 世纪 50 年代的意大利政府与 30 年代一样，对海明威名著中有关意大利军队的负面描写十分反感。这部电影的改编是对 1929 年战争小说《永别了，武器》的歪曲，而意大利当局及其审查制度负主要责任。马斯坦德雷将 1957 年版的电影《永别了，武器》称为"电影受害者"（cinematic victim），因为它"被一个传统主义的、极端保守的政党操纵，意在改写意大利的军事史"[①]。

凯蒂·欧文斯－墨菲（Katie Owens-Murphy）在《海明威的实用主义：〈永别了，武器〉中的真理、效用与具体细节》（"Hemingway's Pragmatism: Truth, Utility, and Concrete Particulars in A Farewell to Arms"，2009）一文中，以威廉·詹姆斯（William James）的实用主义作为理论框架，从三个方面对《永别了，武器》加以解读。

第一，实用主义理论解释了为什么小说叙述者弗雷德里克重点关注自己身体的感觉。小说中弗雷德里克的叙述风格和詹姆斯的实用主义一样，拒绝抽象，倾向于具体细节。其中尤为突出的是小说中有大量有关吃喝的细节描写。"在整部小说中，食物被高度美学化了。"[②] 当凯瑟琳产下死胎躺在病床上奄奄一息时，弗雷德里克却用了一页的篇幅细致讲述自己的早餐：火腿蛋、啤酒、干酪鸡蛋、酸泡菜、红烧小牛肉，等等。他用具体的食物描写来取代对自己孩子与爱人的死亡的描写，用对身体感觉的叙述来取代那种无法表达的强烈失落感，这是对战争创伤和个人损失的逃避。有关战争的描写，也总是围绕食物和饮料所引发的身体感觉展开。对此，欧文斯认为，这是因为"在具体领域，只

[①] Martina Mastandrea. "'Don't Write Anything that Will Bother the Italian Censor': Pasolini and the Filming of *A Farewell to Arms* in 1950's Italy", *The Hemingway Review*, Vol. 39, No. 2, 2020, pp. 36—37.

[②] Katie Owens-Murphy. "Hemingway's Pragmatism: Truth, Utility, and Concrete Particulars in *A Farewell to Arms*", *The Hemingway Review*, Vol. 29, No. 1, 2009, p. 92.

有物质形式才有意义，抽象需要通过物质对象来转换表达出来"[1]。在小说中，诸如战争、怜悯、死亡、宗教和勇气等概念，要么被规避，要么使用具体的物质对象转喻表达出来。

第二，实用主义理论强调效用，这有助于我们理解弗雷德里克和凯瑟琳之间爱情的复杂性。实用主义把真理与效用等同起来，爱情也同样如此，它由人类创造，具有实用功能。欧文斯指出，"与宗教或爱国主义不同，身体上的亲密关系是对抗虚无主义的有效而实用的解药"[2]。弗雷德里克和凯瑟琳有意识地构建起一段实用的浪漫关系，他们的爱情根植于身体感觉，这有助于他们在一场容易激发虚无主义的战争中缔造出意义，同时也是对他们第一次世界大战创伤经历的直接回应，他们试图通过这种关系带来的幸福感缓解创伤。

第三，实用主义既可应用于解读《永别了，武器》，也可作为阐释海明威其他小说的一个重要理论框架[3]。比如，可用以阐释《太阳照常升起》中的杰克、《过河入林》中的坎特韦尔、《大双心河》中的尼克等。总之，"威廉·詹姆斯有关实际效用，以及效用与真理、具体细节之间关系的理论，为分析研究海明威的著名主题和叙事策略提供了一个有用的词汇库与理论框架"[4]。

除此之外，有关《永别了，武器》的研究，还有聚焦于小说中"雨"的意象研究。不同于之前大多数学者将"雨"这一意象解读为灾难、死亡、失去与悲剧，金（Wook-Dong Kim）在《海明威〈永别了，武器〉中"愉快的雨"》（"'Cheerful Rain' in Hemingway's *A Farewell to Arms*"，2015）一文中，指出《永别了，武器》中的"雨"除了象征灾难，也有"快乐、爱与幸福"的象征[5]。其中最明显的例子是当弗雷德里克和凯瑟琳逃到瑞士后，有关瑞士一个小城镇的描写："It was clear daylight now and a *fine* rain was falling"[6]（"现

---

[1] Katie Owens-Murphy. "Hemingway's Pragmatism: Truth, Utility, and Concrete Particulars in *A Farewell to Arms*", *The Hemingway Review*, Vol. 29, No. 1, 2009, p. 94.

[2] Katie Owens-Murphy. "Hemingway's Pragmatism: Truth, Utility, and Concrete Particulars in *A Farewell to Arms*", *The Hemingway Review*, Vol. 29, No. 1, 2009, p. 98.

[3] Katie Owens-Murphy. "Hemingway's Pragmatism: Truth, Utility, and Concrete Particulars in *A Farewell to Arms*", *The Hemingway Review*, Vol. 29, No. 1, 2009, p. 100.

[4] Katie Owens-Murphy. "Hemingway's Pragmatism: Truth, Utility, and Concrete Particulars in *A Farewell to Arms*", *The Hemingway Review*, Vol. 29, No. 1, 2009, p. 101.

[5] Wook-Dong Kim. "'Cheerful Rain' in Hemingway's *A Farewell to Arms*", *The Explicator*, Vol. 73, No. 2, 2015, p. 151.

[6] Ernest Hemingway. *A Farewell to Arms*. New York: Charles Scribner's Sons, 1929, p. 295.

在天色大亮了,又在下着纷纷细雨"①);"There was a *fine* November rain falling but it looked *cheerful* and *clean* even with the rain"②("虽则下着十一月的细雨,小城看起来还是很愉快干净"③);"Isn't the rain *fine*? They never had rain like this in Italy. It's *cheerful* rain."④("你不觉得这雨下得真好吗?意大利从来没有这种雨。这是一种愉快的雨。"⑤)在英文原著中,海明威反复用"fine"一词来修饰雨,并反复使用"cheerful"一词来进一步强调。可见,此时在这个瑞士小镇上,雨带给他们的是美好、愉快的感觉,让他们身心得以抚慰与舒缓,给他们一种回家的幸福感。这说明海明威对雨这一象征的使用并非固定的、机械的,而是将象征的使用有机地融于整部作品之中,因此不可一概而论。

不同的是,史蒂夫·保罗(Steve Paul)在《推论〈永别了,武器〉中宽恕的来源》("The Origin of Mercy in *A Farewell to Arms*: A Speculation",2020)一文中指出小说中的"雨"象征宽恕,宽恕是该小说的言外之意⑥。在小说中,海明威反复描写天气,以强调贯穿于整部小说的宽恕主题。海明威笔下的雨通常表现为一种宽恕与原谅,一种想象中躲避死亡的庇护所,一种绝对神圣的关怀。该小说中的雨有种不祥的预兆,有力地预示着悲剧的命运,但同时又祈求宽恕⑦。

除了解析雨的象征意义,保罗还结合生平研究,推论象征宽恕主题的雨,可能来源于1917年秋至1918年春海明威在堪萨斯城为《堪萨斯城星报》(*The Kansas City Star*)工作期间的个人经历。其相关性具体体现在五点。一是海明威在堪萨斯城完成了这部小说的大部分手稿,约150页。二是小说中有关凯瑟琳在瑞士医院生孩子的描写,与1928年7月20日海明威第二任妻子波琳在堪萨斯城医院剖宫产生下儿子帕特里克的过程相似。三是海明威在《堪萨斯城星报》做记者期间,通过阅读报纸第一次得知意大利军队在卡波雷托撤退

---

① (美)海明威:《永别了,武器》,林疑今译,上海:上海译文出版社,2019年,第285页。
② Ernest Hemingway. *A Farewell to Arms*. New York: Charles Scribner's Sons, 1929, p. 296.
③ (美)海明威:《永别了,武器》,林疑今译,上海:上海译文出版社,2019年,第286页。
④ Ernest Hemingway. *A Farewell to Arms*. New York: Charles Scribner's Sons, 1929, p. 296.
⑤ (美)海明威:《永别了,武器》,林疑今译,上海:上海译文出版社,2019年,第287页。
⑥ Steve Paul. "The Origin of Mercy in *A Farewell to Arms*: A Speculation", *The Hemingway Review*, Vol. 39, No. 2, 2020, p. 86.
⑦ Steve Paul. "The Origin of Mercy in *A Farewell to Arms*: A Speculation", *The Hemingway Review*, Vol. 39, No. 2, 2020, p. 90.

的新闻,而这则故事在十年后成为《永别了,武器》中主要军事行动的重大转折。四是堪萨斯城综合医院是海明威常去的地方,《堪萨斯城星报》有许多未署名的作品被认为是海明威在该医院跟踪报道犯罪新闻时所写。这座医院也激发了他创作《永别了,武器》的灵感。五是海明威深受莎士比亚的影响,尤其是《威尼斯商人》的影响。而在堪萨斯城综合医院的石碑上,正好印刻有出自莎士比亚《威尼斯商人》的经典语录"The quality of mercy is not strained"。

另外,布赖恩·吉恩扎(Bryan Giemza)在《〈永别了,武器〉开篇段落的源文本》("A Source Text for the Opening Passage of *A Farewell to Arms*",2014)一文中,采用溯源研究,指出小说开头段的描写源于德皇威廉二世(Kaiser Wilhelm Ⅱ)的话。1914年秋,德皇威廉二世在出征第一次世界大战时,对军队说:"你们会在树叶从树上掉落下来之前回家(You will be home before the leaves have fallen from the trees)"①。吉恩扎首先结合生平研究,详尽阐释了海明威在生活中,在书信与新闻报道中多次提及德皇威廉二世,以证明海明威对德皇威廉二世的关注与了解。其次,吉恩扎通过文本细读,解析小说主旨。有关"落叶"的描写不仅出现在小说开头段,还在故事中的关键时刻反复出现。吉恩扎对小说中9处有关"落叶"的描写加以具体解读,分析认为海明威引用德皇威廉二世的话,使用"落叶"这一意象,意在讽刺那些自吹自擂的领导人。他们声称"树叶从树上掉落下来之前回家",而事实上,想要结束战争需要经历数个季节,付出惨痛的代价②。

(三)有关《丧钟为谁而鸣》的研究

在有关《丧钟为谁而鸣》的研究中,饶有新意的是大卫·罗宾逊(David Robinson)的《"不仅仅是一个时代的作品":海明威〈丧钟为谁而鸣〉作为对西班牙内战的反思》("More than a Period Piece: Hemingway's *For Whom the Bell Tolls* as a Reflection of the Spanish Civil War",2015)。该文结合生平研究与历史研究,针对美国著名文学理论家哈罗德·布鲁姆(Harold Bloom)对海明威文学作品提出的观点进行论述。

在布鲁姆看来,"永恒(timelessness)是评判一部文学作品价值的一个重

---

① 参见 Bryan Giemza. "A Source Text for the Opening Passage of *A Farewell to Arms*", *The Hemingway Review*, Vol. 33, No. 2, 2014, p. 120.

② Bryan Giemza. "A Source Text for the Opening Passage of *A Farewell to Arms*", *The Hemingway Review*, Vol. 33, No. 2, 2014, p. 123.

要方面。一部作品要想具有经典意义的价值，必然超越时间，为人类社会提供跨越时代的洞见"[1]。布鲁姆认为，在海明威小说中，除了《太阳照常升起》，其他作品都只是"某一个时代的作品"（a period piece）[2]。布鲁姆把《丧钟为谁而鸣》归入"某一个时代的作品"这一范畴，暗示它对于现代读者来说毫无价值。

　　对此，罗宾逊持反对态度，他认为《丧钟为谁而鸣》是具有"超越性的"（a type of transcendence），因为"小说中的一些元素不仅涉及西班牙内战，还让我们得以反思人类在各种社会和历史情况下的行为和动机"[3]。罗宾逊对小说的重要片段加以解读，对西班牙内战爆发之初海明威反法西斯主义的政治观以及他在马德里的个人经历加以解析，并结合20世纪30年代西班牙乃至欧洲的历史背景，阐释《丧钟为谁而鸣》的核心主题是具有普遍意义的。尽管小说的地点设置在西班牙，历史背景是西班牙内战与反法西斯斗争，但是它超越了地点与历史的局限，聚焦于人物的各种动机、人性的缺点与优点，着力点在于揭露深陷于冲突中的人们之间的关系。罗宾逊指出，西班牙内战只是一个载体，用以表达海明威的一些原则性观点，而这些观点可适用于更多、更普遍的情况[4]。因此，《丧钟为谁而鸣》并非仅仅是"某一个时代的作品"。

　　除此之外，有关《丧钟为谁而鸣》的研究，还有米尔顿·阿泽维多（Milton M. Azevedo）的《文学方言的影响：〈丧钟为谁而鸣〉的五种罗曼语译本》（"Shadows of a Literary Dialect: *For Whom the Bell Tolls* in Five Romance Languages", 2000）。文章从语言学研究出发，探讨《丧钟为谁而鸣》的加泰罗尼亚语、法语、意大利语、葡萄牙语与西班牙语五种语言的译本。阿泽维多指出，在《丧钟为谁而鸣》中，海明威通过灵活运用英语的词法、句法和词汇，创造出一种独特的"西班牙语-英语措辞"（Spanish-in-English diction）。海明威并没有忠实地通过英语这一媒介再现西班牙语，而是

---

[1] 参见 David Robinson. "More than a Period Piece: Hemingway's *For Whom the Bell Tolls* as a Reflection of the Spanish Civil War", *English Academy Review*, Vol. 32, No. 2, 2015, p. 87.

[2] 参见 David Robinson. "More than a Period Piece: Hemingway's *For Whom the Bell Tolls* as a Reflection of the Spanish Civil War", *English Academy Review*, Vol. 32, No. 2, 2015, p. 87

[3] 参见 David Robinson. "More than a Period Piece: Hemingway's *For Whom the Bell Tolls* as a Reflection of the Spanish Civil War", *English Academy Review*, Vol. 32, No. 2, 2015, p. 90.

[4] David Robinson. "More than a Period Piece: Hemingway's *For Whom the Bell Tolls* as a Reflection of the Spanish Civil War", *English Academy Review*, Vol. 32, No. 2, 2015, p. 90.

模仿西班牙语口语，赋予小说独特的风味，试图传达出一种印象或感觉[①]。通过对比分析《丧钟为谁而鸣》五种语言的译本，阿泽维多认为，这部小说在语言学上成功地创造了一种文学方言。这种方言融合了标准英语、西班牙语短语和小说人物所使用的夹杂着西班牙语的英语，给小说的叙述声音赋予了一种陌生的维度，这在文体上十分重要，因为创造一种"陌生感"是任何陌生化技巧的首要目标，其目的是吸引读者关注语言本身[②]。

（四）有关《老人与海》的研究

在有关《老人与海》的研究中，饶有新意的是杰弗里·赫利希－梅拉（Jeffrey Herlihy-Mera）在《"眼睛与大海同色"：〈老人与海〉中圣地亚哥从西班牙移居国外和种族差异》（"'Eyes the Same Color as the Sea'：Santiago's Expatriation from Spain and Ethnic Otherness in Hemingway's *The Old Man and the Sea*"，2009）一文中，探讨了小说主人公圣地亚哥的侨居主题。

值得注意的是，有关《老人与海》中圣地亚哥人物形象的研究屡见不鲜，但关于圣地亚哥的侨居背景却鲜有提及。赫利希通过对其身份进行溯源研究，认为圣地亚哥是一位西班牙侨居者，他从西班牙的加那利群岛移居到古巴科希马尔。

赫利希的研究主要围绕两方面展开。其一，对圣地亚哥侨居者身份的溯源研究，考察了圣地亚哥的西班牙人身份。圣地亚哥与马诺林的对话、圣地亚哥的名字与昵称、小说内容中的思乡情节、圣地亚哥已逝的妻子所蕴含的西班牙主题、大量西班牙语的使用、圣地亚哥时常梦见加那利群岛、有关狮子的梦境，以及小说中有关西班牙轶事的描写等多个方面，均体现了圣地亚哥的西班牙人身份。赫利希指出，圣地亚哥是一位西班牙侨居者，被迫离开自己家乡，如同杰克·巴恩斯、弗雷德里克·亨利、罗伯特·乔丹等海明威笔下的其他侨居主人公，这一身份对海明威的一生都有着深远影响[③]。

其二，结合历史事实，还原了在西班牙对古巴进行殖民统治时期，古巴人

[①] Milton M. Azevedo. "Shadows of a Literary Dialect：*For Whom the Bell Tolls* in Five Romance Languages"，*The Hemingway Review*，Vol. 20，No. 1，2000，p. 31.

[②] Milton M. Azevedo. "Shadows of a Literary Dialect：*For Whom the Bell Tolls* in Five Romance Languages"，*The Hemingway Review*，Vol. 20，No. 1，2000，p. 33.

[③] Jeffrey-Mera Herlihy. "'Eyes the Same Color as the Sea'：Santiago's Expatriation from Spain and Ethnic Otherness in Hemingway's *The Old Man and the Sea*"，*The Hemingway Review*，Vol. 28，No. 2，2009，p. 28.

与西班牙侨居者之间的关系，以探究圣地亚哥在古巴当地的处境。在长达四个世纪的殖民统治期间，西班牙人在古巴是少数群体，但他们拥有统治的优越感，奉行对古巴人的种族主义。在圣地亚哥所处的年代，西班牙与古巴之间的关系更加紧张，古巴社会对圣地亚哥这类人的种族背景与国别背景公开表达出敌意。赫利希认为，了解这一历史背景，有助于了解圣地亚哥处境的危险性[1]。尽管如此，侨居在古巴的圣地亚哥试图通过参加棒球在内的古巴文化活动来减少自己与当地社会之间的差异。他还参加古巴的宗教仪式，以加强自己与当地社会之间的联系。此外，从饮食、服装、语言等方面均体现了圣地亚哥积极融入古巴社会生活。赫利希分析指出，圣地亚哥的出身及与其相伴随而来的种族差异与文化差异，使得圣地亚哥被古巴当地居民排斥与嘲笑，他无法完全真正融入古巴社会之中，成为古巴渔村科希马尔的外来者，这是导致他在小说中采取一系列行动的主要动机[2]。

总之，赫利希通过探究西班牙侨居者圣地亚哥生活在古巴所处的政治、社会与文化背景，强调了考察圣地亚哥侨居身份的重要性。这不仅突显了圣地亚哥在小说中的"外国人身份"，还使我们认识到，是圣地亚哥的种族差异和国别差异对他在古巴生活的个人行为和自我意识产生了重要影响。

此外，苏珊·F. 毕格尔（Susan F. Beegel）在《科希马尔的怪物：关于海明威、鲨鱼与战争的思考》（"The Monster of Cojímar：A Meditation on Hemingway, Sharks, and War"，2015）一文中，首次论及《老人与海》所蕴含的战争主题。毕格尔认为，《老人与海》"并非一个关于鲨鱼的简单故事。海明威对这条大鲨鱼的反应，关乎一个时代、一个地方、一种精神状态，它是隐藏在海明威战后小说神秘形式背后的故事"[3]。

毕格尔首先对《老人与海》的主要故事情节进行了史实研究。1945年，在古巴科希马尔发生了一件捕获大白鲨的真实事件，这条大白鲨被称为"科希马尔的怪物"（the Monster of Cojímar）。同年，海明威从第二次世界大战的战

---

[1] Jeffrey-Mera Herlihy. "'Eyes the Same Color as the Sea'：Santiago's Expatriation from Spain and Ethnic Otherness in Hemingway's *The Old Man and the Sea*"，*The Hemingway Review*，Vol. 28，No. 2，2009，p. 25.

[2] Jeffrey-Mera Herlihy. "'Eyes the Same Color as the Sea'：Santiago's Expatriation from Spain and Ethnic Otherness in Hemingway's *The Old Man and the Sea*"，*The Hemingway Review*，Vol. 28，No. 2，2009，p. 25.

[3] Susan F. Beegel. "The Monster of Cojímar：A Meditation on Hemingway, Sharks, and War"，*The Hemingway Review*，Vol. 34，No. 2，2015，p. 10.

场上回到古巴，但据其书信记载，他并没有目睹那条大鲨鱼，而是在科希马尔海滨听说了这件事。其次，毕格尔考察了这只巨型大白鲨的真实情况、科希马尔在战争时期兴旺的鲨鱼渔业，以及鲨鱼在第二次世界大战中的海上战场扮演的可怕角色等，这些给刚经历了欧洲战场军事屠杀的海明威留下了深刻印象。"当1945年海明威从赫特根瓦尔德（Hürtgenwald）的杀戮战场回来时，科希马尔的新月形小海滩 *la playita* 成为一个（鲨鱼）屠宰场。"[1] 此外，据海明威书信文献证实，他在1945年写给玛丽的一封信中，将鲨鱼与人类进行了类比，鲨鱼遭受的残忍杀害，类似于人类在战争中遭受的屠戮。同年，海明威开始在《岛在湾流中》中尝试写作有关鲨鱼、杀戮与罪孽等相关主题，并在《老人与海》中进一步延伸与发展。

毕格尔指出，了解在海明威的想象中鲨鱼与战争之间的关系，进一步揭示了《老人与海》与早期短篇小说《大双心河》一样是一个关于战争的故事，但战争在故事中从未被提及。不同的是，在《老人与海》中，"不再有任何从战争中得以治愈的希望，必须认识到（战争的）暴力和死亡是持续不断的，只有勇气才是必不可少的"[2]。

二、剧作研究

三幕剧《第五纵队》（*The Fifth Column*, 1937）是海明威创作的唯一一部剧本。国内学界对其关注度一直较低，相关研究论文仅1篇，即李迎亚的《理性与情感：论〈第五纵队〉中菲利普的伦理选择》（2013）。该文运用文学伦理学探讨了男主人公菲利普伦理身份的双重性导致他在战争与爱情二者的冲突中做出的伦理选择。

相较之下，21世纪英美学界有关《第五纵队》的研究，大致从以下几个方面提出了新见解：第一，从体裁上，探究海明威对剧本这一体裁的认识，及其写作技巧的掌握；第二，从内容上，剖析《第五纵队》与《丧钟为谁而鸣》之间的联系；第三，从写作技巧上，对比分析海明威对剧本与小说两种体裁的不同处理技巧；第四，从《第五纵队》的主旨大意上，提出了有关战争与性别的二元对立；第五，从跨学科角度，将剧本分析与舞台剧研究相结合，对《第

---

[1] Susan F. Beegel. "The Monster of Cojimar: A Meditation on Hemingway, Sharks, and War", *The Hemingway Review*, Vol. 34, No. 2, 2015, p. 15.

[2] Susan F. Beegel. "The Monster of Cojimar: A Meditation on Hemingway, Sharks, and War", *The Hemingway Review*, Vol. 34, No. 2, 2015, p. 31.

五纵队》舞台剧演出反响欠佳的原因进行分析总结,并针对布景设计、导演与主演等多方面提出了意见;第六,从比较翻译研究(comparative translation studies)角度,探究《第五纵队》法语、意大利语、葡萄牙语、西班牙语译本中翻译策略的运用,揭示了译文与海明威原著之间的关系等。

(一)《第五纵队》三个版本之比较研究

琳达·斯坦因(Linda Stein)在《海明威〈第五纵队〉:打印稿与出版剧本之比较》("Hemingway's *The Fifth Column*: Comparing the Typescript Drafts to the Published Play",2001)一文中,将《第五纵队》的手稿、打印稿与已出版的剧本三个版本进行对比研究。斯坦因指出,分析该剧本的手稿与打印稿对于理解《第五纵队》非常重要,因为它们"揭示了海明威对战争态度的复杂性,以及他对剧本主人公进行塑造的过程"[1]。

《第五纵队》的三个版本分别是:1937年11月23日海明威完成手稿,将其命名为《一场戏》("A Play"),现收藏于美国特拉华大学图书馆(University of Delaware Library);1938年1月海明威将第二个版本的打印稿更名为《工作中:请勿打扰》("Working: Do Not Disturb"),现收藏于美国国会图书馆(Library of Congress);1938年10月海明威对打印稿再次进行编辑,改名为《第五纵队》,收录于《〈第五纵队〉与首辑四十九篇》(*The Fifth Column and the First Forty-Nine Stories*),由美国斯克里布纳出版社出版。

经对比三个版本,斯坦因发现海明威对该剧本进行了大量改动,主要集中在剧本第二幕,针对的是主人公菲利普。具体来说,在手稿与打印稿两个早期版本中,菲利普被刻画为一个相对平淡的角色,一位典型的无所不能的硬汉英雄。而在最终出版的剧本中,菲利普被呈现为一位更富有人性的主人公,一位被怀疑和恐惧困扰的人。在斯坦因看来,这揭示了海明威努力将菲利普塑造成一个更复杂的人物[2],体现了海明威在菲利普这一人物形象塑造上做出的努力。

例如,在手稿与打印稿中,菲利普表达了支持保皇派的立场。但在出版的

---

[1] Linda Stein. "Hemingway's *The Fifth Column*: Comparing the Typescript Drafts to the Published Play", *North Dakota Quarterly*, Vol. 68, No. 2-3, 2001, p. 242.

[2] Linda Stein. "Hemingway's *The Fifth Column*: Comparing the Typescript Drafts to the Published Play", *North Dakota Quarterly*, Vol. 68, No. 2-3, 2001, p. 233.

剧本中，取而代之的是他向安东尼奥坦白自己对 SIM 要求执行的任务的不满。菲利普说道："我已经心神不宁了很长一阵子了""我也累了，而且我现在提心吊胆的"。他所想的是："我想要再也不用多杀一个狗娘养的了，我不在乎那是谁，是为了什么，只要我活着就行。我想要再也不用撒谎了。我想要连续一个礼拜，每天早上在同一个地方醒来。我想要娶一个你不认识的姑娘……想要看看我们的孩子会是什么模样。"① 他讲到自己不知道是怎么被卷入"反间谍"这一行的，他谴责那些在古巴让他卷入这一切的人。斯坦因指出，通过这些修订，海明威使菲利普这个人物更加饱满、立体、生动，将之前的手稿与打印稿中平淡的、单一层面的、刻板印象的硬汉英雄转变为一个更复杂的、更富有同情心的人物②。

1938 年 12 月，海明威离开西班牙回到美国基韦斯特，开始创作以西班牙内战为主题的长篇小说《丧钟为谁而鸣》。在《丧钟为谁而鸣》中，海明威保留了《第五纵队》中的重要元素，进一步塑造了一个比菲利普更全能、更成熟的西班牙英雄罗伯特。不同于剧本体裁主要依靠冗长的语言来表达，海明威在小说中通过使用倒叙、心理描写和对话等方式进一步增强了罗伯特这一人物的深度③。

（二）《第五纵队》主旨重释

2019 年，斯蒂芬尼·奥弗曼－蔡（Stefani Overman-Tsai）撰写的文章《门与门之间的空间：海明威〈第五纵队〉突破战争与性别二元对立性的界限》（"The Space Between the Doors: Breaking through the Boundaries of War and Gender Binaries in Hemingway's *The Fifth Column*"）是有关《第五纵队》的最新研究成果。奥弗曼在已有批评的基础上，对《第五纵队》的主旨要义进行重新阐释，并将文本分析与舞台剧研究相结合，考察了《第五纵队》舞台剧演出失败的原因，从布景设计、舞台指导、导演与主演的作用等方面为该部剧如何获得演出成功提出了建议。

奥弗曼的研究基于两点反思：剧本《第五纵队》失败的原因是什么？如何

---

① （美）海明威：《第五纵队 西班牙大地》，宋佥、董衡巽译，上海：上海译文出版社，2019 年，第 48—49 页。

② Linda Stein. "Hemingway's *The Fifth Column*: Comparing the Typescript Drafts to the Published Play", *North Dakota Quarterly*, Vol. 68, No. 2-3, 2001, pp. 240—241.

③ Linda Stein. "Hemingway's *The Fifth Column*: Comparing the Typescript Drafts to the Published Play", *North Dakota Quarterly*, Vol. 68, No. 2-3, 2001, p. 241.

才能使其舞台剧的演出成功？对此，奥弗曼首先对剧本进行文本分析，重新审视海明威创作该剧的主旨。

作为海明威唯一一部剧作，《第五纵队》问世后在批评界反响欠佳。1938年，海明威将之与其他短篇小说合并，出版了《〈第五纵队〉与首辑四十九篇》，但并没有逃过批评家对该剧的批判与指责。许多批评家把焦点集中于该剧复杂的政治因素上，或将其视为一部"基于意识形态的政治宣传剧"，或将其解读为"共和政府的宣传工具，旨在引起美国人对共和党事业的同情，并为反对佛朗哥的战争筹集资金"，或认为这是一部"政治道德剧"，多萝西是一个"社会寄生虫"，她煽动菲利普重新思考自己的政治模糊性，等等[1]。由此，这部剧以失败告终，最终未能如海明威所愿，成为他进入戏剧舞台创作的基石。

对此，奥弗曼表示，虽然这部剧包含了批评家所谈论的这些内容，但最重要的是，它"代表了所有这些政治观点之间的空间，通过对舞台和背景的要求，戏剧化地表现了与战争相关的各种类型的二元对立，尤其是性别上的二元对立"[2]。

具体来说，奥弗曼指出，背景设置是该剧政治二元对立性最明显的例子[3]。佛罗里达酒店的两个房间109号与110号，分别住着多萝西与菲利普。两个房间相邻，中间隔着一扇门，门上挂着一张战争宣传大海报。在110房间，菲利普秘密执行着反间谍工作，他给同志们下命令，惩罚犯错误的同志，给上级安东尼奥打电话，联络情报与接收任务。在109房间，多萝西过着奢侈的上流社会的生活，房间里有印花布的椅子、打字机、唱机与电暖器等，她购买昂贵的银狐皮披肩，为菲利普做饭，谈论结婚生子，充斥着富裕的资产阶级的家庭生活气息。在奥斯曼看来，该剧中最主要的二元对立就体现在这两个房间上：110房间是充满男子气概、炮火硝烟的战争空间；而109房间则是充满浪漫情调、生活气息的家庭空间。海明威将菲利普象征着军事化的战场空间与

---

[1] 参见 Stefani Overman-Tsai. "The Space Between the Doors: Breaking through the Boundaries of War and Gender Binaries in Hemingway's *The Fifth Column*", *The Hemingway Review*, Vol. 38, No. 2, 2019, p. 60.

[2] 参见 Stefani Overman-Tsai. "The Space Between the Doors: Breaking through the Boundaries of War and Gender Binaries in Hemingway's *The Fifth Column*", *The Hemingway Review*, Vol. 38, No. 2, 2019, p. 60.

[3] 参见 Stefani Overman-Tsai. "The Space Between the Doors: Breaking through the Boundaries of War and Gender Binaries in Hemingway's *The Fifth Column*", *The Hemingway Review*, Vol. 38, No. 2, 2019, p. 62.

第三章
国内未译介的海明威研究成果概述

多萝西象征着家庭生活的空间并置，形成二元对立①。

此外，二元对立还体现在菲利普与多萝西两人在爱情与战争的立场上。虽然在109房间，菲利普可以暂时忘却战争，与多萝西一同沉浸于对美好未来的憧憬中，但他从未真正忘记窗外正在进行着残酷战争的事实。不同的是，多萝西屡次怂恿菲利普放弃他在战争中的职责，与她一起到国外过奢侈的生活。对此，奥斯曼认为，菲利普参与幸福生活的幻想中，表明他相信梦想是有可能发生的，而多萝西始终认为这就是实际发生的，因为她总是以自己作为西班牙局外人的立场，认为这场战争与她无关②。

再如，在第三幕第一场，舞台指导（stage directions）描述了多萝西对菲利普房间进行室内装饰：

> 菲利普的房间里，那张海报的下面一截揭开了，床头柜上摆着一只花瓶，里面插满了菊花。床的右边，靠墙摆着一只书柜，椅子上都罩着印花棉布。窗户上拉着窗帘，是同样的印花棉布材质，白色的床罩上面也盖着花布。所有的衣服都整整齐齐地挂在衣架上，菲利普的三双靴子全都刷过一遍，擦得锃亮……③

奥斯曼认为，多萝西将一种资产阶级风格的家庭生活带入象征着战场的110房间，从视觉上呈现出多萝西如何对菲利普的空间产生了直接的影响，展现出家庭生活如何影响战争。当家庭生活进入战场空间时，这个空间瞬间被改造、被驯化，充满了家庭生活气息。这是多萝西将自己定位在菲利普生活中心的方式。而当多萝西的家庭生活进入菲利普的房间时，这个空间的政治意识形态和政治目的被掩盖、被削弱，战争的目的和使命与爱情和幻想中的家混淆在

---

① Stefani Overman-Tsai. "The Space Between the Doors: Breaking through the Boundaries of War and Gender Binaries in Hemingway's *The Fifth Column*", *The Hemingway Review*, Vol. 38, No. 2, 2019, p. 64.

② Stefani Overman-Tsai. "The Space Between the Doors: Breaking through the Boundaries of War and Gender Binaries in Hemingway's *The Fifth Column*", *The Hemingway Review*, Vol. 38, No. 2, 2019, pp. 65—66.

③ （美）海明威：《第五纵队 西班牙大地》，宋金、董衡巽译，上海：上海译文出版社，2019年，第76页。

一起①。

紧接着，舞台指导描述道：

她最后看了一眼镜中的披肩。披上披肩的她美艳动人，领口一点瑕疵都没有。她异常骄傲地穿门而入，肩上的狐皮随着她的身体一起转了一圈，姿态雍容华贵得就像一个模特。②

对此，菲利普的第一反应并不是赞美她，而是质问她在哪里买的、花了多少钱：

多萝西：可是，亲爱的，狐皮真的很便宜。一张狐皮只要1200比塞塔。

菲利普：那相当于一名国际纵队士兵120天的军饷了。我们算算看。120天就是4个月。我好像还不认识有谁在纵队里待了4个月能不挨子弹——也不送命的。③

多萝西在菲利普的房间里展示她购买的奢华商品，在奥斯曼看来，这是她把象征着家庭的、资本主义的东西带入菲利普的共产主义的战争空间中。当菲利普为了西班牙人民的美好生活参与反法西斯主义的战争时，他看到的却是在西班牙现状中多萝西的挥霍奢靡。因此，多萝西在菲利普房间里出现，打破了他对浪漫爱情的幻想，也打破了他们在109房间里以资本主义方式构建起的未来，留下的只有幻灭和失望④。

最终，菲利普为了确保自己能为反法西斯主义而战斗，必须做到完全拥护

---

① Stefani Overman-Tsai. "The Space Between the Doors: Breaking through the Boundaries of War and Gender Binaries in Hemingway's *The Fifth Column*", *The Hemingway Review*, Vol. 38, No. 2, 2019, p. 67.
② （美）海明威：《第五纵队 西班牙大地》，宋金、董衡巽译，上海：上海译文出版社，2019年，第77页。
③ （美）海明威：《第五纵队 西班牙大地》，宋金、董衡巽译，上海：上海译文出版社，2019年，第78页。
④ Stefani Overman-Tsai. "The Space Between the Doors: Breaking through the Boundaries of War and Gender Binaries in Hemingway's *The Fifth Column*", *The Hemingway Review*, Vol. 38, No. 2, 2019, p. 68.

第三章
国内未译介的海明威研究成果概述

战争宗旨，他选择了拒绝多萝西以及她所代表的资本主义与家庭生活，这充分体现了爱情与战争二元对立的空间。

此外，奥斯曼指出，海明威在该剧中还体现了性别上的二元对立。在第一幕第三场，菲利普正在109房间劝说多萝西搬出旅馆，离开危险的马德里。110房间传来了枪声。菲利普立马将多萝西推到床上，右手握着手枪朝门口冲去，他小心翼翼地掩护好自己进入110房间，发现枪手已跑，而他刚见面的同志威尔金森已被枪杀。随后海明威的描述是：

[多萝西随着他来到门口。他将她推了出去]
菲利普：出去。
多萝西：菲利普，怎么回事？
菲利普：别看他。那是个死人。有人开枪打死了他。
多萝西：谁开的枪？
菲利普：也许是他自己。这不干你的事。出去。你没见过死人吗？你不是什么战地女记者吗？出去，去写篇稿子。这里不干你的事。[①]

有关这段描写，据奥斯曼分析，菲利普试图保护多萝西远离残暴的战场——110房间，但同时他也建立起了性别界限。菲利普不仅从身体上阻止她进入房间，还在口头上攻击她。菲利普叫她"战地女记者"，在工作描述中特意突显出她的性别，以强调"女性"战地记者与战地记者是不同的[②]。与此同时，菲利普还对他的工作提出挑战，让她"写篇稿子"。而事实上，在整场戏中她并未写过稿子。对此，奥斯曼认为，这些行为体现了菲利普建立起的性别界限，他参与战争并目睹战争的后果，但多萝西却被排除在外[③]。

综上，奥斯曼认为，在《第五纵队》中，剧作家海明威最关注的是"与战

---

① （美）海明威：《第五纵队 西班牙大地》，宋金、董衡巽译，上海：上海译文出版社，2019年，第41-42页。
② Stefani Overman-Tsai. "The Space Between the Doors: Breaking through the Boundaries of War and Gender Binaries in Hemingway's *The Fifth Column*", *The Hemingway Review*, Vol. 38, No. 2, 2019, p. 63.
③ Stefani Overman-Tsai. "The Space Between the Doors: Breaking through the Boundaries of War and Gender Binaries in Hemingway's *The Fifth Column*", *The Hemingway Review*, Vol. 38, No. 2, 2019, p. 64.

争相关的各种类型的二元对立"①。具体来说，就是战争与爱情、男人与女人、资本主义与共产主义、家庭生活与战场之间的二元对立关系。

（三）《第五纵队》舞台剧演出失败的原因及意见

基于对《第五纵队》剧本主旨的重新审视，奥斯曼分析了该剧演出失败的原因。1938 年，《第五纵队》的舞台剧首演因故被一再推迟，最终被取消。1940 年，好莱坞编剧本杰明·格雷泽（Benjamin Glazer）首次将它改编为舞台剧，在百老汇共演出了 87 场。值得注意的是，格雷泽改编的版本尽管有相同的人物、布景和历史背景，但与海明威原著版本相差较大。直到 2008 年，时隔 70 年，纽约 Mint Theater 首次按照海明威撰写的《第五纵队》上演了该部剧。尽管这部舞台剧受到的评价褒贬不一，但大多数人将海明威视为拙劣的剧作家。

许多批评家认为，《第五纵队》不成功的原因在于暴力的战争元素和人物缺乏深度。但奥斯曼表示，这部剧反响欠佳主要是因为"它融合了太多的政治角度和政治局势，即上演的内容太多"②。同时，基于对《第五纵队》剧本的分析和对舞台剧的研究，奥斯曼指出，这部剧没能吸引观众可能是由于"它的制作方式和导演方式"③。

对此，奥斯曼提出建议，要使该剧演出成功，需要"通过特定的布景设计和舞台表演，使用在对话与舞台指导中所隐藏的能指，以突出海明威最为关注的战争和性别的二元对立"④。

具体来说，在布景设计方面，为了形成明显的二元对立，应将佛罗里达酒店的 109 房间与 110 房间布置成完全相同的两个空间。在前两幕中，两个空间应布置得十分对称，比如多萝西房间里的床、床头柜、椅子，与菲利普房间中

---

① Stefani Overman-Tsai. "The Space Between the Doors: Breaking through the Boundaries of War and Gender Binaries in Hemingway's *The Fifth Column*", *The Hemingway Review*, Vol. 38, No. 2, 2019, p. 60.

② Stefani Overman-Tsai. "The Space Between the Doors: Breaking through the Boundaries of War and Gender Binaries in Hemingway's *The Fifth Column*", *The Hemingway Review*, Vol. 38, No. 2, 2019, p. 59.

③ Stefani Overman-Tsai. "The Space Between the Doors: Breaking through the Boundaries of War and Gender Binaries in Hemingway's *The Fifth Column*", *The Hemingway Review*, Vol. 38, No. 2, 2019, p. 60.

④ Stefani Overman-Tsai. "The Space Between the Doors: Breaking through the Boundaries of War and Gender Binaries in Hemingway's *The Fifth Column*", *The Hemingway Review*, Vol. 38, No. 2, 2019, p. 59.

相应的物件与位置完全对应。作为彼此的镜像，两个房间中的床应摆放得正对着彼此。此时，这两个房间是一种符号学表达，在某种程度上表明菲利普和多萝西是一组完美平衡的天平，在对立中协调一致。随着剧情推动，当多萝西离开酒店后战争炮击仍在继续，一枚炮弹呼啸而来击中街道，孩子们在叫喊，人群在奔跑，此时房间里的床被轻微摇晃着，这意味着此时的战争使天平发生倾斜，二者不再是完美的平衡。此时菲利普的心更倾向于战争，象征着战场的110房间摧毁了他对爱情的幻想。因炮击被移动的家具代表着炮击继续把菲利普拉向战争中去，而将多萝西推出这个空间。此外，奥斯曼还指出，为了强调菲利普的幻想已经结束，家庭生活和战区之间必须有一个明确的界限。这时导演可以让菲利普把挂在两个房间之间的爱国海报拿掉，并把房间之间的门闩起来，象征着二者的决裂[1]。

在导演执导和主演方面，奥斯曼也给出建议。导演可以让菲利普和多萝西每次进入对方的空间时，携带着代表各自所属空间的物品，这表达出他们对进入的空间的陌生感。比如，当麦克斯闯入110房间时，菲利普和多萝西正紧紧相拥，随后多萝西起身离开时，她可以把银狐皮披肩放在床上，然后转身去取回它，这表达出她本能地知道自己所坚持的东西不能被遗忘。又或者，在她离开时，当她转身的时候，麦克斯或菲利普会拾起披肩递给她。在奥斯曼看来，通过这种方式，演员们可以真实地表演出在菲利普与多萝西之间的社会、政治和情感阻碍，是这些阻碍了他们共同创造一个完整的空间，阻碍了他们成为夫妻并一起离开西班牙[2]。简言之，导演应该充分利用爱情与战争、女人与男人、资本主义与共产主义、家庭生活与战场之间的二元对立，这样这部剧可能会更为成功。

基于上述讨论，奥斯曼总结道：

> 在（舞台剧）表演中，空间布置的视觉呈现，以及多萝西和菲利普在这个空间中如何进行表演，能够展现爱情与战争二元对立的紧张、冲突和

---

[1] Stefani Overman-Tsai. "The Space Between the Doors: Breaking through the Boundaries of War and Gender Binaries in Hemingway's *The Fifth Column*", *The Hemingway Review*, Vol. 38, No. 2, 2019, pp. 70—71.

[2] Stefani Overman-Tsai. "The Space Between the Doors: Breaking through the Boundaries of War and Gender Binaries in Hemingway's *The Fifth Column*", *The Hemingway Review*, Vol. 38, No. 2, 2019, p. 71.

情感。109房间和110房间明确界定了直接受战争、家庭生活和战争策略影响的社会领域。通过描述一个女人如何在这个时候无法跨越战争的门槛,却被留在战争边缘目睹一切,无法参与或阻止即将来临的暴力,多萝西和菲利普的爱情故事成为一个政治信息。当多萝西真正进入男性战争地带时,她一起带入的还有她不受欢迎的重视消费主义的家庭生活理想和资本主义理想,这直接与现实战争发生冲突。菲利普被迫在战区和家庭领域之间来回穿梭,直到他把自己固定在其中一个领域,而放弃了另一个领域所带来的任何乐趣。菲利普投身于战争,表明他无法对多萝西或两人的未来做出承诺,因为对整个世界而言,在马德里对抗法西斯更重要,值得放弃个人的欲望和梦想。从这个意义上说,《第五纵队》展现了爱情与战争的二元对立发生的过程、情感与协商。①

奥斯曼的研究跳出"政治宣传剧"的视角,分析了《第五纵队》中战争与爱情、男人与女人、资本主义与共产主义、家庭生活与战场之间的二元对立关系。尤其是奥斯曼将剧本分析与舞台剧研究相结合,针对布景设计、舞台指导、导演与主演等方面的诸多细节提出具体建议,彰显了《第五纵队》作为舞台剧的独特魅力,为该剧舞台剧的未来实践提供了有用的参考。

三、战争、运动主题研究

海明威作品中的战争与运动这两大主题,一直是国内外关注的重点。21世纪英美学界较之于国内研究所体现出的新意大致包括以下几个方面。第一,海明威作品大多与20世纪的主要国际战役有关。有关海明威作品的战争主题,除了国内研究主要关注的硬汉形象、创伤、重压下的优雅风度、准则英雄、战争观的转变、死亡意识等传统问题,21世纪英美学界还结合海明威生平研究、历史学研究还原了第一次世界大战、第二次世界大战、冷战、西班牙内战以及古巴革命等历史背景,考察《太阳照常升起》中无处不在的战争影射,《丧钟

---

① Stefani Overman-Tsai. "The Space Between the Doors: Breaking through the Boundaries of War and Gender Binaries in Hemingway's *The Fifth Column*", *The Hemingway Review*, Vol. 38, No. 2, 2019, p. 72.

为谁而鸣》对古巴前领导人菲德尔·卡斯特罗以及古巴革命产生的重要影响[①]。第二，海明威一生痴迷于运动，比如斗牛、钓鱼、狩猎、拳击等，这些运动也成为海明威创作中的重要主题，在其作品中反复出现。除了国内研究主要关注的斗牛与悲剧、死亡、男子气概，钓鱼与海明威的自然生态观，《老人与海》中的象征意义等传统问题，21世纪英美学界还探究了海明威笔下钓鱼与斗牛书写的宗教意蕴，运用历史学研究对《太阳照常升起》中虚构的公牛、斗牛与斗牛士进行历史还原，真实还原了1924年至1925年间海明威在潘普洛纳的经历，考察了《世界之都》的故事情节、人物刻画以及电影横切（cinematic crosscutting technique）等写作技巧的运用，突显了斗牛技艺传承的重要性，尖锐批判了现代社会对传统的边缘化等[②]。

(一) 战争主题：《太阳照常升起》的战争影射

威廉·阿代尔（William Adair）在《〈太阳照常升起〉：战争的回忆》（"The Sun Also Rises: A Memory of War"，2001）一文中，探讨了小说中的战争叙事。阿代尔认为该小说对战争的回忆比人们普遍认为的要深刻得多。小说对过去的影射比人们普遍认为的要多得多，小说中几乎每一页都隐含着对过去的痛苦记忆[③]。

批评家普遍认为《太阳照常升起》主要是通过反复提及创伤来体现战争。但阿代尔指出，除了有关创伤的描写，该小说对战争的回忆还体现在景物、食物、雕像、咖啡馆、典故等多方面。通过深入挖掘小说中的每一个细节，小到食物名、咖啡馆名、人名，大到雕像名与地名等，阿代尔详细阐明了对战争的回忆在小说中无处不在。

在人名上，以乔杰特（Georgette）为例。小说第三章中杰克在波利咖啡

---

① 详见杰夫·摩根（Jeff Morgan）的《海明威与古巴革命：〈丧钟为谁而鸣〉对马埃斯特拉山的影响》（"Hemingway and the Cuban Revolution: *For Whom the Bell Tolls* in the Sierra Maestra"，2016）、吉姆·巴隆（Jim Barloon）的《短篇小说：海明威〈在我们的时代里〉中的战争缩影》（"Very Short Stories: The Miniaturization of War in Hemingway's *In Our Time*"，2005）等。

② 详见加布里埃尔·罗德里格斯－帕佐斯（Gabriel Rodríguez-Pazos）的《〈太阳照常升起〉中的公牛、斗牛与斗牛士》（"Bulls, Bullfights, and Bullfighters in Hemingway's *The Sun Also Rises*"，2014）、艾米莉·霍夫曼（Emily C. Hoffman）的《传统与斗牛士：〈世界之都〉中斗牛士逝去的遗产》（"Tradition and the Individual Bullfighter: The Lost Legacy of the Matador in Hemingway's 'The Capital of the World'"，2004）、蒂里·奥兹瓦尔德（Thierry Ozwald）的《在运动与悲剧之间：海明威对斗牛的热情》（"Between Sport and Tragedy: Hemingway's Passion for Bullfighting"，2019）等。

③ William Adair. "The Sun Also Rises: A Memory of War", *Twentieth Century Literature*, Vol. 47, No. 1, 2001, p. 85.

馆门口初次与妓女乔杰特相识。两人的交谈提及了她的名字,以及列日与布鲁塞尔两个地名。据阿代尔推测,乔杰特这一人名可能暗指 1918 年德国进攻比利时,代号为"乔杰特行动"(Operation Georgette)①。列日是比利时东部城市,设防的列日位于一个狭窄的关口,是德国军队入侵比利时的门户。这场德军入侵在历史上被称为"Rape of Belgium"(比利时大屠杀),比利时在当时也被称为"poor little Belgium"(可怜的小比利时)。在小说中,杰克叫乔杰特"little girl"(小姑娘)。基于这一历史背景的关联分析,阿代尔认为,小说中来自比利时的乔杰特极有可能是因德国入侵比利时以战争难民的身份逃亡到巴黎,沦为妓女,她在战争中受到的创伤可能比女主人公勃莱特更大②。

在食物与战争之间的关联上,比如,第六章开篇中,杰克在克里荣旅馆的酒吧间与酒保乔治一起喝酒,他点了一杯名为"Jack Rose"的酒。阿代尔指出,这种酒是以法国将军 J. M. Jaqueminot(1787—1865)命名的,并且,玫瑰是战争伤疤的传统象征③。再如,小说中比尔建议晚餐吃煮鸡蛋。对此,阿代尔认为鸡蛋其实也是战争的影射。在战争期间,由于肉类短缺,鸡蛋和薯片是士兵们最喜欢的食物。战后,鸡蛋成为法国、英国和比利时菜单上的标配食物④。

在景物描写上,小说第一章的开篇场景设置在凡尔赛咖啡馆,杰克与科恩讨论两人去什么地方进行一次周末旅行,杰克提到了一连串地名:布鲁日(Bruges)、阿登森林(Ardennes)、阿尔萨斯(Alsace)、孚日(Vosges)、森利(Senlis)。在阿代尔看来,这些地名都是海明威精心设计的,蕴含深意,均与战争有关。阿代尔对其进行了逐一解释:布鲁日,是靠近比利时的海峡港口,1914 年 10 月被德军占领,成为德国潜艇基地。阿登森林,遭到法军进攻后,成为一个巨大的军事公墓。阿尔萨斯,是 1914 年前线战役中惨遭法国军队屠杀的另一个地区。最后提及的森利,位于巴黎以北 25 英里处,1914 年 9 月,德军逼近保卫巴黎的堡垒,当时巴黎本身就是一个战备区,德军在森利附

---

① William Adair. "The Sun Also Rises: A Memory of War", *Twentieth Century Literature*, Vol. 47, No. 1, 2001, p. 73.
② William Adair. "The Sun Also Rises: A Memory of War", *Twentieth Century Literature*, Vol. 47, No. 1, 2001, p. 75.
③ William Adair. "The Sun Also Rises: A Memory of War", *Twentieth Century Literature*, Vol. 47, No. 1, 2001, p. 77.
④ William Adair. "The Sun Also Rises: A Memory of War", *Twentieth Century Literature*, Vol. 47, No. 1, 2001, pp. 78-79.

近掉头，离开时放火烧了这座城市，并开枪射击市长和百姓。在森利城镇的边缘是另一座军事公墓，市政厅里的一幅画描绘了近500年前类似的德国暴行。基于这些地名对战争的影射，阿代尔推测认为，杰克提及的这些地方都是曾经的战区、军事公墓、战争亡灵纪念馆，这才是杰克想要去走访那些地方的真正意义[1]。

阿代尔还结合大量的史实研究，追溯小说中的大量信息并还原出真实的历史、战争事件、人物等，以此突出海明威在《太阳照常升起》中对人物、地名、食物等的选用蕴含了大量的战争影射，并非随意为之。对于这些信息的深入挖掘，既有利于加深我们对《太阳照常升起》的理解，也有助于我们进一步理解海明威的创伤叙事与战争叙事的写作特征。

总之，在《太阳照常升起》中，并非人们普遍认为的那样，战争创伤主要体现在杰克因战争而性无能，以及杰克与勃莱特之间爱而不得的创伤等方面。事实上，海明威在小说的每一个细节处都深深刻下了悲剧的痕迹，创伤无处不在、战争无处不在。

（二）运动主题：钓鱼与斗牛书写的宗教意蕴

阿戈里·克鲁皮（Agori Kroupi）在《海明威作品中钓鱼和斗牛的宗教意蕴》（"The Religious Implications of Fishing and Bullfighting in Hemingway's Work"，2008）一文中，将《大双心河》《死在午后》与《太阳照常升起》等作品中有关钓鱼、斗牛的描写与宗教研究相结合，探究作品中钓鱼和斗牛隐喻的宗教救赎问题。

克鲁皮首先对"救赎问题"给出如下定义："从神学角度来看，救赎问题是指通过神的恩典，以及人有意识的选择并努力与造物者团结起来，以将人神化。"[2]

1. 钓鱼的宗教意蕴

克鲁皮首先阐明基督教中鱼的象征意义。在《新约圣经·马太福音》（Matt 4：19）中，基督召唤使徒，要使他们"得人如得鱼一样"。使徒们在圣灵（Holy Spirit）的帮助下，通过他们的信仰，用语言去"捕捉"人类，就像

---

[1] William Adair. "The Sun Also Rises: A Memory of War", *Twentieth Century Literature*, Vol. 47, No. 1, 2001, p. 74.

[2] Agori Kroupi. "The Religious Implications of Fishing and Bullfighting in Hemingway's Work", *The Hemingway Review*, Vol. 28, No. 1, 2008, p. 107.

渔夫用渔网捕鱼一样①。在基督教中，鱼这一符号有人类灵魂的象征意义。在《大双心河》中，尼克为了逃避痛苦的战争记忆，专注于钓鱼，这里的"鱼"也有人的灵魂象征意义。

《大双心河》以世界末日的场景描写作为开场，在克鲁皮看来，被摧毁的城镇象征着"社会的世俗精神、道德理想的丧失，标志着一个时代的终结。人类滥用圣灵的恩赐，不仅毁了自己，毁了大自然，也毁了他们的家园。人类的自毁行为使一切化为灰烬"②。尽管在尼克眼前是一片死亡的迹象，但他决定背上沉重的包裹去登山："登山真是艰苦的事儿。尼克肌肉发痛，天气又热，但他感到愉快。他感到已把一切都抛在脑后了，不需要思索，不需要写作，不需要干其他的事了。全都抛在脑后了……塞内镇被毁了，那一带土地被烧遍了，换了模样，可是这没有关系。不可能什么都被烧毁的。他明白这一点。"③对此，克鲁皮认为，尼克这么做是因为他获得了宗教信念，此时他的信念异常坚定，使他免于绝望。克鲁皮指出，"从宗教观点来看，大自然是上帝之爱的表现"。战后尼克选择回到大自然中去的这一决定，可以被解读为"间接地选择了赐予生命的上帝，而不是选择罪恶的人类社会。社会中的人类背叛了上帝，导致了人类的战争和自我毁灭"④。

大自然是上帝给人类的礼物，是一种施恩，一种修复身体创伤和精神创伤的方式。在《大双心河》中，尼克选择去钓鱼是一次心灵净化的体验，是精神创伤得以恢复的开始。"尼克不喜欢跟别人在河边一起钓鱼。除非同你自己是一伙的，他们总使人扫兴。"⑤克鲁皮认为，尼克疏远社会群体的这一决定是具有象征意义的。他不需要周围有一群人，如果不是同道中人，他们会破坏钓鱼的体验，而钓鱼对于尼克来说是重新融入自然，通过某些仪式寻找上帝的过程。在《大双心河》中，渔夫的捕鱼技艺和对自然的尊重，如同宗教隐士的祷

---

① Agori Kroupi. "The Religious Implications of Fishing and Bullfighting in Hemingway's Work", *The Hemingway Review*, Vol. 28, No. 1, 2008, pp. 107-108.

② Agori Kroupi. "The Religious Implications of Fishing and Bullfighting in Hemingway's Work", *The Hemingway Review*, Vol. 28, No. 1, 2008, p. 110.

③ （美）海明威：《海明威短篇小说全集（上）》，陈良廷、蔡慧等译，上海：上海译文出版社，2019年，第202—203页。

④ Agori Kroupi. "The Religious Implications of Fishing and Bullfighting in Hemingway's Work", *The Hemingway Review*, Vol. 28, No. 1, 2008, p. 110.

⑤ （美）海明威：《海明威短篇小说全集（上）》，陈良廷、蔡慧等译，上海：上海译文出版社，2019年，第214—215页。

告和对基督教美德的培养①。在克鲁皮看来,"在尼克的精神追求中,他更喜欢独处,如同一名宗教隐士在与世隔绝的状态中寻找上帝"②,这是一条通往救赎的孤独之路。

对尼克来说,钓鱼的重要性不仅仅在于捕到鱼,更重要的是要按照"规则"去做。也就是说,渔夫依照他的捕鱼程序伸长鱼竿或撒开渔网来捕鱼,重要的不是捕获的鱼的数量,而是捕鱼的技艺。这如同修道士或宗教隐士。对他们来说,重要的是以贫穷、慈善、兄弟情谊为基本准则,通过美德向神靠近。从这一点上,渔夫捕鱼和宗教隐士的生活方式相似。

海明威在《大双心河》中还生动刻画了尼克观察水中的鳟鱼。"尼克俯视着由于河底有卵石而呈褐色的清澈的河水,观看鳟鱼抖动着鳍在激流中稳住身子。他看着看着,它们倏地拐弯,换了位置,结果又在急水中稳定下来。尼克对它们看了好半响。""随着鳟鱼的动作,尼克的心抽紧了。过去的感受全部兜上心头。"③ 克鲁皮指出,尼克对水中生命的近距离观察进一步增强了他的宗教信念,这两句话尤其凸显尼克新的心境。此时此刻,他的精神与灵魂像鱼一样活跃。最后,"他很愉快"④。这段细致的描写反映了尼克关注水中的生命,关注鱼对水流的反应,关注生命的流动。鳟鱼在激流中抵抗住了冲击,依然可以保持稳定。这反映在尼克身上,他与鳟鱼一样,"本是一个发生战乱与毁灭的衰落社会中的一员,但他在大自然中寻找慰藉,重新寻找自我。在未被破坏的大自然中,钓鱼成为海明威自传式主人公重新寻找生存希望的方式"⑤。

2. 斗牛的宗教意蕴

克鲁皮首先阐明斗牛与基督教的渊源。斗牛运动的起源可追溯至罗马时代,第一批基督教殉道者在竞技场上被狮子、豹子、公牛或大象攻击,斗牛便与基督教联系在了一起。换言之,无数为信仰基督而死的殉道者,已经从宗教

---

① Agori Kroupi. "The Religious Implications of Fishing and Bullfighting in Hemingway's Work", *The Hemingway Review*, Vol. 28, No. 1, 2008, p. 111.

② Agori Kroupi. "The Religious Implications of Fishing and Bullfighting in Hemingway's Work", *The Hemingway Review*, Vol. 28, No. 1, 2008, p. 111.

③ (美)海明威:《海明威短篇小说全集(上)》,陈良廷、蔡慧等译,上海:上海译文出版社,2019年,第201—202页。

④ (美)海明威:《海明威短篇小说全集(上)》,陈良廷、蔡慧等译,上海:上海译文出版社,2019年,第202页。

⑤ Agori Kroupi. "The Religious Implications of Fishing and Bullfighting in Hemingway's Work", *The Hemingway Review*, Vol. 28, No. 1, 2008, pp. 112—113.

意义上与斗牛运动（corrida）联系在了一起①。基于此，克鲁皮对《死在午后》中的斗牛运动、斗牛士、公牛以及观看斗牛赛的观众与基督教之间的关联展开逐一探讨。

斗牛是一项残酷而危险的运动，可能致死。作为一个宗教隐喻，斗牛可以被解读为"人类在社会的竞技场上，为救赎而战"。克鲁皮指出，海明威笔下的斗牛"并不是宗教的替代品，而是一面镜子，一种理解宗教过程的方式，有意无意地发生在每个人人身上"②。

在《死在午后》中，海明威写道："一名高明的公牛杀手须有气节、勇气、强健的体格、优秀的作风、了不起的左手和很好的运气。"③ 在斗牛中，重要的不是杀戮，而是杀戮的艺术。高超的斗牛士必须关注他们如何刺杀，刺杀的技艺必须符合审美标准。而"运气"，在克鲁皮看来就是"神的帮助"（divine aid）④。克鲁皮进一步解释道，与真正的基督徒一样，真正的斗牛士不仅需要技艺，最重要的是需要勇气。在面对公牛之前，对死亡的恐惧是他不得不克服的最大恐惧。在《危险的夏天》中，海明威写道，斗牛士在每场比赛开始前都要"把便于携带的宗教设备安放好"⑤。对此，克鲁皮指出这与《新约圣经·约翰福音》（John 15：5）中所言相同：（上帝说）"因为没有我，你们就什么也不能做。"当斗士在为获得阿加比（apathy）⑥ 而进行精神斗争时，除自身能力外，他还需要上帝的帮助⑦。

当斗牛进入搏斗的最后阶段，也就是刺杀公牛的阶段，海明威如此写道："刺杀公牛那一刻的妙处就在人与公牛融为一体的那一瞬间，只见那剑一路推进，人俯身顶着它，死神把人与公牛两个形体结合在一起，融入了这场较量的

---

① Agori Kroupi. "The Religious Implications of Fishing and Bullfighting in Hemingway's Work", *The Hemingway Review*, Vol. 28, No. 1, 2008, pp. 114-115.

② Agori Kroupi. "The Religious Implications of Fishing and Bullfighting in Hemingway's Work", *The Hemingway Review*, Vol. 28, No. 1, 2008, p. 114.

③（美）海明威：《死在午后》，金绍禹译，上海：上海译文出版社，2019年，第229页。

④ Agori Kroupi. "The Religious Implications of Fishing and Bullfighting in Hemingway's Work", *The Hemingway Review*, Vol. 28, No. 1, 2008, p. 116.

⑤（美）海明威：《危险的夏天》，主万译，上海：上海译文出版社，2019年，第50页。

⑥ Apathy，即 *agape*，希腊语中指基督之爱。详见 Agori Kroupi. "The Religious Implications of Fishing and Bullfighting in Hemingway's Work", *The Hemingway Review*, Vol. 28, No. 1, 2008, p. 120.

⑦ Agori Kroupi. "The Religious Implications of Fishing and Bullfighting in Hemingway's Work", *The Hemingway Review*, Vol. 28, No. 1, 2008, p. 116.

激情、美感和艺术的高潮。"① 在克鲁皮看来，人与兽在公牛死前的一个特殊时刻合二为一、融为一体，这一刻在宗教象征上代表着阿加比的实现②。

在《死在午后》中，斗牛的一系列动作"在它进行的过程中能使人陶醉，能让人有不朽之感，能给他带来极乐，换言之，这份极乐虽然短暂，却如同任何宗教极乐般深刻"。对此，克鲁皮列举出宗教中的相同例子。在《新约圣经·哥林多后书》（Ⅱ Cor. 12：2—4）中，虔诚之人为阿加比而战斗，为与神的结合而战斗，在最终胜利时他们体会到极乐③。

有关斗牛士，海明威在《死在午后》中写道，真正的斗牛士在刺杀时像"赐福祈祷时的牧师"④。"今天的斗牛所需要的是一名名符其实的斗牛士，他同时还应该是一位有别于专门家的艺术家……斗牛所需要的是神，将那些半神半人赶走。"⑤据此，克鲁皮指出，对海明威来说，名副其实的斗牛士等同于牧师或圣人⑥。要真正理解海明威把斗牛士比作圣人的意义，还要弄清楚公牛代表什么。在《新约圣经·以弗所书》（Eph. 2：15）中，圣徒与堕落的本性作斗争，他的"旧我"试图在基督里重生，成为一个全新之人。在克鲁皮看来，斗牛士巧妙地与野兽公牛进行搏斗，公牛代表的是人类兽性的一面、堕落的本性，以及人在为阿加比而奋斗（strives for apathy）时必须根除的所有强烈情感（如性欲、愤怒、自负、虚荣、绝望等）⑦。

克鲁皮指出，斗牛与钓鱼的宗教意蕴是不同的。在斗牛场上，大自然并没有起到安慰或治疗的作用。竞技场是人造的，斗牛的戏剧化表演与钓鱼为寻求精神慰藉而选择完全孤立，二者明显不同⑧。具体来说：

---

① （美）海明威：《死在午后》，金绍禹译，上海：上海译文出版社，2019年，第214—215页。
② Agori Kroupi. "The Religious Implications of Fishing and Bullfighting in Hemingway's Work", *The Hemingway Review*, Vol. 28, No. 1, 2008, p. 118.
③ Agori Kroupi. "The Religious Implications of Fishing and Bullfighting in Hemingway's Work", *The Hemingway Review*, Vol. 28, No. 1, 2008, p. 118.
④ （美）海明威：《死在午后》，金绍禹译，上海：上海译文出版社，2019年，第224页。
⑤ （美）海明威：《死在午后》，金绍禹译，上海：上海译文出版社，2019年，第73—74页。
⑥ Agori Kroupi. "The Religious Implications of Fishing and Bullfighting in Hemingway's Work", *The Hemingway Review*, Vol. 28, No. 1, 2008, pp. 115—116.
⑦ Agori Kroupi. "The Religious Implications of Fishing and Bullfighting in Hemingway's Work", *The Hemingway Review*, Vol. 28, No. 1, 2008, p. 116.
⑧ Agori Kroupi. "The Religious Implications of Fishing and Bullfighting in Hemingway's Work", *The Hemingway Review*, Vol. 28, No. 1, 2008, p. 117.

在钓鱼的隐喻中,渔夫如同宗教隐士,与自然世界和谐相处。他认可大自然的治疗作用,并在某些原则的基础上去追求他的目标。渔夫用自己的捕鱼技艺和祷告去捕获属于他的鱼;宗教隐士在帮助同胞之前,会竭力先从基督教中重新寻找新的自我。在斗牛的隐喻中,斗牛士就像生活在社会中的基督徒。真正的基督徒爱上帝、爱自己的同胞。真正的斗牛士热爱自己的职业,发自内心地去做。他的每一个动作都是有意义的,是一系列仪式性方法的一部分。方法、技巧、对斗牛事业的专注和奉献精神,以及美德,每一项都很重要。一旦战胜了对死亡的恐惧,我们就能最大限度地欣赏生命的完满。①

尼克像宗教隐士一样,在钓鱼独处的过程中,在上帝恩赐的大自然中重新寻找自我,治愈精神创伤。而斗牛士,在人造的社会竞技场上,通过展现斗牛技艺、克服对死亡的恐惧,使之充满勇气、获得神的帮助,最终实现斗牛艺术的完美呈现。无论是个人的还是社会的,钓鱼与斗牛均代表了"对自由接受基督教信仰的考验"②。可见,从宗教研究视角加以剖析,赋予了钓鱼与斗牛更深层次的意义,进一步深化了小说主旨。

本章小结

综观国内未译介的 21 世纪英美学界海明威研究成果,其呈现出全方位、多维度、多元化的发展态势,为 21 世纪海明威研究提供了丰富的宝贵资料。

在专著方面,其价值主要体现在三方面。第一,总体研究,呈现系统性与全面性。这些材料展现了 1924 年至 2020 年海明威研究全貌。既从历时性角度系统总结了海明威研究各个历史时期的研究趋势,也从共时性角度归纳分析了海明威研究的主要特征,同时还突显了海明威研究的最新进展与动态。第二,作品研究,突显深入性与专业性。针对海明威的某部具体作品,既有对数年来批评接受史的总结梳理,又结合海明威生平研究、时代背景、多元文化等多方

---

① Agori Kroupi. "The Religious Implications of Fishing and Bullfighting in Hemingway's Work", *The Hemingway Review*, Vol. 28, No. 1, 2008, pp. 118-119.

② Agori Kroupi. "The Religious Implications of Fishing and Bullfighting in Hemingway's Work", *The Hemingway Review*, Vol. 28, No. 1, 2008, pp. 118-119.

面对作品进行深入的文本分析，对学界有争议的问题、被广为忽视的问题加以深究。值得注意的是，21世纪出现了针对《伊甸园》、《没有女人的男人们》、《在我们的时代里》（1924年巴黎版）、《死在午后》等作品的首部研究专著，进一步补充与拓展了当代海明威批评对上述作品的研究深度与广度。第三，艺术风格研究，提出新见解和新解读。深入探讨了海明威的美学思想、写作技巧与叙事风格等，具体从叙述聚焦、重复与并置、开头与结尾、对话艺术等多方面对海明威写作风格加以细致考察，并结合海明威生平研究追溯其独特艺术风格形成的过程，探究对其写作风格的形成产生过重要影响的人以及其他艺术形式，进一步阐释了"冰山原则"的内涵与外延。

在学位论文方面，其价值主要体现在三方面。第一，有关创伤研究，一是将创伤理论运用于考察《伊甸园》与《过河入林》等之前未曾从该角度加以探究的作品；二是大胆尝试理论创新，对传统的创伤理论提出质疑与挑战，提出"家庭创伤"这一新概念；三是将创伤研究与性别研究相结合，探究了海明威对于男性人物与女性人物有关精神失常的不同书写。第二，有关叙事研究，一是系统厘清了海明威的叙事发展进程；二是重新审视了《过河入林》的叙事结构，提出"叙事微积分"这一新的叙事结构，有力地反驳了以往对《过河入林》叙事的批判，既为我们理解《过河入林》提供了新思路，也为研究海明威写作的形式和内容提供了新角度。第三，有关跨学科研究，一是结合电影研究，既对海明威文学作品及其电影改编作品展开深入解读，又结合文化研究、社会历史研究等不同领域，对海明威个人形象的塑造、美国国家形象的塑造以及好莱坞在其中所起到的作用提出了深刻见解；二是结合音乐研究，从音乐这一全新视角探究海明威作品中的音乐元素，既有助于我们了解海明威对音乐的兴趣与认识、音乐对其文学创作的影响，以及他在文学作品中对音乐的灵活运用，也为我们解读《先生们，祝你们快乐》与《向瑞士致敬》这两部在国内研究较少涉及的作品提供了新思路。

在期刊论文方面，其价值主要体现在三方面。第一，多元批评视角。研究方法多元、研究视角新颖。从女性主义批评、生态批评、种族研究、语言学研究等对海明威作品加以细致考察；运用实用主义理论、叔本华美学思想等对其加以剖析；针对哈罗德·布鲁姆文学批评观点提出质疑与挑战等。第二，剧作研究。从体裁上，探究了海明威对剧本这一体裁的认识，以及对写作技巧的掌握；从内容上，剖析了《第五纵队》与《丧钟为谁而鸣》之间的联系；从写作技巧上，对比分析了海明威在剧本与小说两种体裁写作上的不同处理；从《第五纵队》主旨上，提出了有关战争与性别的二元对立；从跨学科角度，将剧本分析与舞台剧研究相结合，对《第五纵队》舞台剧演出反响欠佳的原因加以分析总结，并针对布景设计、导演与主演等多方面提出建议；从比较翻译研究角度，探究《第五纵队》法语、意大利语、葡萄牙语、西班牙语译本中翻译策略的运用，揭示了译文与海明威原著之间的关系。第三，战争与运动主题研究。一是结合海明威生平研究与历史学研究，考察了海明威作品中战争主题的影射；二是从宗教视角探究了海明威作品中斗牛与钓鱼等运动主题的宗教意蕴。

除上述成果外，还有目前正在如火如荼进展中的"海明威书信计划"研究项目（Hemingway Letter Project）。该项目于 2011 年 9 月启动，对海明威共约六千封信件进行全面的学术编辑，其中约 85% 的信件从未发表过。该项目由宾夕法尼亚州立大学和海明威基金会共同负责，总部设于宾夕法尼亚州立大学，由剑桥大学出版社出版，预计共十七卷。截至 2020 年，已出版五卷[①]，涵盖了自 1907 年至 1934 年的海明威书信。毫无疑问的是，多达六千封的海明威书信一经问世，必定会对海明威生平研究、海明威学术研究等提供重要价值。

总之，英美学界海明威研究在 21 世纪不断深入探索，结成了丰硕的研究成果，开辟了独特的研究视角，提出了诸多新颖的研究观点。这将是下面三章重点探讨的内容。

[①] 目前已出版海明威书信集共五卷，分别是：Sandra Spanier, Robert W. Trogdon, eds. *The Letters of Ernest Hemingway: Volume* 1 (1907−1922). New York: Cambridge University Press, 2011; Sandra Spanier et al., eds. *The Letters of Ernest Hemingway: Volume* 2 (1923−1925). New York: Cambridge University Press, 2013; Rena Sanderson et al., eds. *The Letters of Ernest Hemingway: Volume* 3 (1926−1929). New York: Cambridge University Press, 2015; Sandra Spanier and Miriam Mandel, eds. *The Letters of Ernest Hemingway: Volume* 4 (1929−1931). New York: Cambridge University Press, 2017; Sandra Spanier and Miriam Mandel, eds. *The Letters of Ernest Hemingway: Volume* 5 (1932−1934). New York: Cambridge University Press, 2020.

第四章 数字人文与文化地理学视域下的海明威研究

从前三章可以看出，21世纪英美学界将各式各样的研究方法运用于海明威研究中，比如女性主义批评、生态批评、性别研究、种族研究等。值得注意的是，数字人文与文化地理学，已然成为21世纪英美学界海明威研究的新热点与新趋势，具有重要价值。其一，紧跟时代步伐，将海明威研究与新世纪的时代热点牢牢接轨，是当下前沿的研究领域。在数字时代，文学研究已走出单纯的文本细读，转而借助现代计算机与网络大数据，通过量化与可视化方式，给文学研究带来不一样的结果。在跨学科研究的趋势下，文学研究已走到文本之外，与文化研究、地理学研究等不同学科领域相结合，碰撞出新的火花。其二，数字人文与文化地理学已广泛应用于海明威研究中，初步形成一定体系与规模。其三，国内学界尚未对英美世界此类成果加以引介或展开具体研究。

基于此，本章聚焦于数字人文与文化地理学在海明威研究中的应用，以期启发国内学界在该领域的进一步探索。

第一节 数字人文

"数字人文"（Digital Humanities）首次提出于2004年，英国布莱克威尔出版社出版了一部以"数字人文"为书名的专著《数字人文指南》（*A Companion to Digital Humanities*）。在此之前，其前身"人文计算"（Humanities Computing）已在欧美学界广泛运用，可追溯至1949年。"数字人文"首次进入中国学界是在2009年，武汉大学王晓光教授在"2009年教育部人文社会科学研究方法创新论坛"上发表的论文《"数字人文"的产生、发展与前沿》①。作为一个新型的文理交叉研究领域，数字人文具有跨学科的典型特征，它将现代计算机和网络技术应用于传统人文研究，目前已广泛应用于历史学、文学、语言学、考古学、艺术学、人类学以及哲学等多个研究领域。

21世纪以来，英美学界开始尝试将海明威研究置于数字人文视域中加以探讨。在美国，劳拉·戈弗雷（Laura Godfrey）、丽莎·泰勒（Lisa Tyler）与柯克·科纳特（Kirk Curnutt）等数十名学者运用数字人文这一新的研究范式展开海明威研究。2019年肯特州立大学出版社出版了由劳拉·戈弗雷主编的《数字时代的海明威：对教学、阅读和理解的思考》（*Hemingway in the Digital Age: Reflections on Teaching, Reading and Understanding*）一书，首次展现了数字人文视域下海明威研究的新成果。

基于上述材料，本节将从"远距离阅读"方法、数字地图与数字档案三方面分别展开具体论述，探讨数字人文在海明威研究中的应用。

一、海明威作品的"远距离阅读"

"远距离阅读"（Distant Reading）或称"远读"，是数字人文广泛应用于文学研究领域的一种方法。该方法由斯坦福大学教授、文学实验室创办人弗兰克·莫莱蒂（Franco Moretti）提出，他认为"远距离是产生知识的一种条件，关注比文本小得多或大得多的单位，诸如文学手法、文学主题、文学修辞，或文学体裁与文学体系等"②。莫莱蒂指出，虽然文本细读（close reading）是西方批评界长期以来非常重视的方法，但它最大的缺陷是"必定依赖于极少的经典"，因为细读的前提是"只要你认为它们之中极少一部分是重要的经典，就会在个别文本上投入很多时间"③。如果想要超越少部分的经典，读尽卷帙浩繁的世界文学，细读是无法做到的。而这一点可以由"远距离阅读"来弥补。对此，美国学者布莱恩·克罗克索尔（Brian Croxall）表示认同，他认为"远距离阅读"有两个优点：一是阅读速度极快；二是能帮助我们从一个完全不同的文本体量来考察海明威作品，并发掘出在传统阅读方式中并不明显的模式与

---

① 陈静：《当下中国"数字人文"研究状况及意义》，《山东社会科学》2018年第7期，第59页。
② Franco Moretti. *Distant Reading*. London: Verso, 2013, pp. 48—49.
③ Franco Moretti. *Distant Reading*. London: Verso, 2013, p. 48.

特点[1]。换言之，相较于传统文本细读法，"远距离阅读"方法胜在读得快、观点新。

克罗克索尔在其数字人文课程上，运用数据挖掘技术（data-mining），使用"远距离阅读"方法，与学生一起进行海明威作品研究，不仅有了诸多新发现，提出了重要的新见解，还展示了数字人文如何用于阐释海明威的叙事技巧和故事主题的关联性，以及数字人文对于增强文学研究趣味性的裨益。

克罗克索尔团队的研究对象是海明威作品，主要分为虚构作品（小说）和非虚构作品两大类，其中虚构作品（小说）包含海明威的长篇小说与短篇小说。其研究方法是：通过原始数据获取、数据导入以及数据处理等过程，形成海明威作品的语料库。然后，通过使用 Voyant 工具对海明威作品的语料库进行数据分析，并将分析结果进行可视化呈现。Voyant 是由加拿大麦吉尔大学的斯特凡·辛克莱（Stéfan Sinclair）和阿尔伯塔大学的杰弗里·罗克韦尔（Geoffrey Rockwell）共同开发的一套基于网络的文本阅读和文本分析工具。在 Voyant 中，具体包括 Summary（总结）、Trends（趋势）、Mandala（曼荼罗图）、Bubblelines（气泡线）、Cirrus（词云）和 TextualArc（文本可视化分析）等多样化的分析工具，以得出不同数据。克罗克索尔团队的海明威作品研究主要运用其中的 Summary、Trends、Mandala 三个工具，对海明威作品进行了不同体裁、写作手法与故事主要人物以及术语使用的趋势分析等，旨在多样化探究、可视化呈现海明威风格特征与写作规律。

（一）使用 Summary 工具

Summary 工具主要是用于"提供对当前语料库的简要文本概述，具体包括单词总数、不相同的词汇数量、最长的文档和最短的文档、最高词汇密度[2]和最低词汇密度、每句平均单词数量、高频词、高频词数量统计，以及特色单词"[3]。

克罗克索尔团队使用该工具进行了以下两方面数据分析：

---

[1] Brian Croxall. "How to Not Read Hemingway", *Hemingway in the Digital Age: Reflections on Teaching, Reading, and Understanding*, edited by Laura Godfrey. Kent: The Kent State University Press, 2019, pp. 61—62.
[2] 词汇密度是"衡量在一个语料库中有多少不同的词形"，即不相同的词汇总数。
[3] https://voyant-tools.org/docs/#!/guide/summary Accessed Jan. 6, 2021.

1. 对海明威的虚构作品与非虚构作品进行数据分析

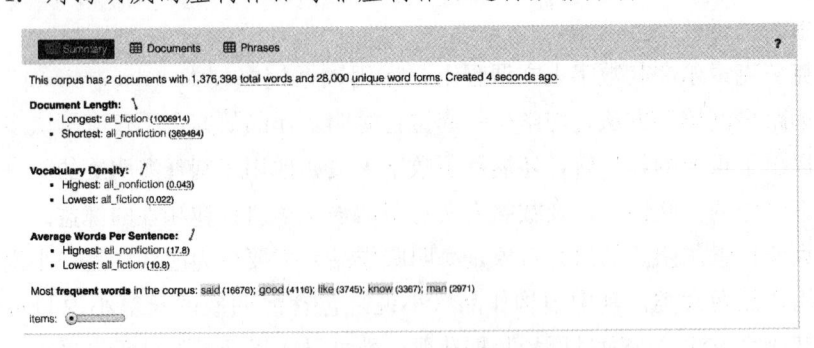

图 4-1　海明威虚构作品与非虚构作品数据分析截图[1]

如图 4-1 所示，在单词量方面，虚构作品比非虚构作品要多得多，虚构作品的单词总数是 1 006 914，非虚构作品的单词总数是 369 484。然而令人惊讶的是，虽然非虚构作品的单词量少得多，但相比于虚构作品，非虚构作品的词汇密度更高，平均句长更长。虚构作品的词汇密度是 0.022，而非虚构作品的词汇密度是 0.043。为什么出自同一位作家之手，海明威在非虚构作品中的词汇密度几乎是虚构作品的两倍？他为何要如此大量地引入新词？

克罗克索尔团队推论其原因有二：第一，在五部非虚构作品中，《死在午后》与《危险的夏天》两部作品关于斗牛主题，《非洲的青山》与《曙光示真》两部关于非洲游猎之旅主题，《流动的盛宴》关于 20 世纪 20 年代的巴黎主题，这些作品主题促使他采用某些领域的特定词汇，既体现他用词准确，也显示他在这些领域的专业知识，因此非虚构作品的新词汇多、词汇密度高；第二，重复使用简单的词汇是海明威写作风格的重要特征之一，因此他在虚构作品中更少使用不同的词，以体现"简洁美学"[2]，因此虚构作品的新词汇少、词汇密度低。二者一高一低，才出现了两倍的差距。

此外，如图 4-1 所示，在平均句长方面，虚构作品的平均句长是 10.8 个词，而非虚构作品的平均句长是 17.8 个词，也就是说非虚构作品的平均句长比虚构作品长 64.8%。通过考察在虚构作品与非虚构作品中海明威所使用的

---

[1] 截图来自"How To Not Read Hemingway–Images"，https://briancroxall.net/publications/how-to-not-read-hemingway-images/ Accessed Jan. 6, 2021.

[2] Brian Croxall. "How to Not Read Hemingway", *Hemingway in the Digital Age: Reflections on Teaching, Reading, and Understanding*, edited by Laura Godfrey. Kent：The Kent State University Press, 2019, pp. 70–71.

第四章
数字人文与文化地理学视域下的海明威研究

词形和平均句长，克罗克索尔团队推论，海明威在创作这两种不同体裁时所运用的写作风格是不一样的①。

2. 对海明威生前出版的作品与他去世后出版的遗作进行数据分析

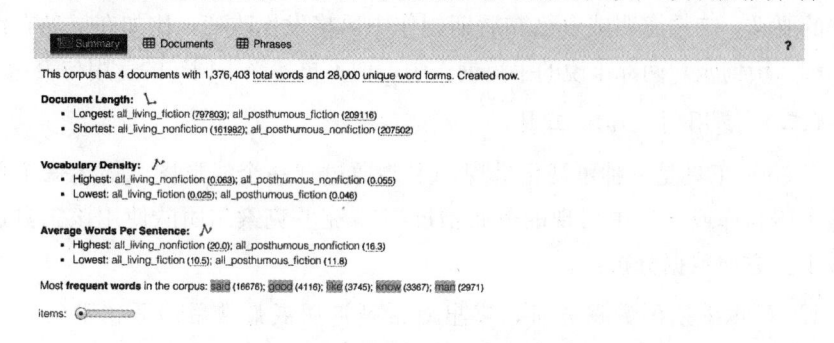

```
Summary  Documents  Phrases                                          ?
This corpus has 4 documents with 1,376,403 total words and 28,000 unique word forms. Created now.
Document Length:
   • Longest: all_living_fiction (797803); all_posthumous_fiction (209116)
   • Shortest: all_living_nonfiction (161982); all_posthumous_nonfiction (207502)
Vocabulary Density:
   • Highest: all_living_nonfiction (0.063); all_posthumous_nonfiction (0.055)
   • Lowest: all_living_fiction (0.025); all_posthumous_fiction (0.046)
Average Words Per Sentence:
   • Highest: all_living_nonfiction (20.0); all_posthumous_nonfiction (16.3)
   • Lowest: all_living_fiction (10.5); all_posthumous_fiction (11.8)
Most frequent words in the corpus: said (16676); good (4116); like (3745); know (3367); man (2971)
items:
```

图 4-2　海明威生前出版作品与去世后出版遗作数据分析截图②

如图 4-2 所示，在平均句长方面，海明威生前出版的虚构作品，平均句长是 10.5 个词；他去世后出版的虚构作品，平均句长是 11.8 个词。海明威生前出版的非虚构作品，平均句长是 20.0 个词；去世后出版的非虚构作品，平均句长是 16.3 个词。这一对比反映的是他去世后出版的虚构作品的平均句长增加了 12.4%，但去世后出版的非虚构作品的平均句长却缩短了 19.5%。

为什么同样是海明威去世后出版的作品，一种体裁的写作长度增加了而另一种却缩短了？克罗克索尔团队对此的推论是海明威对他的虚构作品和非虚构作品采用了不同的编辑方法和修订方法。从初稿到出版版本，他对虚构作品的编辑和修订更多的是采用裁剪句子，而对非虚构作品却是扩展句子。

更为有趣的发现是在词汇密度方面，如图 4-2 所示，海明威生前出版的和去世后出版的非虚构作品的词汇密度是接近的：分别是 0.063 与 0.055。但是，他生前出版的和去世后出版的虚构作品的词汇密度相差却很大：分别是 0.025 和 0.046。换言之，他去世后出版的虚构作品比生前出版的虚构作品所使用的词汇多 84%。为什么会造成如此悬殊？

克罗克索尔团队推论其原因有二。一是小说的编辑过程所致。以《岛在湾

---

① Brian Croxall. "How to Not Read Hemingway", *Hemingway in the Digital Age: Reflections on Teaching, Reading, and Understanding*, edited by Laura Godfrey. Kent: The Kent State University Press, 2019, p.71.

② 截图来自 "How To Not Read Hemingway-Images", https://briancroxall.net/publications/how-to-not-read-hemingway-images/ Accessed Jan. 6, 2021.

流中》（1970）和《伊甸园》（1985）为例，这反映出海明威生前自己编辑的小说与去世后由出版社编辑的小说产生的结果是非常不同的。这说明在海明威去世（1961）后，负责编辑海明威小说的出版社编辑并未领悟到海明威风格"言外之意"的要义。二是海明威自己在后期创作中风格发生改变，比如在《岛在湾流中》和《伊甸园》两部小说的手稿创作中，他不再吝啬于词句的运用与表达[①]。

（二）使用 Trends 工具

Trends 工具是一种可视化呈现，主要通过"一个线形图，描述一个单词在整个语料库或文档中出现的分布情况"[②]。克罗克索尔团队使用该工具进行了以下三方面数据分析：

1. 写作手法的数据分析，突出对话是海明威最常用的写作手法

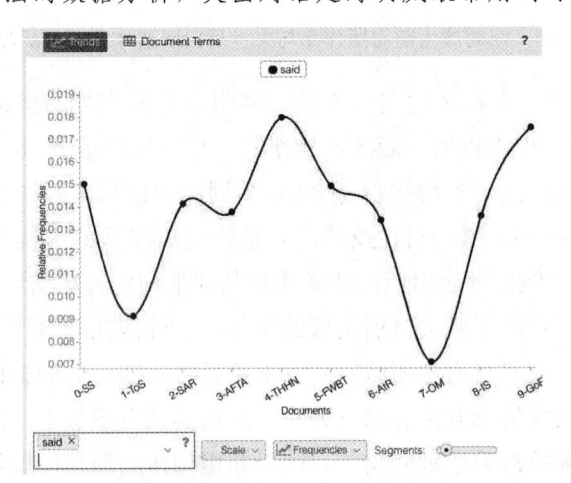

图 4—3　海明威虚构作品中"said"使用频次分析截图[③④]

[①] Brian Croxall. "How to Not Read Hemingway", *Hemingway in the Digital Age: Reflections on Teaching, Reading, and Understanding*, edited by Laura Godfrey. Kent：The Kent State University Press, 2019, p. 72.

[②] https://voyant-tools.org/docs/#!/guide/trends Accessed Jan. 6, 2021.

[③] 截图来自"How To Not Read Hemingway-Images", https://briancroxall.net/publications/how-to-not-read-hemingway-images/ Accessed Jan. 6, 2021.

[④] 在图 4—3 至图 4—8（图 4—5 除外）中，0～9 作品英文所写分别是：0—SS：《海明威短篇小说集》(*The Short Stories of Ernest Hemingway*)、1—ToS：《春潮》(*The Torrents of Spring*)、2—SAR：《太阳照常升起》(*The Sun Also Rises*)、3—AFTA：《永别了，武器》(*A Farewell to Arms*)、4—THHN：《有钱人和没钱人》(*To Have and Have Not*)、5—FWBT：《丧钟为谁而鸣》(*For Whom the Bell Tolls*)、6—AtR：《过河入林》(*Across the River and Into the Trees*)、7—OM：《老人与海》(*The Old Man and the Sea*)、8—IS：《岛在湾流中》(*Islands in the Stream*)、9—GoE：《伊甸园》(*The Garden of Eden*)。

第四章
数字人文与文化地理学视域下的海明威研究

通过 Summary 工具我们可以看到,在海明威语料库中,"said"是最常用的词(可参见图 4-1)。而 Trends 图则能让我们初步了解海明威在不同小说中对话的使用情况。如图 4-3 所示,可以非常直观地看到,相较于其他作品,《老人与海》(7-OM)中的对话很少。

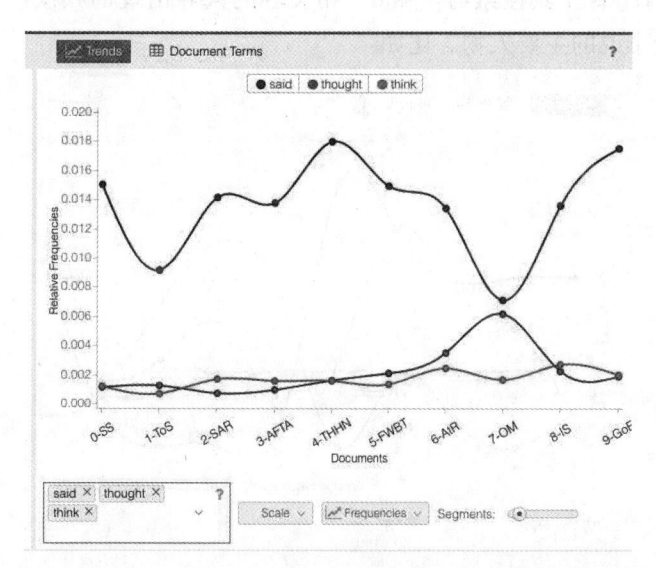

图 4-4　海明威作品中"said""thought""think"使用频次分析截图[1]

再把"said"与"thought""think"等其他单词一起进行搜索,如图 4-4 所示,在海明威小说中,对话的确是最常用的写作手法。小说中并没有太多关于人物思考的描写,在不同文本中,叙述者都不太表达出人物的想法。这说明,海明威更倾向于希望读者从对话中去推断出人物的动机和内心状态,而不是完全由一个全知全能的叙述者来讲述[2]。

其中值得注意的是,《老人与海》(7-OM)并没有遵守这一模式。《老人与海》中的对话最少,而"thought"一词明显增多。克罗克索尔团队推论,

---

[1] 截图来自"How To Not Read Hemingway—Images",https://briancroxall.net/publications/how-to-not-read-hemingway-images/ Accessed Jan. 6, 2021.
[2] Brian Croxall. "How to Not Read Hemingway", *Hemingway in the Digital Age: Reflections on Teaching, Reading, and Understanding*, edited by Laura Godfrey. Kent: The Kent State University Press, 2019, p.74.

海明威在该部小说中使用内心独白是为了帮助读者更好地理解主人公圣地亚哥①。

2. 小说中主要人物的数据分析

使用 Trends 工具搜索与"said"相关联的人名出现的频次，可以快速区分哪些人是小说的主要人物。比如：

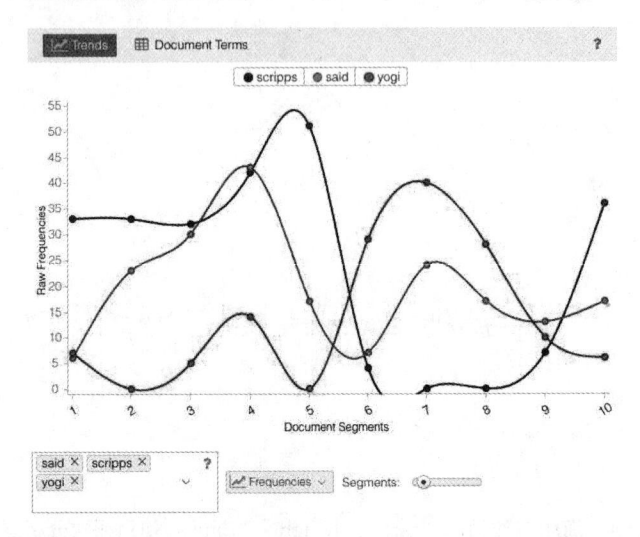

图4-5 《春潮》中的两位人物 Scripps 和 Yogi 关于"said"使用频次分析截图②

如图4-5所示，在《春潮》中，Scripps 和 Yogi 与"said"同时出现的频次高，说明二位是小说的主要人物。但通过曲线变化可以看出，Scripps 在小说的前半部分出现频次高，是前半部分的主角，而 Yogi 在后半部分频次高，是后半部分的主角，两个人物角色发生转折的地方是在文本的第六个部分（Segment 6），由此可以推断，小说的中间部分可能会出现重要的故事情节变化③。

---

① Brian Croxall. "How to Not Read Hemingway", *Hemingway in the Digital Age: Reflections on Teaching, Reading, and Understanding*, edited by Laura Godfrey. Kent：The Kent State University Press, 2019, p. 75.

② 截图来自"How To Not Read Hemingway－Images"https：//briancroxall. net/publications/how-to-not-read-hemingway-images/ Accessed Jan. 6, 2021.

③ Brian Croxall. "How to Not Read Hemingway", *Hemingway in the Digital Age: Reflections on Teaching, Reading, and Understanding*, edited by Laura Godfrey. Kent：The Kent State University Press, 2019, p. 76.

第四章
数字人文与文化地理学视域下的海明威研究

3. 海明威作品中术语使用变化的数据分析

使用 Trends 工具，还可以对词汇进行对比分析，进而比较海明威叙述的偏好。比如，对比"morning""afternoon"和"evening"及其近义词的出现频率，分析海明威更喜欢叙述哪个时段的事情；对比"eat"和"drink"及其近义词的出现频率，分析海明威更喜欢描写有关"吃"还是"喝"的情节等。

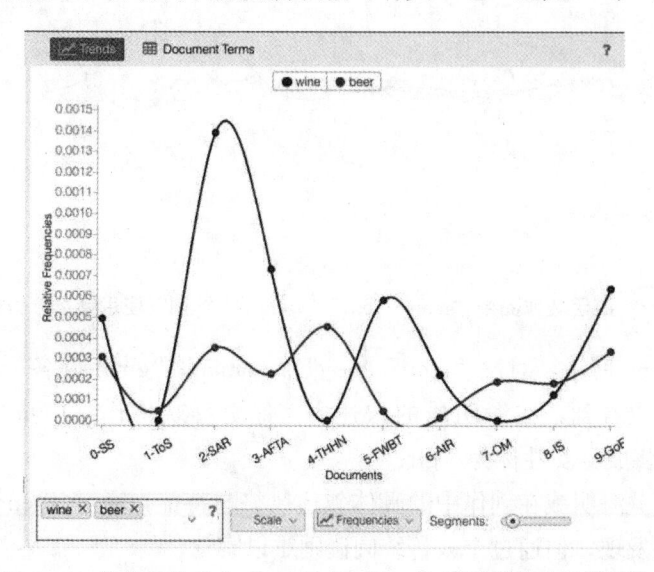

图 4-6　海明威作品中"wine"和"beer"使用频次分析截图[①]

如图 4-6 所示，对比"wine"和"beer"在各个作品中的出现频率，可以看到，在以欧洲为背景的小说中，如《太阳照常升起》（2-SAR）和《丧钟为谁而鸣》（5-FWBT），海明威更常用"wine"一词，而在以北美和加勒比地区为背景的小说中，如《有钱人和没钱人》（4-THHN）和《老人与海》（7-OM），海明威更倾向于用"beer"一词[②]。

[①] 截图来自 "How To Not Read Hemingway-Images"，https：//briancroxall.net/publications/how-to-not-read-hemingway-images/ Accessed Jan. 6，2021.

[②] Brian Croxall. "How to Not Read Hemingway"，*Hemingway in the Digital Age:Reflections on Teaching，Reading，and Understanding*，edited by Laura Godfrey. Kent：The Kent State University Press，2019，p.78.

209

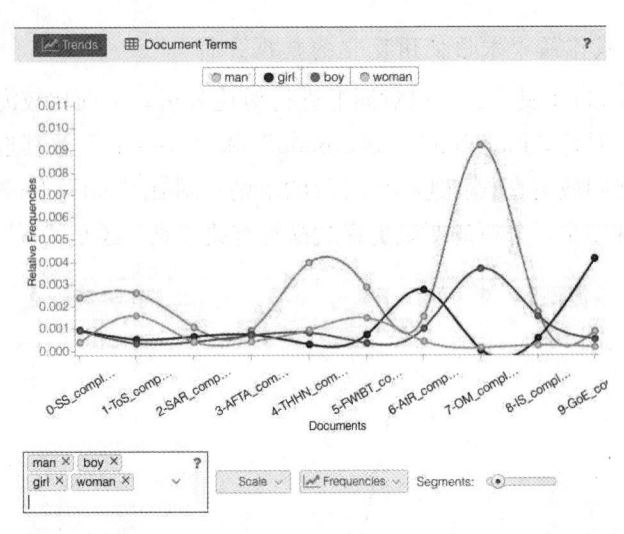

图 4-7　海明威作品中"man""boy""woman""girl"使用频次分析截图①

如图 4-7 所示，对比"man""boy""woman""girl"在各个作品中的出现频率，可以看到，在海明威的叙述中，他更喜欢将作品中成年男性称为"man"，而将成年女性称为"girl"。

上述有关海明威在创作中的具体叙述风格与特征，通过 Trends 工具可以非常快捷地发现，但通过个人传统阅读则难以察觉。

（三）使用 Mandala 工具

Mandala 工具是"一种可视化技术，显示了词汇和文档之间的关系"②。具体来说，每个词汇根据该词出现的频率与对应文档建立连接线，频率越高，连接线越多，相对位置越靠近，反之亦然。Mandala 与 Trends 不同，Trends 仅仅展示出词汇的出现频率，而 Mandala 通过位置关系直观地展示了词汇与文本之间联系的紧密程度。

克罗克索尔团队试图运用 Mandala 工具在海明威作品语料库中研究有关"thinking、knowing、truth"的主题。

---

①　截图来自"How To Not Read Hemingway-Images"，https://briancroxall.net/publications/how-to-not-read-hemingway-images/ Accessed Jan. 6，2021.

②　https://voyant-tools.org/docs/#!/guide/mandala. Accessed Jan. 6，2021.

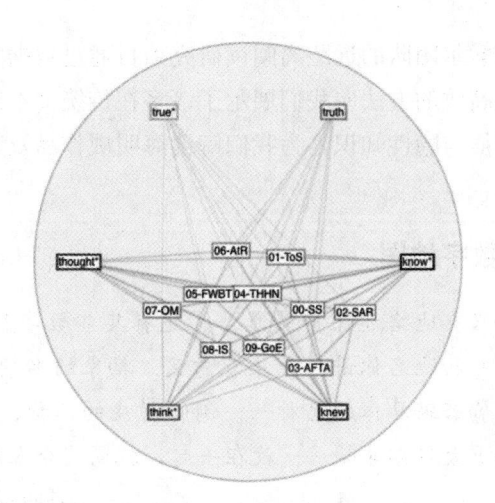

第四章
数字人文与文化地理学视域下的海明威研究

图4-8　海明威作品中关于"true""truth""thought""think"
"knew""know"的使用分析截图①

如图4-8所示,"thinking、knowing、truth"三个主题分别对应"think、thought、know、knew、true、truth"六个词汇,均匀分布在圆圈边缘位置,十部作品在圆圈中间位置,它们分别与各词汇根据出现频率建立连接线,出现频率越高,则连接线越多,将作品"拉"向该词汇,相对位置也更加靠近。从相对位置关系可以看出,《老人与海》(07-OM)与《太阳照常升起》(02-SAR)这两部小说都没有涉及"truth"主题,分别处于"thinking、knowing"的两个极点,《老人与海》更拉向于"thinking",而《太阳照常升起》更拉向于"knowing"。而其他小说均涉及这六个术语"think、thought、know、knew、true、truth"。其中,在 thinking、knowing 和 truth 之间最为平衡的是《有钱人和没钱人》(04-THHE)。

克罗克索尔团队推论,在海明威看来,思考(thinking)和知晓(knowing)是两个相关的活动,而它们与事实(truth)并不完全相关。"truth"和"true"的相对频率较低,可能说明了"海明威对事实充满敬意,认为事实最好通过具体细节而非抽象来表达"②。

---

① 截图来自 "How To Not Read Hemingway—Images",https：//briancroxall. net/publications/how-to-not-read-hemingway-images/ Accessed Jan. 6，2021.
② Brian Croxall. "How to Not Read Hemingway", *Hemingway in the Digital Age:Reflections on Teaching, Reading, and Understanding*, edited by Laura Godfrey. Kent：The Kent State University Press, 2019, p. 82.

总之，克罗克索尔团队的远距离阅读研究项目通过数据分析、可视化呈现技术，以一种快速高效的方法向我们展示了诸多在传统文本细读中难以发掘的写作规律、风格特征与隐性知识，为我们解读海明威作品及其写作风格开辟了一条新路径。

二、海明威数字地图

> 到末了，只有地名还保持着尊严。还有某些数字和某些日期也是如此，只有这一些和地名你讲起来才有意义。抽象的名词，像光荣、荣誉、勇敢或神圣，倘若跟具体的名称——例如村庄的名称、路的号数、河名、部队的番号和重大日期等等——放在一起，就简直令人厌恶。[①]
>
> ——海明威《永别了，武器》

海明威一生酷爱周游世界、旅居各地，同样也痴迷于对地点进行描写。在其文学作品中，他收集并描绘了极为丰富的地理信息，体现了他对环境的细致研究与记录。劳拉·戈弗雷将海明威这一特点称为"深度地图绘制"（deep mapping），并解释道："这既指一种实践，也可以是一个产品；既可以被视为某个地方文化地理的具体表现，也可以被视为记录社会、历史、个人感受、生态或个人经历的一种方式，它们交织在给定的具体地方，成为其中的一部分。"[②] 在海明威作品中，深度地图绘制随处可见，他通过对某个地方的描写，将自然、文化历史与个人的地方记忆相交融。

因此，关注海明威作品中的地点描写显得十分必要。有关海明威地图绘制的研究项目已持续数十年的时间，比如，亚伦·西尔弗曼（Aaron Silverman）和莫利·马奎尔（Molly Maguire）绘制的纸质地图《欧内斯特·海明威世界探险地图》（*Ernest Hemingway Adventure Map of the World*，1986），以及诺埃尔·菲奇（Noel Fitch）的文学旅行指南《漫步在海明威的巴黎：文学旅行者的巴黎指南》（*Walks in Hemingway's Paris: A Guide to Paris for the Literary Traveler*，1990）。

随着数字技术的普及，地图绘制也开始了数字化转向。丽塔·巴纳德

[①] （美）海明威：《永别了，武器》，林疑今译，上海：上海译文出版社，2019年，第192页。

[②] Laura Godfrey, Bruce R. Godfrey. "Stories in the Land: Digital 'Deep Maps' of Hemingway Country", *Hemingway in the Digital Age: Reflections on Teaching, Reading, and Understanding*, edited by Laura Godfrey. Kent: The Kent State University Press, 2019, p. 129.

(Rita Barnard)指出"近年来,对空间性(与时间性相对)的关注已被视为后现代主义(与现代主义相对)的决定性特征",这标志着从关注"何时"转向关注"何地"。① 为什么这一转变发生在 21 世纪? 罗伯特·塔利(Robert Tally)指出,数字技术改变了空间的呈现方式,增强了我们的空间感。而全球化使人们认识到不同的地方在很大程度上是相互关联的,世界既是庞大的又是微小的。这是一种迷失方向又自相矛盾的主观性。在这个世界里,我们对地图的需求急速增长,既要求压缩空间以看到全局,又要求扩展空间以看到细节,如塔利所言,在这样一个世界里,空间"既不那么真实,又愈发迫切"②。

海明威地图绘制随之开启了数字化之路。首次尝试是迈克尔·帕林(Michael Palin)于 1999 年在美国公共广播公司(Public Broadcasting Service)网站上发布的"海明威探险之旅"(*Michael Palin's Hemingway Adventure*)。其首页上有八个重要超链接:芝加哥与密歇根、意大利、巴黎、西班牙、非洲、基韦斯特、古巴和美国西部。它们分别代表海明威一生中旅行的各个阶段,点击每一个图标,会出现与海明威在该地有关的丰富信息,包括图片、文字叙述、视频与音频资料等。该网站的设置如同一个旋转的地球仪,通过数字工具辅助,用户只需在网页上滚动鼠标,点击图标,便可浏览与海明威有关的任何一个地方,阅读海明威的作品与经历③。

美国弗吉尼亚大学开发的数字地图工具 Neatline 也用于考察海明威小说的空间性。比如,2015 年,科特基(K. Kotecki)等人使用该工具绘制出海明威短篇小说《杀手》的地图。在地图中,他们忠实于"故事的时间线,以及故事人物在空间运动中的细节描写",但同时试图呈现出"在文本的字里行间中没有描述出来的东西"。④ 比如,餐室的柜台是对话主要发生地,柜台的模样对于不同的人来说是不一样的。在数字地图中,研究者将柜台背景设计为黑白相间的油毡,直观地呈现出 20 世纪 20 年代的装修风格,这种代入感是在纸

---

① Rita Barnard. "Modern American Fiction", *The Cambridge Companion to American Modernism*, edited by Walter Kalaidjian. Cambridge:Cambridge University Press, 2005, p.46.

② Katiuscia Darci. "'To Draw a Map is to Tell a Story':Interview with Dr. Robert T. Tally Jr. on Geocriticism", *Primavera*, Vol.11, 2015, p.30.

③ Michael Palin. *Michael Palin's Hemingway Adventure*. PBS, http://www.pbs.org/hemingwayadventure/index.html. Accessed Jan. 6, 2021.

④ K. Kotecki. *Mapping Hemingway's "The Killers"*. June 12, 2015, https://textmappingasmodelling.wordpress.com/2015/06/12/mapping-hemingways-the-killers/ Accessed Jan. 6, 2021.

质文本中无法获得的。

2015 年，凯彻姆社区图书馆制作了一个视频《纪念海明威在爱达荷州中部》(Remembering Hemingway in Centra Idaho)，主要是照片和音频资料的汇编。音频资料源于该馆收藏的口述历史访谈，包含海明威在爱达荷生活期间友人的叙述，比如好友安尼塔·格雷（Anita Gray）、医生乔治·赛伍尔（George Saviers）、管家比尔·布诺汉（Bill Brohan）等。该短片的特点是，这些口述者的记忆大多聚焦于地点，主要是与海明威一起狩猎、钓鱼、徒步旅行、喝酒聊天或探险的具体地理位置，这些回忆共同形成了一幅深度绘制地图。

最新研究成果是由劳拉·戈弗雷及其丈夫布鲁斯·戈弗雷（Bruce R. Godfrey）共同研发的海明威数字地图。该项目由美国爱达荷大学图书馆、北爱达荷学院英文系与凯彻姆社区图书馆合作，命名为"海明威在爱达荷州的地图绘制"（Mapping Hemingway in Idaho），使用工具 ArcGIS StoryMaps，旨在创建一个可访问的数字地图，以挖掘在爱达荷这片土地上被隐藏的海明威故事[1]。

故事地图（Story Maps）在人文学科中早已被用于帮助理解文本中的主要人物、故事情节或背景等，以达到理解文本的目的。戈弗雷等人所使用的 Esri Story Maps，基于故事地图的概念，结合各式各样的数字内容，比如权威地图、图像、叙述文本、音频和视频等来展现一个地点。最终，戈弗雷团队通过结合二维和三维数字地图、有关海明威的音频材料、图片资料、旅行路线以及海明威生平研究等，完成了一幅多媒体地图，记录海明威在爱达荷州中部的行动轨迹，标记出海明威陵园和海明威纪念碑等重要地点[2]，展现了海明威在这一地区旅居经历的全貌。

比如，Trail Creek Cabin 是海明威在爱达荷期间与朋友常去之地。在戈弗雷团队的数字地图中，Trail Creek Summit 是其中一个点，用户可以在地图上点击图标 Trail Creek Summit，该地理位置在主地图上即刻被放大。除了该地

---

[1] Laura Godfrey, Bruce R. Godfrey. "Stories in the Land: Digital 'Deep Maps' of Hemingway Country", *Hemingway in the Digital Age: Reflections on Teaching, Reading, and Understanding*, edited by Laura Godfrey. Kent: The Kent State University Press, 2019, p. 135.

[2] Laura Godfrey, Bruce R. Godfrey. "Stories in the Land: Digital 'Deep Maps' of Hemingway Country", *Hemingway in the Digital Age: Reflections on Teaching, Reading, and Understanding*, edited by Laura Godfrey. Kent: The Kent State University Press, 2019, p. 136.

第四章
数字人文与文化地理学视域下的海明威研究

的地理位置,在地图界面的左侧面板上还可点击查看与之相对应的图片、音频与生平信息。该地图以可视化方式将海明威的爱达荷之旅清晰生动地展现出来,不仅有助于读者理解爱达荷经历对于海明威创作的启发,同时,作为一个数字工具,也用海明威的故事为爱达荷增添了更丰富的文化内涵。

除戈弗雷团队外,理查德·汉卡夫(Richard Hancuff)运用 Google Maps 和 Story Map 探究《流动的盛宴》中有关巴黎具体地点的描写。在《流动的盛宴》中,海明威详细记录了巴黎的咖啡厅、书店、街道、建筑等。在汉卡夫看来,这些具体地点不仅仅是巴黎这座城市的地理坐标,更重要的是将海明威置于巴黎拉丁区的中心位置,并向读者重新确立了"海明威在现代主义发展进程中与第一次世界大战后侨居海外的美籍群体中的中心文化地位"[1]。但显然,21世纪的巴黎已不再是20世纪20年代的巴黎模样,当代读者所处的世界与20世纪20年代海明威所处的巴黎之间存在空间障碍。读者在阅读《流动的盛宴》时,如果对文本中的空间叙述没有正确的把握,则无法理解海明威记忆中的巴黎,更无法理解文本中空间性背后所体现的法国文化历史。因此,使用 Google Maps 等数字工具有助于"再现那些来自遥远过去的空间,将海明威所处的世界与当代读者的世界拉近,强化读者对文本的空间意识"[2]。

无独有偶,丽贝卡·约翰斯顿(Rebecca Johnston)与上述学者观点一致,认为海明威的小说"具有很强的地域特色和历史根源"[3],因此她强调沉浸式数字地图(immersive digital maps)的重要性。具体来说,使用 Google Maps 和 Google Earth 这两个数字工具,尤其是全景地图(ground views)功能,可以使海明威作品中的重要地点清晰地可视化呈现出来,让读者在具体地点中获得沉浸式体验。以《永别了,武器》为例,在卡波雷托战役后,主人公弗雷德里克决定从意大利前线逃离。读者在 Google Maps 上输入 Gorizia 和 Udine,可以直观地看到弗雷德里克当时逃离的路线:他从塔利亚门托河,一

---

[1] Richard Hancuff. "Using Digital Mapping to Locate Students in Hemingway's World", *Hemingway in the Digital Age: Reflections on Teaching, Reading, and Understanding*, edited by Laura Godfrey. Kent: The Kent State University Press, 2019, p. 122.

[2] Richard Hancuff. "Using Digital Mapping to Locate Students in Hemingway's World", *Hemingway in the Digital Age: Reflections on Teaching, Reading, and Understanding*, edited by Laura Godfrey. Kent: The Kent State University Press, 2019, p. 122.

[3] Rebecca Johnston. "Using Digital Tools to Immerse the iGeneration in Hemingway's Geographies", *Hemingway in the Digital Age: Reflections on Teaching, Reading, and Understanding*, edited by Laura Godfrey. Kent: The Kent State University Press, 2019, p. 147.

路逃离经由米兰，到斯特雷萨，最后进入瑞士。数字地图将逃离路线以一种可视化方式清晰地呈现出来。在 Google Earth 上输入 Kobarid (Caporetto)，使用全景地图功能去仔细观察科巴里德 (Kobarid) 的每一个地方，尤其是能看到城外的坟墓，那里存放着死于卡波雷托战役的数千名意大利士兵的遗体。约翰斯顿认为，这种对海明威作品中描写的地点的沉浸式体验，能够营造出一种压抑沉重的战争氛围，有助于读者体会小说中主人公弗雷德里克时而绝望、时而深思熟虑、时而步履沉重的状态，加深读者对《永别了，武器》主题的理解[1]。

此外，约翰斯顿还介绍了一个应用软件 The Hemingway Trails and Quizzes App。该软件设置了一系列海明威的足迹，包含海明威生活和创作过的不同地点，并且在每个界面的旅行中设置了有关海明威与该地点相关的问题。比如，在"海明威在瓦伦西亚"（"Hemingway in Valencia"）中共有 18 个问题，其中涉及瓦伦西亚当地火车站的正面外观，短篇小说《决战前夜》中提到的那家酒店以及《太阳照常升起》中数次提及的雕塑。在约翰斯顿看来，将此软件上的每一个地点与 Google Earth 结合起来使用，向读者展示海明威作品中的人物和地点，在提高文学趣味性的同时可以帮助读者更好地理解作品本身[2]。

约翰斯顿指出，地理背景是海明威在创作中倾注了大量时间和思考之处，让读者沉浸于数字图像、视频和地图中去了解海明威作品的历史背景和地理背景，有助于读者"更充分地欣赏海明威作品的现实主义和复杂性"[3]。

从上述海明威数字地图的相关研究项目可以看出，正是海明威对于地点描写的执着与热爱，促成了数字地图在海明威研究中的广泛应用，而数字地图也反过来帮助读者加强对海明威文本的空间意识。

---

[1] Rebecca Johnston. "Using Digital Tools to Immerse the iGeneration in Hemingway's Geographies", *Hemingway in the Digital Age: Reflections on Teaching, Reading, and Understanding*, edited by Laura Godfrey. Kent：The Kent State University Press, 2019, p. 148.

[2] Rebecca Johnston. "Using Digital Tools to Immerse the iGeneration in Hemingway's Geographies", *Hemingway in the Digital Age: Reflections on Teaching, Reading, and Understanding*, edited by Laura Godfrey. Kent：The Kent State University Press, 2019, p. 154.

[3] Rebecca Johnston. "Using Digital Tools to Immerse the iGeneration in Hemingway's Geographies", *Hemingway in the Digital Age: Reflections on Teaching, Reading, and Understanding*, edited by Laura Godfrey. Kent：The Kent State University Press, 2019, p. 156.

三、海明威数字档案

除了"远距离阅读"方法、海明威数字地图、海明威应用软件，海明威数字档案（digital archive）也在日益丰富与完善。数字档案，主要是指将海明威的作品、手稿、书信、照片和影像等数字化转换而成的资料，其内容丰富、形式多样，是海明威研究的重要参考。

米歇尔·摩尔（Michelle Moore）在《数字档案运用于海明威教学》（"Teaching Hemingway through the Digital Archive"，2019）一文中，罗列出各种各样丰富的数字资源，认为海明威数字档案有助于激发读者对文学与历史的积极思考，促使他们对文学人物进行有意义的讨论，了解一个更为真实全面的海明威，同时激发读者通过历史研究来进行文本解读[1]。

海明威基金会和宾夕法尼亚州立大学于2011年启动"海明威书信计划"（Hemingway Letters Project），对大约六千封海明威信件进行全面的学术编辑。通过海明威的书信，读者可以更直观地了解海明威的笔迹、日常行文风格等。目前，通过Google Image Searches可以查找到许多海明威书信的数字图像资料。

奥克帕克公共图书馆（The Oak Park Public Library）已对三百余件与海明威有关的物件进行了数字化处理，比如海明威的出生证明、电报、亲笔签名等，其中还包括来自奥克帕克公共图书馆与奥克帕克海明威基金会所收藏的大量海明威早期家庭照片。

美国波士顿肯尼迪总统图书馆通过数字档案的方式，提供了海明威生前的藏书记录、可供下载的海明威阅读书目以及海明威在1954年诺贝尔奖晚宴上的演讲录音等。近年来，该图书馆还从古巴海明威博物馆中获得了大量珍贵文献的资料扫描、胶卷，并制成电子版。该图书馆还将海明威母亲格蕾丝制作的剪贴簿进行数字化处理，并注释了海明威18岁前的生活。此外，图书馆的数字档案馆中有专门的"海明威图像馆"（John F. Kennedy digital archives："Ernest Hemingway Photograph Collection"），相关照片多达11000多张。

海明威数字档案远不止上述书信、照片与物件。摩尔指出，当代读者通常

---

[1] Michelle E. Moore. "Teaching Hemingway through the Digital Archive", *Hemingway in the Digital Age: Reflections on Teaching, Reading, and Understanding*, edited by Laura Godfrey. Kent: The Kent State University Press, 2019, p. 163.

是通过精心装订的小说集去了解海明威,在他们的认知里,海明威是一个严肃的现代主义作家,但他们并不了解 20 世纪 20 年代的"小杂志文化"(little magazine culture),以及"小杂志"对海明威的裨益。实际上,海明威是一个将通俗文化和严肃文学深度融合的作家。因此,将小杂志数字化,了解小杂志中的海明威创作以及他所处时代的小杂志文化,有助于读者跳出海明威严肃的大师级作家形象从而对其形成新认识[1]。美国普林斯顿大学的蓝山项目(the Blue Mountain Project at Princeton)将海明威曾参与过创作的诸多小杂志,比如《小评论》(*The Little Review*)、《日晷》(*The Dial*)与《时尚先生》(*Esquire*)等转换为数字化档案,为读者呈现原汁原味的小杂志。《多伦多星报》(*The Toronto Star*)也以数字化方式重新出版了海明威的七十多篇文章。

丽贝卡·约翰斯顿在《数字工具使"互联网一代"沉浸于海明威的地理书写中》("Using Digital Tools to Immerse the iGeneration in Hemingway's Geographies",2019)一文中还指出,数字视频和图像是理解海明威作品的有效工具,能够直观呈现出海明威在作品中描写的地点。比如,YouTube 视频网站的 CrashCourse 提供了有关《永别了,武器》和《太阳照常升起》历史背景的视频资源。美国国会图书馆(the Library of Congress)的 Prelinger Collection 和 Carol M. Highsmith Archive 中分别收藏了有关 20 世纪 20 年代巴黎的视频资料和古巴的图像资料。前者有助于理解《太阳照常升起》,后者则有助于理解《老人与海》和《有钱人和没钱人》。英国战争博物馆(the British Imperial War Museum)中有关于第一次世界大战的海量数字图像资料,其中包含 72 张有关伊松佐河战役的图片,它们生动地呈现了"海明威在《太阳照常升起》和《永别了,武器》中所表达的战争带来的幻灭"[2]。

海明威数字档案有效地将与海明威相关的各类文献进行了数字化处理,使之永久保存下来,并助益于世界范围内的读者与学者随时随地查阅。

---

[1] Michelle E. Moore. "Teaching Hemingway through the Digital Archive", *Hemingway in the Digital Age:Reflections on Teaching*, *Reading*, *and Understanding*, edited by Laura Godfrey. Kent:The Kent State University Press,2019,p. 160.

[2] Rebecca Johnston. "Using Digital Tools to Immerse the iGeneration in Hemingway's Geographies", *Hemingway in the Digital Age: Reflections on Teaching*, *Reading*, *and Understanding*, edited by Laura Godfrey. Kent:The Kent State University Press,2019,p. 152.

第二节 文化地理学

文化地理学（Cultural Geography）是人文地理学（Humanistic Geography）的一个重要分支，主要研究与地理空间有关的人文活动，地理空间如何被人类所阐释与使用，如何保留与呈现文化，文化又是如何影响人类的日常生活空间的[①]。文化地理学在西方产生于20世纪20年代，以美国文化地理学家卡尔·索尔（Carl Sauer）于1925年发表《景观的形态》（"The Morphology of Landscape"）一文为标志，强调把地理景观看作自然与人文因素的综合景象，用文化景观来研究某一地域特征。

海明威自称"博物学家"，创作了许多有关地理、生态、环境的作品。如上文所述，他痴迷于对地点的描写。在文学作品中，他描绘了极为丰富的有关地点的信息，体现了他对环境的细致研究与记录。

英美学界将海明威研究置于文化地理学视域下进行探讨，兴起于近十年，尚属新兴领域。本节将其划分为萌芽、发展与延伸三个阶段，分别考察文化地理学在海明威研究中的应用及所取得的成果。

一、萌芽：文化地理学视域下的研究尝试

2010年，马克·奇里诺（Mark Cirino）和马克·奥特（Mark P. Ott）合编了《欧内斯特·海明威与记忆中的地理》（*Ernest Hemingway and the Geography of Memory*）。该书共收录了14篇文章，聚焦于海明威写作中的地理元素，以及他如何利用地点来展示具体的记忆。编者在序言中明确指出："本书中的文章在诸多方面探究了海明威对空间解读的自觉之路，随着旅行的展开，他所构建的空间图像不断发展、写作风格逐渐成熟。"[②] 海明威的作品混合了记忆、地理以及从创伤经历中领悟的人生教训。密歇根、意大利、西班牙、巴黎、非洲和墨西哥湾等地点是其作品最为独特的背景。在海明威的创作过程中，他重访这些地方，对其进行重新想象与重新建构。

[①]（英）迈克·克朗：《文化地理学》，杨淑华、宋慧敏译，南京：南京大学出版社，2003年，第4页。

[②] Mark Cirino, Mark P. Ott, eds. *Ernest Hemingway and the Geography of Memory*. Kent: The Kent State University Press, 2010, p. Ⅺ.

其中，拉里·格莱姆斯（Larry Grimes）将《老人与海》置于非洲－古巴语境中，运用海明威生活和写作的多元文化元素，从"新文化地理的角度来解读海滩上的狮子"[1]，探讨狮子在小说中出现的地点，狮子是如何进入叙述中，以及狮子在叙述意识的建构中所处的位置。格莱姆斯对狮子在小说中四次出现的具体位置加以探讨。第一次是在圣地亚哥的回忆中，另外三次则是在圣地亚哥的梦境中。梦境是记忆的一种奇怪形式。狮子反复出现在老人的记忆与梦境中，格莱姆斯将其分别称为"物理地理"（physical geography）和"心智地理"（mental geography），由此可以看出圣地亚哥记忆意识中的地理是相当复杂的。

阿利森·纳迪亚·菲尔德（Allyson Nadia Field）将《太阳照常升起》看作一部20世纪20年代巴黎的游记，利用巴黎的地理知识来解读《太阳照常升起》，并把杰克·巴恩斯看作海明威笔下的巴黎导游。巴恩斯反复强调他所处的环境，并反复提及旅伴们经常光顾的街道、酒吧和咖啡馆。海明威所写的游记，描述了那些构成他侨居生活方式的地理位置。基于此，菲尔德认为，《太阳照常升起》是"海明威对巴黎左岸的虚构描写，突显了侨居艺术家们的生活方式实际上是一种旅游体验，而《太阳照常升起》也是一种体验式游记"[2]。

劳伦斯·马丁（Lawrence Martin）重点考察《非洲的青山》中的重要景观，探讨了海明威对自己经历的记忆和对这些事件的文本呈现之间的区别。马丁指出这部作品的中心既不是游猎，也不是非洲。海明威的非洲探险之旅构成了一段温馨的回忆，而这部作品是对事件和记忆相互作用的记录。海明威部分地按照事件发生的方式进行讲述，同时也部分地按照自己的意愿加以描写。海明威所回忆的，或他所选择创造的，是作为艺术永存的记忆[3]。

---

[1] Larry Grimes. "Lions on the Beach: Dream, Place, and Memory in *The Old Man and the Sea*", *Ernest Hemingway and the Geography of Memory*, edited by Mark Cirino, Mark P. Ott. Kent: The Kent State University Press, 2010, p. 57.

[2] Allyson Nadia Field. "Expatriate Lifestyle as Tourist Destination: *The Sun Also Rises* and Experiential Travelogues of the Twenties", *Ernest Hemingway and the Geography of Memory*, edited by Mark Cirino, Mark P. Ott. Kent: The Kent State University Press, 2010, p. 84.

[3] Lawrence H. Martin. "Pursuit Remembered: Experience, Memory, and Invention in *Green Hills of Africa*", *Ernest Hemingway and the Geography of Memory*, edited by Mark Cirino, Mark P. Ott. Kent: The Kent State University Press, 2010, p. 105.

二、发展：全面深入的海明威地理诗学研究

第一部全面深入研究海明威地理诗学的专著是劳拉·戈弗雷（Laura Godfrey）的《海明威的地理：亲密感、物质性与记忆》（*Hemingway's Geographies: Intimacy, Materiality, and Memory*，2016）。尽管在2018年唐伟胜为该著撰写了一篇评述《地理诗学的批评实践：评〈海明威的地理：亲密感、物质性与记忆〉》，但这篇文章主要是对书中章节进行概述，并未深入分析，且国内并无对此展开进一步探讨的其他相关研究。因此，下文着眼于关注戈弗雷的研究中有关文化地理学的具体运用案例，对其加以具体阐释。

戈弗雷指出，海明威是一个痴迷于地点的作家，他对不同地域的描绘不仅仅是停留在风景或视觉景观上，更在于绘制出其悠久的文化历史和错综复杂的物质性。他痴迷于物质世界的细节，专注于地方和地方记忆的情感特质。"忠实于环境细节和环境记忆，是海明威性格和艺术的核心事实。"[1] 因此，"地点"本身是海明威作品及其创作过程的核心，高度的"地点意识"[2]（place-conscious）是海明威作品的一大特点，但这方面一直缺乏深入研究。

海明威被戈弗雷称为"当代意义上的人文地理学家"，因为其作品展现了对地形、地理和景观之间细微差别的敏感。对海明威来说，地点代表着复杂的生态、情感和文化力量。在其作品中，地点并非被简单描绘成由人类构造而成的。海明威的文学地理始终是由自然、历史、个人和文化等交织而成的。他对地点的描写也是多层面的，"既记录了人类层面的变化，也展示了非人类层面发生的变化，同时也在故事人物与物理环境之间激发出惊人的关联性"[3]。他让故事人物沉浸于物质世界中，因为某个地点的物质性和人类的情感始终是交织在一起的。

海明威又是"自学成才的自然地理学家"。几乎在所有作品中，他都在探索并关注于人类在如何塑造环境，反过来又是如何被环境塑造的。他不断地提醒我们：人、地点中的物、对过去地点的记忆和地理本身之间的关系。在大部分作品中，地点可以是海明威塑造人物性格的工具，也可以是接近那些沉默寡

---

[1] Laura Godfrey. *Hemingway's Geographies: Intimacy, Materiality, and Memory*. London: Palgrave Macmillan, 2016, pp. 177–178.

[2] 该术语在国内或被译为"处所意识"。

[3] Laura Godfrey. *Hemingway's Geographies: Intimacy, Materiality, and Memory*. London: Palgrave Macmillan, 2016, p. 6.

言的人物内心世界的途径。但地点本身远不止这些。海明威沉浸于他所生活的每一处环境的感官体验、历史和物质性中,并最终在作品中将这些环境赋予生命①。

因此,戈弗雷指出,将海明威视为一个"文学和文化地理学家",可以让我们知道"真实的地点如何变成想象的空间,物质世界的地形和想象的地形如何相互影响"②。海明威如同文化地理学家一般,在其创作中采用不同的叙述技巧,向读者讲述不同的地方。他的技巧有时是历史性的或说教的,有时是以场景呈现的,有时则是通过心理上或情感上的描写。无论是何种方式,都需要读者对地点进行理解,对环境加以解读。

以短篇小说《了却一段情》为例,海明威的小说多是以对地点复杂但看似简单的描述作为开头,以各种各样的形式对地形、地点或地理进行详细描写:

> 霍顿斯湾早先是座伐木业城市。住在城里的人没一个听不见湖边锯木厂里拉大锯的声音。后来有一年再也没有原木可加工成木材了。运木材的双桅帆船一艘艘开进湖湾,把堆放在场地上那些厂里锯好的木材装上船。一堆堆木材全给运走了。那大厂房里凡是能搬动的机械都被搬出来,由原先在厂里干活的工人吊上其中一艘双桅帆船。帆船出了湖湾,驶向开阔的湖面,装载着那两把大锯、往旋转中的圆锯推送原木的滑车架,还把全部滚轴、轮子、皮带和铁器都堆在这满满一船木材上。露天货舱上盖着帆布,系得紧紧的,船帆鼓满了风,驶进开阔的湖面,船上装载着一切曾把工厂弄得像座工厂、把霍顿斯湾弄得像座城市的东西。一座座平房工棚、食堂、公司栈房、工厂办公室和大厂房本身都空无一人,留在湖湾边潮湿的草地上大片大片的锯木屑中。③

该故事的开头令诸多批评家感到费解,甚至批判其冗长沉闷。为什么一个讲述尼克与玛乔丽两人之间的浪漫关系最终平静地走向结束的分手故事,开篇

---

① Laura Godfrey. *Hemingway's Geographies: Intimacy, Materiality, and Memory*. London: Palgrave Macmillan, 2016, pp. 7—8.
② Laura Godfrey. *Hemingway's Geographies: Intimacy, Materiality, and Memory*. London: Palgrave Macmillan, 2016, p. 5.
③ (美)海明威:《海明威短篇小说全集(上)》,陈良廷、蔡慧等译,上海:上海译文出版社,2019年,第111页。

第四章
数字人文与文化地理学视域下的海明威研究

要花费如此大篇幅对地点进行描写，而对两位主人公只字未提？戈弗雷认为，这是因为在《了却一段情》中，地点与人物一样重要，对整个故事起着支柱性作用[1]。海明威开篇所描述的不仅仅是霍顿斯湾，还描述了这个地方与历史、经济以及当地工业之间的关系。换言之，他专注于塑造这个城市的经济力量和文化力量。仅从开篇首句"霍顿斯湾早先是座伐木业城市"便揭露了该地的历史和一种特殊的文化地理特征。在戈弗雷看来，这句话并非简单地为接下来的情节做一个背景描述，而是"提炼出了当地的经济、景观、生态、历史和民间传说"[2]。

戈弗雷指出，记忆是任何一种文化地理的重要组成部分，是对地点进行全面了解的关键组成部分。在《了却一段情》中，记忆发挥重要作用，对当地景观的描写通过记忆使其保有生命力。海明威从一幅描绘这片土地衰落的商业图景转向了一个戏剧性的场景：经济力量迫使木材厂倒闭，使当地的地理环境变得荒凉。在某种意义上，他为读者回忆那段历史，回忆当地木材厂倒闭、木材和机械被运走的那段岁月。

这家工厂及其机械设备曾是这个地区经济、景观和生计背后的驱动力，但现在所有的机械都被"盖着帆布，系得紧紧的"，丧失了生命力。这艘帆船将驶向何处不得而知，它只是"出了湖湾，驶向开阔的湖面"。戈弗雷认为，海明威在此强调的是人类经济力量塑造了霍顿斯湾的地理，说明工厂不仅影响着当地的自然景观，也对整个城镇结构产生影响[3]。正如迈克·克朗所言，城市不只是作为故事的背景，它还是故事的发生地，对城市地理景观的描写同样表达了对当地社会与生活的认知[4]。

在描述这个地方的文化地理的另一个层面，即这个城市本身时，海明威意识到如果不包括过去的人或他们曾经居住过的地方，就不可能形成对当地历史的完整记忆。"一座座平房工棚、食堂、公司栈房、工厂办公室和大厂房本身都空无一人，留在湖湾边潮湿的草地上大片大片的锯木屑中。"当地的景观已

---

[1] Laura Godfrey. "'The End of Something' and the Landscape of Logging", *Hemingway's Geographies: Intimacy, Materiality, and Memory*. London: Palgrave Macmillan, 2016, p. 29.
[2] Laura Godfrey. "'The End of Something' and the Landscape of Logging", *Hemingway's Geographies: Intimacy, Materiality, and Memory*. London: Palgrave Macmillan, 2016, p. 29.
[3] Laura Godfrey. "'The End of Something' and the Landscape of Logging", *Hemingway's Geographies: Intimacy, Materiality, and Memory*. London: Palgrave Macmillan, 2016, p. 33.
[4] （英）迈克·克朗：《文化地理学》，杨淑华、宋慧敏译，南京：南京大学出版社，2003年，第63页。

经被所施加的人为因素改变。在段落最后，叙述的重点从景观的人为元素转变到纯天然元素上："湖湾边潮湿的草地"。在戈弗雷看来，这个简短且看似简单的故事开头，成功地呈现了"美国特殊历史时期的一个缩影，融合了文化、经济和自然历史。海明威呈现出的这一叙事景观充满了自己的历史，散发着过去的故事气息"①。

了解美国北部湖区木材工业的历史，有助于理解海明威作品中伐木文化遗留下的景观的人为构造特性。在《了却一段情》中，景观是一种由伐木业构成的文化地理："它不是简单地描绘'自然'或被毁坏的森林，而是人类干预自然世界的结果。自然与人类企业、森林与伐木工、景观与当地居民之间的相互作用构成了霍顿斯湾的地理结构。"② 对海明威来说，要真实准确地描写地理空间，就要讲述当地伐木业所造成的巨大变化。伐木作为一种谋生手段、一种文化、一种产业融入这片土地的文化背景，改变了当地人的生活、职业和自然环境，这标志着人类与非人类之间的一个重要交集。

批评家普遍认为《了却一段情》中所描绘的没落萧条的景观是尼克和玛乔丽之间"垂死"爱情的象征性表达。但戈弗雷指出"从环境的角度来解读这个故事，可以更丰富地理解人物与地方之间的联系"③。在《了却一段情》中，尼克和玛乔丽对于这个地区来说只是其中两名成员，而这个地区有着自己的故事、民间传说与重要历史。海明威关于尼克和玛乔丽的故事，仅仅是众多丰富的当地地理故事中的一部分。

"那就是我们那老厂的废墟，尼克，"玛乔丽说。

尼克一边划着船，一边看着绿树丛里的白石。

"就在这儿，"他说。

"你还记得当初这是个工厂的情景吗？"玛乔丽问。

"我就快记不得了，"尼克说。

---

① Laura Godfrey. "'The End of Something' and the Landscape of Logging", *Hemingway's Geographies: Intimacy, Materiality, and Memory*. London: Palgrave Macmillan, 2016, p. 33.

② Laura Godfrey. "'The End of Something' and the Landscape of Logging", *Hemingway's Geographies: Intimacy, Materiality, and Memory*. London: Palgrave Macmillan, 2016, p. 34.

③ Laura Godfrey. "'The End of Something' and the Landscape of Logging", *Hemingway's Geographies: Intimacy, Materiality, and Memory*. London: Palgrave Macmillan, 2016, p. 29.

第四章
数字人文与文化地理学视域下的海明威研究

"看上去更像座城堡，"玛乔丽说。①

对尼克和玛乔丽来说，过去的日子更像是传说。在那个传说中，当地繁荣兴旺，木材供应无穷无尽、源源不断。在这个故事中，我们看到，当人类的生活、当地经济与地理环境相互作用时，人类将个人意义和文化意义层层附加到这一地理环境中。

与海明威一样，对尼克和玛乔丽来说，自然从来都不是人类活动的无声背景，也不是未开发的原始空间。自然世界及其地理位置充斥着对文化历史的提醒。人与自然始终交织在一起。在海明威的小说世界里，自然和文化这两个范畴是相互影响的，这种相互的影响通过地理细节的改变来实现。在《了却一段情》中，海明威的地理描写暗示了自然力量和文化力量的相互作用和变化。海明威在叙事中构建起一个不断变化的地理空间，将文化元素和生态元素结合在一起，影射该地区的历史与工业长时期的变化。

海明威在这个故事中强调的是一种相互关联，强调的是无论好坏，人类都是环境的一部分。废弃的工厂出现在爱情故事中，不仅仅是被摧毁的浪漫爱情的象征性演绎。从两位主人公简短的对话中，尼克和玛乔丽表现出他们对这个地区的地理演变的长期认识。尼克只记得工厂还是当地经济的重要组成部分的那段岁月，每次看到它，他都能感受到在这个地方发生的历史、文化与变化。这让他想起了密歇根北部伐木业的衰败，也让他想起了一个曾经繁华显赫的小镇现已不再繁华的事实。如今，在他周围的森林里，他看到的只剩下次生林，以此形式他看到了伐木所带来的残余影响。尼克对这个地方的理解让他对生活在这里的意义有了更深刻的认识，也让他对自己与玛乔丽之间的关系有了更深的理解。基于此，戈弗雷认为，这个故事并不仅仅是讲述一个自然主义者或逃避主义者在森林里的冒险，也展示了人物与地区之间的密切联系。

戈弗雷将海明威称为"文化地理学家"，因为他"将自己的文学美学与人文地理学的精髓结合起来"，海明威的地理书写是一种保留历史的方式②。《了却一段情》展现了海明威倾向于把地理文化变化和人类现实状况联系起来。戈弗雷强调，海明威的地理意识是"多层次的、动态的、有结构的"，他的地理

---

① （美）海明威：《海明威短篇小说全集（上）》，陈良廷、蔡慧等译，上海：上海译文出版社，2019年，第111页。

② Laura Godfrey. *Hemingway's Geographies: Intimacy, Materiality, and Memory*. London: Palgrave Macmillan, 2016, p. 12.

书写交织了历史、记忆和情感，他对空间和地点的探讨超越了"待征服的自然"（nature to be conquered）或"作为逃避地的自然"（nature as escape）这样传统批评的二元论[①]。海明威作品中的地理书写呈现在读者面前的是对这片土地的自然生态、文化历史及其情感的叙述。从这个意义上说，海明威更多地是从文化地理学家的角度来描写地点，而不是从传统小说家的角度。

三、延伸：以文化地理学重构作品的空间地图

2018年，伊林·卡克（Elin Kack）在《困惑空间：〈太阳照常升起〉与〈伊甸园〉中的地点分布》（"Troubling Space: Dispersal of Place in *The Sun Also Rises* and *The Garden of Eden*"）一文中，聚焦于《太阳照常升起》中的地点（place）与空间（space），探讨了地点的艺术呈现对空间概念的影响，以及各个不同地点之间的关联性。

在《太阳照常升起》中，地名无处不在：有欧洲城市名，比如巴黎、比亚里茨、圣塞巴斯蒂安、马德里、潘普洛纳等；有重要地标名，比如马德林教堂、瓦尔德格拉斯教堂、巴黎圣母院、先贤祠、加雅瑞剧院等；有各式各样的酒店、咖啡馆和餐厅，比如克里荣旅馆、蒙托亚旅馆、马德里蒙大拿旅馆、丁香园咖啡馆、和平咖啡馆、雅士咖啡馆、拉维涅餐厅等；还有街道名，比如蒙帕纳斯大街、圣米歇尔大街、拉斯帕埃大街、莫弗塔德大街、皇家港大街等。在卡克看来，地点是该小说的核心，建构起了该小说的空间地图[②]。基于此，卡克探讨了以下两个重点。

其一，通过地理与文学相融合，卡克展示了地点的艺术呈现对空间概念的影响。将一个地名与一个地理空间对等起来并非易事，这主要体现在地名与地理空间之间的指涉对等问题上。

以巴黎为例，第一，从美国人的角度来看，"巴黎"可能指的是美国得克萨斯州一个名为"Paris"的小镇。第二，"巴黎"不仅是其地名所指的地理空间，也可能是指巴黎的某些特质或某些方面。比如，某些美国文学家对欧洲的认知仅仅是法国，而对法国的认知大多或仅仅是一群巴黎的年轻人。在《太阳照常升起》中，杰克突出巴黎右岸和左岸之间的差异，强调了巴黎意义的复杂

---

① Laura Godfrey. *Hemingway's Geographies: Intimacy, Materiality, and Memory*. London: Palgrave Macmillan, 2016, p. 37.

② Elin Kack. "Troubling Space: Dispersal of Place in *The Sun Also Rises* and *The Garden of Eden*", *The Hemingway Review*, Vol. 37, No. 2, 2018, p. 98.

性。巴黎是多元的，它包含着相互冲突的事物。第三，将空间划分为国家、城市和城镇有时候是过于死板的，战争、探险和冲突等都有可能导致地图划分的改变，这说明一个地名在时间的推移中不会保留始终如一的含义，同样地，它在写作中也不会始终指的是同一地理空间。《太阳照常升起》以第一次世界大战为背景展开，小说中提及土地的重新安排、边界的重新划分以及特定地区名称的改变。通过这种方式，小说审视了空间和地点的概念[①]。第四，地点对文学作品的影响普遍存在，而文学作品对地点的影响也不容小觑。比如，小说中杰克在讲到科恩对巴黎的厌恶时说道："巴黎还有些街道和拉斯帕埃大街同样丑陋。我可以在这条街上步行而毫无介意。但是坐在车子里却令人无法忍受。也许我曾读过描述这条街的书。罗伯特·科恩对巴黎的一切印象都是这样得来的……大概是受了门肯的影响。门肯厌恶巴黎。"[②] 杰克认为科恩对巴黎的过度负面解读是受到门肯作品的影响，而他自己对巴黎的认识也同样受到某部作品的影响。对此，卡克认为，这表明对巴黎的文学书写是无所不在的，但又是模糊不清的，这进一步证实了巴黎通过层层累积的表象而变得模糊的事实[③]。

其二，卡克强调"各个不同地点之间的相互关联性"[④]。地点只有通过与其他地点相互关联，才能被理解，才被赋予丰富的内涵，是这些内涵意义将各个不同的地点连接在一起，不管它们的实际距离有多远。尽管《太阳照常升起》中所构建的地点都是真实可循的，但它们在作品中形成了自己的地图体系，自己的欧洲地图目录，它们也探究着欧洲空间作为一种文学工具意味着什么。它们在文学中被美学化运用，从而形成了自己的美学史。相对于更大的地理空间，这些地点已指向超越它们自身原本的地点。比如，当把小说中的地点放在一起时，一种更微妙的运动形式就出现了：巴黎、比亚里茨、纽约、马德里、圣塞巴斯蒂安、东非、南美以及其他提及的地点共同形成了一个空间体系，其个体稳定性受到了更大体系的挑战。这些地点构成了帝国殖民体系的一部分，不符合稳定的文化身份。比如，小说中最常出现的巴黎咖啡馆，已被美国化，在咖啡馆中的人已经很少说法语了。再如，游客住的旅馆，其作用并不

[①] Elin Kack. "Troubling Space: Dispersal of Place in *The Sun Also Rises* and *The Garden of Eden*", *The Hemingway Review*, Vol. 37, No. 2, 2018, pp. 99-100.

[②] （美）海明威：《太阳照常升起》，赵静男译，上海：上海译文出版社，2019 年，第 44 页。

[③] Elin Kack. "Troubling Space: Dispersal of Place in *The Sun Also Rises* and *The Garden of Eden*", *The Hemingway Review*, Vol. 37, No. 2, 2018, pp. 106-107.

[④] Elin Kack. "Troubling Space: Dispersal of Place in *The Sun Also Rises* and *The Garden of Eden*", *The Hemingway Review*, Vol. 37, No. 2, 2018, p. 102.

只是故事情节的背景。勃莱特在马德里住的蒙大拿旅馆（Hotel Montana），其名字既具有美国特色又具有西班牙特色。蒙大拿是美国的一个州，因而该地名容易产生逻辑误导，尤其是当从巴黎来的美国游客在火车上说"在我的家乡有很多人爱好（钓鱼）。我们蒙大拿州有几个蛮好的钓鱼场所"①。

又如，小说中讲述科恩去美国出版他的第一部文学作品之后，在与杰克的对话中讲到自己想去南美的愿望，以及杰克提议到英属东非去狩猎。可见，在小说开头描绘的这个包含了殖民地非洲和南美洲在内的更大的地理空间中，巴黎所占据的是"仅仅是一个有关联的位置，并非绝对中心位置"②。

再如，小说中美国地名的出现是集中式的，这与欧洲地名分散式的出现形成对比。在小说中，一个巴斯克人回忆起自己在美国的15年的经历：

"我在那里待过，"他说。"四十年前。"（巴斯克人说）

"哦，我当时在加利福尼亚。好地方。"（巴斯克人说）

"我到过，"他说。"我到过芝加哥、圣路易、堪萨斯城、丹佛、洛杉矶、盐湖城。"他很仔细地念着这些地名。（巴斯克人说）③

当巴斯克人逐一罗列出自己曾去过的美国所有的地方时，当小说中的人物表现出他们对这些地方的熟悉时，卡克认为这是从游客视角将地点视为"文化资本的象征"④。

不仅如此，随着第一次世界大战后美国作为经济强国的地位不断提升，美国的艺术和文学活动蓬勃发展，美国游客在面对欧洲的重要历史遗迹时表现出毫不在乎的态度。例如，杰克坐在开往马德里的火车上，途中看到雄伟壮观的著名西班牙古典建筑时说道："我看见窗外阳光照耀下的埃斯科里亚尔古建筑群，灰暗、狭长、萧瑟，但并不怎么太注意它。"⑤ 小说中的人物对巴黎圣母院、布达佩斯和维也纳的评价，均仅用"grand""wonderful"这类通用词语

---

① （美）海明威：《太阳照常升起》，赵静男译，上海：上海译文出版社，2019年，第91页。

② Elin Kack. "Troubling Space: Dispersal of Place in *The Sun Also Rises* and *The Garden of Eden*", *The Hemingway Review*, Vol. 37, No. 2, 2018, p. 103.

③ （美）海明威：《太阳照常升起》，赵静男译，上海：上海译文出版社，2019年，第112—113页。

④ Elin Kack. "Troubling Space: Dispersal of Place in *The Sun Also Rises* and *The Garden of Eden*", *The Hemingway Review*, Vol. 37, No. 2, 2018, p. 108.

⑤ （美）海明威：《太阳照常升起》，赵静男译，上海：上海译文出版社，2019年，第252页。

一笔带过。巴黎的歌剧院、玛德琳教堂和先贤祠也仅是旅程中的路标，除提及地名本身外，并未被具体描绘。

基于此，卡克指出，在小说中，美国不仅仅是一个地点，它通过文化传播与渗透，与巴黎和马德里建立起联系，存在于巴黎和马德里中，也就是说，某个特定的地点存在于一个更大的空间体系之中，与其他各个节点相互联系。通过罗列地名而非详尽具体地描绘出地点和场所，海明威模糊了它们的边界，对传统地图形式提出了质疑。传统的地图形式通过使用边界、颜色，以及显示位置的方框或点等图标，很容易区分和定位某个地点。而在海明威小说中，"地点并不是直截了当的，一是因为它总是与地点的描绘与呈现有关，二是因为任何地点孤立起来都没有意义。因此，地名的意义是相互关联的，它总是指向一个又一个地方"[1]。也就是说，一个地点只有通过与其他地点相互关联，才能被理解，才被赋予丰富的内涵，是这些内涵意义将各个不同的地点连接在一起，不管它们的实际距离有多远。

本章小结

本章主要围绕数字人文与文化地理学视域下的海明威研究展开，这是 21 世纪英美学界海明威研究取得的新突破，国内学界尚未引介或展开具体研究。

首先，在英美学界，数字人文视域下的海明威研究已初具成果。通过"远距离阅读"方法，对海明威作品进行数据化分析、可视化呈现，快速高效地展现了在传统文本细读中难以发掘或总结出的写作规律、风格特征与隐性知识等。在海明威数字地图方面，既研发出针对海明威生平经历、作品中地点的数字地图，也通过各式各样的数字地图工具对《杀手》《流动的盛宴》《永别了，武器》等作品中的地点描写加以考察。在海明威数字档案方面，已对海明威私人物品、书信、手稿、不同版本的作品、演讲录音、照片与影像等丰富的一手资料进行了数字化处理，建立起内容丰富、形式多样的海明威数字档案，具有极大的学术价值与现实意义。

其次，英美学界文化地理学视域下的海明威研究于 2010 年兴起，经历了

---

[1] Elin Kack. "Troubling Space: Dispersal of Place in *The Sun Also Rises* and *The Garden of Eden*", *The Hemingway Review*, Vol. 37, No. 2, 2018, p.110.

"萌芽—发展—延伸"的发展历程，对海明威作品中的地理书写进行了深入研究。在《了却一段情》中，我们看到的不再是一个有关情侣分手的简单故事，而是昔日伐木业兴盛的城市霍顿斯湾最终沦为一座荒凉的废弃小镇，这反映的是美国北部湖区木材工业的历史，是20世纪初该地区文化、经济和自然历史的缩影，因此，这个故事充分体现了海明威把地理文化变化和人类现实状况联系起来，其地理书写承载了对这片土地的自然生态、文化历史以及情感的叙述。在《太阳照常升起》中，地名无处不在，地点是小说的核心，建构起了小说的空间地图。海明威痴迷于描写地点，地理书写在其作品中广泛存在，不仅反映了海明威对他所描写的地点的解读与思考，又反过来赋予了这些地方新的价值与意义。

第五章 女性主义批评、生态批评与种族研究视域下的海明威研究

尽管海明威研究一直致力于挖掘新的研究方法、尝试新的研究视角,但在推陈出新的同时,英美学界也对主流批评进行反复推敲,围绕女性主义批评、生态批评与种族研究三个领域开展了长期而深入的研究,尝试在"老话题"中挖掘"新观点"。

较之于国内研究,21世纪英美学界在这三个领域的海明威研究中取得了新进展,收获了国内鲜有论及的前沿观点。第一,在女性主义批评方面,运用其具体流派生态女性主义,结合社会历史研究,对《了却一段情》《丧钟为谁而鸣》与《伊甸园》中的女性形象进行重释。第二,在生态批评方面,提出了动物与人类之间的"共生系统"这一新概念,考察了海明威在多部作品中体现出的复杂的狩猎伦理观,探究了《大双心河》与《太阳照常升起》中蕴含的田园主义,并从现代生态伦理关爱与生态旅游两个角度讨论了海明威的生态伦理观。第三,在种族研究方面,系统论述了海明威对印第安人、非洲人以及犹太人的种族观,其中论及《印第安人搬走了》《卧车列车员》《乞力马扎罗山下》《先生们,祝你们快乐》等多部在国内研究中涉及较少的海明威作品。

因此,本章主要围绕21世纪英美学界海明威研究在女性主义批评、生态批评与种族研究三个方面的研究成果,重点关注国内研究较少涉及或尚未涉及的前沿观点。

第一节 女性主义批评

在英美学界,女性主义批评运用于海明威研究始于20世纪70年代,随后不断发展深入。在女性主义批评之前,西方主流批评界通常把海明威视为一个

纯粹以男性为中心的作家,他描写战争的残暴、刻画死亡的深刻、突显硬汉形象,被批评家称为硬汉作家。也有部分激进批评家(如埃德蒙·威尔逊)将他斥责为有厌女情结的"男性沙文主义猪猡"。随着女性主义批评兴起,不断有学者推翻已有的男性传统批评,对海明威作品中的女性形象加以重新解读,在海明威研究中发出了女性声音。

自21世纪以来,英美学界海明威研究运用女性主义批评中的具体流派,以及将女性主义与文化研究、社会历史研究等相结合,取得了新进展。2002年,劳伦斯·博埃尔(Lawrence Broer)和格洛丽亚·霍兰德(Gloria Holland)编著的《海明威与女性:女性批评家与女性声音》(*Hemingway and Women: Female Critics and the Female Voice*)收录了17位女性海明威研究学者的论文,探讨了《太阳照常升起》《丧钟为谁而鸣》《有钱人和没钱人》《伊甸园》等多部作品中的女性形象,以及海明威一生中的重要女性,并试图将她们从"几十年来男性强加的刻板印象中"解放出来[1]。正如杰米·巴洛尔(Jamie Barlowe)所言,女性批评家和女性学者们一直试图"从未被注意到的、未被论及的,以及未被定义的方面,重新解读、重新建构社会和文学中的父权世界",进而"全面重构海明威"。[2]

一方面,杰米·巴洛尔、凯西·威林厄姆(Kathy Willingham)、丽莎·泰勒(Lisa Tyler)与黛布拉·玛多马格(Debra Moddelmog)等学者的研究侧重于将对女性角色的重新解读置于与传统男性批评的对比之中,以突显出与男性批评家的不同观点。正如丽莎·泰勒强调,"女性的解读是明显不同的"[3]。比如,杰米·巴洛尔重新考察《太阳照常升起》中的勃莱特。她对已有的相关批评做了大量总结与对比,发现男性学者与女性学者的解读是截然不同的。其主要区别在于男性批评家大多把勃莱特视为一个典型的或真实的女人,是对文本之外真实世界中的女性现实的反思,而许多女性研究者则认为"海明威对女性的建

---

[1] Lawrence R. Broer, Gloria Holland, eds. *Hemingway and Women: Female Critics and the Female Voice*. Tuscaloosa: University Alabama Press, 2002, p. XIII.

[2] Jamie Barlowe. "Re-Reading Women II: The Example of Brett, Hadley, Duff, and Women's Scholarship", *Hemingway and Women: Female Critics and the Female Voice*, edited by Lawrence R. Broer, Gloria Holland. Tuscaloosa: University Alabama Press, 2002, p. 26.

[3] Lawrence R. Broer, Gloria Holland, eds. *Hemingway and Women: Female Critics and the Female Voice*. Tuscaloosa: University Alabama Press, 2002, p. 74.

构，并不是对真实女性的反思，而是海明威对自己与女性精神斗争的反思"①。因此，不同于传统观点认为勃莱特是以海明威的女性朋友迪芙（Duff Twydsen）为原型而刻画的，巴洛尔认为"勃莱特反映的是海明威与他生命中的女人之间的关系，而不是他生命中的女人"②。

又如，凯西·威林厄姆通过探索西班牙斗牛中女性元素的起源，推翻了海明威笔下男性主人公独有男子气概的旧观点，并指出《太阳照常升起》中的勃莱特，"作为雌雄同体，体现了斗牛士的特征，可以被称为准则英雄"③。威林厄姆利用被学界忽视的有关西班牙斗牛传统的文献资料，重新审视了勃莱特人物塑造的重要意义，探讨了勃莱特与海明威"准则英雄"之间的关系。她详细阐释了更加女性化的西班牙斗牛传统（"斗牛术民俗"）以及西班牙求偶风俗，并以此来重新审视西班牙斗牛，揭示了女性与斗牛之间的民俗联系、斗牛士的雌雄同体，以及公牛在古代异教徒崇拜中的重要意义。威林厄姆认为，作为斗牛狂热爱好者的海明威对把斗牛士视为女性的这一观念是接受的。因此，不同于传统批评观点认为该小说主要是关于充满男子气概的运动与男性情感，威林厄姆指出，该小说"更关注爱、结合和求偶"④，"斗牛、斗牛士和准则英雄，不应再被严格定义为男性的统治、掌控或主权的象征"⑤。威林厄姆把海明威作品中的女性人物囊括进来，有助于扩大我们对海明威"准则英雄"的理解。

另一方面，除了上述女性学者着眼于在与传统的男性批评观点的对比中提出女性主义新见解，琳达·瓦格纳－马丁（Linda Wagner-Martin）、苏珊·毕格尔（Susan Beegel）以及希拉里·贾斯蒂斯（Hilary Justice）等学者重点将

---

① Jamie Barlowe. "Re-Reading Women II: The Example of Brett, Hadley, Duff, and Women's Scholarship", *Hemingway and Women: Female Critics and the Female Voice*, edited by Lawrence R. Broer, Gloria Holland. Tuscaloosa: University Alabama Press, 2002, p. 28.

② Jamie Barlowe. "Re-Reading Women II: The Example of Brett, Hadley, Duff, and Women's Scholarship", *Hemingway and Women: Female Critics and the Female Voice*, edited by Lawrence R. Broer, Gloria Holland. Tuscaloosa: University Alabama Press, 2002, p. 31.

③ Kathy Willingham. "The Sun Hasn't Set Yet: Brett Ashley and the Code Hero Debate", *Hemingway and Women: Female Critics and the Female Voice*, edited by Lawrence R. Broer, Gloria Holland. Tuscaloosa: University Alabama Press, 2002, p. 35.

④ Kathy Willingham. "The Sun Hasn't Set Yet: Brett Ashley and the Code Hero Debate", *Hemingway and Women: Female Critics and the Female Voice*, edited by Lawrence R. Broer, Gloria Holland. Tuscaloosa: University Alabama Press, 2002, p. 43.

⑤ Kathy Willingham. "The Sun Hasn't Set Yet: Brett Ashley and the Code Hero Debate", *Hemingway and Women: Female Critics and the Female Voice*, edited by Lawrence R. Broer, Gloria Holland. Tuscaloosa: University Alabama Press, 2002, p. 35.

女性主义批评与文化研究、生态研究、传记研究等相结合，挖掘出新观点。比如，苏珊·毕格尔主要探讨《老人与海》中的女性形象。毕格尔指出，大多数批评家都忽略了一个事实："《老人与海》在其标题中就有一个强有力的女性形象。"[①] 在解读该小说时，应摒弃以人类为中心的批评实践，不应把自然置于故事背景这一次要位置。小说标题中的大海"是与圣地亚哥地位平等的主角"，海明威从"神话、民间传说、宗教、海洋自然历史和文学中汲取丰富的意象，把大海作为女性形象贯穿于整个文本"。[②] 在海明威看来，真正的罪过是将自然男性化，把自然当作敌人或对手来对待。毕格尔列举出小说中主人公圣地亚哥将大海女性化的描写，充分讨论了描写中影射的丰富内涵，以剖析《老人与海》中女性化的大海在故事中所扮演的角色，从而突显出小说更强的生态伦理性。

2016年，弗娜·卡莱（Verna Kale）出版了《海明威与性别教学》（*Teaching Hemingway and Gender*），全书共十三章，分为性别研究、性研究以及女性研究三个主要部分，探讨了海明威作品中的性别身份、性别关系和性别规范、男性气质（masculinity）和女性气质（femininity）的分类，以及海明威所处时代下性别的历史呈现。如卡莱所言，"如何审视海明威作品中的性别与性，不仅会改变我们对海明威的认知，也会改变我们对现代主义、作者身份、文学市场、流行文化、性别理论、酷儿理论、男性研究以及其他研究模式的看法"[③]。

以克丽丝特尔·戈勒姆·多斯（Crystal Gorham Doss）的研究为例，她发现传统观点对女性的身份定义要么是单身的现代女性，要么是传统的妻子或母亲，这使得女性人物往往在这样相互对立的刻板印象中挣扎着去定义自己。而这一点是被普遍忽视的。基于此，多斯以"女性气质的类别"（genres of femininity）为出发点，结合文化与历史背景，对海明威作品中的女性气质进行细致入微的剖析，探讨了《太阳照常升起》与《乞力马扎罗的雪》中现代女

---

① Susan Beegel. "Santiago and the Eternal Feminine: Gendering *La Mar* in *The Old Man and the Sea*", *Hemingway and Women: Female Critics and the Female Voice*, edited by Lawrence R. Broer, Gloria Holland. Tuscaloosa: University Alabama Press, 2002, p. 131.

② Susan Beegel. "Santiago and the Eternal Feminine: Gendering *La Mar* in *The Old Man and the Sea*", *Hemingway and Women: Female Critics and the Female Voice*, edited by Lawrence R. Broer, Gloria Holland. Tuscaloosa: University Alabama Press, 2002, pp. 131-132.

③ Verna Kale, ed. *Teaching Hemingway and Gender*. Kent: The Kent State University Press, 2016, p. 3.

性的复杂性。

首先,多斯阐释了"女性气质的类别"的由来及两大类别。了解20世纪上半叶女性气质的不同类别,有助于更好地理解海明威笔下女性人物的复杂性。在第一次世界大战前,占据主导地位的女性气质类别将女性气质与家庭生活紧密地结合在一起,被称为"传统女性气质",其特点是忠于家庭,服从丈夫,但比维多利亚时期的女性更现代,更多地参与公共生活、体育等活动,其典型代表人物是"吉普森少女"(Gibson Girl)。在第一次世界大战后,新女性(New Woman)逐渐占据主导地位,其特点是单身女性,在外工作,追求有趣与公共娱乐,不关注家庭生活,其典型代表人物是"时髦女郎(flapper)",成为20世纪20年代主流的现代女性气质。

基于传统类别与现代类别,多斯详尽剖析了《太阳照常升起》中的弗朗西丝·克莱恩(Frances Clyne)、勃莱特与一位火车上的无名氏母亲(Mother),以及短篇小说《乞力马扎罗的雪》中的海伦,探讨这四位女性的特点,并指出她们不能简单地理解为现代女性或新女性,她们是"传统女性气质与现代女性气质这两种类别在抵制与接受之中的一种妥协"[①]。多斯认为,不应把海明威笔下的现代女性形象简单地解读为摆脱了家庭束缚的女性,海明威作品中的现代女性是一种更为复杂的身份,与两种类型的女性气质相斗争,反映了20世纪上半叶女性身份的冲突模式。

除上述研究专著外,还有大量关于女性主义研究的单篇论文。比如,威廉·阿代尔(William Adair)的《〈太阳照常升起〉:母亲勃莱特》("*The Sun Also Rises*: Mother Brett",2010)与丹尼尔·特拉伯(Daniel Traber)的《在〈永别了,武器〉中的女性角色扮演》("Performing the Feminine in *A Farewell to Arms*",2005)等。

基于上述研究,本节从女性主义批评视角,重点探讨21世纪英美学界对《了却一段情》《丧钟为谁而鸣》与《伊甸园》中女性人物的重释。

一、《了却一段情》:生态女性主义解读

生态女性主义(Eco-feminism)由法国女性主义者弗朗索瓦·德·奥波妮

[①] Crystal Gorham Doss. "Hemingway and the Modern Woman: Brett Ashley and the Flapper Tradition", *Teaching Hemingway and Gender*, edited by Verna Kale. Kent: The Kent State University Press, 2016, p. 45.

(Francoise d'Eaubonne)于 1974 年在《女性主义或死亡》一文中首次提出,将生态学观点和女性主义观点联系起来,号召女性发动一场生态革命来拯救自己、拯救地球。该流派产生于 20 世纪 70 年代,并在 90 年代得到重要发展。生态女性主义关注于对妇女的统治和对自然的统治之间的联系,"反对人类中心论和男性中心论,主张改变人统治自然的思想,消除无视自然和女性权利的言行"[①]。

美国著名海明威研究学者丽莎·泰勒(Lisa Tyler)认为《了却一段情》不能被简单地解读为一对青年情侣分手的自传体故事。她在《"在伐木工出现之前原始森林如此美丽":〈了却一段情〉的生态女性主义解读》("'How Beautiful the Virgin Forests Were Before the Loggers Game': An Ecofeminist Reading of Hemingway's 'The End of Something'", 2008)一文中,运用生态女性主义对《了却一段情》加以重新审视,探讨女性与自然之间的紧密联系,揭示了故事中的生态危机即女性的危机,批判了男性对女性的压制和对自然的漠视,并将该故事中的生态创伤与第一次世界大战中的父权暴力相联系。

(一)女性与自然的内在联系

生态女性主义的核心思想是强调女性与自然的关系,女性与自然之间有极大的亲近性,父权制社会对女性的压迫和对自然的压迫有极大的相似性,女性与被开发的自然置于同样被动无力的位置。凯瑟琳·罗奇指出,"女性被认为是与自然融为一体的,是周围非人类的一部分,女性只是半人类。同样地,自然被视为女性,是待开采利用或待掠夺的原始资源,具有女性半人类的特质"[②]。程锡麟等学者也认为生态女性主义"将女人的被压迫和自然的退化联

[①] 左金梅、申富英:《西方女性主义文学批评》,青岛:中国海洋大学出版社,2007 年,第 111 页。需要说明的是,生态女性主义既是女性主义研究的重要流派之一,也是生态批评的重要流派之一,具有交叉性与并列性。经笔者查阅,在有关"女性主义批评"的相关论著中,均将"生态女性主义"归为其中一个流派,如左金梅与申富英的《西方女性主义文学批评》(2007)、罗婷的《女性主义文学批评在西方与中国》(2004)、李银河的《女性主义》(2005)等。在有关"生态批评"的相关论著中,也把"生态女性主义"纳入其中加以探讨,比如胡志红的《西方生态批评史》(2015)、苏州大学朱新福的博士论文《美国生态文学研究》(2005)、北京语言大学韦清琦的博士论文《走向一种绿色经典:新时期文学的生态学研究》(2004)等。笔者在此无意将其界定为某一类。根据其诞生背景产生于女权运动第三次浪潮,由女权主义者提出,故在本书中将其纳入本节,作为女性主义批评视域下海明威研究的成果加以讨论。

[②] 参见 Lisa Tyler. "'How Beautiful the Virgin Forests Were Before the Loggers Game': An Ecofeminist Reading of Hemingway's 'The End of Something'", *The Hemingway Review*, Vol. 27, No. 2, 2008, p. 60.

系起来",主要探讨"对自然的统治和对女人的剥削两者之间关键的联系"。①在《了却一段情》中,故事开头便大篇幅描写了霍顿斯湾作为伐木小镇的消亡。泰勒认为"废弃的伐木小镇是整个故事核心的隐喻,预示着尼克与玛乔丽之间情侣关系的破裂"②。换言之,在故事中,自然的命运即女性的命运,生态危机即女性的危机。

在故事中,小镇废弃的原因是原始森林已被掠夺一空,再也找不到可供开采的木材,密歇根伐木业一蹶不振,就如同玛乔丽失贞后,尼克再也无法得到她的贞操,他们之间的关系即将破裂。与伐木工人们抛弃小镇去别处寻找原始木材一样,尼克也做好准备前行,或许是去寻找其他女孩,她们可以带给他玛乔丽无法再提供的东西。工厂如今已荡然无存,只剩下"那断裂的白色石灰岩厂基"③,这进一步表明尼克和玛乔丽曾经的感情已所剩无几。泰勒认为,"断裂"一词意味着这段关系的永久伤害。与密歇根的原始森林一样,被破坏的生态环境是不可修复的,破裂的关系也是不可弥补的④。

(二)男性对女性的压制和对自然的漠视

《了却一段情》体现了尼克对玛乔丽的压制,对自然的漠视。泰勒运用生态女性主义代表人物薇尔·普鲁姆德(Val Plumwood)的"工具主义"(Instrumentalism)理论来阐释女性、自然与环境对"使用者"的价值。工具主义是"一种完全不顾他者的独立性、主体性和完整存在性的使用方式,其目的是将他者最大限度地囊括在使用者自身的主体性当中。它看不到被工具化了的他者具备任何的自主性,也拒绝承认他者对'自我'设定的限制和他者的抵抗"⑤。

故事中的伐木工人一直在开采原始森林,直到森林不能再为他们提供任何

---

① 程锡麟、方亚中:《什么是女性主义批评》,上海:上海外语教育出版社,2011年,第33—34页。

② Lisa Tyler. "'How Beautiful the Virgin Forests Were Before the Loggers Game': An Ecofeminist Reading of Hemingway's 'The End of Something'", The Hemingway Review, Vol. 27, No. 2, 2008, p. 62.

③ (美)海明威:《海明威短篇小说全集(上)》,陈良廷、蔡慧等译,上海:上海译文出版社,2019年,第111页。

④ Lisa Tyler. "'How Beautiful the Virgin Forests Were Before the Loggers Game': An Ecofeminist Reading of Hemingway's 'The End of Something'", The Hemingway Review, Vol. 27, No. 2, 2008, p. 65.

⑤ (澳)薇尔·普鲁姆德:《女性主义与对自然的主宰》,马天杰、李丽丽译,重庆:重庆出版社,2007年,第149—150页。

可开发的利润,他们果断地离开这片荒凉的土地,并把堆放在厂里的所有木材,以及厂房里"凡是能搬动的机械"全都装进帆船运走了。"船上装载着一切曾把工厂弄得像座工厂、把霍顿斯湾弄得像座城市的东西。"如今,留给这片土地的只有"大片大片的锯木屑"[①]而已。同样地,尼克已无法从玛乔丽那里感受到乐趣与快乐,感觉她"再也没劲儿了"[②],于是提出分手,当玛乔丽离开时,他也不为所动。

当玛乔丽问尼克是否还记得工厂往日的情景时,尼克回答说"我就快记不得了"。玛乔丽却将这个破败的废弃锯木厂称为"我们那老厂的废墟",并对尼克说"看上去更像座城堡"。[③]在泰勒看来,玛乔丽将工厂浪漫化,把它看作他们共享的东西("我们那老厂的废墟")和童话故事中理想化的形象,就像她把他们的关系浪漫化一样,她天真地相信他们是相爱的,并把它视为他们共享的东西,用童话般的语言将其美化[④]。然而,当玛乔丽将工厂破旧的遗迹浪漫化时,尼克对此持不同意见,但他选择用保持沉默的方式回应她:"尼克一言不发。"当玛乔丽提及两人之间的浪漫关系时,尼克则选择直截了当地残忍回应她:"'难道爱情也没劲儿?'玛乔丽问到。'对,'尼克说。"[⑤]

当尼克说"再也没劲儿了。一点劲儿也没了"的时候,玛乔丽显然是不同意的,但她只能"一言不发"。[⑥]可悲的是,这种感觉并不是相互的。在尼克眼里,工厂不是一个浪漫的废墟,与玛乔丽的这段关系也不再是浪漫的,显然,尼克已不再爱她。当尼克说"今晚会有月亮"时,玛乔丽兴高采烈地对答道"我知道了"。尼克立马说道:"你什么都知道。""你的确这样。你什么都知道。毛病就出在这儿。你知道自己的确这样。"玛乔丽再次"一言不发"。此

[①] (美)海明威:《海明威短篇小说全集(上)》,陈良廷、蔡慧等译,上海:上海译文出版社,2019年,第111页。

[②] (美)海明威:《海明威短篇小说全集(上)》,陈良廷、蔡慧等译,上海:上海译文出版社,2019年,第114页。

[③] (美)海明威:《海明威短篇小说全集(上)》,陈良廷、蔡慧等译,上海:上海译文出版社,2019年,第111页。

[④] Lisa Tyler. "'How Beautiful the Virgin Forests Were Before the Loggers Game': An Ecofeminist Reading of Hemingway's 'The End of Something'", *The Hemingway Review*, Vol. 27, No. 2, 2008, p. 66.

[⑤] (美)海明威:《海明威短篇小说全集(上)》,陈良廷、蔡慧等译,上海:上海译文出版社,2019年,第112–114页。

[⑥] (美)海明威:《海明威短篇小说全集(上)》,陈良廷、蔡慧等译,上海:上海译文出版社,2019年,第114页。

时，尼克还要再一次重复："你知道自己的确这样。不管怎么说，你还有什么不知道的？"① 基于此，泰勒认为，尼克对玛乔丽的压制不仅表现在对她情感的伤害与无视，还有语言上对她的反复指责，而玛乔丽并没有正面解释，不敢与尼克发生正面冲突，选择沉默不语，这显示了女性在父权制社会中受统治的影响，不能直接表达自己的想法与意愿，被男性的想法主导②。

（三）第一次世界大战中的父权暴力

泰勒将《了却一段情》的诠释上升到另一个高度，将故事主旨从人与人之间的关系拓展至生态创伤与战争创伤。一方面，她结合大量史料研究阐明，《了却一段情》中描写的密歇根州在 20 世纪 30 年代遭遇了美国历史上一次规模极大的生态破坏，可以称得上"是对美国林业的大屠杀"，而原始森林的消失殆尽、生态的破坏又给密歇根州带来了巨大的变化和损失③。

另一方面，泰勒将《了却一段情》与它被收录进的短篇小说集《在我们的时代里》结合起来进行研究，发现《了却一段情》将生态创伤与 20 世纪的其他诸多创伤紧密联系在一起。具体来说，泰勒运用生态女性主义领军人物凯伦·沃伦（Karen Warren）的观点，认为环境破坏是一种暴力：

> 女性主义者可以开始对暴力和非暴力进行分析，它们显示了各种暴力之间的联系：对自我的暴力（比如厌食症和贪食症、自杀）；对他人的暴力（比如虐待配偶和儿童、强奸）；对地球的暴力（比如"对土地的掠夺"）；甚至可能是全球性的、系统性的经济暴力（比如贫困）。这就需要分析父权主义是如何构成这些暴力的基础，以及它本身是如何滋生暴力的。④

---

① （美）海明威：《海明威短篇小说全集（上）》，陈良廷、蔡慧等译，上海：上海译文出版社，2019 年，第 113—114 页。
② Lisa Tyler. "'How Beautiful the Virgin Forests Were Before the Loggers Game': An Ecofeminist Reading of Hemingway's 'The End of Something'", *The Hemingway Review*, Vol. 27, No. 2, 2008, p. 67.
③ Lisa Tyler. "'How Beautiful the Virgin Forests Were Before the Loggers Game': An Ecofeminist Reading of Hemingway's 'The End of Something'", *The Hemingway Review*, Vol. 27, No. 2, 2008, p. 68.
④ 参见 Lisa Tyler. "'How Beautiful the Virgin Forests Were Before the Loggers Game': An Ecofeminist Reading of Hemingway's 'The End of Something'", *The Hemingway Review*, Vol. 27, No. 2, 2008, p. 69.

通过把《了却一段情》与短篇小说集《在我们的时代里》中的其他故事相结合，泰勒发现，《印第安人营地》中的自杀、《在士麦那码头上》中残忍死去的孩子与妇女、《在密歇根州北部》中的强奸、《医生夫妇》中对配偶的心理虐待和情感虐待，以及《大双心河》中被焚烧的土地等，均与第一次世界大战中全球性、系统性的父权暴力联系在一起。

泰勒指出，在《在我们的时代里》中，"被破坏的环境"是一个反复出现的主题。海明威在《了却一段情》和其他故事中都使用了不可挽回的被破坏的环境这一意象，并把它与对自然的暴力和其他形式的暴力联系在一起，包括对动物、妇女、弱势男人和敌军士兵的暴力。从这一点来看，海明威对于女性和生态的同情，实际上比读者所普遍理解到的更多，他的生态女权意识比读者所认为的更强[1]。

总之，在生态女性主义视域下，《了却一段情》所蕴含的是一种永久性伤害，是人与人之间关系的破裂、自然环境的破坏以及第一次世界大战后欧洲国家的破败。

二、《丧钟为谁而鸣》：致敬"西班牙新女性"

史黛丝·吉尔（Stacey Guill）在《比拉尔与玛丽亚：海明威在〈丧钟为谁而鸣〉中向"西班牙新女性"致敬》（"Pilar and Maria：Hemingway's Feminist Homage to the 'New Woman of Spain' in *For Whom the Bell Tolls*"，2011）一文中，聚焦于《丧钟为谁而鸣》中比拉尔与玛丽亚两位女性人物。

吉尔指出，已有研究均未能认识到在西班牙内战这一重要历史时期，海明威"是如何有意地将他对女性的描写融入西班牙性别关系的重大变化中去的"[2]。通过结合西班牙内战的社会历史背景，尤其是"西班牙新女性"（"New Woman of Spain"）的出现，吉尔详细剖析了《丧钟为谁而鸣》中的比拉尔与玛丽亚，强调她们是"西班牙新女性"的化身，突显了海明威对西班牙女性力量崛起的清醒认识，海明威通过歌颂比拉尔与玛丽亚这两位杰出女性的

---

[1] 参见 Lisa Tyler. "'How Beautiful the Virgin Forests Were Before the Loggers Game': An Ecofeminist Reading of Hemingway's 'The End of Something'", *The Hemingway Review*, Vol. 27, No. 2, 2008, p. 70.

[2] Stacey Guill. "Pilar and Maria：Hemingway's Feminist Homage to the 'New Woman of Spain' in *For Whom the Bell Tolls*", *The Hemingway Review*, Vol. 30, No. 2, 2011, p. 7.

第五章
女性主义批评、生态批评与种族研究视域下的海明威研究

勇气与牺牲,向"西班牙新女性"女权主义致敬。

在西班牙内战爆发前夕,即1931年至1936年,西班牙民主选举的共和政府提出"西班牙新女性"这一口号,并反复用于社会和政治改革。它反映了西班牙女性从传统观念中温和、顺从、被他人忽视的形象,转变为自强、自立和自重的形象。在随后三年内战时期(1936—1939),这种新女权主义意识在西班牙盛行。

(一)新女性的化身:比拉尔

吉尔将《丧钟为谁而鸣》中的比拉尔与西班牙内战期间的女权领袖德洛丽丝·伊芭露丽(Dolores Ibárurri)进行对比。

在《丧钟为谁而鸣》中,比拉尔是一位反法西斯勇士,她勇敢热情、不惧死亡,积极主动参与战斗,是山中游击队的领导者。而伊芭露丽是西班牙内战时期妇女权利的捍卫者,强烈敦促西班牙妇女改变对自己的看法,鼓励女性更多地参与政治,积极参与反对佛朗哥的抵抗运动,反抗天主教会与男性权威施加的束缚。海明威在《西班牙大地》中将伊芭露丽评价为"西班牙今天最著名的妇女……新西班牙妇女的性格在她的声音里全都表达了出来"[①]。

吉尔认为海明威对比拉尔的刻画与伊芭露丽极为相似,主要体现在四个方面。第一,在外貌上,伊芭露丽"不是罗曼蒂克的美人,也不是卡门"[②]。伊芭露丽的老照片令人不禁想起《丧钟为谁而鸣》中描写的比拉尔,她的大方脸上长着皱纹,身材与丈夫一般高大,手巨大、宽肩膀、褐色皮肤,"非常野蛮""长得丑"但"很勇敢。比巴勃罗勇敢一百倍"[③]。

第二,与伊芭露丽一样,比拉尔对共和国充满热情,并且同样拥有聪明才智以及富有感染力的演讲技巧。"我坚决相信共和国,我有信心。像那些信教的人相信奇迹,我热烈地相信共和国。"[④]

第三,与伊芭露丽一样,比拉尔是自我解放的典范。比拉尔一贯无视文化礼仪,她当众讲述自己曾与西班牙三个收入最少的斗牛士生活过九年,她直言不讳地讲述自己与别的男子在巴伦西亚做爱的经过,她与罗伯特和玛丽亚讨论

[①] (美)海明威:《第五纵队 西班牙大地》,宋金、董衡巽译,上海:上海译文出版社,2019年,第132页。
[②] (美)海明威:《第五纵队 西班牙大地》,宋金、董衡巽译,上海:上海译文出版社,2019年,第132页。
[③] (美)海明威:《丧钟为谁而鸣》,程中瑞译,上海:上海译文出版社,2019年,第28页。
[④] (美)海明威:《丧钟为谁而鸣》,程中瑞译,上海:上海译文出版社,2019年,第100页。

性爱的频率,她教导玛丽亚作为妻子应该为丈夫做些什么。尤其是,她给玛丽亚性方面的建议与教导,表明"比拉尔打破了传统的女性行为,支持女性性教育"①。

第四,与伊芭露丽一样,比拉尔充当女性革命领袖的角色,淋漓尽致地展示了她的激励能力与动员能力。她用洪亮的声音硬气地对大伙儿说:"这儿我作主!你们大伙儿听到了没?这儿除了我没别人作主。你要愿意就待着,吃你的饭,喝你的酒,可不准拼命死喝。你要愿意,有你一份干的。可这儿我作主。"② 就连罗伯特都对其评价道"没有这个女人,这里就没有组织,也没有纪律,而有了这个女人,事情就能很好办"③。

概言之,比拉尔与伊芭露丽不仅有相同的外貌特征,更重要的是,比拉尔展现了伊芭露丽的革命精神、个人魅力和演讲技巧,以及她作为"西班牙新女性"的代表性地位。正如吉尔所言,海明威生活中的真实人物常常在其小说中充当部分原型,以帮助他捕捉相关的重要元素来实现自己的写作目标。在《丧钟为谁而鸣》中,海明威清晰地将伊芭露丽的各个方面融入比拉尔这个角色中④。

(二)从传统女性到新女性的转变:玛丽亚

除了令人敬畏的比拉尔,《丧钟为谁而鸣》中的另一位女主人公玛丽亚,虽然没有比拉尔的进取精神和领袖风范,但她同样具有"西班牙新女性"的明显特征。

温顺、克己的玛丽亚,在面对爱人乔丹时表现出典型西班牙女性的传统行为。乔丹叫她"(小)兔子",她向比拉尔请教应该做些什么才能照顾好男人,并反复对乔丹表示作为妻子该为丈夫做任何事情。但她也有英勇的一面。法西斯分子占领了她的村庄,她在巴利阿多里德监狱中被监禁了三个月,有过恐怖经历,她在面对巨大的恐惧和苦难时表现出了勇气。她向罗伯特坦白自己的不堪往事时,反复讲到自己的不屈服与努力挣扎:"我从来也没屈从过任何人。

---

① Stacey Guill. "Pilar and Maria: Hemingway's Feminist Homage to the 'New Woman of Spain' in *For Whom the Bell Tolls*", *The Hemingway Review*, Vol. 30, No. 2, 2011, p. 10.
② (美)海明威:《丧钟为谁而鸣》,程中瑞译,上海:上海译文出版社,2019年,第59—60页。
③ (美)海明威:《丧钟为谁而鸣》,程中瑞译,上海:上海译文出版社,2019年,第68页。
④ Stacey Guill. "Pilar and Maria: Hemingway's Feminist Homage to the 'New Woman of Spain' in *For Whom the Bell Tolls*", *The Hemingway Review*, Vol. 30, No. 2, 2011, p. 12.

我总是挣扎，他们总是要两个或更多的人才能糟蹋我。"①玛丽亚目睹了法西斯分子在村庄里的暴行，父母被枪毙、自己被强暴和残忍对待的经历使她受到极深的伤害。小说中拉斐尔告诉乔丹最初见到她的情况："我们炸了火车把她捡来时……她不肯说话，总是哭，谁碰碰她，她就抖得像只给水浸湿的狗。"后来才逐渐有了好转："最近她才好点儿。最近她好多了。今天这姑娘就很好。刚才跟你说话的时候，非常好。"②吉尔指出，这个叙事过程表明玛丽亚的性格发生了微妙而深刻的转变。通过仔细审视这一转变，可以发现玛丽亚身上出现了新的意识和新的身份③。随着故事展开，玛丽亚变得越来越坚定与自信。她更加渴望力量，请求乔丹教她如何使用手枪，多次提到想亲手杀那些坏人，想和他们一起去炸火车，积极投身革命。

吉尔将玛丽亚形象的前后转变与何塞普·雷诺（Josep Renau）于1937年在巴黎世博会西班牙展馆展出的一幅西班牙妇女的壁画照片相联系。这幅壁画照片呈现的是并排站着的两位西班牙女性。左边那位妇女穿着传统的、精心制作的、装饰华丽的结婚礼服。而右边那位妇女是一名共和党女民兵，身着敞领的衬衫和裤子。穿着传统服饰的女子被其宽大的多层裙子和长袖束缚，她的手臂柔弱地垂在身边，嘴紧闭着，直视着前方。相比之下，女民兵的裤子和衬衫面料轻盈，呈现出自信大步前进的姿势。手臂传达出力量和运动感，嘴张着，似乎正在发令，眼睛锐利而专注。她的头没有被遮住，头发系在脑后，露出全脸。衣服上唯一的装饰是肩上的皮带，可能是枪套，赋予了她英勇无畏和尚武的形象。

结合西班牙社会历史研究，吉尔指出，裤子是西班牙妇女解放运动最明显的标志。西班牙女性此前从未穿过男性化的服装，因此穿着裤子具有更深刻的意义。对于女性而言，"穿上民兵制服或革命制服不仅是对社会变革过程的一种外在认同，也是对传统女性装束和外表的一种挑战"④。

在壁画照片中，西班牙传统妇女被结婚礼服束缚的被动形象与年轻的女民兵大步向前、英姿飒爽的积极形象形成了鲜明对比，从视觉对比上传递出共和

---

① （美）海明威：《丧钟为谁而鸣》，程中瑞译，上海：上海译文出版社，2019年，第383页。
② （美）海明威：《丧钟为谁而鸣》，程中瑞译，上海：上海译文出版社，2019年，第31页。
③ Stacey Guill. "Pilar and Maria: Hemingway's Feminist Homage to the 'New Woman of Spain' in *For Whom the Bell Tolls*", *The Hemingway Review*, Vol. 30, No. 2, 2011, p. 12.
④ Stacey Guill. "Pilar and Maria: Hemingway's Feminist Homage to the 'New Woman of Spain' in *For Whom the Bell Tolls*", *The Hemingway Review*, Vol. 30, No. 2, 2011, p. 15.

国时期妇女解放的信息，革命的新女性渴望摆脱古老的传统服装，也将在与法西斯主义的斗争中获得自由。

将壁画照片中展示的两种西班牙女性形象，与海明威笔下玛丽亚的前后转变相对比，不难发现，玛丽亚的早先形象是一位脆弱无助的年轻女人，梳着两条长长的辫子，穿着一件又长又厚的裙子，如同壁画照片中左边的妇女。而后"新生"的玛丽亚，身穿裤子和卡其色衬衫，敞着脖子，手里握着枪，如同壁画照片中右边的女民兵。经对比发现，玛丽亚与雷诺壁画照片中的女性形象的相似之处显而易见。吉尔认为，"与雷诺一样，海明威通过玛利亚前后形象的并置，有意识地、直观地展示了西班牙内战期间性别角色的变化"[①]。

吉尔强调，在西班牙内战中，女性在战场内外的出现是其最为重要的方面之一。这些女性中有许多匿名女英雄，其中大部分人失去了生命。因此，结合西班牙内战时期的社会历史背景，基于对小说中比拉尔和玛丽亚两位女性人物形象的剖析，吉尔总结道：

> 将《丧钟为谁而鸣》置于这场特殊的社会革命的框架之中加以审视，可以加深我们对小说的理解与欣赏。在比拉尔和玛丽亚身上，海明威凝聚了他对"西班牙新女性"的敬意。在西班牙内战期间，她们获得了新的自主权，并将其用于保卫自己的土地与自由，以对抗佛朗哥压倒性优势的装备和军队。她们的故事展示了忠贞的女性如何应对遭遇的不幸与丧亲之痛，如何展示自己的力量和韧性。在《丧钟为谁而鸣》中，比拉尔和玛丽亚彰显了"西班牙新女性"的品质，海明威通过这两位杰出女性来歌颂她们的勇气和牺牲。[②]

总之，在西班牙内战的社会历史背景下，《丧钟为谁而鸣》中的女性人物被赋予了更深厚的历史感。我们不仅了解了海明威笔下的比拉尔在现实生活中的原型，也感受到玛丽亚从传统女性向新女性转变过程的真实。更为重要的是，海明威对这两位女性人物的刻画，反映了他在20世纪30年代对女性问题的思考，这也是他深度参与西班牙历史变革中重要时刻的一种方式。

[①] Stacey Guill. "Pilar and Maria：Hemingway's Feminist Homage to the 'New Woman of Spain' in *For Whom the Bell Tolls*"，*The Hemingway Review*，Vol. 30，No. 2，2011，p. 15.

[②] Stacey Guill. "Pilar and Maria：Hemingway's Feminist Homage to the 'New Woman of Spain' in *For Whom the Bell Tolls*"，*The Hemingway Review*，Vol. 30，No. 2，2011，pp. 16—17.

三、《伊甸园》：凯瑟琳女权主义的觉醒

《伊甸园》故事背景设置于 20 世纪 20 年代，海明威创作于 50 年代，最终出版于 80 年代。自 1986 年出版后，《伊甸园》这部海明威遗作一度引发批评界的广泛关注。一向以描写战争、死亡与暴力，突显男子气概为创作主题的海明威，在该小说中却主要写了一个男人与两个女人之间的故事。小说中涉及性别模糊（sexual ambiguity）、雌雄同体（androgyny）、同性恋、双性恋（bisexuality）、角色转换（role transformation）等非传统行为，引发了批评界从性别研究、性研究、女性研究等多方面对其展开探讨。尤其针对凯瑟琳的女性形象，批评界存在不少争议，但以批判居多，将其斥责为破坏型女性，是"淫妇""魔女"，批判海明威的厌女情结（misogyny）以及复杂的社会性属观。

不同的是，艾米·洛弗尔·斯特朗（Amy Lovell Strong）在《"去睡吧，魔鬼"：〈伊甸园〉中凯瑟琳女权主义的觉醒》（"'Go to sleep，Devil'：The Awakening of Catherine' Feminism in *The Garden of Eden*"，2002）一文中，从女性主义视角对《伊甸园》加以重新考察，探讨凯瑟琳的性别认同，重新审视了凯瑟琳做出的一系列"破坏性"行为。

在《伊甸园》中，女主人公凯瑟琳要求丈夫戴维与自己进行变态的性爱角色互换，她扮演男性，占据主导地位，而丈夫扮演女性。她在与女友玛丽塔发生同性关系后，还将其介绍给自己的丈夫，并鼓励丈夫与玛丽塔进行性爱。对此，批评家们普遍认为凯瑟琳的行为是反常的、具有破坏性的。但在斯特朗看来，凯瑟琳的一系列行为并不是"破坏性的"（destructive），而是"解构性的"（deconstructive）。对此，斯特朗进一步解释道，此处的"解构性"指的是凯瑟琳"以一种拒绝常规的方式来理解她的文化"。"凯瑟琳作为一名解构主义者，同时也是一名女权主义者，她认为一个人的身份是一种创造，而不是文化赋予的。"[1] 也就是说，小说中凯瑟琳极力想要证明性别身份是动态变化的，充斥着冲突和矛盾。她的所有行为都表明她想要颠覆性别身份的固有观念。

斯特朗具体分析了凯瑟琳的女权主义意识，主要体现在三个方面。第一，

---

[1] Amy Lovell Strong. "'Go to sleep，Devil'：The Awakening of Catherine' Feminism in *The Garden of Eden*"，*Hemingway and Women：Female Critics and the Female Voice*，edited by Lawrence R. Broer，Gloria Holland. Tuscaloosa：University Alabama Press，2002，p.192.

凯瑟琳尝试改变对女性的刻板印象，谴责有关男性行为和女性行为的"正常"标准，渴望男女平等[1]。凯瑟琳深感自己被性别的限制束缚，"正常"妻子的角色令她沮丧，她被"正常"这个定义折磨。因此，她渴望打破常规和教条，寻求一个不受约束的、可以实现个人身份认同的地方。她厌恶社会所强加的"女性"这一类别，于是她自我分裂、易暴怒，有不一样的性欲望。

首先，凯瑟琳对女性的刻板印象有高度意识，她认为"女性"这一角色是压抑的、无力的。比如，在她与戴维的一次争吵中，戴维叫她放低说话的声音以免打扰餐厅中的其他人。凯瑟琳回答道："干吗要我抑制？你要的是姑娘（girl），可不是吗？难道你不愿要由此带来的一切？当众吵嘴、歇斯底里、没来由的指责、使性子，难道不是这样吗？"[2] 凯瑟琳十分清楚"女性就是歇斯底里的"这一刻板印象，而且在任何时候，她的对话都有可能从一次互动变成一次刻板印象的建构。当玛丽塔指责她"你实在压根儿不是个女人"时，凯瑟琳回答道"我知道"，"我一向竭力向戴维作解释，讲得次数也够多了"[3]。在斯特朗看来，她不是在贬低自己，也不是贬低其他女性，她只是鄙视给她贴上歇斯底里的、被动的、软弱的标签的那些女人[4]。

其次，凯瑟琳一再谴责决定男性行为和女性行为的"正常"标准："为什么我们不得不按照所有其他人的准则行事？我们就是我们嘛。"[5] 她从不以别人的标准来衡量自己，总是反复对戴维说："我们跟别人不一样。"[6] 她只是想在自己的婚姻里建立一个没有性别刻板印象的世界。因此，为了规避受限制的"女性"这一类别，凯瑟琳开始了一系列性别转变的尝试，希望从女性行为准则中解放自己。她效仿男性的穿着打扮和行为方式，故意剪男式短发，穿男式衣服，把自己白皙的皮肤晒得黝黑，并要求丈夫与自己留同样颜色和款式的发型，与自己保持同样的肤色。她不接受社会性别的分工，不愿做"姑娘"

---

[1] Amy Lovell Strong. "'Go to sleep, Devil': The Awakening of Catherine' Feminism in *The Garden of Eden*", *Hemingway and Women: Female Critics and the Female Voice*, edited by Lawrence R. Broer, Gloria Holland. Tuscaloosa: University Alabama Press, 2002, p.193.

[2] (美)海明威：《伊甸园》，吴劳译，上海：上海译文出版社，2019年，第73页。

[3] (美)海明威：《伊甸园》，吴劳译，上海：上海译文出版社，2019年，第201页。

[4] Amy Lovell Strong. "'Go to sleep, Devil': The Awakening of Catherine' Feminism in *The Garden of Eden*", *Hemingway and Women: Female Critics and the Female Voice*, edited by Lawrence R. Broer, Gloria Holland. Tuscaloosa: University Alabama Press, 2002, p.193.

[5] (美)海明威：《伊甸园》，吴劳译，上海：上海译文出版社，2019年，第15页。

[6] (美)海明威：《伊甸园》，吴劳译，上海：上海译文出版社，2019年，第26页。

(girl)，因为做姑娘就应该"至少生个孩子"，而凯瑟琳"连这一个也做不到"①。她要求丈夫与自己互换性爱角色，她是叫彼得的男性，而丈夫是女性，由她来主导。斯特朗认为，凯瑟琳的行为是基于她想要成为与丈夫戴维平等的人，想要打破父权社会传统的性别观念，渴望消除两性不平等②。

第二，丈夫戴维的男性作家身份，与凯瑟琳的性别平等计划相冲突。对戴维而言，他对自己的作家地位和公众身份感到满足。那些有关戴维的剪报构成了一个刻板的、商业化的作家形象："有好几百张剪报，而每一张，几乎每一张上都有他的照片，而且全都是同样的那一张。"③斯特朗指出，大众媒体对女性形象持贬低态度，而"男性的作家身份和男性权威承载着特权和权力"④。因此，戴维对文化建构的自己表现出兴趣，这显然与凯瑟琳的性别平等计划是直接对立的，进而逐渐导致了凯瑟琳日益增长的疏离感和分裂感。对凯瑟琳来说，公众构建的"戴维"，就像文化构建的"女性"一样令人憎恶。她想让戴维知道，公众构建的"戴维"并不是真实的他，同样地，文化构建的"女性"也不是凯瑟琳。她希望戴维能超越对"女人""妻子"的刻板定义，在她身上找到一个更复杂、更完整的个体⑤。

第三，由于凯瑟琳无法维持一个分裂的自我，于是她进行了一个非传统的计划，在婚姻中引入了"第三者"玛丽塔，形成三人世界的性爱游戏，建立起一个三角家庭。斯特朗将其称为"傀儡政权"（puppet regime），凯瑟琳引入女友玛丽塔来履行"好妻子"的义务，凯瑟琳自己便可获得自由，随心所欲地做自己想做的事，而不会因为自己没有做到理想妻子而愧疚⑥。

起初，凯瑟琳纠结于"好女孩"的角色和她的个人欲望。她曾试图向戴维

---

① （美）海明威：《伊甸园》，吴劳译，上海：上海译文出版社，2019年，第74页。
② Amy Lovell Strong. "'Go to sleep, Devil'：The Awakening of Catherine' Feminism in *The Garden of Eden*", *Hemingway and Women：Female Critics and the Female Voice*, edited by Lawrence R. Broer, Gloria Holland. Tuscaloosa：University Alabama Press, 2002, p.195.
③ （美）海明威：《伊甸园》，吴劳译，上海：上海译文出版社，2019年，第225页。
④ Amy Lovell Strong. "'Go to sleep, Devil'：The Awakening of Catherine' Feminism in *The Garden of Eden*", *Hemingway and Women：Female Critics and the Female Voice*, edited by Lawrence R. Broer, Gloria Holland. Tuscaloosa：University Alabama Press, 2002, p.197.
⑤ Amy Lovell Strong. "'Go to sleep, Devil'：The Awakening of Catherine' Feminism in *The Garden of Eden*", *Hemingway and Women：Female Critics and the Female Voice*, edited by Lawrence R. Broer, Gloria Holland. Tuscaloosa：University Alabama Press, 2002, p.196.
⑥ Amy Lovell Strong. "'Go to sleep, Devil'：The Awakening of Catherine' Feminism in *The Garden of Eden*", *Hemingway and Women：Female Critics and the Female Voice*, edited by Lawrence R. Broer, Gloria Holland. Tuscaloosa：University Alabama Press, 2002, p.197.

证明自己是一个尽职尽责的妻子:"我已经开始过我美好的新生活……展望未来,竭力不过分想到自己,并且打算一直这样过下去。"① 她试图过上"妻子"的标准生活:顺从、守本分、随和。但不久后,她无法维持如此分裂的自我,对戴维说:"你不是看着我变的吗?就因为你拿不定主意,就要我把自己硬扭过来,撕成两半吗?"② "我成年了,就因为嫁给了你,可并不使我成为你的奴隶或者你的私人财产。"③ 这充分体现了凯瑟琳在社会固有的性别观念中的挣扎,以及她对个人独立与平等的清醒认知④。

当凯瑟琳意识到他们之间互换性爱角色只会起到有限且短暂的效果时,她陷入更深的绝望。于是她在与戴维的婚姻中引入玛丽塔,建立起三角家庭。与凯瑟琳不同的是,玛丽塔成为戴维的得力助手,既是他的支持者,也是他的情人。她甘于付出、牺牲自己、向戴维屈服。玛丽塔的言行举止符合理想妻子的标准:"我正设法弄明白他的种种需要。"⑤ 她阅读专门为女性读者写的《时尚》杂志,以更好地了解女性行为。当凯瑟琳和玛丽塔在一起度过一天后回来看望戴维,玛丽塔立刻问道:"你写作顺利吗,戴维?"凯瑟琳对此说道:"这才像个好妻子,我忘了问啦。"⑥

斯特朗指出,凯瑟琳的傀儡政权最终失败的原因在于,在她的计划中她忽略了一个重要因素,即一个男人与另一个女人形成了一个"文化认可联盟",一旦这个联盟形成,他们便拥有了压倒性的力量⑦。具体来说,凯瑟琳放弃了自己"好妻子"的角色,将它给了玛丽塔,因而她可以更自由地按照自己的想法行事,这导致她逐渐被边缘化。与此同时,玛丽塔努力研究、尽力满足戴维的一切需求,试图把自己塑造成一个理想妻子,从而逐渐成为主流。玛丽塔加入了戴维的保守而强大的异性恋联盟,他们拥有的是文化规定的常态,他们认同这种常态。玛丽塔问戴维·伯恩:"我们是伯恩夫妇吗?"戴维回答道:"当

---

① (美)海明威:《伊甸园》,吴劳译,上海:上海译文出版社,2019年,第54页。
② (美)海明威:《伊甸园》,吴劳译,上海:上海译文出版社,2019年,第73页。
③ (美)海明威:《伊甸园》,吴劳译,上海:上海译文出版社,2019年,第235页。
④ Amy Lovell Strong. "'Go to sleep, Devil': The Awakening of Catherine' Feminism in *The Garden of Eden*", *Hemingway and Women: Female Critics and the Female Voice*, edited by Lawrence R. Broer, Gloria Holland. Tuscaloosa: University Alabama Press, 2002, p. 197.
⑤ (美)海明威:《伊甸园》,吴劳译,上海:上海译文出版社,2019年,第126页。
⑥ (美)海明威:《伊甸园》,吴劳译,上海:上海译文出版社,2019年,第112页。
⑦ Amy Lovell Strong. "'Go to sleep, Devil': The Awakening of Catherine' Feminism in *The Garden of Eden*", *Hemingway and Women: Female Critics and the Female Voice*, edited by Lawrence R. Broer, Gloria Holland. Tuscaloosa: University Alabama Press, 2002, p. 198.

然。我们是伯恩夫妇。要弄到证书也许要花一段时间，不过我们正是夫妇。你要我写下来吗？我看这我能写。"① 从心理上，戴维和玛丽塔已认为两人是夫妻。玛丽塔加入了与戴维的传统结合，他们都清楚自己的性别身份与角色，并在规定的性别界限内生活。

有关凯瑟琳最后的破坏行为，即她焚烧了戴维所有的剪报以及他写的短篇小说文稿，斯特朗将之解读为"凯瑟琳的绝望"。凯瑟琳焚烧的是戴维文化身份的基础，是这些剪报与文稿拴住了丈夫，强化了戴维作为一个强大文化制造者的角色，阻碍了他与自己一起构建一个纯粹的二人世界②。

在斯特朗看来，在小说中，凯瑟琳拒绝接受常规、教条的女性性行为，她试图在婚姻中探索和发展自己身份的不同方面的可能性，她希望消除两性不平等，实现婚姻中的男女平等。《伊甸园》的创作，海明威花费了近十五年之久，这部作品展示了海明威精心塑造的人物形象。斯特朗强调，尽管主流批评观点认为海明威是一个纯粹以男性为中心的作家，但我们仍能从这部作品中看到凯瑟琳女权主义的觉醒，她是"海明威笔下第一位也是其中最伟大的女权主义者"③。

第二节 生态批评

生态批评（Ecocriticism）发轫于20世纪70年代的美国，成熟于90年代中期。1978年，美国生态批评家威廉·鲁克尔特（William Rueckert）首次提出术语"生态批评"，强调将文学与生态学结合起来。生态批评主要研究文学与环境之间的关系。具体来说，生态批评主张"以生态中心主义主导下的文学研究范式取代人类中心主义主导下的文学研究范式，将文学研究拓展到整个生物圈，从而推动人类文化的普遍绿化"④。其代表人物有彻丽尔·格罗特费尔

---

① （美）海明威：《伊甸园》，吴劳译，上海：上海译文出版社，2019年，第254页。
② Amy Lovell Strong. "'Go to sleep, Devil': The Awakening of Catherine' Feminism in *The Garden of Eden*", *Hemingway and Women: Female Critics and the Female Voice*, edited by Lawrence R. Broer, Gloria Holland. Tuscaloosa: University Alabama Press, 2002, p.198.
③ Amy Lovell Strong. "'Go to sleep, Devil': The Awakening of Catherine' Feminism in *The Garden of Eden*", *Hemingway and Women: Female Critics and the Female Voice*, edited by Lawrence R. Broer, Gloria Holland. Tuscaloosa: University Alabama Press, 2002, p.203.
④ 胡志红：《西方生态批评史》，北京：人民出版社，2015年，第33页。

蒂（Cheryll Glotfelty）、劳伦斯·布伊尔（Lawrence Buell）以及格伦·洛夫（Glen Love）等。

海明威作品中有大量对自然荒野、河流山川、城市与乡村景色的描绘，对动物的刻画，以及对大型猎物狩猎、钓鱼、斗牛场景的描写等，因此，从生态批评视角进行海明威研究成为国内外学界关注的重点之一。在英美学界，生态批评视域下的海明威研究始于 20 世纪 90 年代。21 世纪以来，英美学界在该领域的研究得到了进一步发展。

2003 年，美国生态批评领军人物格伦·洛夫在《实用生态批评：文学、生物学及环境》（*Practical Ecocriticism: Literature, Biology, and the Environment*）一书中，设有专章《动物中的海明威》，从生态学视域对海明威的人生经历及其作品加以重新解读，对海明威的原始主义进行反思与重新界定。该书已于 2010 年由胡志红等学者翻译，由北京大学出版社出版，故本书不具体展开。

2013 年，黛布拉·莫德尔莫格（Debra Moddelmog）与苏珊娜·德尔·吉佐（Suzanne del Gizzo）共同编纂的《语境中的海明威》（*Ernest Hemingway in Context*）中，有五章分别探讨"动物""斗牛""环境""捕鱼"与"狩猎"，探究海明威在这些方面的态度与观点是如何随着时间推移而发展的，阐释了海明威在这些方面错综复杂的思想。

2020 年，丽莎·泰勒（Lisa Tyler）在《"没有一件事是真的"：海明威批评与环境人文》（"'There's *No* One Thing That's True': Hemingway Criticism and the Environmental Humanities"）一文中，全面概述了海明威在生态批评中的地位。泰勒强调，"我们既不能将海明威一味批判为环境罪人，一个对造成痛苦或夺走生命表现得漠不关心的猎人或渔夫；也不能简单将其歌颂为一个博物学家、自然保护主义者或原始生态学家"。文学生态批评家应正视海明威的"二元性"，探究其生态观的复杂性[①]。

本节主要从动物书写、田园主义以及生态伦理观三方面对 21 世纪英美学界生态批评视域下海明威研究新成果加以具体论述。

---

① Lisa Tyler. "'There's *No* One Thing That's True': Hemingway Criticism and the Environmental Humanities", *The New Hemingway Studies*, edited by Suzanne del Gizzo, Kirk Curnutt. Cambridge: Cambridge University Press, 2020, p. 198.

一、动物书写

（一）动物与人类之间的"共生系统"

术语"共生系统"（sympoiesis）是后现代女性主义哲学家唐娜·哈拉维（Donna Haraway）在《与麻烦同在》（*Staying with the Trouble*，2016）中提出的。"共生系统"认为"没有什么是自我创造的；没有什么是真正自我生成的或自我组织的"[1]。换言之，人类的形成是一种共同创造（making-with）、共同生成（becoming-with），是一种共生系统，它不同于自生系统（autopoiesis），后者是一种自我创造（self-making）。

瑞恩·赫迪格尔（Ryan Hediger）在《与动物共生：伦敦与海明威的共生系统与意义生态学》（"Becoming with Animals: Sympoiesis and the Ecology of Meaning in London and Hemingway"，2016）一文中，以"共生系统"为核心，围绕《弗朗西斯·麦康伯短促的幸福生活》与《非洲的青山》，探究海明威笔下动物书写所蕴含的深层含义，以及动物与人类之间的共生关系。

赫迪格尔指出，海明威"揭露并参与了人与动物之间深刻的主体间性（intersubjectivity）"。而"主体间性"这一术语不足以充分说明人类和动物完全交织在一起的特征。因此，赫迪格尔以"共生系统"为核心，认为海明威笔下的动物：

> 不仅仅是暗号或比喻，也不仅仅是同伴；动物的感觉和感知是与他们一起思考和行动的人类的主体性的一部分。这种共生的相互关系，在海明威作品中以强有力而复杂的形式呈现出来。[2]

那么，海明威作品如何体现人类与动物的共生系统？赫迪格尔通过具体例子加以阐述。比如，在《弗朗西斯·麦康伯短促的幸福生活》中，麦康伯与夫人在东非狩猎时，有一个猎杀一头狮子的机会，于是他们全力追捕，但作为新猎手的麦康伯吓坏了，躲在车里，向导威尔逊要求他从车里出来开枪射击。此

---

[1] Donna J. Haraway. *Staying with the Trouble: Making Kin in the Chthulucene*. Durham: Duke University Press, 2016, p. 58.
[2] Ryan Hediger. "Becoming with Animals: Sympoiesis and the Ecology of Meaning in London and Hemingway", *Studies in American Naturalism*, Vol. 11, No. 1, 2016, p. 6.

时，故事视角经历了第一次彻底的变化：

> 麦康伯从前座边的圆弧形缺口里跨出，一脚踩在踏级上，然后落在地面上。那头狮子仍然站着，威武而沉着地向它的眼睛只能侧面看到的那个东西望过去，这东西大得像一头特大犀牛。没有人的气味在向它吹来，它望着这东西，大脑袋向左右微微摇摆。它继续望着这东西，并不害怕，但是有这样一个东西面对着它，在走下河岸去喝水以前，它感到犹豫，后来看到有个人影儿从那东西中出来，就扭过它那沉重的大脑袋，大摇大摆地向可隐蔽的树丛走去，这当儿，只听到砰的一声，它感到一颗 30—06 的 220 格令实心子弹击中它的胁腹，胃里突然有一阵火烧火燎的拉扯感，使它直想呕吐。①

这段对狮子视角的描写尤其引人注目。赫迪格尔表示，在文学作品中鲜有动物被捕杀的经历能被如此生动地描绘。他认为海明威这样描写的原因主要有两点：其一，出于对狮子的同情；其二，更为根本的是，海明威颠覆了传统的人类中心视角。在此时此刻的文本中，海明威从字面上使场景中的"人"成为"物体"的一部分，仅仅是风中的"气味"。为了颠覆人类中心视角，海明威"依靠狮子的主体性来创作自己的文本。这正是一种共生系统，即用一个共同的视角来创造意义、创造世界"②。

又如，在《非洲的青山》这部关于他第一次非洲狩猎之旅的作品中，海明威讲述了对一只受伤的公麋鹿的思考，这是他手臂严重受伤的痛苦带给他的沉思：

> 到了第五周的晚上，我睡不着觉，孤单单的一个人，在疼痛中突然想到，如果你打伤了一头公麋鹿的肩膀而让它逃走，它一定会有什么样的感觉，那天晚上，我躺着，思绪万千，从子弹的冲击直到生命的终结的整个过程都感受到了，给弄得有点冲晕头脑了，心想也许我正在经历的正是对

---

① （美）海明威：《海明威短篇小说全集（上）》，陈良廷、蔡慧等译，上海：上海译文出版社，2019 年，第 17—18 页。

② Ryan Hediger. "Becoming with Animals: Sympoiesis and the Ecology of Meaning in London and Hemingway", *Studies in American Naturalism*, Vol. 11, No. 1, 2016, p. 12.

第五章
女性主义批评、生态批评与种族研究视域下的海明威研究

所有猎手的一种惩罚。①

在赫迪格尔看来，这段描写明显带有对麋鹿的同情。一方面，海明威依靠自身经历中受到的肉体创伤去更好地理解被猎杀的动物的感受；另一方面，海明威不仅在思考麋鹿的痛苦，也在利用这种痛苦来理解自己。他进一步将思考的场景扩展到"所有猎手"，因而也包含许多其他动物。因此，海明威认识到自己的痛苦与其他动物一样，是凡人生活的一部分，这一认识有助于他理解自己的痛苦。他对动物痛苦的同情认知成为他平复自我创伤的一种认知工具，一种应对机制，而这种认知是超越肉体、跨越物种的②。

另一个体现"共生系统"的显著例子是：

> 接着，脑子清醒了，认定如果真是惩罚的话，我也没有白受，至少我知道了我在做些什么。我做的一切都报应到了我自己的身上。我中过子弹，被打瘸过，也逃走过。我随时准备着被这种或那种东西杀死，而现在，说真的，我已经不再介意了。既然我仍然喜欢打猎，我便决定要在能干净利落地捕杀动物时才开枪，而一旦失去了这种能力，我就要歇手。③

赫迪格尔认为，海明威对猎杀动物以及给它们带来的身体上的痛苦有一种负罪感，这种担忧部分源于海明威毕生对狩猎道德的感悟。他觉得自己能够从事狩猎活动，部分原因是他自己遭受过十分痛苦的创伤，所以他知道他开枪射杀的另一端会给动物带来什么样的经历。赫迪格尔指出，这是动物与人类之间的共生关系，"被射杀的意义是可以理解的，因为它是跨物种共享的"④。创伤使经历过它的人和动物产生共鸣，海明威从未停止从直接的角度，通过自己的身体与感受、去思考动物。基于此，赫迪格尔指出，这些共同特征的事实是共生系统的核心。由于意义发生在具有相同进化过程中的个体之间，因此物种之

---

① （美）海明威：《非洲的青山》，张建平译，上海：上海译文出版社，2019年，第127—128页。
② Ryan Hediger. "Becoming with Animals: Sympoiesis and the Ecology of Meaning in London and Hemingway", *Studies in American Naturalism*, Vol. 11, No. 1, 2016, pp. 14—15.
③ （美）海明威：《非洲的青山》，张建平译，上海：上海译文出版社，2019年，第128页。
④ Ryan Hediger. "Becoming with Animals: Sympoiesis and the Ecology of Meaning in London and Hemingway", *Studies in American Naturalism*, Vol. 11, No. 1, 2016, p. 15.

间也有相似之处。因此，意义创造是生命本身的一部分，而不是人类独有的领域①。

以上述理论为支撑，赫迪格尔探讨了人类生命与其他动物生命是如何交织在一起的，人类的意义系统是如何与动物的意义系统交互在一起的。对动物的关注是人类的本性，人的意义系统、物质系统与动物密切相关，存在于我们生活的方方面面。为了更好地理解这种相互关系，为了继续与地球上的其他物种和谐共处，我们应该更加深入地研究共生系统。

（二）狩猎道德观

围绕海明威的狩猎道德观，诸多批评家展开探讨。比如，格伦·洛夫和路易丝·韦斯特林（Louise H. Westling）认为海明威作品中的狩猎主题是他用来表达自己征服自然世界的欲望的一种方式。格伦·洛夫指出海明威的狩猎，尤其是在非洲的游猎，说明他倾向于"利用自然世界的自我吹捧特性"②。同样地，韦斯特林也认为海明威的狩猎是一种重要的"男性仪式"，标志着他作为土地"征服者"的特权，并指责"海明威本人就是一个屠杀了大量野生动物的猎物贪婪者（game hog）"③。两位生态批评家均认为海明威对野外运动的深深依恋使他排除了任何形式的伦理道德，漠视自然世界。

但不同的是，克里斯托弗·翁达杰（Christopher Ondaatje）把海明威对狩猎的矛盾心理作为核心，并把海明威的两次非洲游猎之旅作为这种转变的代表。尽管海明威在第二次游猎之旅中"确实用枪射击了……（但是）摄影和观察野生动物对他来说更为重要"④。罗斯·伯韦尔（Rose Marie Burwell）、沙琳·墨菲（Charlene Murphy）和凯里·沃勒尔（Carey Voeller）等其他学者也从其后期作品中证实，海明威已经超越了他年轻时对狩猎的热情，以一位更感兴趣于观察野生动物而非猎杀野生动物的睿智长者的形象取代了他"猎物贪婪者"形象。

2006年，凯文·迈尔（Kevin Maier）在《海明威的狩猎：生态反思》

---

① Ryan Hediger. "Becoming with Animals: Sympoiesis and the Ecology of Meaning in London and Hemingway", *Studies in American Naturalism*, Vol. 11, No. 1, 2016, p. 18.

② Glen A. Love. "Hemingway's Indian Virtues: An Ecological Reconsideration", *Western American Literature*, Vol. 22, No. 3, 1987, p. 203.

③ Louise H. Westling. *The Green Breast of the New World: Landscape, Gender, and American Fiction*. Athens: University of Georgia Press, 1996, p. 89, p. 99.

④ Christopher Ondaatje. *Hemingway in Africa: The Last Safari*. Woodstock: Overlook, 2004, p. 67.

("Hemingway's Hunting: An Ecological Reconsideration")一文中，以狩猎主题为切入点，结合美国户外运动法规和自然资源保护伦理，通过对比分析《非洲的青山》与《乞力马扎罗山下》，突显了狩猎主题对于理解海明威的伦理愿景的重要性，并强调了海明威对动物、狩猎以及整个游猎之旅的看法与态度在《乞力马扎罗山下》这部有关他第二次非洲游猎之旅的故事中发生了巨大变化。

具体来说，主要体现在两方面。第一，狩猎目的的转变。迈尔指出，在《非洲的青山》中，海明威在第一次游猎之旅中为了战利品、纪念品而展开狩猎竞争，展现的是"人类为了自我扩张的特性而剥削自然世界"。但在《乞力马扎罗山下》中，海明威在第二次游猎之旅中展现的是"对生态秩序的关注"，这标志着海明威自我形象的改变[1]。海明威曾非常蔑视狩猎法规，把狩猎描绘成一种越界的个人主义的尝试。但在《乞力马扎罗山下》中，他的狩猎活动是符合自然资源保护法规的，他把精力投入一种受约束的狩猎中去。在《乞力马扎罗山下》中，他反复提及猎杀动物只是因为他作为荣誉狩猎区长的工作要求，为了维持营地的正常运转。据迈尔统计，在《乞力马扎罗山下》中，"有近24次狩猎仅仅是为了获取营地所需的肉食"[2]。在这些狩猎突袭中，他还强调"我们不能浪费任何东西"[3]，这也体现了他对自然资源保护的重视。

第二，海明威非常认真地履行自己作为狩猎区长的职责，仔细记录动物种群的数量，关心他所追逐的每一个动物。他不仅观察到"大象是唯一一种在非洲源远流长又不断增长的动物"[4]，还尽其所能去理解和尊重他管辖范围内的动物，甚至还包括那些不得不被捕杀的动物。海明威开始清楚地表达自己对自然资源保护伦理的认识，试图限制自己对自然世界的个人影响，尽力确保动物能在他热爱的非洲大地上生存。因此，迈尔认为《乞力马扎罗山下》中的狩猎活动展示了海明威是一个有道德的户外爱好者，并非如一些批评家所说的"猎物贪婪者"[5]。

---

[1] Kevin Maier. "Hemingway's Hunting: An Ecological Reconsideration", *The Hemingway Review*, Vol. 25, No. 2, 2006, p. 119.

[2] Kevin Maier. "Hemingway's Hunting: An Ecological Reconsideration", *The Hemingway Review*, Vol. 25, No. 2, 2006, p. 121.

[3] (美)海明威：《乞力马扎罗山下》，陈四百等译，郑州：河南文艺出版社，2012年，第81页。

[4] (美)海明威：《乞力马扎罗山下》，陈四百等译，郑州：河南文艺出版社，2012年，第30页。

[5] Kevin Maier. "Hemingway's Hunting: An Ecological Reconsideration." *The Hemingway Review*, Vol. 25, No. 2, 2006, p. 121.

在迈尔的基础上，瑞恩·赫迪格尔的研究更进一步，他在《欧内斯特·海明威的〈老人与海〉〈非洲的青山〉与〈乞力马扎罗山下〉中的狩猎、钓鱼与道德约束》("Hunting, Fishing, and the Cramp of Ethics in Ernest Hemingway's *The Old Man and the Sea*, *Green Hills of Africa*, and *Under Kilimanjaro*", 2008)一文中通过剖析三部作品，聚焦于探讨海明威复杂的狩猎道德观。

值得注意的是，虽然凯里·沃勒（Carey Voeller）、格伦·洛夫和菲利普·杨（Philip Young）等学者已提出了清晰的道德准则来衡量海明威对待动物的标准。但赫迪格尔的研究首先对"伦理道德"这一概念加以修正，他使用新提出的"以对经验和美学的开放为中心的伦理学"作为理论基础。在该方法中，"道德准则会根据当地的时间和地点发生变化；道德准则和人类参与者因而得以更充分地进行对话"。赫迪格尔认为，"海明威对细节的苛求和他毕生反对抽象的立场是其道德感的基础"[1]。该研究主要从两个部分加以展开。

第一，赫迪格尔从《非洲的青山》与《乞力马扎罗山下》的狩猎主题探讨海明威的伦理思想，认为这两部作品体现了审视游猎之旅的两种不同的伦理系统。具体来说，《非洲的青山》主要讲述的是主人公海明威与卡尔通过狩猎来争夺战利品，呈现出的游猎之旅是一场男性间杀戮力量的较量，通过一些简单标准来衡量，比如猎杀动物的数量或被猎杀动物的角的大小。这是一套基本稳定的规则，是一套对我们来说更熟悉的伦理观念。道德执行者的任务仅仅是服从或不服从这个系统。在这样一个狩猎系统中，伦理道德是允许人类之间的狩猎竞赛得以开展的基本规则，比如，如何捕杀动物、可以捕杀多少动物等。这些规则基本固定，猎人们只需简单地遵守它们。这个系统表面上看是重视动物，因为可以确保动物不会被肆意捕杀，但实际上并非如此，因为它仅仅是将环境作为人类竞赛的背景。

然而，在《乞力马扎罗山下》中，海明威开始强调地方意识（awareness of place），强调深深融入当地的重要价值，强调他对地方的深入了解和他的个人经历，而不再是狩猎战利品这样的消遣狩猎方式。这些经历相较于那些以数量计算的捕杀案例，更具美学特质。因此，海明威对狩猎的看法也随之发生

---

[1] Ryan Hediger. "Hunting, Fishing, and the Cramp of Ethics in Ernest Hemingway's *The Old Man and the Sea*, *Green Hills of Africa*, and *Under Kilimanjaro*", *The Hemingway Review*, Vol. 27, No. 2, 2008, pp. 37−38.

了转变:"猎取野兽做纪念品的时光在我的生命中早已成为过去了……我打猎是为了大家能有肉吃,为了帮助玛丽,为了消灭那些由于某些原因应该被消灭的野兽,是为了控制掠夺性动物、食肉动物和害兽。"① 在这个系统中,道德执行者是不能从道德系统中分离出来的,道德主体必须为自己的伦理道德承担起更大的责任,而非简单地遵守规则。因此,海明威必须不断地重新审视他面对动物和地方价值观所遵循的原则。海明威关于居住在一个地方的想法有了进步,因而在捕杀动物的道德观方面也发生了转变。他在强调融入当地价值的同时,也增强了对于个人经验的关注。因此,赫迪格尔认为,海明威的非洲书写展示了"他的道德观是如何允许跨文化交流,甚至跨越人类与非人类之间的交流的。在其一生中,对外国文化和异域的陌生感帮助了海明威思考伦理道德体系的基本准则,并努力形成了自己的伦理体系"②。

第二,赫迪格尔重新审视《老人与海》,阐释了该小说的伦理道德书写是一个严格缜密、持续存在的过程。赫迪格尔认为,主人公圣地亚哥对待大马林鱼的伦理观是在他经历了一切遭遇之后才形成的。《老人与海》展现了圣地亚哥对古巴海洋环境与当地生活具体而详细的了解,这种认知从根本上体现了他对伦理道德的反思③。

赫迪格尔将《老人与海》解读为"对凯旋主义狩猎的批判"(a critique of triumphalist hunting)④。圣地亚哥在海上赢得了胜利,但最终留给他的只剩下一具骨架作为战利品。而这个骨架战利品暗示了将海洋商品化并试图将生命转化为商品的错误。圣地亚哥对当地环境了如指掌,他逐渐意识到并承认自己的错误,最终改变了自己的道德准则:"'我原不该出海这么远的,鱼啊,'他说。'对你对我都不好。我感到抱歉,鱼啊'。"⑤

---

① (美)海明威:《乞力马扎罗山下》,陈四百等译,郑州:河南文艺出版社,2012年,第180页。

② Ryan Hediger. "Hunting, Fishing, and the Cramp of Ethics in Ernest Hemingway's *The Old Man and the Sea*, *Green Hills of Africa*, and *Under Kilimanjaro*", *The Hemingway Review*, Vol. 27, No. 2, 2008, p. 44.

③ Ryan Hediger. "Hunting, Fishing, and the Cramp of Ethics in Ernest Hemingway's *The Old Man and the Sea*, *Green Hills of Africa*, and *Under Kilimanjaro*", *The Hemingway Review*, Vol. 27, No. 2, 2008, p. 38.

④ Ryan Hediger. "Hunting, Fishing, and the Cramp of Ethics in Ernest Hemingway's *The Old Man and the Sea*, *Green Hills of Africa*, and *Under Kilimanjaro*", *The Hemingway Review*, Vol. 27, No. 2, 2008, p. 45.

⑤ (美)海明威:《春潮 老人与海》,吴劳译,上海:上海译文出版社,2019年,第202页。

尽管圣地亚哥非常尊重鱼，但他又必须吃鱼，这让他陷入了一个道德难题中。随后，圣地亚哥与鱼之间展开的长时间斗争导致他极度疲惫，但也使他的思想有了进一步发展："凭它（鱼）的举止风度和它的高度尊严来看，谁也不配吃它。"但故事又告诉我们，圣地亚哥"要杀死它的决心绝对没有因为替它伤心而减弱"。这是因为大马林鱼显露出其商品价值。圣地亚哥计算着这条大马林鱼"不止一千五百磅重……也许还要重得多。如果去掉了头尾和下脚，肉有三分之二的重量，照三角钱一磅计算，该是多少？"为了知道它值多少钱，他还借助于铅笔来计算。当遭遇鲨鱼袭击时，大马林鱼逐渐被一片片剥去，灰鲭鲨咬掉了约四十磅肉，最终这条大鱼仅剩下几磅肉。最后在圣地亚哥眼里，"它如今不过是垃圾了，只等潮水来把它带走"。大马林鱼的损失是实实在在的，无论是从实际经济方面的计算来看，还是从这条鱼所能养活多少人来说。这种复杂性是不能用一种简单的伦理来理解的，也证明了圣地亚哥在认知上发生的微妙变化，即尽管杀死一些鱼或许是可以接受的，但杀死这条大马林鱼是错误的："'我原不该出海这么远的，鱼啊，'他说。'对你对我都不好。我感到抱歉，鱼啊'。"[1]可见，海明威在小说中传达出一种复杂的伦理道德，它超越了简单的、一成不变的道德准则。

此外，海明威在《老人与海》中还特意描写了年轻的渔夫用浮标当钓索上的浮子，并且在把鲨鱼肝卖了钱后置备了汽艇。而圣地亚哥却始终坚持使用他简单的捕鱼工具，采用传统的小规模捕鱼方式。这表明 20 世纪中期人们普遍转向更多地使用技术，比如延绳钓（long-lining）此类工业捕鱼方式，以获得更大的捕获量。这不仅导致现代海洋生物种群数量减少，也从根本上改变了人类的捕鱼文化。对此，赫迪格尔指出，"相较于人类是否应该捕杀动物这种被简化的问题，文化问题与技术问题在伦理上和生态上更为重要"[2]。

基于此，赫迪格尔强调，"有关狩猎的伦理道德与美学，是海明威所有作品的意义所在，它以一种自我认知和他者差异相协调的方式存在"[3]。海明威的狩猎道德观并非生搬硬套地遵守永不捕杀动物的规则。尤其是在后期作品

---

[1] （美）海明威：《春潮 老人与海》，吴劳译，上海：上海译文出版社，2019 年，第 181—212 页。

[2] Ryan Hediger. "Hunting, Fishing, and the Cramp of Ethics in Ernest Hemingway's *The Old Man and the Sea*, *Green Hills of Africa*, and *Under Kilimanjaro*", *The Hemingway Review*, Vol. 27, No. 2, 2008, p. 55.

[3] Ryan Hediger. "Hunting, Fishing, and the Cramp of Ethics in Ernest Hemingway's *The Old Man and the Sea*, *Green Hills of Africa*, and *Under Kilimanjaro*", *The Hemingway Review*, Vol. 27, No. 2, 2008, p. 55.

中，捕杀的动物的数量、角的大小、肉的重量等已不再作为衡量或纪念其狩猎或钓鱼经历的标志，"伦理道德经验本身更加重要了"[1]。

二、田园主义

（一）《大双心河》中的田园思想

菅井大地（Daichi Sugai）在《田园作为商品：布劳提根对海明威钓鳟鱼之重述》("Pastoral as Commodity: Brautigan's Reinscription of Hemingway's Trout Fishing", 2017)一文中，着眼于探讨《大双心河》中主人公尼克的田园主义情怀。

菅井大地首先对田园（pastoral）与荒野（wilderness）这两个概念加以区别：荒野是"完全未受文明污染的原始自然"，而田园则是"介于文明和荒野之间的"[2]。

以往批评家认为，在《大双心河》中，对尼克来说，霍普金斯是一位神圣的导师，在精神上指导着尼克迷失的灵魂。但菅井大地从田园主义的角度将尼克与霍普金斯进行对比，对这一结论提出质疑，他认为这一观点缺乏对霍普金斯与自然之间的关系的审视。只看到尼克和霍普金斯之间的精神关系，导致其隐藏了霍普金斯的势利以及他对自然剥削的毫不在乎[3]。

通过对比发现，尼克与霍普金斯对待自然的态度截然不同。霍普金斯是靠开采自然资源发财致富的，并且对他来说，金钱上成功的重要性远远大于与朋友一起钓鱼。当他得知自己的第一口大油井出油了，他立马离开了，尽管他承诺下一个夏天再一起去钓鱼，但最终的结局是"这次旅行给打消了。他们没有再见过霍普金斯"[4]。尼克对此感到失望、沮丧。在菅井大地看来，这暗示了

---

[1] Ryan Hediger. "Hunting, Fishing, and the Cramp of Ethics in Ernest Hemingway's *The Old Man and the Sea*, *Green Hills of Africa*, and *Under Kilimanjaro*", *The Hemingway Review*, Vol. 27, No. 2, 2008, p. 38.

[2] Daichi Sugai. "Pastoral as Commodity: Brautigan's Reinscription of Hemingway's Trout Fishing", *The Hemingway Review*, Vol. 36, No. 2, 2017, p. 113.

[3] Daichi Sugai. "Pastoral as Commodity: Brautigan's Reinscription of Hemingway's Trout Fishing", *The Hemingway Review*, Vol. 36, No. 2, 2017, p. 115.

[4] （美）海明威：《海明威短篇小说全集（上）》，陈良廷、蔡慧等译，上海：上海译文出版社，2019年，第209页。

金钱上的成功与浪漫的田园理想格格不入①。与霍普金斯相反，尼克对自然的态度是谦卑的，他不把大自然当作摇钱树，他寻找的是宁静的自然，以抚慰人心：

> 他（尼克）刚才先弄湿了手才去摸那鳟鱼，这样才不致抹掉那一薄层覆盖在鱼身上的黏液。如果用干手去摸鳟鱼，那摊被弄掉黏液的地方就会被一种白色真菌所感染。好多年前，尼克曾到挤满了人的小溪边钓鱼，前前后后都是用假蝇钓鱼的人，他曾一再看到身上长满毛茸茸的白色真菌的死鳟鱼，被水冲到石头边，或者肚子朝天，浮在水潭里。尼克不喜欢跟别人在河边一起钓鱼。②

这段描写讲述的是一个事实：鳟鱼一旦被人类的干手触摸，就会被感染上白色真菌，最终死亡。这段描写表达了许多渔民并未意识到这一微妙的自然平衡，他们冲进这条小溪，消耗并破坏了大自然的馈赠。尼克对挤满了人的小溪感到厌恶，这体现了一种不同的理想，即渴望寻求宁静和独居的理想。而"他（尼克）可不想钓到很多鳟鱼"③，进一步说明了他对自然的谦卑态度和有限的需求，他并不希望加入破坏自然的行列中去。

菅井大地认为，尼克对自然的体验属于田园生活的范畴，他对自然的体验在于寻找一种想象中的美好的自然或田园式的乌托邦。他对自然的渴望反映出一种虚构的田园理想，而非对野蛮原始的荒野的渴望。作为一个浪漫的田园主义者，尼克虽然讨厌资本主义侵入他对自然的理想化体验，但也并未完全将自己沉浸在荒野中。蚊子是荒野的代表，尼克一直试图保护自己不被蚊子叮咬，象征着他在整个故事中尽力逃避野蛮原始的荒野。他真正想要的是一个让他感到舒适的自然，渴望在大自然中寻求安慰，但他并未远离商品文明，比如他吃罐头食品，喝煮好的咖啡；他远离沼泽，喜欢看书。从某种意义上说，他从未真正进入过荒野。基于此，菅井大地认为，"尼克与霍普金斯并不是完全对立

---

① Daichi Sugai. "Pastoral as Commodity: Brautigan's Reinscription of Hemingway's Trout Fishing", *The Hemingway Review*, Vol. 36, No. 2, 2017, p. 116.
② （美）海明威：《海明威短篇小说全集（上）》，陈良廷、蔡慧等译，上海：上海译文出版社，2019 年，第 214 页。
③ （美）海明威：《海明威短篇小说全集（上）》，陈良廷、蔡慧等译，上海：上海译文出版社，2019 年，第 218 页。

的两类人，尼克代表与浪漫的田园主义之间的关联，它处于野蛮原始的荒野与霍普金斯所代表的贪婪的商业文明二者之间"①。

霍普金斯象征着经济发展和文明，而尼克则试图逃避到令人舒适、能寻求慰藉的自然中去。尼克极度渴望寻找的是浪漫的田园，可以随时让人类进入并享受的田园，而不是环境恶劣的荒野。尼克追求的是一种想象的、一定程度上理想化的自然，并非荒野。因此，菅井大地指出，《大双心河》中尼克所追求的浪漫田园从未与文明完全脱离，但海明威通过尼克的经历暗示这种形式的文明不久将吞噬自然，表明了一种悬而未决的田园理想②。

（二）《太阳照常升起》的田园解读

《太阳照常升起》作为海明威第一部长篇小说，受到学界广泛关注，学者们尝试了各种各样的研究方法与理论对其加以阐释，但直到2006年，大卫·萨沃拉（David Savola）的论文《"邪恶之书"：对〈太阳照常升起〉的田园批评》（"'A Very Sinister Book': *The Sun Also Rises* as Critique of Pastoral"）才首次运用生态批评对该作品展开研究。文章揭示了《太阳照常升起》对忒奥克里托斯和维吉尔等人创作的田园牧歌作品的大量引用，阐释了小说中的田园元素，并指出《太阳照常升起》是"一部田园小说"。

萨沃拉指出《太阳照常升起》使用了田园传统的诸多核心元素，具体表现在以下方面。第一，小说中有关城市与乡村的描写："对城市生活的描写是复杂的，城市人是堕落的，对乡村生活（和大自然）的描写在某种程度上比城市生活更'真实'、更简单，乡村居民比城市居民更诚实、更直率、更善良。"③例如，杰克和比尔在旅途中遇到的巴斯克农民，被理想化为淳朴大方的田园牧羊人。巴斯克人非常慷慨礼貌、热情友好，他们十分乐意与两位美国人分享，教他们如何使用皮酒袋喝酒，请他们喝酒。杰克和比尔一行人把汽车停在一家旅店门口，走进旅店喝了两杯白酒共计四十生丁。"我给了女掌柜五十生丁，多余的算小费，但是她以为我听错价钱了，把那个铜币还给我。"④ 杰克感叹

---

① Daichi Sugai. "Pastoral as Commodity: Brautigan's Reinscription of Hemingway's Trout Fishing", *The Hemingway Review*, Vol. 36, No. 2, 2017, p. 117.

② Daichi Sugai. "Pastoral as Commodity: Brautigan's Reinscription of Hemingway's Trout Fishing", *The Hemingway Review*, Vol. 36, No. 2, 2017, p. 121.

③ David Savola. "'A Very Sinister Book': *The Sun Also Rises* as Critique of Pastoral", *The Hemingway Review*, Vol. 26, No. 1, 2006, p. 27.

④ （美）海明威：《太阳照常升起》，赵静男译，上海：上海译文出版社，2019年，第111-112页。

"在法国,一切都建筑在这种赤裸裸的金钱基础上。在这样的国家里(西班牙)生活是最简单不过的了。谁也不会为了某种暧昧的原因而跟你交朋友,从而使关系弄得很复杂"①。萨沃拉指出,强调城市和乡村之间的区别是田园书写的一个标志性特征②。

第二,小说遵循了隐逸和回归的田园模式(retreat and return)。英国生态批评学者特里·吉福德(Terry Gifford)指出,田园书写"包含了某种形式的隐逸和回归,这是最基本的田园运动"③。《太阳照常升起》中的主人公们离开国际化的巴黎,前往西班牙北部乡村潘普洛纳参加节日活动,然后又返回巴黎。每年夏天,主人公杰克都会去潘普洛纳度假,参加圣福明节庆典。这对他来说是一种慰藉,逃离城市生活的混乱和悲伤,进入田园生活的简单安逸。杰克与朋友说起在西班牙旅途中的所见所闻,用田园风光来描述当地景色,突显了当地田园的优美:

我们随即出发顺大街出城。我们经过几处景色优美的花园,回头久久注视市区,然后驶上青葱而起伏不平的原野,公路始终向上爬行。一路上驶过许许多多赶着牲口或牛车的巴斯克人,还有精致的农舍,屋顶很低,墙壁全部刷白。在这巴斯克地区,土地看来都很肥沃,一片翠绿,房屋和村庄看来富裕而整洁。④

萨沃拉表示,小说中杰克多次以这样的方式对景色细节加以描述,其目的在于强调"将西班牙乡村与田园的世外桃源联系起来"⑤。

第三,海明威在该小说中引用了忒奥克里托斯(Theocritus)的《田园牧歌》(*Idylls*)和维吉尔(Virgil)的《牧歌集》(*Eclogues*),而这两部作品是田园诗歌的代表作品。比如,在《太阳照常升起》中,比尔和杰克中午在河边休息,河水在水坝上翻滚。在《田园牧歌》中,提尔西斯与牧人朋友在中午时

---

① (美)海明威:《太阳照常升起》,赵静男译,上海:上海译文出版社,2019年,第245页。
② David Savola. "'A Very Sinister Book': *The Sun Also Rises* as Critique of Pastoral", *The Hemingway Review*, Vol. 26, No. 1, 2006, p. 31.
③ 参见 David Savola. "'A Very Sinister Book': *The Sun Also Rises* as Critique of Pastoral", *The Hemingway Review*, Vol. 26, No. 1, 2006, p. 29.
④ (美)海明威:《太阳照常升起》,赵静男译,上海:上海译文出版社,2019年,第97页。
⑤ David Savola. "'A Very Sinister Book': *The Sun Also Rises* as Critique of Pastoral", *The Hemingway Review*, Vol. 26, No. 1, 2006, p. 30.

分找地方小憩，他们选择在瀑布旁休息，瀑布正从流动的泉水中流出。在《太阳照常升起》中，杰克和比尔在冰冷的泉水里为他们的葡萄酒降温，准备开怀畅饮。在《牧歌集》第五首中，牧羊人梅纳库斯也在宴会上喝酒助兴。在《太阳照常升起》中，比尔与杰克从布尔戈特的旅馆走到伊拉蒂河，他们穿过一片田园风光："田野地势起伏，长着青草，不过青草都被羊群啃秃了。牛群在山中放牧。我们听见树林里传来它们脖颈上的铃铛声。"① 关于田园旅行的景色描写在《牧歌集》第十首也有出现，均展现了悠闲的田园习俗。

第四，小说中有关斗牛的描写。斗牛是该小说的重要内容之一，小说中的描写突显了斗牛的野性。尽管斗牛士技艺高超，但公牛毕竟是野兽，而斗牛士对公牛的控制是有限的。正是公牛的野性，激发了杰克对大自然的崇敬；正是对这种充满野性仪式的热爱，吸引了杰克每年夏天到潘普洛纳参加奔牛节庆典。斗牛的暴力似乎与田园牧歌格格不入，但维吉尔的田园诗就已体现了与大自然的野性之间的密切联系。因此，萨沃拉指出，"通过将斗牛置于小说的核心，海明威正在创造一种更广阔、更复杂的田园风格，一种更狂野的田园风格"②。

三、生态伦理观

2011年，凯文·迈尔（Kevin Maier）的《海明威的生态旅游：〈乞力马扎罗山下〉与旅游伦理》（"Hemingway's Ecotourism: *Under Kilimanjaro* and the Ethics of Travel"）发表在《文学与环境的跨学科研究》（*Interdisciplinary Studies in Literature and Environment*）期刊上。该研究从生态伦理与生态旅游两个角度对《乞力马扎罗山下》加以探讨，表明海明威是一位"严谨的环境思想家"③，他在该作品中对环境的关注至关重要，不仅提出了人类与自然世界之间关系的问题，展现出一种类似于生态伦理的狩猎伦理，还引发了对现在称为"生态旅游"（ecotourism）的思考。总之，《乞力马扎罗山下》始终关注于"寻找一种与自然世界互动的最佳方式"④。

---

① （美）海明威：《太阳照常升起》，赵静男译，上海：上海译文出版社，2019年，第122页。
② David Savola. "'A Very Sinister Book': *The Sun Also Rises* as Critique of Pastoral", *The Hemingway Review*, Vol. 26, No. 1, 2006, p. 43.
③ Kevin Maier. "Hemingway's Ecotourism: *Under Kilimanjaro* and the Ethics of Travel", *Interdisciplinary Studies in Literature and Environment*, Vol. 18, No. 4, 2011, p. 718.
④ Kevin Maier. "Hemingway's Ecotourism: *Under Kilimanjaro* and the Ethics of Travel", *Interdisciplinary Studies in Literature and Environment*, Vol. 18, No. 4, 2011, pp. 719—720.

（一）现代生态伦理关爱

在生态伦理观上，迈尔认为海明威对待环境的态度主要体现在狩猎上。《乞力马扎罗山下》展现的并不是他不再有参与野外运动的欲望，而是他对野外运动所产生的后果的自觉与自省。这部作品之所以值得赞扬，并不是因为它超越了野外运动，而是因为它让人们更为深刻地认识到户外爱好者在自然资源保护实践中所面临的固有矛盾。迈尔指出，"有关狩猎的描写依然是《乞力马扎罗山下》的核心，这说明海明威并没有为了成为一个现代环保主义者而放弃血腥的野外运动。恰恰相反，人们追逐动物的方式正好符合美国户外爱好者的伦理道德"[1]。

什么是户外爱好者（sportsman）？对此，迈尔引用了海明威在一封早期信件中自己给出的答案："真正的户外爱好者必然关爱自然世界。"海明威在年轻时蔑视狩猎法则，早期作品中也流露出他对保护自然资源的漠不关心。但是，从其后期作品中可以看到，他的生态观和生态伦理观发生了变化。尤其是从环境视角重新审视《乞力马扎罗山下》不难发现，海明威最终是在非洲否定了自己对杀戮的兴趣，转而追求一种对动物和环境的现代伦理关爱。海明威在两次非洲游猎之旅中对狩猎的态度发生了改变，但并不代表他对狩猎完全不再有欲望。在迈尔看来，《乞力马扎罗山下》所呈现的"并不是一个反狩猎的海明威，也不是一个热爱动物的海明威。相反，是一个有伦理道德的海明威（ethical Hemingway）"[2]。

（二）"生态旅游"

值得注意的是，迈尔特别关注了《乞力马扎罗山下》的旅游伦理，以揭示海明威如何通过对狩猎和旅行的描写来探索"生态旅游"。所谓"生态旅游"（ecotourism），指的是"一种具有生态意识和社会意识的旅行，它关注当地文化和荒野环境，其终极目的是体验当地环境与当地本土文化"[3]。在《乞力马扎罗山下》中，海明威对其第二次非洲游猎之旅的描写符合这些标准。他在作品中采用了两种方式，试图以一种有别于以往任何作品的方式来摆脱自己的游

---

[1] Kevin Maier. "Hemingway's Ecotourism: *Under Kilimanjaro* and the Ethics of Travel", *Interdisciplinary Studies in Literature and Environment*, Vol. 18, No. 4, 2011, p. 721.

[2] Kevin Maier. "Hemingway's Ecotourism: *Under Kilimanjaro* and the Ethics of Travel", *Interdisciplinary Studies in Literature and Environment*, Vol. 18, No. 4, 2011, p. 723.

[3] Kevin Maier. "Hemingway's Ecotourism: *Under Kilimanjaro* and the Ethics of Travel", *Interdisciplinary Studies in Literature and Environment*, Vol. 18, No. 4, 2011, p. 734.

客身份，使自己与曾经的游猎经历拉开距离，从一名在非洲享有特权的游客身份中解脱出来。具体体现在两个方面。其一，采用狩猎区长的身份，以回避自己白人猎人的身份。在作品中，海明威被肯尼亚狩猎部门授予荣誉狩猎区长称号。这一任命使海明威与卡吉亚多区之间的关系得以正式化，甚至合法化。在这里，海明威以一种成熟包容的姿态，摆脱了白人猎人征服者的角色，开始融入当地环境之中。身为狩猎区长的海明威，并没有像在《非洲的青山》中那样为战利品而进行激烈的狩猎竞赛，而是把自己描述成一个为了自给自足才不得已进行狩猎的人，他反复声称自己猎杀动物只是为了营地的肉食供应。其二，他试图通过娶非洲女人黛巴来使自己成为真正的当地人，试图通过通婚来获得当地人的完全认同，将自己融入当地文化，以打破自己的文化限制。娶黛巴是一种最佳方式，让他与游客、与殖民者身份拉开距离，这标志着一种全新的、强化的狩猎伦理的转变。在一场狩猎中，他猎杀了一头被岳父视为心头大患的豹子，捕杀它是为了保护黛巴父亲的村庄，目的是打动黛巴，赢得最终成为瓦卡姆巴族人的权利。

在符合"生态旅游"标准的基础上，迈尔认为海明威比当前生态旅游的倡导者更清楚地认识到"旅行始终是含有特权的"[①]。在《乞力马扎罗山下》中，不管是担任狩猎区长，还是试图通过通婚成为当地人，海明威都意识到真正的生态旅游是不可能的。海明威试图采用的狩猎区长的身份和他试图成为的瓦卡姆巴族人的身份之间存在着冲突，他意识到要调和二者之间的冲突在道德上是不可能的，同时也意识到要调和自己作为美国白人名人的身份所面临的道德困境。简言之，他试图把各种身份融合在一起，却无法调和这些身份。因此，迈尔指出，《乞力马扎罗山下》蕴含着一场重要的道德伦理斗争。海明威在寻找一种合乎道德的方式在非洲旅行，与非洲当地的人和动物互动。他也在寻找一种合乎道德的方式，使自己足以在异国他乡保持身心健康，舒适生活[②]。

基于此，迈尔认为，在《乞力马扎罗山下》中，海明威"阐明并预见了当前关于旅行复杂性的争论中的一些关键问题，尤其是以野生动物和荒野景观为

[①] Kevin Maier. "Hemingway's Ecotourism: *Under Kilimanjaro* and the Ethics of Travel", *Interdisciplinary Studies in Literature and Environment*, Vol. 18, No. 4, 2011, p. 734.

[②] Kevin Maier. "Hemingway's Ecotourism: *Under Kilimanjaro* and the Ethics of Travel", *Interdisciplinary Studies in Literature and Environment*, Vol. 18, No. 4, 2011, pp. 734-735.

特色的旅行"①。享有特权的游客应如何与野生动物和当地文化互动？外国游客如何才能来到一个新地方而不留下过多足迹？海明威在该部作品中提出了这些问题，并结合非洲当地的环境与文化，试图通过自己塑造的新身份来表达对自然资源、环境以及动物的态度和看法，来探讨这些问题。

第三节　种族研究

英美学界有关海明威的种族研究中，最著名、最具代表性的当属非裔美国作家托妮·莫里森（Toni Morrison）于1992年在其著《在黑暗中游戏：白人性与文学想象》（*Playing in the Dark: Whiteness and the Literary Imagination*）中提出的见解。莫里森对海明威种族观的批评也是目前在英美学界被广泛引用、广泛参考的，她激发了加里·爱德华·霍尔科姆（Gary Edward Holcomb）、艾米·斯特朗（Amy Strong）与马克·达德利（Marc Dudley）等诸多学者对海明威的作品展开种族研究。

21世纪以来，有关海明威作品的种族研究出现了许多新成果。2008年，艾米·斯特朗（Amy Strong）撰写了《海明威小说中的种族与身份》（*Race and Identity in Hemingway's Fiction*）一书，对海明威作品进行"修正主义解读"，探讨分析海明威如何看待"种族决定美国身份"这一问题②。斯特朗认为海明威在整个职业生涯中都在描写种族身份，但长期以来，批评界主要专注于探讨海明威作品中的勇气、爱情与战争等主题，而其作品中的种族元素仅被视为这些问题的背景。目前有关海明威作品种族问题的研究呈现出"被边缘化、被否认甚至完全摒弃的态势"③，并且对种族差异和白人男性主导地位等问题的研究较为不足。基于此，斯特朗对海明威研究的传统批评观提出挑战，从多元文化主义、白人至上主义以及殖民主义等多个层面探讨了海明威作品。

2012年，马克·达德利（Marc Dudley）出版了《海明威、种族与艺术：

---

① Kevin Maier. "Hemingway's Ecotourism: Under Kilimanjaro and the Ethics of Travel", *Interdisciplinary Studies in Literature and Environment*, Vol. 18, No. 4, 2011, p. 735.

② Amy Strong. *Race and Identity in Hemingway's Fiction*. New York: Palgrave Macmillan, 2008, p. 12.

③ Amy Strong. *Race and Identity in Hemingway's Fiction*. New York: Palgrave Macmillan, 2008, p. 4.

第五章
女性主义批评、生态批评与种族研究视域下的海明威研究

血统与种族界限》(*Hemingway, Race, and Art: Bloodlines and the Color Line*)。在达德利看来,海明威的现代性并不在于批评家们经常探讨的写作风格,而在于海明威很早就认识到"种族的灵活性、延展性与人为性"[①]。换言之,海明威对种族界限的处理是他对已有文学传统的实验和突破。从最早期作品到海明威逝世后出版的遗作,从其著名作品到极少被提及的作品,达德利阐释了海明威对种族问题的态度在不断发生变化,他在不断重写种族界限,不断使之具体化,并努力消除种族界限。达德利展示了海明威在整个职业生涯中对种族描写的兴趣,更重要的是,强调了海明威现代主义美学的一个核心组成部分在于他认识到"种族问题是一个国家在蓬勃发展过程中自我定义时面临的普遍问题"[②]。

值得注意的是,该书第四章聚焦于探究《卧车列车员》("The Porter"),该作品在国内少有研究。达德利通过对该故事的剖析,指出它"至今仍是海明威对美国种族差异最露骨的拷问"[③]。故事中的卧车列车员乔治是一名黑人,透过他的视角,年轻的吉米看到了种族界限另一边的人们是怎样在生活。达德利认为,《卧车列车员》讲述的是"黑人在美国的奋斗故事"[④],海明威在故事中揭示了黑人世界是"痛苦的、真实的而有意义的",它是阐释海明威种族观的重要作品。

2012年,加里·爱德华·霍尔科姆(Gary Edward Holcomb)与查尔斯·斯克鲁格斯(Charles Scruggs)共同编撰了《海明威与黑人文艺复兴》(*Hemingway and the Black Renaissance*),共收录了九篇文章。该书首次探究了一向被视为有典型白人男子气概的海明威与黑人文艺复兴之间的关系,是一次开创性研究。该书的重点有二:一是强调海明威对20世纪黑人作家的生活与创作产生的影响,具体考察了海明威之于理查德·赖特(Richard Wright)、拉尔夫·埃里森(Ralph Ellison)以及切斯特·海姆斯(Chester Himes)等黑人作家作品的影响;二是展示海明威与黑人作家之间的影响并非

---

① Marc Dudley. *Hemingway, Race, and Art: Bloodlines and the Color Line*. Kent: The Kent State University Press, 2012, p. 6.
② Marc Dudley. *Hemingway, Race, and Art: Bloodlines and the Color Line*. Kent: The Kent State University Press, 2012, p. 5.
③ Marc Dudley. *Hemingway, Race, and Art: Bloodlines and the Color Line*. Kent: The Kent State University Press, 2012, p. 105.
④ Marc Dudley. *Hemingway, Race, and Art: Bloodlines and the Color Line*. Kent: The Kent State University Press, 2012, p. 105.

单方面的，追溯了海明威与黑人作家之间真实而复杂的互文性。正如编者所言，探究海明威与黑人作家之间的互文性，"不仅让我们欣赏到海明威在埃里森及其他黑人作家的作品中的存在，也让我们意识到坚持不懈的黑人文化认同是海明威写作的核心"①。该书的重要价值在于，其关于海明威与黑人作家之间相关性的研究，为解读海明威和20世纪黑人作家的文学遗产提供了新视角。

2013年，在黛布拉·莫德尔莫格（Debra Moddelmog）与苏珊娜·德尔·吉佐（Suzanne del Gizzo）共同编纂的《语境中的海明威》（*Ernest Hemingway in Context*）一书中，有五个章节专门研究海明威的种族问题，是本书的亮点之一，重新考察了海明威的种族观。尤其是这五章分别针对海明威与非裔美国人、非洲人、美洲印第安人、古巴人以及犹太人之间的关系逐一探讨，并补充了在之前已有研究中一直被误解、被忽视的部分内容。

2018年，加里·爱德华·霍尔科姆再次编纂出版了《海明威与种族教学》（*Teaching Hemingway and Race*）。该书不仅从种族研究的视角重新解读海明威经典作品，还在2012年《海明威与黑人文艺复兴》的基础上进一步阐释了海明威与黑人作家互相影响的关系。该书主要包括两部分。第一部分以海明威作品中的种族主题为中心，提供了有实践性价值的教学方法。该部分的论文运用种族批判理论（Critical Race Theory）、多元文化主义等多种理论与视角，探讨海明威在其作品中的种族问题、种族主义以及身份认同等问题，提供了一次跨越文学与政治、文化、种族和民族界限的对话机会。第二部分则聚焦于海明威与黑人作家之间的互文性研究，考察海明威作品与黑人作家作品之间的相关性。该部分旨在寻找黑人作家和白人现代派作家作品之间的共同点，表明二者并非两个完全不同的世界，而是形成了一种世界性的对话和跨文化的亲缘关系，蕴含着一种思想和风格的交流。

基于上述研究新成果，下面重点探讨海明威对印第安人、非洲人与犹太人的种族观，其中涉及《印第安人搬走了》《乞力马扎罗山下》以及《先生们，祝你们快乐》等多部在国内研究较少的作品。

一、关于印第安人

在海明威早期作品尤其是尼克·亚当斯系列故事集中，比如《印第安人营

---

① Gary Edward Holcomb, Charles Scruggs, eds. *Hemingway and the Black Renaissance*. Columbus: Ohio State University Press, 2012, p. 20.

地》《十个印第安人》《医生夫妇》《两代父子》《世上的光》《大双心河》《拳击家》《印第安人搬走了》等，海明威大量描写印第安人，这些故事与海明威的童年经历以及美国当时的历史背景、文化有着密切联系，是海明威早期对种族和边缘化的大胆探索。

(一) 尼克·亚当斯与印第安人的关联性

艾米·斯特朗强调，只有充分认识到尼克及其父亲的身份是如何与印第安人的存在联系在一起的，才能真正理解海明威的尼克·亚当斯系列故事集。因此，她首先还原了有关印第安人的历史背景，回溯了被称为"美洲印第安人被迫同化"的时期（1880—1920）。其次，斯特朗将历史背景与海明威童年时期的生活经历相结合。在1899年至1917年的每个夏天，海明威与家人一起在北密歇根度假，他在那里结识了一些印第安人。与这些印第安人的互动为海明威早期的文学创作提供了许多素材。结合海明威生平研究，斯特朗指出，海明威对印度安文化表现出异乎寻常的浓厚兴趣[1]。

斯特朗探讨了一系列海明威作品中的印第安人书写，最早追溯至他中学时期的创作。其中，有三个故事以7月4日美国独立纪念日为背景，这一天标志着美国身份的形成以及随之而来的美洲印第安人的衰落。随着白人向西迁移、侵占部落土地，印第安人成为受害者，日益被边缘化。

《印第安人搬走了》按时间顺序记述了印第安文化在美国的瓦解。故事中，一个印第安人在7月4日那天进城喝醉了酒，在回家路上躺在铁轨上睡着了，被半夜开过的火车压死了。斯特朗分析指出，铁路所代表的是强大的技术，促使白人能够更轻松地向西推进，将印第安人推向濒临灭绝的境地[2]。故事叙述者讲道："印第安人没有一个发的。先前倒有过——那是置办农场的老一辈印第安人……就像住在霍顿斯溪边的西蒙·格林这号印第安人，有过一个大农场。可是西蒙·格林死了，他的子女把农场卖了，分掉钱财，奔别处去了。"[3]这反映的是印第安人与土地紧密相连的时代，但如今时代已经发生了变化。故

---

[1] Amy Strong. "Race and Ethnity: American Indians", *Ernest Hemingway in Context*, edited by Debra A. Moddelmog, Suzanne del Gizzo. New York: Cambridge University Press, 2013, p. 325.

[2] Amy Strong. "Race and Ethnity: American Indians", *Ernest Hemingway in Context*, edited by Debra A. Moddelmog, Suzanne del Gizzo. New York: Cambridge University Press, 2013, p. 327.

[3] (美) 海明威：《海明威短篇小说全集（上）》，陈良廷、蔡慧等译，上海：上海译文出版社，2019年，第500—501页。

事最后一句与该主题相呼应："他们亏了本就把它卖了。印第安人就是这副德性。"① 斯特朗认为,这体现了海明威对政府政策的严厉批判,1887 年的法案要求印第安分割部落土地,将无人认领的土地卖给白人农民,进一步剥夺了印第安人曾经的领土②。

《十个印第安人》同样是以 7 月 4 日作为故事背景,该故事最初被命名为《独立日之后》("After the Fourth")。故事中,加纳先生一家是个白人家庭,带着尼克去镇上参加 7 月 4 日的庆祝活动。在回家路上,尼克和加纳一家坐在一辆大篷车上,加纳先生在赶车时勒住了马,跳到路上,把一个醉得不省人事的印第安人拖出车辙,拖到矮树丛里去。"那印第安人脸朝下,趴在沙地上睡着了。"③ 这一刻,印第安人在美国文化中地位低下的证据全在尼克脚下,深刻地反映了这个民族的命运。此外,加纳在途中一直通过与妻子窃窃私语、含沙射影、种族侮辱等各种方式来取笑尼克与印第安女孩普罗迪之间的关系。斯特朗认为这个故事强调的是白人和印第安人之间的权力差距④。有关尼克对印第安女孩普罗迪的回忆一直延续到《两代父子》中。当尼克面对儿子追问和印第安人生活在一起是什么样子的时候,他回忆起自己在北密歇根的青春记忆,"他们(印第安人)的归宿如何并不重要。反正他们的结局全都一个样。当年还不错。眼下可不行了"⑤,这段内心独白再次反映了印第安人的命运。

《印第安人营地》和《医生夫妇》这两个故事在尼克·亚当斯系列故事中"最直白地表达了白人与印第安人之间的关系"⑥。在《印第安人营地》中,尼克的父亲是一位白人医生,他带着尼克到印第安人营地为一位印第安产妇接生。在难产且没有麻醉药的情况下,白人医生用一把大折刀为产妇做了剖官产手术,并用羊肠线进行伤口缝合。而她的丈夫在手术过程中用一把剃刀割喉自

---

① (美)海明威:《海明威短篇小说全集(上)》,陈良廷、蔡慧等译,上海:上海译文出版社,2019 年,第 501 页。

② Amy Strong. "Race and Ethnity: American Indians", *Ernest Hemingway in Context*, edited by Debra A. Moddelmog, Suzanne del Gizzo. New York: Cambridge University Press, 2013, p. 327.

③ (美)海明威:《海明威短篇小说全集(上)》,陈良廷、蔡慧等译,上海:上海译文出版社,2019 年,第 323 页。

④ Amy Strong. "Race and Ethnity: American Indians", *Ernest Hemingway in Context*, edited by Debra A. Moddelmog, Suzanne del Gizzo. New York: Cambridge University Press, 2013, p. 327.

⑤ (美)海明威:《海明威短篇小说全集(上)》,陈良廷、蔡慧等译,上海:上海译文出版社,2019 年,第 491 页。

⑥ Amy Strong. "Race and Ethnity: American Indians", *Ernest Hemingway in Context*, edited by Debra A. Moddelmog, Suzanne del Gizzo. New York: Cambridge University Press, 2013, p. 328.

杀了。在《医生夫妇》中，印第安工人迪克·博尔顿带着两名印第安人，从印第安人营地来替尼克的白人医生父亲锯原木。博尔顿寻衅滋事，企图与尼克的父亲吵架，以便躲掉医治他老婆的一大笔诊费。在海明威笔下，印第安人始终与自然景观相联系，而白人的技术和物质进步改变甚至破坏了自然景观。海明威笔下的印第安人，要么脸朝下趴在沙地上，要么躺在双层床上，要么横卧在铁轨上，成为酗酒、自杀和谋杀的受害者。斯特朗认为"这些故事直面了20世纪美国印第安人悲惨而不公正的处境"[①]。

斯特朗总结道："尼克·亚当斯故事集标志着海明威毕生对种族兴趣的开端，种族是界定美国身份的一个重要方面。海明威早期声称自己是印第安人血统，而到后期，他逐渐对非洲部落产生了迷恋和兄弟情谊，同时，对所谓的'白人禁忌'有了戒心。印第安人和非洲人这两个群体最终通过白人的剥削话语在他的脑海中联系起来。"[②] 正如海明威在《乞力马扎罗山下》写道："我清楚地知道白人总是把其他人的土地夺走，再把这些人赶进一片耕地中。而这些耕地里的人们通常都生活在水深火热之中，就像生活在集中营里一样。"[③]

（二）《印第安人营地》：解构"伟大"的白人

马克·达德利在《海明威、种族与艺术：血统与种族界限》（2012）中详细探讨了《印第安人营地》《医生夫妇》《十个印第安人》《两代父子》《印第安人搬走了》等多部有关印第安人的作品，其中《印第安人营地》是海明威创作的第一个印第安故事，是探索研究的起点。达德利从五个方面对该故事加以详尽剖析，揭示印第安人的处境，解构白人与印第安人之间的关系。

第一，故事的背景描写。故事中白人医生一行三人前往印第安人营地途中的景物描写，烘托出白人与印第安人在空间上的隔阂。"又一条划船给拉上了湖岸。两个印第安人站在湖边等待着。"[④] 印第安人营地位于"海湾的对岸"，也就是说，印第安人与白人居住区隔海相望，远离文明。达德利认为，这样一

[①] Amy Strong. "Race and Ethnity: American Indians", *Ernest Hemingway in Context*, edited by Debra A. Moddelmog, Suzanne del Gizzo. New York: Cambridge University Press, 2013, p. 329.

[②] Amy Strong. "Race and Ethnity: American Indians", *Ernest Hemingway in Context*, edited by Debra A. Moddelmog, Suzanne del Gizzo. New York: Cambridge University Press, 2013, p. 329.

[③] （美）海明威：《乞力马扎罗山下》，陈四百等译，郑州：河南文艺出版社，2012年，第413页。

[④] （美）海明威：《海明威短篇小说全集（上）》，陈良廷、蔡慧等译，上海：上海译文出版社，2019年，第97页。

个"异域"空间有其自身的内涵①。医生一行人"在黑暗中出发",暗示着走向印第安人营地的路是从光明走向黑暗。到达营地后,迎接医生一行人的是原始而野蛮的场景:"他们绕过一道弯,有一只狗汪汪地叫着,奔出屋来。前面剥树皮的印第安人住的棚屋里有灯光透出来。又有几只狗向他们冲过来。"②白人进入印第安人营地,没有亲切的问候,没有礼节性的握手,取而代之的是无止尽的黑暗与吠叫的恶狗。

第二,没有名字的印第安人。海明威从人名的设置上进一步强调了白人与印第安人之间的鸿沟。在整个故事中,有名字的是三名白人:尼克·亚当斯、尼克的父亲白人医生(亚当斯医生)与乔治大叔。而居住在印第安人营地中的所有边缘人物都是没有名字的。故事一开始是"两个印第安人"站在湖边等待医生三人的到来;"一个老婆子"提着灯站在门口迎接;营地里有帮忙照应的"老年妇女";帮医生打下手烧热水的是"厨房里那个妇女";手术开始后,"三个印第安男子"帮忙按住产妇,等等。即使是故事的核心人物,那位难产的印第安产妇及其丈夫也是没有名字的。达德利认为,海明威刻意不给故事中所有印第安人名字的做法"塑造了一个东方主义的'他者'形象,这一形象充满神秘与未知"③。一旦亚当斯医生出场,除乔治大叔外,所有人都退居于同质的背景中。就连印第安产妇本人,虽然在故事中她与医生和尼克密切相关,但也仅仅是充当一个情节设计的作用。她的作用是让亚当斯医生手术成功后自我夸耀,以及使尼克进入和了解这个充满暴力与死亡的世界④。另一方面,对产妇的称呼的变化也颇有深意。当医生最开始向儿子尼克说明产妇的情况时,医生称之为"太太"(lady),随后他便改为更通用的叫法"女士"(woman)来代替之前较为尊敬的称呼。在之后的没有麻醉药的手术中产妇疼痛不已,对她的称呼则转向带有侮辱性的"该死的臭婆娘"(squaw bitch)。

---

① Marc Dudley. "'Indian Camp' and 'The Doctor and the Doctor's Wife': Deconstructing the Great (White) Man", *Hemingway, Race, and Art: Bloodlines and the Color Line*. Kent: The Kent State University Press, 2012, p. 31.

② (美)海明威:《海明威短篇小说全集(上)》,陈良廷、蔡慧等译,上海:上海译文出版社,2019年,第97页。

③ Marc Dudley. "'Indian Camp' and 'The Doctor and the Doctor's Wife': Deconstructing the Great (White) Man", *Hemingway, Race, and Art: Bloodlines and the Color Line*. Kent: The Kent State University Press, 2012, p. 32.

④ Marc Dudley. "'Indian Camp' and 'The Doctor and the Doctor's Wife': Deconstructing the Great (White) Man", *Hemingway, Race, and Art: Bloodlines and the Color Line*. Kent: The Kent State University Press, 2012, p. 32.

第三，沉默无声的印第安人。在整个故事中，所有印第安人没有一个人说过话。海明威赋予故事中白人男性人物全部的发言权，白人医生、乔治大叔、甚至年轻的尼克，他们垄断了声音，因而也发挥了全部的作用与影响力。海明威进一步用种族特权来限制权力，可见此时此刻白人的特权是毫无疑问的。在达德利看来，海明威描绘了一个世界，在这个世界中，印第安人的沉默无处不在[①]。就连作为故事中心的产妇，在故事中也毫无发言权，远非故事的中心。海明威把印第安产妇降至与动物一等，她不仅没有说过一句话，还因饱受生产疼痛而发出响彻营地的尖叫声，并在手术过程中咬了乔治的手臂。尖叫与咬人都是原始的表达方式，也是产妇唯一的表达方式。与之相比，医生父亲与儿子尼克一直在进行对话交流。海明威巧妙地将白人的语言交流与印第安人的哑剧和原始野蛮的尖叫并置在一起[②]。

第四，原始与文明的鲜明对比。在结束了这场医学奇迹之后，亚当斯医生"劲头来了，话也多了，就像一场比赛后足球运动员在更衣室里那样"。医生对乔治说，他这次在边远落后地区的首创性尝试及其外科手术的高超技艺值得被记录在册："这个手术真可以上医学杂志了，乔治。"[③] 但是，与医生的自我夸耀形成鲜明对比的是印第安人的沉默。在故事中，印第安人是一个落后的种族，居住在原始落后的环境中，生病了却无法自我医治或照料，只能等着白人来拯救他们，而他们却只有无声、尖叫、咬人甚至自杀等系列举动。这体现的是海明威将"原始与文明、黑暗与光明、沉默与发声并置在一起"[④]。

第五，产妇丈夫的自杀。当剖宫产手术完成后，大家才发现新生儿的父亲、产妇的丈夫在双层床的上铺割喉自杀了。亚当斯医生试图向儿子解释这件事："'Why did he kill himself, Daddy?' 'I don't know, Nick. He couldn't

---

① Marc Dudley. "'Indian Camp' and 'The Doctor and the Doctor's Wife': Deconstructing the Great (White) Man", *Hemingway, Race, and Art: Bloodlines and the Color Line*. Kent：The Kent State University Press, 2012, p. 33.

② Marc Dudley. "'Indian Camp' and 'The Doctor and the Doctor's Wife': Deconstructing the Great (White) Man", *Hemingway, Race, and Art: Bloodlines and the Color Line*. Kent：The Kent State University Press, 2012, p. 33.

③ （美）海明威：《海明威短篇小说全集（上）》，陈良廷、蔡慧等译，上海：上海译文出版社，2019年，第100页。

④ Marc Dudley. "'Indian Camp' and 'The Doctor and the Doctor's Wife': Deconstructing the Great (White) Man", *Hemingway, Race, and Art: Bloodlines and the Color Line*. Kent：The Kent State University Press, 2012, p. 34.

stand things, I guess.'"① ("'他为什么要自杀呢，爸爸？''我不知道，尼克。我猜想他是无法忍受一些东西'。")这一看似简单的回答含糊不清。亚当斯医生所说的"things"究竟是指什么？对此，达德利认为，印第安丈夫无法忍受的"一些东西"，并非故事中明显展现的他自己身体受伤的痛苦以及难产妻子无法克制的持续尖叫。根据海明威的"冰山原则"，达德利认为丈夫的自杀有三层含义：其一，他的妻子遭受了非常人的经历，白人医生无视她因生产疼痛的尖叫，直言她的尖叫不重要；其二，再进一步延伸，是由于他感受到自己民族的衰败，他们落后的居住条件、恶劣的生活环境等；其三，他因无法帮助妻子而感到无能。可以说，他的身体状况是精神状况的隐喻。他用斧头砍伤了自己的腿，伤得很重，因而只能躺在双层床的上铺，与下铺的妻子一起忍受着漫长而痛苦的分娩过程，却无法以任何方式帮助她，只能眼睁睁地见证她被伟大的白人医生拯救②。

总之，海明威在《印第安人营地》中勾勒出一个有关白人与印第安人、文明与原始、先进与落后的故事，揭示了印第安人的艰难处境，讽刺了白人的伟大。

二、关于非洲人

在职业生涯后期，海明威对非洲、非洲人产生了浓厚兴趣，如同他在童年时期对印第安人感兴趣一样。在《乞力马扎罗的雪》《弗朗西斯·麦康伯短促的幸福生活》与《非洲的青山》中，海明威描写了1933年至1934年他的第一次非洲游猎之旅。在《曙光示真》和《乞力马扎罗山下》中，海明威记述了1953年至1954年他的第二次非洲游猎之旅。这些作品有助于我们了解海明威在这两次旅行期间对非洲大陆及其原住民的思想观念的演变。

恩加纳·路易斯（Nghana Lewis）与约瑟普·M. 阿门戈－卡雷拉（Josep M. Armengol-Carrera）两位学者聚焦于探讨海明威在两次非洲游猎之旅后创作的作品，深入探究作品中的种族描写，揭示了海明威在《非洲的青山》和《乞力马扎罗山下》中所展现出的种族观的转变。

---

① Ernest Hemingway. "Indian Camp", *The Complete Short Stories of Ernest Hemingway: The Finca Vigía Edition*. New York: Charles Scribner's Sons, 1987, p. 69.
② Marc Dudley. "'Indian Camp' and 'The Doctor and the Doctor's Wife': Deconstructing the Great (White) Man", *Hemingway, Race, and Art: Bloodlines and the Color Line*. Kent: The Kent State University Press, 2012, p. 36.

第五章
女性主义批评、生态批评与种族研究视域下的海明威研究

路易斯与阿门戈的分析相同点有二。第一，作品中对黑人角色的描写，突出了海明威对种族差异的态度的转变。在《非洲的青山》中，非洲人物几乎没有名字，也毫无代表性，但在《乞力马扎罗山下》中，非洲人物不仅被命名，而且被详细描述。20世纪50年代的海明威重新重视起名字，他在作品中写道："二十年前，我也叫他们孩子，彼此都没有意识到，我并没有这样的资格。现在，我这样喊也不会有人介意了，但问题是，我不会这样做了。这里每个人都有自己的职责，都有自己的名字。不知道他们的名字，就是失礼，也显示了你个人的马虎。"① 除了名字，《非洲的青山》对黑人的描写不仅泛泛而谈，还带有贬义，将黑人角色贬低为丑陋的，并嘲笑当地人的野蛮外表。但在《乞力马扎罗山下》中，非洲人物是个性化的，且大多是正面的。例如，作品一开始便用了很长篇幅来描述黑帝，一位年长的游猎队老总管，以在第一次世界大战期间作为步枪手和侦猎员的个人纪录而闻名。海明威不再将黑人角色描绘成丑陋、愚蠢的。他不仅强调黑帝的英俊，还突显他在狩猎和游猎生活方面的渊博知识，把他定义为一个"单纯、机警、技艺非凡"② 的人。此外，黑帝的儿子穆秀卡不仅拥有"完美得如同雕刻般的脸"③，还睿智敏锐，眼里充满怜爱和善意，这些品质使海明威自嘲到"我也知道自己是不太可能成为他这样的善人了"④。

第二，作品中对非洲女性的描写也体现了海明威对种族差异的态度的转变。《非洲的青山》把黑人描绘成丑陋的人，把他们的装饰品描绘成他们的怪异和野蛮的象征，但《乞力马扎罗山下》赞美非洲妇女是"有着可爱的褐色肤色的女人们，她们穿着带串珠领子的浅色上衣，戴着美丽的手镯"⑤。尤其是在《乞力马扎罗山下》中，海明威叙述了他对瓦卡姆巴族女孩黛巴的追求，将她称为自己的未婚妻，并表达出对黛巴深深的爱与关怀。该作品的两位编辑罗伯特·路易斯和罗伯特·弗莱明在该书前言中写道：在海明威所有作品中，这是第一次描述了一个白人男性和一个黑人女性之间的"半真半假"的爱情故事⑥。在《乞力马扎罗山下》中，海明威想成为瓦卡姆巴族当地人，他需要找

---

① （美）海明威：《乞力马扎罗山下》，陈四百等译，郑州：河南文艺出版社，2012年，第14页。
② （美）海明威：《乞力马扎罗山下》，陈四百等译，郑州：河南文艺出版社，2012年，第4页。
③ （美）海明威：《乞力马扎罗山下》，陈四百等译，郑州：河南文艺出版社，2012年，第517页。
④ （美）海明威：《乞力马扎罗山下》，陈四百等译，郑州：河南文艺出版社，2012年，第233页。
⑤ （美）海明威：《乞力马扎罗山下》，陈四百等译，郑州：河南文艺出版社，2012年，第374页。
⑥ （美）罗伯特·W. 刘易斯、罗伯特·E. 弗莱明：《前言》，海明威：《乞力马扎罗山下》，陈四百等译，郑州：河南文艺出版社，2012年，第4页。

到另一种方式将自己融入当地文化。与黛巴结婚是最佳选择，可以让他与游客、与殖民地身份拉开距离。他试图通过通婚使自己成为瓦卡姆巴族人，使自己获得非洲人身份，获得当地人的认同。阿门戈还强调，作品中还体现了海明威对黛巴的尊重。他超越了在《非洲的青山》中把黑人女性视为恋物癖对象的刻板印象，他没有把黛巴作为性对象，而是把她当作一个个体来对待，尊重她关于女性和婚姻的想法以及她的部落传统[1]。

除相同点外，两位学者在各自的研究中也展现出不同的侧重点，进一步论述了海明威的种族观。一方面，路易斯侧重于塑造非洲文化的历史条件、社会政治气候和经济因素，以填补对作品理解在这一方面的空白。路易斯指出：

> 海明威两次非洲狩猎之旅见证了非洲历史上三个相互关联的变化：(1) 肯尼亚畜牧经济的基础动摇了；(2) 基库尤人的不满和动乱加剧了；(3) 非洲妇女变得更加引人注目，成为非殖民化运动（decolonization movements）的积极参与者。它们表明海明威的创作过程与非洲历史背景的相互作用，这既为他的创作提供了框架，也启发了他有关非洲和非洲人民的写作。[2]

在路易斯看来，海明威有关非洲与非洲人的创作"提供了他对整个 20 世纪在非洲原住民中发展起来的反帝国主义思想和行动的社会政治和经济气候的见解"[3]。第二次游猎之旅表明他认识到非洲人民反抗压迫的斗争是整个非洲大陆不断变化的生态条件的一部分，而非孤立存在的。这一认识有助于进一步探究其非洲作品中的地点、起源与作者身份等相互关联的话语，这些研究进一步阐明在非洲历史的关键时刻，海明威不断发展的种族意识有助于促进对跨国黑人民族性的理解[4]。

---

[1] Josep M. Armengol-Carrera. "Race-ing Hemingway: Revisions of Masculinity and/as Whiteness in Ernest Hemingway's *Green Hills of Africa* and *Under Kilimanjaro*", *The Hemingway Review*, Vol. 31, No. 1, 2011, pp. 56—57.

[2] Nghana Lewis. "Race and Ethnity: Africans", *Ernest Hemingway in Context*, edited by Debra A. Moddelmog, Suzanne del Gizzo. New York: Cambridge University Press, 2013, p. 317.

[3] Nghana Lewis. "Race and Ethnity: Africans", *Ernest Hemingway in Context*, edited by Debra A. Moddelmog, Suzanne del Gizzo. New York: Cambridge University Press, 2013, p. 321.

[4] Nghana Lewis. "Race and Ethnity: Africans", *Ernest Hemingway in Context*, edited by Debra A. Moddelmog, Suzanne del Gizzo. New York: Cambridge University Press, 2013, p. 321.

另一方面，阿门戈基于海明威作品中有关非洲文化、习俗和语言的描写以及主人公形象的刻画，突显了海明威种族观的转变。例如，在《乞力马扎罗山下》中，对主人公形象的刻画突出了海明威对自我形象的重新塑造。海明威在作品中甚至把自己描绘成是属于瓦卡姆巴族的，他按照部落习俗剃头，学习如何恭敬地使用长矛，赞美瓦卡姆巴人面颊上令他无比羡慕的箭伤。他把自己描写成一名医护人员，为非洲人提供医疗援助。他帮助一名受伤的非洲男孩清洗、消毒和包扎伤口，并给一位得了重感冒的瓦卡姆巴族老人开药，等等。尽管作品中的海明威是一个白人，在面对非洲原住民时仍然居于主导地位，但他利用自己的身份来捍卫非洲原住民的权利，对白人殖民者剥削非洲人的事实感到遗憾。海明威以一种半开玩笑的方式表达出他渴望拥有跟瓦卡姆巴族人一样的黑色皮肤，而"在非洲拥有白色的皮肤总是让我们看起来很傻"[1] 这句话则进一步体现了他对白人的控诉。因此，阿门戈认为"拥有黑色皮肤"这一愿望不仅仅是为了防止他在非洲被晒伤，更为重要的是表明了他对白人帝国主义的不满，尤其是对在非洲的白人男性的不满。如果说《非洲的青山》把女性和非洲人描绘成"他者"，那么《乞力马扎罗山下》则充分体现了海明威对这两个群体态度的转变。换言之，《非洲的青山》集中描写了白人男子为证明自己优越的男子气概所做出的努力，而《乞力马扎罗山下》则可以被解读为对传统性别和种族理想的一种重新定义[2]。

总之，考察海明威对非洲人的种族观，不能单从某一部作品中得出结论。将《非洲的青山》与《乞力马扎罗山下》加以对比分析，不难看出，海明威对非洲人的观念已从 20 世纪 30 年代的"轻视与贬低"转变为 50 年代的"关爱与羡慕"。

三、关于犹太人

海明威对犹太人的描写出现在四部作品中，分别是《太阳照常升起》《杀手》《五万元》与《先生们，祝你们快乐》。艾伦·泰特（Allen Tate）、埃德蒙·威尔逊（Edmund Wilson）与莱斯利·菲德勒（Leslie Fiedler）等批评家

---

[1]（美）海明威：《乞力马扎罗山下》，陈四百等译，郑州：河南文艺出版社，2012 年，第 396 页。

[2] Josep M. Armengol-Carrera. "Race-ing Hemingway: Revisions of Masculinity and/as Whiteness in Ernest Hemingway's *Green Hills of Africa* and *Under Kilimanjaro*", *The Hemingway Review*, Vol. 31, No. 1, 2011, p. 57.

明确指出，以《太阳照常升起》中的罗伯特·科恩这一人物塑造为典型代表，突显了海明威的反犹主义。

2013年，杰里米·凯耶（Jeremy Kaye）在《种族与民族：犹太人》（"Race and Ethnity：Jews"）一文中，结合海明威生平、书信、友人回忆录以及文本细读等综合评判，展示了海明威犹太主义观念的变化过程，并对四部有关犹太人物的作品进行了整体解读。

（一）海明威犹太主义观念的演变过程

据凯耶梳理分析，在童年时期，海明威的成长经历给他灌输了一种"随意的种族主义、反移民和反犹太的世界观"[①]，但海明威早年对犹太人的感受和与犹太人相处的经历又是多种多样的。他喜欢讲犹太玩笑，上高中时曾与犹太女孩约会，1917年海明威在给《堪萨斯城星报》（*Kansas City Star*）的一篇撰稿中表达了他对大屠杀受害者的同情。然而，据好友比尔·史密斯回忆，在密歇根的夏天，海明威开始对一些犹太人产生负面情绪。1922年当海明威搬到巴黎时，其反犹主义加剧。直到30年代，海明威的反犹主义"开始有所缓和"[②]。40年代末（在第二次世界大战后），海明威再次面临针对《太阳照常升起》的反犹主义争论。在1949年《太阳照常升起》的Bantam版本中，编辑们删除了小说中"kike"（犹太佬）的蔑称以及大部分提及"Jew"和"Jewish"的字眼。当海明威发现后，他表现得很挑衅："如果你们认为这是一部反犹主义的小说，那你们一定是疯了，或者至少你们并没有完全理解自己的判断能力。"[③] 1951年，埃德蒙·威尔逊向海明威寻求许可，重印两人之间的一些早期信件。海明威意识到大屠杀后对反犹主义的敏感性，于是他要求威尔逊把信件中的"'犹太人'改成'纽约人'……（因为）我并不是要像今天理解的那样给人以任何贬低或反犹太的意思"[④]。数年后，当庞德因在罗马广播电台播放法西斯主义节目而受审时，海明威疏远了他并写道："有时会让我厌

[①] 参见 Jeremy Kaye. "Race and Ethnity：Jews", *Ernest Hemingway in Context*, edited by Debra A. Moddelmog, Suzanne del Gizzo. New York：Cambridge University Press, 2013, p. 341.

[②] 参见 Jeremy Kaye. "Race and Ethnity：Jews", *Ernest Hemingway in Context*, edited by Debra A. Moddelmog, Suzanne del Gizzo. New York：Cambridge University Press, 2013, p. 344.

[③] 参见 Jeremy Kaye. "Race and Ethnity：Jews", *Ernest Hemingway in Context*, edited by Debra A. Moddelmog, Suzanne del Gizzo. New York：Cambridge University Press, 2013, p. 344.

[④] 参见 Jeremy Kaye. "Race and Ethnity：Jews", *Ernest Hemingway in Context*, edited by Debra A. Moddelmog, Suzanne del Gizzo. New York：Cambridge University Press, 2013, p. 344.

恶他（庞德）的反犹主义和幼稚的法西斯主义，以至于我无法给他写信。"[1]

从海明威生平、书信以及友人回忆录可以看出，海明威对犹太人的态度经历了"友好—疏远—友好"这样一个过程。

（二）四部有关犹太人物的作品分析

在海明威作品中，围绕海明威反犹主义的争论主要集中在《太阳照常升起》中对罗伯特·科恩这一人物的刻画上。凯耶对此评价道："1926年，海明威塑造了那个时代最受诋毁的犹太人物之一。"[2] 在《太阳照常升起》中，海明威对科恩的描写是毫不留情的。小说中的每个人物都对科恩的犹太身份进行抨击。例如，哈维公然当面称他为白痴，并说他智力有问题，是一个"发育过程受到抑制的病例"[3]。比尔直言科恩令他恶心，让他烦透了，在小说中重复说道"让他见鬼去吧"[4]。迈克对科恩的态度十分刻薄，当众羞辱科恩是"一头血迹斑斑的可怜的犍牛"，是一头蠢驴[5]。就连科恩爱慕的勃莱特，在与他短暂同居后也离开了他，并对他厌恶至极，视他为"十足的蠢驴"，甚至不屑于同他握手[6]。因此，诸多评论一致认为，海明威在《太阳照常升起》中刻画的臭名昭著的犹太拳击手科恩，完全符合反犹主义。

不同的是，凯耶提出质疑，他认为"虽然这部小说无法辩解其反犹主义色彩，但海明威对科恩的刻画十分复杂，不能被称为一个让人一目了然的反犹太形象"[7]。具体来说，科恩并没有典型的"犹太人身体"。相反，科恩拥有网球运动员和拳击手的身材，英姿勃勃、体格健美，并且保养得很好，这让杰克十分羡慕。事实上，如果不是小说中杰克反复将科恩称为"Jewish"（犹太人）或"kike"（犹太佬），读者不会知道科恩的犹太人身份。科恩比海明威笔下的主人公杰克更能体现理想的白人男子气概。据此，凯耶指出"科恩可能是非犹

---

[1] 参见 Jeremy Kaye. "Race and Ethnity：Jews", *Ernest Hemingway in Context*, edited by Debra A. Moddelmog, Suzanne del Gizzo. New York：Cambridge University Press, 2013, p. 344.

[2] Jeremy Kaye. "Race and Ethnity：Jews", *Ernest Hemingway in Context*, edited by Debra A. Moddelmog, Suzanne del Gizzo. New York：Cambridge University Press, 2013, p. 339.

[3] （美）海明威：《太阳照常升起》，赵静男译，上海：上海译文出版社，2019年，第47页。

[4] （美）海明威：《太阳照常升起》，赵静男译，上海：上海译文出版社，2019年，第170页。

[5] （美）海明威：《太阳照常升起》，赵静男译，上海：上海译文出版社，2019年，第150—151页。

[6] （美）海明威：《太阳照常升起》，赵静男译，上海：上海译文出版社，2019年，第213页。

[7] Jeremy Kaye. "Race and Ethnity：Jews", *Ernest Hemingway in Context*, edited by Debra A. Moddelmog, Suzanne del Gizzo. New York：Cambridge University Press, 2013, p. 342.

太人现代派作家笔下最复杂的犹太人物"①。为了力证这一观点,凯耶进一步引用了海明威自己为科恩的辩护,他对反犹主义的指控提出抗议,反驳道:"为什么不让犹太人在文学和生活中都成为一个边缘人物?难道犹太人就必须永远写得如此出色吗?"②

与《太阳照常升起》中的科恩相比,海明威在其他两部作品中有关犹太人的描写有所减少。在《杀手》中,艾尔和麦克斯是两名歹徒,其中艾尔的犹太人身份很微妙,很容易被忽略。麦克斯开玩笑地说艾尔"住过正儿八百的犹太修道院"③。凯耶指出,最能体现艾尔的犹太人身份的是海明威将艾尔刻画成故事中最恶毒的角色④。艾尔叫厨子塞姆为"黑鬼"(nigger),把尼克与塞姆绑在厨房里,用一支枪管锯短的猎枪对准他们,声称要杀了这些目击者。在《五万元》中,故事围绕爱尔兰拳击手杰克的偏执展开。当提到他以前的一个对手小孩刘易斯时,行文中大量出现这位犹太人,仅在第 1 页,"kike"(犹太佬)一词便出现了 8 次。

与此不同,1933 年的短篇小说《先生们,祝你们快乐》中医生费希尔是海明威笔下最后一个重要的犹太人物,也是最具同情心的。当一位十分虔诚的男孩,因对自己的欲望感到羞耻而企图阉割自己时,犹太医生费希尔不仅医术高超且富有同情心,他教导男孩把性欲视为一件"天生自然的事"⑤。但他的基督教同僚威尔科克斯医生不仅医术无能,还发出反犹太的诽谤:"我们的救世主?你不是个犹太教徒吗?"⑥ 凯耶指出,这个故事反映了海明威对犹太人态度的重大转变,也十分契合在 30 年代海明威反犹主义"开始有所缓和"这一说法⑦。

---

① Jeremy Kaye. "Race and Ethnity: Jews", *Ernest Hemingway in Context*, edited by Debra A. Moddelmog, Suzanne del Gizzo. New York: Cambridge University Press, 2013, p. 343.

② Jeremy Kaye. "Race and Ethnity: Jews", *Ernest Hemingway in Context*, edited by Debra A. Moddelmog, Suzanne del Gizzo. New York: Cambridge University Press, 2013, p. 343.

③ (美)海明威:《海明威短篇小说全集(上)》,陈良廷、蔡慧等译,上海:上海译文出版社,2019 年,第 274 页。

④ Jeremy Kaye. "Race and Ethnity: Jews", *Ernest Hemingway in Context*, edited by Debra A. Moddelmog, Suzanne del Gizzo. New York: Cambridge University Press, 2013, p. 343.

⑤ (美)海明威:《海明威短篇小说全集(上)》,陈良廷、蔡慧等译,上海:上海译文出版社,2019 年,第 385 页。

⑥ (美)海明威:《海明威短篇小说全集(上)》,陈良廷、蔡慧等译,上海:上海译文出版社,2019 年,第 387 页。

⑦ Jeremy Kaye. "Race and Ethnity: Jews", *Ernest Hemingway in Context*, edited by Debra A. Moddelmog, Suzanne del Gizzo. New York: Cambridge University Press, 2013, p. 344.

第五章
女性主义批评、生态批评与种族研究视域下的海明威研究

在综合分析的基础上，凯耶指出，虽然乍一看，海明威似乎是现代反犹主义的完美体现——不仅体现于他书信中经常出现对犹太人的贬损，还体现于他时而暴发出的反犹情绪——但是，综观海明威作品可以发现，他对犹太人的贬损"明显少于西班牙人、意大利人、非洲人、非裔美国人、美洲印第安人或英国人"[①]。

凯耶的研究将海明威生平与创作相结合，将四部有关犹太人的作品结合起来分析，较为客观公正地展现了海明威对犹太人的种族观，一改西方批评界普遍认为的海明威反犹的观点，认为无论是其生平经历还是文学创作，均展现了他对犹太人观念的演变过程。

本章小结

本章主要围绕21世纪英美学界海明威研究在女性主义批评、生态批评与种族研究三个方面的成果展开梳理，重点关注的是国内研究较少涉及或尚未涉及的前沿观点。

在女性主义批评方面，运用生态女性主义，结合社会历史研究，对《了却一段情》《丧钟为谁而鸣》与《伊甸园》中的女性形象加以重释。具体来说，首先，从生态女性主义视角对《了却一段情》进行重释，对长期被解读为一个有关青年情侣分手的简单自传体故事赋予了新的意义与内涵，探索了女性与自然之间的紧密联系，揭示了故事中的生态危机即女性的危机，批判了男性对女性的压制和对自然的漠视，并将该故事中的生态创伤与第一次世界大战中的父权暴力相联系，揭示了故事所蕴含的是一种永久性伤害，是人与人之间的关系、自然环境以及经历了第一次世界大战的欧洲国家等所遭遇的不可逆转的破坏。其次，将《丧钟为谁而鸣》置于西班牙内战的社会历史背景中，重新审视比拉尔与玛丽亚，不难发现，她们是20世纪30年代"西班牙新女性"的化身，海明威通过歌颂这两位杰出女性的勇气与牺牲，向"西班牙新女性"女权主义致敬。从这一点可知，海明威清醒地认识到西班牙女性力量的崛起，并且有意将对女性的描写融入西班牙性别关系的重大变化中。最后，《伊甸园》中

---

① Jeremy Kaye. "Race and Ethnity: Jews", *Ernest Hemingway in Context*, edited by Debra A. Moddelmog, Suzanne del Gizzo. New York: Cambridge University Press, 2013, p.341.

的凯瑟琳，因其所做出的一系列"破坏性"行为被西方批评界长期诟病为"荡妇""魔女"。但在女性主义视域下，她的"破坏性"实则是一种"解构性"，凯瑟琳具有高度自觉的女权主义意识，试图颠覆性别身份的固有观念，渴望改变对女性的刻板印象，因此凯瑟琳既是一位解构主义者，也是一名女权主义者。

在生态批评方面，探究了海明威笔下动物书写所蕴含的深层含义，提出了动物与人类之间的"共生系统"这一新概念。通过《老人与海》《非洲的青山》与《乞力马扎罗山下》三部作品，考察了海明威复杂的狩猎道德观。值得一提的是，一改 20 世纪末西方批评界对海明威狩猎观一味批判的观点，对《乞力马扎罗山下》的剖析让我们看到了海明威狩猎伦理观的转变过程。此外，探究并揭示了《大双心河》与《太阳照常升起》中所蕴含的田园主义，并从现代生态伦理关爱与生态旅游两个角度讨论了海明威的生态伦理观。

在种族研究方面，分析了海明威关于印第安人、非洲人与犹太人的种族观，论及《印第安人搬走了》《卧车列车员》《乞力马扎罗山下》与《先生们，祝你们快乐》等多部在国内较少涉及或尚未研究的作品。从《印第安人搬走了》《十个印第安人》《印第安人营地》《医生夫妇》中，可以看到海明威在早期对印第安人的浓厚兴趣，这些作品反映了 20 世纪美国印第安人的命运与处境。从《乞力马扎罗的雪》《弗朗西斯·麦康伯短促的幸福生活》《非洲的青山》《曙光示真》《乞力马扎罗山下》中，不难发现海明威在后期对非洲人产生兴趣，《非洲的青山》和《乞力马扎罗山下》尤其展现了他对非洲人种族意识的演变过程。此外，结合海明威生平、书信以及友人回忆录，对《太阳照常升起》《杀手》《五万元》《先生们，祝你们快乐》四部作品进行综合考察，揭示了海明威对犹太人的态度经历了"友好—疏远—友好"这样一个变化过程，有力反驳了西方批评界对海明威的反犹主义指控。

第六章 比较文学视域下的海明威研究

海明威文学作品作为世界经典文学的重要组成部分，从来都不是独立存在的，它一直在参与世界文学的传播、交流与影响。比较文学视域下的海明威研究一直是国内外关注的重点。

较之于国内研究，21世纪英美学界在比较文学视域下的海明威研究取得了以下几方面进展。第一，在影响研究方面，考察了海明威艺术风格与日本文学之间的渊源与影响，探究了拜伦、豪斯曼、加缪、司汤达、屠格涅夫等英法俄著名作家与海明威之间的影响。第二，在平行研究方面，对比了海明威与格雷厄姆·格林关于非洲旅行的书写、海明威与伍尔芙关于精神创伤的文学呈现、海明威与托尔斯泰，以及海明威与德里克·沃尔科特描写的"老人与海"，深入分析其异同。第三，在变异学研究方面，细致探究了海明威作品在德语与西班牙语翻译中的变异现象，考察了海明威作品中的西班牙形象，并探讨了海明威写作风格的俄国化。

基于上述研究，本章将从影响研究、平行研究与变异学研究三方面分别加以具体论述。需要说明的是，本书首次在比较文学学科理论体系下从上述三方面对海明威研究成果进行分析总结，并在比较文学变异学的理论框架下梳理归纳与之相关的研究成果，发现了变异学理论在海明威研究中的应用案例。这是本书的创新点之一。

第一节 影响研究：海明威文学的溯源与传承

影响研究是比较文学最传统的研究方法，通过挖掘比较对象之间的实证性和同源性的关系因素，进而探究文学传播者与接受者之间影响与被影响的关系①。法国学派的理论奠基人梵·第根指出"比较文学的对象是本质地研究各国文学作品的相互关系"②。因此，以巴尔登斯伯格、梵·第根、卡雷和基亚为代表的法国学派强调科学性、实证性研究，关注各国文学之间的"关系"的重要性，形成了法国学派影响研究。

21世纪英美学界考察了海明威与日本文学，以及海明威与拜伦、豪斯曼、加缪、司汤达、屠格涅夫等英法俄著名作家之间的影响关系。

一、海明威风格与日本的溯源与影响

（一）海明威艺术风格深受日本汉字、美学与哲学的影响

饶有新意的是，真锅晶子（Akiko Manabe）、柳泽秀夫（Hideo Yanagisawa）与比阿特丽斯·佩纳斯-伊巴涅斯（Beatriz Penas-Ibáñez）三位学者从日本文学、美学与哲学中探究海明威写作风格中受到日本影响的元素。

首先，真锅晶子（Akiko Manabe）在《文学风格与日本美学：海明威的诗歌风格受惠于庞德》（"Literary Style and Japanese Aesthetics: Hemingway's Debt to Pound as Reflected in his Poetic Style"，2016）一文中，从海明威诗歌入手，分析海明威的诗歌风格与诗学原理。通过对比海明威的诗歌与庞德的《诗章》(*The Cantos*)，比如将海明威的《与青春一道》("Along With Youth")与庞德的《在地铁站内》("In a Station of the Metro")加以比较分析，真锅晶子认为，海明威在诗歌创作中娴熟地运用了"表意文字法"（Ideogrammic Method），大量使用并置与叠加的方法，而这样的诗歌风格受到了庞德的影响③。作为西方意象派诗歌的奠基人，庞德创立了"表意文字法"，为意象并置提供了理论基础，他在翻译的《神州集》(*Cathay*)和自己创作的《诗章》中大量运用了意象并置与意象叠加的方法。真锅晶子进一步指出，庞德之所以能创立"表意文字法"，是因为他在研究费诺罗萨（Ernest Fenollosa）遗稿的过程中对日本汉字（*kanji*）的阐释。他用象形文字的方式

---

① 曹顺庆主编：《比较文学教程》（第二版），北京：高等教育出版社，2010年，第59页。
② （法）梵·第根：《比较文学论》，戴望舒译，北京：商务印书馆，1995年，第55页。
③ Akiko Manabe. "Literary Style and Japanese Aesthetics: Hemingway's Debt to Pound as Reflected in His Poetic Style", *Cultural Hybrids of（Post）Modernism: Japanese and Western Literature, Art and Philosophy*, edited by Beatriz Penas-Ibáñez and Akiko Manabe. New York: Peter Lang, 2016, p. 124.

第六章
比较文学视域下的海明威研究

来解读日本汉字,认为日本汉字的意义是由一个日本汉字中的各个元素叠加而产生的。他对日本汉字表意叠加的阐释为现代主义诗学提供了一个革命性的新视角①。

其次,真锅晶子以短篇小说《一个干净明亮的地方》为例,探讨日本美学与哲学"间"(ma)与"空"(kuu)对海明威写作风格的影响。根据真锅晶子的定义:

> 间(ma)是指在空间或时间中事物之间的留白,日本人从美学上对此非常感兴趣。它是空白或静寂,但又饱含深意,蕴含信息,无论是对话还是行动。这一间隔或留白所传达出的信息并非直接说出来或做出来的,而是从"直接说了或做了的事物"的意象中提取出来的。空(kuu)并不是一种虚无主义的空白感,而是一种纯净的能量,虽然看不见,却深深流淌在万物之中;事实上,每一种现象都是空(kuu)的体现。②

在《一个干净明亮的地方》中,海明威使用了他惯用的重复这一写作手法,主要体现在"nothing"(虚无)和"nada"③(虚无)这两个词上。在故事中,海明威并没有直接描写死亡、自杀和战争,但呈现出一个充满绝望、孤独和虚无缥缈的茫然世界。"nada"的重复使用,深化了虚无的主题。在一个孤寂、虚无的空间中,死亡、自杀和战争始终存在着。海明威创造的是一个饱含深意的空白。这与日本美学概念"间"(ma)与"空"(kuu)相契合,体现了虚、空、静。海明威的冰山理论强调用八分之一的描写让读者去领略那八分之七隐藏于水下的深刻内涵与寓意。真锅晶子认为"海明威的冰山理论实则是

---

① Akiko Manabe. "Literary Style and Japanese Aesthetics: Hemingway's Debt to Pound as Reflected in His Poetic Style", *Cultural Hybrids of (Post) Modernism: Japanese and Western Literature, Art and Philosophy*, edited by Beatriz Penas-Ibáñez and Akiko Manabe. New York: Peter Lang, 2016, p. 125.

② Akiko Manabe. "Literary Style and Japanese Aesthetics: Hemingway's Debt to Pound as Reflected in his Poetic Style", *Cultural Hybrids of (Post) Modernism: Japanese and Western Literature, Art and Philosophy*, edited by Beatriz Penas-Ibáñez and Akiko Manabe. New York: Peter Lang, 2016, p. 137.

③ nada 在西班牙语中是英语单词 nothing 的对应词。

变相的间理论"①。

  此外,真锅晶子还发现,在庞德的诗歌创作中也同样体现了"间"与"空"这两个日本美学概念。这或许是由于作为海明威文学导师的庞德,率先从日本美学中获取灵感,而后对海明威产生了影响。

  但是,笔者认为庞德受到日本汉字与美学影响一说还有待商榷。在国内,赵毅衡、蒋洪新、钱兆明、陶乃侃等诸多专家学者均考证了庞德与中国汉字、中国文学乃至中国文化之间的渊源②。其一,庞德根据费诺罗萨的汉字理论,结合马修斯的《汉英辞典》和马礼逊的《汉语字典》,运用拆字法和拆句法对汉字进行解读,找出"隐藏"在字中的意象,形成了"表意文字法"③。其二,庞德将中国诗歌翻译成英文,出版了《神州集》(*Cathy*),其中包含李白、陶渊明、王维等诗人的诗歌以及《诗经》《古诗十九首》等。在翻译中国诗歌的过程中,他从中汲取灵感,发现了中国诗注重"意象"的特点,故而成就了意象派诗歌的诞生。其三,在庞德创作的《诗章》(*Cantos*)中,有十二章以中国为题材,中国文化的主题在《诗章》中无处不在,由此可见庞德深受中国文化的影响。在国外学界,约翰·诺尔德(John J. Nolde)、丹尼尔·帕尔曼(Daniel D. Pearlman)、休·肯纳(Hugh Kenner)等美国学者的研究也证实了庞德深受中国的影响④。就连英国著名诗人T. S. 艾略特(T. S. Eliot)也称"庞德是我们时代的中国诗歌的创造者"⑤。因此,与其说庞德受到日本汉字与美学影响,笔者认为庞德受中国汉字和文化的影响或许更大,转而将此影响传导至海明威。

---

  ① Akiko Manabe. "Literary Style and Japanese Aesthetics: Hemingway's Debt to Pound as Reflected in his Poetic Style", *Cultural Hybrids of (Post) Modernism: Japanese and Western Literature, Art and Philosophy*, edited by Beatriz Penas-Ibáñez and Akiko Manabe. New York: Peter Lang, 2016, p. 140.

  ② 详见赵毅衡:《诗神远游:中国如何改变了美国现代诗》,成都:四川文艺出版社,2013年。蒋洪新、郑燕虹:《庞德学术史研究》,南京:译林出版社,2014年。钱兆明:《"东方主义"与现代主义:庞德和威廉斯诗歌中的华夏遗产》,杭州:浙江大学出版社,2016年。陶乃侃:《庞德与中国文化》,北京:首都师范大学出版社,2006年。

  ③ 杨平:《20世纪〈论语〉的英译与诠释》,《孔子研究》2010年第2期,第23页。

  ④ 详见 John J. Nolde. *Blossoms from the East: The China Cantos of Ezra Pound*. Orono: University of Maine, 1983. John J. Nolde. *Ezra Pound and China*. Orono: University of Maine, 1996. Daniel D. Pearlman. *The Barb of Time: On the Unity of Ezra Pound's Cantos*. New York: Oxford University Press, 1969. Hugh Kenner. *The Pound Era*. Oakland: University of California Press, 1971.

  ⑤ T. S. Eliot, ed. *Ezra Pound: Selected Poems*. London: Faber and Gwyer, 1934, p. 16.

第六章
比较文学视域下的海明威研究

另外一位学者柳泽秀夫（Hideo Yanagisawa）在《再现与长发画家的相遇：〈伊甸园〉手稿中日本艺术家的潜在影响》（"Re-emergence of the Encounter with Long-Haired Painters：The Hidden Influence of the Japanese Artists in *The Garden of Eden* Manuscripts"，2016）一文中，聚焦于《伊甸园》手稿，探究日本艺术家对海明威创作《伊甸园》的影响。

在20世纪20年代，许多日本画家、艺术家为了艺术追求移民到巴黎，他们与海明威一样，渴望在巴黎这个艺术中心创作出属于自己的作品。在《流动的盛宴》中《埃兹拉·庞德与他的"才智之士"》一章，海明威在介绍庞德时，提及他对庞德工作室的第一印象，其中便谈到庞德所资助的日本画家："……有许多埃兹拉熟识的日本艺术家的画作。他们都是贵族世家出身，蓄着长发。他们的头发黑黑的，闪烁发亮，俯身鞠躬时头发就会甩到前面，这给我很深的印象。"① 在柳泽秀夫看来，这段话中有关日本画家头发的细致描写，说明他们的长发对青年海明威产生了极大影响。

在《伊甸园》手稿中，原本描写了一对夫妇：画家尼克与妻子芭芭拉，芭芭拉提出想要蓄和丈夫一样的长发。但遗憾的是，这段描写被出版社编辑詹克斯（Jenks）删掉了，从而使得海明威创作中取材于日本的灵感被抹灭了。柳泽秀夫指出，只有将《伊甸园》手稿的解读置于海明威与日本长发画家相遇的语境下，读者才能理解为什么尼克是一位长发画家，为什么是在二月份的巴黎遇到了陷入身份困境的落魄作家戴维。

通过追溯海明威生平、研究《流动的盛宴》和《伊甸园》手稿，柳泽秀夫发现海明威的长发癖（fair fetishism）与日本和在巴黎的日本艺术家有关。海明威自小便对日本、日本艺术和文化十分感兴趣。20世纪20年代，他在巴黎结识的日本艺术家，不仅激发了他对长发的欲望，更重要的是激发了他新的艺术身份。在海明威心中，"长发的日本画家象征着艺术家和作家最理想的形象"②。因此，可以说，日本长发艺术家对海明威做出职业转变产生了影响，激发了他对艺术身份的追求，促使他从一名记者转变成为一名职业作家。

有关海明威在作品中所涉及的长发癖，许多学者从双性恋、雌雄同体等性

---

① （美）海明威：《流动的盛宴》，汤永宽译，上海：上海译文出版社，2019年，第107页。
② Hideo Yanagisawa，"Re-emergence of the Encounter with Long-Haired Painters：The Hidden Influence of the Japanese Artists in *The Garden of Eden* Manuscripts"，*Cultural Hybrids of（Post）Modernism: Japanese and Western Literature, Art and Philosophy*，edited by Beatriz Penas-Ibáñez and Akiko Manabe，New York：Peter Lang，2016，p. 185.

别研究的角度展开探讨。但柳泽秀夫则从跨种族影响（interracial influence）的角度，认为这是海明威基于自己的跨种族经验而巧妙创作出来的，充分体现了跨种族经验对海明威的艺术身份和文学作品产生的影响。因此，柳泽秀夫批判："由于编辑的无知，詹克斯有意删除了戴维与长发尼克相遇的情节，这完全破坏了与主人公（戴维）的艺术身份有关的重要情节。"①

（二）海明威风格促成了日本新文学风格的产生

井上健（Ken Inoue）在《论翻译在近代日本与战后的创造性功能：海明威、普鲁斯特与日本现代小说》（"On the Creative Function of Translation in Modern and Postwar Japan: Hemingway, Proust, and Modern Japanese Novels"，2012）一文中，着眼于探讨海明威写作风格对日本文学的影响。研究发现，海明威作品在日语翻译过程中对日本文学产生了重要影响，促成了一种新的文学风格的产生。

1929 年，日本诗人、评论家春山行夫（Yukio Haruyama）在日本主流期刊 *Shi to Shiron* 上首次介绍了美国作家海明威。1930 年 9 月，小田丽珠（Ritsu Oda）翻译出版了第一部海明威作品《永别了，武器》的日语译本，书名为 *Buki yo Saraba*。自此，便开启了海明威其人其作在日本的译介。1933 年起，以松下高垣（Matsuo Takagaki）为代表的研究美国文学的日本学者对海明威展开研究。

据井上健介绍，小田丽珠作为一名译者，多是采用改编式的翻译方法，即"采用源文本的原始材料，在复述故事的时候却偏离源文本"②。但只有对海明威的作品，她因感受到其独特魅力，故而遵循原著，采用忠实的翻译原则。"简洁凝练、敏锐的现实主义和清晰有力的叙述节奏，没有冗余的修饰"，海明

---

① Hideo Yanagisawa. "Re-emergence of the Encounter with Long-Haired Painters: The Hidden Influence of the Japanese Artists in *The Garden of Eden* Manuscripts", *Cultural Hybrids of (Post) Modernism: Japanese and Western Literature, Art and Philosophy*, edited by Beatriz Penas-Ibáñez and Akiko Manabe. New York: Peter Lang, 2016, p. 192.

② Ken Inoue. "On the Creative Function of Translation in Modern and Postwar Japan: Hemingway, Proust, and Modern Japanese Novels", *Translation and Translation Studies in the Japanese Context*, edited by Nana Sato-Rossberg, Judy Wakabayashi, and Jeremy Munday. London: Continuum, 2012, p. 121.

威以一种清晰、新颖的写作风格在日本被接受①。

采用直译的翻译方式，忠实于原著的文学形式，淋漓尽致地展现海明威的写作风格，尽管这使得英译日的翻译遇到很多挑战，但小田丽珠最终的日语译本保留了海明威的句法结构，进而促成了一种全新的日语风格的产生，主要特点体现在"短句的使用、在句子结尾对完成时动词 ta 的重复使用"②。

同时，井上健指出，尽管这是一种误译（mistranslation），但对日本文学一种全新风格的形成也起到了积极的促进作用。在 20 世纪四五十年代，这种新的"硬汉"文学风格（"hard-boiled" literary style）③ 影响了小川国夫（Kunio Ogawa）、石原慎太郎（Shintarō Ishihara）、开高健（Takeshi Kaikō）等许多日本小说家，尤其是 20 世纪 50 年代末，这一写作风格在日本被大量运用于侦探小说和探险小说的创作之中。

二、海明威与英国作家

（一）海明威与拜伦

乔治·戈登·拜伦（George Gordon Byron）是英国 19 世纪初期伟大的浪漫主义诗人。美国学者丽莎·泰勒（Lisa Tyler）在《"因玩世不恭而又变得虔诚"：〈死在午后〉中的拜伦勋爵与〈唐璜〉》（"'Devout Again by Cynicism'： Lord Byron and *Don Juan* in *Death in the Afternoon*"，2004）一文中，考察了拜伦对海明威、《唐璜》对《死在午后》的影响。

在《死在午后》中，海明威提及莎士比亚、塞万提斯、莫泊桑、T. S. 艾略特、克里斯托弗·马洛等三十余位作家，唯独没有提到拜伦。对此，泰勒结合海明威生平研究指出，事实上，海明威自 15 岁（1914）起就痴迷于拜伦及

---

① Ken Inoue. "On the Creative Function of Translation in Modern and Postwar Japan： Hemingway, Proust, and Modern Japanese Novels", *Translation and Translation Studies in the Japanese Context*, edited by Nana Sato-Rossberg, Judy Wakabayashi, and Jeremy Munday. London： Continuum，2012，p. 121.

② Ken Inoue. "On the Creative Function of Translation in Modern and Postwar Japan： Hemingway, Proust, and Modern Japanese Novels", *Translation and Translation Studies in the Japanese Context*, edited by Nana Sato-Rossberg, Judy Wakabayashi, and Jeremy Munday. London： Continuum，2012，p. 121.

③ Ken Inoue. "On the Creative Function of Translation in Modern and Postwar Japan： Hemingway, Proust, and Modern Japanese Novels", *Translation and Translation Studies in the Japanese Context*, edited by Nana Sato-Rossberg, Judy Wakabayashi, and Jeremy Munday. London： Continuum，2012，p. 122.

其作品。这一点在海明威的书信、藏书以及海明威传记中均有记载,足以证明海明威对拜伦的崇拜与喜欢,对拜伦作品的熟悉。更为重要的是,拜伦对海明威的影响,在他职业生涯的早期和后期均有迹可循,比如,早期作品《春潮》与后期作品《过河入林》。然而,在《死在午后》中,海明威对他从拜伦那里受到的文学恩惠却只字未提。对此,泰勒认为,虽然拜伦的名字没有在《死在午后》中被明确提及,但"他的存在无处不在"[①]。

据笔者统计,泰勒的研究从具体 16 处将拜伦与海明威、《唐璜》和《死在午后》进行了详尽对比,从主题、题材、人物、情节、风格、语言、形式、结构等多方面对《死在午后》展开渊源学研究,充分论证了拜伦对海明威的影响,尤其是《唐璜》对《死在午后》的影响。比如,在主题上,两部作品均体现的是对英雄的渴望与需求。《唐璜》开篇便是对英雄由衷的呼唤,同时表达了对被大肆宣扬的英雄未能履行职责的失望:"说来新鲜,我苦于没有英雄可写,尽管当今之世,英雄是迭出不穷,年年有,月月有,报刊上连篇累牍,而后才又发现:他算不得真英雄。"[②] 同样地,海明威也敏锐意识到人类对英雄的需求,尤其是在西班牙这个斗牛社会中,这种需求体现得格外明显:"今天的斗牛所需要的是一名名符其实的斗牛士……但是盼望一个救世主的出现需要很长的时间,而且你会遇上许许多多冒牌的救世主。"[③]

在题材上,海明威与拜伦均对战场上的怪诞与荒唐感到愤怒,并在各自的作品中毫无畏惧地描述出来,两部作品对血腥的战斗细节、死亡、尸体的细致刻画手法极为相似;同样地,两位作家均对异性恋的浪漫爱情提出愤世嫉俗的看法;两部作品均描写了出格的性行为、同性恋,以及对同行作家的恶毒攻击等相同题材。

通过比较研究,泰勒探求两位作家的相似之处,寻求两部作品的共通之处,为《死在午后》中拜伦未被承认的影响正名。泰勒强调,"考察拜伦对海明威的影响,有助于我们了解海明威的阅读对他写作的重要性,以及他对文学资源的运用,这是海明威研究中一个未被深入探究的领域。更为重要的是,它

---

① Lisa Tyler. "'Devout Again by Cynicism': Lord Byron and *Don Juan* in *Death in the Afternoon*", *A Companion to Hemingway's "Death in the Afternoon"*, edited by Miriam B. Mandel. Rochester: Camden House, 2004, p. 43.

② (英)拜伦:《唐璜》,查良铮译,北京:人民文学出版社,2008 年,第 13 页。

③ (美)海明威:《死在午后》,金绍禹译,上海:上海译文出版社,2019 年,第 73—74 页。

佐证了早期学者提出的海明威根源于浪漫主义的这一设想"①。

（二）海明威与豪斯曼

乔治·蒙泰罗（George Monteiro）在《海明威作品中豪斯曼（和莎士比亚）的痕迹》["Traces of A. E. Houseman (and Shakespeare) in Hemingway"，2008]一文中，重点追溯了英国诗人阿尔弗雷德·爱德华·豪斯曼（Alfred Edward Housman）对海明威的影响。

蒙泰罗通过探究海明威诸多作品与豪斯曼的两部诗集《什罗普郡一少年》(*A Shropshire Lad*，1896)和《最后的诗》(*Last Poems*，1922)之间的相关性，最终认为"海明威以各种方式获益于豪斯曼的《什罗普郡一少年》和《最后的诗》"②。

第一，两位作家关于绞刑意义的诠释。蒙泰罗分析认为，海明威短篇小说《今天是星期五》中有关绞刑的故事情节，源自豪斯曼《什罗普郡一少年》中的诗歌《木匠之子》("The Carpenter's Son")的主题。在《木匠之子》中，豪斯曼通过木匠之子绞刑临刑前的话，重新阐释了受难的意义。同样地，在《今天是星期五》中，海明威也通过罗马士兵的话，重新诠释了受难的人文意义③。

第二，两位作家关于士兵的描写。在《永别了，武器》中，男主人公费雷德里克在目睹了战争的残酷景象之后，毅然决定从意大利军队中逃离，与爱人一起逃往瑞士。蒙泰罗指出，《永别了，武器》的主人公与豪斯曼的诗歌《逃兵》("The Deserter")中的主人公体现了同样的战争精神，均反映了爱与忠诚、逃亡与背叛这样矛盾的主题。如豪斯曼诗歌中的诗句："Call it truth or call it treason, / Farewell the vows that were"，恰好契合《永别了，武器》的主题④。

第三，关于雇佣兵这一主题。将海明威短篇小说《雇佣兵》("The

---

① Lisa Tyler. "'Devout Again by Cynicism': Lord Byron and *Don Juan* in *Death in the Afternoon*", *A Companion to Hemingway's "Death in the Afternoon"*, edited by Miriam B. Mandel. Rochester: Camden House, 2004, p. 45.

② George Monteiro. "Traces of A. E. Houseman (and Shakespeare) in Hemingway", *The Hemingway Review*, Vol. 28, No. 1, 2008, p. 123.

③ George Monteiro. "Traces of A. E. Houseman (and Shakespeare) in Hemingway", *The Hemingway Review*, Vol. 28, No. 1, 2008, p. 124.

④ George Monteiro. "Traces of A. E. Houseman (and Shakespeare) in Hemingway", *The Hemingway Review*, Vol. 28, No. 1, 2008, p. 125.

Mercenaries"）与豪斯曼的诗歌《一支雇佣军的墓志铭》（"Epitaph on an Army of Mercenaries"）加以对比，蒙泰罗发现，在豪斯曼的诗歌中，雇佣兵并不是不光彩的人物，他们有直面死亡的勇气，他们在战场上同样奋勇战斗，这种男子气概正好呼应了海明威文学创作中的核心精神[①]。海明威的这篇短篇小说的作品名《雇佣兵》本就来源于豪斯曼的这首诗歌。

三、海明威与法国作家

（一）海明威与加缪

阿尔贝·加缪（Albert Camaus）是20世纪法国著名作家、哲学家，存在主义文学、"荒诞哲学"的代表人物。

本·斯托尔茨福斯（Ben Stoltzfus）在《海明威对加缪的影响：以冰山为地形》（"Hemingway's Influence on Camus: The Iceberg as Topography"，2015）一文中，将阿尔贝·加缪与海明威进行比较研究，指出加缪的代表作《局外人》（*L'Étranger*）受到海明威创立的"冰山原则"写作风格的影响，同时受到海明威长篇小说《太阳照常升起》的影响。

在西方批评界，《局外人》曾被讽刺性地评价为"海明威写过的最好的小说"。海明威对加缪的影响由此可见一斑。斯托尔茨福斯从《局外人》的写作手法、人物形象的刻画、主题等方面进行仔细剖析，充分论证了加缪是如何将冰山原则运用到《局外人》的创作中，以及《太阳照常升起》是如何对《局外人》产生影响的。

在写作手法上，《局外人》的第一部分展现了海明威写作技巧的全部特征：使用简短的陈述句、对人物活动和行为的描写以及对人物内心活动的省略。斯托尔茨福斯指出，"并列句法是海明威典型的简练风格"[②]。相较于从句，他更喜欢使用并列句，这一点在《太阳照常升起》中显而易见。同样地，在《局外人》中，加缪使用不连贯的句子和直接性的并列句法，省略有关心理反应的描写。与海明威一样，加缪"采用低调陈述、省略和简练，从而迫使读者从眼前

[①] George Monteiro. "Traces of A. E. Houseman (and Shakespeare) in Hemingway", *The Hemingway Review*, Vol. 28, No. 1, 2008, p. 125.

[②] Ben Stoltzfus. "Hemingway's Influence on Camus: The Iceberg as Topography", *A Writer's Topography: Space and Place in the Life and Works of Albert Camus*, edited by Jason Herbeck, Vincent Grégoire. Boston: Brill Rodopi, 2015, p. 173.

的图像或场景中对意义进行自我构建"①。从海明威的冰山原则来看，在《局外人》第一部分中，主人公莫尔索的行为只是浮出水面的冰山一角。按照冰山原则的标准，作为叙述者的莫尔索省略了他所知道的大部分内容，但作为读者的我们仍然能感受到他的荒诞和疏离感。这是因为作者往往将人物的情感与心理投射到自然和景物的描写上。小说中，有关河流、自然风景或海洋的叙述属于那八分之一的冰山一角，而人物的内在情感是被淹没于水下的八分之七。尽管情感不被直接表达出来，但人物与自然世界的亲密关系正好反衬出莫尔索孤独的内心世界，莫尔索和自然的同一性与他对社会的疏离感形成鲜明对比。

在人物形象的刻画上，根据冰山原则，《局外人》中的莫尔索并没有公开表达自己的内心情感。如果说莫尔索的行为，也就是在《局外人》中可见的部分，只是浮出水面的冰山一角，那么，如同海明威的小说，不可见的、水下的部分则包含了所有的心理活动以及有意识或无意识的感觉。对此，斯托尔茨福斯解释道："加缪本可以对莫尔索的心理活动加以阐释，但如果他这么做了，那《局外人》的篇幅将会比现在长三倍，并且冰山理论的写作风格也就消失了。"② 莫尔索的疏离感和矛盾感，以及感到被世界抛弃的孤独状态，构成了水下八分之七的冰山。当读者在作品中只能看到莫尔索的行为和反应时，就必须通过阐释其行为来推断他的心理状态和动机。如同《太阳照常升起》中杰克与比尔对当时的社会观念与价值观念表达出拒绝，莫尔索受到法庭的指控同样也是因为他对社会准则的拒绝。在法官看来，莫尔索的真正罪过在于他拒绝以常人的方式去说话、做事，拒绝接受传统的价值观，拒绝遵守社会规则，导致他冒犯了整个社会。与之相同，《太阳照常升起》中的杰克和比尔，不仅拒绝消费主义的传统，还对其嗤之以鼻。

在主题上，虽然"荒诞"一词在作品中并未被明确提及，但它确实支配着莫尔索的行为。斯托尔茨福斯分析认为，"莫尔索的日常生活与行为构成了荒诞的一个方面，是可见的八分之一。不可见的八分之七，是荒诞行为背后人物

---

① Ben Stoltzfus. "Hemingway's Influence on Camus: The Iceberg as Topography", *A Writer's Topography: Space and Place in the Life and Works of Albert Camus*, edited by Jason Herbeck, Vincent Grégoire. Boston: Brill Rodopi, 2015, p.173.
② Ben Stoltzfus. "Hemingway's Influence on Camus: The Iceberg as Topography", *A Writer's Topography: Space and Place in the Life and Works of Albert Camus*, edited by Jason Herbeck and Vincent Grégoire. Boston: Brill Rodopi, 2015, p.178.

的内心情感，也就是莫尔索的放逐感"①。在《太阳照常升起》中，海明威刻画参加奔牛节的人物时，重在刻画这些人疯狂的行为，而将有关他们的情感描写省略掉。与海明威笔下的人物一样，加缪也只是从外部去描写莫尔索。《局外人》的"荒诞"主题，如同海明威短篇小说《白象似的群山》中的"堕胎"主题一样，并未直接出现在作品的叙述之中，但加缪通过客观化和具体化的描述，呈现出莫尔索的被剥夺感和疏离感，将"荒诞"的主题凸显出来。

基于此，斯托尔茨福斯总结道："《局外人》这部作品尽管叙述有所省略，但它之所以如此引人注目，恰恰是因为（借用海明威的话来说），加缪知道自己在说什么。正是这种对表面之下八分之七的冰山的了解，让人们相信莫尔索的行为，并构成一种逼真的感觉。"②

（二）海明威与司汤达

司汤达（Stendhal），原名马里-亨利·贝尔（Marie-Henri Beyle），是19世纪法国批判现实主义作家。司汤达于1827年创作出版了第一部小说《阿尔芒斯》（Armance）。一个世纪后（1926），海明威的第一部长篇小说《太阳照常升起》问世。

达纳·德拉古诺伊（Dana Dragunoiu）在《海明威的〈太阳照常升起〉受惠于司汤达的〈阿尔芒斯〉》（"Hemingway's Debt to Stendhal's *Armance* in *The Sun Also Rises*"，2000）一文中，将司汤达与海明威两位作家及其两部作品进行比较研究，考察《阿尔芒斯》对《太阳照常升起》的创作产生的影响。

首先，结合海明威生平研究，德拉古诺伊指出海明威对司汤达及其作品非常了解，在海明威接受的采访中、亲笔书信中，以及《战争中的人们》与《非洲的青山》等作品中，均有提及他对司汤达的赞赏与崇拜。

在内容上，两部作品的男主人公都有一个秘密：性无能。在《阿尔芒斯》中，奥克塔夫出身于贵族家庭，是上流社会的佼佼者，但他却忧郁而痛苦。虽然与自己情投意合的表妹阿尔芒斯结婚，但一个可怕的秘密始终折磨着他，结婚两周后，他留下一封写给妻子的信，自杀了。而这个秘密在司汤达写给友人

---

① Ben Stoltzfus. "Hemingway's Influence on Camus: The Iceberg as Topography", *A Writer's Topography: Space and Place in the Life and Works of Albert Camus*, edited by Jason Herbeck and Vincent Grégoire. Boston: Brill Rodopi, 2015, p. 173.

② Ben Stoltzfus. "Hemingway's Influence on Camus: The Iceberg as Topography", *A Writer's Topography: Space and Place in the Life and Works of Albert Camus*, edited by Jason Herbeck and Vincent Grégoire. Boston: Brill Rodopi, 2015, p. 179.

的信中得到揭示,那就是奥克塔夫性无能的缺陷。在《太阳照常升起》中,美国青年杰克在第一次世界大战中受了重伤,使他对性爱可望而不可即,不能与自己钟情的勃莱特相结合。于是他嗜酒,企图用酒精来麻痹自己,从而忘却精神上的痛苦。虽然杰克没有自杀,但他是一个流亡者,他无力改变现实中的孤独与苦闷,只能选择逃避。在德拉古诺伊看来,这两部作品都把生理上(或精神上)无能的主人公作为反映社会痼疾的代表[1]。

德拉古诺伊强调,认识到海明威受到司汤达的影响,一方面证明了海明威笔下人物的焦虑"既不是例外,也不是不符合历史的"[2];另一方面说明它们并非孤立的、独特的文学文本。在两部作品中反复出现的悲剧,展现了"伟大的"民族主义和军事溃败的后果。当强烈的民族主义和男子气概与军国主义理想相结合时,似乎会不可避免地导致幻灭、不育和创伤。德拉古诺伊认为,《太阳照常升起》除了受到司汤达的创作影响,更为重要的是,海明威吸收并拓展了《阿尔芒斯》的主题,试图表达对战争的深刻反思,抗慰战争受害者所遭受的心理创伤。换言之,海明威试图涵盖的不仅仅是斯坦因所说的"你们都是迷惘的一代";他真正想要表达的是他那一代人"只是更大的欧洲甚至全世界的一个代表性群体"[3]。司汤达的《阿尔芒斯》展现了19世纪欧洲困境的一部分,而海明威的《太阳照常升起》绝不只是20世纪的一个事件,他通过吸收司汤达的创作灵感,有意地将自己的作品与司汤达的作品联系起来,试图传达更为广阔的愿景。

在写作手法上,司汤达和海明威都使用了文本空白(textual lacunae),它是呈现社会痼疾和个人创伤的一种独特而有效的方式。德拉古诺伊指出:

> 司汤达与海明威叙述中的空白是这样发挥作用的:它们指出了一种无法表达的创伤,这种创伤只能在文本之外被揭示出来,它们抵制象征,指出"秘密"的本质并不重要,重要的是它对主人公生活的扭曲。[4]

---

[1] Dana Dragunoiu. "Hemingway's Debt to Stendhal's *Armance* in *The Sun Also Rises*", *Modern Fiction Studies*, Vol. 46, No. 4, 2000, p. 873.

[2] Dana Dragunoiu. "Hemingway's Debt to Stendhal's *Armance* in *The Sun Also Rises*", *Modern Fiction Studies*, Vol. 46, No. 4, 2000, p. 870.

[3] Dana Dragunoiu. "Hemingway's Debt to Stendhal's *Armance* in *The Sun Also Rises*", *Modern Fiction Studies*, Vol. 46, No. 4, 2000, p. 873.

[4] Dana Dragunoiu. "Hemingway's Debt to Stendhal's *Armance* in *The Sun Also Rises*", *Modern Fiction Studies*, Vol. 46, No. 4, 2000, p. 874.

文本空白提供了一个考察这两部小说核心创伤的方式，有助于理解司汤达对海明威的影响。两部作品中的文本空白，以一种矛盾但极其有效的方式发挥作用，成功地展现了一系列失败的社会事件，但同时又保留了奥克塔夫与杰克个人创伤的完整性，而这些创伤一旦进入言语话语领域便会被扭曲。在《阿尔芒斯》中，奥克塔夫的秘密在文本中的完全缺席足以证明。司汤达在文本之外写给友人的一封信中揭示了奥克塔夫性无能这个秘密，并强调绝不会将此秘密写进小说。而在海明威笔下，故事中的空白是接近真相的最佳途径。在《太阳照常升起》中，杰克暗示他在战争中瞥见了"真相"，但当这个真相被写入话语时，却自然而然地变成了文本空白。

"大战中受的伤，"我说。
"唉，该死的战争。"
我们本来会继续谈下去，会议论那次大战，会一致认为战争实质上是对文明的一场浩劫，也许最好能避免战争。我厌烦透了。①

战争经历的不可言说也延伸到杰克个人创伤的本质上：

"我遭遇过一次意外事故罢了。"
"再也别提它了，"比尔说。"这种事情是不好说出去的。你应该故弄玄虚，把这事搞成一个谜。"②

司汤达和海明威写作中的空白意在增强而非妨碍读者的理解。正如海明威的冰山原则所强调的："省略的部分能加强小说的感染力，并且使人们感觉到某些比他们理解的更多的东西。"③ 德拉古诺伊也认为"这是一个文学影响的典型例子，海明威受到司汤达的启发，找到了一种方式，不必明确地描写战争却能表达出自己的战后创伤"④。

---

① （美）海明威：《太阳照常升起》，赵静男译，上海：上海译文出版社，2019年，第17页。
② （美）海明威：《太阳照常升起》，赵静男译，上海：上海译文出版社，2019年，第120页。
③ （美）海明威：《流动的盛宴》，汤永宽译，上海：上海译文出版社，2019年，第75页。
④ Dana Dragunoiu. "Hemingway's Debt to Stendhal's *Armance* in *The Sun Also Rises*", *Modern Fiction Studies*, Vol. 46, No. 4, 2000, p. 869.

四、海明威与俄国作家

伊凡·谢尔盖耶维奇·屠格涅夫（Ivan Sergeevich Turgenev）是19世纪俄国批判现实主义作家，他对海明威的文学影响被海明威本人屡次提及。在《流动的盛宴》中，海明威明确指出他在巴黎的阅读是"从屠格涅夫开始"[1]的，并且从他发现西尔维亚·比奇的图书馆那天起，他"读了屠格涅夫的全部作品"[2]。

马克·奇里诺（Mark Cirino）在《打败屠格涅夫先生：〈托普曼的处决〉》（"Beating Mr. Turgenev: 'The Execution of Tropmann' and Hemingway's Aesthetic of Witness", 2010）一文中，探究屠格涅夫的《托普曼的处决》在主题上对海明威创作的影响，并认为海明威在有关暴力死亡的描写上超越了屠格涅夫。

奇里诺指出，屠格涅夫在1980年创作的《托普曼的处决》（"The Execution of Tropmann"）"在海明威学术研究中完全没有被提及"[3]，而这部辛辣的作品对海明威整个文学生涯产生了重大影响，它引出了一个贯穿海明威整个职业写作生涯的主题："艺术家有责任去目睹暴力的恐怖，去观察哪怕是最微小的、可能挑战人性的细节；最终，要准确地渲染出那个场景，不仅激发情感，而且传达真实性。"[4]

《托普曼的处决》描写的是一次公开的死刑处决。在一个杀人犯被斩首的关键时刻，叙述者作为围观群众中的一员，转移了自己的视线，没有目睹托普曼被处决的过程。奇里诺发现，这部作品对海明威进入暴力死亡主题的文学创作产生了重要影响。

早在20世纪20年代，《最终》（"Ultimately"）和《致维尔·戴维斯》（"To Will Davies"）等海明威最早期的诗歌创作，就已展现出他对处决死刑以及被处决者行为的关注。自此，暴力死亡一直是他尤为关注的主题。从长篇小说《太阳照常升起》和《丧钟为谁而鸣》，到非虚构作品《死在午后》，再到短

---

[1] （美）海明威：《流动的盛宴》，汤永宽译，上海：上海译文出版社，2019年，第35页。
[2] （美）海明威：《流动的盛宴》，汤永宽译，上海：上海译文出版社，2019年，第133页。
[3] Mark Cirino. "Beating Mr. Turgenev: 'The Execution of Tropmann' and Hemingway's Aesthetic of Witness", *The Hemingway Review*, Vol. 30, No. 1, 2010, p. 31.
[4] Mark Cirino. "Beating Mr. Turgenev: 'The Execution of Tropmann' and Hemingway's Aesthetic of Witness", *The Hemingway Review*, Vol. 30, No. 1, 2010, p. 31.

篇小说《印第安人营地》《一篇有关死者的博物学论著》等，从20世纪20年代的早期作品直到他的最后一部作品，这一主题贯穿海明威整个创作生涯。比如，在20年代创作的《永别了，武器》中，在卡波雷托撤退中，弗雷德里克目睹了宪兵执行枪决，其中包括一名中校被枪毙。"我看到步枪射击的闪光，然后是啪啪的枪声……审问者的旁边站着四名宪兵，人人挂着卡宾枪……因为他们光枪毙人家，没有人家枪毙他们的危险。"① 又如，海明威的遗作《乞力马扎罗山下》创作于50年代，同样展现出他对死刑和暴力的直视。在小说中，叙述者做了一个梦，梦到他和黑帝等营地人员一同将公告员吊死，并对行刑的细节进行了具体描述："复述这个梦的时候，我把整个过程一五一十地告诉了他（黑帝）：在哪里，如何干的，为什么，公告员的反应，还有后来我们是如何把他放在猎车里拉出去喂鬣狗的。"② 海明威对于被处决者的行为，以及他是如何被处决的等细节均加以描写。

奇里诺认为，虽然海明威在有关暴力死亡的主题上沿袭了屠格涅夫，但海明威走出了不一样的路径。与屠格涅夫不同的是，海明威在最早期的诗歌创作中便表明他意在准确地、诚实地描写，哪怕是最暴力的活动。正如在《死在午后》的开篇，海明威便指出该作品的核心意义：

> 战争结束了，现在你能看到生与死——即是说暴力造成的死——的唯一地方，就是斗牛场了，所以当时我非常想到西班牙去，到了那里我就可以对暴力造成的死加以研究。那时我在尝试学习写作，从最简单的问题着手写，而最简单的问题之一和最根本的问题即是暴力造成的死。③

在奇里诺看来，这段话不仅赋予了《死在午后》意义，也阐明了海明威更大的美学目的。他将自己定位为一个努力实现特定目标的作家，并将自己与之前的作家区别开来，他认为那些作家并没有真实地描写暴力死亡。屠格涅夫关注的是处决死刑的道德伦理问题，而海明威更关注的是作为作家有责任真实地描写暴力经过。奇里诺指出，"对海明威来说，回避是一种无力的写作方式，

---

① （美）海明威：《永别了，武器》，林疑今译，上海：上海译文出版社，2019年，第230—231页。
② （美）海明威：《乞力马扎罗山下》，陈四百等译，郑州：河南文艺出版社，2012年，第186页。
③ （美）海明威：《死在午后》，金绍禹译，上海：上海译文出版社，2019年，第2页。

是艺术和美学上的缺陷"①。因为海明威曾言：

> 在我读过的许多本书里，当作者试图传达死的时候，他写出的只是一团模糊，我认为这是因为作者从来没有清清楚楚地看到过死，要么是因为正好在死到来的那一瞬间，他真的紧紧闭起了双眼或者心里已经闭起了双眼……如果要把这些很简单的事情记载下来，永远保留下去，举个例子来说，就像戈雅在《战争的灾难》中试图做到的那样，那么，把眼睛闭起来是不行的。②

正如屠格涅夫在《托普曼的处决》中选择回避的方式一样，他回避了真实的人类行为，也回避了艺术所必须呈现出的丑陋甚至不人道的那些元素。屠格涅夫的过度敏感使他无法保持写作的纯粹，无法真实地描写暴力经历。但不同的是，海明威在《死在午后》中"对暴力死亡的真实呈现，使之前的作家写得一团模糊的东西成为尖锐的焦点"。从这一点上，奇里诺认为，海明威打败了屠格涅夫，或者说，海明威超越了屠格涅夫③。

第二节　平行研究：作为世界作家的海明威

平行研究由美国学派提出，强调的是对没有事实联系的不同国家的作家、作品、文学现象进行比较，以及文学与其他学科的比较，论述其异同，总结出文学作品的美学价值与文学发展中的共同规律④。

相较于国内研究，21世纪英美学界将海明威与格雷厄姆·格林、弗吉尼亚·伍尔芙、列夫·托尔斯泰、德里克·沃尔科特展开比较研究，取得新成果。

---

① Mark Cirino. "Beating Mr. Turgenev: 'The Execution of Tropmann' and Hemingway's Aesthetic of Witness", *The Hemingway Review*, Vol. 30, No. 1, 2010, p. 36.
② （美）海明威：《死在午后》，金绍禹译，上海：上海译文出版社，2019年，第2—3页。
③ Mark Cirino. "Beating Mr. Turgenev: 'The Execution of Tropmann' and Hemingway's Aesthetic of Witness", *The Hemingway Review*, Vol. 30, No. 1, 2010, p. 46.
④ 曹顺庆主编：《比较文学教程》（第二版），北京：高等教育出版社，2010年，第159页。

一、海明威与格雷厄姆·格林

20 世纪英国著名作家、剧作家格雷厄姆·格林（Graham Greene）(1904—1991)，一生曾获得 21 次诺贝尔文学奖提名，被誉为诺贝尔文学奖无冕之王。1935 年，格林与表妹一同前往非洲西部的利比里亚，展开长达四周的非洲内陆探险之旅，并写下《没有地图的旅行》(*Journey Without Maps*, 1936)。1933 年 11 月到 1934 年 2 月，海明威携第二任妻子波琳一同前往非洲东部的坦桑尼亚和肯尼亚，进行游猎之旅，写下了《非洲的青山》(*Green Hills of Africa*, 1935)。

针对同为 20 世纪 30 年代的非洲旅行书写，艾米莉·威特曼（Emily O. Wittman）在《一连串的磨难：格林〈没有地图的旅行〉与海明威〈非洲的青山〉中的怀旧与苦难传奇》("A Circuit of Ordeals: Nostalgia and the Romance of Hardship in Graham Greene's *Journey Without Maps* and Ernest Hemingway's *Green Hills of Africa*", 2011) 一文中，对两部作品进行比较研究。她指出，尽管海明威与格林来自不同的国家，去到的是非洲不同地域，有着不同的叙事方式，但《非洲的青山》和《没有地图的旅行》在形式、内容和情节这三方面都是一致的。[1]

在形式上，两部作品均带有强烈的自传性质。《没有地图的旅行》记述格林的旅行计划"从英属边界进入利比里亚，然后穿过内陆森林直达海岸"[2]。而《非洲的青山》则开门见山，讲述海明威在非洲的游猎经历。尤其是海明威在该书卷首语中开宗明义地指出："本书的所有人物和事件都不是虚构的……试图写出一本绝对真实的书。"[3] 威特曼将这两部作品称为"元游记"（metatravelogues），即"它们将旅行理论化，并为读者提供了有关真实旅行的秘诀"[4]。

---

[1] Emily O. Wittman. "A Circuit of Ordeals: Nostalgia and the Romance of Hardship in Graham Greene's *Journey Without Maps* and Ernest Hemingway's *Green Hills of Africa*", *Prose Studies*, Vol. 33, No. 1, 2011, p. 44.

[2]（英）格雷厄姆·格林：《没有地图的旅行》，邝国强译，上海：上海文艺出版社，2014 年，第 5 页。

[3]（美）海明威：《非洲的青山》，张建平译，上海：上海译文出版社，2019 年，第 1 页。

[4] Emily O. Wittman. "A Circuit of Ordeals: Nostalgia and the Romance of Hardship in Graham Greene's *Journey Without Maps* and Ernest Hemingway's *Green Hills of Africa*", *Prose Studies*, Vol. 33, No. 1, 2011, p. 49.

第六章
比较文学视域下的海明威研究

在内容上,两部作品均体现战争、怀旧和原始主义。

第一,有关战争。威特曼指出,第一次世界大战是两位作家进行非洲之旅的重要原因之一。海明威与格林均在20世纪30年代前往非洲旅行探险,并创作了非洲旅行文学。他们属于"战间期旅行作家"(interwar travel writers),即自第一次世界大战结束到第二次世界大战爆发前的这段时期(1918—1939)的旅行作家。这一时期,世界局势十分动荡,欧洲也在一战中遭受巨大创伤,处于恢复时期。海明威与格林的文学创作均受到战争经历与社会局势的影响。

1918年,海明威作为红十字会志愿者奔赴意大利前线,战争中的狂轰滥炸、血雨腥风使他受到严重的身心创伤。战后,他对猎杀非洲大猛兽产生了极大兴趣,狩猎过程带来的紧张感与刺激感,捕获猎物作为战利品带来的征服感与成就感,令他对狩猎活动近乎痴迷。因此,《非洲的青山》以海明威与卡尔等狩猎队成员之间的狩猎竞赛为主线,展现了一场场血腥、暴力、残忍的狩猎过程。在作品中,他描写了自己如何亲手将一头被打中但还有心跳的公苇羚开膛破肚的细节,还刻画了他们打中猎物时无以复加的兴奋与激动:"我们听见它吼叫时感觉好极了""在我听来,那是一种欢快的声音"。[①] 其中,他在描述自己开枪打中一只公貂羚时曾直言:"我为自己打中了它但没有把它打死而感到说不出的窝囊。我并不在乎杀死任何东西,任何动物,只要杀得干净利落,反正它们早晚都得死……我们吃动物的肉,收藏它们的皮和角。"[②] 对此,威特曼分析认为,"狩猎大型猎物的刺激为海明威提供了重新审视、重新经历战争的机会,从而重申了他的权威"[③]。

相比之下,出生于1904年的格林,一战时年龄尚小,未能应征入伍参与战争。但这场战争给格林留下了疑惑,让他不禁想知道"为什么一直收到那么多好消息,可结果却毫无改变呢?"[④] 他前往非洲的一个重要原因是寻求探险,寻求如同战争带来的濒临死亡的体验,从而减轻对即将到来的战争的焦虑。当时的利比里亚共和国虽已政治独立,但疾病肆虐,连国家地图都未绘制,利比里亚的绝大部分地方是欧洲旅行者没有去过的,因此这里成为格林的理想之

---

① (美) 海明威:《非洲的青山》,张建平译,上海:上海译文出版社,2019年,第103页。
② (美) 海明威:《非洲的青山》,张建平译,上海:上海译文出版社,2019年,第231-232页。
③ Emily O. Wittman, "A Circuit of Ordeals: Nostalgia and the Romance of Hardship in Graham Greene's *Journey Without Maps* and Ernest Hemingway's *Green Hills of Africa*", *Prose Studies*, Vol. 33, No. 1, 2011, p.50.
④ (英) 格雷厄姆·格林:《没有地图的旅行》,邝国强译,上海:上海文艺出版社,2014年,第35页。

地,他要到最艰险的环境中去,到最严峻的考验中去,发现自我、探索自我、亲身经历一些戏剧性的遭遇。

因此,格林的非洲探险重在体验痛苦、经历苦难,而非洲的各种动物是帮助他经历艰难困苦的主要元素。在《没有地图的旅行》中,格林与动物之间的斗争是他的非洲之旅中反复上演的一幕,比如老鼠如瀑布般从墙壁上倾泻下来,牛不断地用鼻子磨蹭墙壁、大声地撒尿,潜蚤钻进人的脚指甲里。此外,各种疾病也在作品中被反复提及,比如麻风病、雅司病、天花、疟疾、钩虫病、血吸虫病、痢疾、象皮病,等等。格林通过描写疾病、恶心的动物、恶劣的环境等来展现他在非洲有关痛苦与苦难的体验。

威特曼认为,"《没有地图的旅行》和《非洲的青山》都强化了这样一种逻辑:当一种经历要付出沉重的代价时,它才会引人注目"①。战争如是,疾病亦如是。当旅行者在身体受到严重威胁而得以幸存时,他才最完整地体验了非洲。正是在艰苦的非洲之行中,两位作家超越了海明威所说的"施舍与观光",用真实的苦难经历铸就了他们的文学遗产。

第二,两部作品均充满怀旧基调。威特曼指出,"挽歌是这两部作品与众不同的重要组成部分,将惆怅萦绕于作家独特的、不可复制的经历中"②。两部作品都表达出作家在返乡前的怀旧情绪。

在《非洲的青山》中,海明威在游猎途中沉思道:"我现在唯一想做的就是回非洲去。我们那时还没离开它,但我现在已经会在半夜里醒来,躺着侧耳倾听,已经在怀念它了。"③ 在威特曼看来,海明威怀念的是曾经的美国,是他心目中曾经的"好地方",曾经"最辉煌的"而如今已不复存在的美国。他对异域非洲的描写,是在反衬自己的故土以及自己逃离故土的原因。在《非洲的青山》中,海明威阐述了一个关于"好地方"的理论,通过挽歌的写作方式来强调一个地区被破坏的时刻的到来。他写道:"我们一旦到达一片大陆,这大陆就迅速变老。"④ 对海明威来说,美国是一个"已经完蛋的"的地方:"我

---

① Emily O. Wittman. "A Circuit of Ordeals: Nostalgia and the Romance of Hardship in Graham Greene's *Journey Without Maps* and Ernest Hemingway's *Green Hills of Africa*", *Prose Studies*, Vol. 33, No. 1, 2011, p. 48.

② Emily O. Wittman. "A Circuit of Ordeals: Nostalgia and the Romance of Hardship in Graham Greene's *Journey Without Maps* and Ernest Hemingway's *Green Hills of Africa*", *Prose Studies*, Vol. 33, No. 1, 2011, p. 54.

③ (美)海明威:《非洲的青山》,张建平译,上海:上海译文出版社,2019年,第65页。

④ (美)海明威:《非洲的青山》,张建平译,上海:上海译文出版社,2019年,第241页。

们的祖先到美国去是因为当时那是值得去的地方。那里曾经是个好地方，但我们把它搞得一团糟了。"① 如今，他意识到美国人在社会和经济衰退中所扮演的角色，于是他以一个美国人的视角来描述这一过程："一个地区应该是我们发现它时的那个样子。我们是闯入者，等我们死后，我们也许已把它毁掉，但它仍然会在那里，而我们不知道接下来会有什么样的变化。"② 因此，对于渴望原始家园的海明威来说，他怀念非洲、想要回到非洲去，于是他不断迁移，不断寻找"好地方"："所以现在，我要到别的地方去……而且还是有些好地方可以去的。"③

在《没有地图的旅行》中，怀旧体现于格林在有意无意间打乱时空，在讲述非洲之旅的过程中穿插了不少有关英国与欧洲的叙述。威特曼认为，格林的怀旧主要有两方面。一是对过去的怀旧，他在非洲勾起对人生的回忆："我从非常久远的从前，拾起了人生的线头，久远到自己天真无邪的年代。"④ 二是他怀念那些快要结束的经历，怀念"那些不太可能再次发生的事情的结束"，怀念"那些简单而未被腐蚀的过去"，怀念上一个时代文明世界留下的情感余温⑤。对此，威特曼进一步解释道，在格林看来，在非洲旅行需要同时经历有趣的记忆和可怕的记忆。他的怀旧之情揭示了他对魔鬼、巫师、活人祭祀、食人族等传说的认同。他公开地渴望一个有不同真理标准的世界，一个能让他像孩子般相信魔法和奇迹、依靠感觉而不是理性思考的世界。他明确地表达对利比里亚内陆的迷恋，赞扬未被殖民的利比里亚给他提供了机会，让他可以在超自然的存在中继续生活。威特曼认为，格林表达出"对于一个正在消失的世界的焦虑，重新审视和再现了殖民主义与帝国主义关于探索和征服的神话"⑥。

威特曼指出"怀旧是这两部作品的重要组成部分，为化解揭示与隐藏之间的矛盾提供了一种叙事方式"。正是因为格林和海明威都意识到怀旧的独特魅

---

① （美）海明威：《非洲的青山》，张建平译，上海：上海译文出版社，2019年，第242页。
② （美）海明威：《非洲的青山》，张建平译，上海：上海译文出版社，2019年，第242页。
③ （美）海明威：《非洲的青山》，张建平译，上海：上海译文出版社，2019年，第242页。
④ （英）格雷厄姆·格林：《没有地图的旅行》，邝国强译，上海：上海文艺出版社，2014年，第121页。
⑤ Emily O. Wittman. "A Circuit of Ordeals: Nostalgia and the Romance of Hardship in Graham Greene's *Journey Without Maps* and Ernest Hemingway's *Green Hills of Africa*", *Prose Studies*, Vol. 33, No. 1, 2011, p. 55.
⑥ Emily O. Wittman. "A Circuit of Ordeals: Nostalgia and the Romance of Hardship in Graham Greene's *Journey Without Maps* and Ernest Hemingway's *Green Hills of Africa*", *Prose Studies*, Vol. 33, No. 1, 2011, p. 56.

力,所以"他们并没有为非洲探险描绘蓝图;相反,他们哀叹非洲所代表的失落的世界,以及正在变化中的非洲"①。

第三,原始主义。威特曼还原了 20 世纪 30 年代的历史背景。彼时,随着英国霸权地位的衰落,文明使者的信念也逐渐消失,而旅游业却在崛起。在这个帝国衰亡的时代,非洲被视为浪漫原始主义最后的舞台之一,因此非洲旅行书写成为新潮流。作家们前往非洲旅行,寻求探险,从而使自己从战后对都市生活的不满和焦虑中摆脱出来,获得一丝慰藉。

海明威与格林均认同一个观点,即非洲人与非非洲人之间存在本质的区别,因此两位作家抓住那些不同寻常的、令人迷惑的经历,表明非洲人在语言和观念上与现代世界格格不入。两部作品不断重复着有关文化误解的描写,常常把非洲人描述成连普通思考能力都不具备的人。比如,在《没有地图的旅行》中,格林提及一个小男孩因无知而失去了一只胳膊:"我还看见一个独臂的男孩站在丑陋的油漆画像下(他在树上摘棕榈核时不小心摔下来,折断了手臂,后来他发现断肢毫无用处,于是便拿刀把手肘以下部分都截掉了)。"② 在《非洲的青山》中,当海明威一行人在肯尼亚内陆开车经过马萨伊人的村庄时,汽车的喇叭声让马萨伊人极度狂喜:"孩子们尖叫着跑起来,武士们笑个不停……妇女们脸上的如痴如醉的表情",这让海明威明白"凭着这喇叭他可以得到部落里任何一个女人"。③

威特曼指出,这两部作品都体现了一种矛盾,它们"既需要与非洲原住民之间的长久联系,又否认这种联系"④。对文化原始主义的强调使得海明威与格林将文化思考与丰富多彩的逸事结合起来,并对非洲原住民的特征加以描述。但两位作家对文化误解的戏剧化处理,使非洲原住民沦为单一的形象或怪诞形象。对两位作家来说,非洲体现的是文化不相容的经历。同样地,他们把受到西方影响的非洲描绘成荒谬的,这说明他们对现代化的非洲表达出不信

---

① Emily O. Wittman. "A Circuit of Ordeals: Nostalgia and the Romance of Hardship in Graham Greene's *Journey Without Maps* and Ernest Hemingway's *Green Hills of Africa*", *Prose Studies*, Vol. 33, No. 1, 2011, p. 55.

② (英)格雷厄姆·格林:《没有地图的旅行》,邝国强译,上海:上海文艺出版社,2014 年,第 100—101 页。

③ (美)海明威:《非洲的青山》,张建平译,上海:上海译文出版社,2019 年,第 243 页。

④ Emily O. Wittman. "A Circuit of Ordeals: Nostalgia and the Romance of Hardship in Graham Greene's *Journey Without Maps* and Ernest Hemingway's *Green Hills of Africa*", *Prose Studies*, Vol. 33, No. 1, 2011, p. 56.

任。因此，两部作品都体现出一种矛盾："一边是对不受商业主义影响的原始主义的渴望，另一边是对商业竞争的成功的渴望，而商业成功必然需要对原始主义进行改造。"

威特曼通过比较研究，最终总结道：

> 海明威和格林不仅描述了一个独特的地区，也对非洲大陆进行了更广泛的思考……两部作品都借鉴并延续了有关思考与意象的文学传统，通过对一个虚幻的集体进行短暂体验，将作家的自我认知戏剧化。最终，两位作家在非洲探索苦难的独特经历，突显了非洲旅行史上的种种问题，以及他们在那段历史中发挥的作用。[1]

总之，通过对比可知，《非洲的青山》和《没有地图的旅行》均体现了对苦难的探索，既有怀旧的基调，又有对文化原始主义的强调。海明威和格林两位作家，一美一英，在有关非洲异域书写的创作中体现了他们对时代、文化、社会等问题的共同思考。

二、海明威与弗吉尼亚·伍尔芙

英国女作家艾德琳·弗吉尼亚·伍尔芙（Adeline Virginia Woolf），被誉为20世纪现代主义文学与女性主义潮流的先锋。约翰娜·丘奇（Johanna Church）发现，第一次世界大战促使文学作品中有关精神创伤的描写大幅增加，战后士兵的精神障碍在文学叙事中也更为常见，而其中，海明威与伍尔芙创作于20世纪20年代的作品尤为典型。因此，丘奇在《伍尔芙与海明威作品对第一次世界大战炮弹休克症的文学呈现》（"Literary Representations of Shell Shock as a Result of World War I in the Works of Virginia Woolf and Ernest Hemingway"，2016）一文中，聚焦战后士兵精神创伤的描写，将伍尔芙的《达洛维夫人》与海明威的《太阳照常升起》和《永别了，武器》展开比较研究。

伍尔芙在《达洛维夫人》（*Mrs. Dalloway*，1925）中塑造的退伍老兵塞

---

[1] Emily O. Wittman. "A Circuit of Ordeals: Nostalgia and the Romance of Hardship in Graham Greene's *Journey Without Maps* and Ernest Hemingway's *Green Hills of Africa*", *Prose Studies*, Vol. 33, No. 1, 2011, pp. 44—45.

普蒂默斯·沃伦·史密斯,被认为是第一次世界大战时期的文学作品中创伤后应激障碍(post-traumatic stress disorder,PTSD)[①]形象最著名的代表之一。一系列创伤症状在史密斯身上表现得淋漓尽致,比如神经症、焦虑、恐惧、重复行为,以及拒绝与外部世界接触。最为典型的是他患有妄想症,时而幻想自己与一战中牺牲的好友埃文斯在伦敦公园相见;时而眼前产生幻景说自己在一棵蕨草中看见了一个老太婆的头;时而躺在沙发上要求妻子握紧自己的手,别让他掉入火海;时而看到墙上露出一张张脸,对着他嗤笑、呼唤他;时而看到纱窗周围伸出一只只手,对着他指指点点;时而对妻子说一起去自杀;等等。伍尔芙以锐利的笔锋描写了史密斯由于在战争中深受刺激而精神失常,最终跳楼自杀。丘奇指出,"在伍尔芙对精神失常及其治疗的刻画中,史密斯这一形象是对战争创伤和悲惨死亡的最佳诠释"[②]。

海明威在《太阳照常升起》(1926)中讲述了一战后一群流落巴黎的美国青年的生活。小说中的人物作为退伍士兵对战争有着深刻的了解,尽管战后他们生活在巴黎,无论是在时间上还是空间上都已远离战争,但有关战争的记忆始终无法磨灭,不时会暴发,导致他们饱受精神创伤。

主人公杰克·巴恩斯是一名退伍老兵,在战争中受伤导致性功能障碍。海明威并未在小说中明确说明杰克的创伤,但在他与一名妓女和与自己深爱的女子勃莱特的互动中,可以看出战争中负伤造成的残疾使他对性爱可望而不可即,这样的创伤贯穿于小说始终。

为什么海明威要选择赋予杰克性无能这种创伤?对此,丘奇认为其原因是为了突显杰克饱受精神创伤[③],主要体现在两个方面。

其一,因为杰克性无能,他不能与自己钟情的女人结合。他们虽然相爱,却无法永远在一起,这段关系注定是失败的。他深爱勃莱特,却只能眼睁睁地看着她与其他男人在一起恣意放纵,这让他不可避免地想到自己的战争创伤,是它持续地伤害着自己对勃莱特的爱。而勃莱特的存在也在持续地折磨着他,时刻提醒着自己的创伤[④]。小说以杰克与勃莱特之间的对话作为结尾,充满了浓

---

① 据丘奇指出,"炮弹休克症"(shell shock)现多称为"创伤后应激障碍"。
② Johanna Church. "Literary Representations of Shell Shock as a Result of World War I in the Works of Virginia Woolf and Ernest Hemingway", *Peace & Change*, Vol. 41, No. 1, 2016, p. 56.
③ Johanna Church. "Literary Representations of Shell Shock as a Result of World War I in the Works of Virginia Woolf and Ernest Hemingway", *Peace & Change*, Vol. 41, No. 1, 2016, p. 57.
④ Johanna Church. "Literary Representations of Shell Shock as a Result of World War I in the Works of Virginia Woolf and Ernest Hemingway", *Peace & Change*, Vol. 41, No. 1, 2016, p. 58.

第六章
比较文学视域下的海明威研究

郁的悲观主义和哀伤：

  "唉，杰克，"勃莱特说，"我们要能在一起该多好。"
  前面，有个穿着卡其制服的骑警在指挥交通。他举起警棍。车子突然慢下来，使勃莱特紧偎在我身上。
  "是啊，"我说。"这么想想不也很好吗？"①

  其二，杰克的性无能是不可明说的②。通常，士兵在战争中的负伤本可以作为一种荣誉而为公众所知，但是杰克的创伤却不能。他无法像伯爵一样当众解开背心，掀开衬衣，骄傲地向大家展示自己在战争中受过的箭伤伤疤，并获得勃莱特的称赞。相反，杰克不仅要小心翼翼地将自己的创伤隐藏起来，而且他自己也感到可耻：

  "我遭遇过一次意外事故罢了。"
  "再也别提它了，"比尔说。"这种事情是不好说出去的。你应该故弄玄虚，把这事搞成一个谜。"③

  因此，杰克在战争中的身体创伤带给他的是永久的精神创伤，加之战争经历使他饱受精神上的折磨，导致他的抑郁反反复复、不断加剧。
  再如，在海明威的《永别了，武器》（1929）中，主人公美国青年弗雷德里克·亨利在第一次世界大战期间自愿参加红十字会驾驶救护车，在意大利北部战线抢救伤员。在一次执行任务时，弗雷德里克被炮弹击中受伤。他伤愈后重返前线，随意大利部队撤退时目睹战争的种种残酷景象，目睹了士兵们在枪林弹雨中遭受各种各样的创伤，使他对战争造成的身心创伤有了切身体会，毅然决定逃离部队。他描述了一些士兵崩溃的场景，其中包括创伤后应激障碍："世界上再没有像战争这么坏的事了。我们待在救护车队里，甚至连体会到战争的坏处都不可能。人一觉悟到它的恶劣，也没法停止战争，因为觉悟的人发

---

 ① （美）海明威：《太阳照常升起》，赵静男译，上海：上海译文出版社，2019 年，第 260 页。
 ② Johanna Church. "Literary Representations of Shell Shock as a Result of World War I in the Works of Virginia Woolf and Ernest Hemingway", *Peace & Change*, Vol. 41, No. 1, 2016, p. 58.
 ③ （美）海明威：《太阳照常升起》，赵静男译，上海：上海译文出版社，2019 年，第 120 页。

疯了。"①

通过聚焦于海明威与伍尔芙在文学作品中有关战后精神创伤这一相同主题和题材，丘奇总结了两位作家的共同点：

> 伍尔芙和海明威都没有在小说中为战争画上句号，而他们自己的战争"创伤"也没有得以缓解。事实上，两位作家都是自杀。伍尔芙因另一场世界大战的爆发而精神崩溃，而海明威也是长期罹患抑郁症。然而，伍尔芙和海明威通过在文学作品中对精神创伤采用创新的叙事策略，帮助读者反思一战的意义以及从创伤中恢复的复杂性。尽管这些叙述可能不完整或不完美，但他们对战争造成的精神痛苦的描写超越了医学文献，并证实了数百万人在一战中受到身体、精神和情感创伤的真实经历。②

总之，海明威与伍尔芙两位作家均深受战争创伤的折磨，在这种切身体验之上，两人尽管对精神创伤的文学呈现不尽相同，在人物刻画、故事背景、病症表现等方面各有特色，但都还原了战争的灾难性，反思了创伤的复杂性，加深了我们对于精神创伤描写的实质内容与创作方式的理解。

三、海明威与列夫·托尔斯泰

列夫·尼古拉耶维奇·托尔斯泰（Lev Nikolayevich Tolstoy）（1828—1910）是 19 世纪中期俄国批判现实主义作家，被海明威视为除莎士比亚以外，唯一令他感到敬畏的作家。

休·麦克莱恩（Hugh McLean）在《海明威与托尔斯泰：一场拳击式邂逅》（"Hemingway and Tolstoy：A Pugilistic Encounter"，2008）一文中，从战争、生死、大自然、爱情、文化、社会人六个方面对海明威与托尔斯泰展开比较研究，论述其异同。

首先，战争是海明威与托尔斯泰的文学创作中最重要的主题之一，两位的作品均生动地刻画了战争，淋漓尽致地展现了战争中的刺激、厌倦、荒谬和恐怖等各个层面。值得注意的是，麦克莱恩指出，海明威与托尔斯泰曾对同一问

---

① （美）海明威：《永别了，武器》，林疑今译，上海：上海译文出版社，2019 年，第 51 页。
② Johanna Church. "Literary Representations of Shell Shock as a Result of World War I in the Works of Virginia Woolf and Ernest Hemingway", *Peace & Change*, Vol. 41, No. 1, 2016, p. 61.

题感到困惑:"经验与想象、事实与创造"之间的关系①。两位作家都十分重视写作的"真实性"。在海明威看来,一个作家如果没有亲身经历过战争的混乱和恐怖,就不可能真实地描写战争。与海明威一样,托尔斯泰对战争也有切身体会。据此,麦克莱恩认为,对于两位作家来说,尤为重要的是:"'真实'的小说依靠的是经验,但想象力必须将这些经验重新创造、修改与重塑,以赋予它生动性与直观性。"②

其次,有关生与死的描写,在两位作家的作品中普遍存在。海明威与托尔斯泰被归类为"生物作家"(biological writers),因为"他们都试图在文化或文明的外表下,从最基本的物理现实,即生命本身,来描绘人类生活。显然,生与死是所有人都必须经历的最基本的自然事件,而它们在文学中的呈现对这类追求'完全真实性的作家'来说是重要的考验"③。比如,在托尔斯泰的《安娜·卡列尼娜》(Anna Karenina)中,吉娣和列文的儿子的出生,是幸福喜悦的、"正常的"人类繁衍。这与安娜和伏伦斯基的私生女在死亡的威胁中出生形成鲜明对比。安娜遭受产褥热,差点致死,这是对作为母亲安娜的通奸行为的象征性惩罚。然而,在海明威笔下,对"正常的"出生场景的描写是没有的④。在《永别了,武器》的结尾,凯瑟琳在难产中死去。海明威不仅判了母亲凯瑟琳死刑,一同死去的还有她与弗雷德里克的孩子,只留下弗雷德里克一人独自在外流亡,由此生动地渲染出主人公弗雷德里克的悲剧性的空虚与孤独,提供了一个艺术性的故事结局。

同样地,两位作家都痴迷于对死亡的描写。托尔斯泰的《战争与和平》(War and Peace)中安德烈在一场战役中身负重伤而死;《安娜·卡列尼娜》中安娜卧轨自杀。海明威的《丧钟为谁而鸣》中罗伯特·乔丹为反法西斯战争而死;《有钱人和没钱人》中哈里·摩根在一场搏斗中中弹身亡,等等。

麦克莱恩指出,在托尔斯泰看来,死亡首先是一个"关乎道德和形而上学

---

① Hugh McLean. "Hemingway and Tolstoy: A Pugilistic Encounter", *In Quest of Tolstoy*. Brighton: Academic Studies Press, 2008, p.201.

② Hugh McLean. "Hemingway and Tolstoy: A Pugilistic Encounter", *In Quest of Tolstoy*. Brighton: Academic Studies Press, 2008, p.201

③ Hugh McLean. "Hemingway and Tolstoy: A Pugilistic Encounter", *In Quest of Tolstoy*. Brighton: Academic Studies Press, 2008, p.207.

④ Hugh McLean. "Hemingway and Tolstoy: A Pugilistic Encounter", *In Quest of Tolstoy*. Brighton: Academic Studies Press, 2008, p.208.

的难题"①。比如，麦克莱恩认为《战争与和平》中安德烈的死是"文学作品中对死亡经历最强有力的描写，不仅从作为死者家属（他的妹妹和妻子）的旁观者的角度，还从垂死的人自己的角度"②。安德烈在临死前的深刻觉悟，是一种关乎人道主义与博爱精神的觉醒，是一份脱离凡俗，升华为神性的大爱。他宽恕了娜塔莎的一切过错，因为神的慈悲存在于他心中。托尔斯泰借安德烈之死表达出作品的深刻主题。

相较之下，海明威笔下男主人公的死亡都是英雄式的。麦克莱恩分析指出，对海明威来说，死亡"很少是进行哲学思考的时机"。"海明威笔下男主人公的死亡，在大多数情况下，是由暴力的外部力量造成的，并没有深入的内心描写。"③ 主人公们英雄般地尽其所能为生命而奋斗，孤军奋战也毫不畏惧，体现出的是哪怕付出生命也不能被打败的硬汉精神。比如《老人与海》中的圣地亚哥、《有钱人和没钱人》中的哈里、《岛在湾流中》的托马斯等。

最后，两位作家在作品中都善于描写大自然的景观，抒发对大自然的感情。在他们的作品中，不乏对山川河流、森林草地、高地平原等自然风光的生动描绘。此外，两位作家都酷爱狩猎，作品中有大量关于狩猎与动物的细致描写。比如，在《安娜·卡列尼娜》中，托尔斯泰对列文与奥勃朗斯基一同打猎途中的景色进行了细致描写。在《永别了，武器》中，海明威以弗雷德里克的视角描绘了他在战场途中领略的风景。但麦克莱恩也总结了两位作家在有关大自然的描写方面的不同之处：托尔斯泰更擅长与农业相关的描写，比如播种、割草和收获等，而海明威则擅长一切与大海、捕鱼和船只等有关的事物④。

四、海明威与德里克·沃尔科特

德里克·沃尔科特（Derek Walcott）（1930—2017）是圣西卢亚诗人、剧作家，于1992年获得诺贝尔文学奖。爱德华·艾克（Edward O. Ako）在《海明威、沃尔科特、海上老人》（"Ernest Hemingway, Derek Walcott, and

---

① Hugh McLean. "Hemingway and Tolstoy: A Pugilistic Encounter", *In Quest of Tolstoy*. Brighton: Academic Studies Press, 2008, p. 208.

② Hugh McLean. "Hemingway and Tolstoy: A Pugilistic Encounter", *In Quest of Tolstoy*. Brighton: Academic Studies Press, 2008, p. 209.

③ Hugh McLean. "Hemingway and Tolstoy: A Pugilistic Encounter", *In Quest of Tolstoy*. Brighton: Academic Studies Press, 2008, p. 209.

④ Hugh McLean. "Hemingway and Tolstoy: A Pugilistic Encounter." *In Quest of Tolstoy*. Brighton: Academic Studies Press, 2008, pp. 210-211.

Old Men of the Sea",2008)一文中,将海明威的中篇小说《老人与海》(1952)与德里克·沃尔科特的剧作《多芬海域》(*The Sea at Dauphin*,1954)进行比较研究,从两位作家所处的社会历史背景、两部作品中主人公的人物特征、作品主题思想三方面探究两部作品之间的相似与关联。

在社会历史背景方面,海明威经历的是第一次世界大战,是20世纪20年代的美国,而沃尔科特经历的是奴隶制和殖民主义,是加勒比海地区(被殖民)的局势。海明威被誉为"迷惘的一代"的代表人物,其作品表现出对人生、对世界、对社会的迷茫和彷徨。沃尔科特的作品则是以他的出生地加勒比海为背景而创作的,是对加勒比海文化的典型体现。沃尔科特在加勒比海的生活经历、英语文化的影响及其非洲血统是他创作的三大源泉。

基于对两位作家的背景分析,艾克指出,对于海明威来说,其成长经历、家庭悲剧以及战争创伤"促使他塑造了那些在逆境中表现出勇气的人物,这些人意识到他们可以依靠的只有自己,因此必须坚强地面对苦难"[1]。而对于沃尔科特来说,"人是无法从别处获得救助的,只能依靠自己,以勇气和决心去面对每一天"[2]。从这一点来看,虽然两位作家处于不同的社会历史环境,但对于他们来说,勇气和依靠自己是最重要的品质,这也反映在他们对作品主人公形象的塑造上。

在人物特征的刻画方面,《老人与海》的主人公圣地亚哥与《多芬海域》中的阿法(Afa)在以下三方面具有相同点。第一,在人物身份的设置上,两位主人公都是孤独的渔夫。他们都是鳏夫,身边没有女性陪伴,一无所有,只能维系基本生活。第二,两人都没有宗教信仰。对于圣地亚哥和阿法来说,"人类就是信仰,因为他们知道只能依靠自己,因而人类取代了上帝成为宇宙的中心"[3]。第三,尊严、勇气与永不言败是两位主人公共有的品质。在《老人与海》中,圣地亚哥独自出海连续84天没有捕到一条鱼,尽管"倒霉到了

---

[1] Edward O. Ako. "Ernest Hemingway, Derek Walcott, and Old Men of the Sea", *Bloom's Modern Critical Interpretations: Ernest Hemingway's "The Old Man and the Sea"*, edited by Harold Bloom. New York: Infobase Publishing, 2008, p.216.

[2] Edward O. Ako. "Ernest Hemingway, Derek Walcott, and Old Men of the Sea", *Bloom's Modern Critical Interpretations: Ernest Hemingway's "The Old Man and the Sea"*, edited by Harold Bloom. New York: Infobase Publishing, 2008, p.217.

[3] Edward O. Ako. "Ernest Hemingway, Derek Walcott, and Old Men of the Sea", *Bloom's Modern Critical Interpretations: Ernest Hemingway's "The Old Man and the Sea"*, edited by Harold Bloom. New York: Infobase Publishing, 2008, p.221.

极点",尽管他破旧的船帆"收拢后看来像是一面标志着永远失败的旗子",但他那双眼睛始终"显得喜洋洋而不服输"。① 即使在十分不济的情况下,圣地亚哥也不愿向别人借钱,因为在他看来借钱是第一步,下一步就是讨饭了。正是由于他的尊严与骄傲,"他的希望和他的信心从没消失过"②。在与重达 1500 多磅的大马林鱼持续两天两夜的搏斗中,即使他没有水、没有食物、没有武器、没有助手,但他靠着绝不言败的勇气战胜了大鱼。

在《多芬海域》中,阿法同样是一名勇敢的加勒比海老渔民。他每天不得不去面对变幻莫测的大海,否则就会挨饿,但他也知道,工作并不一定能够得到相应的回报。艾克指出,阿法只是多芬地区许许多多渔夫的缩影,更是加勒比海地区被殖民者的缩影。大海对这些渔夫的冷漠无情,延伸来看实则是世界的冷漠无情。他们所生活的多芬地区,土壤贫瘠,无法种植农作物。对于阿法和在多芬生活的人们来说,贫穷是常态,肮脏、贫穷的妇女儿童随处可见,他们还不得不把自己辛苦赚得的一点钱用于建造教堂,进行祈祷。肮脏与祷告是这个地区的特色。在这里,上帝、教会和殖民制度让人们永远陷于贫困之中。透过阿法的一次爆发式的呐喊,揭露出上帝、教会和牧师才是真正的掠夺者③。

在作品主题思想方面,两部作品也是一致的。两位主人公面对生活中的种种挑战,始终充满勇气。尽管他们的职业时刻面临死亡威胁,尽管他们知道自己终究会失败,但他们仍然昂首挺胸、直面挑战。这就是为什么《老人与海》的圣地亚哥在面对成群结队的鲨鱼围攻时,在知道与鲨鱼搏斗也是徒劳的情况下,依然不顾性命正面应战。最终,他奋力保护的大马林鱼被鲨鱼吃光了,他自己也筋疲力尽、伤痕累累。但是在他看来,他的失败是有尊严的,是一种胜利。因为他的人生哲学是"人不是为失败而生的……一个人可以被毁灭,但不能被打败"④。同样地,在《多芬海域》中,东印度渔民豪纳金被淹死后,阿法看着大海,陷入沉思:"去年是阿内勒,今年是豪纳金……总有一天,也许

---

① (美)海明威:《春潮 老人与海》,吴劳译,上海:上海译文出版社,2019 年,第 139 页。

② (美)海明威:《春潮 老人与海》,吴劳译,上海:上海译文出版社,2019 年,第 141 页。

③ Edward O. Ako. "Ernest Hemingway, Derek Walcott, and Old Men of the Sea", *Bloom's Modern Critical Interpretations: Ernest Hemingway's "The Old Man and the Sea"*, edited by Harold Bloom. New York: Infobase Publishing, 2008, pp. 219—220.

④ (美)海明威:《春潮 老人与海》,吴劳译,上海:上海译文出版社,2019 年,第 197 页。

明天，是你加西亚，和我……和奥古斯汀……"① 尽管如此，阿法和其他渔民一样，依然决定次日出海，勇敢地面对变幻莫测的大海。

基于此，艾克总结认为两部作品体现了相同的主题："人必须面对现实，必须意识到在这个冷酷无情的世界上，孤独和寂寞是常态……人必须对自己负责，必须认识到只有凭借自己的力量才能赋予生命意义。"②

第三节 变异学研究：开辟海明威研究的新领域

"比较文学变异学"由曹顺庆教授于2005年首次提出，用以阐释各类跨文化交流中的文学变异现象。变异学理论指出，当文学作品从一国传播进入另一个国家时，无论是译者的创造性叛逆还是读者的审美接受，都会使原有的文本信息在异质文明的过滤下，发生选择、变异、损耗、误读与创新③。在研究思路上，变异学强调文明的异质性，将比较基点由"求同"转向"求异"；在研究方法上，变异学共包含语言层面的变异、跨国与跨文明形象的变异、文学文本的变异、文化的变异以及文学的他国化五个层面。

近年来，英美学界的海明威研究已打开新局面。加布里埃尔·罗德里格斯－帕佐斯（Gabriel Rodríguez-Pazos）首次指出海明威作品传播进入西班牙后发生了文学变异现象。彼得·梅森特（Peter Messent）、克里斯托弗·迪克（Christopher Dick）与亚历山大·布拉克（Alexander Burak）等学者也先后进行了海明威作品在他国的相关变异研究。英美学界研究视域逐渐聚焦到海明威作品在跨国、跨文化传播过程中的变异现象上来，逐渐发展成为海明威学术研究新热点。

海明威作品在全球广泛传播，跨文化特征明显，变异现象普遍存在。本节基于"比较文学变异学"理论方法，从语言层面的变异、跨国形象变异以及文学他国化三个层面来梳理总结21世纪英美学界变异学视域下海明威研究的新

---

① Derek Walcott. "The Sea at Dauphin", *Dream on Monkey Mountain and Other Plays*. New York: Noonday, 1970, p. 80.

② Edward O. Ako. "Ernest Hemingway, Derek Walcott, and Old Men of the Sea", *Bloom's Modern Critical Interpretations: Ernest Hemingway's "The Old Man and the Sea"*, edited by Harold Bloom. New York: Infobase Publishing, 2008, p. 221.

③ 曹顺庆主编：《比较文学教程》（第二版），北京：高等教育出版社，2010年，第98—99页。

成果，以期为国内海明威研究提供新思路。

一、海明威作品在德语和西班牙语翻译中的变异

（一）德语翻译中的变异

2009 年，美国堪萨斯大学克里斯托弗·迪克（Christopher Dick）在博士论文《形式与内容的改变：海明威早期小说德语译本的风格变化》（*Shifting Form, Transforming Content: Stylistic Alterations in the German Translations of Hemingway's Early Fiction*）中，探究安妮玛丽·赫希兹（Annemarie Horschitz）翻译的《太阳照常升起》《永别了，武器》《没有女人的男人们》及《在我们的时代里》等德语译本，重点探讨海明威原著在德语翻译中发生的变异现象，认为"海明威早期小说的德语译本在复杂性、结构、深度和内容上都表现出了惊人而重大的缺失"[1]。

比如，在《太阳照常升起》德语译本 *Fiesta* 中隐喻的缺失。英文原著卷首第一个引语出自格特鲁德·斯坦因之言："You are all a lost generation"。赫希兹将其翻译为"*Ihr gehört alle einer hoffnungslosen Generation an*"，迪克将此句德语回译为英文"You all belong to a hopeless generation"[2]。将前后两句英文表达相对比，不难看出有两点改动：一是删除了系动词，失去了原文表达的直接性；二是删除了隐喻，将含有比喻性意思的"lost"变成了更加字面意思上的"hopeless"。尽管负面的隐喻意象贯穿于小说，但从故事人物的处境来看，他们经历了第一次世界大战，目睹了残酷的战争和恐怖的死亡，战后饱受身心创伤，对自己的前途和未来感到迷茫，于是消极遁世、恣意放纵地活着。他们是处于"迷惘"（lost）中，但并非"绝望"（hopeless）。他们并未完全灰心丧气，仍然挣扎着试图走出战后阴霾。对此，迪克指出，"海明威的隐喻不是比喻性语言的随机出现，而是更深层次的概念隐喻的语言表现，而这

---

[1] Christopher Dick. *Shifting Form, Transforming Content: Stylistic Alterations in the German Translations of Hemingway's Early Fiction*. Lawrence: University of Kansas, Ph.D dissertation, 2009, p. 5.

[2] Christopher Dick. *Shifting Form, Transforming Content: Stylistic Alterations in the German Translations of Hemingway's Early Fiction*. Lawrence: University of Kansas, Ph.D dissertation, 2009, p. 92.

些概念隐喻对文本的解释至关重要"①。因此，德语译本中的隐喻缺失，造成小说中基本的概念隐喻发生了变化。

隐喻是海明威重要的写作手法之一，《太阳照常升起》中描写的风景和人物反映出战后悲观的态度，隐喻性的语言有助于强化这些病态的人物角色的愿景，他们试图在战后的荒原里生存，他们只是凭着本能、凭着直觉经验与残酷的现实相抗衡。小说中，海明威反复引用荒原、疾病和动物这三个源域来构建隐喻以描述20世纪20年代的欧洲面貌。但遗憾的是，隐喻在小说的德语译本中缺失了。对此，迪克评价道：

> 尽管德语和英语之间的语言差异、德国和美国之间的文化差异会导致翻译中部分隐喻的缺失，但在许多情况下，赫希兹是能够选择使用与英语隐喻相似的德语表达方式的。可她并没有这么做，这表明赫希兹对这些概念隐喻的重要性缺乏认识。无论隐喻的缺失是由于两种语言之间的差异，还是两个国家之间的文化差异，还是译者赫希兹本人喜欢变异，最终的结果是弱化了原著中重要的概念隐喻。②

又如，迪克通过研究《永别了，武器》德语译本 *In Einem Andern Land*，发现海明威所使用的低调陈述（understatement）这一写作手法在德语译本中也缺失了。在赫希兹的翻译中，她不仅没有遵循这一表现手法，相反还在语言上使用了大量夸张的表达，尤其是在描写战争的内容上。对此，迪克认为，这一翻译变异"在很大程度上重塑了文本，削弱了海明威小说的整体效果……不仅导致小说主人公弗雷德里克·亨利的形象发生了变化，也放弃了海明威小说的一个重要元素，即反对华丽的修辞和夸张"③。

低调陈述主要体现在海明威使用惯用的、模糊的语言。例如，在描写战争造成的破坏时，海明威经常使用"broken"这个词来进行低调陈述。在小说第

---

① Christopher Dick. *Shifting Form, Transforming Content: Stylistic Alterations in the German Translations of Hemingway's Early Fiction*. Lawrence: University of Kansas, Ph.D dissertation, 2009, p. 82.

② Christopher Dick. *Shifting Form, Transforming Content: Stylistic Alterations in the German Translations of Hemingway's Early Fiction*. Lawrence: University of Kansas, Ph.D dissertation, 2009, p. 117.

③ Christopher Dick. "Transforming Frederic Henry's War Narrative: *In Einem Andern Land* and Translational Embellishment", *The Hemingway Review*, Vol. 31, No. 2, 2012, p. 48.

二十七章中，海明威使用了三次"broken"来描写被破坏了的房屋，而译者将其均翻译为"zerstört"，回译成英文为"destroyed"，可见译者在表达破坏的程度上是有所加剧的。再如，英文原著中写道："… but now there were the stumps and the broken trunks and the ground torn up"，其德语译文为："… und nun war nichts übrig als geborstene Stümpfe und zerspaltene Stämme und der aufgerissene Boden"。迪克分析指出，首先，译者添加了词语"nichts übrig"，回译成英文为"nothing remaining"，加强了那种被炮弹炸成一片废墟的荒芜的感觉。第二，译者添加了"geborstene"一词来修饰"stumps"，回译成英文为"burst/ shattered"，强调了树桩是"断裂的、破碎的"。第三，译者将海明威使用的"broken"一词翻译为"zerspaltene"，回译成英文为"split into pieces/ fragmented/ shattered"，加剧了破坏的程度[①]。可见，译者的每一处翻译，均改变原著语言的低调陈述，进行了夸大或修饰。

在英文原著中，弗雷德里克是小说叙述者与主人公，他的叙述至关重要。他对自己生活经历的低调陈述使他的叙述饱含深意、蕴含辛酸。在整个叙事中，弗雷德里克使自己远离情感介入，通过模糊、低调的语言来刻画战争、描述死亡、表达痛苦。他试图通过低调、简洁的叙述来反映出极度的失落、孤寂与绝望。但迪克研究发现，译者在德语翻译中使用的艺术措辞与弗雷德里克的人物形象并不一致。弗雷德里克在德语译本中显得更加情绪化，充满敌意与愤懑。例如，在英文原著中，弗雷德里克描述帕西尼被炮弹炸到的痛苦："Then he [Passini] was quiet, biting his arm, the stump of his leg twitching"。德语译文为："Dann war er still, biß sich in den Arm, während der Stumpf seines Beines krampfhaft zuckte"。迪克将其回译成英文为："Then he was still, bit himself in the arm, while the stump of his leg twitched convulsively"[②]。对比可知，译者十分不必要地改变了句法，把句末的短语变成了从句。而最主要的问题是译者增加了"krampfhaft"一词，这个副词回译成英文为"convulsively/ desperately"，增强了帕西尼残肢抽搐、疼痛的画面感，故而违背了弗雷德里克的低调陈述。

再如，弗雷德里克在描述战场上朋友死亡时，使用的是基础词汇"kill"，

[①] Christopher Dick. "Transforming Frederic Henry's War Narrative: *In Einem Andern Land* and Translational Embellishment", *The Hemingway Review*, Vol. 31, No. 2, 2012, p. 49.

[②] Christopher Dick. "Transforming Frederic Henry's War Narrative: *In Einem Andern Land* and Translational Embellishment", *The Hemingway Review*, Vol. 31, No. 2, 2012, p. 51.

但译者并没有使用与"kill"基本同义的德语词汇"umbringen"或"töten",而是选用一些表达更加强烈、色彩更加丰富的词汇来翻译,比如,"totschießen",回译成英文为"shoot dead",增加了在战场上被击中而死的画面感。弗雷德里克在路上遇到一团士兵,他简单地说"Some looked pretty bad",译者将"bad"翻译为"jämmerlich",回译成英文为"miserable/ pathetic/ pitiful",这显然也是一种过分的语言修饰。

当弗雷德里克在花园中试图亲吻凯瑟琳,却被狠狠地扇了一巴掌之后,他只是简单说道"I was angry",而译者在翻译中给弗雷德里克注入了更为强烈的感情,将"angry"译为"wütend",回译成英文为"furious",表达出一种愤怒、狂怒。当弗雷德里克逃离意大利战场后,走进一家酒店喝咖啡,酒店的主人向弗雷德里克询问有关前线的情况时,他简单回答道"I would not know"。而德语译文是"Woher soll ich das wissen?"回译成英文为"How am I supposed to know that?"突显出一个身心疲惫的逃兵愤懑而抵触的回答。

基于上述实例的考证,迪克将赫希兹德语翻译变异的原因总结如下。第一,译者翻译速度过快。赫希兹五年译完了四部作品,仓促翻译造成了部分人为的翻译谬误。第二,从20世纪30年代初期德国文学批评的总体趋势来看,对海明威文学作品的总体认识过分简化了海明威的艺术,低估了海明威写作风格的重要性。第三,译者自己对海明威写作风格缺乏深入理解和正确认识,具体体现在对隐喻、重复、低调陈述以及碎片化结构(fragmentation)等海明威写作手法的理解与翻译上[1]。

迪克指出,"赫希兹的翻译,通过对作品表面上的语言特征进行改动,改变了海明威小说的概念框架"[2],造成了海明威的风格变异。因此,赫希兹在翻译海明威作品过程中所扮演的角色是"再创造者"[3]。从变异学的角度来看,译者的每一次翻译"都是对原文的重写,都是变异与创新,都是重新赋予原文

---

[1] Christopher Dick. *Shifting Form, Transforming Content: Stylistic Alterations in the German Translations of Hemingway's Early Fiction*. Lawrence: University of Kansas, Ph.D dissertation, 2009, pp. 73—75.

[2] Christopher Dick. *Shifting Form, Transforming Content: Stylistic Alterations in the German Translations of Hemingway's Early Fiction*. Lawrence: University of Kansas, Ph.D dissertation, 2009, p. III.

[3] Christopher Dick. *Shifting Form, Transforming Content: Stylistic Alterations in the German Translations of Hemingway's Early Fiction*. Lawrence: University of Kansas, Ph.D dissertation, 2009, p. 3.

生命"①。当然，这种变异有两面性，正面效果会强化作品的表达，拉近与读者距离，负面效果则会发生内容、寓意、修辞的损耗。遗憾的是，海明威作品在德语译本中的变异产生的是负面效果。

（二）西班牙语翻译中的变异

加布里埃尔·罗德里格斯－帕佐斯（Gabriel Rodríguez-Pazos）在《并非如此真实，并非如此简单：〈太阳照常升起〉的西班牙语译本》（"Not So True, Not So Simple：The Spanish Translations of *The Sun Also Rises*"，2004）一文中，探讨《太阳照常升起》四个西班牙语译本与海明威原著之间的差异，认为四个西班牙语译本均未能很好地传达出原著的力量。

简洁、重复和讽刺是海明威独特写作风格中最为典型、最具代表性的三大特征，但在西班牙语的四个译本中均未能得以展现。以简洁为例，在英文原著中："[The dam] was built to provide a head of water for driving logs"，其中，"to provide a head of water for driving logs"，在西班牙语译本中，被译者阿德舒尔（Adsuar）翻译为"... la presa, cuyo objeto era contener y regular el agua con el fin de que tuviera fuerza suficiente para arrastrar los troncos durante la época de la tala"。译者将9个英文单词翻译为26个西班牙单词。罗德里格斯将这部分西班牙语回译为英文："... whose object was to contain and regulate the water in order for it to have enough strength to drive logs during the period of felling"②。可见，西班牙语译者重视翻译的清晰度，在翻译过程中注重解释，从而丢失了原著简洁的效果。

再如，重复是海明威写作风格的主要特征之一。在遣词上，海明威总是尽量避免使用多余的词，通常会选择更为常见、更易理解的词汇。对此，罗德里格斯通过列表具体展示了海明威是如何使用简单且重复的表达来指代对话中的不同人物，而译者又是如何增加文本多样性的。其中，在英文原著中，海明威只使用了"ask"和"say"两个转述动词，而阿德舒尔的西班牙语译本却使用了13个不同的动词。对此，罗德里格斯认为，这不仅仅是写作风格的问题，也体现出译者在翻译过程中进行了再阐释③。"preguntar"和"decir"是英文

---

① 曹顺庆主编：《比较文学教程》（第二版），北京：高等教育出版社，2010年，第114页。
② Gabriel Rodríguez-Pazos. "Not So True, Not So Simple：The Spanish Translations of *The Sun Also Rises*", *The Hemingway Review*, Vol. 23, No. 2, 2004, p. 53.
③ Gabriel Rodríguez-Pazos. "Not So True, Not So Simple：The Spanish Translations of *The Sun Also Rises*", *The Hemingway Review*, Vol. 23, No. 2, 2004, p. 55.

单词"ask"和"say"在西班牙语中相对应的词,但阿德舒尔所选用的 13 个不同的西班牙语动词,并非全是"preguntar"和"decir"的同义词。这些词之间存在细微差别,而这些差别来源于译者对上下文的理解。也就是说,海明威有意地使用简单、重复的表达,有意隐藏的内容,却被译者通过使用各种不同的近义词丰富了表达的多样性,并把隐含的内容呈现了出来。

海明威创立的"冰山原则"明确强调了他的写作风格:语言凝练简洁、选词简单易懂、反对过于华丽的辞藻:

> 散文是建筑,不是内部装饰,绮靡的风格已经过时……如果一名散文作家对于他写的内容有足够的了解,他也许会省略他懂的东西,而读者还是会对那些东西有强烈的感觉的,仿佛作家已经点明了一样,如果他是非常真实地写作的话。一座冰山的仪态之所以庄严,是因为它只有八分之一露出水面。[1]

罗德里格斯指出,"如果译者不能理解和呈现海明威写作的这一本质特征,那么翻译出来的文本就不再是海明威的"[2]。上述两个例子表明,西班牙语译本注重的是把海明威的文本内容清楚地翻译出来,因此在翻译过程中,译者注重把海明威在作品中隐藏于水下的"八分之七"明朗化。这样一来,西班牙语读者能够更好地理解文本意思,但遗憾的是,丢失了海明威精心雕琢的写作风格,冲淡了原著的"味儿",无法体现海明威原著的文学魅力。

通过对《太阳照常升起》的四个西班牙语译本进行分析,罗德里格斯发现,"译者倾向于使海明威简洁凝练的语言变得复杂,使其清晰易懂的语言变得晦涩难懂"[3]。对此,他进一步分析了造成西班牙语译本与海明威原著之间差异的四点原因。第一,译者本人在理解层面对原著的遗漏、省略和错误理解。第二,西班牙语译本中的部分语义错误源自原著作者与目标语译者之间的文化差异。这一文化差异正是变异学理论所讨论的"文化过滤"。文化差异导致译者在翻译过程中由于不同的文化背景和文化传统对源文本信息进行选择、

---

[1] (美)海明威:《死在午后》,金绍禹译,上海:上海译文出版社,2019 年,第 165—166 页。
[2] Gabriel Rodríguez-Pazos. "Not So True, Not So Simple: The Spanish Translations of *The Sun Also Rises*", *The Hemingway Review*, Vol. 23, No. 2, 2004, p. 53.
[3] Gabriel Rodríguez-Pazos. "Not So True, Not So Simple: The Spanish Translations of *The Sun Also Rises*", *The Hemingway Review*, Vol. 23, No. 2, 2004, p. 48.

改造、移植和渗透,从而使得文学在经过翻译这个中介时,产生变异、耗损和误读①。第三,对外部领域的所指在知识上不匹配。具体来说,这是由于译者对海明威在作品中所谈及的现实缺乏足够认识。译者先入为主的观点导致了对源文本的错误阐释,从而导致误译。变异学理论指出"一部作品进入另一种文化语言之中,不仅存在地域上的差异,也意味着跨越历史时空的错位。错位所导致的偏见,必然对传入的文学发生误读性影响"②。文学误读缘于文化过滤,而又具体体现在语言形式、意义偏差及意图谬误等各个方面。第四,对海明威风格的翻译不足③。这一点尤为重要。虽然遗漏、省略与误译对于目标语读者理解原著内容的影响较小,但这将使目标语读者无法领略到原著风格特征的魅力。西班牙语译本未能充分体现海明威原著的写作风格,而目标语读者也无法感受到海明威在写作方面的艺术造诣与努力。

二、海明威作品中的西班牙形象

一国文学中的异国形象,并不是单纯地对异国现实的客观描写,它应被置于"自我"与"他者"、"本土"与"异域"的互动关系中来加以研究。正如曹顺庆教授所言,异国形象不是他者现实的客观再现,而是"主观与客观、情感与思想混合而成的产物,生产或制作这一偏离了客观存在的他者形象的过程,也就是制作方或注视方完全以自我的文化观念模式对他者的历史文化现实进行变异的过程"④。因此,异国形象在文学作品中发生变异是不可避免的。

西班牙对于海明威来说意义非凡。他曾言"除了我的祖国之外,没有任何其他国家比这一个(西班牙)更叫我热爱了"⑤。西班牙形象是海明威文学塑造的重要形象,贯穿于多部作品之中。1926 年,海明威在第一部长篇小说《太阳照常升起》中,就已有对西班牙斗牛、潘普洛纳奔牛节以及西班牙斗牛士罗梅罗的描写。1940 年,海明威又以西班牙内战为主题创作了《丧钟为谁而鸣》。其他与西班牙有关的作品还有短篇小说《没有被斗败的人》、纪录片《西班牙大地》、剧本《第五纵队》以及非虚构作品《危险的夏天》等。

---

① 曹顺庆主编:《比较文学教程》(第二版),北京:高等教育出版社,2010 年,第 98—99 页。
② 曹顺庆主编:《比较文学教程》(第二版),北京:高等教育出版社,2010 年,第 105 页。
③ Gabriel Rodríguez-Pazos. "Not So True, Not So Simple: The Spanish Translations of *The Sun Also Rises*", *The Hemingway Review*, Vol. 23, No. 2, 2004, p. 47.
④ 曹顺庆主编:《比较文学教程》(第二版),北京:高等教育出版社,2010 年,第 123 页。
⑤ (美) 海明威:《危险的夏天》,主万译,上海:上海译文出版社,2019 年,第 3 页。

第六章
比较文学视域下的海明威研究

海明威于1932年创作的《死在午后》，被视为一部有关西班牙的专著。在作品中，海明威对西班牙以及西班牙传统文化仪式斗牛进行了详尽描写，展现了他在这方面的深入研究。据史料记载，海明威本人曾在西班牙观看了三百多场斗牛，目睹过几千头公牛被刺杀，屡次重访西班牙，查阅大量相关资料，完成了这部作品。在作品中，海明威反复强调其写作的真实性："我只想老老实实讲述我所了解的与斗牛有关的真情实况。要这样做，我就必须完完全全做到诚实坦率……"① 在该作品的英文原著中，海明威大量使用了 real、true、pure、honest、sincere、simple 等表示真实、坦诚、真诚的词，以强调他所叙述的是真实客观的西班牙与斗牛。

那么，海明威笔下的西班牙形象与真实的西班牙是否相符呢？彼得·梅森特（Peter Messent）在《"是真实吗？"〈死在午后〉对斗牛与西班牙的描写》（"'The Real Thing'? Representing the Bullfight and Spain in *Death in the Afternoon*"，2004）一文中，从文化翻译的理论层面对该问题展开探究。他认为海明威只是扮演了阐释者与译者的角色，将一种文化翻译给另一种文化，而在这个文化翻译的过程中，海明威无法做到完全中立②，具体体现在以下两方面。

首先，海明威笔下的西班牙与美国彼时的历史背景及社会境况有关。在《死在午后》中，西班牙是一个田园式的、未被破坏的、自然生态的国度。作品描绘了西班牙的田园风光和乡村景色，描写了西班牙人与土地之间的和谐。在西班牙，有金黄色的小麦、石风车、绿油油的乡村，人们可以在密林中探险、在河里刺鱼、用炸药炸鱼，等等。在梅森特看来，保留着一切原始、古老习俗的西班牙，实则是海明威新的精神家园。海明威将西班牙的传统性与美国的现代性之间的对比贯穿于全书之中，这是因为他将"西班牙作为一个衡量的标尺，以对照突显出彼时缺失的、病态的美国"③。

在《死在午后》中，海明威写道："所以归根结蒂，这儿跟家乡一样。"④

---

① （美）海明威：《死在午后》，金绍禹译，上海：上海译文出版社，2019年，第1页。
② Peter Messent. "'The Real Thing'? Representing the Bullfight and Spain in *Death in the Afternoon*", *A Companion to Ernest Hemingway's "Death in the Afternoon"*, edited by Miriam Mandel. Rochester: Camden House, 2004, p.127.
③ Peter Messent. "'The Real Thing'? Representing the Bullfight and Spain in *Death in the Afternoon*", *A Companion to Ernest Hemingway's "Death in the Afternoon"*, edited by Miriam Mandel. Rochester: Camden House, 2004, pp.127-128.
④ （美）海明威：《死在午后》，金绍禹译，上海：上海译文出版社，2019年，第239页。

可见，海明威始终把西班牙与自己的家乡美国作比拟。西班牙是一个自然和谐的国度，这些本该是美国密歇根的景象，却只能永远成为海明威美好的童年记忆。彼时，现代化的美国使自然生态的乡村在工业化浪潮中面目全非，森林被砍伐、河流被破坏、农场被废弃、乡村被城镇化。海明威看到美国正在被现代化及其影响撕裂，当瓦隆湖畔的美丽风景与自由生活在现代化的美国已不复存在时，西班牙成为他寻觅到的未被现代工业文明破坏的好地方。因此，梅森特指出，在《死在午后》中，海明威所呈现的古老原始的西班牙与当时美国的现代性、物质主义和商业主义文化形成强烈对比，这种文化对比构成了该作品的核心①。

其次，海明威塑造的西班牙形象与他个人遭受的战争创伤以及他所崇拜的斗牛精神息息相关。海明威对西班牙形象的塑造是以西班牙传统文化仪式斗牛为核心的，这是因为经历了第一次世界大战的海明威身心受到巨大创伤，对暴力与死亡的探讨贯穿于他的一生及其文学创作中。

在《死在午后》中，他写道："战争结束了，现在你能看到生与死——即是说暴力造成的死——的唯一地方，就是斗牛场了，所以当时我非常想到西班牙去，到了那里我就可以对暴力造成的死加以研究。"② 斗牛被海明威视为一种艺术形式，斗牛中的死亡风险和死亡形式，与战争中随处可见的暴力和各种怪诞的死亡形式形成对比。斗牛场即战场，斗牛士即战士，疾病、死亡与衰败是它们共同的元素。不同的是，战场上的战士是被动牺牲、无辜死亡。在《死在午后》中，海明威描述了战后的恐怖画面，尸横遍野、断臂断腿："大多数人像动物那样死去，不像人那样"；"我从来没有看到过所谓的非暴力死亡，因此我把死都归咎于战争"。③ 而相比之下，斗牛士走上斗牛场是积极主动的、充满热爱的："一位高明的公牛杀手必须热爱杀牛……并且感到做好这件事的本身就是一种报偿和奖励"；"对于刺杀的那一刻，他还必须有精神上的享受。杀得干净利落，杀的方式又能给你一种美的享受和自豪感，这是人类一部分人最大享受之一"。④ 因此，海明威在作品中赞扬斗牛是一门"绝无仅有"的艺

---

① Peter Messent. "'The Real Thing'? Representing the Bullfight and Spain in *Death in the Afternoon*", *A Companion to Ernest Hemingway's "Death in the Afternoon"*, edited by Miriam Mandel. Rochester: Camden House, 2004, p. 129.
② （美）海明威：《死在午后》，金绍禹译，上海：上海译文出版社，2019年，第2页。
③ （美）海明威：《死在午后》，金绍禹译，上海：上海译文出版社，2019年，第118页。
④ （美）海明威：《死在午后》，金绍禹译，上海：上海译文出版社，2019年，第202页。

术①，斗牛士所坚守的尊严、勇气与荣誉等品质，集中体现的是西班牙民族文化精神。

海明威一味地过度美化暴力、血腥、残忍的斗牛赛，夸大了斗牛积极正面的形象，把一项竞技运动解读为向死而生的勇气、尊严与荣誉的化身。而事实上，斗牛作为一项西班牙传统活动，即使是在西班牙，也受到越来越多人的反对，每年斗牛赛期间都有人示威游行，尤其是动物保护主义者，极力谴责这项运动。西班牙不少地区也发起过禁止斗牛的决议。与现实不同的是，在海明威笔下，他从斗牛中解读出西班牙文化特有的死亡意识，这帮助他从第一次世界大战的创伤中恢复过来，从对死亡的坦然接受中更好地理解生命的真谛和行动的价值。透过斗牛，海明威探寻生与死，叩问生命真谛。斗牛不仅让他领悟到西班牙这个国家民族文化的精髓，还使他获得了新的生命意识和精神信念。因此，海明威笔下的西班牙成为他超越自身认识局限的精神国度，他所塑造出的西班牙形象成为现代世界中永存不灭的精神乌托邦。梅森特认为，海明威对西班牙民族品质的推崇是为了和自身文化传统进行对比。他在作品中呈现出的西班牙以及西班牙传统文化的斗牛仪式"正是美国所缺失的、一种以仪式为中心的完整的文化"②。

从变异学角度来看，"他者形象作为作家欲望的投射对象，他就不可避免地包含着作家丰富的情感能量，作家在创作时的不同情感和精神状态，同样也会影响他塑造的他者形象的存在方式和性质"③。基于此，海明威呈现的是一个理想化的西班牙形象，使之与彼时空洞的美国现代性对立起来。他对男子气概的描写，对个人英雄行为的描写，对土地、对人民，以及他们赖以生存的仪式之间不可分割的关系的描写，最终是他基于个人需求和文化需求的立场所构建起来的，是一个虚构的、主观的西班牙形象。正如梅森特所言，在《死在午后》中，海明威带给读者的有关西班牙与斗牛的独特形象，实则是"他对现代美国想象的一种建构"，"海明威'翻译'西班牙文化的方式反映出他自己的精神需求，也通过他所描述的国家和文化表达了他独特的

---

① （美）海明威：《死在午后》，金绍禹译，上海：上海译文出版社，2019年，第78页。
② Peter Messent. "'The Real Thing'? Representing the Bullfight and Spain in *Death in the Afternoon*", *A Companion to Ernest Hemingway's "Death in the Afternoon"*, edited by Miriam Mandel. Rochester: Camden House, 2004, p. 129.
③ 曹顺庆主编：《比较文学教程》（第二版），北京：高等教育出版社，2010年，第131页。

美国现代性"。①

三、海明威风格的俄国化

文学他国化是指"一国文学在传播到他国后，经过文化过滤、译介、接受之后发生的一种更为深层次的变异，这种变异主要体现在传播国文学本身的文化规则和文学话语已经在根本上被他国——接受国所同化，从而成为他国文学和文化的一部分"②。

亚历山大·布拉克（Alexander Burak）在《从海明威作品翻译看俄国生活与文学"美国化"》（"The 'Americanization' of Russian Life and Literature through Translations of Hemingway's Works"，2013）一文中，深入探讨海明威作品的俄语翻译，并指出是"苏联译者集体创造了俄语世界的海明威风格"③。

海明威作品的俄语译本是由卡什金斯基翻译团队（the Kashkíntsy）④ 完成的。自1935年起，由卡什金斯基翻译团体主导翻译的海明威系列作品陆续在苏联出版。译者使用一套独特的语言风格法（linguostylistic means），在很大程度上增强了海明威作品俄语译本的表现力，从而在苏联主流文学中建立起一种独特的美国写作风格，布拉克称之为"苏俄文学中的'俄式美国子风格'"（"Russian Americanskii substyle" within Soviet-Russian literature）⑤。这种"俄式美国风格"（Russian American Style）的特点主要体现在以下三方面。

第一，语言的变形，即选用非苏联主流文学使用的词汇、短语搭配、称呼语等表达，使之与苏联主流风格区别开来，让苏联读者感觉与众不同、更有吸

---

① Peter Messent. "'The Real Thing'? Representing the Bullfight and Spain in *Death in the Afternoon*", *A Companion to Ernest Hemingway's "Death in the Afternoon"*, edited by Miriam Mandel. Rochester: Camden House, 2004, pp. 136–137.
② 曹顺庆主编：《比较文学教程》（第二版），北京：高等教育出版社，2010年，第149页。
③ Alexander Burak. "The 'Americanization' of Russian Life and Literature through Translations of Hemingway's Works", *Translation and Interpreting Studies*, Vol. 8, No. 1, 2013, p. 50.
④ 伊凡·卡什金（Ivan Kashkin，1899—1963），著名翻译家、文学批评家、翻译理论家。他是海明威作品俄语translation的权威，创建了翻译学派"卡什金斯基"（Kashkín Goup或Kashkíntsy）。该翻译团队的成员共同翻译完成了海明威作品的俄语译本。
⑤ Alexander Burak. "The 'Americanization' of Russian Life and Literature through Translations of Hemingway's Works", *Translation and Interpreting Studies*, Vol. 8, No. 1, 2013, p. 60.

引力①。译者在很大程度上增强了俄语译文的表现力，使得译本在不同程度上比英文原著更加生动。例如，相较于英文原著，译者在选词上倾向于带有更多情感色彩和风格特征的动词、名词和形容词。在《永别了，武器》英文原著中的"bad"一词，俄语译本将其翻译为"skvernaia"，回译成英文为"vile"或"abominable"。从风格上讲，英语"bad"一词是中性的，而俄语"skvernaia"一词则加剧了"不好的、糟糕的"程度，充满更浓郁的感情色彩。再如，海明威在英文原著中的表达"It is not a dirty joke"，俄语译文为"Eto ne gnusnaia komediia"，回译成英文为"It's not a vile comedy/farce"。译者将海明威十分口语化的表达翻译得更具文学性。

第二，俄语译者在翻译海明威作品的过程中，遵循苏联传统的"伊索式语言"（Aesopian language），即"任何有隐藏的、暗示的意思或批判性的潜台词的叙述，因害怕受到迫害而不应公开表达出来"②。据研究，苏联文化善于揭示文学作品中或有或无的言外之意。苏联人民由于长期以来习惯了意识形态上的遁词，因而对言外之意的写作风格最为熟悉。采用接受国的话语规则来翻译他国文学作品，更有利于接受国读者的理解与接受。布拉克将翻译定义为"一种文化'他者'的写照，而这种文化必须融入接受国文化之中"③。也就是说，海明威作品想要通过翻译来展现美国文化，首先必须融入俄国文化中。在翻译海明威作品的过程中，苏联译者以本国的话语规则为出发点，从词汇、句法、短语等方面共同构建了译者的印记以及苏联文化的印记。布拉克将其称为"译者所创造的'美国风格'"（"translator-made 'American style'"）④。这一点恰好契合变异学的观点："如果艺术创作是作家对生活现实的'艺术加工'，那么文学翻译就是对外国文学原作的'艺术再加工'……翻译文学已经不完全是外国文学，因为在创造性的译介过程中已被他国化了，成为译者本国文学财富中的有机组成部分。"⑤

---

① Alexander Burak. "The 'Americanization' of Russian Life and Literature through Translations of Hemingway's Works", *Translation and Interpreting Studies*, Vol. 8, No. 1, 2013, p. 60.
② Alexander Burak. "The 'Americanization' of Russian Life and Literature through Translations of Hemingway's Works", *Translation and Interpreting Studies*, Vol. 8, No. 1, 2013, p. 70.
③ Alexander Burak. "The 'Americanization' of Russian Life and Literature through Translations of Hemingway's Works", *Translation and Interpreting Studies*, Vol. 8, No. 1, 2013, p. 68.
④ Alexander Burak. "The 'Americanization' of Russian Life and Literature through Translations of Hemingway's Works", *Translation and Interpreting Studies*, Vol. 8, No. 1, 2013, p. 60.
⑤ 曹顺庆、郑宇：《翻译文学与文学的"他国化"》，《外国文学研究》2011年第6期，第111页。

第三，不仅海明威风格在俄语翻译中发生变异，海明威本人的形象也由此发生了变异。布拉克指出，"在20世纪30年代至80年代初，海明威对苏联文化产生了巨大影响，这种影响并非海明威本人造成的，而是他的作品在苏联被翻译以及被呈现的方式造成的"[1]。俄语译本自20世纪30年代出版后，影响了绝大部分苏联人民尤其是男性的行为，苏联人民对海明威的狂热崇拜一直持续到六七十年代。海明威对苏联人民以及苏联文学产生了深远影响，但布拉克将此归功于卡什金斯基团队所翻译的俄语译本而非英文原著，他认为"苏联人民爱上的是译者的再创作与广为流传的阳刚形象的海明威所共同作用的产物"[2]。换言之，苏联人民狂热崇拜的，对苏联文学产生深远影响的，并非海明威本人或海明威原著，而是由卡什金斯基团队所翻译的俄语译本。如果海明威作品被逐字逐句地翻译出来，就不会吸引那么多苏联读者。正是由于译者的翻译，苏联读者所接触到的是一个俄国化的海明威，他完美地契合并加强了20世纪六七十年代新苏联"迷惘的一代"的思维模式[3]，从而使得俄国化的海明威受到苏联人民的喜爱与追捧，使得海明威作品的俄语译本在俄语世界熠熠生辉。

本章小结

综观21世纪英美学界比较文学视域下的海明威研究，本书首次在比较文学学科理论体系下，从影响研究、平行研究与变异学研究三个方面对其进行分类总结并加以论述。其中，以比较文学变异学为理论框架，梳理归纳与之相关的海明威研究，是本书首次提出，以期为国内海明威研究带来启示。

在影响研究方面，英美学界考察了海明威与日本、英国、法国以及俄国文学与作家之间的影响。从渊源学层面，在海明威诗歌与短篇小说中，探究了日本汉字（*kanji*）、日本美学与哲学"间"（*ma*）和"空"（*kuu*）对海明威写作风格的影响。从流传学层面，阐明海明威作品在日语翻译过程中对日本文学风

---

[1] Alexander Burak. "The 'Americanization' of Russian Life and Literature through Translations of Hemingway's Works", *Translation and Interpreting Studies*, Vol. 8, No. 1, 2013, p. 68.

[2] Alexander Burak. "The 'Americanization' of Russian Life and Literature through Translations of Hemingway's Works", *Translation and Interpreting Studies*, Vol. 8, No. 1, 2013, p. 58.

[3] Alexander Burak. "The 'Americanization' of Russian Life and Literature through Translations of Hemingway's Works", *Translation and Interpreting Studies*, Vol. 8, No. 1, 2013, p. 68.

格与表达形式产生了重要影响，促使日本出现了一种新的"硬汉"文学风格。此外，还探讨了在巴黎的日本艺术家对海明威创作《伊甸园》手稿产生的影响。研究表明，海明威从记者到职业作家的转向，受到了他在巴黎时期遇到的日本长发画家的影响。在海明威与英国作家的比较研究中，将拜伦与海明威、《唐璜》与《死在午后》进行了详尽对比，从主题、题材、人物、情节、风格、语言、形式、结构等16个方面对海明威的《死在午后》进行溯源探究，充分论证了拜伦对海明威的影响，尤其是《唐璜》对《死在午后》的影响。英国诗人豪斯曼对海明威的影响在学界缺乏关注，通过考察海明威作品与豪斯曼的《什罗普郡—少年》和《最后的诗》两部诗集之间的关联性，指出海明威从豪斯曼的两部作品中获益匪浅。在海明威与法国作家的比较研究中，通过探究荒诞哲学代表人物加缪与海明威之间的关联性，指出加缪代表作《局外人》的创作深受海明威"冰山原则"写作风格的影响，同时受到海明威长篇小说《太阳照常升起》的影响。通过考察法国作家司汤达与海明威之间的关联性，从内容与写作手法等方面阐释了《太阳照常升起》受到司汤达《阿尔芒斯》的创作影响。通过将俄国作家屠格涅夫与海明威进行比较研究，展现了屠格涅夫的《托普曼的处决》在主题上对海明威创作的影响，同时表明海明威在有关暴力死亡的书写上超越了屠格涅夫。

在平行研究方面，英美学界考察了海明威与格雷厄姆·格林、伍尔芙、托尔斯泰以及沃尔科特之间的异同。通过将《非洲的青山》与英国作家格林的《没有地图的旅行》加以对比，发现这两部同为20世纪30年代的非洲旅行书写在形式、内容和情节三方面存在颇为相同之处。通过将《太阳照常升起》和《永别了，武器》与英国作家伍尔芙的《达洛维夫人》进行比较研究，阐明了两位作家在描写有关战后精神创伤这一主题上的共同点。通过将海明威与俄国作家托尔斯泰进行比较，从生死、战争、爱情、大自然、文化、社会人六个方面论述了两位作家及其作品之间的异同。通过将《老人与海》与圣西卢亚诗人、剧作家沃尔科特的剧作《多芬海域》加以对比，从两位作家各自所处的社会历史背景、两部作品中主人公的人物特征、作品主题思想三方面指出了两部作品之间的相似与关联。

在变异学研究方面，英美学界的海明威研究已涉及语言层面的变异、跨国形象变异与文学他国化三个层面。具体来说，通过探究海明威作品在德语翻译中的变异现象，展现了隐喻、低调陈述、讽刺、重复、碎片化结构等海明威写作手法在德语译本中的缺失，进而使得海明威风格、小说人物形象等在德语译本中发生了变异。通过考察《太阳照常升起》四个西班牙语译本与海明威原著之间的差异，指出海明威写作风格中最具代表性的简洁、重复与讽刺三大特征在西班牙语译本中均未能得以展现，四个西班牙语译本均未能很好地传达出海明威原著的文学魅力。通过对《死在午后》中的西班牙形象加以探讨，指出海明威笔下的西班牙形象并非真实的客观再现，而是海明威基于个人需求和文化需求的立场所建构起来的一个理想化的西班牙。通过探讨海明威作品在俄国的翻译、传播与接受，指出海明威作品的俄语译本实则是一种"俄式美国风格"。换言之，是苏联译者集体创造了俄语世界的海明威风格。苏联译者在翻译海明威作品的过程中，融入苏联文化，并以本国的话语规则为出发点，从而共同构建了译者的印记以及苏联文化的印记，促使海明威风格发生俄国化变异。

值得注意的是，21世纪英美学界的海明威研究虽然没有明确使用变异学理论，但显然学者们已意识到海明威作品作为文学经典在世界范围内传播、交流、影响过程中的变异现象，现有研究已贯彻变异学理论的核心。因此，运用变异学理论来进行海明威研究，可为海明威研究开辟新领域，以启发未来更多的相关研究尝试。

第七章 21世纪英美学界与
国内学界海明威研究之比较

此前章节重点梳理了国内未译介的21世纪英美学界海明威研究成果,深入探讨了国内较少涉及的研究方法与观点,本章在此基础上,区分21世纪英美学界与我国国内学界海明威研究,分别归纳总结其研究态势,分析差距、寻找原因。通过对比研究,为国内海明威研究提出启示,并综合学界权威专家的观点,对未来海明威研究提出展望。

第一节 21世纪英美学界海明威研究态势

综观21世纪英美学界海明威研究,其研究态势主要体现在以下三个方面。一是传统批评持续发力,通过拓展研究对象、发掘新材料、开展专题化研究等方式,不断加强海明威研究的广度与深度。二是跨学科研究推陈出新,通过与数字人文、文化地理学、医学、艺术学等领域互动,引入新方法,为海明威研究注入驱动力。三是后现代批评理论牵引,在女性主义、生态批评、种族研究、比较文学等前沿理论的指导下,海明威研究不断收获新成果。上述三个方面齐头并进、相辅相成,造就了21世纪英美学界海明威研究的蓬勃景象。

一、传统批评持续发力

21世纪英美学界的海明威研究学者在传统批评领域继续耕耘,围绕传记研究、作品研究、内容研究、主题研究、总体研究等方面,结合新材料,采用传记批评、社会历史批评、形式主义批评等,收获了丰硕的研究成果。主要特点有:

一是研究对象不断扩展,重点关注21世纪以后才出版的海明威遗作以及此前尚未深入研究的海明威作品。2005 年，长篇小说《乞力马扎罗山下》在美国出版。该作品一经问世便引发新一轮的海明威热点，次年便有十余篇论文纷纷运用不同研究方法与视角对其加以探究。既探讨该作品在出版前艰辛坎坷的编辑过程与版本问题，也聚焦内容研究，对创作背景、作品中的文化冲突、人物形象的塑造以及多元文化的呈现等加以考察；既运用文化研究、性别研究、种族研究、生态批评等对其加以解读，也大胆提出质疑与批判，指出海明威在作品中对非洲语言的错误使用，对非洲文化的错误理解等。又如，《在士麦那码头上》《艾略特夫妇》《大转变》《今天是星期五》《先生们，祝你们快乐》《你总是的，碰到件事就要想起点什么》等作品，在 21 世纪以前被广泛忽视，但在近 20 年吸引了研究者的目光，其文学价值开始得到挖掘。

二是研究方向更趋专题化，深入挖掘材料的学术价值。以海明威传记为例，据笔者初步统计，仅 20 年间（2000—2020），英美学界的海明威传记共 119 部；其中专题性传记多达 60 部，占总数近一半。这些专题性传记或提供了海明威在某地经历的新史料，或呈现了海明威鲜为人知的另一面，或结合医学新方法对海明威疾病给出新诊断，或对以往被忽视的海明威的某个领域进行补充与完善，或填补了海明威生平中某一方面的空白。这些研究的主题更为聚焦，通过"开小口，挖深井"的方式深入解读剖析，逐渐由全面整体性研究走向局部深入性研究，从一般传记走向专题性传记。

三是总体研究愈加完善，基本呈现出海明威研究全貌。21 世纪以来，英美学界的海明威研究学者既从历时性角度梳理海明威学术史，也从共时性角度对海明威研究的各个侧面不断加以补充与完善。比如，《批评家与海明威（1929—2014 年）：塑造美国文学偶像》涵盖了近 90 年的海明威相关研究。该书采用历时结构，将 1929 年至 2014 年以每十年为一个时间节点，共分为十章（其中 20 世纪 80 年代分为两章），介绍了每个时间段中最具价值的海明威研究成果。《语境中的海明威》共收录 44 位学者的文章，以专题形式，既涵盖海明威生平，对海明威的疾病、遭遇的事故、自杀事件、旅游、与出版商之间的关系、友人与文学竞争对手、与他相关的文学运动等分别设专章展开具体探讨，也从种族研究、性研究、宗教研究、动物研究、环境研究、男子气概、女性研究、写作风格、旅行书写、战争叙事、音乐、电影改编与视觉艺术等不同研究方法与视角分专章加以细致考察，同时对海明威手稿、书信、照片、《海明威评论》、海明威博物馆、杂志等重要的海明威资源也分别予以详细介绍。本书既对海明威研究中尚未探讨的领域加以补充，也对已有研究的方面进行了拓

二、跨学科研究推陈出新

21世纪英美学界不断推陈出新，引入新方法，将海明威研究与数字人文、文化地理学、医学、艺术学、历史学、政治学、社会学、心理学、伦理学、旅游学等进行交叉互动，其中卓有成效的有以下四个领域。

（一）海明威研究与数字人文

数字人文将现代计算机和网络技术应用于传统人文研究，具有典型的跨学科特征。21世纪以来，英美学界尝试运用大数据、文本挖掘技术、文本可视化技术等展开海明威研究，开启了研究新范式。比如，美国布莱恩·克罗克索尔团队开展的"远距离阅读"（Distant Reading）研究项目，使用 Voyant 等工具，对海明威作品的语料库进行数据挖掘、统计分析及可视化呈现，收获了传统方法难以获得的研究成果。"远距离阅读"方法优点有三：一是数据分析工具可快速高效地完成大体量的文本统计分析；二是定量研究可得出在传统文本细读中难以发掘或总结出的写作规律、风格特征与隐性知识；三是可视化呈现可将分析结果直观生动地展现出来。克罗克索尔在《如何不读海明威》("How to Not Read Hemingway"，2019）一文中指出："在数字时代，不读海明威的作品，反而给了我们重新阅读其作品的新理由。"[1] 他所言之"不读"正是呼应了该方法提出者弗兰克·莫莱蒂在其著《远距离阅读》（Distant Reading，2013）中所说"我们已经知道如何阅读文本，现在让我们学习如何不读它们"[2]，即从传统文本细读的阅读方法转向采用大数据的远距离阅读的方法。总之，远距离阅读并非要取代传统文本细读的方法，其最终目的是使我们带着新发现、新问题再次回归作品，回归到文本细读，帮助我们更加深入研究在细读过程中无法发现的未知领域。

数字人文海明威研究的另一重要成果还体现在海明威"数字地图"的绘制上。针对海明威其人，美国劳拉·戈弗雷团队通过使用 ArcGIS StoryMaps 工具研发了"海明威在爱达荷州的地图绘制"，创建了一个有关海明威在爱达荷

---

[1] Brian Croxall. "How to Not Read Hemingway", *Hemingway in the Digital Age: Reflections on Teaching, Reading, and Understanding*, edited by Laura Godfrey. Kent: The Kent State University Press, 2019, p. 86.

[2] Franco Moretti. *Distant Reading*. London: Verso, 2013, p. 48.

州的数字地图。针对海明威作品，科特基等美国学者使用 Neatline 数字地图工具绘制出短篇小说《杀手》的地图。理查德·汉卡夫运用 Google Maps 和 Story Map 来探究《流动的盛宴》中有关巴黎的地点书写。丽贝卡·约翰斯顿使用 Google Maps 和 Google Earth 这两个数字工具，考察了《永别了，武器》中弗雷德里克在卡波雷托战役后从意大利前线逃离的路线图。从已有研究中可以看出，海明威数字地图是一个很好的辅助资料，可以帮助读者增强对海明威文本的空间意识。据戈弗雷总结，数字地图的重要意义主要有三点："第一，这些地图加深了我们对这些地区及其悠久丰富的文学历史的了解；第二，这些地图显示了作家创作一些最著名作品的地理位置，奠定了文学艺术在一个特定发源地的基础；第三，这些地图常常将分散的地点与文学段落中描述的特定地点匹配起来，向我们展示真实的地点如何变成想象的空间，以及物质世界的地点与想象的地点是如何相互影响的。"[1] 笔者认为，数字地图除上述价值外，对于 21 世纪的国际读者来说尤为重要。戈弗雷、汉卡夫、约翰斯顿等美国学者重视海明威数字地图的研发，因为他们看到了因时间差异而产生的空间障碍。21 世纪的某个地理位置已不再是 20 世纪海明威所处时代的原貌，这导致当下的美国读者不太能理解海明威笔下 20 世纪的世界。那么，21 世纪的国际读者，比如中国读者，对 20 世纪海明威笔下的美国、巴黎、意大利、西班牙、非洲及古巴等地的陌生感更为强烈，对海明威作品中的地点书写难免缺乏足够的认识和了解。数字地图可以很好地弥补这一点，从空间上可有效拉近国际读者与海明威作品的距离，可视化呈现方式则更为直观生动地让国际读者领略到海明威笔下的大千世界。

此外，海明威数字档案是数字人文海明威研究中必不可少的组成部分。目前在美国学界，针对海明威其人其作的数字档案也在日益丰富与完善，比如奥克帕克公共图书馆已对三百余件与海明威有关的物件进行了数字化处理；美国波士顿肯尼迪总统图书馆除了有专门的"海明威藏书部"，图书馆的数字档案馆还设立了专门的"海明威图像馆"。美国普林斯顿大学的"蓝山项目"将海明威曾参与过创作的诸多小杂志，比如《小评论》《日晷》与《时尚先生》，均已实现数字化。海明威曾工作过的《多伦多星报》以数字化方式重新出版了海

---

[1] Laura Godfrey, Bruce R. Godfrey. "Stories in the Land: Digital 'Deep Maps' of Hemingway Country", *Hemingway in the Digital Age: Reflections on Teaching, Reading, and Understanding*, edited by Laura Godfrey. Kent: The Kent State University Press, 2019, p. 134.

明威撰写的七十多篇文章。与海明威作品的历史背景有关的数字视频、海明威书信的数字图像等相关数字资源也可在 YouTube 视频网站、Google Image Searches 等网络资源上找到。美国国会图书馆与英国战争博物馆中也有海量数字图像资料,为理解《太阳照常升起》《永别了,武器》《老人与海》《有钱人和没钱人》等作品提供历史背景支持。米歇尔·摩尔认为,海明威数字档案"不仅有助于激发读者对文学与历史的积极思考,促使他们对文学人物进行有意义的讨论,从而了解一个更真实全面的海明威,同时也能激发读者通过历史研究来进行文本解读"[①]。更为可贵的是,数字档案对于国际学者和读者来说尤为重要。海明威相关资料分散于美国、法国、古巴、英国等世界各地,海明威数字档案的建立,为国际学者和读者提供了一个有效途径,使他们能够快速高效地获取海明威一手文献,为推动海明威学术研究、海明威文学作品的传播起到积极作用。

总之,数字人文进入海明威研究领域,推动科学与人文的有机结合,推动定性研究与定量研究的相辅相成,推动海明威研究向数字化、科学化方向发展。

(二)海明威研究与文化地理学

文化地理学主要是研究地理空间与人文活动的复杂关系。近十年来,英美学界运用文化地理学,探究了海明威作品中的地理书写所蕴含的文化政治意义、生态意义与历史意义等。劳拉·戈弗雷运用文化地理学对《了却一段情》加以解读,指出这并不是一个有关情侣分手的简单故事,而是反映了美国北部湖区木材工业的历史,是 20 世纪初该地区文化、经济和自然历史的缩影,海明威在该作品中的地理书写承载了他对这片土地的自然生态、文化历史以及情感的叙述。伊林·卡克的研究告诉我们,在《太阳照常升起》中,地名无处不在,地点是小说的核心,建构起了小说的空间地图。而小说中的地点只有通过与其他地点相互关联,才能被理解,被赋予丰富的内涵。因此,《太阳照常升起》并非如批评家和读者所普遍认为的那样,是一部以巴黎为背景的小说。在文化地理学视域下,在小说中,巴黎所占据的"仅仅是一个有关联的位置,并

---

① Michelle E. Moore. "Teaching Hemingway through the Digital Archive", *Hemingway in the Digital Age:Reflections on Teaching*, *Reading*, *and Understanding*, edited by Laura Godfrey. Kent:The Kent State University Press, 2019, p. 163.

非绝对的中心位置"①。

海明威通过地理书写，不仅反映了他对这些地方的解读与思考，也赋予了这些地方以新的价值与意义。正如迈克·克朗在《文化地理学》中所言，文学作品不只是简单地反映外在世界，不应只关注它对客观世界是如何准确呈现的。文学是社会的产物，反过来它又是一个具有重要意义的社会发展过程。在作品中，文学与地理是相互融合的，既"对地理景观进行深刻的描写，也提供了认识世界的不同方法，揭示了一个包含地理意义、地理经历和地理知识的广泛领域"②。

对海明威而言，他一生旅居世界多个国家与地区，其本身就蕴含了多重文化意义。无论是挖掘海明威在世界各地的经历，还是从文本中寻找地理书写，最终都指向的是地理空间背后的文化研究，因此，文化地理学有望揭示海明威地理书写的文化内涵，做出更深刻、更准确的诠释。

（三）海明威研究与医学

21世纪以来，英美学界在海明威与医学的跨学科研究方面进一步深入，探究海明威本人的身心状况、自杀原因、疾病对他文学创作的影响，以及海明威作品中的疾病书写与医学文献的渊源关系。

针对海明威其人，克里斯托弗·马丁从精神病学角度研究得出海明威有双相情感障碍、酗酒、创伤性脑损伤、边缘型人格障碍、自恋型人格特质等症状，并指出海明威在后期出现了精神病的症状，是这些复杂的并发症共同导致了海明威的自杀③。在塞巴斯蒂安·迪格斯对海明威做出的医学诊断中，除上述已提及的症状外，还分析指出海明威患有血色素沉着症（hemochromatosis），并总结认为海明威的自杀是长期累积的身体状况恶化、精神创伤与认知能力下降所综合导致的悲剧④。

针对海明威作品，亨利·塞登与马克·塞登探讨了海明威早期短篇小说中

---

① Elin Kack. "Troubling Space: Dispersal of Place in *The Sun Also Rises* and *The Garden of Eden*", *The Hemingway Review*, Vol. 37, No. 2, 2018, p. 103.

② （英）迈克·克朗：《文化地理学》，杨淑华、宋慧敏译，南京：南京大学出版社，2003年，第72页。

③ Christopher D. Martin. "Ernest Hemingway: A Psychological Autopsy of a Suicide", *Psychiatry*, Vol. 69, No. 4, 2006, p. 351.

④ Sebastian Dieguez. "'A Man Can Be Destroyed but Not Defeated': Ernest Hemingway's Near-Death Experience and Declining Health", *Neurological Disorders in Famous Artists-Part 3*, edited by Julien Bogousslavsky, etc. London: Karger, 2010, p. 174.

对创伤后应激障碍的描写。海明威本人曾患有创伤后应激障碍,他在《在我们的时代里》《没有女人的男人们》《胜利者—无所获》三部短篇小说集中塑造了一个又一个患有创伤后应激障碍的士兵形象。在这些作品中,海明威运用高超的叙事才能刻画出患有创伤后应激障碍的人的心理状态。他使用的语言简洁凝练且朴实,却能极大地唤起读者丰富而细微的共鸣体验,从而创造出一种作家与读者之间的共同经历,塞登称之为"主体间共同体"(intersubjective community),即"作家本人是经历的诚实见证者,为读者作证"[1]。通过小说创作,海明威的语言文字见证了那一场场战争及其所带来的恐怖而荒谬的后果,而这种恐怖与荒谬已然进入那个时代的集体意识之中。

查尔斯·诺兰的研究聚焦于海明威笔下三位重要的女性人物,对其进行了精神病诊断。基于美国精神病学会制定的《精神障碍诊断与统计手册》(*Diagnostic and Statistical Manual of Mental Disorders*,DSM),诺兰分析指出,《永别了,武器》中的凯瑟琳患有抑郁症,《太阳照常升起》中的勃莱特患有边缘型人格障碍,而《丧钟为谁而鸣》中的玛丽亚患有创伤后应激障碍。从医学这一视角加以剖析,对于理解小说人物以及海明威本人都是具有重要意义的,让我们认识到"海明威是一个敏锐的人类心理学解读者,他从自己内心的挣扎与对周围苦难人的观察中得出了深刻的见解"[2]。

此外,鲁斯·波特着眼于海明威作品中所描写的各种疾病、医疗事件、自杀等,追溯与考察海明威在创作中所参考过的相关医学文献。比如,《美国医学协会杂志》(*The Journal of the American Medical Association*,JAMA)对海明威创作《印第安人营地》具有"前所未知的影响"[3],既为海明威描写在印第安人营地发生的两个紧急医疗事件提供了背景资料,也为理解产妇的丈夫的自杀动机提供指引。又如,1928 年朱利叶斯·斯蒂格利茨(Julius Stieglitz)编写的《医学中的化学》(*Chemistry in Medicine*)帮助海明威创作

---

[1] Henry M. Seiden, Mark Seiden. "Ernest Hemingway's World War I Short Stories: PTSD, the Writer as Witness, and the Creation of Intersubjective Community", *Psychoanalytic Psychology*, Vol. 30, No. 1, 2013, p. 92.

[2] Charles J. Nolan. "'A Little Crazy': Psychiatric Diagnoses of Three Hemingway Women Characters", *The Hemingway Review*, Vol. 28, No. 2, 2009, p. 118.

[3] Russ Pottle. "Hemingway and *The Journal of the American Medical Association*: Gangrene, Shock, and Suicide in 'Indian Camp'", *The Hemingway Review*, Vol. 35, No. 1, 2015, p. 35.

了《乞力马扎罗的雪》，尤其是作品中有关哈里患坏疽病（gangrene）的描写①。总的来说，对海明威作品中疾病书写的医学文献进行溯源研究，既有助于深入挖掘故事背景，更深层次地理解作品、人物与事件本身，也有利于我们进一步了解海明威个人的阅读书目与医学知识。

（四）海明威研究与艺术学

海明威研究与电影、绘画等艺术的跨学科研究在 20 世纪已涉及较多，但与音乐研究的结合在 21 世纪的研究中颇为新颖。学者们深入探究了海明威作品中的音乐元素，音乐对海明威文学创作的影响，以及海明威在文学作品中对音乐的灵活运用。例如，贾尼斯·豪斯曼围绕《在我们的时代里》与《太阳照常升起》展开音乐分析，探究海明威文本中音乐与语言之间的内部联系。豪斯曼指出，音乐－文学研究对于海明威研究具有重要意义：一是有助于破解海明威早期短篇故事与长篇小说在风格和结构上许多一直未解的问题；二是海明威的写作并非如许多读者所认为的那样仅仅是口语化的简单语言，从音乐－文学研究入手，有助于从美学复杂性的角度来重释海明威的写作②。尼科尔·约瑟芬·卡玛斯特拉同样聚焦于音乐研究，深入考察了音乐对《先生们，祝你们快乐》与《向瑞士致敬》在内容与形式上的影响。卡玛斯特拉指出，《先生们，祝你们快乐》与《向瑞士致敬》历来受到批评界忽视，前者因其奇怪的故事内容，后者因其奇怪的故事结构。但是，将它们置于音乐语境中加以审视可以发现，这两个故事源于海明威精雕细琢的另一种表达方式，充分展现了他将更深刻、更微妙的音乐风格融合于文学创作中。从音乐研究出发，可以理解海明威在部分作品中令人不解的"反常"元素，有助于把两部作品"提升到艺术严肃性的层次"③。

三、后现代批评理论牵引

在西方学界，文学批评流派纷繁多样，文学理论蓬勃发展，带动了海明威

---

① Russ Pottle. "A Better Source for Harry's Gangrene: Medical Literature and 'The Snows of Kilimanjaro'", *The Hemingway Review*, Vol. 40, No. 1, 2020, p. 89.

② Janis Marie Hebert Hausmann. *A Meeting of the Disciplines: Musical Structures in Ernest Hemingway's Early Fiction*. South Dakota: University of South Dakota, Ph. D dissertation, 2003, p. 3.

③ Nicole Josephine Camastra. *Nostalgic Sensibilities: Romantic Music in Selected Works of Willa Cather, Ernest Hemingway, and F. Scott Fitzgerald*. Georgia: University of Georgia, Ph. D dissertation, 2012, p. 336.

研究的生机与活力。女性主义、生态批评、种族研究、比较文学等理论方法不断深入与发展，将其运用于海明威研究的实践之中，既为文学理论丰富了案例，也使得海明威研究更加立体、饱满、多样。

在女性主义方面，结合其具体流派生态女性主义与社会历史研究，对《了却一段情》《丧钟为谁而鸣》与《伊甸园》中的女性形象进行了重释。例如，丽莎·泰勒运用生态女性主义对《了却一段情》加以诠释，为长期被解读为一个关于青年情侣分手的自传体故事赋予了新的意义与内涵，揭示出故事中的生态危机即女性的危机，批判了男性对女性的压制和对自然的漠视。史黛丝·吉尔将《丧钟为谁而鸣》置于西班牙内战的社会历史背景中，重新审视比拉尔与玛丽亚，认为她们是20世纪30年代"西班牙新女性"的化身，海明威通过歌颂这两位杰出女性的勇气与牺牲，向"西班牙新女性"的女权主义致敬。《伊甸园》中的凯瑟琳因一系列"破坏性"行为而被西方批评界长期诟病为"荡妇""魔女"等。但艾米·斯特朗在女性主义批评视角下，分析认为凯瑟琳的"破坏性"实则是一种"解构性"，她具有高度的女权主义意识，试图颠覆性别身份的固有观念，渴望改变对女性的刻板印象，因而凯瑟琳既是一位解构主义者，也是一名女权主义者。

在生态批评方面，重点探究了海明威笔下动物书写所蕴含的深层含义，提出了动物与人类之间的"共生系统"这一新概念。瑞恩·赫迪格尔通过《老人与海》《非洲的青山》与《乞力马扎罗山下》，考察了海明威复杂的狩猎伦理观，一改20世纪末西方批评界对海明威狩猎观一味批判的观点，认为海明威的狩猎伦理观从"狩猎消遣"转向了"环保节制"。菅井大地和大卫·萨沃拉探究了《大双心河》与《太阳照常升起》中所蕴含的田园主义，凯文·迈尔则从现代生态伦理关爱与生态旅游两个角度讨论了海明威的生态伦理观。

在种族研究方面，论及海明威对印第安人、非洲人与犹太人的种族观，其中论及《印第安人搬走了》《卧车列车员》《乞力马扎罗山下》《先生们，祝你们快乐》等多部在国内较少提及的作品。例如，艾米·斯特朗分析《印第安人搬走了》《十个印第安人》《印第安人营地》《医生夫妇》，指出海明威在早期对印第安人有浓厚兴趣，作品反映出20世纪美国印第安人的命运与处境。恩加纳·路易斯等学者从《乞力马扎罗的雪》《弗朗西斯·麦康伯短促的幸福生活》《非洲的青山》《曙光示真》与《乞力马扎罗山下》中发现，海明威在后期对非洲人产生兴趣，尤其是《非洲的青山》和《乞力马扎罗山下》展现了他对非洲人种族意识的演变。杰里米·凯耶综合考察《太阳照常升起》《杀手》《五万元》与《先生们，祝你们快乐》四部作品，结合海明威生平、书信以及友人回忆录，揭示出海明威的犹太主义观念经历了"友好—疏远—友好"这样一个变化过程，有力反驳了西方批评界以《太阳照常升起》中的罗伯特·科恩为由对海明威的反犹主义指控。

在比较文学研究方面，21世纪英美学界将海明威其人其作置于全球化文学传播与交流的语境中，与各国作家作品展开跨国、跨文化、跨语言的比较研究，在该领域取得了丰硕的研究成果。在影响研究方面，考察了海明威与日本、英国、法国以及俄国文学与作家之间的影响。在平行研究方面，将海明威与格雷厄姆·格林、伍尔芙、托尔斯泰以及沃尔科特展开比较研究，论述其异同。在变异学研究方面，探究了语言层面的变异、跨国形象变异与文学他国化三个层面。值得注意的是，21世纪英美学界的海明威研究虽未明确使用变异学理论，但显然学者们已意识到海明威作品作为文学经典在世界范围内传播、交流与影响过程中的变异现象，他们的研究已然涉及变异学理论。

第二节 21世纪国内学界海明威研究态势

综观21世纪国内海明威研究，其研究态势主要体现在以下两个方面：一是跟进西方研究，引介国外海明威研究成果，运用西方文学批评理论探讨海明威其人其作；二是发出中国声音，围绕《海明威在中国》、"冰山原则"与中国传统美学思想、海明威与中国作家等主题，展开了既有特色又有深度的研究。

一、跟进西方研究

21世纪国内海明威研究从两个方面跟进西方：一是引介国外海明威研究成果，梳理译介了国外研究论著；二是追踪与跟进西方文学批评发展，运用女性主义批评、生态批评、精神分析、原型批评、空间理论等理论方法对海明威其人其作展开研究。

在引介国外海明威研究成果方面，杨仁敬教授做出了巨大贡献，出版了三部专著。《海明威：美国文学批评八十年》（2012）聚焦于美国学界的海明威研究情况，以每十年的时间为经线，以作品为纬线，大体涵盖了海明威创作四个时期的主要作品，评介了20世纪20年代至21世纪初各种不同文学批评流派对海明威的不同解读，为国内学者提供了借鉴。《海明威学术史研究》（2014）

系统梳理了20世纪20年代至21世纪初国外海明威研究史略,重点评介了海明威研究在美国的情况,并概括地论述了英国、法国、瑞典、挪威、荷兰、前苏联/俄罗斯、中国以及日本等多国的海明威研究情况。在梳理总结国外海明威研究学术史的基础上,该书还重点探讨了国内外海明威研究关注的十大问题,在评述国外学者观点的同时,杨仁敬教授辩证分析、有理有据地提出了自己的观点,指出其中不足之处。《海明威研究文集》(2014)是一本跨语种、跨专业的译文集,选译了美国、英国、法国、苏联和日本等国学者及作家对海明威其人其作的评论,共37篇文章,从不同侧面反映了国外学界对海明威其人其作的评论与看法,充分体现了海明威研究的国际性特色,为国内学者提供了宝贵的资料参考。

在运用西方文学批评理论方面,国内学者展开了多样化的尝试。一是运用叙事学理论,如张薇的《海明威小说的叙事艺术》(2005);二是基于空间理论,如邓天中的《亢龙有悔的老年:利用空间理论对海明威笔下的老年角色之分析》(2011);三是基于西方语义学理论,如杜家利与于屏方的《迷失与折返:海明威文本"花园路径现象"研究》(2008);四是基于西方文学文体分析理论,如贾国栋的《海明威经典作品中的〈圣经〉文体风格:〈马太福音〉与〈老人与海〉比较研究》(2016);五是结合社会历史批评,如李树欣的《异国形象:海明威小说中的现代文化寓言》(2009);六是运用性别研究与生态批评,如戴桂玉的《后现代语境下海明威的生态观和性属观》(2009);七是着眼于现代性问题研究,如于冬云的《海明威与现代性的悖论》(2019);八是聚焦文学人类学与性属研究,如周峰的《海明威之"渔"与男性气概》(2020)等。上述学者的研究,进一步丰富了研究方法与视角,拓宽了国内海明威研究领域与研究视野。

二、发出中国声音

(一)《海明威在中国》

杨仁敬教授的《海明威在中国》一书首次出版于1990年。2006年,杨仁敬教授对其进行补充与修订,出版了增订本,增加了海明威访华的新材料及其相关的重要照片。《海明威在中国》讲述了1941年海明威的访华之旅,阐述了其目的、经过、收获和意义,并结合当时的历史背景,介绍了美国学者的评论以及海明威作品在中国的译介和影响。该书的最大特点在于杨仁敬教授多次赴美国波士顿肯尼迪总统图书馆、普林斯顿大学、哈佛大学怀登纳图书馆,拜访美国权威的海明威传记作家卡洛斯·贝克，以及赴重庆、厦门的大学图书馆和中国国家图书馆等收集到诸多宝贵的一手文献，其中在国外的资料大多是未曾公开过的。在《海明威在中国》出版之前，海明威的中国之旅一直被英美学界忽视，中国学者也鲜有论及。因此，此著填补了海明威生平研究中的一段重要空白，是一部具有国际意义的海明威研究重要文献。林疑今为初版作序，评价该著"材料丰富，内容覆盖时间长达半世纪多，横跨中外各国各阶层，叙述翔实，重点突出，实为有志人士研究和鉴赏海明威作品不可多得之佳作"[1]。董衡巽为增订版作序，认为是"我国海明威研究的一部不可或缺的专著"[2]。王佐良评价该书"提出了中国学者对美国小说家海明威抗战时中国之行的研究成果，填补了海明威研究的空白"，并将杨仁敬教授称为"受到美国学术界重视的中国海明威专家"[3]。

《海明威在中国》在国外学界也颇受关注，受到美国著名海明威研究专家罗伯特·路易斯、苏珊·毕格尔、唐纳德·江肯斯等人的高度评价，在2002年意大利召开的第十届海明威研究国际会议上，再次受到与会各国学者的高度肯定与大力推介。该著中的部分内容由郑凯梅教授翻译成英文，于2003年发表在美国期刊《北达科他季刊》（North Dakota Quarterly）上，其中包括杨仁敬教授采访夏晋雄教授（海明威来华访问时的陪同和翻译）的谈话笔录，文中还附上了海明威中国之行的路线图[4]。美国学者彼特·莫雷拉于2006年撰写出版了英文专著《海明威在中国前线》，书中多次引用了杨仁敬教授的研究。由此可见，《海明威在中国》是世界海明威研究的重要组成部分，为世界海明威研究做出了巨大贡献。

（二）海明威"冰山原则"与中国传统美学思想之比较

覃承华在《海明威：在批评中与时间同在》（2015）一书中，以海明威其人其作为主线，兼顾作品研究与作家研究。该书采用专题研究的方式，从海明威短篇小说中的代表作品、《老人与海》、海明威本人、创作风格，以及与中国

---

[1] 林疑今：《原版序》，杨仁敬编著：《海明威在中国》（增订本），厦门：厦门大学出版社，2006年，第3页。

[2] 董衡巽：《序》，杨仁敬编著：《海明威在中国》（增订本），厦门：厦门大学出版社，2006年，第2页。

[3] 参见杨仁敬：《再版前言》，杨仁敬编著：《海明威在中国》（增订本），厦门：厦门大学出版社，2006年，第1页。

[4] Zheng Kaimei. "Hemingway in China", North Dakota Quarterly, Vol. 70, No. 4, 2003, p. 179.

第七章
21世纪英美学界与国内学界海明威研究之比较

作家余华的比较研究五个方面，设专章展开研究。其中，值得注意的是，在第四章，覃承华探讨了海明威的"冰山原则"与刘勰在《文心雕龙》中提出的"隐秀"说之异同。书中指出，对海明威与刘勰来说，隐含与呈现是文艺创作中重要的两个部分，在处理二者之间的关系上，两人既有一致性也有差异性[1]。二者的相同点在于海明威冰山原则的"八分之七"与刘勰的"隐"相同[2]，均是指作家有意将一部分内容隐藏起来，以达到"辞约而旨丰"，彰显言外之意的艺术张力。但海明威的"八分之一"与刘勰的"秀"在内涵上有所不同。海明威主张运用简洁凝练、简单易懂的语言将"八分之一"呈现给读者，做到准确无误、明白畅达、真实可靠。但刘勰的"秀"，即"篇中之独拔者也"，以"卓绝为巧"，从而达到"状溢目前"的效果。也就是说"秀"既强调行文简约、用词明了，也看重引经据典、辞藻华丽，这与海明威"八分之一"的写作主张不同[3]。

孙玉林在《海明威短篇小说系列研究》（2017）中，进一步考察了"冰山原则"与"隐秀"说之间的关联，认为二者"在本质上是同一的"。书中指出，"'冰山原则'可以嫁接到'隐秀'说的源流体系当中；'冰山原则'是图解的'隐秀'说；'隐秀'说是'冰山原则'的理论概括。为了更好地理解和把握'冰山原则'的理论精髓，可以溯本求源，参考'隐秀'说"[4]。基于此，孙玉林运用"隐秀"说来阐释海明威短篇小说的美学特征，将其总结为三点：其一，"文外之重旨"，海明威小说具有含蓄厚重之美；其二，"篇中之独拔"，海明威小说具有典雅清新之美；其三，"文之英蕤，有秀有隐"，海明威小说具有意象意境之美[5]。此外，孙玉林以短篇小说《一个干净明亮的地方》为例，运用"隐秀"说，具体剖析了老人在咖啡馆的遭遇、年长侍者的内心独白、小说中四次提及的"阴影"、小说其他人物，以及标题"一个干净明亮的地方"五个方面之"秀"与"隐"，从而对小说主题进行升华。海明威描写咖啡馆这个干净明亮的地方，实际上揭示的是"现代西方社会的黑暗、肮脏和混乱"，这正是现代文明的症结[6]。

---

[1] 覃承华：《海明威：在批评中与时间同在》，桂林：广西师范大学出版社，2015年，第256页。
[2] 覃承华：《海明威：在批评中与时间同在》，桂林：广西师范大学出版社，2015年，第251页。
[3] 覃承华：《海明威：在批评中与时间同在》，桂林：广西师范大学出版社，2015年，第254-255页。
[4] 孙玉林：《海明威短篇小说系列研究》，杭州：浙江大学出版社，2017年，第269页。
[5] 孙玉林：《海明威短篇小说系列研究》，杭州：浙江大学出版社，2017年，第270-277页。
[6] 孙玉林：《海明威短篇小说系列研究》，杭州：浙江大学出版社，2017年，第289页。

覃承华与孙玉林两位学者采用比较研究,既展现了中国传统文学与美学思想的独特之处,也加深了对海明威"冰山原则"内涵与外延的理解。通过中西、古今之比较,我们看到了世界文学共同的"诗心""文心",更看到了中国传统美学在当今文学批评中具有强大的生机与活力。

(三) 海明威与中国作家之比较研究

国内海明威研究成果以论文居多,主要散见于各类期刊。在期刊论文方面,最能体现中国特色的是在比较文学视域下,将海明威与鲁迅、张炜、沈从文、莫言、路遥、陈忠实、张爱玲、林语堂和余华等中国作家进行比较研究[①]。比如,郑怡在《鲁迅与海明威小说中的疾病诗学研究》(2015)一文中,聚焦于对比两位作家的疾病书写,通过分析两位作家作品中人物所遭受的各种身体疾病与心理创伤,剖析其疾病的隐喻意义。文章指出海明威与鲁迅的疾病叙述,体现出两人的共同诉求,即鞭笞社会文化痼疾,表达改革愿望[②]。姜智芹在《张炜与海明威之比较》(2003)一文中,从硬汉形象的塑造、语言的运用、情节的剪裁等方面,论证了海明威对张炜的文学创作产生的影响。但由于时代氛围和中美文化背景不同,张炜笔下的硬汉又彰显出独特性,与海明威的硬汉形象存在差异[③]。关晶在《叛逆与回归——海明威与沈从文对读》(2011)一文中,对在创作内容与风格上相去甚远的两位作家展开比较研究。研究发现海明威与沈从文在原始主义创作思想上存在一致性,但由于意识形态、价值观念、民族传统的不同,两人在具体表达方式和内涵实质上存在差异。文章认为,对海明威来说,原始主义是"对白人主流价值观念的'叛逆'",但对沈从文来说,则是向"中华古老文化的'回归'"[④]。

上述学者在比较文学视域下,将中国作家作品与海明威其人其作进行比较,既展现了海明威对中国作家、中国文学的重要影响,也突显了海明威与中国作家在创作思想、写作手法、人物形象的塑造等诸多方面的异同点。

[①] 其他相关论文详见:黄俏的《乡土与准则:莫言与海明威作品中英雄形象比较》(《小说评论》2015年第3期)、李茜的《中西农渔老者原生性文明基因说异——海明威的桑提亚哥与路遥笔下的老农》(《求索》2011年第9期)、孙霄的《生命密码:人类精神的共构与阐释——桑提亚格与白嘉轩比较论》(《湖北社会科学》2008年第6期)、刘维荣的《硬汉与苍凉——海明威与张爱玲小说创作辨》(《华文文学》2000年第3期)、朱伊革与卢敏的《海明威与林语堂的"死亡情结"比较》(《四川外语学院学报》2001年第5期)等。

[②] 郑怡:《鲁迅与海明威小说中的疾病诗学研究》,《鲁迅研究月刊》2015年第8期,第36页。

[③] 姜智芹:《张炜与海明威之比较》,《山东社会科学》2003年第3期,第103页。

[④] 关晶:《叛逆与回归——海明威与沈从文对读》,《文艺争鸣》2011年第3期,第195页。

（四）其他研究

邹涛在《个人主义危机与共同体的崩溃——儒家角色伦理视野下的〈老人与海〉》(2019) 一文中，运用儒家角色伦理对《老人与海》中的悲剧加以重释。文章指出，《老人与海》中的圣地亚哥是西方个人主义精神的典型代表，他的失败与悲剧结尾体现了个人主义的弊病。个人主义强调自我存在，而儒家角色伦理强调社会性，从关系中界定个体性；个人主义强调竞争关系，而儒家角色伦理重视和谐关系。从儒家角色伦理出发，以自我修身为前提，以与他人、群体、世界共建和谐关系为目标，搭建起个人主义与共同体之间的桥梁，有助于解决个人主义所导致的诸多问题[①]。柳东林在《〈老人与海〉的原始主义倾向及禅意体验》(2011) 一文中，简要论及《老人与海》中的原始主义，指出圣地亚哥的原始思维中蕴含了浓浓的禅意。

上海外国语大学余健明的博士论文《海明威风格汉译研究——以〈老人与海〉为例》(2009)，基于刘宓庆的风格标记符号体系理论，运用文本分析软件对《老人与海》英文原著与五个中译本进行量化统计分析，进而考察"海明威风格"在中译本的词汇、修辞、句法和篇章等各个语言层面中的具体表现与保留情况。研究表明，五个中译本均符合"内容主导"风格理念，较为准确地传递了原著的内容主旨，但未能彰显"文辞主导"的风格意识，均未能全面、充分地再现海明威风格，使汉语读者无法充分感受到纯正的海明威风格之美[②]。

第三节 启示与展望

一、对国内学界海明威研究的启示

从前两节的讨论中可以看到，21 世纪英美学界海明威研究将传统批评、跨学科研究和后现代批评有机结合起来，开创了新材料驱动、新理论牵引、新方法助力的研究格局，各研究方向相互补足、相互促进、协调发展，催生了大

[①] 邹涛：《个人主义危机与共同体的崩溃——儒家角色伦理视野下的〈老人与海〉》，《当代外国文学》2019 年第 1 期，第 103 页。

[②] 余健明：《海明威风格汉译研究——以〈老人与海〉为例》，上海外国语大学博士学位论文，2009 年，第 XIII – XIV 页。

量的新成果与新观点。同一时期，我国国内海明威研究坚持"学以致用、开拓创新"两条腿走路的方式展开研究，既缩小了与国外研究的差距，也发出了自己的声音。

但是我们还需客观认识到，无论是研究体量，还是研究深度，国内海明威研究与英美学界仍存在差距；无论是研究方法，还是理论创新，国内海明威研究仍处于跟随状态。尽管"学以致用、开拓创新"两条腿走路的研究方式仍然可行，但在具体实施推进层面，我们还需要找到发展国内海明威研究的新路径。因此，本节在前期文献对比研究的基础上，综合考虑学术性与创新性，从加大译介、扩展对象和创新发展三个方面提出建议，明确了发展思路，具体到对重点文献材料的关注，具有一定的操作性和现实意义。

（一）加大对 21 世纪英美学界研究成果的译介

从目前国内对英美学界海明威研究的译介情况来看，相较于 20 世纪，在 21 世纪，国内更多专家、学者重视国外研究，对国外研究保持密切关注，对其进行梳理总结、撰文评述，并将部分作品翻译出版，取得了有目共睹的成绩。但总体来看，尚有待进一步加大译介力度，主要体现在海明威传记、海明威研究专著、有关海明威研究的博士学位论文及海明威书信等方面。

其一，在海明威传记方面，从数量上看，21 世纪英美学界的海明威传记专著共 119 部，其中国内已有中译本 14 部。从传记类型上看，英美学界的海明威传记主要包括四类：一是讲述海明威生平史实的历史性传记；二是从重要的时间节点、空间地域以及不同主题等角度切入对海明威进行深入探究的专题性传记；三是将海明威生平与文学创作相结合的研究性传记；四是具有虚构性特点的文学性传记。但在国内目前已译介的 14 部海明威传记中，历史性传记 8 部、文学性传记 5 部、专题性传记 1 部，暂无研究性传记。因此，应加强对其余 105 部海明威传记的关注，尤其是对研究性传记的关注，要去芜存菁，遴选最具权威性、代表性的海明威传记，将其译介到国内。重点文献包括：布鲁斯特·钱柏林的《海明威日志：生平与时代年表》（2015），它是迄今为止有关海明威生平经历、文学创作与文化背景最为全面详细的年谱；彼特·莫雷拉的《海明威在中国前线》（2006），它是国外第一部专门记述海明威中国之旅的传记，可将之与中国学者杨仁敬教授的《海明威在中国》（增订本，2006）一书进行比较研究，一探国内外学者在不同视角下的研究异同；安德鲁·法拉的《海明威的大脑》（2017），它是一部创新传记，首次对海明威进行法医精神病学检查，尝试将神经精神病学研究与传记研究相结合。还有美国海明威研究权

第七章
21 世纪英美学界与国内学界海明威研究之比较

威专家琳达·瓦格纳－马丁的《海明威：文学生涯》(2007)、詹姆斯·M. 哈钦森的《海明威新传》(2016)与玛丽·迪尔伯恩的《海明威传》(2017)等研究性传记，有助于了解海明威的生平与文学创作之间的密切联系，为国内学者开展海明威学术研究提供了宝贵的一手资料。

其二，研究专著是英美学界海明威研究成果最重要的文献类型。据初步统计，21 世纪英美学界已出版 124 部研究专著，但国内暂未见中译本，仅有一篇论文，即唐伟胜的《地理诗学的批评实践：评〈海明威的地理：亲密感、物质性与记忆〉》(2018) 对劳拉·戈弗雷于 2016 年撰写的《海明威的地理：亲密感、物质性与记忆》一书中主要章节进行评述。但是，在英美学界的海明威研究专著中，既有系统性、全面性的总体研究，如劳伦斯·马泽诺的《批评家与海明威，1929—2014：塑造美国文学偶像》(2015)、黛布拉·莫德尔莫格与苏珊娜·德尔·吉佐合编的《语境中的海明威》(2013)；也有针对性、深入性的作品研究，聚焦于海明威具体作品，如彼得·海斯的《海明威〈太阳照常升起〉的批评接受史》(2011) 涵盖了自 20 世纪 20 年代至 2009 年有关《太阳照常升起》的大量研究成果，全面呈现了近九十年针对该小说的研究情况。其中也不乏有关海明威部分作品的首部研究专著，如苏珊娜·德尔·吉佐与弗雷德里克·斯沃博达的《海明威的〈伊甸园〉：文学批评 25 年》(2012) 是第一部有关《伊甸园》的研究专著，涵盖了迄今为止有关该作品最重要的研究成果，总结了自 1986 年《伊甸园》出版至 2012 年 25 年间的研究趋势与特点。米尔顿·科恩的《海明威的实验室：巴黎版〈在我们的时代里〉》(2005) 是第一部对 1924 年法国巴黎出版的《在我们的时代里》进行专门研究的著作。约瑟夫·弗罗拉的《解读海明威〈没有女人的男人们〉：术语汇编与评论》(2008 年) 是第一部有关该短篇小说集的研究专著。米里亚姆·曼德尔的《海明威〈死在午后〉指南》(2004) 是第一部专论海明威非虚构作品的研究著作，具有开创性意义。此外，还有聚焦于探究海明威写作风格的专著，比如大卫·怀亚特的《海明威、风格与情感艺术》(2015) 探讨了海明威不断变化的写作风格，指出海明威写作风格并非一成不变，而是经历了从早期"省略艺术"到后期"包含艺术"的转变与发展[1]。罗伯特·保罗·兰姆的《艺术的重要性：海明威、写作技巧与现代短篇小说的创作》(2010) 是一部全面总结、深入分析海

---

[1] David Wyatt. *Hemingway, Style, and the Art of Emotion*. Cambridge: Cambridge University Press, 2015, p. 3.

明威短篇小说艺术特征的力作，不仅考察了海明威短篇小说的写作技巧与艺术性，还在海明威研究基础上为短篇小说研究总结了一个批评术语词汇库，对短篇小说研究的发展意义重大。

其三，在学位论文方面，21世纪英美学界海明威研究的博士论文共计68篇，国内暂无相关译介。英美学界的博士论文颇有新意，既注重理论创新，又致力于尝试新方法、新视角，开辟出研究新领域。首先，在理论创新方面，英美学界的博士论文对传统理论进行创新，并将其用于海明威研究中。比如，莎拉·伍德·安德森在《解读创伤与疯狂：海明威、希尔达·杜利特尔与菲茨杰拉德》（2010）中，基于传统"创伤理论"，提出"家庭创伤"，并将其用于解读《伊甸园》中的凯瑟琳。这一理论的发展与应用，为我们理解凯瑟琳提供了全新视角。西方批评界一直将其批判为"荡妇""魔女"，但"家庭创伤"理论让我们得以深入理解凯瑟琳一系列破坏性行为的根源。凯瑟琳·罗宾逊在《创伤明证：海明威在〈过河入林〉中的叙事发展》（2010）中，基于海明威叙事结构的演变与发展，提出"叙事微积分"，并将其用于重新阐释《过河入林》的叙事结构，有力地反驳了以往对该部作品叙事的批判，既为我们理解《过河入林》提供了新的叙事结构，也为研究海明威写作的形式和内容提供了新思路。坎迪斯·乌苏拉·格里森在《拍摄迷惘的一代：菲茨杰拉德、海明威与电影改编艺术》（2012）中，基于电影改编理论，提出系统的电影改编批评新方法"六问法"（a six-question approach），并将其用于考察自1932年至2008年由海明威作品进行电影改编的全部作品。此外，在新方法的运用方面，贾尼斯·豪斯曼在《学科的交汇：海明威早期小说的音乐结构》（2003）中，从音乐-文学研究视角，围绕《在我们的时代里》与《太阳照常升起》展开音乐分析，探讨了海明威文本中音乐与语言之间的内部联系。尼科尔·约瑟芬·卡玛斯特拉在《怀旧情怀：薇拉·凯瑟、海明威、菲茨杰拉德作品中的浪漫主义音乐》（2012）中，结合音乐研究，探究了《先生们，祝你们快乐》与《向瑞士致敬》中的音乐元素，音乐对海明威文学创作的影响，以及海明威在文学作品中对音乐的灵活运用。迈克尔·西维尔在《声望的幻觉：海明威、好莱坞与美国自我形象的塑造：1923—1958》（2013）中，首次将海明威研究与电影研究、文化研究相结合，在解读海明威文学作品以及海明威作品的电影改编的同时，探究了海明威个人形象与美国文化、美国国家形象塑造之间的关联。

其四，在海明威书信方面，目前国内关注较少，仅对卡洛斯·贝克于1981年主编的《海明威书信选：1917—1961》[*Ernest Hemingway Selected*

第七章
21世纪英美学界与国内学界海明威研究之比较

Letters（1917—1961）]进行了译介①，该部书信选涵盖了海明威自1907年至1961年共800多封书信。对海明威学术研究来说，海明威书信是极为重要的一手资料，不仅为海明威生平研究提供信息，还被大量评论性研究引用，出现在研究专著、编著、学术期刊论文等诸多研究中。自20世纪起，英美学界一直对海明威书信保持浓厚的兴趣。除了国内目前唯一一本译著，还有由马修·布鲁科利与罗伯特·特罗格登合编的《海明威与麦克斯威尔·珀金斯之间的书信往来》（*The Only Thing That Counts: The Ernest Hemingway/Maxwell Perkins Correspondence*，1925—1947，1996），收录了海明威与珀金斯之间共130封书信。艾伯特·德法齐奥主编的《海明威与霍奇纳之间的书信往来》（*Dear Papa，Dear Hotch: The Correspondence of Ernest Hemingway and A. E. Hotchner*，2005），收录了自1948年至1961年海明威与霍奇纳之间共161封书信。有关海明威书信及其研究还大量出现在海明威传记、研究专著与期刊论文中。

最为重要的是，美国学界于2011年启动的"海明威书信计划"足以彰显其重要价值以及国外学界的重视程度。该项目旨在对海明威大约6000封书信进行全面的学术编辑，其中约85%的书信未曾公开过。该项目由海明威基金会与宾夕法尼亚州立大学共同负责，由剑桥大学出版社出版，预计至2043年共出版十七卷。自2011年9月至2020年6月，已出版五卷②，值得国内学者实时追踪与关注，及时引介与翻译。

（二）扩展海明威作品研究对象

在关于海明威作品的研究方面，相较于20世纪，国内学界在21世纪已开始关注到此前忽略的海明威作品，除了对以往重点研究的《老人与海》《太阳

---

① 该书目前在国内有两个中译本版本，分别是《海明威书信集》（上中下共三册）（杨旭光译，河南文艺出版社，2012年）与《海明威书信集》（上下册）（潘小松译，上海译文出版社，2019年）。

② 目前已出版海明威书信集共五卷，分别是：由桑德拉·斯帕尼尔与罗伯特·特罗格登合编的《海明威书信集：第一卷（1907年—1922年）》[*The Letters of Ernest Hemingway: Volume 1（1907—1922）*，2011]、桑德拉·斯帕尼尔等人合编的《海明威书信集：第二卷（1923年—1925年）》[*The Letters of Ernest Hemingway: Volume 2（1923—1925）*，2013]、雷娜·桑德森等人合编的《海明威书信集：第一卷（1926年—1929年）》[*The Letters of Ernest Hemingway: Volume 3（1926—1929）*，2015]、桑德拉·斯帕尼尔与米里亚姆·曼德尔合编的《海明威书信集：第四卷（1929年—1931年）》[*The Letters of Ernest Hemingway: Volume 4（1929—1931）*，2017]、桑德拉·斯帕尼尔与米里亚姆·曼德尔合编的《海明威书信集：第五卷（1932年—1934年）》[*The Letters of Ernest Hemingway: Volume 5（1932—1934）*，2020]。

照常升起》《乞力马扎罗的雪》《雨中的猫》等作品持续关注,也对《伊甸园》《白象似的群山》《大双心河》等作品有所涉及。但总体来看,还有待于进一步扩大对海明威作品的研究范围。

据统计发现,长篇小说《乞力马扎罗山下》与短篇小说《在士麦那码头上》《艾略特夫妇》《大转变》《今天是星期五》《先生们,祝你们快乐》与《你总是的,碰到件事就要想起点什么》七部作品在英美学界的研究中被广泛论及,但在国内学界较少涉及或尚未研究。

此外,国内学界对《第五纵队》《过河入林》《有钱人和没钱人》《向瑞士致敬》等作品仅零星提及,有待进一步深入。以《第五纵队》为例,这部海明威创作的唯一一个剧本,国内相关论文仅一篇,即李迎亚的《理性与情感:论〈第五纵队〉中菲利普的伦理选择》(2013),运用文学伦理学探讨了男主人公菲利普伦理身份的双重性决定了他在战争与爱情二者的冲突中所做出的伦理选择。但21世纪英美学界运用多种研究方法与视角对其展开研究:或从体裁上探究海明威对剧本这一体裁的认识以及写作技巧的掌握;或从内容上剖析《第五纵队》与《丧钟为谁而鸣》之间的联系;或从写作技巧上对比分析海明威在剧本与小说两种体裁写作上的不同处理;或对《第五纵队》的主旨要义加以重释;或从跨学科角度,将剧本分析与舞台剧研究相结合,对《第五纵队》舞台剧演出反响欠佳的原因加以分析总结,并针对布景设计、导演与主演等多方面提出建议;或从比较翻译研究角度,探究《第五纵队》在法语、意大利语、葡萄牙语、西班牙语译本中翻译策略的运用,揭示译文与海明威原著之间的关系;或将《第五纵队》的手稿、打印稿与已出版的剧本三个版本进行对比研究;等等。

对比21世纪英美学界与国内学界对海明威作品的研究,启示我们,海明威的文学瑰宝不应陷入"经典"与"非经典"窠臼之中。王宁教授曾指出,文学经典是"由历代作家写下的作品中的最优秀部分所组成的,因而毫无疑问有着广泛的代表性和权威性"[①]。国内学者对《老人与海》的普遍关注足以证明这一点。但是,若一味桎梏于此类作品的研究,未免过于狭隘。据王宁教授分析,导致一部文学作品成为经典的因素纵然复杂,但主要有三:"文学市场、文学批评家和大学的文学教科书。"也就是说,经典的形成不可避免地"具有

---

① 王宁:《经典化、非经典化与经典的重构》,《南方文坛》2006年第5期,第31页。

历史性和人为性"①。文学经典的构成并非一成不变，任何经典文学作品在一开始都是非经典的，"对某些确有价值的经典作品的忽视也可能导致这部作品在一个相当长的时间内被排斥在经典的大门之外"②。因此，只要我们不断持续探索、深入挖掘，也有可能从海明威非经典作品中发掘新的文学意义。

除了关注海明威经典作品，探究与考察海明威的其他作品，既能从横向上对比与突显各个作品的独特魅力，也能从纵向上考察海明威写作风格与创作思想的发展与演变之路。比如，卡玛斯特拉的研究启示我们从新视角去解读被忽视的作品。《先生们，祝你们快乐》与《向瑞士致敬》此类作品，因其故事内容、叙事视角或叙事结构等某些"反常"的元素而被学界批判或忽视，但卡玛斯特拉从音乐这一角度着手，向我们展现了解读此类作品的另外一种可能性。如卡玛斯特拉所言，这或许正是源于作品本身所蕴含的另一种独具魅力的表达方式③。又如，彼得·勒库拉斯与马修·斯图尔特等学者的研究填补了有关《在士麦那码头上》的历史背景的认知空白，如同《大双心河》被评价为一部描写战争却丝毫未提及战争的作品一样，《在士麦那码头上》描写希腊－土耳其战争（1920—1922），作品中却只字未提这场战争。再如，斯蒂芬尼·奥弗曼－蔡、琳达·斯坦因、吉恩·华盛顿、米尔顿·马里亚诺·阿泽维多与诺埃尔·瓦利斯等学者有关《第五纵队》的研究加深了我们对于海明威创作剧本这一文学体裁的认识与理解。

从纵向上来看，如果没有对《乞力马扎罗山下》的研究，仅从《非洲的青山》等海明威早期创作的作品中去解读海明威的生态观与狩猎伦理观，我们看到的只是他与同伴为了争夺战利品而展开狩猎竞赛。30年代是海明威男权主义观念强硬时期，作品中也体现出他的性别歧视与种族主义观念。但《乞力马扎罗山下》这部海明威的遗作创作于50年代，与30年代的作品加以对比，可以看到海明威在狩猎伦理观、动物观、自然生态观、种族观与性别观等多方面的变化过程。

因此，英美学界的研究启示我们，既要进一步探究《老人与海》《太阳照常升起》等代表作的文学魅力，也不应忽视其他作品的文学价值。国内学界的

---

① 王宁：《经典化、非经典化与经典的重构》，《南方文坛》2006年第5期，第31—32页。
② 王宁：《文学经典的构成和重铸》，《当代外国文学》2002年第3期，第126页。
③ Nicole Josephine Camastra. *Nostalgic Sensibilities: Romantic Music in Selected Works of Willa Cather, Ernest Hemingway, and F. Scott Fitzgerald*. Georgia: University of Georgia, Ph.D dissertation, 2012, p.336.

研究，在普遍集中于海明威代表作的现状中，应努力拓展出新的研究对象，以填补海明威作品的研究空白，尽力呈现出海明威作品研究的全貌。

（三）发展中国特色海明威研究

在加大译介英美学界前沿的海明威研究成果，扩展海明威作品研究对象的基础上，国内海明威研究还应结合本国实情，创造性地开展研究。在接轨的过程中，国内海明威研究不仅需要与英美学界保持一致，也需要彰显较之于英美学界的不同，要以我所长，补我所短，借我所有，形成特色。作为世界海明威研究的一个重要组成部分，国内海明威研究有必要扎根于中华文化的土壤，结合中国独特的语言、文化与文学等因素，发展有别于其他国家和地区的具有中国特色的海明威研究。

比较文学变异学是一个在中华文化土壤中孕育的理论，同时具有国际视野。变异学理论是比较文学发展到第三阶段，由比较文学中国学派针对比较文学学科理论建构中的缺憾与问题所提出的。曹顺庆教授立足于中国本土文化，四十年来致力拯救中国古代文论的"失语症"，致力弥补中国文学乃至东方文学在世界比较文学中长期被忽视的现象。变异学理论，强调跨文明的文学比较，反对西方中心主义，致力东西方文学的平等对话、沟通与融合、互识与互补，共同构建起"和而不同"的世界文学①。在承认比较文学法、美学派求"同"的价值基础上，变异学理论强调不能忽视对"异"的关注。在西方比较文学界普遍认为异质文明之间的文学差异太大而不可比的情况下，中国学者提出的比较文学变异学，以异质性作为比较文学可比性基础，重新为东西方异质文明的文学比较奠定了合法性。变异学强调"变异与差异不但具有可比性，而且是人类文明对话，文化创新的重要路径"②。因此，变异学理论，不仅弥补了西方比较文学学科理论的不足，为世界比较文学研究开辟了新路径，同时为世界文学的平等对话奠定了坚实的基础。曹顺庆教授的英文专著《比较文学变异学》(The Variation Theory of Comparative Literature, 2013) 在国外学界发出中国声音，受到高度评价。美国哈佛大学比较文学教授大卫·达姆罗什 (David Damrosch)、芝加哥大学比较文学教授苏源熙 (Haun Saussy)、法国

---

① 曹顺庆：《变异学：比较文学学科理论研究的重大突破》，《比较文学与跨文化研究》2018 年第 2 期，第 13 页。
② 曹顺庆：《东西方不同文明文学比较的合法性与比较文学变异学研究》，《外国文学研究》2013 年第 5 期，第 54 页。

巴黎索邦大学比较文学系主任伯纳德·佛朗科（Bernard Franco）、欧洲科学院院士斯文·埃里克·拉森（Svend Erik Larsen）等国际知名比较文学专家纷纷撰文对其加以探讨，或在专著中加以引用。这足以证明变异学理论是一个具有国际视野、具有普适价值的理论。

21世纪英美学界海明威研究已探究了海明威作品在德语和西班牙语翻译中的变异现象，考察了海明威作品中的西班牙形象，探讨了海明威风格俄国化等。克里斯托弗·迪克通过分析《太阳照常升起》与《永别了，武器》在德语译本中发生的变异现象，指出"海明威早期小说的德语译本在复杂性、结构、深度和内容上均表现出惊人而重大的缺失"[①]。加布里埃尔·罗德里格斯-帕佐斯通过探讨《太阳照常升起》四个西班牙语译本与海明威原著之间的差异，认为四个西班牙语译本均未能很好地传达出原著的风格特征与文学魅力，并分析总结了产生变异的四个主要原因。彼得·梅森特聚焦于《死在午后》中的西班牙形象，认为海明威笔下的西班牙形象并非真实的客观再现，而是基于他个人的精神需求和文化需求的立场建构起来的一个虚构的、主观的西班牙，实则是"他对现代美国想象的一种建构"，"通过他所描述的国家和文化表达了他独特的美国现代性"[②]。亚历山大·布拉克深入探讨了海明威作品的俄语翻译，并指出是"苏联译者集体创造了俄语世界的海明威风格"。在翻译海明威作品的过程中，译者以苏联本国的话语规则为出发点，在词汇、句法、短语等多方面共同构建了译者的印记以及苏联文化的印记。布拉克将其称为"译者所创造的'美国风格'"（"translator-made 'American style'"）[③]。上述研究足以证明，英美学界已然意识到海明威作品在世界范围内的传播与交流，必然会经历各种选择与接受、损耗与误读、变异与创新，这些现象由曹顺庆教授提出的变异学理论可以得到进一步的阐释与分析。

在研究范围上，比较文学变异学理论主要包括语言层面的变异、跨国与跨

[①] Christopher Dick. *Shifting Form, Transforming Content: Stylistic Alterations in the German Translations of Hemingway's Early Fiction*. Lawrence: University of Kansas, Ph.D dissertation, 2009, p. 5.

[②] Peter Messent. "'The Real Thing'? Representing the Bullfight and Spain in *Death in the Afternoon*", *A Companion to Ernest Hemingway's "Death in the Afternoon"*, edited by Miriam Mandel. Rochester: Camden House, 2004, pp. 134-136.

[③] Alexander Burak. "The 'Americanization' of Russian Life and Literature through Translations of Hemingway's Works", *Translation and Interpreting Studies*, Vol. 8, No. 1, 2013, p. 60.

文明形象的变异、文学文本的变异、文化的变异以及文学的他国化五个层面①。从目前英美学界海明威研究的已有成果来看，主要发现的是语言层面和形象层面的变异现象，初步涉及文学他国化，还有很大的学术发展空间。比如，接受层面的变异研究尚未论及。该层面主要研究"一个国家的作家作品被外国读者、社会接受的过程中出现的变异现象"②。接受者由于不同的文化背景、文学传统与审美接受等，不可避免地会对他国文学作品产生接受的变异，抑或是文化过滤所形成的不同解读，抑或是在异质文明中产生的有意或无意的文学误读。因此，海明威作品在他国传播过程中，他国读者不同的接受情况有可能成为未来重要的研究热点。又如，海明威风格值得从文学他国化层面进行更加深入的探究。1954年，海明威荣膺诺贝尔文学奖，其获奖理由是"因为他精通于叙事艺术，突出地表现在其近著《老人与海》之中；同时也因为他对当代文体风格之影响"。海明威创立的"冰山原则"及其独特的写作风格开创了简洁凝练、语言朴实直接而又饱含深意的文风，革新了美国此前一直沿袭的19世纪欧洲传统小说书卷气重、文句冗长沉闷、节奏缓慢、晦涩难懂的叙述风格，海明威的叙事艺术对美国文坛甚至世界文学产生了巨大影响。当海明威文学作品传播到他国之后，其写作风格是否在对他国文学产生影响的基础之上更进一步，被他国接受、吸收乃至同化，成为他国文学的一部分，形成了他国文学中的新风格？

此外，海明威作品在中国的变异情况极具研究价值。从语言层面来看，以《老人与海》为例，该作品的中文译本有二十余种，如海观译本（1956）、张爱玲译本（1955）、余光中译本（1957、2010）、吴劳译本（1987）等。海观的译本受制于当时的政治环境，为了使译作能够出版，在一定程度上向当时的意识形态做出了妥协。张爱玲的译本则展现出她独有的女性意识与女性创作风格，使用了大量带有女性特质的表达，有意模糊男性特征，弱化男性形象，体现女性意识，并对原著中女性人物的缺失进行填补，呈现出一个刚柔并济的硬汉形象。余光中的译本既保留了源语言的风格特点，又添加了目标语的语言特征，同时还富有余式诗意。可以说，诸位译者的中译本《老人与海》均不能完全等同于英文原著 The Old Man and the Sea。它们经历了中西方异质文化过滤、不同历史时期的社会背景与意识形态、不同译者的主体性等因素之后，在不同

---

① 曹顺庆主编：《比较文学教程》（第二版），北京：高等教育出版社，2010年，第96页。
② 曹顺庆主编：《比较文学教程》（第二版），北京：高等教育出版社，2010年，第96页。

第七章
21世纪英美学界与国内学界海明威研究之比较

程度上产生了变异。

从接受层面来看，在美国学界的海明威研究中，《太阳照常升起》是被研究得最多的作品，但在国内研究中，最受关注的则是《老人与海》。这一差异不仅体现了作品背后的历史时代因素，更体现了中美文化的接受差异。在美国，《太阳照常升起》所代表的"迷惘的一代"，反映的是第一次世界大战和战后资本主义世界的动荡不安和危机，批判了帝国主义战争对一代年轻人的摧残，他们饱受战争带来的身心创伤，道德伦理和人生理想统统被战争摧毁，他们感到前途迷茫、心灵空虚、悲观苦闷，于是只能消极遁世、放荡不羁地生活。小说深刻地反映了战后资本主义世界的精神危机。这对于经历了相同的时代背景与历史境遇的美国读者来说，更能引起共鸣，美国学者能从20世纪20年代的美国文化、社会历史、创伤研究、"迷惘的一代"的精神追求与价值观、美国年轻人的身份焦虑问题、两性关系问题、宗教研究等诸多方面对作品展开分析研究。但《太阳照常升起》在中国的接受之路却较为坎坷。林疑今曾评价道："《太阳照常升起》在中国的命运，更为凄凉。这部小说是海明威成名的第一个长篇，从某种意义来讲，它是《永别了，武器》的续篇，只是故事的内容，描述青年男女关系，似乎又杂又乱，对于中国传统礼教，撞碰抵触更大，所以这部杰作，尽管名震中外，迟迟无人问津。"[1] 可见，中国读者由于不同的文化背景与接受美学，对于《太阳照常升起》的理解是完全不同的。相比之下，《老人与海》自20世纪50年代被译介到国内，成为一代又一代人的精神食粮。《老人与海》中所传达的"一个人可以被毁灭，但不能被打败"[2]的精神，主人公圣地亚哥顽强抗争、绝不向命运低头的铮铮铁骨的硬汉形象，更加契合中国人民自强不息、敢于奋斗、永不言败的民族精神。因其在国内的接受度高、流传度广，有关《老人与海》的研究也不胜枚举，期刊论文近千篇、学位论文上百部，从硬汉形象、生态批评、存在主义、原型批评、宗教隐喻、象征意义、翻译研究、文体风格研究等不同视角对其加以探讨。《太阳照常升起》与《老人与海》在中美两国出现一冷一热的差异现象，其原因在于接受变异。

除此之外，国内运用变异学理论还可以从以下几方面对海明威作品展开探究。一是可以借鉴迪克、罗德里格斯与布拉克三位学者的研究，深入考察海明

---

[1] 林疑今：《原版序》，杨仁敬编著：《海明威在中国》（增订本），厦门：厦门大学出版社，2006年，第2页。

[2] （美）海明威：《春潮 老人与海》，吴劳译，上海：上海译文出版社，2019年，第197页。

威写作风格在汉语翻译中是否得到了充分体现，或者在多大程度上得到了展现或耗损。二是探讨海明威作品中的中国形象。在《有钱人和没钱人》《非洲的青山》《春潮》《乞力马扎罗山下》等作品中，均有海明威对中国人的刻画。作为跨越异质文明的他者，中国人在海明威笔下是如何呈现的，是否存在变异？其背后蕴含了海明威怎样的文化观、种族观和价值观？三是研究硬汉形象在中国的接受与变异等。海明威笔下的老人圣地亚哥在西方读者眼中是否与在中国读者眼中不一样？四是分析海明威写作风格对中国作家的影响。国内已有研究表明，以邓刚、柳青、王蒙、张承志和阎连科等为代表的中国当代作家深受海明威的影响。那么，他们的文学创作在受到海明威影响的同时，是否结合中国本土文化与时代背景有所变异，发生了怎样的变异？

近年来，以比较文学变异学为理论基础，比较文学的"中国学派""中国声音"已开始在国际学界崭露头角。变异学视域下的海明威研究同样适用于世界各国学者探索海明威文学作品在本国的传播与接受过程中的变异现象。因此，中国原创但又具有国际视野的变异学理论，不仅有助于开拓出国内海明威研究的全新路径，也为世界海明威研究提供了一个新理论与新方法。

二、海明威研究未来展望

海明威研究进入 21 世纪 20 年代，未来之路何在？这是国内外海明威研究学者共同关注的重要问题。2020 年 9 月，剑桥大学出版社出版了《海明威研究新成果》(The New Hemingway Studies)。该书由苏珊娜·德尔·吉佐、柯克·科纳特、罗伯特·特罗格登、丽莎·泰勒、劳拉·格鲁伯、戈弗雷、黛布拉·莫德尔莫格、马克·达德利等 16 位英美学界权威的海明威研究学者，各设专题，撰文对海明威研究中的重点、热点及前沿问题加以探讨，总结近年来研究趋势，重点对未来海明威研究方向进行分析与展望。在此，笔者引用书中权威观点，将其分类梳理如下，以供国内学界参考与借鉴。

第一，在传统研究方面，在研究材料与研究对象上还有可开拓的领域。在研究材料上，海明威书信是重要的一手文献。美国学界自 2011 年启动的"海明威书信计划"，预计将于 2043 年完成对海明威大约六千封书信的全面的学术编辑，定将掀起新一轮海明威研究热潮。"海明威书信计划"主编桑德拉·斯帕尼尔指出，海明威书信是"未经雕琢的、不以出版为目的的，构成了他现在进行时的自传",是"海明威研究中最近一个未被挖掘的重要前沿领域"。[1] 弗娜·卡莱进一步表示,海明威书信中所涉及的内容"不仅仅是一个人的书信体自传,它们对美国文学、大众文化以及20世纪本身都有着更大的贡献"[2]。海明威书信翔实记录了他不平凡而卓有成就的一生,也展现了他的写作技巧、遣词造句、语言风格的变化;书信不仅是他个人生平的写照,也记载了他生活过、留下印记的地方和时代。这些书信"构成了一个艺术家丰富多彩的自画像,生动清晰地见证了20世纪的历史"[3]。因此,海明威书信既能作为新史料,助益于海明威生平研究,也能作为新材料,为海明威学术研究带来更多启发与思路。

在研究对象上,未来海明威研究还可关注海明威的"物件"与"乐趣"。克丽丝塔·科森贝里指出,海明威素来有"收藏癖"(pack rat),他从不扔东西,保留了各种各样、数量繁多的物件。在海明威的亲友、崇拜者、几代学者以及档案管理员的共同努力下,海明威生前的物件得以很好地保留下来。这些物品既记载与反映了海明威真实的人生轨迹,也大量出现在其作品的具体描写中,体现了海明威作品中丰富的物质文化内容。而物品研究(object studies)在海明威研究中尚未引起足够重视。因此,以海明威的"物件"为研究对象,基于"物论"(Thing Theory)或"以物为导向的本体论"(Object-Oriented Ontology)等理论框架,可深入探究海明威的"文化物质主义"(cultural materialism)[4]。

大卫·怀亚特指出,批评界通常关注于准则英雄、创伤研究与冰山原则等,却忽视了对海明威"乐趣"(pleasure)的考察。事实上,海明威从对狩猎、钓鱼、世界各地的地理政治等方面的学习与研究中获得了极大乐趣。其

---

[1] Sandra Spanier. "General Editor's Introduction to the Edition", *The Letters of Ernest Hemingway*, Volume 1:1907—1922, edited by Spanier Sandra, Robert. W. Trogdon. New York: Cambridge University Press, 2011, p. XII.

[2] Suzanne del Gizzo, Kirk Curnutt, eds. *The New Hemingway Studies*. Cambridge: Cambridge University Press, 2020, p. 59.

[3] Sandra Spanier. "General Editor's Introduction to the Edition", *The Letters of Ernest Hemingway*, Volume 1:1907—1922, edited by Spanier Sandra, Robert. W. Trogdon. New York: Cambridge University Press, 2011, p. XXX.

[4] Suzanne del Gizzo, Kirk Curnutt, eds. *The New Hemingway Studies*. Cambridge: Cambridge University Press, 2020, pp. 64—65.

中，对"艺术的学习与研究是他最主要的乐趣"①，比如绘画、视觉艺术、音乐等给他带来了无限乐趣。据此，怀亚特认为，以海明威的"乐趣"为研究对象，剖析作品中大量有关美食、美酒、性爱、钓鱼、狩猎等内容，有助于我们深入了解海明威对感官愉悦的态度②。

第二，在跨学科研究方面，未来海明威研究可与神经语言学（Neurolinguistics）、地缘政治学（Geopolitics）等展开交叉学科研究。杰弗里·赫利希-梅拉指出，神经语言学的相关研究表明"语境语言（contextual language），即构成文本的主导语言，对文体、句法、主题、美学以及文学创作的其他组成部分都有潜在影响"③。海明威一生中经历了多语言环境，并且大部分作品都是在非英语语言的地方创作的。基于神经语言学，赫利希-梅拉提出两个观点。第一，"使用西班牙语有助于海明威的精神健康，尤其是在他自杀事件期间"④。神经语言学表明使用第二外语思考，有助于缓解处于精神崩溃边缘的人的压力。海明威在极度沮丧时，通过使用西班牙语来说话和思考，可以作为一种应对机制来管理自己混乱的情绪和思想，从而使自己平静下来。第二，"生活在西班牙语言环境中帮助海明威激发了他的创造力"⑤。神经语言学表明持续使用第二外语对诸如写作等智力活动能起到积极作用。海明威在使用英语以外的语言时，大脑中某些脑叶的氧含量会更高，血流量会增加，处理复杂任务的大脑部位的脑电活动也会增加。这种跨语言的大脑活动已被证明可以提高认知功能，包括集中注意力和提升多任务处理的能力。研究还表明，使用非母语的人比只会一种语言的人记忆力更好，在认知创造性和思维灵活性方面更强⑥。

凯文·韦斯特指出，进入 21 世纪，"9·11"事件与全球反恐极大地强化

---

① Suzanne del Gizzo, Kirk Curnutt, eds. *The New Hemingway Studies*. Cambridge: Cambridge University Press, 2020, p. 126.

② Suzanne del Gizzo, Kirk Curnutt, eds. *The New Hemingway Studies*. Cambridge: Cambridge University Press, 2020, p. 115.

③ Suzanne del Gizzo, Kirk Curnutt, eds. *The New Hemingway Studies*. Cambridge: Cambridge University Press, 2020, p. 233.

④ Suzanne del Gizzo, Kirk Curnutt, eds. *The New Hemingway Studies*. Cambridge: Cambridge University Press, 2020, p. 234.

⑤ Suzanne del Gizzo, Kirk Curnutt, eds. *The New Hemingway Studies*. Cambridge: Cambridge University Press, 2020, p. 234.

⑥ Suzanne del Gizzo, Kirk Curnutt, eds. *The New Hemingway Studies*. Cambridge: Cambridge University Press, 2020, pp. 233—234.

了人们对政治和阴谋论的关注①。21世纪全球政治生态的变化也对21世纪学术界的关注点产生影响。近20年来,学界开始对海明威的政治生涯产生兴趣。韦斯特具体探讨了1941年海明威的中国之旅,在第二次世界大战初期海明威对德国潜艇进行追捕搜集资料,在20世纪四五十年代他与美国、苏联与古巴有关人员多次秘密接触,以及在生命最后几年间他对联邦调查局监视的恐惧,等等。韦斯特指出,海明威亲历了两次世界大战以及西班牙、古巴、中国等世界各地的革命,他对那个时代的地缘政治事件有着深度参与②。海明威的政治观、他作品中相关事件的真实与虚构,以及他在世界多国的特殊身份等,至今仍未得以解答,未来的研究应进一步挖掘有关的证据,以阐明海明威在20世纪40年代初期的活动③。

第三,在后现代语境中,未来海明威研究还可从种族研究、生态批评、后殖民主义、多元文化主义、比较文学研究等领域进一步挖掘与探索。伊恩·马歇尔指出,虽然近年来种族研究领域取得了可喜成绩,但已有研究并未关注到种族问题与社会阶级之间的相关性④。以《军人之家》与《卧车列车员》为例,现有研究均已注意到两部作品中的种族问题,但忽视了探究故事中有关种族身份与工人阶级的背景设置。

在生态批评视域,丽萨·泰勒提出了海明威研究有待进一步探索的五个新领域与一个新方向。五个新领域具体是:城市生态学(urban ecology)、生态男子气概(ecomasculinities)、生物符号学(biosemiotics)、物质生态批评(material ecocriticism)与生态世界主义(ecocosmopolitanism)⑤。一个新方向是:将海明威作品中的环境书写"加以背景化、历史化"⑥。泰勒指出,海明威一生经历了美国环境保护运动的三个重要分水岭,分别是:西奥多·罗斯福的

---

① Suzanne del Gizzo, Kirk Curnutt, eds. *The New Hemingway Studies*. Cambridge: Cambridge University Press, 2020, p. 241.
② Suzanne del Gizzo, Kirk Curnutt, eds. *The New Hemingway Studies*. Cambridge: Cambridge University Press, 2020, p. 241.
③ Suzanne del Gizzo, Kirk Curnutt, eds. *The New Hemingway Studies*. Cambridge: Cambridge University Press, 2020, p. 252.
④ Suzanne del Gizzo, Kirk Curnutt, eds. *The New Hemingway Studies*. Cambridge: Cambridge University Press, 2020, p. 168.
⑤ Suzanne del Gizzo, Kirk Curnutt, eds. *The New Hemingway Studies*. Cambridge: Cambridge University Press, 2020, pp. 196−198.
⑥ Suzanne del Gizzo, Kirk Curnutt, eds. *The New Hemingway Studies*. Cambridge: Cambridge University Press, 2020, p. 196.

自然资源保护时代（the era of conservation exemplified by Theodore Roosevelt）、沙尘暴年代（the Dust Bowl years）、第二次世界大战后原子时代（the post-World War II Atomic Age）。现有研究已论及罗斯福时代对海明威创作的影响，但后两个时代对海明威的影响尚未引起学界关注[①]。此外，泰勒还指出了可待拓展的作品研究对象。在已有研究中，生态批评仅局限于海明威的少部分作品，比如《大双心河》《非洲的青山》《老人与海》《乞力马扎罗的雪》与《弗朗西斯·麦康伯短促的幸福生活》《了却一段情》《伊甸园》，而《在我们的时代里》《有钱人和没钱人》《丧钟为谁而鸣》《岛在湾流中》《永别了，武器》《过河入林》等作品中也同样涉及环境书写，具有深入探究的价值。

马克·达德利重点关注后殖民主义在有关非洲与古巴的作品研究中的运用。达德利发现，目前对以古巴为背景的作品研究"仍远远落后于海明威经典作品"[②]。其原因有二：一是因为以古巴为背景的作品，如《有钱人和没钱人》，不属于海明威经典作品之列，缺乏研究关注；二是因为批评界主要从美学、自然主义、性别研究与生态批评等视角对以古巴为背景的作品展开研究，而对后殖民主义批评的运用尚存在不足[③]。事实上，海明威在古巴度过的20年是古巴政治经济动荡时期，他对古巴文化、政治的兴趣在作品中均得以展现。比如，在《有钱人和没钱人》中，海明威与经济大萧条时期古巴政治之间的关联显而易见。在《岛在湾流中》中，以古巴为背景的内容缺乏关注。在《老人与海》中，美帝国主义给古巴人民带来的负面影响有待探究。

杰弗里·赫利希-梅拉提出关于海明威的"美国人"身份（"American" identity）有待进一步探讨。他指出，想要理解跨文化经历如何塑造了海明威的生活与创作，需要从一条全新路径开始，即文化表现（cultural performance）[④]。从多元文化主义与跨国研究出发，对"侨居"（expatriation）与"外国人身份"（foreignness）进行重新定义。海明威与法国、意大利、西班牙、非洲、古巴等国家和地区之间有着千丝万缕的联系，对其加以考察可以发现，海明威

---

① Suzanne del Gizzo, Kirk Curnutt, eds. *The New Hemingway Studies*. Cambridge: Cambridge University Press, 2020, p. 196.

② Suzanne del Gizzo, Kirk Curnutt, eds. *The New Hemingway Studies*. Cambridge: Cambridge University Press, 2020, p. 216.

③ Suzanne del Gizzo, Kirk Curnutt, eds. *The New Hemingway Studies*. Cambridge: Cambridge University Press, 2020, p. 216.

④ Suzanne del Gizzo, Kirk Curnutt, eds. *The New Hemingway Studies*. Cambridge: Cambridge University Press, 2020, p. 236.

具有多重身份，他的文化表现与具体处境、语言、当地文化等有关。有时他可以被视为"美国人"，但在有些作品中，海明威对身份发起直接而深刻的思考，其视野已超越了"美国人"这一群体和身份的局限[1]。

此外，杰弗里·赫利希-梅拉指出，对于20世纪20年代法国巴黎的古巴文化，以及海明威在离开法国前与古巴人、古巴文化之间的关系，学界尚未展开研究。20世纪20年代在法国巴黎拉丁区，古巴语、古巴音乐、舞蹈、美食以及古巴传统等风靡一时。彼时，海明威在该地区十分活跃，"探索海明威与在巴黎的拉美人之间的关系有助于理解他后期创作的文化动力"[2]。

从比较文学研究领域，杰弗里·赫利希-梅拉指出，海明威后期创作的作品可以被称为"加勒比-古巴-拉美作品"（Caribbean-Cuban-Latin American texts），因而也成为拉美文学经典的一部分，但海明威对拉美作家的影响在英语世界鲜少提及。加布里埃尔·加西亚·马尔克斯（Gabriel García Márquez）、阿尔弗雷多·波里塞·埃切尼克（Alfredo Bryce Echenique）、卡洛斯·富恩特斯（Carlos Fuentes）等拉美作家明确表达过海明威在写作技巧、风格、结构、主题等多方面对他们的影响。同样地，海明威的创作如何受到拉美文学的影响在学界也尚未得到探究[3]。

除上述英美学界提出的未来研究方向外，中国的海明威研究独树一帜，特别是注重变异学理论在相关领域的应用，也必将对世界海明威研究做出重要的贡献。本章在第二节已具体探讨，此处不赘述。

本章小结

本章在前述研究的基础上，区分21世纪英美学界与国内学界海明威研究，分别归纳总结其研究态势、分析差距、提出启示、进行展望。

总体而言，21世纪英美学界海明威研究态势主要体现在三个方面：一是

---

[1] Suzanne del Gizzo, Kirk Curnutt, eds. *The New Hemingway Studies*. Cambridge: Cambridge University Press, 2020, p. 235.

[2] Suzanne del Gizzo, Kirk Curnutt, eds. *The New Hemingway Studies*. Cambridge: Cambridge University Press, 2020, p. 234.

[3] Suzanne del Gizzo, Kirk Curnutt, eds. *The New Hemingway Studies*. Cambridge: Cambridge University Press, 2020, p. 235.

传统批评持续发力，通过拓展研究对象、发掘新材料、专题化研究等方式，不断扩展海明威研究的广度和深度；二是跨学科研究推陈出新，通过与数字人文、文化地理学、医学、艺术学等领域互动，引入新方法，为海明威研究注入驱动力；三是后现代批评理论牵引，在女性主义批评、生态批评、种族研究、比较文学等理论的指导下，促使海明威研究不断收获新成果。

与此同时，21世纪国内学界海明威研究态势主要体现在两个方面：一是跟进西方研究，引介国外海明威研究成果，运用西方文学批评理论探讨海明威其人其作；二是发出中国声音，围绕《海明威在中国》、"冰山原则"与中国传统美学思想、海明威与中国作家之比较等重点，展开了有特色、有深度的研究，为世界海明威研究提供了中国视角。

基于上述总结与对比，本章探索了国内海明威研究可供参考的发展途径。一是加大对21世纪英美学界前沿研究成果的译介，重点是海明威传记、研究专著、博士论文中最具代表性、权威性的研究成果，并及时关注当下美国学界正在开展的"海明威书信计划"。二是扩展海明威作品研究对象，尤其是于2005年出版的海明威最后一部长篇小说《乞力马扎罗山下》（中译本，2012），海明威唯一一部剧本《第五纵队》以及短篇小说《在士麦那码头上》《艾略特夫妇》《大转变》《今天是星期五》《先生们，祝你们快乐》《你总是的，碰到件事就要想起点什么》《向瑞士致敬》等作品。三是发展具有中国特色的海明威研究，重点关注比较文学变异学理论在海明威研究中的应用，比如海明威作品在汉语翻译中的变异，《老人与海》在中美两国的接受与变异，海明威作品中的中国形象，以及硬汉形象在中国的接受与变异等。变异学理论不仅可运用于考察海明威文学作品在中国的传播与交流过程中的变异现象，也同样适用于世界各地学者探究海明威作品在本国的变异情况。因此，变异学理论不仅有助于国内海明威研究开辟出新领域，也为世界海明威研究提供了一个新理论。

为促进未来海明威研究持续发展，本章综合学界权威专家的最新观点，提出三点展望。一是在传统研究方面，关注"海明威书信计划"的新材料，既有利于海明威生平研究，也助益于海明威学术研究；研究对象可拓展至海明威的"物件"，以探究他的文化物质主义，也可考察海明威的"乐趣"，以深入了解他对感官愉悦的态度等。二是在跨学科研究方面，未来海明威研究可与神经语言学展开交叉研究，以探究海明威一生中经历的多语言环境对其本人的精神状态、大脑活动、文学创作等各方面产生的潜在影响；还可与地缘政治学展开交叉研究，以探究海明威复杂的政治生涯、神秘的特殊身份，以及作品中相关事件的真实与虚构等。三是在后现代语境中，未来海明威研究还可在种族研究、生态批评、后殖民主义、多元文化主义、比较文学研究等领域进一步挖掘探索。比如，在种族研究方面，将种族问题与社会阶级相结合对作品展开分析；在生态批评方面，可从城市生态学、生态男子气概、生物符号学、物质生态批评与生态世界主义等具体领域加以拓展；在后殖民主义方面，关注以古巴为背景的作品；在多元文化主义方面，基于海明威的多重文化身份，从文化表现去重新审视海明威的"美国人"身份；在比较文学研究方面，关注海明威与拉美作家、拉美文学之间的影响。

结　语

　　本书第一至三章从国内研究较少涉及的海明威作品出发，依次评述海明威传记、研究专著、学位论文及期刊论文，呈现了 21 世纪英美学界海明威研究的总体情况。第四至六章从数字人文、文化地理学、女性主义批评、生态批评、种族研究及比较文学等不同侧面深度剖析，凸显了英美学界海明威研究的精妙肌理。第七章第一、二节归纳总结英美学界研究态势，理清了英美学界海明威研究的主要脉络，至此，完成了对 21 世纪英美学界海明威研究全貌究竟"是什么"的刻画。而后，第七章第三节首先指出，英美学界将传统批评、跨学科研究和后现代批评有机结合起来，通过新材料驱动、新理论牵引、新方法助力，多点发力、协同发展，促成了海明威研究的蓬勃之势，进一步回答了 21 世纪英美学界海明威研究"为什么"生机勃勃的问题。最后，第七章第三节通过对比分析，为国内海明威研究提出三点启示，结合权威专家观点，归纳梳理未来海明威研究的三点展望，找到了未来海明威研究到底"怎么样"发展的方向。

　　至此，本书理应完成全部论述。但是，笔者在 21 世纪英美学界海明威研究的过程中，收获的不仅仅是一手的材料、创新的方法与前沿的观点，还有一些关于文学研究思路与方法的思考，浅述如下。

一、关于传统与后现代

　　反观 21 世纪英美学界的海明威研究，传统研究与后现代批评融合互渗，呈现出你中有我、我中有你的态势。一方面，传统批评持续发力，通过扩展研究对象、发掘新材料、开展专题化研究等方式，不断拓展海明威研究的广度和深度，为后现代批评奠定了深厚的基础。比如，自 2002 年古巴的海明威博物馆公开海明威史料后，英美学界出现了 7 部有关海明威古巴经历的传记，随后引发连锁反应，催生了关于海明威作品与非洲－古巴工艺品之间的关系研究、

结　语

关于海明威对非洲-古巴宗教和文化的兴趣的研究、关于古巴瞭望山庄中海明威藏书的研究等，这些研究从传统视角切换到后现代视域下，考察了更为广泛的文化现象，是当下及未来研究的热点之一。又如，进入 21 世纪后，海明威亲友不断出版个人回忆录，公布了大量有关海明威生活的照片、影像和生活物件。根据这些材料，学者们梳理形成了有关海明威与动物关系的新传记、有关海明威与身边女性关系的新传记，等等。将这些新材料与海明威作品相结合，部分学者从生态批评角度重新考察了海明威的狩猎伦理观，从女性主义批评角度重新诠释了海明威作品中的女性形象。

另一方面，在女性主义批评、生态批评、种族研究、比较文学等后现代批评理论的指导下，海明威研究不断收获新成果，为传统研究注入了生机。比如，在考察海明威对犹太人的观念时，杰里米·凯耶首先结合海明威生平、书信及友人回忆录等材料，总结其成长过程中与犹太人相关的经历，而后从种族研究的角度，对《太阳照常升起》《杀手》《五万元》与《先生们，祝你们快乐》这四部涉及犹太人描写的作品进行文本细读，分析得出海明威对犹太人的观念经历了"友好—疏远—友好"这样一个变化过程。又如，在分析《向瑞士致敬》的结构时，卡玛斯特拉首先从海明威生平研究出发，根据传记梳理了他人生中与音乐相关的人和事，而后从音乐研究的角度切入，阐述该小说结构与变奏曲作曲结构的一致性。

从过程上来看，21 世纪海明威研究主要有两种驱动方式。第一种，新材料驱动。学界首先收集挖掘有价值的新材料，一般按照传统研究的路径进行传记研究、作品研究、主题研究等，应用历史的、文本的、形式主义的方法进行解读，在此基础上自然发展而进入后现代批评视域。第二种，新理论与方法驱动。随着后现代思潮的蓬勃发展，文学批评理论与方法不断改进，将这些方法应用于研究某些具体的作品和主题，从而获取新的研究成果。尽管第二种方式的驱动力来源于方法创新，但它仍然离不开基础的材料，离不开传统研究的成果，它常常用在已有相当基础的研究领域，旨在切换视角，尝试新突破，而并非完全开荒，建造空中楼阁。因此，从这个意义来讲，两种驱动方式都遵照了"循序渐进"的思路，将传统研究与后现代批评结合起来使用。

需要注意的是，尽管后现代批评为文学研究带来了新视角，但面对纷繁多样的文学理论与研究方法，常常容易出现"理论的狂热症"。如吴义勤教授所言，部分学者沉浸于文学理论本身的"新鲜感和快感"，"以理论的帽子套评作品"，即先找好了理论，然后再从文本中寻求作证，最终变成了对某一理论的

"演示"或"演练"①。这样既有碍于对文学理论本身的理解，也无法呈现出作品的文学价值。那么，究竟如何选择合适的研究方法呢？

21世纪英美学界海明威研究给我们做出了示范。比如，海明威一生旅居世界多个国家与地区，并以法国、西班牙、古巴、非洲等为背景写作，其作品中有大量的地理书写，早已超越了故事背景的简单作用，而是蕴含了丰富的文化、历史、政治与生态意义。因此，运用文化地理学，研究其作品中与地理空间有关的人文活动，揭示背后的意义，就显得十分恰当。而事实上，海明威作品研究不仅承载了文化地理学这一方法，甚至将其发扬光大，造就了21世纪海明威研究的新方向。又如，海明威坚持"冰山原则"写作风格，文风简洁凝练，擅长用通俗易懂的词汇和简单句来表达，这使得基于大量文本语料库的定量分析有了意义，使得运用"远距离阅读"方法进行的分析具有科学性。试想，如果海明威用词更加繁复晦涩、风格更为多变，我们还能通过"said""thought""think"等关键词的统计来探讨他在不同小说中关于对话的处理方法吗？答案或许是否定的，因为这些关键词已经不能定位到某些对话上，数据统计的价值就会大打折扣，而分析方法也就不再适用了。

综上，21世纪英美学界的海明威研究启发我们，传统研究与后现代批评并非对立的两面，也不是竞争的关系，它们不存在高级低级的差别，只有适用不适用的问题，它们是不同时代的产物，而所谓的前沿方法也会随着时间的推移进入传统研究的序列。因此，方法的使用重在遵照"循序渐进"的原则，一是要根据研究对象和研究基础，因地制宜，选择恰当的方法；二是要将传统研究与后现代批评结合使用，达到相互佐证、相互促进、相得益彰的效果。

二、关于中国与西方

第七章区分英美学界与我国国内海明威研究，分别归纳总结其研究态势、寻找差距、提出启示、进行展望。此处的比较，是将英美学界与我国国内学界作为两个部分，区别开来看，重点是找不同。而如果我们将二者看作世界海明威研究的两个侧面，并列起来看，找它们的共同之处，就会发现有两个相同点。一是研究资料就地取材。英美学界在海明威研究一手文献方面具有得天独

---

① 吴义勤：《批评何为？——当前文学批评的两种症候》，《文艺研究》2005年第9期，第9页。

结 语

厚的优势，他们在美国、英国、法国、西班牙、意大利、古巴、非洲等全世界范围内广泛收集有关海明威研究的相关资料，并不断挖掘新史料，持续为海明威研究提供新的资料背景参考。相较之下，国内学界虽然在此方面不占优势，但也凭借扎实的研究功底，挖掘出了海明威访华之旅的重要文献资料，《海明威在中国》的出版为世界海明威研究起到了文献补充的重要作用。二是研究方法因地制宜。在西方，文学批评理论流派百家争鸣，英美学界的海明威研究不可避免地参与其中，运用女性主义批评、生态批评、后殖民主义、多元文化主义等各式各样的文学批评理论对海明威其人其作展开研究。相较之下，中国海明威研究结合中国传统美学思想、中国作家作品的特色，对海明威展开比较研究。也就是说，无论是在材料的发掘上还是在方法的使用上，英美学界和中国都在凸出自身优势，强调自身特点，发出自己的声音，形成了"和而不同"的研究格局。

特别值得注意的是，变异学相关理论和现象受到了中国和英美学界的共同关注。"比较文学变异学"由曹顺庆教授于2005年首次提出，用以阐释各类跨文化交流中的文学变异现象，是目前国内比较文学研究的重点领域之一。21世纪英美学界发现，海明威作品在跨国传播的过程中，在德国与西班牙发生了语言层面的变异，出现了西班牙国家形象的变异，在俄国产生了文学他国化的现象。这些研究虽然没有在比较文学变异学的理论框架下去阐释上述变异现象，但其核心观点与变异学理论相契合，是文学跨国传播中变异的典型案例。中西学界在海明威研究的变异现象上达成的共识，一方面从事实上验证了变异学理论的普适性，另一方面也启发我们，无论是从现象出发还是从理论出发开展研究，普适的理论和客观的现实终究会被完整地呈现出来，而通过中西对话和互鉴，能够有效地促进这一过程。

综上，21世纪英美学界与国内的海明威研究启发我们，在研究思路上，一方面要坚持因地制宜，打造具有中国特色的文学研究，坚信"中国的就是世界的"；另一方面要重视文明互鉴，通过学习转化西方先进理论，宣传推广中国优秀成果，促进全球文学研究共同繁荣、共同发展，正如曹顺庆教授所言，通过文明互鉴"在不同文明的异质性基础上产生一种互补性"[①]。

[①] 曹顺庆：《跨文明研究：把握住世界学术基本动向与学术前沿》，《思想战线》2005年第4期，第60—61页。

三、关于海明威研究与文学研究

海明威研究是文学研究的重要组成,也是文学研究中具有特殊意义的存在。

一方面,海明威研究是文学研究的试金石,它打磨了前沿的文学理论。比如,在创伤研究方面,将创伤理论的范畴拓展至"家庭创伤";在叙事研究方面,提出"叙事微积分"这一新结构;在女性主义批评方面,既具体到生态女性主义,又与文化研究、社会历史研究相结合;在生态批评方面,提出动物与人类之间的"共生系统"这一新概念;在数字人文视域下,将"远距离阅读"应用到对写作规律、风格特征与隐性知识的探讨;在文化地理学视域下,赋予地理书写新的人文意义。这些前沿的文学思潮、理论与方法,从海明威其人其作的丰厚土壤中汲取养料,不断取得新突破。

另一方面,海明威研究在部分领域代表了文学研究的顶尖水平。其一,在写作风格上,海明威创立的"冰山原则",以简洁流畅、清新洗练的写作风格对欧美文学乃至世界文学产生了巨大影响。文学批评家不断探索其美学思想,对他所运用的省略、暗示、对话、印象主义等写作手法不断加以阐释,相关研究成果具有重要价值。例如,美国普渡大学英语教授罗伯特·保罗·兰姆的《艺术的重要性:海明威、写作技巧与现代短篇小说的创作》(2010)一书,细致考察了海明威短篇小说的写作技巧及其艺术性,并在聚焦海明威美学的基础上更进一步,为短篇小说研究制定了一个批评术语词汇库,为世界短篇小说研究提供重要参考。其二,在写作主题上,斗牛与战争是海明威作品的核心主题,海明威也被公认为是这两个主题的代言人。基尼斯·金纳蒙称"所有描写斗牛主题的英语作家,都受到海明威的影响"[1]。我国著名作家茅盾评价海明威的《丧钟为谁而鸣》是"描写西班牙内战的值得大书特书的一部小说"[2]。其三,海明威一生旅居世界多个国家与地区,具有多重文化身份认同,他以法国、西班牙、古巴、非洲等为背景写作,使得其人其作具有跨文化特性,蕴含了丰富的多元文化内涵。结合文献情况来看,大量研究成果涉及海明威在中国、英国、比米尼岛、墨西哥湾、美国黄石山区等国家和地区的经历,关注海

---

[1] Miriam B. Mandel, ed. *A Companion to Hemingway's "Death in the Afternoon"*. Rochester: Camden House, 2004, p. 291.

[2] 参见杨仁敬编著:《海明威在中国》(增订本),厦门:厦门大学出版社,2006年,第189页。

明威世界公民身份，聚焦于海明威作品的多元文化背景，也充分印证了海明威研究在跨文化研究中的重要地位。

因此，发展海明威研究的意义不止于其人其作本身。一方面，发挥海明威作品数量大、体裁多、题材广、写作风格独特的优势，有利于将前沿文学批评理论运用于海明威研究，既可催生新成果，又可促进文学研究理论与方法的发展；另一方面，海明威研究中关于写作风格、战争与斗牛、多元文化研究等领域的先进成果与经验，可推广至其他相关领域的文学研究，具有指导和借鉴意义。

参考文献

一、中文文献

（一）海明威作品中译本

（美）海明威：《春潮 老人与海》，吴劳译，上海：上海译文出版社，2019年。

（美）海明威：《岛在湾流中》，蔡慧译，上海：上海译文出版社，2019年。

（美）海明威：《第五纵队 西班牙大地》，宋金、董衡巽译，上海：上海译文出版社，2019年。

（美）海明威：《非洲的青山》，张建平译，上海：上海译文出版社，2019年。

（美）海明威：《过河入林》，王蕾译，上海：上海译文出版社，2019年。

（美）海明威：《海明威：最后的访谈》，沈悠译，北京：中信出版集团，2019年。

（美）海明威：《海明威短篇小说全集（上下册）》，陈良廷、蔡慧等译，上海：上海译文出版社，2019年。

（美）海明威：《流动的盛宴》，汤永宽译，上海：上海译文出版社，2019年。

（美）海明威：《乞力马扎罗山下》，陈四百等译，郑州：河南文艺出版社，2012年。

（美）海明威：《丧钟为谁而鸣》，程中瑞译，上海：上海译文出版社，2019年。

（美）海明威：《曙光示真》，金雯、杨柯译，上海：上海译文出版社，2019年。

（美）海明威：《死在午后》，金绍禹译，上海：上海译文出版社，2019年。

（美）海明威：《太阳照常升起》，赵静男译，上海：上海译文出版社，2019年。

（美）海明威：《危险的夏天》，主万译，上海：上海译文出版社，2019年。

（美）海明威：《伊甸园》，吴劳译，上海：上海译文出版社，2019年。

（美）海明威：《永别了，武器》，林疑今译，上海：上海译文出版社，2019年。

（美）海明威：《有钱人和没钱人》，鹿金译，上海：上海译文出版社，2019年。

（二）专著

曹顺庆：《比较文学教程》（第二版），北京：高等教育出版社，2010年。

陈晓兰：《女性主义批评与文学诠释》，兰州：敦煌文艺出版社，1999年。

戴桂玉：《后现代语境下海明威的生态观和性属观》，北京：中国社会科学出版社，2009年。

邓天中：《亢龙有悔的老年：利用空间理论对海明威笔下的老年角色之分析》，北京：中国社会科学出版社，2011年。

董衡巽：《海明威评传》，杭州：浙江文艺出版社，1999年。

董衡巽：《海明威谈创作》，北京：生活·读书·新知三联书店，1985年。

董衡巽：《海明威研究》，北京：中国社会科学出版社，1980年。

杜家利、于屏方：《迷失与折返：海明威文本"花园路径现象"研究》，北京：中国社会科学出版社，2008年。

侯晓艳：《海明威：作家中的明星》，北京：人民出版社，2013年。

胡志红：《西方生态批评史》，北京：人民出版社，2015年。

贾国栋：《海明威经典作品中的〈圣经〉文体风格：〈马太福音〉与〈老人与海〉比较研究》，北京：中国人民大学出版社，2016年。

蒋洪新、郑燕虹：《庞德学术史研究》，南京：译林出版社，2014年。

李树欣：《异国形象：海明威小说中的现代文化寓言》，北京：中国社会科学出版社，2009年。

明明：《文学翻译与中西文化交流：以海明威作品翻译为例》，东营：中国石油大学出版社，2010年。

钱兆明：《"东方主义"与现代主义：庞德和威廉斯诗歌中的华夏遗产》，杭州：浙江大学出版社，2016年。

邱平壤：《海明威研究在中国》，哈尔滨：黑龙江教育出版社，1990年。

孙玉林：《海明威短篇小说系列研究》，杭州：浙江大学出版社，2017年。

覃承华：《海明威：在批评中与时间同在》，桂林：广西师范大学出版社，2015年。

陶乃侃：《庞德与中国文化》，北京：首都师范大学出版社，2006年。

吴然：《"硬汉"海明威：作品与人生的演绎》，北京：昆仑出版社，2005年。

吴然：《海明威评传》，西安：陕西人民出版社，1987年。

杨大亮、邵玲、袁健兰：《冰山的优美：海明威作品研究》，北京：国防工业出版社，2007年。

杨仁敬：《海明威：美国文学批评八十年》，上海：上海外语教育出版社，2012年。

杨仁敬：《海明威学术史研究》，南京：译林出版社，2014年。

杨仁敬：《海明威在中国》（增订本），厦门：厦门大学出版社，2006年。

杨仁敬：《海明威研究文集》，南京：译林出版社，2014年。

于冬云：《海明威与现代性的悖论》，济南：齐鲁书社，2019年。

张薇：《海明威小说的叙事艺术》，上海：上海社会科学院出版社，2005年。

赵毅衡：《诗神远游：中国如何改变了美国现代诗》，成都：四川文艺出版社，2013年。

周峰：《海明威之"渔"与男性气概》，北京：中国社会科学出版社，2020年。

（三）译著

（英）拜伦：《唐璜》，查良铮译，北京：人民文学出版社，2008年。

（美）布卢姆：《整个巴黎属于我》，袁子奇译，北京：中信出版集团，2019年。

（法）梵·第根：《比较文学论》，戴望舒译，北京：商务印书馆，1995年。

（美）弗娜·卡莱：《八分之七的冰山：海明威传》，周琳琳译，北京：中央编译出版社，2019年。

（英）格雷厄姆·格林：《没有地图的旅行》，邝国强译，上海：上海文艺出版社，2014年。

（美）霍奇纳：《恋爱中的海明威》，孙菲译，上海：上海社会科学院出版社，2019年。

（美）罗伯特·惠勒：《海明威的巴黎：语词和影像中的作家之城》，杨向荣译，北京：中信出版集团，2018年。

（美）玛瑞儿·海明威、鲍里斯·维多夫斯基：《生活，在别处·海明威影像集》，高方、王天宇、吴天楚译，南京：译林出版社，2019年。

（英）迈克·克朗：《文化地理学》，杨淑华、宋慧敏译，南京：南京大学出版社，2003年。

（美）尼古拉斯·雷诺兹：《作家、水手、士兵、间谍：欧内斯特·海明威的秘密历险记，1935—1961》，马睿译，北京：社会科学文献出版社，2018年。

（德）叔本华：《作为意志和表象的世界》，石冲白译，北京：商务印书馆，1982年。

（美）斯科特·唐纳森：《意志力：海明威传》，董璐译，哈尔滨：黑龙江教育出版社，2017年。

（爱尔兰）瓦莱丽·海明威：《与公牛一同奔跑：我生命中的海明威》，王婧、叶明燕译，北京：新星出版社，2006年。

（澳）薇尔·普鲁姆德：《女性主义与对自然的主宰》，马天杰、李丽丽译，重庆：重庆出版社，2007年。

（美）希拉里·海明威、卡伦娜·布伦南：《海明威在古巴》，王增澄、唐孝先译，银川：宁夏人民出版社，2008年。

（美）约翰·海明威：《海明威家的厄运》，王莉娜、苗福光译，上海：上海三联书店，2016年。

（四）学位论文

戴桂玉：《海明威小说中的妇女及其社会性别角色》，上海外国语大学博士学位论文，2000年。

邓天中：《空间视域下的海明威老年角色》，上海外国语大学博士学位论文，2010年。

贾国栋：《海明威小说创作中的〈圣经新约〉文体风格——钦定本〈马太福音〉和〈老人与海〉比较研究》，中国人民大学博士学位论文，2014年。

李树欣：《海明威作品中的异国形象研究》，南开大学博士学位论文，2007年。

王俭：《基于语料库的海明威小说评论研究》，上海外国语大学博士学位论文，2012年。

于冬云：《厄内斯特·海明威与现代性的悖论》，北京师范大学博士学位论文，2005年。

余健明：《海明威风格汉译研究——以〈老人与海〉为例》，上海外国语大学博士学位论文，2009年。

张薇：《海明威小说的叙事艺术》，苏州大学博士学位论文，2003年。

赵社娜：《海明威在中国的译介和建构》，中国社会科学院博士学位论文，2014年。

周峰：《"渔"行为与海明威》，华东师范大学博士学位论文，2011年。

龚紫斌：《海明威小说中的"原始主义"研究》，华中科技大学博士学位论文，2019年。

（五）期刊论文

曹顺庆、郑宇：《翻译文学与文学的"他国化"》，《外国文学研究》2011年第6期。

曹顺庆：《变异学：比较文学学科理论研究的重大突破》，《比较文学与跨文化研究》2018年第2期。

曹顺庆：《东西方不同文明文学比较的合法性与比较文学变异学研究》，《外国文学研究》2013年第5期。

曹顺庆：《跨文明研究：把握住世界学术基本动向与学术前沿》，《思想战线》2005年第4期。

陈静：《当下中国"数字人文"研究状况及意义》，《山东社会科学》2018年第7期。

陈茂林：《海明威的自然观初探——〈老人与海〉的生态批评》，《江汉论坛》2003年第7期。

戴桂玉：《〈伊甸园〉：海明威复杂性属观之写照》，《英美文学研究论丛》2009年第2期。

戴桂玉：《从〈丧钟为谁而鸣〉管窥海明威的生态女性主义意识》，《外国文学研究》2005年第2期。

戴桂玉：《海明威："有女人的男人"》，《外国文学评论》2001年第4期。

戴桂玉：《海明威小说中的妇女及其社会性别角色》，《英美文学研究论丛》2000年第1期。

戴桂玉：《生态批评视角下的〈老人与海〉》，《外国语文》2007年第6期。

戴桂玉：《双性视角作家海明威》，《外国文学》2003年第6期。

董衡巽：《国外海明威研究的新成就》，《外国文学动态研究》1998年第6期。

董衡巽：《海明威的启示》，《外国文学评论》1989年第2期。

董衡巽：《海明威的艺术风格》，《文艺研究》1980年第2期。

董衡巽：《海明威几部有争议的作品》，《国外文学》1999年第3期。

董衡巽：《海明威浅论》，《文学评论》1962年第6期。

董衡巽：《海明威与中国当代创作》，《美国研究》1991年第3期。

关晶：《叛逆与回归——海明威与沈从文对读》，《文艺争鸣》2011年第3期。

黄俏：《乡土与准则：莫言与海明威作品中英雄形象比较》，《小说评论》2015年第3期。

姜岳斌、沈建青：《国内海明威研究述评》，《外国文学研究》1989年第4期。

姜智芹：《张炜与海明威之比较》，《山东社会科学》2003年第3期。

李茜：《中西农渔老者原生性文明基因说异——海明威的桑提亚哥与路遥笔下的老农》，《求索》2011年第9期。

李树欣：《双重写作中的异域幻象——解读〈乞力马扎罗的雪〉中的非洲形象》，《国外文学》2007年第2期。

刘建华：《纪念海明威百周年诞辰座谈会在北京大学召开》，《国外文学》1999年第3期。

刘荣强：《90年代国内海明威研究述评》，《国外文学》1999年第3期。

刘维荣：《硬汉与苍凉——海明威与张爱玲小说创作辨》，《华文文学》2000年第3期。

柳东林：《〈老人与海〉的原始主义倾向及禅意体验》，《东北师大学报（哲学社会科学版）》2011年第6期。

聂珍钊：《〈老人与海〉与丛林法则》，《外国文学评论》2009年第3期。

邱平壤：《"双驼峰"态势：海明威在中国的接受》，《外国文学评论》1989年第2期。

孙霄：《生命密码：人类精神的共构与阐释——桑提亚格与白嘉轩比较论》，《湖北社会科学》2008 年第 6 期。

陶洁：《进一步加深对海明威的研究——海明威百年诞辰纪念》，《国外文学》1999 年第 3 期。

王慧、徐凯：《海明威笔下的女性》，《外国文学评论》2000 年第 2 期。

王江：《疾病与抒情——〈永别了，武器〉中的女性创伤叙事》，《国外文学》2014 年第 4 期。

王宁：《海明威的美学思想及创作实践》，《外国文学研究》1983 年第 3 期。

王宁：《经典化、非经典化与经典的重构》，《南方文坛》2006 年第 5 期。

王宁：《文学经典的构成和重铸》，《当代外国文学》2002 年第 3 期。

熊文、秦秋：《海明威生态女性意识之管窥》，《江苏社会科学》2008 年第 3 期。

杨平：《20 世纪〈论语〉的英译与诠释》，《孔子研究》2010 年第 2 期。

杨仁敬：《海明威的中国之行》，《外国文学研究》1983 年第 2 期。

杨仁敬：《海明威评论六十年：从冷清到繁荣》，《厦门大学学报（哲学社会科学版）》2014 年第 3 期。

杨仁敬：《海明威小说中的现代主义成分——纪念小说家海明威逝世 50 周年》，《山东外语教学》2011 年第 6 期。

杨仁敬：《海明威——中美文化交往的热点》，《厦门大学学报（哲学社会科学版）》1989 年第 3 期。

杨仁敬：《论海明威 30 年代的政治转向——纪念小说家海明威逝世 50 周年》，《英美文学研究论丛》2012 年第 1 期。

杨仁敬：《论海明威的小说悲剧》，《厦门大学学报（哲学社会科学版）》2012 年第 1 期。

杨仁敬：《论海明威与存在主义》，《外国文学》2015 年第 3 期。

杨仁敬：《美国文学批评语境下的海明威研究》，《外国文学评论》2010 年第 2 期。

于冬云：《"准则英雄"与"他者"——海明威的早期创作与美国现代化进程中的种族政治》，《外国文学评论》2009 年第 1 期。

于冬云：《对海明威的女性解读》，《外国文学评论》1997 年第 2 期。

于冬云：《海明威：作家、传媒、大众共同制造的经典作家与文化偶像》，

《山东师范大学学报(人文社会科学版)》2019年第2期。

于冬云:《海明威的〈太阳照常升起〉在美国的批评历史与研究现状》,《山东师范大学学报(人文社会科学版)》2007年第5期。

于冬云:《异国空间与本土书写——海明威小说中的"处所"》,《杭州师范大学学报(社会科学版)》2012年第6期。

于冬云:《硬汉神话与生命伦理》,《外国文学评论》2000年第2期。

于冬云:《欲望、书写与生态伦理困惑:解读海明威的非洲狩猎作品》,《外国文学研究》2005年第5期。

于开颜:《〈太阳照常升起〉的叙事风格探析》,《外语与外语教学》2005年第7期。

张国申:《死亡与升华——析海明威小说悲剧思想》,《外国文学》2003年第2期。

张龙海:《海明威短篇小说的主题思想和美学价值》,《当代外国文学》1998年第2期。

张叔宁:《魔女还是新女性?——评70年来勃莱特·阿施利在美国的接受》,《外国文学评论》2000年第3期。

张薇:《海明威小说的叙述声音》,《外国文学研究》2004年第5期。

张薇:《叙述学视野中的海明威小说的对话艺术》,《外国文学研究》2002年第3期。

张晓花:《海明威"冰山原则"下的小说创作风格》,《安徽师范大学学报(人文社会科学版)》2009年第1期。

赵娟:《远离尘嚣——自然生态视野中的〈太阳照样升起〉》,《西北大学学报(哲学社会科学版)》2009年第4期。

郑怡:《鲁迅与海明威小说中的疾病诗学研究》,《鲁迅研究月刊》2015年第8期。

朱莉:《试论海明威的死亡哲学》,《国外文学》2003年第3期。

邹溱:《近年国外海明威研究述评》,《国外文学》1995年第1期。

邹溱:《新历史主义、精神分析学说与海明威传记》,《北京大学学报(哲学社会科学版)》1999年第3期。

邹涛:《个人主义危机与共同体的崩溃——儒家角色伦理视野下的〈老人与海〉》,《当代外国文学》2019年第1期。

二、英文文献

（一）专著

Allen Josephs. *Beyond "Death in the Afternoon": A Meditation on Tragedy in the Corrida*. Wickford: New Street Communications, 2013.

Amy Strong. *Race and Identity in Hemingway's Fiction*. New York: Palgrave Macmillan, 2008.

Andrew Farah. *Hemingway's Brain*. Columbia: University of South Carolina Press, 2017.

Ashley Oliphant. *Hemingway and Bimini: The Birth of Sport Fishing at "The End of the World"*. Sarasota: Pineapple Press, 2017.

Bickford Sylvester, et al. *Reading Hemingway's "The Old Man and the Sea": Glossary and Commentary*. Kent: The Kent State University Press, 2018.

Brewster Chamberlin. *The Hemingway Log: A Chronology of His Life and Times*. Lawrence: University Press of Kansas, 2015.

Carl P. Eby, Mark Cirino, eds. *Hemingway's Spain: Imagining the Spanish World*. Kent: The Kent State University Press, 2016.

Carlene Fredricka Brennen. *Hemingway's Cats: An Illustrated Biography*. Sarasota: Pineapple Press, 2006.

Carlos Baker. *Hemingway: The Writer as Artist*. 4th ed. Princeton: Princeton University Press, 1972.

Charles M. Oliver. *Critical Companion to Ernest Hemingway: A Literary Reference to His Life and Work*. New York: Facts on File, 2007.

Christopher Ondaatje. *Hemingway in Africa: The Last Safari*. Woodstock: The Overlook Press, 2003.

Clancy Sigal. *Hemingway Lives! (Why Reading Ernest Hemingway Matters Today)*. New York: OR Books, 2013.

Daniel D. Pearlman. *The Barb of Time: On the Unity of Ezra Pound's Cantos*. New York: Oxford University Press, 1969.

David Wyatt. *Hemingway, Style, and the Art of Emotion*. Cambridge: Cambridge University Press, 2015.

David Nuffer. *The Best Friend I Ever Had: Revelations about Ernest

Hemingway from Those Who Knew Him. Bloomington: Xlibris Corporation, 2008.

Debra A. Moddelmog, Suzanne del Gizzo, eds. *Ernest Hemingway in Context*. New York: Cambridge University Press, 2013.

Derek Walcott. *"The Sea at Dauphin", Dream on Monkey Mountain and Other Plays*. New York: Noonday, 1970.

Donald F. Bouchard. *Hemingway: So Far From Simple*. Amherst: Prometheus Books, 2010.

Donna J. Haraway. *Staying with the Trouble: Making Kin in the Chthulucene*. Durham: Duke University Press, 2016.

Eugene Goodheart, ed. *Critical Insight: Ernest Hemingway*. Pasadena: Salem Press, 2010.

Franco Moretti. *Distant Reading*. London: Verso, 2013.

Frederic J. Svodoba, ed. *Hemingway's Short Stories: Reflections on Teaching, Reading, and Understanding*. Kent: The Kent State University Press, 2019.

Gary Edward Holcomb, ed. *Teaching Hemingway and Race*. Kent: The Kent State University Press, 2018.

Gary Edward Holcomb, Charles Scruggs, eds. *Hemingway and the Black Renaissance*. Columbus: Ohio State University Press, 2012.

George Monteiro. *The Hemingway Short Story: A Critical Appreciation*. Jefferson: McFarland & Company, Inc., Publishers, 2017.

Georgianna Main. *Pip-Pip to Hemingway in Something from Marge*. Bloomington: iUniverse, 2010.

Gerry Brenner. *A Comprehensive Companion to Hemingway's "A Moveable Feast": Annotation to Interpretation*. Lewiston: Edwin Mellen Press, 2000.

Harold Bloom, ed. *Bloom's Guides: Ernest Hemingway's "A Farewell to Arms"*. New York: Infobase Publishing, 2010.

Hugh Kenner. *The Pound Era*. Oakland: University of California Press, 1971.

James M. Hutchisson. *Ernest Hemingway: A New Life*. Philadelphia: Pennsylvania State University Press, 2016.

Jeanne Criswell. *Cliffs Notes on Hemingway's "The Old Man and the Sea"*. Foster City: IDG Books Worldwide, 2001.

Jeffrey Meyers, ed. *Ernest Hemingway: The Critical Heritage*. New York: Routledge, 2016.

John J. Nolde. *Blossoms from the East: The China Cantos of Ezra Pound*. Orono: University of Maine, 1983.

Joseph Fruscione. *Faulkner and Hemingway: Biography of a Literary Rivalry*. Columbus: Ohio State University Press, 2012.

Joseph M. Flora. *Reading Hemingway's "Men Without Women": Glossary and Commentary*. Kent: The Kent State University Press, 2008.

Keith Newlin, ed. *Critical Insights: "The Sun Also Rises"*. Pasadena: Salem Press, 2010.

Kevin Alexander Boon. *Ernest Hemingway: "The Sun Also Rises" and Other Works*. New York: Marshall Cavendish, 2008.

Kirk Curnutt, Gail D. Sinclair, eds. *Key West Hemingway: A Reassessment*. Gainesville: University Press of Florida, 2009.

Kirk Curnutt. *Reading Hemingway's "To Have and Have Not": Glossary and Commentary*. Kent: The Kent State University Press, 2017.

Laura Godfrey. *Hemingway in the Digital Age: Reflections on Teaching, Reading, and Understanding*. Kent: The Kent State University Press, 2019.

Laurence W. Mazzeno. *The Critics and Hemingway, 1924 – 2014: Shaping an American Literary Icon*. Rochester: Camden House, 2015.

Lawrence R. Broer, Gloria Holland, eds. *Hemingway and Women: Female Critics and the Female Voice*. Tuscaloosa: University Alabama Press, 2002.

Lilian Ross. *Portrait of Hemingway*, rev. ed. New York: Modern Library, 1999.

Linda Wagner-Martin, ed. *A Historical Guide to Ernest Hemingway*. New York: Oxford University Press, 2000.

Louise H. Westling. *The Green Breast of the New World: Landscape, Gender, and American Fiction*. Athens: University of Georgia Press, 1996.

Marc Dudley. *Hemingway, Race, and Art: Bloodlines and the Color Line*. Kent: The Kent State University Press, 2012.

Mark Cirino, Mark P. Ott, eds. *Ernest Hemingway and the Geography of Memory*. Kent: The Kent State University Press, 2010.

Mark Cirino. *Ernest Hemingway: Thought in Action*. Madison: University of Wisconsin Press, 2012.

Mark P. Ott. *A Sea of Change: Ernest Hemingway and the Gulf Stream, A Contextual Biography*. Kent: The Kent State University Press, 2008.

Matthew Stewart. *Modernism and Tradition in Ernest Hemingway's "In Our Time": A Guide for Students and Readers*. Rochester: Camden House, 2001.

Michael R. Federspiel. *Picturing Hemingway's Michigan*. Detroit: Wayne State University Press, 2010.

Miriam B. Mandel, ed. *A Companion to Hemingway's "Death in the Afternoon"*. Rochester: Camden House, 2004.

Morris Buske. *Hemingway's Education, A Re-Examination: Oak Park High School and the Legacy of Principal Hanna*. Lewiston: Edwin Mellen Press, 2007.

Paul Brody. *Hemingway In Paris: A Biography of Ernest Hemingway's Formative Paris Years*. New York: BookCaps Study Guides, 2014.

Peter L. Hays. *The Critical Reception of Hemingway's "The Sun Also Rises"*. Rochester: Camden House, 2011.

Richard Bradford. *The Man Who Wasn't There: A Life of Ernest Hemingway*. New York: I. B. Tauris & Co. Ltd, 2019.

Richard Owen. *Hemingway in Italy*. London: Haus Publishing, 2017.

Robert E. Gajdusek. *Hemingway in His Own Country*. South Bend: University of Notre Dame Press, 2002.

Robert Paul Lamb. *Art Matters: Hemingway, Craft, and the Creation of the Modern Short Story*. Baton Rouge: Louisiana State University Press, 2010.

Scott Donaldson. *Fitzgerald & Hemingway: Works and Days*. New York: Columbia University Press, 2009.

Silvio Calabi, Steve Helsley, Roger Sanger. *Hemingway's Guns: The Sporting Arms of Ernest Hemingway*. Camden: Shooting Sportsman Books, 2010.

Steve Paul, Gail Sinclair, Steven Trout, eds. *War ＋ Ink: New Perspectives on Ernest Hemingway's Early Life and Writings*. Kent: The Kent State University Press, 2014.

Steve Paul. *Hemingway at Eighteen: The Pivotal Year That Launched an American Legend*. Chicago: Chicago Review Press, 2017.

Susan F. Beegel. *Hemingway's Neglected Short Fiction: New Perspectives*. Tuscaloosa: The University of Alabama Press, 1992.

Suzanne Del Gizzo, Frederic J. Svoboda, eds. *Hemingway's "The Garden of Eden": Twenty-Five Years of Criticism*. Kent: The Kent State University Press, 2012.

Suzanne Del Gizzo, Kirk Curnutt, eds. *The New Hemingway Studies*. Cambridge: Cambridge University Press, 2020.

T. S. Eliot, ed. *Ezra Pound: Selected Poems*. London: Faber and Gwyer, 1934.

Verna Kale, ed. *Teaching Hemingway and Gender*. Kent: The Kent State University Press, 2016.

（二）学位论文

Candace Ursula Grissom. *Filming the Lost Generation: F. Scott Fitzgerald, Ernest Hemingway, and the Art of Cinematic Adaptation*. Murfreesboro: Middle Tennessee State University, Ph. D dissertation, 2012.

Christopher Dick. *Shifting Form, Transforming Content: Stylistic Alterations in the German Translations of Hemingway's Early Fiction*. Lawrence: University of Kansas, Ph. D dissertation, 2009.

Gueorgui V. Manolov. *Elements of Narrative Discourse in Selected Short Stories of Ernest Hemingway*. Florida: University of South Florida, Ph. D dissertation, 2007.

Heather Renee Ross. *The Search for Love and Feminine Identity in the War Literature of Ernest Hemingway and Time O'Brien*. North Carolina: The University of North Carolina at Chapel Hill, Ph. D dissertation, 2011.

Janis Marie Hebert Hausmann. *A Meeting of the Disciplines: Musical Structures in Ernest Hemingway's Early Fiction*. South Dakota: University of South Dakota, Ph. D dissertation, 2013.

Joseph Anthony Fruscione. *Modernist Dialectic*: *William Faulkner*, *Ernest Hemingway*, *and the Anxieties of Influence*, *1920 — 1962*. George: George Washington University, Ph. D dissertation, 2005.

Kathleen K. Robinson. *Testimony of Trauma: Ernest Hemingway's Narrative Progression in "Across the River and into the Trees"*. Florida: University of South Florida, Ph. D dissertation, 2010.

Michael Civille. *Illusions of Prestige: Hemingway*, *Hollywood*, *and the Branding of an American Self-Image*, *1923 — 1958*. Boston: Boston University, Ph. D dissertation, 2013.

Nicole Josephine Camastra. *Nostalgic Sensibilities: Romantic Music in Selected Works of Willa Cather*, *Ernest Hemingway*, *and F. Scott Fitzgerald*. Georgia: University of Georgia, Ph. D dissertation, 2012.

Raymond Michael Vince. *War*, *Heroism and Narrative: Hemingway*, *Tolkien*, *and le Carre*, *Storytellers to the Modern World*. South Florida: University of South Florida, Ph. D dissertation, 2005.

Sarah Wood Anderson. *Readings of Trauma and Madness in Hemingway*, *H. D.*, *and Fitzgerald*. North Carolina: The University of North Carolina at Chapel Hill, Ph. D dissertation, 2010.

（三）期刊论文

Adam Long. "Ernest Hemingway in Turkey: From the Quai at Smyrna to *A Farewell to Arms*", *The Hemingway Review*, Vol. 38, No. 2, 2019, pp. 75—86.

Agori Kroupi. "The Religious Implications of Fishing and Bullfighting in Hemingway's Work", *The Hemingway Review*, Vol. 28, No. 1, 2008, pp. 107—121.

Alexander Burak. "The 'Americanization' of Russian Life and Literature through Translations of Hemingway's Works", *Translation and Interpreting Studies*, Vol. 8, No. 1, 2013, pp. 50—72.

Catherine Calloway. "'The Sea Change,' Clara Dunn, and the Hemingway-Pfeiffer Connection", *Arkansas Review: A Journal of Delta Studies*, Vol. 45, No. 2, 2014, pp. 80—86.

Charles J. Nolan. "'A Little Crazy': Psychiatric Diagnoses of Three

Hemingway Women Characters", *The Hemingway Review*, Vol. 28, No. 2, 2009, pp. 105-120.

Chikako Tanimoto. "Queering Sexual Practices in 'Mr. and Mrs. Eliot'", *The Hemingway Review*, Vol. 32, No. 1, 2012, pp. 88-99.

Christopher D. Martin. "Ernest Hemingway: A Psychological Autopsy of a Suicide", *Psychiatry*, Vol. 69, No. 4, 2006, pp. 351-361.

Christopher Dick. "Drama as Metaphor in Ernest Hemingway's 'Today is Friday'", *The Explicator*, Vol. 69, No. 4, 2011, pp. 198-202.

Daichi Sugai. "Pastoral as Commodity: Brautigan's Reinscription of Hemingway's Trout Fishing", *The Hemingway Review*, Vol. 36, No. 2, 2017, pp. 112-123.

Dana Dragunoiu. "Hemingway's Debt to Stendhal's *Armance* in *The Sun Also Rises*", *Modern Fiction Studies*, Vol. 46, No. 4, 2000, pp. 868-892.

David Robinson. "More than a Period Piece: Hemingway's *For Whom the Bell Tolls* as a Reflection of the Spanish Civil War", *English Academy Review*, Vol. 32, No. 2, 2015, pp. 88-100.

David Savola. "'A Very Sinister Book': *The Sun Also Rises* as Critique of Pastoral", *The Hemingway Review*, Vol. 26, No. 1, 2006, pp. 25-46.

Elin Kack. "Troubling Space: Dispersal of Place in *The Sun Also Rises* and *The Garden of Eden*", *The Hemingway Review*, Vol. 37, No. 2, 2018, pp. 98-112.

Emily O. Wittman. "A Circuit of Ordeals: Nostalgia and the Romance of Hardship in Graham Greene's *Journey Without Maps* and Ernest Hemingway's *Green Hills of Africa*", *Prose Studies*, Vol. 33, No. 1, 2011, pp. 44-61.

Gabriel Rodríguez-Pazos. "Not So True, Not So Simple: The Spanish Translations of *The Sun Also Rises*", *The Hemingway Review*, Vol. 23, No. 2, 2004, pp. 47-65.

Gene Washington. "Hemingway, *The Fifth Column*, and the 'Dead Angle'", *The Hemingway Review*, Vol. 28, No. 2, 2009, pp. 127-135.

George Monteiro. "Traces of A. E. Houseman (and Shakespeare) in Hemingway", *The Hemingway Review*, Vol. 28, No. 1, 2008, pp. 122-134.

Gil K. Boese. "*Under Kilimanjaro*: The Other Hemingway", *The Hemingway Review*, Vol. 25, No. 2, 2006, pp. 114-118.

Glen A. Love. "Hemingway's Indian Virtues: An Ecological Reconsideration", *Western American Literature*, Vol. 22, No. 3, 1987, pp. 201-213.

H. R. Stoneback. "*Under Kilimanjaro*-Truthiness at Late Light: Or Would Oprah Kick Hemingway Out of Her Book Club", *The Hemingway Review*, Vol. 25, No. 2, 2006, pp. 123-127.

Henry M. Seiden, Mark Seiden. "Ernest Hemingway's World War I Short Stories: PTSD, the Writer as Witness, and the Creation of Intersubjective Community", *Psychoanalytic Psychology*, Vol. 30, No. 1, 2013, pp. 92-101.

Horst Hermann Kruse. "Allusions to *the New Testament* and *The Merchant of Venice* in 'God Rest You Merry, Gentlemen': Hemingway's Anti-Semitism Reconsidered", *The Hemingway Review*, Vol. 25, No. 2, 2006, pp. 61-75.

Jamie Barlowe. "'They Have Rewritten It All': Film Adaptations of *A Farewell to Arms*", *The Hemingway Review*, Vol. 31, No. 1, 2011, pp. 24-42.

Jeffrey Herlihy-Mera. "'Eyes the Same Color as the Sea': Santiago's Expatriation from Spain and Ethnic Otherness in Hemingway's *The Old Man and the Sea*", *The Hemingway Review*, Vol. 28, No. 2, 2009, pp. 25-44.

Jeffrey Meyers. "Hemingway's Second War: The Greco-Turkish Conflict, 1920-1922", *Modern Fiction Studies*, Vol. 30, No. 1, 1984, pp. 25-36.

Jeremiah M. Kitunda. "Ernest Hemingway's African Book: An Appraisal", *The Hemingway Review*, Vol. 25, No. 2, 2006, pp. 107-113.

Jim Barloon. "Very Short Stories: The Miniaturization of War in Hemingway's *In Our Time*", *The Hemingway Review*, Vol. 24, No. 2, 2005, pp. 5-17.

Joanna Hildebrand Craig. "Dancing with Hemingway", *The Hemingway Review*, Vol. 25, No. 2, 2006, pp. 82-86.

Johanna Church. "Literary Representations of Shell Shock as a Result of World War I in the Works of Virginia Woolf and Ernest Hemingway", *Peace & Change*, Vol. 41, No. 1, 2016, pp. 52-63.

Josep M. Armengol-Carrera. "Race-ing Hemingway: Revisions of Masculinity and/as Whiteness in Ernest Hemingway's *Green Hills of Africa* and *Under Kilimanjaro*", *The Hemingway Review*, Vol. 31, No. 1, 2011, pp. 43—61.

Kaimei Zheng. "Hemingway in China", *North Dakota Quarterly*, Vol. 70, No. 4, 2003, pp. 178—195.

Katie Owens-Murphy. "Hemingway's Pragmatism: Truth, Utility, and Concrete Particulars in *A Farewell to Arms*", *The Hemingway Review*, Vol. 29, No. 1, 2009, pp. 87—102.

Katiuscia Darci. "'To Draw a Map Is to Tell a Story': Interview with Dr. Robert T. Tally Jr. on Geocriticism", *Primavera*, Vol. 11, 2015, pp. 27—36.

Ken Panda. "*Under Kilimanjaro*: The Multicultural Hemingway", *The Hemingway Review*, Vol. 25, No. 2, 2006, pp. 128—131.

Kevin Maier. "Hemingway's Ecotourism: *Under Kilimanjaro* and the Ethics of Travel", *Interdisciplinary Studies in Literature and Environment*, Vol. 18, No. 4, 2011, pp. 717—736.

Lawrence H. Martin. "Safari in the Age of Kenyatta", *The Hemingway Review*, Vol. 25, No. 2, 2006, pp. 101—106.

Linda Patterson Miller. "From the 'African Book' to *Under Kilimanjaro*: An Introduction", *The Hemingway Review*, Vol. 25, No. 2, 2006, pp. 77—81.

Linda Stein. "Hemingway's *The Fifth Column*: Comparing the Typescript Drafts to the Published Play", *North Dakota Quarterly*, Vol. 68, No. 2—3, 2001, pp. 233—244.

Lisa Tyler. "'He was Pretty Good in there Today': Reviving the Macho Christ in Ernest Hemingway's 'Today is Friday' and Mel Gibson's *The Passion of the Christ*", *Journal of Men, Masculinities and Spirituality*, Vol. 1, No. 2, 2007, pp. 155—169.

Lorie Watkins Fulton. "Reading Around Jake's Narration: Brett Ashley and *The Sun Also Rises*", *The Hemingway Review*, Vol. 24, No. 1, 2004, pp. 61—80.

Mark Cirino. "Beating Mr. Turgenev: 'The Execution of Tropmann' and Hemingway's Aesthetic of Witness", *The Hemingway Review*, Vol. 30, No. 1,

2010, pp. 31—50.

Martina Mastandrea. "'Don't Write Anything that Will Bother the Italian Censor': Pasolini and the Filming of *A Farewell to Arms* in 1950's Italy", *The Hemingway Review*, Vol. 39, No. 2, 2020, pp. 24—39.

Matthew Stewart. "It Was All a Pleasant Business: The Historical Context of 'On the Quai at Smyrna'", *The Hemingway Review*, Vol. 23, No. 1, 2003, pp. 58—71.

Milton Mariano Azevedo. "Shadows of a Literary Dialect: *For Whom the Bell Tolls* in Five Romance Languages", *The Hemingway Review*, Vol. 20, No. 1, 2000, pp. 30—48.

Miriam B. Mandel. "Ethics and 'Night Thoughts': 'Truer than the Truth'", *The Hemingway Review*, Vol. 25, No. 2, 2006, pp. 95—100.

Nicole Josephine Camastra. "Hemingway's Modern Hymn: Music and the Church as Background Sources for 'God Rest You Merry, Gentlemen'", *The Hemingway Review*, Vol. 28 No. 1, 2008, pp. 51—67.

Peter L. Hays. "Hemingway's *The Sun Also Rises* and James's *The Ambassadors*", *The Hemingway Review*, Vol. 20, No. 2, 2001, pp. 90—98.

Peter Lecouras. "Hemingway in Constantinople", *The Midwest Quarterly*, Vol. 43, No. 1, 2001, pp. 29—41.

Peter Smith. "Hemingway's 'On the Quai at Smyrna' and the Universe of *In Our Time*", *Studies in Short Fiction*, Vol. 24, No. 2, 1987, pp. 159—162.

Philip Booth. "Hemingway's 'The Killers' and Heroic Fatalism: From Page to Screen (Thrice)", *Literature Film Quarterly*, Vol. 35, No. 1, 2007, pp. 404—411.

Robert C. Clark "Papa y El Tirador: Biographical Parallels in Hemingway's 'I Guess Everything Reminds You of Something'", *The Hemingway Review*, Vol. 27, No. 1, 2007, pp. 89—106.

Robert E. Fleming. "The Editing Process", *The Hemingway Review*, Vol. 25, No. 2, 2006, pp. 91—94.

Robert W. Lewis. "The Making of *Under Kilimanjaro*", *The Hemingway Review*, Vol. 25, No. 2, 2006, pp. 87—90.

Russ Pottle. "A Better Source for Harry's Gangrene: Medical Literature and 'The Snows of Kilimanjaro'", *The Hemingway Review*, Vol. 40, No. 1, 2020, pp. 87—92.

Ryan Hediger. "Becoming with Animals: Sympoiesis and the Ecology of Meaning in London and Hemingway", *Studies in American Naturalism*, Vol. 11, No. 1, 2016, pp. 5—22.

Scott Donaldson. "*Ernest Hemingway: A Biography* by Mary V. Dearborn (review)", *The Hemingway Review*, Vol. 37, No. 1, 2017, pp. 114—119.

Shannon Whitlock Levitzke. "'In Those Days the Distances Were All Very Different': Alienation in Ernest Hemingway's 'God Rest You Merry, Gentlemen'", *The Hemingway Review*, Vol. 30, No. 1, 2010, pp. 18—30.

Stacey Guill. "Pilar and Maria: Hemingway's Feminist Homage to the 'New Woman of Spain' in *For Whom the Bell Tolls*", *The Hemingway Review*, Vol. 30, No. 2, 2011, pp. 7—20.

Stefani Overman-Tsai. "The Space Between the Doors: Breaking through the Boundaries of War and Gender Binaries in Hemingway's *The Fifth Column*", *The Hemingway Review*, Vol. 38, No. 2, 2019, pp. 59—74.

Steve Paul. "The Origin of Mercy in *A Farewell to Arms*: A Speculation", *The Hemingway Review*, Vol. 39, No. 2, 2020, pp. 86—90.

Susan F. Beegel. "The Monster of Cojímar: A Meditation on Hemingway, Sharks, and War", *The Hemingway Review*, Vol. 34, No. 2, 2015, pp. 9—35.

Suzanne Del Gizzo. "'Glow-in-the-Dark Authors': Hemingway's Celebrity and Legacy in *Under Kilimanjaro*", *The Hemingway Review*, Vol. 29, No. 2, 2010, pp. 7—27.

William Adair. "*The Sun Also Rises*: A Memory of War", *Twentieth Century Literature*, Vol. 47, No. 1, 2001, pp. 72—91.

Wook-Dong Kim. "'Cheerful Rain' in Hemingway's *A Farewell to Arms*", *The Explicator*, Vol. 73, No. 2, 2015, pp. 150—152.

Bryan Giemza. "A Source Text for the Opening Passage of *A Farewell to Arms*", *The Hemingway Review*, Vol. 33, No. 2, 2014, pp. 119—125.

Günther Schmigalle. "'How People Go to Hell': Pessimism, Tragedy, and Affinity to Schopenhauer in *The Sun Also Rises*", *The Hemingway Review*,

Vol. 25,No. 1,2005,pp. 7−21.

（四）其他研究论文

Akiko Manabe. "Literary Style and Japanese Aesthetics: Hemingway's Debt to Pound as Reflected in his Poetic Style", *Cultural Hybrids of (Post) Modernism: Japanese and Western Literature, Art and Philosophy*, edited by Beatriz Penas-Ibáñez, Akiko Manabe. New York: Peter Lang, 2016, pp. 121−144.

Ben Stoltzfus. "Hemingway's Influence on Camus: The Iceberg as Topography", *A Writer's Topography: Space and Place in the Life and Works of Albert Camus*, edited by Jason Herbeck, Vincent Grégoire. Boston: Brill Rodopi,2015,pp. 169−182.

David Roessel. "On the Quai at Smyrna", *In Bryon's Shadow: Modern Greece in the English and American Imagination*. New York: Oxford University Press,2002,pp. 210−230.

Edward O. Ako. "Ernest Hemingway,Derek Walcott,and *Old Men of the Sea*", *Bloom's Modern Critical Interpretations: Ernest Hemingway's "The Old Man and the Sea"*, edited by Harold Bloom. New York: Infobase Publishing,2008,pp. 213−223.

Hideo Yanagisawa. "Re-emergence of the Encounter with Long-Haired Painters: The Hidden Influence of the Japanese Artists in *The Garden of Eden* Manuscripts", *Cultural Hybrids of (Post)Modernism: Japanese and Western Literature, Art and Philosophy*, edited by Beatriz Penas-Ibáñez, Akiko Manabe. New York:Peter Lang,2016,pp. 177−194.

Hugh McLean. "Hemingway and Tolstoy: A Pugilistic Encounter", *In Quest of Tolstoy*. Brighton,MA:Academic Studies Press,2008,pp. 197−213.

Ken Inoue. "On the Creative Function of Translation in Modern and Postwar Japan: Hemingway, Proust, and Modern Japanese Novels", *Translation and Translation Studies in the Japanese Context*, edited by Nana Sato-Rossberg,Judy Wakabayashi,Jeremy Munday. London:Continuum,2012, pp. 115−133.

Rita Barnard. "Modern American Fiction", *The Cambridge Companion to American Modernism*, edited by Walter Kalaidjian. Cambridge: Cambridge

University Press,2005,pp. 39—67.

Sandra Spanier. "General Editor's Introduction to the Edition", *The Letters of Ernest Hemingway*, *Volume 1: 1907 — 1922*, edited by Spanier Sandra,Robert. W. Trogdon. New York:Cambridge University Press,2011,pp. Ⅺ—ⅩⅩⅩⅢ.

Sebastian Dieguez. "'A Man Can Be Destroyed but Not Defeated': Ernest Hemingway's Near-Death Experience and Declining Health", *Neurological Disorders in Famous Artists-Part 3*, edited by Julien Bogousslavsky, etc. London:Karger,2010,pp. 174—206.

三、网络资源

http://www. pbs. org/hemingwayadventure/index. html

https://briancroxall. net/publications/how-to-not-read-hemingway-images/

https://textmappingasmodelling. wordpress. com/2015/06/12/mapping-hemingways-the-killers/

https://voyant-tools. org/docs/#!/guide/summary

https://voyant-tools. org/docs/#!/guide/trends

https://www. arcgis. com/apps/MapJournal/index. html? appid=8372c1acd90749a489cd937795d788a5

后 记

本书能被列入曹顺庆教授担任总主编的"文明互鉴：中国与世界"丛书，实乃荣幸之至。世界文明本就五彩缤纷、各具姿容，虽各有不同，但文明是平等的、包容的。在平等的基础上，异质文明才能在交流互鉴中"各美其美、美人之美"。在包容的前提下，异质文明才能以文明交流打破文明隔阂，以文明互鉴超越文明冲突。因此，不同文明之间应加强交流互鉴，在互鉴中取长补短、共同进步，绘就人类文明美美与共、更加绚丽多彩的画卷。当今的文学研究同样应当如此。需要加强与异质文明的交流与对话，促使文学、文论在互学互鉴中不断实现文学创新、文化创新。

本书的研究并非局限于学术史的梳理，而是以此为基础，从文明互鉴与对话的角度，结合21世纪英美学界与我国国内海明威研究状况，一方面为国内海明威研究提供新材料、引介新方法、拓展新视域，促进国内海明威研究的创新发展；另一方面彰显海明威研究的中国特色，为世界海明威研究提供行之有效的中国方案。全书旨归在于通过中西互识、互鉴与互补，为海明威研究注入更多生机与活力，推动海明威研究的繁荣发展。

本书初稿完成于2021年1月，历时2年有余。我搜集并梳理了自2000年1月至2020年12月底在英美学界发表或出版的海明威研究成果，其中绝大多数未被国内译介。为了给我国海明威研究提供最新的资料参考，书稿原有长达124页的文献资料汇编，具体包括海明威传记119部、研究专著128部、博硕士学位论文235篇、期刊论文756篇及上百篇其他相关文献，充分体现了21世纪英美学界海明威研究成果体量之"大"、资料之"新"。因篇幅有限，未能附于本书文末。

本书书稿能够完成并顺利出版，得到了很多支持和帮助。在付梓之际，特此鸣谢。首先，衷心感谢我的导师曹顺庆教授。本书的撰写和出版离不开恩师的悉心指导与帮助。在撰写过程中，曹师对研究思路、创新点及重难点等各方面提出了诸多宝贵意见。在读博期间，曹师的谆谆教诲更是让我受益终身。从治学之道到育人之术，从为人处事到眼界格局，曹师对我的教导和影响是多维度、全方位的。感谢师母蒋晓丽教授，时常关心我、鼓励我，如冬日暖阳般温暖着我。感谢我的父母，将我培养成一个坚强独立、勤奋上进之人。感谢我的先生，在无数个艰难日子里给予我支持与陪伴。感谢在我求学之路上所有帮助过我的良师益友。感谢四川大学出版社的编辑，为本书出版付出辛勤努力。

此本拙著仅为初步成果，仍有很多不足，错漏之处在所难免，恳请学界同仁和广大读者不吝指正。

"路漫漫其修远兮，吾将上下而求索。"

陈思宇
2022 年孟冬于成都